Als Kind ist Leonie in einem Mietshaus aufgewachsen, dessen Garten sie nie betreten durfte. Deshalb wuchs in ihr der Wunsch, einen eigenen Garten zu besitzen, wenn sie erwachsen ist. Viele Jahre später steckt sie als erfolgreiche Finanzberaterin in einer persönlichen Krise. Da erinnert sie sich wieder an ihren Kindheitstraum. Ist es jetzt vielleicht an der Zeit, ihn zu verwirklichen? Sie begibt sich auf die Suche nach einem geeigneten Grundstück in Brandenburg und findet mehr, als sie erwartet hätte.
Kaia hadert mit ihrem Studium. Ihre Freundin Remy Kreyhenibbe möchte sie aufheitern. Als sie Kaia bittet, auf der Insel Poel ein Haus anzuschauen, das den Inselgärten in einem Nachlass gestiftet worden ist, macht sie sich auf den Weg und fühlt sich erst einmal unendlich einsam. Doch das Haus und sein Garten hüten ein Geheimnis, das sie schon bald nicht mehr loslässt.
Jeder dieser Gärten strahlt eine besondere Kraft aus. Schaffen es Leonie und Kaia durch diese Kraft, ihre Wunden zu heilen und ihre eigene Stärke zurückzugewinnen?

Patricia Koelle ist eine Autorin mit Leidenschaft fürs Meer – und fürs Schreiben, in dem sie ihr immerwährendes Staunen über das Leben, die Menschen und unseren sagenhaften Planeten zum Ausdruck bringt. Bei FISCHER Taschenbuch erschienen, neben Romanen und Geschichten-Sammlungen, die Ostsee- und die Nordsee-Trilogie. ›Die Zeit der Glühwürmchen‹, ›Das Lächeln der Libellen‹, ›Die Träume der Bienen‹, ›Das Geheimnis der Grashüpfer‹ sowie ›Die Hoffnung der Marienkäfer‹ gehören zur Inselgärten-Reihe.

Weitere Informationen finden Sie auf www.fischerverlage.de

Patricia Koelle

Die Hoffnung der Marienkäfer

Ein Inselgarten-Roman

FISCHER Taschenbuch

Aus Verantwortung für die Umwelt hat sich der S. Fischer Verlag zu einer nachhaltigen Buchproduktion verpflichtet. Der bewusste Umgang mit unseren Ressourcen, der Schutz unseres Klimas und der Natur gehören zu unseren obersten Unternehmenszielen.

Gemeinsam mit unseren Partnern und Lieferanten setzen wir uns für eine klimaneutrale Buchproduktion ein, die den Erwerb von Klimazertifikaten zur Kompensation des CO_2-Ausstoßes einschließt.

Weitere Informationen finden Sie unter: www.klimaneutralerverlag.de

FSC www.fsc.org MIX Papier aus verantwortungsvollen Quellen FSC® C014496

Originalausgabe
Erschienen bei FISCHER Taschenbuch
Frankfurt am Main, Mai 2022

Dieses Werk wurde vermittelt durch
die Literarische Agentur Michael Gaeb

Lektorat: Susanne Kiesow

Satz: Fotosatz Amann, Memmingen
Druck und Bindung: GGP Media GmbH, Pößneck
Printed in Germany
ISBN 978-3-596-70625-9

Allen gewidmet, die es immer wieder wagen zu lieben.
Wen und was und auf welche Art auch immer, über alle Bedenken,
Ängste, Zweifel, Erfahrungen und Ungewissheiten hinweg.
Weil Lieben das größte Abenteuer von allen ist. Jenes, das die
wahren Wunder möglich und uns lebendig macht.

Leonie

Bad Oeynhausen

2019

1

Das Leben weben

Leonie bemerkte erst jetzt, dass sie vor Kälte ganz steif geworden war. Vor allem im Nacken fror sie. »Ich hätte einen wärmeren Schal mitnehmen sollen«, sagte sie zu einer Blaumeise, die erschrocken aufflog, als Leonie von der Bank aufstand. Sie wusste nicht, wie lange sie da allein im launigen Vorfrühlingswind gesessen hatte. Nach dem Vorfall am Morgen immer noch tief in Gedanken, spazierte sie durch den kleinen Ort zurück, den sie sich bis jetzt kaum angesehen hatte. Vor einem Schaufenster blieb sie stehen, unwiderstehlich davon angezogen.

Eine Decke in warmen Rot- und Orangetönen war darin über einen alten Schaukelstuhl gebreitet. Ein Spinnrad stand daneben, und an einer gespannten Schnur hingen Geschirrtücher, eine Weste und ein Poncho, alle mit bemerkenswert schönen Mustern und in klaren, leuchtenden Farben, von denen sie sich sogar hier draußen gewärmt fühlte. Leonie blickte auf das Schild über der Tür.

Handweberei

Eine dunkle Erinnerung flog ihr zu, an den Werkunterricht in der Schule. Ein kleiner hölzerner Webrahmen, ein »Schiffchen«, das sie durch Fäden geschoben hatte, eine Walze, die man drehte und die die Schnüre eine Art Tanzschritt vollführen ließ. Buntes Garn, dessen Reihen sich zu einem Stück Stoff zusammenfügten, das sich gut anfühlte und irgendwann zu einem schiefen Topflappen wurde, den ihr Vater in Ehren hielt.

Leonie öffnete die Tür, an der eine Glocke freundlich bimmelte. Hier würde sie sich aufwärmen können, ein wenig umsehen, vielleicht sogar einen Schal erwerben. Sie hatte sich lange nichts mehr gekauft, wozu auch? Es hatte gar keinen Grund dafür gegeben, fiel ihr mit einem kleinen Schrecken auf. Nichts hatte ihr mehr viel bedeutet.

Eine zierliche Frau saß an einem Webstuhl, der Leonie gewaltig erschien. An den Wänden und auf Tischen hingen und lagen noch mehr Tücher, Stoffe, Decken, Jacken. Die Frau blickte auf und lächelte Leonie zu. »Guten Tag, kann ich etwas für Sie tun?«

»Guten Tag! Vielen Dank, aber ich möchte mich nur umschauen. Es sieht alles so schön aus.« Leonie wusste gar nicht, wo sie zuerst hinsehen sollte. Am liebsten hätte sie alle Stoffe berührt.

»Gern, lassen Sie sich Zeit. Und Anfassen ist erlaubt.« Die Frau nickte ihr ermutigend zu. »Sogar erwünscht.«

Es roch gut hier, nach Wolle, Leinen und anderen Dingen, und die Geräusche, die der Webstuhl machte, waren anheimelnd. Fast als würde er etwas erzählen, in einer Sprache, die Leonie nur noch nicht verstand.

Zum ersten Mal fiel ihr auf, dass Stoffe gar nicht glatt sind. Viele davon hatten Erhebungen, Strukturen, die man mit geschlossenen Augen spüren konnte. Wie kleine Landschaften. Sie befühlte härtere Stoffe und anschmiegsame, leichte und schwere, feste und lockere, mit Fransen und ohne. Sie sah, wie das Licht die Farben veränderte, wenn draußen eine Wolke über die Sonne glitt oder sie unter dem künstlichen Licht in der hinteren Ecke lagen. Sie betrachtete genauer, wie die Fäden verschränkt waren, versuchte zu entziffern, wie die Muster entstanden sein konnten. Dabei fiel ihr auf, dass sie da draußen im Park auf der Bank vorhin genau dasselbe versucht hatte: herauszufinden, wie die Muster in ihrem Leben zustande gekommen waren, und die Knoten darin. Und die Fehler, so wie bei diesem Geschirrtuch, dessen Preis heruntergesetzt war, weil beim Weben ein roter Faden nicht über, sondern unter dem gelben verlief. So war das mit den Fäden, mit den roten sowieso. Man verlor sie manchmal aus den Augen.

»Daher kommt der Ausdruck, den Faden zu verlieren. Aus der Weberei«, sagte die freundliche Frau, die vom Webstuhl aufgestanden war und Leonie über die Schulter blickte. »Wie auch viele andere Redewendungen. An dem Tag war ich abgelenkt. Mein Sohn hatte Liebeskummer. Da habe ich den Fehler nicht rechtzeitig bemerkt und konnte ihn nicht mehr rückgängig machen. Wenn Sie das Geschirrtuch wollen, mache ich Ihnen einen Sonderpreis. Ich bin übrigens Birgit.«

Dann stimmten Leonies Gedanken also. Das Leben der Weberin hinterließ seine Spuren in dem Stoff. Und das Weben hinterließ Spuren in der Sprache. Leben und Weben, das klang nicht nur ähnlich, das hatte auch einiges gemeinsam.

Wenn sie begreifen könnte, wie das Weben ging, vielleicht würde sie dann auch lernen, wie sie die Fäden ihres Lebens ordnen konnte, damit das Gewebe wieder hielt und einen neuen Sinn ergab? Möglichst in freundlicheren Farben als in letzter Zeit.

»Gerne«, sagte sie. »Aber ich möchte mich noch weiter umsehen. Es gefällt mir alles so gut!«

»Das freut mich. Lassen Sie sich Zeit. Sind Sie Kurgast hier?«

»Ja.«

»Wie schön. Wenn Sie Fragen haben, ich bin wieder am Webstuhl.«

Leonie spazierte weiter durch den Laden und entdeckte überall Schönes. Auch eine kleine ausgestopfte Ente in heiteren Gelb- und Blautönen, in die sie sich sofort verliebte. Der Preis war wesentlich höher als der des Geschirrtuchs, doch sie setzte den Vogel entschlossen neben die Kasse, wo Birgit das Tuch bereitgelegt hatte. Dann sah sie der Weberin eine Weile zu, wie diese die Tritte des Webstuhls bediente, so dass sich die Längsfäden auf eine komplizierte und ausgeklügelte Weise hoben und senkten und Birgits flinke Hände das Schiffchen mit dem andersfarbigen Garn quer hindurchfliegen lassen konnten. Reihe legte sich an Reihe und wurde immer wieder mit einer Art Balken dichter zusammengeschoben. Direkt vor Leonies Augen entstand ein neuer Stoff. Aus den Garnen wurde eine Farbfläche, die den Blick anzog und wohltuend war. Auch der Rhythmus, der Birgits Arbeit bestimmte, besaß etwas Beruhigendes, fast Hypnotisches. Den Geräuschen, die dabei entstanden, hätte Leonie ewig zuhören können. Überhaupt wäre sie am liebsten hiergeblieben. Der ganze Vorgang hatte so etwas Konkretes, Greifbares, Handliches. Er mochte hochkompliziert sein, aber man hatte ihn im Blick, und Birgits Hände besaßen die Kontrolle darüber.

Eben doch anders, als es mit dem Leben war. Da war es schwieriger, alles im Blick und unter Kontrolle zu behalten.

»Wie fangen Sie denn an, wenn Sie eine Idee für einen Stoff haben?«, fragte Leonie. Birgit ließ die Hände ruhen und sah auf. »Setzen Sie sich doch. Möchten Sie einen Kaffee?«

»Gern.«

Birgit verschwand um eine Ecke. Leonie umkreiste den Webstuhl und betrachtete fasziniert die Tritte, Walzen, Rahmen, Balken und Hebel, die sich zu einem komplexen Ganzen fügten. Er hatte etwas von einem lebendigen Wesen, und doch beeindruckte sie die ausgefeilte Technik.

Birgit kehrte mit einem Tablett zurück und winkte Leonie in eine enge, aber gemütliche Sitzecke. »So, was wollten Sie wissen?«, fragte Birgit und schob Leonie eine Tasse und einen Teller mit Keksen hin.

»Ärgern Sie sich sehr, wenn Ihnen beim Weben ein Fehler passiert?«, platzte sie heraus.

Birgit lachte. »Ja, anfangs schon. Aber es geschieht nicht mehr oft, und wenn doch, lehrt es mich etwas über mich selbst. Es zeigt mir, dass ich unkonzentriert war, und oft wird mir dabei bewusst, was mir gerade wichtig ist oder mich belastet. Das ist ganz gut so. Meist behalte ich solch einen Stoff dann selbst, weil er mich an etwas Bestimmtes erinnert. Und außerdem gibt ein Fehler dem Gewebe auch einen ganz eigenen Charakter.«

Der heiße Kaffee tat gut, und Birgits Worte auch. Leonies Eindruck, dass sie hier etwas lernen könnte, verstärkte sich. Das, was Birgit gerade gesagt hatte, hätte ihr heute früh geholfen, als sie so plötzlich hinausgelaufen war und alle vor den Kopf gestoßen hatte.

Hier in diesem Laden voller Farben und Fäden lag vielleicht der Schlüssel zu ihrer Zukunft, den sie so dringend suchte.

»Sie hatten gefragt, wie ich anfange, wenn ich eine Idee habe«, fuhr Birgit fort. »Es ist so, dass das Weben an sich nur das Tüpfelchen auf dem i ist. Die Belohnung sozusagen. Denn bevor man überhaupt beginnen kann, ist eine Menge Arbeit nötig. So einen Webstuhl muss man nämlich gewissermaßen programmieren wie einen Computer, bevor man mit dem Stoff loslegt. Ich muss mich für die Art von Garn und für die Farben entscheiden und für ein Muster, das ich mir vorher ausdrucke. Ich muss überlegen, welche Größe und Dichte das Gewebe haben soll und wie viele Stücke ich daraus machen will … ach, und noch vieles mehr. Das kann man nicht so eben mal erklären.« Birgit nahm einen Schluck Kaffee und lehnte sich zurück. »Ah, eine Pause tut gut!« Sie lächelte. »Interessiert Sie das wirklich?«

Leonie nickte eifrig. »Doch. Ich habe das Gefühl, es ist gerade genau das Richtige für mich. Sie sagten, es gibt viele Ausdrücke im Alltag, die aus der Weberei stammen. Welche denn noch außer dem ›verlorenen Faden‹?«

»Zum Beispiel ›sich verzetteln‹. Die langen Längsfäden, die auf den Webstuhl gespannt werden, damit man nachher mit dem Schiffchen die Querfäden hindurchschießen kann, nennt man die ›Kette‹. Die geplante Reihenfolge dieser Kettfäden heißt ›Zettel‹. Wenn man sich verzählt, dann hat man sich eben verzettelt und kriegt nur mit viel Mühe die Fäden wieder zusammen.«

Leonie nickte und nahm sich einen Keks. Im Verzetteln war sie letztens Meisterin gewesen. So viel hatte sie schon begriffen. Hoffentlich konnte man lernen, die Fäden wieder zusammenzubekommen.

»Wie lange sind Sie denn noch hier?«, erkundigte sich Birgit. »Sie könnten einen Kurs bei mir machen. So was biete ich an.«

»Das klingt gut! Was macht man denn da genau?«

»Meine Anfängerkurse haben den Zweck, die Teilnehmerinnen dazu zu bringen, ein Projekt zu berechnen und durchzudenken, ihren Webstuhl einzurichten und dann auch zu weben. Ich hätte in den nächsten Wochen Zeit. Um diese Jahreszeit gibt es nicht so viele Interessenten, es sind noch wenige Kurgäste hier. Und den Zusatzverdienst könnte ich auch gebrauchen. Ich spare für einen weiteren Webstuhl.«

»Wirklich?« Leonie spürte eine freudige Aufregung, wie sie sie schon lange nicht mehr gekannt hatte. »Das wäre ja perfekt! Ich habe eine Verlängerung bekommen. Ich bin noch eine Weile hier.«

Birgit lächelte. »Und die älteren Patienten in der Kurklinik sind nicht ganz die richtige Gesellschaft für Sie, was?«

»Auf Dauer nicht«, gab Leonie zu. Sie schätzte Birgit auf etwa ihr eigenes Alter. Ein paar Jahre über fünfzig. Vielleicht etwas jünger.

»Na, dann, zu welcher Tageszeit sind Sie denn mit Ihren Behandlungen fertig?«

»Am Spätnachmittag meistens.«

»Gut, sagen wir um sechzehn Uhr dreißig? Am besten täglich, denn es gibt viel zu lernen. Oder ist Ihnen das zu oft?«

»Nein, gar nicht«, versicherte Leonie eifrig. Sie konnte es kaum erwarten, die Fäden in der Hand zu spüren.

Über den Preis wurden sie sich schnell einig.

»Wie ist das mit den Farben?«, hakte Leonie nach, während sie den Kaffee austranken. Farben, das war das Thema, das sie nach heute früh am meisten beschäftigte. »Wie entscheiden Sie sich für eine Kombination, wenn Sie einen Plan machen?«

Birgit dachte nach. »Na ja, ich habe natürlich Lieblingsfarben. Zum Beispiel Weinrot und Seeblau. Manchmal richte ich mich nach Kundenwünschen, die oft überraschend sind. So ein Stoff ist ja eine große Fläche, die man beim Weben lange vor sich hat. Das wirkt aufs Auge, aufs Hirn und auch auf die Seele. Am liebsten lasse ich mich von der Natur inspirieren. Dort kommen so viele Farben gemeinsam vor, die man sonst nicht so verbinden würde. Zum Beispiel habe ich in einem Jahr bei der Apfelblüte entdeckt, wie schön Grün und Weiß zusammen aussehen.« Birgit war die Leidenschaft für ihr Handwerk deutlich anzumerken.

Diese Leidenschaft möchte ich auch wieder für etwas spüren, erkannte Leonie voller Sehnsucht.

Birgit stand auf. »Sind wir uns also einig? Möchten Sie den Kurs machen?«

»Unbedingt. Ich freue mich sehr!« Leonie sah sich suchend um. »Mir fällt ein, ich brauche unbedingt noch einen Schal. Einen warmen.«

Birgit zeigte ihr ein Regal in der Ecke. »Dann sehen Sie sich doch dort mal um. Ich komme gleich wieder. Ich hole noch schnell den Vertrag für den Kurs und eine Broschüre, da können Sie schon einiges über das Weben nachlesen.«

»Oh ja, gerne, danke.«

Birgit verschwand, und Leonie inspizierte die Ware in dem Regal. Sie entdeckte mehrere Farbkombinationen, die ihr sehr gut gefielen, und merkte, dass sie bereits zu überlegen begann, wie sie diese verändern würde, wenn sie womöglich eines Tages selbst etwas Ähnliches herstellen konnte. Ihre Phantasie, so lange vergessen und vernachlässigt, begann, sich wieder zu regen. Das tat unendlich gut. Sehr viel besser als die Tropfen, die man ihr in der Klinik verschrieben hatte.

Sie fand einen Schal in Karminrot, zart von Blautönen durchzogen, den sie gar nicht wieder loslassen mochte, weil das Gewebe so weich war. Ein anderer in Braun- und Gelbschattierungen gefiel ihr, weil er sie an etwas erinnerte, das sie vorhin auf ihrem Weg hierher gesehen hatte. Aber auch einer in fröhlichem Gelb und Orange sprach sie an. Andererseits war der weniger warm. Doch es wurde ja bald Frühling! Obwohl, vorhin hatte sie so gefroren … Leonie seufzte. Das hatte ihr früher gar nicht ähnlich gesehen, dass sie sich einfach nicht entschließen konnte und hilflos fühlte. Und das bei einer so trivialen Entscheidung für einen Schal! Wie sollte das nur weitergehen? Da musste sie raus. Diese Kur, gegen die sie sich so lange gesträubt hatte, war wohl wirklich notwendig gewesen.

Sonst hätte sie ja auch diesen wunderbaren Laden nie gefunden.

Leonie entschied sich für den wärmeren Schal und legte die anderen, die sie aus den Fächern gezogen hatte, wieder zurück. Dabei kippte ein Stapel um, den sie noch gar nicht entdeckt hatte. Leonie richtete ihn gerade. Der untere Schal aber fiel dabei zu Boden. Als sie ihn aufhob und das Garn sah, erstarrte sie.

Das Tuch war in denselben vielschichtigen Grüntönen gewebt, die sie heute Morgen so aus der Fassung gebracht hatten. Die auf dem Bild, vor dessen Anblick sie Hals über Kopf geflüchtet war.

Doch diesmal war sie dem vielen Grün ganz nahe. Diesmal hatte sie es in der Hand. Es kam förmlich auf Leonie zu und umhüllte sie mit seinem Leuchten. Leonie klammerte sich an den Stoff, verlor sich in dem weichen Gefüge aus Farben und war auf einmal wieder sieben Jahre alt.

Leonie

Berlin

1974

2

Verbotenes Paradies

»Aber warum denn nicht, Uli? Warum darf ich nicht in den Garten?«

Leonie stellte diese Frage, seit sie sich erinnern konnte. Die Antwort war unweigerlich dieselbe. »Weil es Familie Marchands Haus und Garten ist und sie das nicht möchten.« Ihr Vater beantwortete die Frage mit unendlicher Geduld, ebenfalls seit sie sich erinnern konnte.

»Aber ich bin doch jetzt schon größer. Ich falle bestimmt nicht mehr in den Teich!« Das war einer der Gründe, die man ihr genannt hatte. Frau Marchand befürchtete, ein so kleines Kind könnte im Teich ertrinken und dass es dann ihre Schuld sei. Und dass so ein Kind in die Beete treten oder die Blumen ausreißen würde. Leonie war es schleierhaft, warum jemand auf den Gedanken kommen sollte, Blumen auszureißen.

»Sie wollen unter sich bleiben und nicht gestört werden. Es ist ihr gutes Recht«, erklärte Uli zum zigsten Male. »Wir gehen morgen einfach in den Grunewald, ja? Oder zum See, wenn du möchtest. Du darfst es dir aussuchen.«

Leonie gab auf. Für diesmal. See war auch schön. Dort konnte man hölzerne Boote ausleihen, und Uli ruderte sie aufs Wasser hinaus, wo sie ein Picknick machten und den Haubentauchern und Schwänen und dem Graureiher zusahen. Manchmal sprang sogar ein Fisch.

Und doch verstummte der drängende Ruf jenes Gartens nie, der auf dem Grundstück so verlockend hinter dem Tor und den herabhängenden Ranken des Wilden Weins leuchtete. Leonie war sich sicher, dass er gerade sie meinte. Dass er wollte, dass sie ihn in all seinen Winkeln erforschte und endlich herausfand, woher alle diese wechselnden Grüntöne kamen. Und was die Farben ausmachte, die im Frühjahr in dieser unerreichbaren nahen Ferne wie eine Welle aufbrandeten, im Wind tanzten und raschelten. Wo all die Bienen hinflogen und die Schmetterlinge, die an Leonie vorbei um die Hausecke dort verschwanden, wo sie nicht hinkonnte.

Sie nannte Uli nicht Vater. Erst im Kindergarten bemerkte sie, dass das ungewöhnlich war. Bei ihr war eben einiges anders. Sie hatte keine Mutter, und die Freunde, die mit Uli Skat spielten und Leonie Geschichten erzählten und ihr Kekse mitbrachten, nannten ihn natürlich alle Uli und nicht Vater. Sie kannte es einfach nicht anders. Wenn sie einschlief, hörte sie die Männer unten lachen und Karten mischen und wusste, es war alles in Ordnung. Sie konnte gut dabei einschlafen.

Später brachten sie ihr Schach bei, und als sie in die Schule kam, gab es immer einen von ihnen, der ihr bei den Aufgaben half. Gerd war für Mathe zuständig, Franz für Biologie und Eddie für Englisch. Manchmal spielten sie auch auf ihren Gitarren oder tanzten zu Musik, und Leonie tanzte mit. Eigentlich fehlte ihr keine Mutter. Natürlich war es traurig, dass diese an einer Embolie gestorben war, als Leonie geboren wurde. Eine Embolie stellte sie sich so ähnlich vor wie Pegasus, das geflügelte weiße Pferd. Vielleicht hatte sie die Mutter in den Himmel getragen.

Doch Uli war immer für Leonie da. Er konnte jedes Problem

lösen. Nur das mit dem Garten nicht. Eine Mutter hätte Leonie vielleicht bei der Hand genommen, das Tor einfach aufgemacht und zu Frau Marchand gesagt, dass das ganze Grün doch für alle reichte und Leonie bestimmt keine Blumen ausreißen würde. Eine Mutter hätte es vielleicht nicht ganz so genau genommen mit dem, was erlaubt und was verboten war. Uli jedoch hielt sich immer daran.

»Das musst du in der Schule auch«, sagte er, »und später, wenn du arbeiten gehst. Besser, du übst es von Anfang an. Wenn man sich daran hält, muss man auch nie ein schlechtes Gewissen haben. Von einem schlechten Gewissen bekommt man nur Bauchschmerzen.«

Leonie fügte sich, weil sie schon manchmal gehört hatte, wie Herr Marchand den Briefträger anschnauzte. Die nette Brigitte dagegen, die Frau Marchand helfen kam, steckte ihr manchmal durch das Fenster im Souterrain einen Lutscher zu. Leonie wollte nicht, dass einer von ihnen auf Uli böse war, nur weil sie über das Tor hinweg auf den Ruf des Gartens gehört hatte. Uli arbeitete zwar nicht für die Marchands. Er war Klempner bei einer Firma. Aber Uli und Leonie durften günstig in der kleinen Wohnung unten wohnen, weil er im Winter Schnee schippte und im Sommer kehrte, die Garagentore ölte und vor allem die kaputten Rohre und Wasserhähne reparierte, die immer wieder einmal in dem großen alten Haus tropften. Es war eine schöne Wohnung, hell und mit einem Kamin, in dem man Feuer machen konnte. Sie wollten nicht ausziehen. Woanders hätten sie sich ja auch keinen Garten leisten können, sagte Uli.

Außerdem war da etwas, das den verbotenen Garten erträglich machte. Denn vor der Wohnungstür, die an der Seite des Hauses lag, auf der die Marchands nie vorbeigingen, gab es ein kleines Stück Rasen. Davor verlief eine niedrige Steinmauer, auf der man gemütlich sitzen konnte und die meistens warm von der Sonne war. Wenn man die Schuhe auszog, konnte man unter den nackten Sohlen das kühle Gras spüren und dabei so stillsitzen, dass die Bienen im Klee sich nicht gestört fühlten.

Daneben erhoben sich rechts und links Pfeiler aus roten Backsteinen, und an den Pfeilern wuchsen zwei alte Rosen. Eine gelbe und eine weiße, deren Blütenblätter zarte rosa Ränder bekamen, wenn sie sich weit geöffnet hatten. Sie waren so alt, dass ihr Stamm und ihre Äste ganz knorrig waren. Man sah ihnen an, dass sie viel erlebt und vielen Wintern getrotzt hatten. Aber Uli beschnitt sie jedes Jahr sorgfältig, und Leonie half ihm, sie zu düngen, und dann blühten sie den ganzen Sommer lang immer wieder. Wenn ein Windstoß kam, ließen sie Blütenblätter auf Leonie und das Gras herabrieseln. Und manchmal trieben diese wie Schnee durch die offene Tür in die Wohnung, und Leonie legte Bilder daraus.

Die Bienen mochten die Blüten auch. Sie tauchten so tief hinein, dass sie ganz darin verschwanden, und Leonie wäre auch gern klein genug gewesen, um das zu können. Dann hätte sie heimlich und praktisch unsichtbar in den verbotenen Garten spazieren können. Eine Weile lang legte sie das Buch von Nils Holgersson unter ihr Kopfkissen. Der war so winzig gezaubert worden, dass er auf einer Wildgans mitfliegen konnte. Aber es nützte nichts. Leonie schrumpfte nicht auf Bienengröße.

Die Rosen immerhin waren ihre Freunde, und sie stellte sich einfach vor, dass sie ein Tor zu einer Welt waren, in die sie eintreten durfte, wenn sie erwachsen war. Eine Welt, in der ihr all die Farben und Grüntöne gehörten, wann immer sie wollte, und mit ihnen die Blumen, deren Duft zu ihr herübertrieb, obwohl sie sie nicht sehen konnte.

Leonie sah Uli zu, wenn er zum Monatsende am Tisch saß und rechnete, ob das Geld für ihre neue Schulmappe reichen würde oder die Wanderstiefel, die er sich wünschte. Meistens bekamen sie das hin, und wenn nicht, machte er Überstunden und dann ging es eben im nächsten Monat.

Leonie hockte sich zu den Rosen und flüsterte ihnen ein Geheimnis zu. »Wenn ich groß bin, werde ich ganz viel Geld verdienen. So viel Geld, dass ich den Marchands das Haus abkaufen kann. Dann gehört der Garten uns, und niemand kann mich mehr aussperren.« Uli wollte sie das nicht erzählen, damit er nicht traurig wurde, weil das Geld noch nicht reichte. Aber die Rosen würden ihren Plan nicht verraten. Sie vertraute ihnen völlig.

Die Rosen waren kräftig geworden von all den Jahren, in denen der Regen fiel und die Sonne auf sie schien und Uli sie düngte und Leonie ihnen die Geschichten erzählte, die sie von Ulis Freunden gelernt hatte. Doch im Frühling hatten sie ein ziemlich großes Problem. Denn wenn die Blätter und die ersten Knospen endlich zu sehen waren, kamen auch die Läuse. Die schwarzen und die grünen und die gelben, ganze Familien von ihnen stürzten sich auf die zarten Triebe. Es wurden sehr schnell richtige Armeen, und sie waren alle hungrig. Sie saugten den Saft heraus, und die Knospen begannen zu welken. Leonie war untröstlich und sehr wütend auf die Läuse. Sie wollte, dass Uli etwas dagegen tat und die Knospen rettete, aus denen doch Blüten werden sollten. Er wusste ja sonst immer eine Lösung.

Aber Uli setzte sich auf die Mauer und zog Leonie auf seinen Schoß. »Siehst du die Blaumeise da?«

»Ja. Und eine Kohlmeise auch.«

»Siehst du, was sie machen?«

»Sie essen die Läuse. Aber sie schaffen es nicht. Es sind viel zu viele!«

»Ja, aber stell dir vor, wir würden die Läuse jetzt vergiften, und es wären keine mehr da. Was würden die Meisen denn dann fressen? Womit würden sie ihre Jungen füttern?«

»Die sollen die Mücken essen.«

Uli schmunzelte. »Stell dir mal vor, wir hätten kein Brot mehr zum Frühstück. Bloß noch Marmelade. Oder umgekehrt. Würde dir das gefallen?«

Leonie dachte nach. »Nee. Du meinst, das wäre bestimmt nicht gut für die Meisenkinder?«

»Ja, da bin ich mir ganz sicher. Viele Vögel sind auf viele Läuse angewiesen. So viele Mücken oder Raupen gibt es doch um diese Jahreszeit noch gar nicht.«

»Die Raupen sollen sie ja auch gar nicht fressen. Da werden doch Schmetterlinge draus!« Leonie war erschrocken.

»Siehst du. Und deswegen ist es gut, dass es die Läuse gibt.«

»Aber die Knospen!« Leonie war den Tränen nahe, weil Uli die nicht retten wollte.

»Ja, diese werden nicht mehr blühen. Aber wenn du lange genug wartest, dann kommen die Retter. Wie in den Märchen.«

»Was für Retter?« Leonie wurde neugierig und vergaß ihre Tränen.

»Die Marienkäfer!«, verkündete Uli triumphierend. »Sobald es wärmer wird, kommen sie aus ihren Winterquartieren und verstecken ihre Eier unter den Blättern und in den Ritzen der Rinde. Ein einziger Käfer kann viele Hundert Eier legen. Und aus all den Eiern schlüpfen Larven, die sehr, sehr hungrig sind.

Sie fressen bis zu fünfzig Läuse am Tag, das heißt, sie saugen sie aus. Außerdem fressen sie sogar Schimmelpilze wie den Mehltau, den unsere Rosen überhaupt nicht mögen. Denn die Larven müssen wachsen und sich dreimal häuten, ehe sie zu einer Puppe werden.«

»Wie bei den Schmetterlingen?«

»Ja, ganz genau. Etwa eine Woche später werden dann Käfer daraus. Am Anfang haben sie noch keine Punkte, da wirst du sie vielleicht nicht erkennen, aber nach ein paar Stunden sind sie dann fertig. So ein Käfer frisst in seinem Leben bis zu fünftausend Blattläuse. Das sind viel mehr, als du dir vorstellen kannst. Du wirst sehen«, Uli strich Leonie die Haare aus dem erhitzten Gesicht, »dann geht es den Rosen ganz schnell wieder gut!«

»Aber davon werden die Knospen doch nicht wieder heil.«

»Nein, diese nicht. Aber die Rose treibt dann neue, und das sind umso mehr. Erinnerst du dich denn nicht, wie schön sie letztes Jahr war? Sie schafft das jedes Mal. Die Läuse sind nicht nur für die Meisen wichtig. Auch für die Käfer!« Er lächelte sie an. »Die Marienkäfer und auch die Schmetterlinge, die du so gern magst, sind der beste Beweis dafür, dass es zwischen Menschen und Insekten ein Band gibt. Wir helfen uns gegenseitig. Aber das geht nur, wenn man sie leben lässt. Nicht, wenn man sie vergiftet und ihnen ihren Lebensraum wegnimmt. Du willst doch nicht, dass es eines Tages keine Marienkäfer mehr gibt, weil wir die Läuse vernichtet haben?«

Nein, das wollte Leonie natürlich nicht. Sie ließ so gern einen Marienkäfer ihren Finger hochkrabbeln, was so schön kitzelte, und sah dann zu, wie er in den blauen Himmel flog. Möglicherweise sogar in den verbotenen Garten. Vielleicht nahm er einen Gruß von ihr mit. Außerdem behauptete Eddie, dass die Käfer

Glück brachten. Davon hatte Leonie allerdings noch nichts gemerkt. Sonst hätte sie ja schon mal in den Garten hineingedurft.

»Aber das dauert ja alles noch so lange! Ich will, dass die Rose *jetzt* blüht«, widersprach sie.

»Liebe Leonie, wenn du mit Blumen befreundet sein willst, dann musst du Geduld haben. Sie brauchen Zeit zum Wachsen und zum Blühen, genau wie du. Erst muss es warm werden, denn sie brauchen genug Sonne und Regen und gute Erde, in der sie ihre Wurzeln ausstrecken können. Außerdem den Himmel zum Hineinwachsen. Und eben auch die Zeit, mit den Läusen und anderen Problemen fertigzuwerden. Das macht sie stark. Du wirst doch auch immer besser im Schach, je öfter du spielst.«

Das stimmte. Darauf war sie stolz. Neulich hatte sie Gerd zum ersten Mal besiegt. »Wenn du Schach gut kannst, wirst du mit jedem Problem fertig«, hatte der gesagt. »Es lehrt dich nämlich, die Dinge klug anzupacken.«

Die Rosen konnten das anscheinend. »Bist du denn ganz sicher, dass die Marienkäfer kommen?«, fragte sie Uli. »Wo sind sie denn im Winter?«

»Ich bin absolut sicher, dass sie kommen«, versprach er. »Die Marienkäfer sind nämlich Meister der Geduld. Von ihnen kannst du lernen. Alle guten Gärtner haben viel Geduld. Vertrau den Käfern! Wenn es kalt wird, sammeln sie sich in großen Gruppen, damit sie sich gegenseitig wärmen können und im Frühling gleich einen Partner finden. Dann suchen sie sich einen geschützten Platz in einem Laubhaufen oder unter einem Stein, vielleicht auch in einem hohlen Baum oder unter einem Stück Rinde. Feucht sollte es dort sein. Da können sie sogar einschneien oder einfrieren, und es macht ihnen nichts aus. Ihr Herzschlag wird ganz langsam, damit sie kaum Energie verbrauchen. Und so warten sie auf den Frühling, wenn es warm wird und sie herauskommen können. Egal wie kalt und dunkel und langweilig es ist, sie warten einfach, bis eine bessere, richtige Zeit für sie gekommen ist.«

Dann mache ich das auch so mit dem Garten, beschloss Leonie. Ich habe Geduld und warte, bis ich groß bin und ihn kaufen kann.

»Ja, vertraue unbedingt den Käfern«, sagte auch Franz, als sie ihm berichtete, was Uli ihr erklärt hatte, und ihn fragte, ob auch er glaube, dass die kleinen Helfer wirklich kommen und die Rosen retten würden. »Vertrau ihnen, denn du weißt ja: Marienkäfer sind Glückskäfer. Wenn du nicht auf das Glück vertraust, dann kommt es nämlich auch nicht.«

Also wartete Leonie. Die Läuse wurden immer mehr, und die Knospen verwelkten. Dann, eines Tages, entdeckte sie komische längliche Wesen, viel größer als die Läuse. Sie waren schwarz und hatten gelbe Punkte. Sie erschrak. Ob das Riesenläuse waren? Oder Schlimmeres? Aber Uli freute sich. »Siehst du, das sind die Larven! Alles wird gut.«

Bald darauf flogen viele Marienkäfer umher, und alle, die Leonie irgendwo sah, nahm sie auf den Finger und setzte sie an die Rosen. Wenig später gab es neue Knospen, viel mehr diesmal. Die Läuse waren fort. Die Blüten öffneten sich und begannen zu duften.

Im Herbst passte Leonie nun auf, dass nicht alles Laub aufgefegt wurde, wenigstens nicht unter den Rosen. Sie brachte Steine aus dem Wald mit und legte sie daneben. Und im Dezember entdeckte sie im Winkel des Kellerfensters eine große Gruppe Marienkäfer, die eng aneinandergeschmiegt auf dem feuchten Holz saßen. Sie bewegten sich nicht. Es hatte geschneit, und sie waren wie von Eis überzogen.

»Nein, die sind nicht tot«, tröstete Uli sie. »Warte ab, und du wirst sehen!«

Leonie glaubte ihm nicht. Bis sie im Frühling beobachtete, wie die Käfer begannen, munter davonzukrabbeln, viele davon zu zweit.

Es würde noch furchtbar lange dauern, bis sie erwachsen war und genug Geld verdient hatte, um den Garten kaufen zu können. Aber wenn die Käfer es schafften, so lange auszuharren, voller Hoffnung auf andere Zeiten –, dann würde sie das auch können.

Leonie

Bad Oeynhausen

2019

3

Silbertropfen

Sie hatte es tatsächlich gekonnt. Aber sie war irgendwann nicht wieder aufgetaut, dachte Leonie jetzt, während sie auf den Schal starrte, der dieselben flirrenden, warmen Grüntöne trug wie damals der verbotene Garten, in den sie nur von weitem hatte über den Zaun hineinspähen können. Der Stoff hatte endgültig die Erinnerungen in ihr geweckt, die das grüne Bild an der Klinikwand bereits heute früh so unvermutet in ihr aufgestört hatte. Da hatte sie noch nicht gewusst, warum sie das Bild so beunruhigte.

Sie hatte inzwischen geschafft, was sie sich vor so langer Zeit vorgenommen hatte. Sie war erfolgreich geworden, erfolgreicher als ihre Kollegen und Konkurrenten, weil Geduld ihre große Stärke war. Das hatte sie vielen voraus. Sie hatte Geld verdient, reichlich, genug für ihren Zweck. Aber irgendwann hatte sie sich nicht mehr bremsen können. Sie hatte so viel Geduld gehabt, dass sie nicht mehr damit aufhören konnte.

Den Garten, der ihr Traum gewesen war, gab es nicht mehr. Das Haus war längst verkauft und abgerissen worden. Moderne Wohnblocks erhoben sich dort, wo Leonies unerreichbares Märchenland gewesen war.

»Es muss doch nicht genau dieser Garten sein«, hatte Uli sie getröstet. »Du kannst dir einen ganz eigenen suchen. Es würde dich glücklich machen. Jetzt kannst du es dir leisten. Warte nicht zu lange.«

Doch inzwischen hatte sie einen kleinen Sohn bekommen. Eliot war nicht gern draußen. Er liebte seine Eisenbahn, seinen Computer, Metallbaukästen. Technik eben. Und vor allem sein Klavier.

Leonie hatte sich halbherzig nach Häusern mit Gärten umgesehen. Aber sie wollte nicht weit weg von ihrem Büro wohnen. Nicht nur deshalb sagte ihr nichts zu, was der Makler ihr anbot. Nichts war so, wie sie es sich wünschte.

Vielleicht später einmal. Vielleicht, wenn sie noch mehr Rücklagen hatte. Vielleicht musste sie einfach noch länger Geduld haben, um zu finden, was sie schon immer gesucht hatte.

Also hatte sie Geduld, und noch mehr Geduld. Auch als Eliot längst erwachsen und aus dem Haus war. Und irgendwann war sie von all dieser Geduld erstarrt gewesen wie die Marienkäfer im Fensterwinkel vom Frost und einfach nicht mehr in Bewegung geraten.

»Ist etwas passiert?«, fragte Birgit hinter ihr erschrocken. »Sie sehen aus, als hätten Sie ein Gespenst gesehen.«

»Ja, das habe ich wohl sozusagen«, gab Leonie zu. »Diese Farben haben mich an etwas erinnert.«

»Das tut mir aber leid, wenn es eine schlechte Erinnerung war.«

Leonie schüttelte den Kopf. »Nein. Es war gut. Es war ganz wichtig! Ich möchte diesen Schal in Grüntönen, er ist wunderschön.«

Als sie draußen war, entdeckte sie einen Blumenstand an der Straße und nahm einen Strauß Narzissen und Tulpen mit. Sie musste sich noch bei jemandem entschuldigen.

Leonie hatte sich morgens bei der Kreativstunde große Mühe gegeben, sich nichts anmerken zu lassen. Schwester Diana war so nett und kümmerte sich rührend um die Patienten, brachte ihnen interessante Techniken bei und war voller Anerkennung, wenn etwas gelang. Und dann war Leonie doch eine Träne entwischt und auf die Porzellantasse gefallen, die sie zu bemalen versuchte. Vielleicht waren es auch zwei oder drei gewesen. Die Pinselspitze und die zarten Gräser verschwammen vor ihren Augen. Die anderen blickten überrascht auf und wandten sich dann diskret wieder ihren eigenen Werken zu.

Bis sie den Pinsel hingeworfen hatte und wortlos aus dem Raum gestürmt war. Draußen hatte sie sich einen Augenblick an die kühle, betont heiter gestrichene Wand des Klinikflurs gelehnt.

Sie hatte keine Ahnung, warum sie weinte. Dieser Kurs machte ihr doch Freude! Auch wenn sie sich anfangs albern vorgekommen war, sich mit so scheinbar nutzlosen Dingen zu beschäftigen. Letzte Woche hatten sie Knüpfen gelernt. Meisterwerke hatte sie nicht zustande gebracht, aber es war erholsam gewesen, nur an den nächsten Knoten zu denken. Vielleicht war es, weil sie sich zunehmend am falschen Ort fühlte? Die meisten anderen hier waren so viel älter als Leonie. Sie redeten hauptsächlich über ihre neuen Hüftgelenke.

Doch nein, das war es nicht. Es hatte an dem Bild gelegen, das im Werkraum an der Wand hing und Leonie immer unruhiger machte, je öfter sie es ansah. Es war in Grüntönen gehalten, und erst auf den zweiten oder dritten Blick begannen sich Büsche und Bäume anzudeuten, Gras vielleicht, und ganz hinten eine Ahnung von Licht, von Sonne auf Blüten. Nichts Bedrohliches, ganz im Gegenteil, und doch zog und zerrte es an etwas in Leonies Innerstem und weckte darin eine tiefe Traurigkeit.

Sie hatte dringend frische Luft gebraucht. Wie blind war sie aus dem Kellergeschoss nach oben gestiegen, hatte ihre Jacke aus dem engen Zimmer geholt und war hinausgegangen. Es war nicht weit bis zum Sielpark. Heute war es windig, aber mild, auch wenn die Bäume noch kahl waren und nur einige Büsche erste grüne Blättchen zeigten.

Sie war die Wege entlanggelaufen, an Rabatten mit Farbklecksen aus Krokussen und Winterlingen vorbei und an einsamen Statuen, dann hatte sie eine Brücke überquert, unter der dunkel die Werre floss. Leonie blieb stehen und sah hinunter auf zwei Erpel, die sich dort um ein Entenweibchen stritten. Das warf den beiden bloß einen kurzen Blick zu und verschwand dann im Schilf, wo es nach Käfern tauchte.

So ein Fluss hat es gut, dachte Leonie. Der hat sein vorgeschriebenes Bett und muss einfach immer nur vor sich hinfließen, ohne darüber nachzudenken, wo entlang es richtig ist. Doch dann fielen ihr die Biber ein, die Staudämme bauten, und Menschen, die Ufer begradigten, Schlammlawinen, die einen Flusslauf blockierten, und Erdbeben, die ihn verschieben konnten. Überschwemmungen, die alle Konturen auflösten. Nein, ein Fluss hatte es wohl auch nicht leichter.

Der Wind fuhr ihr in die Haare und schlug sie ihr um die Ohren. Irritiert strich sie sie zurück und wanderte weiter. Darum musste sie sich kümmern. Immer hatte sie einen akkuraten Pagenschnitt getragen, hatte auf ein adrettes Aussehen geachtet, wie es sich für ihren Beruf gehörte. In letzter Zeit hatte sie das schleifen lassen. Zum Friseur zu gehen war einfach zu viel gewesen. Sie hatte immer diese Schmerzen hinter den Augen, hinter der

Stirn, schließlich auch weiter hinten. Dann hätte sie nicht auch noch ertragen, dass jemand ihre empfindliche Kopfhaut berührte.

Die Kopfschmerzen hatten Leonie zermürbt, bis sie sich fühlte wie aus dünnem Pergament. Und dann kam schließlich der Schwindel hinzu.

»Wir haben jetzt wirklich alle organischen Ursachen ausgeschlossen«, hatte ihre Ärztin gesagt, die Leonie schon lange kannte und der sie vertraute. »Und auch alle Nahrungsmittelunverträglichkeiten und möglichen Allergien. Ihr Zustand, liebe Frau Seiler, muss andere Ursachen haben! Stress, unbewältigte Probleme? Sagen Sie es mir.«

Doch Leonie hatte keine Worte gefunden. Nicht einmal Bilder in ihren Gedanken. Nur Nebel und den Strudel aus Schmerzen, der sie immer tiefer in sich hineinzog.

»Ich würde Ihnen dringend zu einer Kur raten«, verkündete die Ärztin in das hilflose Schweigen hinein. »Spricht irgendetwas dagegen?« Ihre Augen unter dem weißen Pony blickten gütig und verständnisvoll. »Wie geht es eigentlich Eliot? Ist er noch in Spanien?«, fragte sie, als keine Antwort kam.

Wahrscheinlich wollte sie Leonie daran erinnern, dass ihr Sohn schon längst keine Ausrede mehr war. Frau Dr. Herder hatte ihn auch schon behandelt. Sie hatte seine Pubertät mitbekommen, sein Stipendium an der Musikhochschule in Madrid und dass er jetzt, mit siebenundzwanzig, ein renommierter Pianist war. Die Ärztin war ein wandelnder Computer, was ihre Patienten anging.

»Ja, es geht ihm gut«, sagte Leonie. »Ich denke, er ist glücklich. Ich höre es an seiner Stimme. Und die Kritiken sind alle hervorragend.«

»Dann ist es nicht er, der Ihnen Sorgen macht.« Dr. Herder klappte mit einem kleinen Knall die Patientenakte zu. »Also, machen wir das mit der Kur, in Ordnung? Ich schreibe Ihnen das nötige Attest, und Sie kümmern sich bei Ihrer Krankenkasse darum.« Sie sah über ihre Brille, der Blick jetzt auf einmal streng. »Und ich meine *jetzt*! Nicht mehr aufschieben.«

Dr. Herder war nicht die Erste, die Leonie zum Handeln drängte. Schon einige ihrer Kunden hatten sie auf ihr offenbar mitgenommenes Aussehen und sogar auf ihre mangelnde Konzentration angesprochen. Sie würde ihren guten Ruf verlieren, wenn sie so weitermachte. Das Wort aber, das ihr den endgültigen Anstoß gab, war Dr. Herders Bemerkung, dass Leonie sich in einem »Zustand« befände. Das machte ihr Angst. Da wollte sie raus. Vor allem weg von diesen unablässigen Kopfschmerzen.

Und so hatte sie sich Mitte Februar in diesem Kurort wiedergefunden, der auf sie wirkte wie eine völlig fremde Welt. So still. So viele alte Menschen. So völlig entfernt von der breiten, turbulenten Straße, in der ihr Büro zwischen hohen Häusern voller Arztpraxen lag. Hier ging es nicht um Aktien und Goldpreise, Fonds, Risiko und Stop-Loss-Limits. Nicht um Kredite für neue Röntgenapparate oder Investitionen in weitere Räume. Stattdessen sprach man über Arthrose oder das Essen in der Klinik, über Herzrasen und die Enkelkinder. Darüber, ob die Kardiologin wohl ein Verhältnis mit dem Koch hatte und wie sich der junge Psychologe diesen Sportwagen leisten konnte. Es erschien Leonie alles entsetzlich trivial, und die Ruhe war für sie beängstigend und leer.

Die Behandlung begann, ihr schließlich dennoch gutzutun oder vielleicht gerade deswegen. Besonders die Wassergymnastik. Doch dann musste sie auch noch in diese Gesprächsgruppe. Der Arzt hatte das einfach in ihren Behandlungsplan geschrieben, zu der Wassergymnastik und der Rückenschule, dem Autogenen Training und dem Kreativkurs.

Dort gab es noch andere Patienten mit Kopfschmerzen. Sie saßen im Kreis, wo Leonie sich albern vorkam. Das letzte Mal, als sie so gesessen hatte, war bei einem Spiel auf einer Klassenfahrt ins Fichtelgebirge. Das war dreiundvierzig Jahre her.

Doch dies hier war kein Spiel. Jeder musste seine Schmerzen beschreiben, reihum. Wie diese sich anfühlten, wann sie auftraten. Leonie hörte zu und stellte zu ihrem Erstaunen fest, dass es guttat, nicht mehr die Einzige mit diesem Problem zu sein. Sie hatte ein schlechtes Gewissen bekommen, als sich keine körperliche Ursache dafür gefunden hatte. War sie denn so eine empfindliche, hysterische Person, dass sie sich das alles nur einbildete? Nun aber erfuhr sie, dass es anderen ähnlich ging wie ihr. Und dass sie sich auch alle dafür schämten.

»Das brauchen Sie nicht mehr«, sagte die Therapeutin energisch. »Nun haben Sie ja den ersten Schritt getan, etwas zu ändern. Ursachen gibt es immer. Wir müssen sie nur finden. Was machen Sie denn beruflich?«

»Finanzberaterin«, sagte Leonie, als sie dran war. »Spezialisiert auf Arztpraxen.«

»Gut. Nun die Hausaufgaben«, erklärte die Therapeutin zum Schluss und verteilte leere Zettel. »Bis zum nächsten Mal schreiben Sie auf, warum Sie genau diesen Beruf ergriffen haben.«

»Ich habe keinen Beruf«, sagte einer.

»Kein Problem. Dann schreiben Sie auf, warum das so ist.«

Die anderen in der Gruppe waren zum Teil sogar jünger als Leonie, aber die waren ambulante Patienten und eilten aus der

Klinik, sobald die Stunde zu Ende war. Leonie aß im Speisesaal mit den betagten Menschen zusammen zu Abend, und danach saß sie in ihrem Zimmer am Tisch und versuchte, etwas aufzuschreiben. Doch alles verschwamm, der Schmerz pochte in ihren Schläfen, und schließlich flüchtete sie ins Bett.

Manchmal war der Behandlungsplan so vollgestopft, dass sie gar nicht zum Nachdenken kam. Darüber war sie im Grunde froh. Heute früh war gleich Sport gewesen, danach die Kreativgruppe. Aber dann hatte das grüne Bild sie unerwartet völlig durcheinandergebracht. Sie hatte noch immer nichts geschrieben. Und jetzt irrte sie hier herum.

Sie ließ den Fluss fließen und lief weiter. Das Gras auf den gepflegten Flächen begann, nach den kalten Monaten gerade wieder zu wachsen und den Winter hinter sich zu lassen. Die Halme richteten sich auf, aus Braun wurde hoffnungsvolles Hellgrün. Leonie wünschte, sie würde sich genauso fühlen. Immerhin waren die Kopfschmerzen heute erträglich, sie hatten sich zurückgezogen, als würden sie den Atem anhalten und auf etwas warten.

Vor sich entdeckte sie im Morgenlicht einen riesigen Schatten. Sie legte ihre Hand über die Augen und den Kopf in den Nacken, um zu erkennen, was es war. Eine gewaltige, breite Wand stand da, auf beiden Seiten von Pfählen gestützt. Drumherum lief ein Bohlenweg, an dem entlang Bänke standen. Leonie vernahm ein Plätschern. Die Wand war dunkel, und doch glänzte sie unwirklich silbern.

Das musste die Anlage zur Salzgewinnung sein, von der sie gelesen hatte. Gradierwerk nannte man das. Es war der Nachbau einer historischen Anlage und stand hier, weil es den Kurgästen guttun sollte, die salzhaltige und durch die Aerosole gereinigte, feuchte Luft in der Nähe einzuatmen.

Die Wand stand da mit ihren acht Metern Höhe so fest und aufrecht, wirkte so beruhigend solide, dass sie Leonie seltsam anzog, ebenso wie das gleichmäßige Rieseln der Sole, die aus einem Brunnen darüber gepumpt wurde.

Gebaut war die Wand aus dicht gepackten Büscheln von Schwarzdornreisig, an denen das Wasser langsam und gleichmäßig herabrieselte. Dadurch verdunstete es, und der Salzgehalt der Luft erhöhte sich.

Leonie sog sie tief in ihre Lungen ein. Sie war tatsächlich angenehm und roch nach Salz. Noch andere Düfte lagen darin, nach Leben, Holz, Gewürzen und ein bisschen auch nach Meer. Ihre Schritte auf dem Bohlenweg klangen angenehm gedämpft und vermischten sich mit dem Rieseln. Jetzt, da sie ihm so nahe war, klang es lauter und dennoch melodisch. Sie hätte ewig zuhören können. Als sie die Wand umkreist hatte, setzte sie sich auf eine der Bänke. Sie war kühl und feucht, aber das war Leonie egal. Sie wollte hier sitzen und die eigenartige Kraft aufsaugen, die von diesem Bauwerk ausging, diese Luft atmen, die ihre Lunge weit machte, und an gar nichts denken. Es wurde wunderbar still in ihrem Kopf. Das Plätschern rieselte wohltuend durch ihre Seele wie das Wasser über die Reisigbündel.

Das Salz, die Mineralien und die Verwitterung der dünnen Äste hatten ein Muster auf die Wand gemalt, Streifen aus Weiß-, Gelb-, Rot- und Brauntönen, die ebenso harmonisch ineinanderliefen wie das Plätschern. Oben, wo die Wand endete und der Himmel begann, glitzerten die Tropfen mal silbern, mal regenbogenfarben, als wären sie aus geschliffenem Glas.

Mit diesen Farben kehrten die Gedanken zurück. Ein Echo der Traurigkeit, die sie angesichts des grünen Bildes überfallen hatte. Aber auch eine vage Erinnerung an ein Glitzern und winzige Regenbögen vor einem Rausch aus Farbe.

Der Strudel von Erschöpfung, Verlorenheit und wachsenden Zweifeln, in den sie in den letzten Monaten immer tiefer hineingeraten war, kam zum Stehen, löste sich auf im Raunen des Wassers und dem Funkeln. Er brach sich einer Welle gleich an der soliden Wand und versickerte an deren Fuß.

Und in dem Augenblick wusste sie es.

Sie würde nicht zurückkehren in das Leben, das sie hierhergebracht hatte. Es war gar nicht mehr ihres. Schon längst nicht mehr. Sie hatte nur nicht lange genug angehalten, um das zu bemerken. Sie hatte sich selbst überholt, war schließlich gestolpert und gestürzt.

Was nun kommen würde, wusste sie nicht. Sie sah nur das Gleißen der Tropfen vor dem Himmel. Nichts war darin erkennbar. Doch es war Zeit für die Zukunft. Die Vergangenheit hatte unterschiedliche Spuren von Farbe in ihr hinterlassen, genau wie das Wasser an der Reisigwand. Jetzt musste sie nur noch herausfinden, was für einen Sinn das Bild für sie ergab, das es gezeichnet hatte.

Welch ein Glück, dass sie auf dem Rückweg auf Birgits Laden gestoßen war, dachte Leonie jetzt, als sie die Klinik wieder betrat. Nun wusste sie, was sie wollte.

Sie ging geradewegs zum Kreativraum und klopfte. Schwester Diana war da und räumte das Material auf.

»Ich muss mich entschuldigen, dass ich vorhin fortgelaufen bin«, sagte Leonie.

»Das macht doch nichts. Ich habe ja gesehen, dass es Ihnen nicht gut ging. Kann ich irgendwie helfen?«

»Danke, nein, jetzt ist alles gut. Ich habe Ihnen etwas mitgebracht.« Leonie reichte ihr die Blumen.

»Oh, wie schön!«, freute sich Schwester Diana. »Was für ein Glück, dass jetzt Frühling wird. Das können wir alle gebrauchen. Das ist auch besser für die Nerven.« Sie zwinkerte Leonie zu.

»Ja, das finde ich auch«, sagte diese erleichtert.

»Schöner Schal«, sagte Schwester Diana. »Ist der aus der Handweberei?«

»Ja. Ich werde dort einen Kurs machen.«

»Das ist eine gute Idee. Eine wunderbare Künstlerin, die Birgit Zehner. Und so eine nette.«

Jetzt musste Leonie nur noch ihre »Hausaufgaben« machen und aufschreiben, warum sie ihren Beruf ergriffen hatte.

Und warum sie ihn aufgeben würde.

Sie stieg in ihr Zimmer hinauf und setzte die kleine Ente auf das Fensterbrett. Der Vogel blickte heiter und optimistisch. Genauso fühlte sich Leonie. Und ungewohnt leicht.

Da fiel ihr auf, dass die Kopfschmerzen verschwunden waren.

4

Aufbruch

Gemütlich eingekuschelt las Leonie am Abend in der Broschüre über das Weben.

Sie erfuhr, wie man an einem Gerät namens Schärbaum fünfhundertsechzig Fäden auf eine Länge bringt. Und wie man sie dort herunternimmt und zu einem sogenannten Kettzopf schlingt, der dann später auf dem Webstuhl eingehängt wird und die Grundlage des Gewebes bildet.

Ob sie das mit den vielen Fäden jemals so hinbekommen würde, wusste sie nicht. Aber für ihr Leben wollte sie jetzt auf jeden Fall wieder eine neue Grundlage finden!

Beim Zähneputzen blickte sie in den Spiegel. Heute früh noch hatte sie sich vorgenommen, endlich zum Friseur zu gehen. Jetzt legte sie die Zahnbürste beiseite und flocht sich versuchsweise einen Zopf. Die Haare waren gerade lang genug. Als Kind hatte sie immer einen gewollt. Aber Uli war nicht damit zurechtgekommen. Später galt es für eine Finanzberaterin als nicht seriös genug.

»Ich werde jetzt aber keine Finanzberaterin mehr sein«, sagte sie zu der freundlichen Ente auf dem Fensterbrett. »Ich werde auch nicht zum Friseur gehen. Ich werde mir ein Haus mit Garten suchen und eine schrullige ältere Frau mit langen weißen Haaren werden, die endlos viele Blumen und einen ungemähten Rasen hat und schöne Stoffe webt.«

Sie erinnerte sich daran, wie sie als Kind einmal mit ihrer

Großmutter spazieren gegangen war. Sie waren einer alten Frau begegnet, die zwar im selben Alter wie Leonies Oma war, aber ganz anders aussah. Diese Frau trug ein sehr buntes Kleid und einen Strohhut mit Blumen. Unter dem Hut kamen lange Haare hervor, die unten dunkelrot und oben weiß waren.

»Wie kann man sich nur so lächerlich machen«, hatte Leonies Oma leise gesagt, als sie vorübergingen. Doch Leonie drehte sich um und sah, wie die bunte Frau ihr zuzwinkerte und lächelte. Sie sah glücklich aus. Leonie mochte sie. Sie war ihr erschienen wie einer der Schmetterlinge aus dem verbotenen Garten.

»Warum darf man denn keine bunten Kleider und langen Haare tragen, wenn man alt ist?«, hatte sie gefragt.

»Das ist einfach nicht passend«, hatte die Oma gesagt.

»Wozu muss es denn passen?«

Die Oma schüttelte den Kopf. »Möchtest du ein Eis?«

Und Leonie hatte genickt, weil sie wusste, dass sie keine Antwort bekommen würde. Uli hatte auch keine gehabt, als sie ihn später fragte. Er zuckte nur hilflos mit den Schultern.

»Aber ich habe jetzt eine Antwort«, sagte Leonie zu der Ente. »Es ist mir egal, was angeblich wozu passt! Außerdem ändern sich die Zeiten. Zum Glück. Und ich mich nun auch. Ich werde so etwas wie ein Schmetterling in meinem Garten sein. Ich muss einfach nur endlich zu mir selbst passen.«

Morgens durchstöberte sie im Internet den Immobilienmarkt und notierte sich einige Objekte, die interessant klangen. Groß war das Angebot nicht. Sie wollte kein Mietshaus, sie wollte auch nichts in der Stadt, höchstens am Rand. Aber nicht zu weit weg von Ulis Seniorenheim und den wenigen Freunden, die sie noch hatte.

Obwohl, das waren eigentlich nur noch Eddie, Franz und Gerd, fiel ihr auf. Ihre Freundinnen von früher waren irgendwann andere Wege gegangen, sie hatten kaum noch etwas gemeinsam gehabt. Sie hatte sich viel zu wenig für sie interessiert, wurde Leonie schuldbewusst klar, denn sie hatte nur noch an ihre Arbeit gedacht. Und an Eliot natürlich, als er sie noch gebraucht hatte.

Wahrscheinlich hatte es deshalb vorhin so viel Freude gemacht, sich mit Birgit zu unterhalten.

Ich muss mich ändern, beschloss Leonie. Nicht nur mein Leben, auch mich.

Ihr fiel ein, wie gern Eliot früher mit ihr im Teufelsmoor spazieren gegangen war. Er fand es schön gruselig dort, denn er liebte Gruselgeschichten. Hinter jedem Baum vermutete er einen Geist und klammerte sich fest an Leonies Hand, doch er wollte immer wieder hingehen.

Wenn sie auf dem schmalen Holzsteg durch den Sumpf liefen, rümpfte er die Nase und lachte gleichzeitig über den Geruch. Am liebsten suchte er dort die »Gespensterschnecken.« Dabei handelte es sich eigentlich um braune Schlammschnecken. Doch wenn sie starben, trieben ihre leeren Gehäuse an die Oberfläche, verwitterten und wurden schneeweiß. Wenn man sie in die Hand nahm, waren sie federleicht und zerbröselten sofort, wenn man nicht sehr vorsichtig damit umging. Eliot hielt sich an einem Baum fest und lehnte sich weit über das Wasser, um sie zu erwischen. Nachdem sie ihm beim ersten Mal in der Hosentasche kaputtgegangen waren, nahm er künftig ein Kästchen mit, in das er sie legte. Zu Hause trocknete er sie behutsam und füllte eine Glasvitrine damit.

»Das sind gute Geister, Mama, die passen auf mich auf!«, sagte er.

Vielleicht gehe ich da auch einmal wieder hin, dachte Leonie. Die Ärztin in der Klinik hatte gesagt, sie solle sich mehr bewegen.

»Sie müssen mehr auf sich achten. Sie werden älter. Das ist normal. Da muss man eben mit seiner Kraft vernünftiger umgehen und vor allem wissen, ob man wirklich das will, woran man sie verschwendet. Teilen Sie sich die besser ein, essen sie vernünftig, schlafen Sie genug und bewegen Sie sich an der frischen Luft! Das ist alles viel einfacher, als die Leute denken. Da brauchen Sie kein Fitnessstudio und keine Medikamente. Finden Sie lieber etwas, an dem Sie Freude haben!«, hatte Frau Dr. Heymann entschieden erklärt.

Ich mochte es im Moor, erinnerte sich Leonie. Das Moor hat mir Freude gemacht. Mein Haus muss unbedingt irgendwo sein, wo man gut spazieren gehen kann.

Das allerdings schränkte die begrenzte Auswahl noch mehr ein.

Jetzt auf dem Weg zum Webkurs wählte sie die Route durch den Ort, ging ein paar Umwege und spähte neugierig in die Gärten. Doch mit dem leuchtenden, grünen, schimmernden Reich hinter dem Gartentor aus ihrer Erinnerung, hatten diese wenig Gemeinsamkeiten. Die Rasenflächen bestanden nur aus einem einzigen platten Grünton, nicht aus vielen verschiedenen Schattierungen. Die Beete an den Rändern waren eng und schnurgerade, und einzelne Pflanzen standen verloren dazwischen herum. Erde sah man nicht, nur Rindenmulch oder Kies. Vielleicht war es ja einfach noch zu früh im Jahr. Immerhin gab es überall Krokusse, Töpfe voller Stiefmütterchen und erste Narzissen.

Ein brachliegendes Grundstück gefiel Leonie am besten. Dort wuchsen Gräser und Löwenzahn durcheinander, Gänseblümchen blühten, wilde Veilchen und Küchenschellen. Diese glänzten mit ihren feinen silbernen Haaren violett oder weiß im schrägen Nachmittagslicht, beinahe unwirklich in ihrer Schönheit. Die Kälte schien ihnen nichts anhaben zu können.

Küchenschellen brauche ich unbedingt in meinem Garten, dachte Leonie, die froh war über ihren warmen Schal.

Aber da sie noch lange keinen Garten besaß, begann sie vorerst mit einer anderen Veränderung und kaufte sich bequeme Hosen und ein Sweatshirt, die sie gleich anbehielt. Sie musste hier nicht wie eine Finanzberaterin herumlaufen. Die eigenwillige Frau mit den langen Haaren, in die sie sich verwandeln wollte, trug bestimmt nur noch Kleidungsstücke, in denen sie sich wohlfühlte.

Birgit saß ebenso bequem angezogen in einem weichen Pullover und Jogginghosen am Webstuhl. »Das ist vernünftig«, erklärte sie mit einem beifälligen Blick auf Leonies veränderten Stil. »Man muss sich gut bewegen können, weil es auch eine körperlich anstrengende Arbeit ist und man zum Beispiel manchmal unter den Webstuhl krabbeln muss.«

»Wozu das denn?«

»Man muss diese Tritte hier durch Schnüre mit den Querhölzern verbinden. Nur dann kannst du später die Fäden damit heben und senken und so dein Muster erhalten, indem du die Querfäden hindurchschießt.« Birgit lächelte ihr ermutigend zu. »Keine Sorge, ich weiß, es klingt kompliziert.«

»Genau wie das Leben«, murmelte Leonie. »Alles hängt irgendwie zusammen, und manchmal stimmt das Muster nicht.«

»Genau. Aber das Weben ist dann doch etwas einfacher. Du wirst es lernen! Vertrau mir. Sieh mal, hier habe ich dir einen Webstuhl schon vorbereitet. Dann kannst du deinen ersten Stoff weben und ein Gefühl dafür bekommen. Die Vorbereitung zeige ich dir erst später. Dann weiter Schritt für Schritt, ganz in Ruhe.«

Und so fing es an. Leonies Freundschaft mit Birgit und ihre Begeisterung für das Weben.

Zuerst war sie unsicher, während sie mit dem Schiffchen hantierte und Faden für Faden mit der Weblade an die Kante des entstehenden Stoffes schob. Dann fand sie allmählich einen Rhythmus und hatte Zeit, die Farben zu bewundern und wie der Webstuhl sich bewegte.

»Das geht doch schon prima«, sagte Birgit, die sie eine Weile in Ruhe gelassen hatte und nun über ihre Schulter sah.

»Ja«, gab Leonie zu. »Ich glaube, ich weiß jetzt, was du meinst.«

Denn jedes Mal, wenn sie eine weitere Reihe an die vorherige schob und die Lücke dazwischen schloss, war es, als ob auch in ihr eine Leere ein wenig heilte und sich etwas zu ordnen begann.

Abends aß sie das fade Abendbrot in der Klinik zum ersten Mal mit Appetit. Sie hatte nicht nur ihr erstes Stück Stoff gewebt, sondern auch das Gefühl, dass sie die Fäden ihres Lebens ganz allmählich wieder in den Griff bekam.

Zurück im Zimmer rief sie Uli an und erzählte ihm, was sie gemacht hatte.

»Du klingst heute aber vergnügt, Fröschle«, sagte er erleichtert.

Fröschle, so hatte er sie einst genannt, weil sie als Kind vor Freude so viel herumgesprungen war.

Diese Freude hole ich mir zurück, beschloss Leonie.

Mit dem Gedanken schlief sie ein und zum ersten Mal seit langer Zeit bis zum Morgen durch.

Einige Wochen später stellte sie ihren Koffer in ihrer Zweizimmerwohnung ab und sah sich um. Hier hatte sie sich eingemietet, nachdem Eliot erwachsen geworden und ausgezogen war. Es war praktisch, preiswert und nahe am Büro gewesen. Nicht einmal einen Balkon gab es. Die Größe reichte ihr vollkommen aus, aber sie hätte sich mit der Einrichtung wirklich mehr Mühe geben können, stellte sie fest. Jetzt, mit fast zwei Monaten Abstand, sah sie nur allzu deutlich, wie lieblos alles wirkte. Freude konnte hier nicht aufkommen. Kein Bild an der Wand, keine Blume auf der Fensterbank, keine Farbe.

Sie öffnete das Fenster, um den abgestandenen Geruch zu verscheuchen. Außen im Winkel des Rahmens entdeckte sie einen roten Punkt. Ein Marienkäfer, steif und verschlafen!

»Hallo du«, sagte Leonie erfreut. »Habe ich dich geweckt? Wo sind denn deine Kumpels geblieben?« Ein Marienkäfer überwinterte doch nicht allein. Er musste schon einmal wach gewesen sein. Sie beobachtete, wie er sich langsam in der Abendsonne zu regen begann, die gerade um die Hausecke gewandert kam. »Es wird Frühling, also komm in Schwung«, ermunterte sie ihn. »Ich mache das jetzt auch.«

Sie hielt ihm den Finger hin, und der Käfer kletterte tatsächlich darauf und blieb einen Moment sitzen, als ob ihm die

Wärme guttäte. Dann lief er auf ihrem Finger gemächlich nach oben. Auf der Spitze breitete er die Flügel aus, faltete sie aber noch einmal zusammen. »Na los!« Da flog er auf in die Dämmerung. Leonie hoffte, dass er etwas Grün finden würde, irgendwo zwischen all diesen Häusern, in deren Fenster gerade die Lichter angingen. Am besten Rosen mit Läusen.

Weil sie dem Käfer versprochen hatte, auch in Schwung zu kommen, und weil sie einen leeren Magen und nichts eingekauft hatte, verkroch sie sich nicht wie sonst mit dem Finanzteil der Zeitung früh ins Bett. Stattdessen spazierte sie die Straßen entlang bis zum »Mousse & Music«, das mit seinem klaren, modernen Schriftzug und den großen Fenstern zwischen den eher altbackenen Kneipen in der Straße hervorstach.

Tammo stand hinter dem Tresen und polierte Gläser. Noch war nicht viel los. Die tägliche Livemusik begann erst später.

»Hey«, begrüßte er sie und betrachtete sie forschend, als sie sich auf einen Barhocker schob. Sein Blick wanderte von ihren Haaren über das bunte Shirt bis zu ihren Jeans. »Du bist es doch, oder?«

»Live und in Farbe«, bestätigte sie und nahm sich eine Salzstange.

»Farbe, allerdings. Ganz was Neues. Gut siehst du aus.«

»Besten Dank.«

»Im Ernst. Wie geht es dir?«, fragte er. »War die Kur eine gute Idee?«

»Wirklich gut! Sie war ganz wichtig.« Er hatte eine ernsthafte Antwort verdient. »Und bei dir? Alles in Ordnung?«

»Klar. Läuft.« Er gestikulierte in Richtung der Tische, die sich bereits füllten. »Die neue Zimt-Cranberry-Mousse ist der Renner. Magst du kosten?«

»Unbedingt. Aber vorher den Salat, bitte. Ich muss meine neu gewonnene Gesundheit ja nicht gleich wieder ruinieren.«

»Sind denn die Kopfschmerzen besser geworden?«

Sie wusste, dass er ehrlich besorgt gewesen war, und lächelte ihn an. »Sie sind weg. Jedenfalls so gut wie.«

»Na, was ein Glück.« Er rief ihre Bestellung nach hinten in die Küche und stellte ihr ein Ginger Ale hin. Er wusste, was sie mochte. Seit dreißig Jahren schon. Wo waren diese Jahrzehnte eigentlich geblieben?

»Sag mal, hast du etwas von Eliot gehört?«, fragte sie. Es war nicht ungewöhnlich, dass sich ihr gemeinsamer Sohn lange nicht meldete, wenn er in seine Musik vertieft war, weil ein Konzert anstand. Aber allmählich machte sie sich Sorgen, da er auf ihre letzten beiden Nachrichten nicht reagiert hatte.

»Er hat eine Ankündigung für das Konzert in Verona geschickt. Ist sicher aufgeregt. Wie immer eben.«

»Dann ist wohl alles in Ordnung.« Leonie trank ihr Ale und stellte fest, dass es gut war, wieder hier zu sein. Sie konnte es nicht erwarten, ihr neues Leben zu beginnen. »Ich werde meine Arbeit aufgeben und mir ein Haus mit Garten kaufen«, verkündete sie.

Tammo stellte das Glas weg und begann, Erdnüsse auf Schälchen zu verteilen. »Na endlich!«, sagte er. »Ich habe mich schon gefragt, wie lange dein Geld noch auf der Bank verschimmeln soll. Ich habe meinen Traum von damals längst wahr gemacht. Du bist ganz schön spät dran.«

»Besser spät als nie«, entgegnete Leonie und dachte an Birgit aus der Weberei mit ihren Sprichwörtern. »Ich bin ja noch gut in Schuss.« Dieser Ausdruck stammte daher, dass das Schiffchen mit dem Schussfaden möglichst gut und regelmäßig hin und her geführt wurde.

»Nicht *noch*«, verbesserte Tammo. »Aber ich hoffe, *wieder*. Ich finde es jedenfalls prima! Höchste Zeit. Ich wünsch dir Glück. Und sag Bescheid, wenn wir dir irgendwie helfen können. Ah, hier kommt dein Essen!«

»Hallo, Inga«, sagte Leonie zu der zierlichen rothaarigen Frau, die ihr einen lecker aussehenden Salat und ein Schüsselchen mit duftender rosaroter Mousse hinstellte.

»Schön, dass du wieder da bist«, sagte sie. »Tammo hat sich schon Sorgen gemacht, dass seine beste Mousse-Testesserin gar nicht mehr zurückkommt.«

»Ach was. Ein Leben ohne Mousse ist nicht möglich«, erklärte Leonie und griff zur Gabel.

Tammo hatte immer behauptet, er wisse nicht, ob sich Leonie ursprünglich in ihn oder in seine Brombeer-Mousse verliebt hatte. Aber so lecker die Mousse auch war, Leonie hatte Tammo gemocht, weil er so in sich ruhte, weil sein friesisches Temperament ihn zu einem Fels in der Brandung machte und sein trockener Humor sie erdete und immer zum Lachen brachte. Er träumte damals von einem eigenen Lokal mit Livemusik und Essen für die Seele und sie von ihrem Haus mit Garten. Sie hatten sich verlobt, als Leonie schwanger wurde, nur geheiratet hatten sie nie, ohne so recht zu wissen, warum. Sie hatten eine gute Zeit zusammen, bis Eliot acht war, doch dann stellten sie endgültig fest, dass sie im Grunde immer nur gute Freunde gewesen waren. Und das blieben sie. Auch als Leonie mit Eliot in eine nahe gelegene Wohnung zog. Auch als Tammo irgendwann Inga heiratete. Sie war die Salatköchin in dem Lokal, das er inzwischen längst aufgebaut hatte, während Leonie sich in ihrer Arbeit vergrub und ihren eigenen Traum in einer unbestimmten Zukunft in Sicherheit wähnte, während die Zeit und ihre Kräfte verrannen.

Dennoch, ihre Arbeit hatte ihr lange Freude gemacht, der Umgang mit den Kunden und das Jonglieren mit den Zahlen.

Ein wenig mulmig war ihr jetzt schon. Was, wenn sie alle Kunden informiert, allen Papierkram abgewickelt und bis dahin noch kein Haus gefunden hatte? Wenn sie *ihren* Garten noch nicht entdeckt hatte? Dann würde ihr hier die Decke auf den Kopf fallen. Und Kompromisse machen wollte sie nicht mehr.

Was hatte sie sich da nur vorgenommen?

Faden für Faden, hatte Birgit gesagt. Du musst einen nach dem anderen sorgfältig und mit ruhiger Hand durch die Litzen fädeln.

Leonie leckte den letzten Löffel Mousse ab. »Sie ist hervorragend, deine neue Kreation«, sagte sie, und Tammo strahlte zufrieden.

Mit dem Geschmack von Zimt und Cranberry auf der Zunge verließ sie das Lokal, während hinter ihr die ersten Klänge der Jazzband aufbrandeten.

Sie würde sich einfach auf ihre alte Stärke verlassen müssen, die sie von den Marienkäfern gelernt hatte. Geduld und Hoffnung.

5

Eichwerder Moorwiesen

Uli saß mit seinen Freunden beim Kartenspiel. Sie hätte es wissen müssen.

Ungeduldig und vergeblich hatte Leonie an seiner Zimmertür geklopft. Sie konnte es kaum erwarten, ihn nach all den Wochen wiederzusehen. Doch erst an der dritten Tür, der von Eddie, hatte sie Glück und wurde hereingebeten.

Eddie, Gerd und Franz waren Uli einer nach dem anderen in dasselbe Seniorenheim gefolgt. »Die Unzertrennlichen« nannte man sie dort nur. Wo man einen fand, fand man stets auch die anderen. Für Leonie war es wie eine Rückkehr in ein behagliches Nest, wenn sie die herzlichen, fröhlichen Gesichter um sich sah, die ihr in ihrer Kindheit stets so viel Liebe und Geborgenheit geschenkt hatten. Für alles hatten sie Verständnis gehabt und sie trotzdem mit sicherer und manchmal bestimmter Hand durch alle Stürme geleitet.

Als sie Eddies vollgestopftes Zimmer betrat, in dem alle vier um den Tisch saßen, wandten die Männer sich ihr sofort mit einem Lächeln zu und legten mitten im Spiel die Karten aus der Hand.

»Wer schneit denn da herein! Unser Mädchen!« Franz strahlte.

»Fröschle! Na endlich.« Uli stand etwas mühsam auf, um sie zu umarmen. Prüfend musterte er sie, dann lächelte er. »Deine Augen leuchten ja wieder! Du siehst gut aus. Mehr so wie früher. Das gefällt mir. Darauf habe ich gewartet. Mit viel Geduld.

Wie die Marienkäfer.« Leonie musste schlucken und umarmte ihn noch mal. Dann forderte Eddie auch eine Umarmung ein.

Gerd fiel das Aufstehen schwer, aber er betrachtete sie zufrieden. »Steht dir krass gut, dieser neue Look.« Leonie musste lachen. Gerd hatte mehrere Enkel und bemühte sich immer eifrig, mit der modernen Ausdrucksweise mitzuhalten. Es passte überhaupt nicht zu ihm.

»Setz dich, Liebes.« Gerd rückte beiseite und zog einen weiteren Stuhl heran. Franz goss ihr ein Bier ein. Wahrscheinlich war gar nichts anderes da. Leonie zuckte mit den Schultern. Warum nicht? Sie hob das Glas und stieß mit allen an, als Eddie sagte: »Auf das Leben und darauf, dass unser Mädchen gesund zurück ist.« Den bitteren Geschmack war sie nicht gewöhnt, aber er war belebend und gab ihr die Energie, den alten Herren ihren neuen Lebensplan zu erklären.

Sie waren alle ohne Einschränkung dafür.

»Hurra, das Kind ist endlich alt genug, sich an seine Träume zu erinnern!«, sagte Franz. »Man hat schließlich keine Ewigkeit zur Verfügung.«

»Dann können wir im Sommer bei dir im Garten zocken«, meinte Gerd sichtlich begeistert. »So eine Location bringt den Spaß auf ein ganz neues Level.«

»Wie gut, dass du so erfahren in Finanzdingen bist«, beruhigte Eddie sich selbst. »Da zieht dich beim Hauskauf keiner über den Tisch.«

»Ich freue mich so für dich, wenn du endlich deinen Garten hast, den ich dir nie geben konnte«, sagte Uli »Aber noch mehr will ich, dass es dir endlich wieder gutgeht und du dir nicht mehr so viel Stress machst.«

»Du hast mir viel mehr gegeben, als ein Garten es je gekonnt hätte, Uli!« Leonie blickte von einem zum anderen, einen Kloß im Hals. »Ihr alle!«

Uli nahm hastig einen großen Schluck Bier und musste husten. Gerd klopfte ihm auf den Rücken. »Nu werdet mal nicht sentimental. Sollen wir ein Brainstorming machen, oder hast du alles im Griff, Leonie?«

»Ich habe mir bereits eine Liste von Angeboten gemacht. Ich werde mir ein Haus nach dem anderen ansehen und nebenbei meine Kunden informieren und weitervermitteln und alles abwickeln.«

»Unser Mädchen macht das schon«, sagte Franz.

»Aber du kaufst kein Haus, ohne dass wir es besichtigt haben!«, verlangte Eddie kategorisch.

Leonie trank ihr Bier aus. Sie fühlte sich ausgelassen und von allen Seiten gewärmt. »Das würde ich niemals wagen«, versicherte sie.

Auf dem Heimweg piepte ihr Handy. »*Bin fleißig am Üben. Herzliche Grüße. Schön, dass es dir besser geht. Eliot*«, lautete die Antwort auf die Nachricht, die sie ihm vor zwei Tagen geschickt hatte. Na endlich!

Allen ihren Lieben ging es gut. Nun konnte sie sich ans Werk machen.

Das Wetter wurde noch einmal kalt und machte es ihr leicht, sich auf die Arbeit zu konzentrieren. Sie besuchte einen Kunden nach dem anderen und war gerührt davon, wie viel Bedauern ihr begegnete, dass sie aufhörte. So viele erfolgreiche Arztpraxen, die sie mit ihrer Finanzberatung aufzubauen geholfen hatte! Die anstrengenden Jahre waren doch nicht nur zum Geldverdienen gut gewesen. Dankbare Ärzte und dankbare Patienten waren ein schöner Erfolg.

Nun war sie selbst dran.

Nebenbei arbeitete sie ihre Hausbesichtigungsliste ab.

Morgens studierte sie beim Kaffee zuallererst die Immobilienangebote. Es waren immer noch nur vereinzelte, die überhaupt in Frage kamen. Von den Besichtigungen, die sie durchführte, kehrte sie jedes Mal entmutigt zurück. Viele Häuser waren zu groß, andere so heruntergekommen, dass es doch ihre finanziellen Möglichkeiten überstiegen hätte, sie einigermaßen bewohnbar zu machen. Die meisten hatten ein indiskutables Umfeld. Oder es handelte sich um Bausünden, die Leonie nicht ausreichend verzeihen konnte, um den Anblick jeden Tag zu ertragen, geschweige denn darin zu wohnen. Zwei wären annähernd in Betracht gekommen, nur wurde ihr darin einfach nicht warm, trotz der modernen Fußbodenheizung. Es war eine innere Kälte. Sie suchte ein Zuhause, ein richtiges Heim, keinen Wohnschrank mehr, in dem sie sich nur aufbewahrte.

Uli und die anderen machten ihr unermüdlich Mut. »Denk an die Marienkäfer!«, mahnte Uli. »Momentan mögen die Häuser alle lausig sein, aber warte mal ab.«

Leonie unterdrückte ein Seufzen. »Die Rosen treiben gerade erst Blätter. Die haben noch nicht mal Knospen. Noch lange nicht die Zeit für ausreichend Marienkäfer.« Sie wollte ihren Garten finden, ehe die Rosen blühten, damit sie genau das schon dort erleben konnte.

»Bleib dran! Du hast noch nie aufgegeben.« Eddie klopfte ihr auf die Schulter.

»Das wird schon. Du bist doch voll krass kompetent!«, verkündete Gerd und brachte Leonie unweigerlich zum Lächeln.

Die gewebte Ente auf dem Fensterbrett blickte schon ganz streng. Als es Mitte April wärmer wurde und die Arbeit so gut wie beendet war, beschloss Leonie, in der langsam eine Art Panik aufkam, sich abzulenken. Sie wollte keinesfalls mangels Praxis vergessen, was Birgit ihr beigebracht hatte.

»Ich kenne eine Handweberin in Brandenburg, in Glienicke im Landkreis Oberhavel, das ist ganz nahe an Berlin«, hatte diese ihr gesagt. »Wir sind locker befreundet. Ich schreibe dir ihre Adresse auf. Bei ihr könntest du einen Fortgeschrittenenkurs machen. Außerdem hat sie einen gebrauchten Webstuhl zu verkaufen, weil sie sich einen größeren angeschafft hat. Vielleicht hast du ja Interesse?«

»Unbedingt, aber dafür brauche ich erst ein Haus«, hatte Leonie erwidert. Einen Webstuhl, auch wenn es nicht der größte war, konnte man nicht eben mal so in eine Zimmerecke zwischen Couch und Schrank stellen.

Sie wollte diese Merle Birkhahn jetzt unbedingt kennenlernen, den Webstuhl besichtigen und sie bitten, ihn eventuell noch ein wenig für sie aufzuheben.

Der Tag, für den sie sich verabredet hatte, war mild, aber grau und windig.

Manchmal träumte Leonie neuerdings von Dingen wie Kakao und Rosmarin und wachte mit den entsprechenden Düften in der Nase auf. Die blieben dann den ganzen Tag seltsam bei ihr, als wollten sie sie an irgendetwas erinnern. Aber sie kam nie darauf, was es war, und das machte sie ganz unruhig. Heute waren es Gerüche nach nassem Wollstoff und Vanille, die überhaupt nicht zusammenpassten.

Ihr Auto war in der Werkstatt, also fuhr sie Bahn und Bus. Wie schnell das Lärmen der Stadt hinter ihr zurückblieb und wie bald die Straßen still wurden! Die Autos bewegten sich hier kaum, sie parkten und wirkten, als würden sie sich tagelang nicht rühren. Statt Lärm drang Kinderlachen durch Hecken, hinter denen man die Häuser nicht sah.

Leonie war zu früh dran, also stieg sie zwei Stationen eher aus und ging zu Fuß. In ihrer Kindheit war sie auf einem Ausflug mit Uli an dieser Stelle nicht weitergekommen, weil die Mauer die westliche Hälfte Berlins noch einschloss.

Auf der Karte hatte sie gesehen, dass es heutzutage eine Abkürzung durch ein Naturschutzgebiet gab.

Die »Eichwerder Moorwiesen« lagen teils in Berlin, im früheren Westen, teils in Brandenburg, im früheren Osten. Einst getrennt durch die tödliche Grenze, heute eine Einheit, um die sich Naturschützer bemühten. Das war die perfekte Gelegenheit, durch ein Moor zu spazieren, wie sie es sich neulich vorgenommen hatte. Vielleicht gab es auch hier die Gespensterschnecken? Dann konnte sie Eliot ein Bild schicken, und vielleicht würde er ausnahmsweise mit mehr als nur einem Satz antworten.

»Guten Morgen!«, rief ein Jogger, der ihr entgegenkam.

»Guten Morgen!«, antwortete sie überrascht. In der Stadt war so ein Gruß nicht üblich – unmöglich, bei so vielen Menschen. Hier aber war sie anscheinend schon auf dem Land.

Der Weg war weich unter ihren Füßen. Feuchte, schwingende Erde, der man den Moorboden anmerkte. Wie gut, dass sie jetzt meist Turnschuhe trug. Rechts und links trieben alte Weiden und junge Birken frisches Grün. Die Weidenkätzchen waren gerade aufgeblüht und leuchteten gelb vor dem Grau des Himmels. Unversehens führte der Weg eine Brücke hinauf auf einen langen Holzsteg, der sich in sanften Kurven durch eine Moorlandschaft schwang. Leonie staunte. Es wirkte wie eine ganz andere, beinahe exotische Welt. Sie hätte sich kaum gewundert, gleich ein Krokodil auftauchen zu sehen. Über dem Wasser trieben aufsteigende Nebelfetzen wie zu einer stummen Musik und ließen alles verzaubert und unwirklich erscheinen. Leonie fragte sich, ob sie noch träumte.

Doch dann ließen verblüffend laute, hallende Rufe sie zusammenzucken. Einsam und grandios schallten sie von hinter den bizarren Bäumen, die zum Teil abgestorben waren und wie ein Gespensterwald wirkten. Ein Buntspecht hämmerte eifrig an einem Baum.

Und dann flogen sie, immer noch laut rufend, elegant direkt über ihren Kopf hinweg: zwei Kraniche! Leonie hörte das gewaltige Rauschen ihrer Flügelschläge, spürte den Luftzug und begegnete für einen kostbaren Moment ihrem Blick. Wie groß sie waren!

Kraniche galten als Glücksvögel, das wusste sie, aber so nahe hatte sie diese noch nie gesehen. Sie wirkten unglaublich erhaben.

Die Rufe verhallten schließlich in der Ferne. Noch ganz im Bann dieser Wesen ging Leonie weiter. Sie versuchte, sanft aufzutreten, denn ihre Schritte hallten auf dem Holz, das in Schwingung geriet und eine Art singenden Ton erzeugte. Unten im Wasser knurrte und huschte etwas. Sie sah näher hin und entdeckte

Frösche in Balzstimmung, die sich umarmten. Bald würde es hier Laich geben, dann die Kaulquappen, die Eliot so gemocht hatte.

Zwei weitere Jogger kamen ihr entgegen. »Hallo! Danke!«, riefen sie, als Leonie auf dem schmalen Steg beiseitetrat, um sie vorbeizulassen.

Sie fragte sich, wie das wohl wäre, jeden Tag in einer Gegend wie aus einem Bildband ganz selbstverständlich herumlaufen zu können.

Joggen wollte sie nicht. Doch ihr Haus würde auf jeden Fall irgendwo gelegen sein müssen, wo man spazieren gehen konnte, ohne erst in ein Auto zu steigen. Einen Kompromiss würde sie da nicht mehr machen.

Eine Kette kleiner Sümpfe, Tümpel und größerer Moorseen reihte sich aneinander. Leonie traf auf Schwäne, Enten und schimpfende Blässhühner, dann hörte sie, was sie erst einmal in ihrem Leben vernommen hatte, in den Ferien mit Uli: den flötenden, seltsam süßen und wehmütigen Ruf eines Pirols. Leonie lauschte beglückt. Er war ein wenig früh dran, überwinterten Pirole doch in Afrika. Aber kein Wunder, wenn er in eine Landschaft wie diese zurückkehren konnte! Da wollte er sich gewiss rechtzeitig sein Revier sichern.

Leonie mochte ihn nicht erschrecken und stand ganz still, bis sich der Ruf näherte, dann etwas Gelbes an ihr vorbeisegelte und mit einem weiteren Flöten hinter den Bäumen verschwand. Leonie sah ihm fasziniert nach, dann warf sie einen erschrockenen Blick auf die Uhr. Sie hatte ganz vergessen, dass sie einen Termin hatte.

Schneller jetzt lief sie weiter. Es begann, leicht zu nieseln. Der

Steg mündete in einen Weg, der noch weiter durch den Sumpf führte, in dem sich mannshohes, trockenes Schilf und moosige Baumstämme voller Flechtenbärte spiegelten. In dem Schilf flüsterte und raschelte geheimnisvoll der Wind. Durch ein Erlenbruch, einen sumpfigen, stets überfluteten Wald, lief der Weg aus und endete schließlich auf genau jener Alten Schildower Straße, die sie suchte und die ihr das Navi an dieser Stelle versprochen hatte. Hier war sie längst in Brandenburg. Und zum Glück gerade noch pünktlich. Sie hasste es, zu spät zu kommen.

Das Gartentor an der angegebenen Adresse war offen. Im Vorgarten stand eine rundliche Frau unter einem Kirschbaum, der gerade zu blühen begann und einer duftigen weißen Wolke glich. Sie trug einen sehr bunten, eindeutig selbst gewebten Poncho, der sie noch rundlicher und sehr gemütlich aussehen ließ, und darüber ein glückliches Lächeln und einen silbergrauen Haarschnitt, auf dem Wassertropfen wie feine Perlen glänzten.

»Es gibt doch nicht Schöneres als einen warmen Frühlingsregen, findest du nicht?«, begrüßte sie Leonie. »Hallo, ich bin Merle.«

Der Poncho roch nach nasser Wolle. Derselbe Duft, der in Leonies Traum aufgetaucht war und seither nicht aus ihrer Nase hatte weichen wollen.

Der Vanilleduft aus demselben Traum hingegen erklärte sich nicht, als Leonie Merles Werkstatt betrat. Dort wehte nur der Duft der Kirschbaumblüten zum offenen Fenster herein. Ein Mann kam ihnen auf der Schwelle entgegen.

»Guten Tag«, sagte er und warf Leonie ein beiläufiges Lächeln zu. »Ich geh dann mal«, sagte er zu Merle.

»Mein Bruder Max«, erklärte diese. Nötig wäre das kaum gewesen, denn er sah aus wie eine langgezogene Kopie seiner Schwester. Größer, schlanker, aber mit denselben karamellbraunen Augen und silbernem Haarschopf. »Er hat mir geholfen, den Kettbaum zu drehen, damit die Kettfäden mit der richtigen Spannung gleichmäßig aufgerollt werden können. Das geht viel besser zu zweit. Danke, Max!«

Er hob grüßend die Hand, nickte Leonie zu und verschwand durch das Gartentor.

»Na, dann will ich dir mal alles zeigen.« Merle winkte sie in Richtung eines Webstuhls. »Dieser hier ist der, den ich am meisten benutze. Und der dort in der Ecke, den würde ich dir verkaufen. Allerdings frühestens in zwei Wochen, es dauert noch, bis der neue kommt. Birgit sagte, du möchtest einen Kurs machen. Vielleicht willst du einfach darauf etwas weben und schauen, ob er sich gut für dich anfühlt?« Sie lächelte. »Man verbringt eine Menge Zeit mit dem Gerät. Da sollte man sich gut verstehen.«

Leonie betrachtete den Webstuhl. »Er ist größer, als ich dachte«, sagte sie verzagt.

»Umso besser. Dann ist das Darunterkrabbeln nicht so schwierig. Er ist bewährt und sehr gutmütig«, versicherte Merle verschmitzt.

Merle hatte eine ähnlich offene Natürlichkeit wie Birgit, aber sie wirkte noch geerdeter, ruhte so wohltuend in sich selbst. Leonie mochte sie. Mehr noch als Birgit arbeitete sie anscheinend am liebsten mit leuchtenden, bunten Farben.

»Ich mag Farben«, sagte Merle, als sie Leonies Blick zu dem Regal mit den Garnen folgte und zu einigen Geweben an den Wänden. »Als Kind liebte ich die farbigen afrikanischen Drucke und die knallbunten Sachen aus Peru, die die Panflötenspieler an den Straßenecken trugen. Ich brauche jede Menge intensive Farben um mich herum, um mich glücklich zu fühlen. Das Leben ist nun mal bunt. Vornehme Zurückhaltung liegt mir nicht. Wozu auch?«

Leonie hatte ein Spinnrad entdeckt. »Spinnst du dein Garn selbst?«

»Nur manchmal. Es ist aufwendig und würde alles so teuer machen, dass ich es nicht mehr verkaufen könnte. Aber hin und wieder überkommt es mich. Es ist ein so beruhigender, meditativer Vorgang. Komm, wollen wir mal überlegen, was du weben möchtest? Birgit hat dir ja schon viel beigebracht. Du kannst mich alles fragen, und mit dem Kettbaum helfe ich dir dann.«

Leonie war ein wenig beklommen zumute, doch dann atmete sie tief durch und begann einfach. Mit Merles fröhlicher und ruhiger Hilfe ging es besser als befürchtet. Sie entschloss sich, einen kleinen Läufer zu weben. Für ihr neues Heim, wenn sie es jemals fand. Sie entschied sich für eine Kombination aus zarten Blau- und Beigetönen und einem knubbeligen, verhalten hellgrünen Garn.

Merle widersprach nicht. »Die liegen hier schon länger herum, weil sie mir zu blass waren«, sagte sie heiter. »Schön, dass sie endlich mal einer benutzt.«

Erst als sie viel später zum Gartentor hinausging, fiel Leonie auf, dass sie sich für genau die Farbtöne entschieden hatte, deren Zusammenspiel ihr vorhin im Moor so gefallen hatte. Das Blau des Wassers, als die Sonne einmal durch die Wolken lugte. Das gebleichte Blond des trockenen Schilfs vom letzten Jahr, das Pastellgelb der sich öffnenden Kätzchen. Das helle Grün der ersten Weidenblätter.

Sie wollte noch mehr von dieser Landschaft sehen und wählte den Weg zu einer anderen Bushaltestelle. Das Wetter war typisch für April. Der milde Regen von vorhin war strahlendem Sonnenschein gewichen. Der Boden dampfte, in den Weidenkätzchen flimmerten die Tropfen.

Leonie bog von der Alten Schildower Straße in eine Sackgasse namens Moosbeerenweg ein. An deren Ende sollte sich ein Bohlenweg am Rand des Moores befinden, am einstigen Mauerverlauf entlang.

Und genau dort sah sie es. Das letzte Haus in der Straße. Davor stand ein Baum in voller rosa Blüte. Darunter lief eine weißhaarige Frau mit einem Rollator, an dem eine Harke steckte.

Und über den Gartenzaun duftete es nach Vanille.

6

Svenja

Das Haus war in einem der Baumblüte ähnlichen rosa Farbton verputzt, nur dunkler. Baum und Haus schienen zusammenzugehören wie ein eingespieltes Ehepaar. Man sah ihnen an, dass sie schon eine Menge Winter und Stürme in stiller Eintracht überstanden hatten. Fast war es, als neigten sie sich ein wenig zueinander hin. Das Haus schien verwinkelt, mit einem Dachgiebel wie aus einem alten Märchen. Leonie konnte hinter dem Baum und den knospenden Fliederbüschen kaum etwas erkennen. Und dennoch war ihr für einen Moment, als würden die hellgrünen Sprossenfenster ihren Blick freundlich erwidern.

Die alte Dame näherte sich dem Zaun, an dem Leonie stehen geblieben war. »Guten Tag«, sagte sie freundlich. »Schauen Sie nur! Das tun alle, die hier um diese Zeit vorübergehen. Er mag es, wenn man ihn bewundert.«

Leonie musste etwas verwirrt geblickt haben, denn jetzt lachte die Dame, und um ihre blauen Augen strahlten Falten wie kleine Sonnen. »*Red Robin.* So heißt diese alte Sorte. Eine Art der Weinbergpfirsiche«, erläuterte sie. »Er verträgt das Klima hier. Frost macht ihm nichts aus. Er reift ein bisschen spät, man braucht Geduld, aber dafür ist er umso aromatischer.«

»Er ist wunderschön! Ist es dieser Baum, der so nach Vanille duftet?« Leonie konnte nicht anders als zu fragen. Sie musste wissen, ob sie sich den Geruch nur einbildete.

»Nein, das sind die Knopfkekse. Ich habe gerade gebacken. Sie kühlen in der Küche ab.«

Also war es keine Einbildung gewesen. Aber warum hatte sie dann heute Nacht davon geträumt? Und was, bitte, waren Knopfkekse? Doch ehe sie fragen konnte, wurde Leonie davon abgelenkt, dass sich auf dem Tablett des Rollators etwas bewegte. Auf den ersten Blick dachte sie unwillkürlich, es wären riesige, gelbe Marienkäfer.

»Griechische Landschildkröten. Ich habe sie gerade aus dem Gemüsefach geholt«, erklärte die Dame.

»Gemüsefach?«, wiederholte Leonie ratlos und fragte sich, ob sie vielleicht noch in einem verrückten Traum gefangen oder wie Alice im Wunderland in eine andere Welt geraten war.

»Ja, da halten sie ihre Winterruhe. Das bekommt ihnen am besten.« Diesmal blieb die Frau ernst, aber in den blauen Augen lag ein Schmunzeln. »Keine Sorge, ich bin nicht senil. Ich mache das seit vierzig Jahren so, wie viele andere Schildkrötenhalter auch. Es ist ein alter Kühlschrank, der im Keller steht. Nicht derselbe, in dem der Teig lagert.«

»Sind die Kekse endlich fertig? Wann bekomme ich welche?«, fragte eine Stimme direkt hinter Leonie. Erschrocken wandte sie sich um und gewahrte hinter dem Zaun des Gartens auf der anderen Seite der schmalen Straße eine zweite alte Dame. Sehr klein und zierlich, aber auch sehr aufrecht, und auf den zweiten Blick etwas jünger als die mit den Schildkröten.

»Ach, Insa! Wenn du es gar nicht erwarten kannst, dann komm doch rüber. Die müssten gerade schon essbar sein«, meinte die alte Dame belustigt.

»Ich hole nur schnell Kaffee.« Insa verschwand mit erstaunlicher Geschwindigkeit in ihrem Haus, das nicht rosa, sondern grün gestrichen war.

Leonie wandte sich wieder um. Die Dame vor dem blühenden Baum in dem Garten erschien ihr wie ein Bild, das sie einmal vor langer Zeit gesehen hatte. Sie konnte nicht aufhören zu schauen. Vielleicht lag es an den windbewegten, jungen Grüntönen, die nach dem Frühlingsregen vorhin jetzt in der Spätnachmittagssonne überall gerade förmlich zu explodieren schienen. Leonie fühlte sich wieder zurückversetzt in die Zeiten, als sie vergeblich vor dem Tor des verbotenen Gartens gestanden und sehnsüchtig hinüber in das unerreichbare, flüsternde Paradies geschaut hatte, das nach ihr rief. Dieses hier war nicht weniger lockend.

»Mögen Sie vielleicht auch hereinkommen und die Kekse probieren? Die sind hier in der Nachbarschaft Tradition, wissen Sie. Wir wohnen hier schon eine Ewigkeit. Ich habe sie früher für Insas Kinder gebacken und dann für ihre Enkelkinder, na ja, und die Nachbarskinder trudelten auch alle ein, wenn sie sie gerochen haben. Hier steht meistens eine Dose voll. Langsam werde ich zu alt dafür. Es fällt mir immer schwerer.« Die Dame hielt ihre Hände hoch, von Alter und Gicht gezeichnet. »Aber die Leute gucken dann so traurig.« Sie öffnete das Gartentor und winkte Leonie so kategorisch herein, dass diese wie von einem Faden gezogen Folge leistete.

»Dankeschön! Sehr gern. Aber …« *Ich bin doch eine Fremde. Sie kennen mich ja nicht*, hatte sie sagen wollen. Es war gar nicht gut, wenn alte Menschen allzu vertrauensvoll Fremden gegenüber waren. Andererseits, das hier war nicht mehr Berlin. Vielleicht war es in Brandenburg anders. Angesichts dieser Landschaft konnte man es glauben.

»Sie mögen Robin, und er mag sie, das sehe ich, und das genügt mir«, sagte die Schildkrötenfrau, als hätte sie Leonies unausgesprochene Bedenken gehört. Sie ließ das Tor offen, vermutlich für Insa. »Ich bin Svenja. Wir müssen nur noch die Tiere in ihren Auslauf bringen. Sie können mir dabei helfen. Das Bücken ist mir kaum noch möglich.«

In den Vanilleduft mischte sich einer nach Pfirsichen und Blumen, wahrscheinlich Robins Duft. Ein Windstoß wirbelte eine Handvoll rosa Blütenblätter zu ihnen herüber. Ein paar davon blieben in Svenjas Haaren hängen, und eines setzte sich auf Leonies Schulter. Sie schob es vorsichtig in die Brusttasche ihrer Bluse. Vielleicht würde der Duft ein Weilchen bei ihr bleiben und sie an diesen Tag erinnern, den besten seit sehr langer Zeit.

»Ich bin Leonie. Was kann ich tun?«, fragte sie und folgte Svenja über den Rasen, wo zwischen dem Gras herrlich viele Gänseblümchen blühten.

Aus dem Augenwinkel sah sie Beete, auf denen sich erste Erdbeerknospen öffneten, aber auch einige brachliegende, wo nur Giersch und Brennnesseln austrieben. Svenja hielt an einem aus Brettern gezimmerten großzügigen Auslauf an.

»Im Moment gibt es nicht viel zu tun«, sagte sie. »Lauwarm gebadet habe ich die Schildkröten bereits, nachdem sie aufgewacht sind. Das gleicht den Wasserverlust während der Winterruhe aus. Die können jetzt erst mal die Kräuter fressen, die hier sowieso wachsen. Füttern muss man sie erst später, wenn nicht mehr genug im Gehege ist. Wenn Sie nur bitte die Wasserschale herausnehmen würden, dort unter dem Hahn abspülen und mit sauberem Wasser füllen. Und dann die Tiere hineinsetzen, am besten dort in die geschützte Ecke vor den Unterschlupf.«

Leonie kümmerte sich um die Wasserschale und stellte sie zurück. Svenja nickte beifällig und suchte etwas in ihrer Tasche. »Jetzt legen Sie bitte noch diese Sepiaschale hinein. Sie brauchen das Kalzium für die Knochen und den Panzer.« Schließlich hob Svenja eine der Schildkröten hoch. Die ließ entspannt die Beine hängen und sah Leonie nachdenklich an. »Das ist das Männchen. Darf ich vorstellen? Er heißt Thales. Nach dem angeblich ersten Philosophen. Er brachte die Menschen dazu, den Schritt vom mythischen zum logischen Denken zu gehen. Wobei, manche haben das noch immer nicht geschafft.«

Svenja zwinkerte Leonie zu und nickte in Richtung des grünen Nachbarhauses, dann reichte sie Leonie die Schildkröte. Vorsichtig nahm die das Tier entgegen und betrachtete bewundernd den gelb und braun gezeichneten Panzer.

»Wie alt ist er?«, wollte sie wissen.

»Mein Mann hat sie mir alle drei geschenkt. Vor zwanzig Jahren. Da waren sie noch recht klein. Sie sind ordnungsgemäß mit der nötigen Fotodokumentation bei der Behörde gemeldet, wie es das Artenschutzgesetz verlangt.« Svenja klang ein wenig wehmütig. »Mein Mann ist schon vor zehn Jahren gestorben. Aber Thales und seine Frauen haben noch viele Jahre vor sich.«

Leonie setzte Thales vorsichtig ab. Der saß einen Moment still, dann schob er sich vorwärts und blieb in einem Sonnenfleck sitzen. »Das brauchen sie jetzt, die Sonnenwärme«, sagte Svenja und reichte Leonie das nächste Tier. »Das hier, mit dem größeren Gelbanteil auf dem Panzer, ist Theano.«

»Wer war Theano?«, erkundigte sich Leonie fasziniert, während sie die Schildkröte zu der anderen setzte. Sie hätte schwören können, dass das Tier sie angrinste.

»Theano war vermutlich erst eine Schülerin, dann die Frau

des Pythagoras. Man sagt, sie sei die erste weibliche Mathematikerin gewesen. Und dies hier ist Aesara«, Svenja legte die letzte Schildkröte in Leonies Hände. »So hieß eine Tochter von Pythagoras und Theano. Sie schrieb ein Buch über die Natur des Menschen.«

Die heutige Aesara schien von den Menschen weniger zu halten, denn sie wandte Leonie den Rücken zu, sobald diese sie zu den Gefährten gesetzt hatte.

»Wir fanden, die Philosophen passen zu den Schildkröten, weil sie in ihrer Bedächtigkeit so nachdenklich wirken«, erklärte Svenja. »Auch wenn wir uns ihre Weisheit einbilden mögen, es tut einfach gut, sich von ihrer Ruhe beeinflussen zu lassen.«

»Ich mochte immer die Kassiopeia aus Michael Endes ›Momo‹«, erinnerte sich Leonie.

»Sehen Sie. Das meine ich.« Zufrieden beobachtete Svenja, wie Thales an einem Spitzwegerichblatt zu kauen begann.

Von weitem bemerkte Leonie, wie Insa mit einer erstaunlich großen Kanne zum Haus ging und sich dort auf einer kleinen Terrasse zu schaffen machte. Sie verschwand drinnen und kam mit Tassen und Tellern wieder heraus.

»Die liebe Insa! Sie versucht, mir unauffällig so viel abzunehmen.« Svenja schüttelt etwas besorgt den Kopf. »Dabei sollte sie es auch nicht übertreiben. Wir fühlen uns nicht alt, aber die Knochen sagen etwas anderes. Da hilft auch keine Sepiaschale. Kommen Sie!« Sie steuerte den Rollator Richtung Haus. »Verzeihung, haben Sie denn überhaupt Zeit?«

»Ja«, sagte Leonie. »Neuerdings, ja.« Sie staunte selbst darüber und freute sich, wie schön dieses Gefühl war, wenn auch immer noch ungewohnt und fast ein wenig beängstigend. Wie Schritte im Dunkeln.

»Setzen Sie sich doch!« Insa wies auf einen der Korbsessel um einen verwitterten runden Holztisch. Mit erstaunlichem Geschick handhabte sie die enorme Kanne, die so bunt war, dass Leonie sie mit einiger Verblüffung betrachtete. Insa bemerkte ihren Blick. »Die hat meine Enkelin mal gemacht«, sagte sie stolz. »Selbst glasiert. Da gibt es so eine Kunst-AG in der Schule.« Auf dem dicken Bauch der Kanne waren knallige Regenbögen, Sonnen und Blumen aller Art großzügig verteilt. Insa goss alle Tassen voll und verschwand wieder drinnen, um gleich darauf mit einem Teller zurückzukommen. »Ich habe mir erlaubt, die Kekse von den Blechen zu nehmen«, sagte sie.

»Vielen Dank, Insa. Bitte, bedienen Sie sich!« Svenja ließ sich erleichtert in den Stuhl sinken und schob Leonie den Teller zu.

Leonie dachte im ersten Moment, es lägen wirkliche Knöpfe darauf, so täuschend echt sahen sie aus, in Schokoladenbraun, Buttergelb und Hellgrün.

»Sie sind tatsächlich essbar«, sagte Insa verschmitzt.

»Deshalb also ›Knopfkekse‹«. Leonie nahm einen und betrachtet ihn neugierig.

»Man kann sie sogar auf eine Schnur fädeln«, sagte Insa. »Meine Kinder haben das immer gemacht. Kein Picknick ohne eine Kette mit Svenjas Knopfkeksen.«

»Die Braunen sind mit Kakao im Teig und die gelben mit echter Vanille und Honig«, erklärte Svenja. »In den grünen sind Gartenkräuter und Zitrone. Und ein klein wenig Matchateepulver für die grüne Farbe. Man rollt den Teig einfach aus und benutzt eine runde Ausstechform oder ein Schnapsglas. Dann drückt man mit einem kleineren Glas einen Ring hinein und sticht in der Mitte mit einem Strohhalm oder einer Spritztülle drei oder vier Löcher aus. Fertig.«

Leonie musste sich ein wenig überwinden, in etwas zu beißen, das wie ein Knopf aussah, aber sie bereute es nicht. »Sie sind wirklich sehr lecker.« Eliot hätten diese Kekse auch großen Spaß gemacht, damals, dachte sie.

Die Sonne wanderte um die Hausecke herum. Ein leises Plätschern ertönte. Leonie wandte sich um und entdeckte einen Teich, in den sich aus einem Becken ein kleiner Wasserfall ergoss.

»Eine Solarpumpe«, sagte Svenja. »Das Wasser im Teich ist aber Grundwasser. Moor eben. Hier ist überall Moor.«

Der Garten und die Landschaft um ihn herum fühlte sich willkommen heißend an, zärtlich und voller sanfter, weicher, leuchtender Farben. Hinter dem Gartenzaun konnte sie den Beginn des Weges zu den Moorwiesen sehen.

»Woran denken Sie gerade, Leonie?«, fragte Svenja, die sie prüfend betrachtete.

»Ach, dieser Garten erinnert mich an einen, den ich als Kind nicht betreten durfte, obwohl ich es so gern wollte. Dort gab es im Frühling auch einen Baum, der rosa blühte, aber ich konnte ihn nur aus der Ferne sehen, ganz hinten versteckt zwischen den anderen Büschen. Ich weiß nicht, was für einer es war.«

»Erzählen Sie uns doch ein wenig von sich«, bat Svenja. »Wir bekommen so selten Besuch und Gelegenheit zu interessanten Gesprächen. Die Geschichten unserer Nachbarn kennen wir schon lange in- und auswendig.«

Auch Insa beugte sich gespannt vor. »Was hat Sie denn heute an diesen abgelegenen Ort geführt?«

»Ich hatte einen Termin mit einer Weberin, Merle Birkhahn.«

»Ach, Sie kennen Merle?«, sagte Svenja erstaunt. »Ich auch. Ich habe früher viel genäht. Patchworkdecken. Wir haben uns manchmal über unsere Leidenschaften ausgetauscht. Nun machen Sie mich noch neugieriger!«

Also erzählte Leonie. Von dem verbotenen Garten, von Uli und den Marienkäfern, ihrem vergessenen Plan und schließlich ihren Kopfschmerzen und ihrem Entschluss. Je länger sie sprach, desto aufmerksamer lauschten ihr die beiden alten Damen. Sie wusste nicht, ob es an ihnen lag oder an der Atmosphäre, dass sie so ungewohnt offen war. So viel redete sie sonst nie. Vielleicht war es, weil ihr diese Fremden aus irgendeinem Grund ebenso freundlich zugetan schienen wie Ulis Gefährten und dadurch seltsam vertraut. Zwischendurch wehte der Wind immer wieder rosa Blütenblätter zu ihnen hinüber. Leonie legte damit, während sie sprach, ein Blumenmuster auf die Tischdecke, ohne es zu merken.

Schließlich endete sie mit ihrem Treffen mit Merle und dem Plan, den Webstuhl zu kaufen. Mit trocken gewordener Kehle vom vielen Reden trank sie den letzten Schluck Kaffee.

Währenddessen tauschten die beiden Frauen einen geheimnisvollen Blick, den Leonie nicht deuten konnte, und richteten ihn dann auf sie.

»Was meinst du, Insa?«, fragte Svenja.

Insa nickte bedächtig, und dann noch einmal sehr nachdrücklich.

»Der Tag ist gekommen!«, sagte sie.

»Ja. Ich denke, Robin hat entschieden«, pflichtete Svenja ihr bei.

Leonie sah verwirrt von einer zur anderen. Sie hatte den unbehaglichen Eindruck, dass das blaue und das braune Augenpaar tief in sie hineinsehen konnten.

Kaia

Lütjenburg und Insel Poel

2019

7

Unterwegs auf die Insel

»Mist!« Kaia bremste scharf. Das Eichhörnchen machte einen erschrockenen Satz, lief dann aber sehr gelassen über die Straße. Auf der anderen Seite blickte es noch einmal vorwurfsvoll zurück. Es schien ihm nichts geschehen zu sein. Kaia ließ den Fuß auf der Bremse, bis ihr Herz nicht mehr so raste und hinter ihr jemand heftig zu hupen begann.

Sie ärgerte sich immer noch darüber, dass sie sich von ihrer Freundin Remy hatte überreden lassen, so plötzlich auf diese Insel zu fahren, von der sie nichts wusste und die sie noch nie zur Kenntnis genommen hatte. Wahrscheinlich hatte sie das Tier darum so spät bemerkt.

»*Wohin* willst du? Poel? Nie gehört. Wo ist das denn?«, hatten nicht nur Freunde aus Bayern und Berlin gefragt, sondern auch ihre älteren Arbeitskollegen im Museum. Dabei war es gar nicht weit weg. Kaum zwei Stunden mit dem Auto. Aber die Insel hatte in der DDR gelegen, und auch wenn das dreißig Jahre her war, schienen viele aus dem Westen sie bisher übersehen zu haben. Seltsamerweise ganz anders als Rügen, Hiddensee oder Usedom. An der Größe konnte es nicht liegen. Die Fläche von Hiddensee betrug nur neunzehn Quadratkilometer. Bei Poel waren es immerhin sechsunddreißig.

Der Name Poel, hatte sie nachgelesen, ging vermutlich auf den altnordischen Gott des Lichts zurück, einen gewissen Phol.

Nun ja, ein wenig Licht konnte sie jetzt gebrauchen. Irgendwie war es in ihrem Leben unmerklich, aber zunehmend dunkler geworden.

Aber der alte Phol wollte sich ihr anscheinend auch hier noch nicht offenbaren. Schon kurz nachdem sie die Stadt verlassen hatte, wurde es grau und begann zu nieseln, und auf halber Strecke hinter Lübeck nahm das noch zu.

Eigentlich hätte Kaia jetzt dringend an ihrer Recherche arbeiten müssen. Sie war aufgrund der Umstände längst nicht mehr im Zeitplan. Und den Kollegen in der Burg hatte sie auch noch ihre Dienste aufdrücken müssen. Außer Remy hätte sie ganz bestimmt niemandem anders den Gefallen getan, alles stehen und liegen zu lassen und sich um eine Angelegenheit zu kümmern, die absolut nichts mit ihr zu tun hatte!

Auch wenn es nun schon einige Jahre her war, dass sie sich an der Uni ein Studentenzimmer geteilt hatten, waren sie doch immer in Kontakt geblieben. Mal mehr, mal weniger. Obwohl sie so verschieden waren. Remy schien ständig in Bewegung zu sein, war schnell zu begeistern, voller Neugier auf das Leben, gut Freund mit allen und ständig irgendeinem Geheimnis auf der Spur. Selbst äußerlich war sie Kaias Gegenteil, mit ihren auffallend hellblauen Augen und ihrem kurzen, fast schwarzen Pixiehaarschnitt. Kaias Haare, die sie in einem schulterlangen stufigen Bob trug, waren dunkelblond, ihre Augen dagegen fast schwarz. Remy beschwerte sich, dass man darin nicht lesen konnte und sie nie wusste, in welcher Stimmung Kaia gerade war. »Zum Glück bist du nicht so launisch wie ich«, hatte sie dann gemeint, gelacht und Kaia spontan umarmt. »Du bist mein Ruhepol! Wir ergänzen uns so gut. Was würde ich nur ohne dich tun.«

Genau dasselbe hatte sie vorgestern am Telefon gesagt, nachdem Kaia kein Argument mehr eingefallen war, warum sie jetzt nicht nach Poel fahren konnte. »Was würde ich nur ohne dich tun! Ich komme hier selbst einfach nicht weg. In dieser Woche haben sich drei Seniorengruppen und zwei Schulklassen für den Geschichtengarten angemeldet. Und der Steuerprüfer kommt auch noch! Du bist ein Schatz, Kaia. Ich schicke dir alle Infos heute noch per Mail zu, außerdem den Schlüssel und ein paar Unterlagen per Einschreiben.« Remy konnte einen überrollen wie eine Dampfwalze, nur mit wesentlich mehr Charme, so dass man es erst bemerkte, wenn es schon zu spät war. Kaia machte es nervös, dass das immer noch funktionierte. Sie fühlte sich gerade gar nicht wie ein Ruhepol.

Auch damals nicht. Ja, sie war ruhiger als Remy, nachdenklicher, vorsichtiger, plante mehr. Aber das hieß noch lange nicht, dass sie mit sich im Reinen war. Sie konnte ihre verschiedenen, oft widersprüchlichen Gefühle nur längst nicht so gut zeigen.

Zum Beispiel war sie immer ein wenig eifersüchtig darauf gewesen, dass Remy sich besser mit Kaias Mutter Taru verstand als sie selbst. Remy hatte nach ihrem Studium sogar eine Zeitschrift mit Taru gegründet und einen öffentlichen Garten angelegt. Kaia dagegen fand mit ihrer Mutter kaum ein gemeinsames Thema. Es war nicht so, dass sie sich jemals gestritten hätten. Sie waren nur irgendwie steif und ungeschickt im Umgang miteinander.

Allerdings war sich Kaia nicht sicher, ob sie wirklich auf das gute Verhältnis ihrer Freundin zu ihrer Mutter neidisch war oder auf die Tatsache, dass beide mit solcher Leidenschaft für etwas brannten. Wie auch Kaias Vater. Dessen Leidenschaft war der ökologische Hausbau, insbesondere die Solartechnik, und das auf der ganzen Welt. Immer schon. Kaia lächelte zärtlich, als sie an ihn dachte. Warum nur musste er immer so weit weg sein? Gerade trieb er sich auf Island herum.

Das Einzige, was sie ihm jemals übel genommen hatte, war sein Familienname, den er ihr vererbt hatte. Werner Mensch. *Mensch*! Als Kind war sie oft damit geneckt worden, und wenn sie als Studentin auf eine Behörde musste, wurde ihr ausgefülltes Formular entweder belustigt, mitleidig oder skeptisch kommentiert. Oder beleidigt, weil man dachte, sie erlaube sich einen Scherz.

»Es ist ein gar nicht seltener und übrigens ausgezeichneter Name«, hatte ihr Vater ihr erklärt und sie auf seinen Schoß gezogen. »Mehr musst du nicht sein, als einfach nur Mensch. Jetzt nicht, und auch nicht, wenn du erwachsen bist. Für Erwachsene ist es ein bisschen schwieriger, aber man kann es wieder lernen. Du kannst den Namen mit Stolz tragen. Er soll dich immer daran erinnern, dich auf das Wesentliche zu konzentrieren.«

»Was ist das Wesentliche, Vati?« Sie stellte sich dieses Wesentliche als eine Art Pferd mit großen Ohren vor, in einer Reihe mit dem Welsh Pony und dem Westfälischen Kaltblut aus ihrem Pferdequartett.

»Das, was dich glücklich macht und dabei auch noch andere.«

Inzwischen mochte sie ihren Namen. Er hatte eine klare Aussage ohne unnötige Schnörkel und war das Einzige, was sich in ihrem Leben einfach anfühlte. Ihr Vater hatte recht gehabt. Wenn man erwachsen wurde, musste man das Menschsein erst wieder lernen, obwohl man es doch als Kind wie selbstverständlich gekonnt hatte. Lachen, Weinen, mit Kieseln und Sand Paläste bauen, freudestrahlend und furchtlos in die Ostsee laufen, auch wenn sie noch kalt war.

Sie hatte gedacht, sie wüsste, was das Wesentliche war und sie glücklich machte. Tobi nämlich, und ihre Arbeit. Aber Tobi war nicht mehr da, und inzwischen war sie sich ziemlich sicher, dass er sie nicht glücklich gemacht hätte. War sie überhaupt in ihn selbst verliebt gewesen oder nur in die Tatsache, dass er für seine Sache ebenso brannte wie Remy und ihr Vater für die ihre? In seinen mitreißenden Charme, der alles schillernd bunt und verlockend aussehen ließ? Und war es mit ihrer Doktorarbeit womöglich genauso –, dass es nur ihr Doktorvater Harro war, der sie mitriss, mit einer Begeisterung, die seine war und nicht ihre?

Als sie begonnen hatte, Geschichte mit Schwerpunkt auf mittelalterlicher Landesgeschichte zu studieren, war das etwas gewesen, das sie sich schon lange gewünscht hatte. Anders als ihr Vater, der mit der modernsten Technik stets Neues bauen wollte, und auch anders als ihre Mutter, der es in ihren Artikeln um die Wunder der Natur ging, hatte es Kaia die Vergangenheit angetan. Sie liebte es, die Geschichte von Dingen herauszufinden. Wer hatte mit den Glasmurmeln gespielt, die sie in der Sandkiste fand? Auf welchem Geländer hatte wohl einst der steinerne Affenkopf gethront, der beim Ausheben des Gemüsebeets zum Vorschein kam und sie aus der Erde angrinste? Wie waren vor ein paar Hundert Jahren die Kinder auf dem historischen Bauernhof aufgewachsen, auf dem Familie Mensch in einem ungewöhnlich harmonischen Sommer einmal Urlaub machte? Welche Kleidung hatten sie getragen, was gegessen, womit gespielt?

In ihrer Familie war es Kaia, die ihre Eltern in Museen

schleppte, nicht umgekehrt wie bei anderen. Ihr murrender Bruder Felix musste auch mit und spielte den Aufsehern Streiche, bis es Kaia zu peinlich wurde.

An der Uni endlich gab es andere, die sich wie sie selbst mit angemessenem Ernst dem Thema Vergangenheit widmeten. Kaia, der das Lernen nicht immer so schnell von der Hand ging, wie sie es gern gehabt hätte, vergrub sich verbissen darin und schloss nach der schriftlichen auch die letzte mündliche Prüfung mit einer glatten Eins ab.

Ihr leutseliger und lebensfroher Prüfer, Professor Doktor Harro Horlemann, legte ihr eine Hand auf die Schulter und hielt sie zurück, als sie nach den Gratulationen den Raum verlassen wollte. »Sie werden doch bei mir promovieren, Frau Mensch? Ich hätte da ein Thema für Ihre Dissertation, das genau in Ihr Interessensgebiet passen würde. Es braucht jemanden, der sorgfältig und gewissenhaft ist. Ich kann Ihnen Zugang zu interessanten Quellen vermitteln, und einen Stapel Materialien habe ich auch schon vor einiger Zeit zusammengestellt. Wollen wir uns morgen zu einer Besprechung treffen? Übrigens, wenn wir in Zukunft zusammenarbeiten, lassen Sie uns doch weniger formell sein. Ich bin Harro.«

Er machte es wie Remy. Ehe Kaia es sich versah, hatte sie schon seine Hand geschüttelt, was er wohl als Abmachung ansah, und dem Termin zugestimmt. Sie wurde in seinem Sog mitgerissen. Und als sie ihm am nächsten Tag zuhörte, später über die Turmhügelburgen in Schleswig-Holstein las und schließlich mit ihm die Rekonstruktion einer solchen besuchte, war sie davon gefesselt. Die alten Steine und die geschichtsträchtigen Orte sprachen zu ihr, wie immer. Bald arbeitete sie ehrenamtlich im Mittelaltermuseum Schleswig-Holsteins in Lütjenburg, in der Turmhügelburg im Nienthal. Dort war aufgrund von Ausgrabungen eine Burganlage rekonstruiert worden. Mit dem markanten mittelalterlichen Wehrturm hatte man angefangen. Darauf folgten weitere Gebäude, Ritterhaus, Schmiede und eine Kapelle. So entstand ein kleines Dorf, wie es vor siebenhundert Jahren ausgesehen haben mochte.

Das Museum war lebendig, genau wie es Kaia mochte. Es kamen jede Menge Besucher, die sich dafür interessierten. Große Mittelalterfeste wurden gefeiert, bei denen sie mit den Kostümen helfen sollte. Nicht lange, und Kaia durfte Führungen leiten. Es machte ihr große Freude, den Menschen das frühere Leben auf der Burg dermaßen vor Augen zu zaubern, dass sie gebannt lauschten, sich in der Zeit zurückversetzt und ihren Vorfahren nahe fühlten.

Nur das Schreiben der Doktorarbeit mit all den nötigen präzisen Quellenangaben, komplizierten Fußnoten und Statistiken lag ihr nicht. Vielleicht war es gerade ihre Sorgfalt, die sie ausbremste.

Stattdessen saß sie oft an dem Flüsschen »Lütt Elv«. Die Normannen und Sachsen, welche solche Turmhügelburgen errichteten, hatten dies stets in der Nähe eines fließenden Gewässers getan, damit der Wehrgraben mit Wasser versorgt wurde. Lütt Elv hatte bestimmt viel zu erzählen, und Kaia dachte manchmal, wenn sie nur lange genug lauschte, würde sie das Murmeln und Flüstern bald verstehen.

Kürzlich noch hatte sich Eis an den Rändern gebildet, und Kaia hatte fasziniert die bizarren Formen betrachtet und wie das Licht hindurchfiel, das von den Eisplatten gebrochen wurde und darunter auf der Oberfläche funkelte. Das hätte dem alten Lichtgott Phol bestimmt gefallen, dachte Kaia jetzt, während sie sich durch den an einer Baustelle dichter werdenden Verkehr fädelte. Wie das Leben wohl zu dessen Zeit ausgesehen haben mochte?

Inzwischen aber war das Eis verschwunden, und Lütt Elv erzählte vom Frühling. Kaia hatte keine Lust gehabt, Lütjenburg jetzt zu verlassen, wo die Knospen und das junge Gras das Land endlich wieder lieblich werden ließen und die lastenden Zweifel in ihrer Seele etwas nachließen.

»Ach was, auf Poel wird es ja genauso Frühling!«, hatte Remy gesagt. »Übrigens gibt es dort auch eine alte Festung. Das ist doch etwas für dich!«

Typisch Remy, dass sie das wusste, obwohl sie nie auf Poel gewesen war und sich kein bisschen für Burgen interessierte. Sie merkte sich einfach alles und hatte irgendwo in ihrem Hirn immer den passenden Köder für die Menschen parat, mit denen sie zu tun hatte. Das machte sie so erfolgreich.

»So werde ich nie«, murmelte Kaia mit einem besorgten Blick auf den Benzinpegel. Hoffentlich gab es vor der Insel noch eine Tankstelle.

»Du musst dich ein bisschen mehr reinknien, Kaia!«, hatte Harro ihr bei der letzten Besprechung gesagt. »Ich weiß, das fällt dir schwer nach allem, was war, aber du kannst das. Halt dich ran. Trotzdem, fahr ruhig nach Poel, die Festung dort mit der Turmhügelburg zu vergleichen bringt sicher einen belebenden Aspekt in die Betrachtung. Mal was anderes. Außerdem gibt es dort wahrscheinlich absolut nichts zu tun, außer an deiner Arbeit zu schreiben. Das ist perfekt! Mail mir deine Fortschritte, ja? Ich bin gespannt.«

»Na, so lange bleibe ich ja nicht dort!« Es hatte sich angehört, als wäre sie auf dem Weg ins Exil. Aber sie mochte Harro inzwischen sehr gern. Er war fair, warmherzig, voller Tatendrang und Wissensdurst. Über Probleme konnte sie jederzeit mit ihm reden. Er erinnerte sie an ihren Vater. Sie wollte ihn nicht enttäuschen.

Ein wenig wie der Weg ins Exil fühlte es sich aber doch an, als sie über die Brücke rumpelte. Die führte über den Breitling, den Arm der Wismarer Bucht, der hier die Insel vom Festland trennte. Gern hätte sie das Wasser im Sonnenlicht funkeln gesehen, aber alles war und blieb trüb. Zwar nieselte es inzwischen nicht mehr, doch in allen Richtungen herrschte ein einheitliches Grau vor. Wenigstens hatte sie noch tanken können.

In Kirchdorf hielt sie an. Das war laut Karte der Hauptort in der Mitte der Insel. Anscheinend gab es hier einen kleinen Supermarkt – nein, zwei, stellte sie mit Blick auf ihr Navi fest. Sie hielt an einem davon an und kaufte das Nötigste für ein paar Tage ein. Tee, Brot, Toilettenpapier, einige Konserven.

»Strom, Heizung und Wasser sollen wohl noch funktionieren, aber ich weiß nicht, wann das letzte Mal jemand in dem Haus gewesen ist«, hatte Remy ihr erklärt. »Die Besitzerin ist vor über zwei Monaten gestorben. Du weißt schon, Testamentseröffnung und so, das dauert.«

Nein, das wusste Kaia nicht. Tobi hatte ja keins gemacht. Wer tut das schon mit siebenundzwanzig?

Als man sie danach gefragt hatte, war ihr zum ersten Mal klargeworden, dass sie sich längst nicht so nahe gewesen waren, wie sie gedacht hatte. Verlobt hatten sie sich eigentlich nur, weil er vor seiner Abreise so voller Euphorie gewesen war, trunken von der Aussicht auf neue Abenteuer. Vielleicht auch ein bisschen von dem Met, dem mittelalterlichen Honigwein, den sie auf dem Burgfest aus Kuhhörnern getrunken hatten wie alle anderen auch. Da hatte er Kaia gefragt, und wahrscheinlich war es eine Mischung aus Met und Verblüffung, die dazu führte, dass Kaia zugestimmt hatte.

Sie sagte wohl grundsätzlich zu leicht Ja.

Tobi hatte ihr so oft erzählt von seiner Leidenschaft, dem Höhlentauchen. Wie die Scheinwerfer an seinem Helm Bereiche unter Wasser blaugrün und geheimnisvoll erleuchteten, die noch kein Mensch vor ihm zu Gesicht bekommen hatte. Das gedämpfte Gluckern in einer zeitlosen Stille. Die Wesen, die aufgeschreckt dort umherhuschten. Die Steinformationen, Tropfsteine aus Urzeiten. Keramikfunde, manchmal Knochen, von Urtieren.

Oder von Tauchern, die verunglückt waren.

Als es dann nach einem Unwetter einen plötzlichen Wassereinbruch gegeben hatte und er nicht mehr wiederkam von jener Exkursion in Brasilien, weil dem halben Team der Weg zurück nach oben abgeschnitten worden war, war Kaia wie betäubt. Alle kümmerten sich rührend um sie. Auch Harro, denn irgendjemand hatte die spontane Verlobung beim Burgfest in der Unizeitung erwähnt.

Niemand konnte ahnen, dass Kaia anders trauerte, als sie alle annahmen. Natürlich weinte sie um Tobi, den fröhlichen Kameraden, um das ausgelöschte junge Leben. Aber sie wusste nun, dass sie ihn nicht genug geliebt hatte für einen langen gemeinsamen Weg.

Und da war noch ein anderer Grund, warum ihre Bedrückung auch nach geraumer Zeit nicht weichen wollte. Es war die Erkenntnis, dass dieses blaugrüne, geheimnisvolle Leuchten, das Tobi zu allem hatte bereit sein lassen, diese unwiderstehliche funkelnde Leidenschaft für irgendetwas, die auch ihren Vater in die Welt hinausgelockt hatte, in ihrem Leben fehlte.

8

Steinerne Blicke

»Ich staune immer wieder, wie eine Geschichte sich verselbständigen kann«, hatte Remy nachdenklich erzählt, als sie erklärte, warum Kaia nach Poel fahren sollte. »Weißt du noch, wie mir damals die alte Dame das Geld gab, das uns ermöglichte, den Geschichtengarten auf Rügen neu anzulegen? Sie tat es aus ihrer Liebe zu Mervin, dem ursprünglichen Schöpfer des Gartens, der den Insekten einen Zufluchtsort bieten sollte. Sie fand, mit ihrem Erbe könnte nichts Besseres passieren als das. Die Folge war, dass der Garten gedieh und immer mehr Besucher kamen, die ihre Blumen dort pflanzten und eine persönliche Geschichte dazu aufschrieben.«

»Das war doch dann genau das, was sie sich gewünscht hatte, und du und Taru auch.«

»Ja, aber es ging ja immer weiter. Davon angeregt gab es Frauen, die weitere Gärten auf anderen Inseln anlegten, jede auf ihre Weise. Inzwischen bin ich mit ihnen allen befreundet. Juna auf Hiddensee, Sila auf Fehmarn, Maja auf Usedom. Dazu kommen noch welche auf dem Festland. Lexi im Oderbruch, Nelly an der Elbe. Unsere Zeitschrift *Mervins Garten* und die Journalistin Linnea mit ihren Filmen berichten regelmäßig über alle diese Gärten, und so habe ich nicht nur wunderbare Menschen kennengelernt. Wir bekommen auch ein großes Echo. Leser legen Bienengärten und Mondscheingärten an und gestalten alles naturnäher als zuvor. Sie haben begonnen, die kleinen Wunder zu sehen, darüber zu staunen und sich daran zu erfreuen. Alles fing mit Mervins altem Sekretär an, den ich auf einem Dachboden gefunden habe, und seitdem zieht es immer größere Kreise. Und weißt du, was nun passiert ist?«

»Noch nicht.« Kaia wartete geduldig. So sehr sie sich über Remys Erfolge freute, fragte sie sich ein wenig wehmütig, ob sie selbst auch jemals Teil einer so großen, lebendigen Geschichte sein würde.

»Ich bekam Post von einem Anwalt!«, fuhr Remy fort. »Da ist eine alte Dame gestorben, Ricarda Baran. Der Anwalt schickte mir einen Brief von ihr. Da war hinten ein richtiges Siegel aus grünem Wachs drauf, das einen Schafbock darstellte. Sie ist vermutlich als Kind aus Ostpreußen gekommen. Baran bedeutet Schafbock. Diese Ricarda hat dann ihr ganzes Leben in einem Haus auf Poel verbracht. Sie hatte eine Tochter, die ist aber früh gestorben, und nun wollte sie etwas Sinnvolles mit ihrem Erbe machen. Seit Jahren hat sie meine Zeitschrift gelesen und das Entstehen der Gärten verfolgt. Dabei hat sie natürlich auch von der ursprünglichen Spende von Mervins alter Liebe gelesen. Sie fand das eine nachahmenswerte Idee. Und nun hat sie mir doch tatsächlich ihr Haus und Grundstück vererbt!«

»Das ist ja toll.« Remy hatte es verdient, fand Kaia. »Was wirst du damit machen?«

»Sie meint, ihren Garten auf Poel hätte sie zwar nicht mehr pflegen können, aber er würde gut zu uns und dem guten Zweck passen. Ich solle frei entscheiden, was damit geschieht. Ob wir den Garten in unsere Zusammenarbeit integrieren wollen oder ob ich das Grundstück verkaufen und den Erlös in die anderen Gärten investieren möchte. Ich werde das Letztere tun. Wir könnten die Mittel gut gebrauchen. Der Bauer neben dem Garten auf Rügen möchte ein weiteres Feld abgeben, diese Chance würde ich sehr gern nutzen.«

»Und was hat das jetzt mit mir zu tun?«, erkundigte sich Kaia ein wenig beunruhigt.

»Der Anwalt drängt, dass sich jemand darum kümmert! Bitte, Kaia. Du bist so umsichtig und vernünftig. Sieh dir das dort alles an und bilde dir ein Urteil, in welchem Zustand es ist, ja? Und mit welchen Argumenten ich es am besten für einen Verkauf anbieten könnte. Dafür muss ich die Vorzüge kennen. Komm schon, die Abwechslung wird dir guttun!«

Remy wusste natürlich genau, wie bedrückt Kaia in letzter Zeit gewesen war. Ihr entging nichts. Niemand hatte Antennen wie Remy. Obendrein hatte wahrscheinlich auch Kaias Mutter Remy gedrängt, etwas zu unternehmen, um Kaia abzulenken. Die beiden arbeiteten schließlich zusammen. Da sprachen sie auch über Privates.

Kaia hatte einfach nicht die Energie gehabt, Remys Bitte abzulehnen.

Und nun war sie hier, auf dieser Insel, die kaum jemand kannte, umgeben von einförmigem Grau, allein und mit ein paar Dosen kalter Suppe im Kofferraum auf der Suche nach einem winzigen Ort, der »Am Schwarzen Busch« hieß. Einladend klang das nicht gerade.

Der Schlüssel zu dem Haus, der auf dem Beifahrersitz lag, hing an einer Reihe Kieselsteine, die durchbohrt und von einem dünnen Lederriemen zusammengehalten wurden. Der obere hatte ein seltsames Muster aus kleinen Kreisen, die wie Augen aussahen. Es brauchte wenig Phantasie, um aus den anderen, einfarbigen Steinen den Körper einer Raupe werden zu lassen. Kaia fühlte sich beobachtet.

Ebenso von den Kopfweiden, die in Gruppen am Straßenrand standen. Sie trieben gerade erste Blätter und wirkten mit ihren beschnittenen Ästen und knorrigen Stämmen wie Figuren mit hochstehenden Frisuren und strengem Blick, die sich in den Wind lehnten und sich fragten, was Kaia hier zu suchen hatte.

Hinter einer davon tauchte schließlich das Ortsschild auf, das sie suchte. Wenig später fand sie auch die Straße und hielt vor einem schmiedeeisernen Gartentor. Es war zwischen verwitterten Steinpfosten befestigt.

Das Grundstück wirkte reichlich verwildert. Von einer Eiche nahe beim Tor krächzte höhnisch eine Krähe herab. An die Pfosten schloss sich rechts und links eine Feldsteinmauer an. Viele der Findlinge bestanden aus demselben Gestein wie die Kieselsteine am Schlüssel. Sie hatten Augen! Und alle schienen auf den fremden Eindringling gerichtet.

Hatte Remy nicht behauptet, Kaia wäre sachlich und vernünftig? Warum ging dann hier ihre Phantasie so mit ihr durch?

In dem Schloss steckte eine nasse Feder, die sie erst herauspolken musste, bevor sie aufschließen konnte. Das Tor ließ sich überraschend geräuschlos aufstoßen, war aber schwer. Kaia ließ es hinter sich zufallen. Dahinter führte ein moosbewachsener Weg zum Haus, das sie hinter dem dichten Gebüsch ausmachen konnte. Neben dem Weg lag ein weiterer großer, auffallend rötlicher Findling aus der gleichen Steinsorte mit Augen. Mit Großbuchstaben darin eingemeißelt stand das Wort

RAPAKIWI

Dieser Besitz hatte also einen Namen. Davon hatte Remy nichts gesagt.

Die Luft roch so gut. Feucht, aber frisch und sauber und natürlich nach Meer. Kaia lehnte sich an den Stein und schlug in ihrem Handy nach, ob das seltsame Wort eine Bedeutung hatte. Schnell wurde sie fündig.

Rapakiwi ist die aus dem Finnischen stammende Bezeichnung für Granite aus feinkörnigem Quarz mit unregelmäßig großen Einsprengseln aus Feldspat. Somit handelt es sich um einen Granit mit »Augen«, denn seine rundlichen Einsprenglinge bestehen aus Alkalifeldspat und können mehrere Zentimeter groß werden. Oft sind sie von einem dünnen Saum aus Plagioklas (ebenfalls ein Feldspat) umgeben. Unter den Bezeichnungen »Baltik Braun« und »Baltik Rot« werden sie als Naturwerkstein für Fassaden, Fußböden und Grabmale verwendet. Die Rapakiwis wurden von den Gletschern der Eiszeit aus Finnland nach Europa transportiert.

Kaia war erleichtert. Es steckte wohl doch eine Wissenschaftlerin in ihr. Nun, da sie eine Erklärung hatte, waren ihr die Augen nicht mehr unheimlich. Interessiert betrachtete sie den Stein und das Augenmuster. Sie stellte sich vor, welche Kräfte am Werk gewesen waren, um den Feldspat im Quarz einzuschließen. Und dann wieder, als die gewaltigen, gemächlichen, mahlenden Ströme aus Eis diesen Stein so unvorstellbar weit über das Land geschoben hatten.

Rechts und links vom Weg wucherten Hecken aus verschiedenen Buscharten. Blühende Forsythien und Zaubernüsse im Wechsel mit Weißdorn, Mahonien, einem Perückenstrauch,

Ilex und anderen, noch kahlen Gewächsen. Vielleicht Tamarisken? Kaia versuchte mit mäßigem Erfolg, sich an das zu erinnern, was Remy ihr bei den Besuchen im Rügengarten beigebracht hatte.

Das Haus war nicht groß, honiggelb gestrichen, mit einer blauen Tür und blauen Fensterrahmen. Alles war ein wenig verwittert und ausgeblichen, so als hätte es etwas von seiner Wirklichkeit verloren und wäre am Überlegen, ob es seiner verstorbenen Besitzerin ins Jenseits folgen sollte. Vielleicht lag das aber auch am Nebel, der jetzt am Spätnachmittag immer dichter wurde.

Zu Kaias großer Freude hatte es ebenso wie die anderen Häuser in der Straße, an denen sie vorbeigefahren war, ein Reetdach, altersdunkel und bemoost. Die leicht rostige schmiedeeiserne Silhouette eines Leuchtturms schmückte die Tür. Rechts und links hatte jemand anscheinend zur Adventszeit Tannenzweige in Töpfe gesteckt. Die Nadeln lagen auf der Erde, die Zweige waren längst traurige, nackte Gerippe, an denen jeweils drei Weihnachtskugeln verloren im Wind schaukelten. Kaia fröstelte. Sie beeilte sich, die Tür aufzuschließen.

Drinnen war es noch kälter als draußen. Sie stand in einem Windfang, von dem aus eine Tür zu einem winzigen Badezimmer offenstand. Dankbar benutzte Kaia die Toilette, deren Spülung unheilvoll gurgelte und braunes Wasser ausspie. Dann betrat sie den Flur, der in einen weiten Raum führte. Rechts stand eine weitere Tür offen. Kaia warf einen Blick hinein und stellte fest, dass es sich hier um einen Wirtschaftsraum handelte. Ein Bügelbrett stand da, ein Schlitten, ein Staubsauger nebst Besen und anderem Putzzeug und vor allem: die Heizung! Zum Glück ein ähnliches Modell wie das, welches sie aus dem Haus ihrer

Mutter kannte. Der Thermostat war auf niedrigste Stufe gestellt.

Kaia drehte ihn auf und hoffte, dass die alten Wände sich rasch erwärmen würden. Nachdem sich die Kälte sicher seit Monaten hier ungestört eingenistet hatte, würde es jedoch wohl dauern.

Gegenüber vom Wirtschaftsraum befand sich die Küche. Als sie das Licht einschaltete, sahen sie wieder unzählige Augen an, denn die Arbeitsplatte bestand ebenfalls aus Rapakiwi. Die Schränke waren aus weiß gestrichenem Holz, an den Kanten etwas abgeschabt, aber erfreulich heimelig. Kaia entdeckte sogar einen modernen Wasserkocher und zu ihrer Freude auch eine Mikrowelle. Sie ließ das Wasser laufen, bis es sauber aus der Leitung kam, und befüllte den Wasserkocher, nachdem sie ihn gründlich ausgespült hatte. In ihrem Gepäck suchte sie nach den Teebeuteln, als ihr Handy klingelte.

»Bist du schon da?«, fragte Remy. »Wie ist es?«

»Ich bin da, aber wie es ist, kann ich nicht sehen. Hier ist Nebel wie im November. Nein, schlimmer.«

»Na, Hauptsache, du bist gut angekommen. Hier ist es auch trüb. Lass dir Zeit. Morgen soll es besser werden. Ruh dich einfach etwas aus. Taru hat auch gesagt, eine Abwechslung wird dir guttun …« Remy brach ab, anscheinend war ihr eingefallen, dass Kaia es nicht mochte, wenn ihre Mutter und Remy über sie sprachen.

»Schon okay«, sagte Kaia müde. »Ich weiß ja, dass sie es nur gut meint. Wusstest du, dass das Haus Rapakiwi heißt?«

»Rapa- was?«

»Rapakiwi. Schlag es nach. Bildungsaufgabe für heute. Bis morgen, Remy.«

Während sie den Tee ziehen ließ, erwiderte sie trotzig den Blick der vielen Augen auf der Arbeitsplatte. Im Haus war es totenstill, nur die Heizung gluckerte hin und wieder leise. Sie fühlte sich unendlich allein.

Der Raum, in den sich der Flur öffnete, war eine großzügige Kombination aus Wohn- und Esszimmer. Auf der einen Seite wand sich eine Wendeltreppe hoch. Kaia war angenehm überrascht von der gemütlichen Sitzecke, in der zwei lederbezogene Sofas und ein Ohrensessel sich um einen Couchtisch gruppierten. Das Holz der Tischplatte glänzte von Jahren des Gebrauchs, auch wenn hier und da ein Kratzer zu sehen war. Das Leder war an den Rändern ein wenig brüchig, aber die Möbel waren weich und gemütlich.

Kaia sank hinein und streckte sich. Kalt war ihr immer noch, trotz der warmen Tasse Tee in ihrer Hand und der Tatsache, dass sie ihren Anorak nicht ausgezogen hatte. Der Nebel klebte draußen jetzt förmlich an den Fensterscheiben und ließ kaum Tageslicht hinein. Kaia hatte die Stehlampe in der Ecke eingeschaltet, aber die anderen Schalter musste sie erst noch finden. Es war nicht nur kalt, es war auch dunkel hier drin.

»Was willst du? Ist doch ein tolles Abenteuer! Nicht so toll wie eine Höhle, aber immerhin«, hätte Tobi gesagt. »Mach halt eine Kerze an.« Tobi hatte ständig Kerzen angezündet.

Auf einem Stuhl entdeckte Kaia zwei dicke Fleecedecken. Widerstrebend stand sie auf, holte sich eine davon und kramte dann in ihrem Rucksack. Sie hatte selbst nicht gewusst, warum sie zum Schluss noch das Windlicht eingesteckt hatte. Jetzt war sie froh darüber, stellte es auf den Tisch und zündete es an. Tobi hatte es ihr geschenkt. Es war aus blaugrünem Glas.

»Genauso sieht es im Wasser aus, wenn der Scheinwerfer eine Höhle erhellt«, hatte er gesagt.

Blaugrün leuchtend. So hatte sie es sich eigentlich vorgestellt, auf dieser Insel im Frühling. Jetzt wickelte sie sich in die Decke und starrte auf die Kerzenflamme, während sie darauf wartete, dass sie aufhörte zu frieren und der Nebel sich lichtete. Vielleicht gab es ja später noch einen Sonnenuntergang.

Doch auch nachdem sie den Tee ausgetrunken, eine Dose dicke Bohnen gegessen und schließlich noch ihren Koffer hinaufgetragen hatte, war es kein bisschen heller geworden.

Oben gab es ein zweites, größeres Badezimmer und vier Schlafzimmer, altmodisch und einfach, aber angenehm eingerichtet. Kaia entschied sich für das kleinste, in dem nur ein einzelnes Bett stand und ein Schreibtisch. Das Zimmer ging nach vorn hinaus, wo man vielleicht den Himmel über dem Meer sehen konnte, wenn man überhaupt einmal etwas sah.

Die Heizkörper waren jetzt warm, doch das Haus noch lange nicht. Kaia hielt es nicht mehr drinnen. Sie zog noch eine Strickjacke unter den Anorak und machte sich auf den Weg, die Gegend zu erkunden. Sie ging ein kleines Stück die Straße hinauf, an einem kombinierten Zeitungs-, Andenken- und Bäckerladen vorbei und fand sich auf der Strandpromenade wieder, zumindest stand das auf dem Schild. Vom Strand war nichts zu sehen, nur ein Streifen Bäume im Nebel, davor zerzauste Blumenrabatten, Bänke und eine Minigolfanlage.

Auf der anderen Seite standen zahlreiche Reetdachhäuser, ähnlich wie Rapakiwi, nur kleiner, allesamt Ferienhäuser bis auf eines. In diesem gab es Schaufenster mit interessanter blauer

Töpferware darin. *Galerie Sommerblau* stand darüber. *Inhaberin: Nele Sommer*. Die Muster auf den Gefäßen waren nicht zu erkennen, zu dämmrig war es drinnen wie draußen. Kaia wäre gern hineingegangen, aber es war bereits geschlossen.

Sie lief weiter, rascher jetzt, um warm zu werden. Vom Meer hörte sie nichts, der Nebel verschluckte alle Geräusche.

Und dann endete der befestigte Weg an einem hohen Torbogen aus unregelmäßigen Baumstämmen, der so plötzlich vor Kaia im Nebel aufragte, dass sie einen leisen Ruf des Erschreckens ausstieß. Im ersten Augenblick wirkte er wie ein Galgen. Daran hing ein Holzbrett mit ausgefransten Rändern. Kaia kniff die Augen zusammen und entzifferte die Aufschrift.

REETMOOR

Dahinter schlängelte sich ein Pfad zwischen übermannshohem Schilf vom Vorjahr, verkrüppelten Eichen, knorrigen Kiefern und gebeugten Weiden hindurch. Bizarre Samenkapseln ragten auf trockenen Stängeln sogar noch über das Schilf hinaus. Zwei Krähen flogen dicht darüber hinweg. Kaia folgte dem Weg, als würde sie von etwas angezogen.

Der Boden war weich und federte unter jedem Schritt. Pfützen im Morast schimmerten gespenstisch bläulich. Der Nebel kondensierte an den Halmen, und die Tropfen fingen von irgendwoher einen silbernen Rest Licht ein. Merkwürdig urzeitlich mutete die Szene an. Kaia hätte es kaum gewundert, wenn ein Dinosaurier aus dem Dunst aufgetaucht wäre.

Sie fühlte sich an einen Ort ihrer Kindheit erinnert, ein anderes Moor in einer anderen Zeit. An eine Wanderung mit ihrer Mutter durch das Teufelsbruch in Berlin, im Spandauer Forst. Der Weg war aus Holz, aber sonst ganz ähnlich gewesen. Damals hatte sie halb gehofft, der Teufel würde wirklich zwischen den Bäumen auftauchen und alles verändern, vielleicht den neuen Job ihres Vaters platzen lassen, so dass sie nicht fort mussten.

Berlin war der einzige Ort, an dem sie eine Weile geblieben waren, weil ihr Vater an einem längeren Projekt arbeitete. Sie hatte schon gehofft, endlich einmal irgendwo zu Hause sein zu können. Sie hatten sogar einen Garten gehabt, und Kaia hatte zusehen können, wie aus den Samen, die sie in die Erde gesteckt hatte, Sonnen- und Ringelblumen wurden, die alles mit fröhlichen Gelb- und Orangetönen überzogen. Doch dann hatten sie dem Vater doch wieder folgen müssen. Nach Japan. Jener Ausflug mit ihrer Mutter ins Teufelsbruch war der letzte in Berlin gewesen. Sie erinnerte sich genau an ihre Traurigkeit von damals. Und doch hatte sie diesen Ort gemocht. Seine weiche Melancholie hatte sie mit seiner eigenartigen Schönheit zutiefst berührt. Jetzt ging es ihr genauso.

Sie dachte an Ricarda Baran. Wie es wohl war, wenn man sein Leben in ein und demselben Haus an ein und demselben Ort verbringen durfte? Und dann noch an einem wie diesem.

Ein Moor hatte sie nicht erwartet, nicht hier. Es fühlte sich in diesem Moment an wie ein Geschenk. Beruhigend, versöhnlich. Hier gab es keine Zeit, alles schien wie aus der Welt zu sein. Hier waren nur das gebrochene Licht, der nächste Schritt, der nächste Baum, weiter sah man nicht. Alle Gedanken verstummten, es wurde ganz ruhig in ihr. Sie verlor jedes Gefühl für Entfernung und hätte diesem Pfad ewig folgen können.

Erst als es immer dunkler wurde, erwachte sie mit einem kleinen Schrecken wie aus einem Traum.

9

Im Blick der Drachen

Kaia hatte beim verträumten Durchwandern der verschwommenen Landschaft völlig vergessen, dass auch hinter dem Nebel irgendwann die Sonne untergehen würde. Jetzt wurde es rasch dunkler.

Das Moor hatte unheimlich gewirkt, aber das passte zu ihrer Stimmung und ihren Erinnerungen, und sie hatte sich zunehmend wohl damit gefühlt. Dieser Abend in dieser Landschaft, die vertraut und exotisch zugleich schien, besaß eine ganz eigene Schönheit. Doch im Dunkeln änderte sich das unversehens. Ob sie bei Nacht noch zurückfinden würde? Auf dem ganzen Weg war sie keinem einzigen Menschen begegnet. Würde sie notfalls jemanden finden, den sie fragen konnte?

»Schusseline!«, sagte sie laut zu sich selbst, um die Einsamkeit zu durchbrechen. Es half ein wenig. Hier konnte man sich ja wohl kaum verlaufen! Sie brauchte nur umzukehren. Am besten war es wohl, am Strand zurückzugehen, da war es bestimmt noch heller. Dahin hatte sie ja ursprünglich gewollt, ehe sie das Moor so in den Bann gezogen hatte.

Zum Glück fand sie bald einen kaum sichtbaren Pfad durch die Dünen. Am Ende stand sie vor einer Reihe noch kahler Bäume, niedrig und ineinander verschränkt. Ihre Äste waren schmal und bizarr, dennoch mit einem anmutigen Schwung. Sie wirkten wie in einem lautlosen Tanz erstarrt, faszinierend und gespenstisch zugleich.

Kaia blieb einen Moment dort stehen, dann trat sie hindurch wie durch ein natürlich gewachsenes Tor und stand bald am tiefer gelegenen Strand. Oben vom Reetmoor sickerte dunkler Schlamm in eine Reihe Fluttümpel. Darauf schillerte eine Schicht von Mikroorganismen in allen Regenbogenfarben. Diese Insel schien voller Überraschungen zu sein und keineswegs so schlicht und unbedeutend, wie sie auf der Karte gewirkt hatte.

Es war tatsächlich noch etwas lichter hier. Das Meer hatte sich weit zurückgezogen, vielleicht aufgrund der Windstille. Alles wirkte wie bei Ebbe an der Nordsee im Watt, dabei gab es das hier doch gar nicht? Da, wo ihr an der Nordsee weicher, dunkler Schlick begegnet wäre, in dem man knöchel- oder schlimmstenfalls knietief versank, war hier allerdings überall fester Sand. Er trug dieselbe Wellenzeichnung, doch Kaia konnte problemlos mit ihren Turnschuhen darauf laufen, ohne nass zu werden. Ganz bis zum Ende der Buhnen sogar! Davon fasziniert war sie schon wieder nahe daran, sich zu verzetteln, während es rasch dunkler wurde. Dabei hatte sie doch in den nächsten Tagen noch Zeit, auf Entdeckungstour zu gehen.

Sie bekam Lust, die Schuhe auszuziehen und in den flachen Tümpeln weiter draußen zu waten, die trotz der Nebelfetzen, die darübertrieben, glasklar waren. Weiße Muscheln leuchteten hell in der tiefen Dämmerung. Es war eine völlig mystische, stille Welt, in der sie unterwegs war. Doch sie zwang sich, zügig zum Flutsaum zurückzukehren. Jetzt erkannte sie in der Ferne schon die Lichter in den Häusern hinter der Strandpromenade. Anheimelnd sah das aus. Plötzlich fror Kaia.

An einer Buhne packte ein einziger Angler gerade sein Zeug zusammen. Neben ihm stand ein Fahrrad.

»Guten Abend«, sagte Kaia.

Der Mann nickte ihr zu.

»Ist es hier oft so neblig?«, fragte sie ihn. Schließlich hatte Remy sie gebeten, nicht nur über das Haus und Grundstück, sondern auch über die Gegend etwas in Erfahrung zu bringen.

»Nö«, sagte der Mann und beugte sich über seinen Eimer. In seiner Hand krümmte sich ein Fisch.

Kaia gab es auf und bewunderte die Spiegelungen der kleinen Häuser in den Pfützen. Es war jetzt so dunkel, dass diese Lichter fast das Einzige waren, woran sie sich orientieren konnte. Schließlich entdeckte sie zu ihrer Erleichterung einen schwach beleuchteten Übergang und fand sich am Anfang der Promenade wieder, von wo aus nur etwa hundert Meter weiter ihre Straße begann. Zwei aus Baumstämmen geschnitzte hölzerne Fische auf Pfählen flankierten den Durchgang. Im ersten Augenblick erschrak Kaia, als sie ihnen auf Augenhöhe begegnete. Bei Tag mochten sie freundlich blicken; im Dunkeln wirkten sie eher bedrohlich. Für einen Augenblick hatte sie gedacht, einer davon hätte sich bewegt wie eben noch der Fisch in der Hand des Anglers.

Sie war erleichtert, als sie wieder vor dem Tor Rapakiwis stand. Doch in der Dunkelheit wirkte es hier noch abgeschiedener, das Haus noch fremder, auch wenn Kaia bei dieser Beleuchtung die Augen im Stein wenigstens nicht erkennen konnte. Dafür entdeckte sie, dass die gekreuzten Giebelbretter, die an solchen Häusern traditionell böse Geister fernhalten sollten, nicht die übliche Form von Pferdeköpfen hatten.

Es waren Schafböcke.

»Konsequent wart ihr ja, liebe Ricarda«, murmelte Kaia und

hatte eine Vision von einem Mann in altmodischem Anzug, der mit zusammengebissenen Zähnen an einem Brett sägte, um dem neuen Haus den Stempel seines Namens aufzudrücken, während seine junge Frau bewundernd – oder vielleicht eher amüsiert? – zusah. Eher ein wenig spöttisch stellte sie sich diese Ricarda vor. Ricarda, das klang so gar nicht nach einer braven, schüchternen Frau.

Die Schafböcke mit den gewundenen Hörnern jedenfalls wirkten ablehnender als Pferdeköpfe. Sicher waren sie gut darin, die bösen Geister zu vertreiben. Gastfreundlicher wurde das Haus dadurch jedoch nicht.

Kaia fröstelte und suchte in ihrer Tasche nach dem Schlüssel. Vorhin war sie wie verzaubert gewesen, aber jetzt war dieses Gefühl schon wieder vorbei. Sie wollte sich keinesfalls in einen Ort verlieben, an dem sie nicht bleiben konnte. Das hatte sie schon zu oft erlebt. Es schmerzte jedes Mal tiefer. In den nächsten paar Tagen würde sie aussagekräftige Bilder für Remy knipsen, die Lage sondieren und dann so rasch wie möglich nach Hause fahren und sich um ihre Arbeit kümmern. Harro zuliebe würde sie unterwegs noch einen Blick auf die Festung werfen.

Als sie den Schlüssel umdrehte, wurde ihr ein Platschen bewusst, gleichmäßig wie ein leiser Herzschlag. Unwillkürlich sah sie sich um und stellte fest, dass rechts und links von den tannenzweigbestückten Töpfen neben der Tür dicke Wassertropfen in zwei schmale steinerne Vasen fielen. Wo kamen die denn her? Hoffentlich kein Rohrbruch.

Sie trat einen Schritt zurück und stellte im Schein der Straßenlaternen fest, dass die Feuchtigkeit des Nebels sich auf dem

Reetdach niedergeschlagen hatte. Silbrige Tropfen hingen an den Enden der Halme, die die Kanten bildeten. Doch der kleine, vorgebaute Windfang war niedriger und besaß ein Dach aus Schieferschindeln, von denen das Wasser in normalen Dachrinnen aus Zink ablief und von da in altmodische Wasserspeier, wie Kaia sie von Burgen kannte. Richtige Drachen mit Flügeln und offenen Mäulern, aus denen sie das Wasser in die Gefäße spien.

Die Flügel hatten einen kecken Schwung und die augenzwinkernden Gesichter der Figuren ein unmissverständlich fröhliches Grinsen.

Kaia hatte schon immer eine Vorliebe für alte Wasserspeier an Dächern und Brunnen gehabt. Die waren überhaupt erst schuld gewesen, dass sie sich für Burgen und deren Geschichte zu interessieren begonnen hatte. Und für Drachen hatte sie von jeher eine besondere Schwäche. Diese hier schienen zu ihr zu sprechen.

Gib uns eine Chance. Rapakiwi ist wie wir. Auf den ersten Blick unfreundlich, aber nicht alles ist, wie es scheint.

Kaia stand eine Weile da, sah den Tropfen zu und lauschte dem seltsam beruhigenden rhythmischen Platschen.

Schließlich ging sie hinein und schaltete die Stehlampe ein. Jetzt fand sie auch die anderen Schalter. Eines nach dem anderen flammten die Lichter in den düsteren Ecken auf, Lampenschirme mit Mustern in südlichen, warmen Gelb-, Rot- und Erdtönen. Es roch nach Holz, Bienenwachs und ein wenig Staub. Und es war warm geworden.

Kaia ging in die Küche, öffnete eine Dose Nudeln in Tomatensoße und wärmte sie in der Mikrowelle auf. Die verzauberte

Atmosphäre im Moor ging ihr noch im Kopf herum. Sie war gespannt, wie es dort bei Tag und mit blauem Himmel aussehen würde. Seit sie die Drachen entdeckt hatte, fühlte sie sich nicht mehr ganz so einsam.

Von der frischen Seeluft war sie auf einmal hundemüde. Nachdem sie gegessen hatte, rührte sie noch einen Löffel Honig und eine Prise Zimt in einen Becher warme Hafermilch, stieg damit auf Socken die Wendeltreppe empor und kuschelte sich ins Bett. Die Matratze war klamm, doch nach einer Weile wurde es besser. Kaia lauschte schläfrig, aber es ging immer noch kein Wind. Wellenrauschen hörte sie auch nicht, das Meer war zu still und dem Land zu fern. Dafür wusste sie das moosige Reetdach über sich, bewacht von den trotzigen Schafböcken und den freundlichen Drachen.

Morgen, bei Licht betrachtet, würde alles schon anders aussehen.

Doch der Lichtgott Phol, falls sich sein Geist hier irgendwo herumtrieb, war ihr noch immer nicht zugetan. Kaia schlief gut und ungewöhnlich lange. Aber als sie sich aufrappelte und die Gardine beiseiteschob, sah sie – nichts. Der Nebel war noch dichter geworden als gestern, die Sichtweite betrug gerade ein paar Meter.

»Das kann doch nicht wahr sein!« Wie lange würde sie wohl hierbleiben müssen? Sie konnte Remy ja schlecht Bilder schicken, auf denen nichts als eine graue Suppe zu erkennen war. Kaia zog sich warm an und lief hinunter.

Zum ersten Mal öffnete sie die Tür, die nach hinten auf die Terrasse hinausführte. Die Luft roch frisch nach Wald und Meer. Liegestühle und eine Essgruppe standen hier, schöne alte

Holzmöbel, leicht verwittert, aber stabil. Wenn jetzt nur die Sonne scheinen würde, dann würde sie sich hier hinlegen und an gar nichts denken! Doch alles war feucht, und von der Sonne war nicht einmal etwas zu ahnen. Sie konnte gerade ausmachen, dass hier auf der einen Seite offenbar ein sumpfiges Erlenbruch begann.

Auf der anderen Seite konnte sie eine niedrige Mauer erkennen, die von einem halb offen stehenden Tor unterbrochen war, hinter dem wahrscheinlich der Hauptgarten lag. Ein Kuckuck rief, die Laute gespenstisch gedämpft. Im Beet hinter den Stühlen ragte ein Pampasgras weit über Kaias Kopf hinweg. Musste man die trockenen Blüten vom letzten Jahr nicht eigentlich abschneiden? Sie wirkten wie riesige zerzauste Pinsel, mit denen man hätte den Himmel blau streichen können.

Sie fröstelte, ging hinein und recherchierte im Internet nach Pampasgras. Sie mochte es, es verlieh der tristen Landschaft einen südlicheren Anflug. Ja, *schneiden*, stand da, damit es neu austreiben konnte. Aber wo gab es hier eine Gartenschere? Kaia beschloss, sich erst einmal mit einem Messer zu behelfen. Sie wollte unbedingt das Gefühl haben, irgendetwas fertiggebracht zu haben.

Als das Gras anständig frisiert war, entdeckte sie zu ihrer Freude, dass in der Mitte unten bereits neue grüne Halme austrieben.

Die abgeschnittenen Pinsel stellte sie zum Trocknen aufrecht in einen Papierkorb im Zimmer. Sie fand es dekorativ. Das mit dem Himmelanstreichen musste mangels Farbe und Reichweite wohl warten, bis ihr der Lichtgott zu Hilfe kam.

Nun war ihr warm von der Anstrengung, so dick waren die Halme gewesen. Aber sie fühlte sich besser und beschloss, auch gleich noch die deprimierenden Tannenzweige in den Steinvasen zu entsorgen. Die würden sich auf Fotos wirklich ganz schlecht ausnehmen. Die Weihnachtskugeln verstaute sie in einem Karton im Besenschrank.

Nach dem Frühstück betrachtete sie hoffnungsvoll das Radarbild ihrer Wetter-App. Es sah nicht so aus, als ob sich der Nebel bald lichten würde. Eine Nachricht von Harro öffnete sich davor. *Na, schon die Veste Poel besichtigt? Bitte Bilder schicken!*

Hmm, das wäre heute eine Herausforderung. Aber Kaia musste unbedingt aus dem Haus. Es war einfach zu einsam hier, abgeschirmt durch den Nebel. Und ihr Doktorvater sollte nicht denken, dass sie tatenlos und pflichtvergessen herumfaulenzte. Remy konnte auf ihre Informationen noch warten, die war sowieso beschäftigt.

Also setzte sie sich ins Auto und fuhr wieder nach Kirchdorf, langsam und vorsichtig wegen der schlechten Sicht. Vor ihr endete die Straße scheinbar im Nichts. Immerhin, nach Kirchdorf schienen sowieso alle Wege zu führen. Kaia war jedoch unschlüssig, wo sie parken sollte, und folgte einem Schild mit einem P darauf. Als sie ausstieg, stellte sie fest, dass sie wohl statt an der alten Festung am Hafen gelandet war. Wie in einem Piratenfilm tauchte die verwaschene, aber gewaltige Silhouette eines alten Segelschiffs aus dem Nebel auf, das dort ankerte. Ein breiter hölzerner Bug, hohe Masten. Neugierig geworden, lief Kaia an der Betonkante des Hafenbeckens entlang und wäre beinahe über jemanden gestolpert, der dort saß und die Beine baumeln ließ, als sei das schönste Wetter.

»Oh, Entschuldigung!«, sagte Kaia erschrocken. War sie der Frau etwa auf die Hand getreten?

Doch die sah zu ihr auf und schüttelte den Kopf. Blaugrüne Augen und ein Lächeln, das den Nebel gleich ein wenig heller werden ließ, strahlten Kaia an. Endlich ein anderes menschliches Wesen! Sie hatte gar nicht bemerkt, wie einsam sie sich seit ihrer Ankunft gefühlt hatte.

»Meine Schuld! Ich sitze schließlich hier im Weg herum. Aber es ist einer meiner Lieblingsplätze. Ich habe Ware ausgeliefert.« Die Frau machte eine Handbewegung in Richtung der Gebäude. Das Schild einer Gaststätte war gerade zu erahnen, daneben eine Bude, die Fischbrötchen versprach. »Ist das nicht ein tolles Wetter? Man denkt, es könnte gleich alles Mögliche passieren. Bist du hier Feriengast?« Sie hob die Hand, und erst jetzt sah Kaia, dass sie in aller Seelenruhe ein Eis in einer Waffel aß. »Das hier kann ich empfehlen. Gibt es drüben bei den Fischbrötchen. Kaffeeeis. Lecker.«

»Vielleicht ein andermal.« Kaia setzte sich spontan daneben, hungrig nach einem Gespräch, nicht nach Eis. »Nein, ich bin kein Feriengast. Ich muss mich um ein Haus kümmern, einen Nachlass. Ich bin übrigens Kaia.«

Die Frau streckte ihr die Hand hin. »Nele Sommer.«

»Nele Sommer? Von der Galerie mit den tollen Töpferwaren?«

»Ich weiß nicht, ob sie toll sind, aber ja, das ist meine. Sehr lange mache ich das noch nicht. Ich muss noch viel lernen.«

Nele war sicher kaum älter als Kaia selbst. Sie trug ihre langen, fast weißblonden Haare in unzählige dünne Zöpfe geflochten und dann zu einem Pferdeschwanz gebunden. Es sah großartig aus, fand Kaia. Nele wirkte so mit sich im Reinen, als hätte sie nie eine andere Bestimmung gehabt, als hier bei Nebel im Hafen der Insel Poel zu sitzen und Eis zu essen.

»Was hast du denn vorher gemacht?« Seltsam, so neugierig war sie sonst nicht. Wenn das nach einem Tag Einsamkeit mit ihr geschah, was würde dann in drei Tagen sein?

Ein Schatten von Traurigkeit flog über Neles Gesicht, oder lag das nur an der Beleuchtung? »Da war ich noch nicht auf der Insel. Ein anderes Leben. Ein anderes Abenteuer.« Sie machte eine Geste, wie um etwas zu verscheuchen. »Jetzt ist jetzt.«

»Und bist du allein hier?«

»Zur Zeit, ja.« Nele hatte ihr Eis aufgegessen und wischte sich die Finger an einem Taschentuch sauber. »Und du? Was ist das für ein Haus?«

»Es hat mal einer Ricarda Baran gehört.«

»Wirklich? Das mit den Schafböcken? Rapakiwi?« Nele machte große Augen. »Wie geheimnisvoll! Ich habe mich immer gefragt, wie es da wohl im Garten aussieht. Ich fand, es wirkte alles etwas unheimlich.«

»Kanntest du diese Ricarda?«

»Nein. Sie lebte sehr zurückgezogen. Sie war nie in meinem Laden. Ich denke, sie war sehr alt.« Nele kramte in einer Tasche und förderte einen großen Becher in dem Blau zutage, das Kaia so gefallen hatte. »Hier, magst du den haben? Als Willkommensgeschenk? Es ist B-Ware. War versehentlich in meine Lieferung geraten.« Sie zeigte Kaia den Boden. »Der Ring unten ist leicht angeschlagen. Sieht man aber nur, wenn man ihn umdreht, und er steht noch sicher.«

Kaia nahm das Gefäß bewundernd entgegen. Es lag gut in ihrer Hand. Das Blau des Himmels in den oberen zwei Dritteln ruhte auf einem Streifen rauer, sandähnlicher Farbe. Eingeritzt und braun gefärbt darauf wuchsen genau jene Bäume, die sie gestern am Rande des Reetmoors so berührt hatten, die, die in karger Eleganz in einem Tanz am Rande des Abgrunds erstarrt schienen.

»Vielen herzlichen Dank, was für ein schönes Geschenk! Aber das kann ich doch nicht einfach so annehmen.«

»Warum nicht?«, fragte Nele erstaunt.

Kaia fand keine Antwort.

Nele lächelte. »Du kannst mir ja mal bei Gelegenheit den Garten von Rapakiwi zeigen. Wenn der Nebel weg ist.«

»Gerne. Habt ihr den hier öfter so lange?«, erkundigte sich Kaia.

Nele stand auf und klopfte sich den bunten Rock ab, der für das Wetter viel zu dünn wirkte. Doch sie hatte nicht mal eine Gänsehaut auf ihren jetzt schon braun gebrannten Armen. Sie schüttelte den Kopf. »Nein, eher selten. Nicht so ausdauernd und nicht um diese Jahreszeit. Vielleicht liegt es daran, dass du Rapakiwi in seiner Ruhe gestört hast. Du sollst wohl das Geheimnis nicht lüften.«

»Was für ein Geheimnis?« Kaia war verwirrt. Nele war so nett gewesen, machte sie sich jetzt über Kaia lustig?

»Es soll eins geben. Ist sicher nur eine Legende. Wie das eben so ist mit alten Häusern und Inseln, wo die Menschen im Winter viel Zeit haben, sich Geschichten zu erzählen.« Nele zwinkerte ihr zu. »Ich muss los. Komm doch gern mal in die Töpferei und sieh dich um. Ich habe heute Nachmittag wieder geöffnet, und morgen auch.«

»Mach ich unbedingt. Kannst du mir noch sagen, wo ich die Festung finde?«

»Dort, hinter der Kirche, beim Tor zum Friedhof ist ein Weg.« Nele zeigte in eine Richtung, in der Kaia einen Hügel mit der Silhouette einer massiven Kirche erahnen konnte. »Bis dann!«

Kaia sah ihr nach. Im Gegensatz zu Nele hatte sie jetzt eine Gänsehaut. Was für ein Geheimnis lauerte da auf Rapakiwi? War das wirklich nur Seemannsgarn?

Sie blickte zu dem Schiff hinüber, dessen würdevolle Masten den Nebel wie einen Schleier trugen. *Engelina* stand an dem Bug. Es war seltsam tröstlich.

10

Zeitverschiebung

Das Schiff faszinierte Kaia.

Sie fand einen Steg, der auf das Wasser hinausführte. Das Ende lag unsichtbar im Nebel. Vorsichtig ging sie darauf entlang, bis sie aus einiger Entfernung die ganze *Engelina* sehen konnte. Die modernen Hafengebäude dahinter waren vom Nebel aus dem Bild gelöscht. Wie aus uralter Zeit aufgetaucht wirkte das Schiff, breit und verlässlich. Es musste schon viele Stürme überstanden, viele Seemeilen hinter sich gebracht haben.

Kaia setzte sich auf einen Poller und gab den Namen in die Suchmaschine ein. Engelina, erfuhr sie, war die Freundin und spätere Frau des niederländischen Auftraggebers gewesen. 1909 schon war der Küstenfrachter fertiggestellt worden. Unter anderem bis nach Kaliningrad war die *Engelina* vor über hundert Jahren gesegelt, meistens mit Holz beladen. Sie war fast fünfunddreißig Meter lang und über fünf Meter breit. 1985 war sie renoviert und umgebaut worden.

Heutzutage konnte man sie chartern und damit auf der Ostsee segeln. Wie das wohl wäre? Kaia hörte bei der Vorstellung die Taue knarren und die Segel knattern, das wuchtige Zischen der Gischt, die gegen den Bug schlug, die Stimmen der Seeleute, das Nebelhorn. Es hatte doch bestimmt ein Nebelhorn gegeben damals, eines, in das man mangels Elektrizität mit aller Kraft blasen musste?

Schließlich riss Kaia sich los. So wurde das nichts mit der Festung! Harro würde denken, sie hätte das Interesse an ihrer Doktorarbeit völlig verloren. Aber sie hatte nun mal eine Schwäche für alte Schiffe und alles, was dazugehörte.

Sie machte sich auf in die Richtung, die Nele ihr gewiesen hatte.

Das schmiedeeiserne Tor, das in eine Backsteinmauer eingelassen war, trug einen tröstlichen Bogen aus Sternen und einem Mond über einem Kreuz, bewacht von knorrigen Bäumen rechts und links.

Die Kirche war um 1230 erbaut worden, las Kaia auf einem Schild, und war die einzige Kirche in Mecklenburg, die noch von Festungswällen umgeben war. Ein Herzog hatte Poel einst zum Flottenstützpunkt ausbauen wollen. Massiv und von den Jahrhunderten beruhigend unverrückbar erschien diese Kirche, die aus Backsteinen gebaut war, in denen sich alle Rot-, Orange- und Gelbtöne fanden, untermalt vom Grün des Mooses und vom Gelb der Flechten darauf. Gar nicht altersgebeugt, vielmehr unerschütterlich und lebensfroh wirkte das schlichte Gebäude, selbst bei diesem Wetter. In den Wänden gab es regelmäßige Löcher, in denen schwarze Vögel nisteten – Dohlen, oder waren es Stare? Sie konnte es nicht erkennen.

Kaia war seltsam berührt. Was für unzählige Generationen waren hier getauft, getraut und beerdigt worden! Die alten Grabsteine waren von gepflegten Buchsbaumhecken umgeben. Eine Weile schlenderte sie von Reihe zu Reihe, entzifferte verwitterte Namen und Zahlen, entdeckte Primeln und Narzissen, Buschwindröschen und Hundszahn dazwischen. Die wabernden Nebelschwaden hätten alles wie eine Szene aus einem im Mittelalter spielenden Gruselfilm aussehen lassen, wäre es nicht ein so friedlicher Ort gewesen. Kaia fand es nicht unheimlich hier, ganz im Gegenteil.

In einem hinteren Winkel stieß sie auf ein Grab, dessen Stein zwar auch sehr alt war, doch hier war jemand vor nicht allzu langer Zeit beerdigt worden. Ein Grabhügel und welke Kränze deuteten daraufhin. Ein provisorisches Holzkreuz stand vor dem Grabstein, bis dort die Inschrift vervollständigt werden konnte.

Ricarda Baran, geb. Küfer
* 1929 auf Poel
† 2018 auf Poel

Dann war sie gar nicht aus Ostpreußen gekommen. Das musste Remy falsch verstanden haben. Nur ihr Mann wahrscheinlich. Kaia wischte mit ihrem Taschentuch Moos und Taubendreck von dem Stein, um die Schrift lesen zu können.

Anton Baran
* 1925 in Rastenburg
† 1972 auf Poel

Ricarda war also früh Witwe geworden. Hatte sie so lange allein in dem Haus gelebt? Hatte sie Kinder gehabt?

»Sie hatte eine Tochter, die ist aber früh gestorben«, hatte Remy gesagt.

Über Antons Namen standen noch mehrere, zum Teil unleserlich, anscheinend eine lange Reihe der Familie Küfer. Paul, Wilhelm, Otto. Das oberste leserliche Sterbedatum war von 1618.

Ricarda war also eine echte alte Poelerin, seit Generationen hier verwurzelt, sicher schon in dem Haus aufgewachsen. Dann hatte sie nach dem Krieg offenbar einen Flüchtling aus Ostpreußen geheiratet. Wie das wohl von der Familie aufgenommen worden war?

Von einer Tochter war auf dem Stein nichts zu sehen. Kaia hockte sich hin, um eine austreibende Lupinenstaude vom wuchernden Unkraut zu befreien, damit sie wachsen und blühen konnte. Dabei entdeckte sie eine runde Platte aus einst poliertem Rapakiwi, der sie anklagend aus vielen Augen ansah.

Unsere liebe Tilda
*1953
†1971

Achtzehn. Tilda Baran war mit nur achtzehn Jahren gestorben. Ein Jahr vor Anton. Warum? Und was war mit Anton geschehen? Hatte er die Trauer um seine Tochter nicht verkraftet?

Kaia hatte schon immer bedauert, dass Grabsteine meist so wenige Informationen aufwiesen. Nur einige wenige wie zum Beispiel die der alten Kapitäne auf Amrum erzählten ganze Geschichten. Es wäre für die Historiker so viel einfacher, wenn es das öfter gäbe. Wenn man es so machen könnte wie Remy mit den Tafeln in ihrem Garten, auf denen die Geschichten zu den jeweiligen Pflanzen zu lesen waren.

Doch das würde sicherlich nicht jeder Tote wollen.

Sie befreite die Steinplatte von Schmutz und noch ein paar zerzauste Stauden von Herbstblättern.

Anton Baran hatte wohl, als die Giebelbretter am Haus erneuert werden mussten, die Gelegenheit genutzt, um mit den Schafböcken ein eigenes Zeichen zu hinterlassen. Eine schöne Idee, fand Kaia.

Und wenn Ricarda bis zu ihrem Tod noch das Siegel mit dem Schafbock benutzt hatte, musste sie ihren Mann sehr geliebt haben.

Schließlich verließ Kaia den Friedhof wieder durch das Sternentor und schlug den Pfad ein, von dem Nele gesprochen hatte.

Er führte stetig aufwärts und dann an einem Abhang entlang, der zu beiden Seiten von einem wild wuchernden Dickicht aus Bäumen und Sträuchern eingefasst war. Die meisten davon begannen gerade erst, Blätter zu treiben, und waren kahl und dunkel wie eine Bleistiftzeichnung oder ein altes Schwarz-Weiß-Foto. Überhaupt hatte der Nebel alle Farbe aus der Landschaft gesogen. Es war totenstill. Auf dem weichen Boden konnte Kaia nicht einmal ihre eigenen Schritte hören, nur ihren Atem und gelegentlich das Rascheln unsichtbarer Lebewesen im Gebüsch.

Wäre nicht das Handy in ihrer Tasche gewesen, dies hätte jede Zeit sein können in jedem der vergangenen Jahrhunderte, seit man die Festung errichtet hatte. Ein paarmal wandte sie sich unwillkürlich um. Sie hatte das Gefühl, dass jeden Moment ein Ritter auf seinem Pferd aus dem Dunst auftauchen und auf diesem Weg an ihr vorbeigaloppieren würde, ohne sie wahrzunehmen. Wenn sie die Augen ein wenig zusammenkniff, konnte sie ihn sehen, dort in der Biegung hinter dem knorrigen Weißdorn.

Kaia machte ein Bild von dem nebligen Weg. Sie zuckte zusammen, als dort tatsächlich eine verschwommene Figur auftauchte. Allerdings ohne Pferd. Stattdessen mit einer langstieligen Säge, die im ersten Augenblick wie eine mittelalterliche Waffe anmutete.

Der Mann nickte ihr amüsiert zu, als er an ihr vorüberging. Sicher fand er Touristen ein wenig beschränkt, die sogar dann fotografierten, wenn auf den Bildern eindeutig nichts zu sehen sein würde.

Unter seiner abgeschabten Schirmmütze lugten Haare hervor, die so weißblond gebleicht waren wie die von Nele. Das musste an der Poeler Sonne liegen. Falls es die überhaupt gab. Gesehen hatte Kaia sie jedenfalls noch nicht.

Die Augen des Mannes mit der Säge waren fast so dunkel wie Kaias eigene. Nun wusste sie, was Remy damit gemeint hatte, dass man darin nicht lesen konnte.

»Entschuldigen Sie!«, rief sie ihm nach. »Wo finde ich den Wall der alten Festung?«

Er blieb stehen. »Sie gehen gerade darauf entlang. Es gibt mehrere parallele Pfade. Da oben ist noch einer. Übrigens gibt es auch mehrere Wälle.«

Ohne eine Antwort abzuwarten, setzte er seinen Weg fort wie einer, der gewohnt ist, sein Ziel zu kennen und rasch zu erreichen.

Kaia spähte den Abhang hinauf. Da waren einige schmale Öffnungen im Dickicht, die sie für Kaninchenpfade gehalten hatte. Sie kraxelte durch eine davon und fand sich tatsächlich auf einem Pfad wieder, der nun ganz oben auf dem Wall an der Kirche vorbeiführte, deren andere Seite plötzlich vor ihr lag. Die oberen Fenster waren jetzt auf Augenhöhe, was sich seltsam anfühlte. So, als sähe sie dem alten Gebäude ins Gesicht wie einem lebendigen Gegenüber.

Schade, dass sie dem Mann nicht hatte mehr Fragen stellen können. Seine Stimme war im Gegensatz zu seinem spöttischen Ausdruck freundlich gewesen. Kaia lauschte, ob sie das Geräusch einer Säge hörte, doch falls es eines gab, blieb es von der allgegenwärtigen grauen Suppe verschluckt.

Kaja umrundete die Kirche und staunte dabei über das Dickicht am Wall, das sie ein wenig an die undurchdringliche Hecke eines Dornröschenschlosses erinnerte. Armdicke Efeustämme umschlangen manche Bäume, und die Blätter der Schlingpflanze trugen eine Zeichnung in leuchtenden Farben, die sie an Efeu noch niemals gesehen hatte.

Dann entdeckte sie unter sich unvermutet wieder das Sternentor. Sie hatte die Kirche auf dem Wall einmal umrundet. Hier oben aber blickte sie nun über den Hafen, soweit er sichtbar war. Der Nebel war inzwischen nicht mehr ganz so dicht. Fasziniert von dem Anblick und ein wenig erschöpft setzte sich Kaia auf eine Bank. Bei gutem Wetter musste die Aussicht phantastisch sein! Dann hätte sich jetzt vor ihr die lange Bucht erstreckt, die man laut Karte die »Kirchsee« nannte und an deren Ende der Hafen lag. Für eine Festung war das natürlich ein genialer Standort.

Unten lösten sich die Stege und Stangenreihen im Nebel auf wie in einer Unendlichkeit. Am Ufer wuchs das Schilf scheinbar im Nichts, und in der gerade noch erkennbaren Ferne schwammen Schwärme von Wasservögeln auf dem Meer, nur dass man weder Wasser noch Himmel sah und es wirkte, als würden sie in der Leere treiben. Die hinteren Vögel waren bloße Schemen. Es war eine geheimnisvoll unwirkliche Welt, in der sie sich hier wiederfand.

Da hatte man ihr eine Abwechslung von ihren Studien und der Arbeit verordnet, und nun schien sie erst recht in eine andere Zeit versetzt worden zu sein.

Sie fühlte sich jedoch wohl darin, so still und leer war alles. Lange saß sie dort.

Als der Wind auffrischte, bemerkte sie, dass die Feuchtigkeit durch ihre Kleidung kroch. Anscheinend war die Bank nicht ganz trocken gewesen. Hastig stand sie auf und stieg vorsichtig die steile Treppe zum Hafen hinunter, die sie entdeckt hatte. Sie wollte gerade ins Auto steigen, da knurrte ihr Magen, und ihr fiel die Fischbrötchenbude ein.

Vor ihr wurde gerade jemand bedient. Als der Kunde sich zum Gehen wandte, erkannte sie den Mann vom Wall. Statt der Säge trug er nun ein Fischbrötchen und einen Kaffee in der Hand. »Na, haben Sie die Festung gefunden und einen Ritter getroffen?«, fragte er, immer noch mit dem amüsierten Unterton.

Woher wusste er, was doch nur in ihrer Phantasie gewesen war? Ihr war unbehaglich zumute. Doch sie ließ sich nichts anmerken. »Den Ritter ja. Aber er war recht furchtsam und auf der Flucht«, erwiderte sie.

»Wie desillusionierend«, meinte er und verschwand mit einem freundlichen Winken zu dem Verkäufer hin aus der Tür.

»Ein Bismarckbrötchen, bitte«, entschied sich Kaia nach einem Blick auf die Liste. »Und einen Kakao.«

Sie nahm beides mit ins Auto, schaltete die Heizung ein und betrachtete, während sie aß, die *Engelina*, die immer noch gelassen vor Anker lag und so sanft und souverän auf den kleinen Wellen schaukelte, als sei ihr völlig egal, welches Jahrhundert gerade war.

Das Fischbrötchen schmeckte, wie Fischbrötchen eben nur am Meer schmecken können. Als sie den Kakao ausgetrunken und sich aufgewärmt hatte, war ihr, als hätte sich der Nebel ein wenig mehr gelichtet. Kaia stieg noch einmal aus und machte von hier aus einige Bilder für Harro. Die Kirche hinter dem

Wall, durch die Leinen an den Masten der *Engelina* hindurch. Ein beeindruckendes Bild. Kaia wünschte nicht zum ersten Mal, sie könnte malen. Oder wenigstens irgendetwas Künstlerisches, das ein Gegengewicht zu den trockenen Fakten und sachlichen Auswertungen und Statistiken war! Etwas Freies, das von wunderbaren Dingen erzählte oder ganz neue abbilden konnte. Sie hatte sogar schon mal einen Zeichenkurs gemacht und dann einen Schnitzkurs. Nichts war ihr auch nur annähernd gelungen.

»Bist halt Akademikerin«, hatte ihr Vater fröhlich gesagt, als sie ihm ihr Leid geklagt hatte. »Das ist so bei uns in der Familie. Wir sind eher abstrakt in unserem Wirken.«

»Aber du baust doch Häuser. Das ist überhaupt nicht abstrakt!«

»Falsch. Ich *entwerfe* Häuser. Andere Leute bauen sie.«

»Aber das Ergebnis ist konkret. Man kann es anfassen und darin wohnen.«

»Zerbrich dir mal nicht unnötig den Kopf, mein Mädchen. So was würde dich doch nur ablenken. Mach du man deine Arbeit fertig. So ein Doktortitel ist auch was Konkretes.«

»Findest du?« Sie war nicht überzeugt, und die unbestimmte Sehnsucht in ihr blieb. Nach Bildern, doch sie wusste nicht, nach was für welchen.

Sie hatte das unbehagliche Gefühl, ihrem Namen nicht gerecht zu werden. *Kaia Mensch*. Ein Mensch bestand doch nicht nur aus Fakten und Zahlen! Da fehlte noch etwas. Was für ein Mensch war sie denn wirklich?

Zurück auf Rapakiwi stellte sie Neles blauen Becher auf den Tisch, betrachtete ihn bewundernd und füllte ihn mit Tee. Sie legte die Hände um die warme, raue Oberfläche. So was war konkret! Ein kleiner Teil spürbarer Gegenwart, der diese Gegenwart schöner machte.

Immerhin hatte sie etwas über Ricarda Baran herausgefunden. Remys Information mit der jung gestorbenen Tochter hatte gestimmt. Ob auch das Gerücht von dem Geheimnis auf Rapakiwi zutraf, das Nele erwähnt hatte?

Spätestens morgen würde sie die Töpferin in ihrer Galerie besuchen und noch ein wenig befragen. Sicher war es wirklich nur Seemannsgarn, aber auch eine gute Geschichte konnte Remy nützlich sein. Und wenn es nur beim Verkauf des Hauses war.

Leonie

Glienicke, Oberhavel
(Brandenburg)

2019

11

Glyneck

»Mein Mann hat dieses Haus gekauft, als wir ganz frisch verheiratet waren«, begann Svenja. »Das ist jetzt fünfundsechzig Jahre her, kaum zu glauben. Insa und ihr Mann sind ungefähr zur gleichen Zeit drüben eingezogen. Das Haus war damals schon nicht neu, aber es hatte Charakter. Wir wussten sofort, das war das richtige Heim für uns, um darin glücklich zu sein. Und das waren wir auch.« Sie lächelte Insa zu, die nachdrücklich nickte. »Wir haben zwar keine Kinder, aber vielleicht sollte es so sein. Das Haus wäre wohl ein wenig zu klein für eine Familie gewesen. Dafür sind Insas Kinder und die der Nachbarn hier ein- und ausgegangen, und deren Kinder auch wieder. Den guten alten Robin hier hat mir mein Mann zum sechzigsten Geburtstag geschenkt. Da stand vorher ein Kirschbaum, auf den ich anfangs gern geklettert bin. Als er alt und hohl war, hat ihn ein Sturm gefällt, und Robin nahm seinen Platz ein. So ein Haus braucht einen Baum. Es spielt keine Rolle, wie groß oder alt er ist, aber er muss mit Liebe gepflanzt sein, dann wird er ein guter Geist, der das Haus und den Garten bewacht.«

Das glaubte Leonie sofort. Es war deutlich zu spüren, dass hier ein guter Geist herrschte, sei es Robins oder Svenjas oder der des verstorbenen Mannes. Wahrscheinlich die Kombination von allen dreien.

Svenja sah sich versonnen um und fuhr dann fort. »Aber ich möchte noch erfahren, was mit Glyneck passiert, ehe ich diese schöne Welt verlasse. Ich bin jetzt fünfundachtzig, und die Gartenarbeit fällt mir längst zu schwer. Der letzte Winter hat es noch schlimmer gemacht. Ich habe mich schon lange in einem schönen Seniorenheim in Birkenwerder angemeldet. Meine Cousine ist schon dort. Wir wollen unsere letzten Jahre da gemeinsam verbringen, Karten spielen und uns über uns selbst und unsere Mitmenschen amüsieren.« Sie zwinkerte Insa zu. »Insa kann es gar nicht erwarten, mich dort zu besuchen, denn die Cafeteria macht noch bessere Kekse als ich. Und irgendwann kommt sie nach.«

»Es sind nicht die Kekse! Ich mache mir große Sorgen um dich. Das hier ist einfach zu viel!«, erklärte Insa empört.

»Ich weiß, ich weiß«, besänftige Svenja sie.

»Glyneck?«, fragte Leonie.

Svenja nickte. »Wir sind hier in der Gemeinde Glienicke/Nordbahn. Glyneck war um 1400 zu Zeiten des ersten Kurfürsten Friedrich von Brandenburg der alte Name für diesen Ort zwischen Kindelwald und Kindelsee. Das Haus hieß schon so, als wir hier einzogen.« Sie wies auf einen Stein über der Tür. Dort war in altmodischen Buchstaben der Name GLYNECK eingemeißelt. Es fiel nur nicht auf, weil Moose und Flechten mit den Jahren ein Muster aus fröhlichen gelben und grünen Kreisen darauf gemalt hatten, auch in die Buchstaben.

»Ich kenne eine Maklerin«, fuhr Svenja fort. »Als Kind hat sie meine Kekse gegessen. Jetzt hat sie für mich jahrelang versucht, jemanden zu finden, der Glyneck kauft. Aber inzwischen hat sie die Geduld mit mir verloren. Da gab es einige Interessenten. Aber ich war mit keinem davon zufrieden.« Zerknirscht breitete sie die Hände aus. »Es passte einfach nie! Ich spüre doch, wenn mein Haus jemanden nicht mag. Wenn es denjenigen nicht glücklich machen kann und umgekehrt. Da hat Insa gesagt ›Das ist der falsche Weg. Glyneck muss seine neue Bewohnerin selbst wählen! Und Robin wird ihm dabei helfen.‹ Es klingt ein wenig seltsam, aber wenn Insa so etwas sagt, hat sie meistens recht. Also wartete ich ab. Wie Ihre Marienkäfer.« Sie beugte sich vor und legte eine knorrige Hand auf Leonies Knie. »Und heute sind Sie gekommen! Robin hat Sie angesprochen, und das Haus auch. Deswegen sind Sie stehen geblieben. Was meinen Sie, Leonie? Wenn Sie an Ihr Traumbild von damals denken, als Sie so sehnsüchtig vor dem verbotenen Garten gestanden haben –, könnte Glyneck mit dem grünen, leuchtenden Reich mithalten, das Sie sich damals erträumt haben?«

Um Leonie herum wurde alles ganz still, so still, dass sie ihren Herzschlag hören konnte. Als ob nicht nur die beiden alten Damen gespannt auf ihre Antwort warteten. Auch der Baum, das Haus, das Gras und die Rosen, sogar die zwitschernden Meisen darin schienen den Atem anzuhalten.

Konnte es denn sein, dass sie ihren Garten, ihr Zuhause endlich gefunden hatte? Heute und hier, am Rande des Moores, das sie vorhin schon so verzaubert hatte? Wo der Kuckuck rief und die Kraniche und wo der Steg sang, wenn man darüberlief?

Sie wäre niemals in diese Gegend geraten, wenn Birgit ihr nicht Merle empfohlen hätte.

So viel Glück konnte doch kein Mensch haben.

»Ich … meinen Sie …« *Fragen Sie mich im Ernst, einfach so, ob ich dieses Haus kaufen möchte?*, wollte sie sagen, aber sie brachte kein Wort heraus.

Svenja hob die Hand. »Nein, sagen Sie jetzt nichts! Überschlafen Sie es. Warten Sie ab, was Ihnen Ihr Gefühl sagt, wenn

Sie nachts aufwachen. Wenn Sie morgen wiederkommen sollten, dann zeige ich Ihnen das Haus von innen, und danach können Sie in Ruhe entscheiden.«

»Zeig ihr das Haus doch besser gleich, dann weiß sie mehr darüber«, warf Insa ein. »Das wäre wesentlich logischer.«

Svenja schüttelte entschieden den Kopf. »Nein, das beeinflusst sie unnötig. Ihr geht es nicht um das Haus. Der Garten ist entscheidend. Da muss es stimmen. Wenn der gegen ihr Traumbild blass ausfällt, dann ist er nicht der Richtige.«

»Kindertraum ist Kindertraum, und Realität ist Realität. Frau Leonie ist alt genug, das unterscheiden zu können«, brummte Insa. »Und einen Garten kann man ändern. Er ändert sich ständig.«

Aber Svenja war nicht davon abzubringen. »Es geht nicht um ein paar Pflanzen hier oder einen Sitzplatz da. Es geht um die Atmosphäre. Um den Charakter. Um den Ort. Das muss passen. Man muss sich verlieben!«

Leonie hatte ihre Sprache noch immer nicht wiedergefunden. Ihre Gedanken überstürzten sich. Fürs Verlieben war sie nun wirklich keine Expertin.

Uli. Sie musste mit Uli reden!

»Das können wir sehr gerne so machen«, sagte sie etwas heiser. »Ich komme morgen wieder. Und sage Ihnen Bescheid. Auf jeden Fall!«

Svenja winkte ab. »Das müssen Sie nicht. Kommen Sie nur dann, wenn Sie Interesse haben. Hier.« Sie schrieb etwas auf einen Zettel und schob ihn zu Leonie herüber. »Das ist die Summe, die die Maklerin ausgerechnet hat. Aber wir können darüber reden.«

»Danke.« Leonie steckte den Zettel ungesehen ein. Damit

würde sie sich später befassen. Wenn sie wieder klar denken konnte.

Svenja stand etwas mühsam auf. »Nun gehen Sie und denken Sie nach! Aber eines muss ich noch sagen. Es gibt drei Bedingungen!« Ihre blauen Augen begegneten streng denen von Leonie. »Erstens: Sie übernehmen die Schildkröten und sorgen gut für sie. Zweitens: Sie lernen, wie man einen Pfirsichbaum richtig schneidet, und Sie pflanzen immer Kapuzinerkresse darunter, das hilft gegen die Kräuselkrankheit. Drittens: Sie backen Knopfkekse für die Nachbarn, die vorbeikommen.«

»Warum um Himmels willen solltest du das *nicht* machen?«, fragte Eddie entgeistert. Sie saßen heute draußen im Park vor dem Seniorenheim um einen der hölzernen Tische zwischen hohen Rhododendren, die in allen Farben verschwenderisch blühten und den alten Herren einen fröhlichen Hintergrund verliehen.

»Das ist doch megacool, dass du endlich was gefunden hast!«, erklärte Gerd mit Überzeugung. »Worauf willst du noch warten? Die Summe erscheint mir vernünftig, und verhandeln kannst du immer noch.«

»Dort bist du aus der Stadt raus, das ist viel gesünder. Und wir können dich besuchen kommen«, freute sich Franz. »Wann, glaubst du, wirst du einziehen?«

Leonie fing an zu lachen, obwohl ihr gar nicht danach war. Sie hatte immer gedacht, ein Hauskauf würde eine klare, sachliche Entscheidung sein. Jetzt aber hatte sie weiche Knie und Angst. Warum nur?

Weil es ihr so wichtig war. So als ob sie endlich durch das Tor in das verbotene Reich treten durfte, ohne Furcht vor Strafe.

Damals hatte sie es getan. Einmal. Im Alter von vielleicht neun. Sie war über das Tor geklettert. Uli war fort bei der Arbeit gewesen.

Damals war Frühsommer und alles so voller Duft und Farben gewesen, dass die Luft zu vibrieren schien. Jede einzelne Blüte hatte nach ihr gerufen, hatte Leonies Namen gesagt. Sie hörte es deutlich. Die Pflanzen waren Lebewesen. Warum bestimmte jemand anderes, wer sie sehen durfte? Das konnte doch nicht richtig sein.

Die Amsel scherte sich auch nicht um Grenzen. Sie fütterte ihre Jungen im Fliederbusch und schoss immerzu über Leonies Kopf an der Hausecke vorbei, den Schnabel voller Würmer. Ihr verbot auch niemand etwas.

Leonie zog die Schuhe aus, damit sie nichts zertrat, und außerdem wollte sie das Grün an den Füßen spüren. Sie lief so gerne barfuß, dass Uli ihr ständig irgendwelche Splitter aus den Sohlen ziehen musste. Auf der Straße und dem Spielplatz war das keine gute Idee. Aber man konnte mit den Füßen genauso viel fühlen wie mit den Händen, und wenn sie schon etwas Verbotenes tat, dann sollte es sich auch lohnen.

Sie wurde nicht enttäuscht. Das Gras war weich, so weich! Dazwischen wuchsen Gänseblümchen und Klee, in dem Bienen summten. Leonie sah aufmerksam nach unten, um nicht auf eine Biene zu treten. Auch weil es weh tat, wenn Bienen stachen, aber vor allem, weil sie dann sterben mussten. Unter ihren Füßen begann das Gras zu duften, so wie es duftete, wenn die Gartenfirma gemäht hatte, nur zarter und noch schöner. Die Levkojen dufteten auch, und endlich konnte sie ihre Nase tief und lange hineinstecken.

Auch an einem Ginsterbusch blieb sie stehen und kniete sich

hin, um daran zu schnuppern. Der Duft war warm, wie Sonnenlicht. Darunter glaubte sie eine Eidechse huschen zu sehen, aber vielleicht hatte sie sich das auch nur gewünscht. Der winzige braune Frosch aber, nicht größer als eine Fliege, der über ihren nackten Zeh hüpfte, der war Wirklichkeit. Wie fadendünn seine Beine waren, und doch konnte er so weit damit springen!

Leonie blies gegen eine Pusteblume und stellte sich vor, dass sie den kleinen Pflanzen, die in den Samen schlummerten, jetzt geholfen hatte, einen Platz zum Wachsen zu finden. Und dass die sich vielleicht an Leonie erinnern würden, auch wenn sie nicht wiederkommen durfte. Sie warf den Fischen im Teich ein paar Kekskrümel zu. Sie schlug ein Rad auf dem Rasen und machte einen Purzelbaum. Sie kletterte sogar auf den unteren Ast eines Apfelbaums. Sie tat alles, was sie sich vorgenommen hatte, und noch mehr, denn sie hatte gut aufgepasst und gewartet, bis die Familie Marchand im Auto weggefahren war. Alle saßen darin, und sie trugen schicke Kleider, also hatten sie etwas Wichtiges vor, und es würde bestimmt dauern. Und die streng blickende Haushälterin, mit der irgendwann die nette Brigitte ersetzt worden war, hatte dienstagnachmittags immer frei.

Wie glücklich überrascht war Leonie, als sie durch eine Lücke in der hinteren Hecke schlüpfte und feststellte, dass es dort eine zweite Hälfte des Gartens gab, von der sie nichts geahnt hatte! Hier reihte sich Beet an Beet, ohne Rasen dazwischen. Sie entdeckte Büsche voller Johannisbeeren, die in der Sonne rot zu glühen schienen, als wäre in jedem davon eine kleine Lampe versteckt. Sie kostete eine, spuckte sie aber aus, weil sie so sauer war.

Doch dann kam sie an ein Erdbeerbeet. Dick und rot lagen die Früchte zwischen den Blättern. Sie waren überhaupt nicht sauer. Sie schmeckten wie Glück und Sommer, jede etwas anders. Ohne nachzudenken, kostete sich Leonie durch die Reihen und genoss dabei das Gefühl der feuchten dunklen Erde unter ihren Sohlen. Ein Eichelhäher flog so dicht über sie hinweg, dass sie die blauen Federn an seinen Flügeln glänzen sah, und rief ihr etwas zu, das sie leider nicht verstand.

Doch nicht alle Lebewesen im Garten waren ihr freundlich gesinnt. Jemand packte sie von hinten am Arm und zog sie hoch. Kaum hatte sie sich umgewandt, hatte es schon eine schallende Ohrfeige gesetzt. Und dann eine auf die andere Seite.

»Du freches Gör, du weißt genau, dass du hier nicht sein darfst! Oder bist du zu dumm, das zu begreifen?«

Die Haushälterin war vor Empörung rot im Gesicht geworden. Mit eisernem Griff zog sie Leonie aus dem Beet, durch die Lücke in der Hecke und zum Tor.

»Mach, dass du verschwindest! Und wehe, du lässt dich noch einmal hier blicken! Da dein Vater es nicht fertigbringt, werde ich eben dafür sorgen, dass das nicht passiert, da kannst du dich drauf verlassen!«

Sie schob Leonie hinaus und knallte das Tor zu. »Erdbeeren stehlen und Blumen zertreten! So eine Frechheit!«, hörte Leonie die große Frau noch schimpfen, als sie schon um die Ecke verschwunden war.

Dabei war sie nicht einmal auf ein Gänseblümchen getreten.

Leonie war so erschrocken, dass sie nicht einmal weinen konnte. Uli hatte sie noch nie geschlagen. Sie war beinahe froh, dass ihre Wangen brannten, sonst hätte sie vielleicht gar nichts mehr gefühlt, so erstarrt war sie. Doch nach dem Schock kam das Entsetzen. Die Frau würde alles den Marchands erzählen, und dann würden sie Uli die Wohnung kündigen, und sie würden auf der Straße sitzen.

Leonie wollte Uli gestehen, was sie getan hatte, aber sie brachte es nicht fertig.

»Was ist denn, Fröschle?«, fragte der besorgt beim Abendbrot. »Du bist ja ganz rot im Gesicht, und gegessen hast du auch nicht. Wirst du krank?« Er fühlte ihre Stirn, fand sie heiß und packte Leonie ins Bett.

Da durfte sie auch am nächsten Tag bleiben. Sie verkroch sich unter der Decke, als es klingelte und sie die Stimme der Haushälterin hörte.

Doch als Uli hereinkam, sah er nicht besorgt und auch nicht traurig aus. »Oben ist ein schlimmer Wasserrohrbruch im Bad. Ich muss das in Ordnung bringen. Das kann ein bisschen dauern. Trink deinen Kamillentee, ja?«

Seit sie denken konnte, hielt Uli Kamillentee für *das* Mittel gegen alles. Sie mochte ihn nicht, aber ihn zu trinken war das Einzige, was sie für Uli tun konnte. Nur half es nicht. Ihr wurde immer übler im Magen, je länger er fortblieb.

Als er schließlich kam, wagte sie kaum zu atmen. Doch er lächelte. »Ich habe es hinbekommen, ehe es einen größeren Schaden gab«, sagte er. »Frau Marchand hat mir sogar einen Bonus gegeben. Wir könnten mal ins Kino gehen, wenn es dir wieder gutgeht, was meinst du? Sie hat mir sogar ein paar Erdbeeren geschenkt. Magst du welche?« Er hielt ihr ein Schälchen hin.

Als der Geruch Leonie in die Nase stieg, rannte sie ins Bad, weil ihr schlecht wurde.

Noch lange war ihr bang zumute, aber ihnen wurde nicht gekündigt, und irgendwann konnte sie auch wieder Erdbeeren essen. Da nahm sie sich vor, dass sie eines Tages, wenn ihr der Garten gehörte, so viele Erdbeerbeete haben würde, wie sie wollte.

Jetzt sah sie in die lieben, beifälligen Gesichter ihrer alten Freunde, die sie durch alle Zeiten begleitet hatten, und wusste, nun würde das möglich werden. Sie würde Erdbeeren pflanzen können, so viele sie wollte, und dazwischen würde sie einen Tisch aufstellen, an dem man mit Sommerduft in der Nase Karten spielen konnte.

Die Angst, die kalt in ihrem Magen lag wie ein Stein, war eine alte und hatte in der Gegenwart absolut nichts zu suchen. Sie durfte nicht zulassen, dass sie noch immer über sie bestimmte!

Und trotzdem blieb das nagende Gefühl, dass sie einen Ort wie Glyneck nicht verdient hatte. Dass es einfach nicht wahr sein konnte.

»Fröschle, das Einzige, was zählt, ist, ob du das möchtest«, sagte Uli ruhig. »Gefällt es dir da? Macht es dich glücklich, wenn du dich dort umsiehst?«

»Ja. Das tut es. Sehr.«

»Sollen wir mitkommen und es uns auch ansehen?«, erbot sich Franz.

Uli winkte ab. »Lasst sie. Das kann nur sie allein entscheiden. Da muss keiner von uns seinen Senf dazugeben.«

Abends saß sie bei Tammo an der Bar, stocherte in einer Erdbeer-Rhabarber-Mousse und fragte auch ihn. Sie hatte ihn fast bei all ihren Entscheidungen um seine Meinung gebeten. Und auch wenn nicht, hatte er immer eine gehabt und sie ausgesprochen.

»Was soll das heißen, du hast es nicht verdient?«, fragte er. »Du hast in den letzten Jahrzehnten nichts anderes gemacht, als zu verdienen, und zwar genau mit diesem Ziel! Die meisten Pferde scheuen *vor* dem letzten Hindernis, nicht danach, wenn sie schon drübergesprungen sind.«

Wider Willen musste Leonie lachen.

Tammo tippte mit einem nachdrücklichen Finger auf ihre Stirn. »Du wolltest das. Und du willst es immer noch. Nicht viele sind in der glücklichen Lage, so genau zu wissen, was sie wollen. Mach es einfach endlich! Ich würde dir ja anbieten, mitzukommen und zu verhandeln, wenn ich nicht genau wüsste, dass du das alles besser kannst als ich.«

»Darum geht es doch gar nicht.« Aber sie war gerührt.

Er wandte sich ab, um einen Kunden zu bedienen. Leonie zückte ihr Handy und schrieb an Eliot. Was er wohl davon hielt? Vielleicht brauchte er das Geld nötiger?

Ach, Mama. Wo liegt denn das Problem? Das wolltest du doch schon ewig machen. Viel Glück!

Wenigstens hatte er geantwortet.

»Wen möchtest du denn noch alles fragen?«, erkundigte sich Tammo, der zurückgekehrt war und einen Blick auf ihr Display warf. »Deinen Anwalt? Die Bundeskanzlerin? Das Orakel von Delphi? Soll ich dir aus der Hand lesen, die Karten legen oder eine Glaskugel befragen?«

Sie warf eine Erdnuss nach ihm und rutschte vom Barhocker. Svenja hatte ihr die Antwort ja schon gegeben, fiel ihr ein.

Warten Sie ab, was Ihnen Ihr Gefühl sagt, wenn Sie nachts aufwachen.

12

Lebensfarben

Am Ende war es ganz einfach. Svenja hatte recht gehabt.

Denn nachts um zwei fand der Mond eine Lücke zwischen den Hochhäusern und einen Spalt zwischen den Vorhängen und schien Leonie genau ins Gesicht. Auf einmal war sie wach, erfüllt von einem warmen, friedlichen Gefühl und einer Gewissheit, so silberhell wie der Mond.

Um sie herum wirkte alles schwarz-weiß, nicht nur weil es Nacht war. In ihrer Wohnung gab es kaum Farbe, und vor dem Fenster auch nicht. Doch nun wusste sie, dass sie kein schwarzweißes Leben mehr wollte, zwischen Zahlenreihen und kahlen Wänden. Sie wollte Farben, weichen Stoff und irgendwann selbst ein so zufriedenes, in sich ruhendes Lächeln wie das jener alten Dame mit den langen Haaren und dem bunten Kleid, der sie als Kind begegnet war.

Sie wollte den Webstuhl kaufen, der sich so vertrauensvoll unter ihren Händen bewegt hatte. Sie wollte den selbst gefertigten Läufer in ihren neuen Flur legen, in diesem Haus, dessen Dach wie eine gemütliche Mütze aussah und vor dem der Baum namens Robin rosa Konfetti ins Leben streute. Sie wollte jeden Morgen ins Moor gehen und den Ruf der Kraniche hören, der so gewaltig und erschütternd grandios war, dass er einem durch den ganzen Körper fuhr und daran erinnerte, was für eine unglaubliche und großartige Sache es war, am Leben zu sein.

Leonie stand auf und schob den Vorhang beiseite. »Ich habe

überhaupt keinen Zweifel mehr daran, dass Glyneck mein Ort ist«, teilte sie dem Mond mit.

Er hatte wohl nichts einzuwenden, denn er wanderte weiter und verschwand schließlich hinter dem nächsten Haus.

Leonie trank ein Glas Wasser und ging wieder schlafen. Sie wollte am nächsten Tag ausgeruht sein und gleich früh hinausfahren. Sie würde wieder den Weg über den Moorsteg nehmen und herausfinden, wie dort der Morgen aussah.

Ihre einzige Angst war, dass auch Svenja vielleicht über Nacht nachgedacht und es sich dabei anders überlegt hatte.

Bis auf einzelne Jogger begegnete Leonie niemandem, als sie durch den Wald spazierte. Sie bewunderte junge Farne, die gerade ihre Wedel entrollten, und beobachtete einen Specht, der oben in einer Birke trommelte.

Heute hatten sich die Wolken verzogen und einem frisch gewaschenen Blau Platz gemacht. Als sie den Anfang des Steges wiederfand, stellte sie fest, dass die Sonne um diese frühe Zeit schräg durch die hohen Schilfhalme vom letzten Jahr fiel und die Tropfen darauf in allen Regenbogenfarben funkeln ließ. Gleichzeitig dampften unten die Tümpel und ließen geheimnisvolle Nebelschwaden voller diffusem goldenen Licht über die Oberfläche treiben. Mitten darin erschien wie eine märchenhafte Vision ein Schwanenpärchen. Sie frühstückten hungrig von der Entengrütze. Es machte ein schmatzend-gurgelndes Geräusch, das sie beruhigend wirklich machte und Leonie davon überzeugte, dass sie nicht träumte.

Leise, um nicht zu stören, schlich sie sich vorbei, doch die beiden blickten nur kurz auf.

Wenig später flog ein Schatten direkt vor ihrem Gesicht über den Steg und setzte sich auf einen Ast, der über das Geländer reichte. Ein Vogel, den sie nicht einordnen konnte, bis er ihr genau in die Augen sah und zweimal hintereinander laut »Kuckuck!« rief.

»Ach«, sagte sie erstaunt. Sie hatte nicht gedacht, dass ein Kuckuck so groß war. Und dass sie jemals einem so nahe sein würde. Aus einer Erle auf der anderen Seite des Wassers kam eine Antwort. Der Kuckuck hinterließ einen Klecks und flog über den Wald hinweg davon.

Leonie hatte fast vergessen, dass sie ein Ziel hatte, so verzaubert war sie. Hinter der nächsten Biegung des Steges traf sie auf einen Mann, der mit einem Feldstecher in den Händen in das Dickicht aus aufrechten und umgestürzten Bäumen, Farnen und Schilf spähte. Er kam ihr entfernt bekannt vor. Sie wollte vorübergehen, da nahm er das Glas von den Augen und nickte ihr ernst zu.

»Guten Morgen«, sagte er, »da ist ein Baumläufer! Wollen Sie mal sehen?«

Jetzt fiel es ihr ein. War das nicht der Bruder von Merle? Wie hieß er noch gleich? Oder irrte sie sich?

Er drückte ihr das Glas in die Hand und zeigte mit einem langen Arm auf den Stamm einer Birke. »Da, unter dem oberen Ast. Ganz klein und hervorragend getarnt. Die begeistern mich immer wieder, wie sie sich den Stamm entlangbewegen können.«

Leonie sah nichts, nicht einmal den Baum. Alles war verschwommen.

»Sie müssen an dem kleinen Rad oben drehen, um scharf zu stellen«, erklärte er.

Tatsächlich, nun sah sie den zierlichen braunweißen Vogel an der Rinde hinaufhuschen, behände wie eine Maus, als gäbe es keine Schwerkraft. »Sagenhaft!«, fand sie.

»Ja, nicht wahr?« Er strahlte, als hätte er den Vogel persönlich erschaffen. Sie reichte den Feldstecher an ihn zurück und konnte nicht anders, als sein Lächeln zu erwidern. »Danke!«

»Nichts zu danken. Einen schönen Tag noch.«

Er setzte seinen Weg in die Richtung fort, aus der Leonie gekommen war, und sie beeilte sich jetzt, den Moosbeerenweg zu erreichen. Sie wollte endlich sicher sein, dass sie Glyneck wirklich übernehmen und tatsächlich hier leben durfte, wo es an jeder Ecke solche kleinen und großen Wunder zu entdecken gab.

Svenja saß am Schildkrötengehege auf ihrem Rollator und blickte sofort auf, als Leonie über den Zaun spähte.

»Da bist du ja!«, sagte sie. »Ich hatte ein wenig Furcht, du würdest nicht kommen.«

Das klang nicht nach einem Sinneswandel. Leonie durchflutete eine Welle der Erleichterung. Bei dem Gedanken, es könnte womöglich am Ende nichts aus dieser Sache werden, die doch zu schön war, um wahr zu sein, waren ihr auf den letzten Metern beinahe die Tränen in die Augen gestiegen.

»Komm herein!« Svenja gestikulierte ungeduldig Richtung Gartentor und machte sich selbst auf den Weg dorthin. »Du hast also Interesse? Soll ich dir jetzt das Haus von innen zeigen?«

»Gleich. Gern.« Leonie holte tief Luft. »Aber ich möchte auf jeden Fall hier leben. Egal wie es drinnen aussieht.« Es war wunderbar verrückt, aber sie wollte das unbedingt gesagt haben, jetzt und hier. Sie wollte die Entscheidung, bevor sie das Haus betrat. Wenn man einen Menschen mochte, fragte man ihn ja auch nicht gleich nach seinen inneren Charakterschwächen. Man mochte ihn einfach und freundete sich mit ihm an und gab ihm einen Vertrauensvorschuss. Leonie war es ein Bedürfnis, sich Glyneck gegenüber ebenso zu verhalten. »Oder haben Sie … hast du es dir anders überlegt?«, fragte sie vorsichtshalber doch noch einmal ängstlich nach.

Ein Lächeln breitete sich auf Svenjas Gesicht aus. »Nein, das habe ich nicht. Ich habe Merle angerufen. Sie sagt, du bist kreativ. Das genügt mir. Das ist wichtig. Und dann, was du gerade gesagt hast. Das zeigt, dass du verstanden hast. Hier!« Sie nahm eine kleine Tüte vom Tablett des Rollators und drückte sie Leonie in die Hand. »Kapuzinerkressesamen.« Sie zeigte auf die Erde am Fuße des Pfirsichbaumes, die durch einen Kreis alter Ziegel vom Rasen abgegrenzt war. »Wenn du sie pflanzt, besiegelt das unseren Vertrag. Robin und Glyneck sind Zeugen, auch wenn sie nicht unterschreiben können. Für mich gilt es. Den Rest kannst du mit meiner lieben Maklerin und ihrem Anwalt machen. Du kannst ihr vertrauen.«

Also hockte sich Leonie in das noch morgenkühle Gras und steckte die großen, rundlichen Samen, von denen jeder eine ganz eigene Form und Farbtönung hatte, in die feuchte Erde. Dass die Knie ihrer Jeans nass vom Tau und ihre Finger schmutzig wurden, störte sie nicht. Das war genau das, was sie jetzt brauchte, es verband sie mit ihrem neuen Ort und gab ihr die Sicherheit, dass sie nicht träumte. Svenja sah schweigend zu und nickte beifällig.

Als Leonie aufstand und sich die Hose abklopfte, reichte Svenja ihr die Hand. »Du kannst Mitte Mai einziehen, wenn du möchtest.«

Wenig später gab Svenja der Tür einen Schubs mit dem Rollator, so dass sie sich öffnete, und bedeutete Leonie vorauszugehen.

»Willkommen auf Glyneck! Sieh dich einfach um.«

Die Tür war in einem sonnengebleichten Grün gestrichen, ebenso wie die Fenster. Die Sprossen an diesen Fenstern waren alle ein wenig geschwungen. Alles an diesem Haus hatte einen kleinen, freundlichen Schwung. Oben im zweiten Stock war das Gebäude ganz schmal, daher wirkte das Dach wie eine Mütze. Unten jedoch breiteten sich wie Flügel niedrige Anbauten in alle Richtungen aus, vor allem zwei Wintergärten zum Garten hin. Außen an allen Fenstern waren Blumenkästen angebracht. In manchen wuchs noch nichts, in anderen blühten wilde Hornveilchen und in einem Löwenzahn.

»Da hast du viel zu tun«, sagte Svenja vergnügt.

Leonie freute sich darauf.

Insgesamt wirkte das Haus wie ein Puppenhaus. Genau richtig für eine Person. Denn auch das konnte Leonie kaum erwarten: allein zu sein. Sie hatte jeden Tag so viele Kundenkontakte gehabt, so viele Besprechungen und Konferenzen. Früher war da auch noch Eliot gewesen und seine Freunde, was natürlich gut und wunderschön gewesen war.

Sie hatte nach Tammo auch noch zweimal eine Beziehung gehabt, erst mit einem Kollegen, später mit einem Arzt, dessen Praxis sie finanziell betreut hatte. Es war jedes Mal einige Jahre gut gewesen, doch der eine war bald eifersüchtig auf ihre Arbeit, und von dem anderen hatte sie sich nicht mehr respektiert gefühlt. All das wollte und brauchte sie jetzt nicht mehr.

Die letzten Jahre war sie sehr gut allein zurechtgekommen, und es war viel weniger anstrengend gewesen. Sie hatte sich eben nur nicht die Ruhe erlaubt, es auch zu genießen. Damit war jetzt Schluss. Sie freute sich darauf, sich die Zeit einteilen zu können und keine Rücksicht mehr auf andere nehmen zu müssen. Niemand würde sie ändern wollen, keiner würde ihr sagen, was sie tun oder nicht tun sollte. Sie freute sich unbändig darauf.

Uli und seine Unzertrennlichen würden natürlich jederzeit willkommen sein. Leonie sah sie schon am Tisch unter dem Pfirsichbaum sitzen.

Hinter der Tür gelangte man in einen Windfang, wo ein Schuhregal stand und es Haken für Jacken gab. Der Flur war erstaunlich geräumig. Rechts ging die Küche ab, die klein war, aber gemütlich, mit viel Holz.

»Die müsste mal gestrichen werden, aber es funktioniert alles«, sagte Svenja.

Ja, sonnengelb konnte sie sie streichen, dachte Leonie. Hier würde sie also Knopfkekse backen. Vor dem Fenster trug ein Apfelbaum Knospen.

»Der Berner Rosenapfel«, erklärte Svenja. »Ein wunderbarer Lagerapfel. Den erntest du im September, und wenn du ihn nicht vorher gegessen hast, weil er so lecker ist, halten die Früchte bis Januar. Einen Keller gibt es nicht, dafür ist es hier zu feucht. Aber hinten ist ein isolierter Vorratsraum für so was.«

Neben der Küche befand sich ein winziges Bad, hellgrün gefliest mit einer Bordüre aus Kacheln mit Obst- und Blumenmotiven in wunderschönen Farben.

»Das sind spanische Fliesen. Die waren da schon, als wir eingezogen sind«, sagte Svenja. »Der Erbauer des Hauses hatte eine spanische Frau. Ich habe diese Fliesen immer geliebt. Sie machen gute Laune.«

Leonie berührte das zarte Relief. »Ja, das tun sie. Ich werde sie gut pflegen«, versprach sie.

Das Wohnzimmer war ebenfalls klein, aber gemütlich. Der Blick ging zur selben Richtung hinaus wie der aus der Küche, und sie entdeckte einen weiteren Obstbaum. Svenja folgte ihrem Blick. »Das ist die Petersbirne. Eine Sommerbirne, sie ist im Juli reif und muss dann möglichst frisch gegessen werden. Auch gut für Kuchen. Sie hat ein etwas zimtiges Aroma.«

»Das klingt auch lecker.« Leonie, die immer überzeugter war, in ihrem ganz persönlichen Paradies gelandet zu sein, bemerkte zu ihrer Freude einen Schaukelstuhl am Fenster. Svenja schmunzelte. »Bei dir sieht man genau, was du denkst. Der Stuhl ist mir zu groß. Den nehme ich nicht mit. Ich bin auch zu unsicher beim Aufstehen. Du kannst ihn gern behalten, wie übrigens die meisten Möbel.«

»Das wäre wunderbar! Sie sehen alle aus, als ob sie hier hingehören. Und ich habe kaum etwas, das ich mitnehmen möchte. Nichts Gemütliches.« Leonie wollte ihr neues Leben mit aller Konsequenz beginnen.

Was für ein Glück, dass die Marienkäfer sie einst die Geduld und Hoffnung gelehrt hatten. Auch wenn sie das zwischendurch aus den Augen verloren hatte. Wie gut, dass sie vorher keinen Kompromiss eingegangen war. Es hatte sehr lange gedauert, aber jetzt war sie zur richtigen Zeit am richtigen Ort gelandet. Alles andere wäre zu früh gewesen, und sie hätte dies hier verpasst.

»Die Wintergärten sind das Beste. Das hier ist der zum Wohnen.« Svenja öffnete eine Tür zu einem niedrigen Raum mit Fenstern auf allen Seiten, einem Flickenteppich in heiteren Farben, einem vollen Bücherregal, einem Tisch und Korbsesseln.

Eine Tür ging zu der Terrasse hinaus, auf der sie gestern Kekse gegessen hatten. Ein altmodisches Radio stand auf einem Hocker, und an den Wänden zwischen den Fenstern hingen Fliesen ähnlich wie die Bordüre im Bad, nur größer. Es waren richtige Bilder von Seerosen, Blumen, Vögeln, Libellen und Beeren.

»Wunderschön!«, sagte Leonie andächtig.

»Ja. Du musst dich aber nicht verpflichtet fühlen, sie da hängen zu lassen«, sagte Svenja. »Die Zeiten ändern sich. Ein Haus muss lebendig bleiben.«

»Nein, die bleiben da, auf jeden Fall!«

»Umso besser.« Svenja sah erfreut aus.

Dies war ein lichter, heiterer Raum zum Wohlfühlen. Leonie ahnte, dass sie hier viel Zeit verbringen würde.

Svenja ging ihr voraus zu der zweiten Tür. »Und das hier war mein kreatives Reich, als ich noch jünger war«, sagte sie stolz.

Der Raum war fast identisch mit dem ersten Wintergarten, nur beinahe leer, bis auf einen Tisch, einen Stuhl und eine alte Nähmaschine. Der Boden bestand aus hölzernen Dielen, von vielen Füßen und Zeiten blank geschliffen. An der Wand hing eine große Patchworkdecke, aus unzähligen Stoffquadraten mit verschiedenen Mustern gefertigt, die zusammen ein symmetrisches Mosaik mit einer Sonne in der Mitte und Bäumen in allen vier Ecken ergaben. Sie füllte den ganzen Raum mit Farbe und verlieh ihm eine Atmosphäre herzlicher Geborgenheit.

»Das habe ich früher gemacht. Daher kenne ich auch Merle«, sagte Svenja. »Ich habe viel Patchwork verkauft, es gab sogar Ausstellungen. Ist lange gut gelaufen.«

»Das ist große Kunst«, staunte Leonie andächtig und ein

wenig verzagt. Daran würde sie mit ihren Anfängerwebkünsten wohl nie auch nur annähernd heranreichen.

»Es kommt nicht darauf an, was das Ergebnis ist«, sagte Svenja mit einem wissenden Blick. »Es kommt allein darauf an, was du bei dem kreativen Prozess empfindest. Alles andere ist zweitrangig. Ich würde diese Decke da auch gern hängenlassen. Als Erinnerung an hier. Ins Seniorenheim passt sie wirklich nicht.«

»Oh, Svenja, das wäre wunderbar! Ich würde mich riesig freuen.«

»Abgemacht. Dein Webstuhl hätte hier einen guten Platz, was meinst du?«

Anscheinend hatte Svenja ausführlich mit Merle gesprochen. So war das wohl auf dem Land. Die anonymen Großstadtzeiten waren jetzt für sie vorbei. Doch Leonie fand es angenehm.

Ja, das hier würde eine perfekte Werkstatt werden, ein kreativer, stimmungsvoller, glücklicher Ort. Einer, an dem man auch mal scheitern durfte. Egal wie viele Fehler sie machte, die Früchte im Garten würden trotzdem reifen, die Blumen weiterblühen und die Menschen weiterhin Kekse essen.

Zufrieden zeigte ihr Svenja noch eine Tür ganz am Ende des Flures. »Der Rest ist überschaubar. Hier ist der vorhin erwähnte Lagerraum. Ich habe ihn immer den ›Allesraum‹ genannt. Da ist auch eine Tür zum Garten hinunter, wo Kräuter- und Gemüsebeete sind. Hier habe ich die kleineren Gartenwerkzeuge, Putzsachen, Gartenschuhe, einen Arbeitstisch fürs Grobe. Das Regal auf der anderen Seite mit den vielen flachen Schubfächern ist für Obst, Kartoffeln, Nüsse oder was man so lagern muss.« Sie zeigte nach oben. »Und da hängen die Kräuter zum Trocknen. Im Moment ist es Waldmeister.«

»Darum riecht es hier so gut.« Leonie sah sich um. Der Raum war tatsächlich kühl. Vor den Fenstern hingen Vorhänge, die das Licht nur teilweise hindurchließen. Am meisten faszinierte sie der Boden. Er war aus Fliesen mit einem dezenten Blättermuster. »Sind die auch spanisch?«

»Ja, die sind ebenfalls noch original. Sehr praktisch, man braucht den Dreck, den man hereinträgt, nur rausfegen.«

Leonie liebte den Allesraum schon jetzt.

Im Flur führte eine Treppe nach oben. Für Svenja war der Aufstieg mühsam. Sie stützte sich schwer auf das Geländer. »Man könnte einen Treppenlift einbauen«, sagte sie. »Aber ich habe immer gehofft, dass ich es schaffe, bis ich endlich jemanden für Glyneck finde. Nun bin ich froh, dass ich nicht mehr oft hier hoch muss.«

Oben war wirklich wenig Platz. Ein weiteres winziges Badezimmer, ein Schlafzimmer mit Doppelbett und Kleiderschrank und ein schmales Zimmer mit einem Gästebett.

»Genügt dir das?«, fragte Svenja ängstlich. »Du müsstest nur die Matratzen erneuern …«

»Das ist genau richtig für mich.« Leonie sah aus den Fenstern. Überall war Garten. Auf einer Seite blickte sie in die Krone des Pfirsichbaums, auf der anderen zum Apfelbaum hinunter. »Es ist perfekt!«

Später saßen sie einträchtig auf der Terrasse, tranken Tee und aßen die Schokoladenkekse, die Leonie als Abwechslung für Svenja von ihrem Lieblingsbäcker mitgebracht hatte.

»Ich freue mich so!«, sagte diese und streckte mit leicht schmerzverzerrtem Gesicht ihre Beine. »Dass ich Glyneck endlich in guten Händen weiß, ist eine große Erleichterung für mich. Wenn ich jetzt nur noch glauben könnte, dass all die Nachbarskinder, wenn sie erwachsen sind, noch erleben dürfen, was dieses Paradies ausmacht!«

Sie klang so traurig, dass Leonie ganz beklommen zumute wurde. Sie legte ihren Keks beiseite. »Svenja, was meinst du damit?«

Svenja zeigte unbestimmt in die Gegend. »Die Pflanzen. Die Schmetterlinge. Die Käfer. Es sind so viel weniger geworden. Diese zerbrechliche Wunderwelt verliert immer mehr Lebewesen. Das Besondere an Kalkmooren wie diesem im Fließtal war ihr Artenreichtum. Früher haben hier noch Enziane und Orchideen geblüht. Mir sind Schwalbenschwänze über den Weg geflogen und zig Arten Bläulinge. Es gab viel mehr Vögel, Teichrohrsänger, Gelbspötter, Rohrammer. Heute ist es wesentlich stiller geworden, und immer mehr Farben gehen verloren. Das war vielleicht einer der Gründe, warum ich diese bunten Patchworkdecken gemacht habe. Der verzweifelte Versuch, die Farben aneinanderzunähen und dafür zu sorgen, dass sie bleiben.«

13

Ein Blick aus der Tiefe

»So«, sagte Merle, ging ein paar Schritte zurück und hielt das fertige Stück hoch, das sie gerade zusammen vom Webstuhl abgenommen hatten. »Dein erstes Werk! Wie gefällt es dir?«

Leonie musterte es kritisch. Nun, da der Stoff nicht mehr auf das Gestell gespannt war, wirkte er völlig anders, viel lebendiger und plötzlich dreidimensional. Das knubbelige grüne Garn harmonierte gut mit den feineren sandfarbenen und pastellblauen Tönen.

Die Farben aneinandernähen, damit sie bleiben, hatte Svenja gesagt. Dass sie damals schon vor diesem Gespräch für ihre erste Kreation auf dem Webstuhl jene Farben gewählt hatte, die sie im Moor so verzaubert hatten, brachte Leonie jetzt auf eine Idee. Ein noch unklarer Gedanke regte sich in ihr, die kleine, noch unscheinbare Larve einer Idee, die womöglich einmal zu einem leuchtenden Käfer mit Flügeln werden würde. Vielleicht konnte sie in Svenjas Sinne noch mehr fortsetzen als nur das Knopfkeksebacken …

»Für den Anfang gar nicht schlecht, was meinst du?«, fragte sie.

»Finde ich auch. Klar, hier und da ein kleiner Fehler, und mir fällt noch Einiges ein, was ich dir zeigen möchte. Aber der Webstuhl und du, ihr passt, glaube ich, gut zusammen. Ich könnte ihn dir nächste Woche liefern lassen, von den gleichen Leuten, die auch meinen neuen bringen, passt dir das?«, fragte Merle.

»Das passt super. Und könntest du mir dann beim Aufbäumen helfen, und vorher mit dem Schärbaum?«

»Na klar, immer gerne. Ich zeige es dir so oft, bis du es im Schlaf kannst«, versprach Merle. »Wollen wir uns jetzt in den Garten setzen, und ich zeige dir noch, wie man die Fäden am Ende richtig verknotet, so dass dein Läufer schöne Fransen erhält?«

»Unbedingt.« Leonie konnte gar nicht genug davon bekommen, dass man sich, wenn es einen Garten gab, einfach mit manchen Arbeiten hinaussetzen und sie dort erledigen konnte. Unter dem Himmel, im Wind, in der Sonne, mit dem Gras unter bloßen Füßen, wenn es warm genug war.

Voller Stolz dachte sie daran, wie sie nach Svenjas Auszug als Erstes ihren neuen Werkraum eigenhändig gestrichen hatte. Sie stieg sehr ungern auf Leitern, aber dank der niedrigen Räume hatte ein Hocker ausgereicht. Hellgrün waren die Wände nun, passend zu den Fensterrahmen. Die frische Farbe brachte Svenjas Patchworkdecke wunderbar zur Geltung. Die Dielen hatte sie auch geschrubbt und gewachst. Der Webstuhl konnte einziehen.

Mit Tammo hatte Leonie Svenja beim Umzug in das Seniorenheim geholfen und zu ihrer Erleichterung festgestellt, dass Svenja es dort richtig gut hatte. Zu dem Zimmer gehörte ein Balkon voller Blumen, außerdem gab es einen Park. Svenja musste keine Treppen mehr gehen und brauchte nicht mehr für sich zu kochen. Die alte Dame war voller Erleichterung darüber, diesen Schritt endlich gegangen zu sein.

»Außerdem werde ich dich besuchen, wenn du möchtest«, verkündete sie.

»Unbedingt«, bat Leonie. »So oft wie möglich! Robin vermisst dich doch sonst, und die Philosophen auch.«

»Ach was, die Schildkröten denken nur an den nächsten Bissen leckere Kräuter«, sagte Svenja amüsiert. »Ich komme trotzdem. Aber erst wenn du dich fertig eingerichtet hast.«

Außer Streichen und Putzen gab es gar nicht so viel einzurichten. Jetzt zahlte sich aus, dass Leonie kaum persönliche Sachen besaß.

In der Küche hatte sie ein paar kaputte Gewürzregale abgeschraubt und darunter weitere spanische Fliesen entdeckt, diesmal mit maritimen Motiven – Muscheln, Krabben, Fischen, Seesternen, Seepferdchen. Daraufhin strich sie die Wände nicht wie geplant sonnengelb, sondern blaugrün, und die Wirkung war umwerfend.

Hier würde das Backen Freude machen, ganz zu schweigen von den Salaten und anderen Gerichten, die sie aus ihrer ersten eigenen Ernte zaubern würde, auch wenn das noch in einiger Ferne lag.

Denn im Gegensatz zum Haus gab es im Garten jede Menge zu tun. Da hatte Svenja in den letzten Jahren kaum noch etwas bewerkstelligen können. Zwar wollte Leonie den natürlichen, beinahe wilden Charakter durchaus beibehalten. Aber auch das benötigte eine ordnende Hand. Da war ein Brennholzstapel, den ein Sturm umgeworfen hatte, und ein einstiger Gemüsegarten, bei dem Leonie wieder die Erdbeerbeete von damals eingefallen waren. Sie wollte jetzt endlich eigene Erdbeerpflanzen haben, und wenn die Nachbarskinder Kekse holen kamen, dann sollten sie, ganz anders als Leonie früher, davon auch naschen dürfen. Und Brombeeren und Himbeeren … Sie sah alles schon vor sich.

Es hatte hier einst auch Hochbeete gegeben, doch deren Wände aus Holzpfählen waren verfault und teilweise umgestürzt. »Das bekommst du hin!«, hatte Insa mit der ihr eigenen liebevollen Barschheit gesagt, als sie bemerkte, wie Leonie sich etwas verzagt umsah. »Stück für Stück. Erst aufräumen, dann neu bauen. Es ist bekanntlich noch kein Meister vom Himmel gefallen. Nicht mal vom Garagendach.« Leonie musste lachen und fühlte sich gleich besser.

Sie hatte schon so viel geschafft. Sie war hier! Sie hatte ihren Garten gefunden, und er gehörte ihr, und dann noch dieses wunderbare kleine Haus mit den Fliesen.

Da konnte doch gar nichts mehr schiefgehen.

Jetzt, da sie mit Merle, die rasch zu einer Freundin wurde, zwischen den späten Tulpen saß, wurde sie mit jedem Knoten, den sie knüpfte, zuversichtlicher. Schließlich war es ihr gelungen, einen Läufer zu weben. Und das, obwohl ihr damals in Birgits Webstube alles so erschreckend kompliziert vorgekommen war – diese vielen verschiedenen Fäden und Ösen und Stangen und ihr Zusammenspiel. Da hatte Leonie gedacht, das würde sie nie auch nur ansatzweise verstehen. Doch Faden für Faden hatte sie ein Gewebe geschaffen, und eine stabile Ordnung hatte sich ergeben, wenn auch mit kleinen Fehlern.

Mit dem Garten würde sie es einfach genauso machen: Verbindungen knüpfen, ein Ganzes herstellen, Schritt für Schritt. Und mit ihrem neuen Alltag auch.

Später legte sie den Läufer voller Stolz in den Flur von Glyneck, betrachtete ihn zufrieden und schritt dann darüber. Es war, wie über eine besondere Brücke in die Zukunft zu gehen.

Beim Einschlafen beschloss sie, dass sie eine neue Routine brauchte, eine Struktur für diesen anderen Alltag. Wenn man allein und ohne Termine lebte, dann brauchte man ein System, etwas, an dem man sich festhalten konnte. Selbstdisziplin war so lange Leonies Leben gewesen, dass sie sich jetzt in all der freien Zeit wie eine Nichtschwimmerin vorkam.

Eingedenk dieses Vorsatzes stand sie am nächsten Morgen noch vor der Sonne auf. Sie schlief besser als früher, in ihrem neuen Schlafzimmer unter dem Mützendach, viel tiefer, dafür aber kürzer. Es war, als wollte auch ihr Körper nichts von diesem neuen Leben versäumen.

Was für eine Wohltat, dass man nun keine Jacke mehr brauchte und in kurzen Ärmeln losziehen konnte. Sie genoss die kühle Luft auf der Haut. Und den Geruch, der so anders war als in der Stadt. Kein Benzin, kein Bratfett von der Currywurstbude, kein Gummigestank von Reifen, die auf heißem Asphalt bremsten, oder von den letzten Kohleheizungen. Hier duftete es nach Erde, nach Sonne auf Kiefern, nach Klee und – ja, es roch auch nach Schlamm, wie sich das im Moor gehörte. Aber selbst das fand Leonie angenehm, denn es erzählte von Werden und Vergehen, nach dem ewigen Kreislauf, auf den man sich verlassen konnte. Nach Leben.

Als sie auf den Steg lief, lag über dem Tümpel an einigen Stellen wieder der magische Dunst, den sie so mochte. Woanders konnte sie in dem klaren, goldbraunen torfigen Wasser bis auf den Grund blicken. Die Sonne ging gerade hinter den Erlen, Weiden und Birken auf und tauchte alles in ein rötlich goldenes Licht. Ein Hahn krähte aus einem Garten hinter der Wildnis herüber.

Leonie sah sich nach den Schwänen um, doch sie waren heute nicht zu sehen. Die Tümpeloberfläche lag ganz still. Oder? Eine kleine, kaum merkbare Bewegung fing ihre Aufmerksamkeit ein. Sie beugte sich über das Geländer.

Da! Ein Schatten, so lang wie ihr Arm. Ein träger Flossenschlag. Ein Blick aus der Tiefe. Dann sah sie den ganzen Fisch. Ein Hecht! Bewegungslos bis auf das Wedeln der Seitenflosse stand er im Wasser und betrachtete sie ebenso, wie sie ihn betrachtete. Grandios, das Spiel des Lichts auf seiner Haut, die ein Muster aus gelblichen und rötlichen Punkten trug.

Der Fisch war eins mit den Sonnenflecken auf dem Tümpelboden, kaum zu erkennen und doch wunderschön und majestätisch, ein Geschöpf, dem Leonie noch niemals begegnet war. Lange sahen sie einander an, in gegenseitigem Respekt und stummem Zwiegespräch. Mit ihm und anderen Wesen durfte sie diesen Lebensraum von nun an teilen!

Als sich das Tier schließlich rückwärts bewegte und unter einem schwimmenden Baumstamm verschwand, ging Leonie tief berührt weiter.

Unterschiedliche Farbkombinationen für ein neues Gewebe gingen Leonie durch den Kopf, als sie ihren Spaziergang fortsetzte. Die Farben des Hechtes, das leuchtende Gelb der inzwischen verblühten Kätzchen, das sie neulich so beeindruckt hatte. Dazu das Goldbraun des Wassers. Sie musste gleich zu Hause eine Notiz machen, damit sie es nicht vergaß. Das Muster auf dem Raubfisch war so besonders gewesen, sie wusste gar keine Bezeichnung für diese Farben.

Ein paar Schritte weiter, und sie blieb schon wieder stehen. In den zunehmend heller werdenden Morgen fielen auf einmal aus einer der alten, knorrigen Weiden Töne, süß und melodisch und wehmütig, dass es ihr die Tränen in die Augen trieb, weil es so schön und so unerwartet war. Sie konnte nicht sehen, wer der Urheber war. Der blieb hinter dem dichten Vorhang frühlingsgrüner junger Blätter verborgen. Erst als wieder Stille herrschte, ging sie widerstrebend weiter.

Eigentlich hatte sie sich vorgenommen, jeden Morgen einen schnellen Spaziergang zu machen, um sich fit zu halten. Nicht Joggen, das tat ihren Knien nicht gut, aber zügiges Laufen war ja angeblich der gesündeste Sport. Nur schien es, als wäre Spazierengehen hier eher eine Ertüchtigung für Augen und Seele als für den Körper, denn so richtig vorwärts kam sie nicht. Es gab zu viel zu sehen. Und Freuen und Staunen dauerten einfach.

»Na, drum biste doch hierhergezogen«, hätte Insa dazu gesagt. So gut kannte sie ihre neue Nachbarin nun schon.

Fast hätte sie nicht bemerkt, dass neben dem Ende des Steges jemand auf einem der gefallenen Baumriesen saß. Er hielt einen Block auf den Knien und zeichnete etwas, völlig versunken. Es war der Mann von neulich, der ihr den Baumläufer gezeigt hatte. Merles Bruder Max. Leonie hatte sie noch einmal nach seinem Namen gefragt.

»Ja, der ist dauernd unterwegs und beguckt etwas«, hatte Merle liebevoll amüsiert bestätigt. Leonie blieb stehen und zögerte. Sie wollte ihn nicht stören, aber sie hätte zu gern gewusst, welcher Vogel sie da gerade so beschenkt hatte. Max hatte sie wohl doch bemerkt, denn nun blickte er auf und lächelte reserviert.

»Hallo«, sagte er.

»Guten Morgen.«

Sie nahm ihren Mut zusammen. »Entschuldigen Sie, aber können Sie mir sagen, wer da gerade gesungen hat?«

Er hörte auf zu zeichnen und betrachtete sie mit hochgezogenen Augenbrauen. »Sie meinen die Nachtigall? Bezaubernd, nicht wahr?«

Leonie musste wohl einigermaßen verblüfft ausgesehen haben, denn er lächelte plötzlich. »Dachten Sie, Nachtigallen singen nur bei Nacht?«

»Ich … na ja … ja«, gab sie zu.

»Sie singen *auch* bei Nacht. Genauso aber bei Tag. Das wäre ja sonst auch schade, oder? Die Zeit ist so kurz. Die müssen die kleinen Vögel ausnutzen. Und wir dürfen es genießen. Haben Sie das wirklich noch nie gehört?«

Sie fühlte sich grundlos beschämt. »Nein. Ich habe immer in der Stadt gewohnt.«

»Oh, dort gibt es sie auch. Besonders in Berlin. Aber nur an manchen Stellen. Sie brauchen dichtes Unterholz und haben sich gut angepasst. Oft nisten sie in verwilderten Parks, vergessenen Gärten oder an S-Bahn-Trassen. Und sie singen dort besonders laut, um sich gegen den Lärm zu behaupten. Das geht allerdings etwas auf Kosten der Musikalität. Sie haben sogar regionale Dialekte entwickelt.«

»Das ist ja toll.« Dieser Max schien eine gute Quelle zu sein, wenn man so viele Fragen hatte wie sie. Aber jetzt entdeckte sie etwas anderes. Neben ihm stand eine beachtliche Schachtel mit bunter Künstlerkreide. Leonie trat näher. »Kann ich Ihnen noch irgendwie behilflich sein?«, fragte er, aber es klang eher abwehrend.

Leonie suchte in ihrer Hosentasche. Ja, da war noch der lange Bon, den sie beim Einkaufen eingesteckt hatte. »Dürfte ich kurz Ihre Farben benutzen?«

Jetzt war er überrascht, schob die Schachtel aber leicht in ihre

Richtung. »Nur zu. Aber lassen Sie sie bitte nicht fallen, sie zerbrechen leicht.«

Auf dem weichen Boden wohl kaum, dachte Leonie, aber sie konnte ihn verstehen. Wahrscheinlich lagen ihm seine Farben ebenso am Herzen wie Merle ihr Garn. Die passte auch immer auf, dass nur ja nichts wirr oder schmutzig wurde. Künstler hatten wohl oft ein geradezu zärtliches Verhältnis zu ihren Materialien und Instrumenten. Leonie war selbst auf dem besten Wege dahin. Sie mochte ihren neuen Webstuhl jetzt schon.

Sie setzte sich in respektvoller Entfernung zu ihm auf den Stamm, glättete die Rückseite des Bons auf dem Deckel der Schachtel und wählte eine Farbe aus, machte damit einen dicken Strich, dann einen daneben mit einer anderen. Es waren die Farben, die sie auf der Haut des Hechts gesehen hatte und deren einzigartige Kombination sie nicht vergessen wollte. Zum Glück befanden sich in der wunderbaren Schachtel so viele Farbtöne, dass sie die richtigen darunter fand. Sie kombinierte sie ein paarmal auf verschiedene Art, bis sie zufrieden war, und vergaß dabei ihre Umgebung und den Eigentümer der Kreide völlig. Sie sah den Stoff schon vor sich, den sie damit weben wollte. Zarter und gleichmäßiger als der Läufer, aber dennoch voller Kraft. Auf den ersten Blick unscheinbar, auf den zweiten eindrücklich.

Schließlich sah sie auf. Max hatte aufgehört zu zeichnen und betrachtete sie interessiert. Ein wenig beschämt legte sie die Kreiden sorgfältig zurück und fühlte sich zu einer Erklärung genötigt. »Ich habe einen Hecht gesehen, und er hat mich zu einer Farbkombination für einen Stoff angeregt. Sie wissen ja, dass ich bei Ihrer Schwester das Weben lerne.«

»Nun, sie sagte, Sie seien schon überraschend geschickt dabei.« Er sah jetzt nicht mehr irritiert aus. »Sie haben wirklich einen Hecht gesehen? Wie groß? Und wo?«

Sie zeigte es ihm mit den Händen. »Am Anfang des Stegs, Richtung Glienicke.«

Jetzt, da er so zugänglich schien, wagte sie es, ein wenig näher zu rücken und einen Blick auf seinen Zeichenblock zu werfen. Was sie darauf entdeckte, ließ sie die letzte bernsteingelbe Kreide, die sie in der Hand hatte, beinahe doch noch fallen lassen.

14

Überraschungen

Er hatte den ganzen Morgen eingefangen! Nicht nur, wie sie ihn gesehen, sondern auch so, wie sie ihn empfunden hatte.

Dieses staunende Glück lag in allen zarten Farben, die er verwendet hatte. Das rotgoldene Licht des beginnenden Tages. Die Erlen, Weiden und Birken in ihrem filigranen Frühlingsgrün, die miteinander zu flüstern schienen. Das klare Goldbraun des Tümpels mitsamt den jungen Pflanzen darin und den Blättern vom letzten Herbst auf dem Boden. Die Spiegelung des Himmels im Wasser und die gelben Sumpfdotterblumen am Ufer. Alles war nur weich angedeutet, und doch berührte es sie tief. Selbst der Baumläufer von neulich war an einem Birkenstamm erkennbar, und ein kleiner brauner Vogel auf dem Steggeländer, dem man ansah, dass er gleich wieder fortfliegen würde.

»Ist das die Nachtigall?«, fragte Leonie mit einem Kloß im Hals. Etwas an dem Bild weckte eine unbestimmte, heftige Sehnsucht in ihr, die sie überhaupt nicht einordnen konnte.

»Ja. Vorhin saß sie dort, sah mich an und war auch schon wieder verschwunden. Aber ich glaube, sie hat mir zugenickt.« Er sagte es sachlich, mit großem Ernst.

Beim Betrachten des Bildes war Leonie, als ob sie den Gesang wieder hören konnte, obwohl in den Bäumen jetzt Stille herrschte bis auf das leise Raunen des Windes in den Erlen. Es war, als ob das Bild etwas in ihr zum Klingen brachte. Da schwang ein tiefer, warmer Ton mit, in dem der ganze Zauber der Umgebung lag.

»Das ist umwerfend wunderschön«, sagte Leonie mit Überzeugung.

»Danke«, sagte dieser Max, dessen Nachnamen sie nicht einmal kannte. Er riss das Blatt vom Block, legte es hinten hinein, griff nach einer der Farben, die Leonie gerade benutzt hatte, und begann, von neuem zu zeichnen. Sie war verlegen, ihn gestört zu haben, und wollte gerade gehen, da hob er die Hand, ohne aufzublicken. »Warte!«

Verwirrt blieb sie stehen. Er sagte nichts weiter, sondern zeichnete mit vor Konzentration zusammengezogenen Brauen weiter. Sie stand zu weit entfernt, um zu sehen, was sein Motiv war.

Hinter ihnen im Tümpel platschte etwas. Enten schnatterten. Die Sonne stieg höher. Zwei Jogger liefen vorbei, ohne rechts und links vom Weg etwas wahrzunehmen. Leonie fühlte sich unsichtbar und fragte sich, wie es wäre, wenn sie Wurzeln schlagen könnte wie ein Baum und einfach immer hier stehen, in Wind und Sonne und dem Wechsel der Jahreszeiten, ein kleiner Teil vom großen Ganzen. Nein, sie wäre doch lieber ein Marienkäfer, der geduldig auf etwas wartete – auf Wärme, auf eine Mahlzeit –, um dann die Flügel zu öffnen, in den blauen Himmel zu steigen und auf einer Rose zu landen.

Schließlich legte Max die Kreide zurück, trennte auch dieses Blatt vom Block und hielt es wortlos in ihre Richtung. Leonie trat zögernd näher. »Für dich«, sagte er halb ungeduldig, halb verlegen.

Ebenso verlegen nahm sie das Blatt entgegen.

Er hatte den Hecht gezeichnet. Er musste den großen Fisch selbst schon oft gesehen und ihn ebenso gründlich und fasziniert beobachtet haben wie sie. So lebendig waren der Ausdruck und das feine bunte Muster auf der Haut. Die filigrane gelbe Seitenflosse – hatte sie sich nicht gerade bewegt?

Erst jetzt bemerkte Leonie, wie Max sie beobachtete, ein heiteres und gleichzeitig zufriedenes Glänzen in den Augen. »Ich dachte, das ist noch besser als dein Notizzettel mit den Farbstrichen«, erklärte er. »Meine Schwester benutzt afrikanische Drucke, um sich Anregungen für die Farben ihrer Stoffe zu holen. Du scheinst von anderen Dingen inspiriert zu werden.«

Und du anscheinend von denselben wie ich, dachte sie, wagte aber nicht, es auszusprechen. »Danke! Das ist natürlich viel besser. Es wird mir eine große Hilfe sein. Ich werde dem nur noch lange nicht gerecht werden können. Ich stehe ja noch ganz am Anfang.«

»*Und jedem Anfang wohnt ein Zauber inne* …«, zitierte er eines ihrer Lieblingsgedichte von Hermann Hesse. »… *der uns beschützt, und der uns hilft zu leben.* Hauptsache, man beginnt überhaupt, dann spinnt sich der Zauber von allein fort. Außerdem fängt alles mit dem Sehen an. Mit dem Wahrnehmen. Das ist dir schon mal gelungen!« Er wandte sich wieder seinem Papier zu. »Hab einen schönen Tag.« So plötzlich, wie er sich ihr geöffnet hatte, so plötzlich wollte er nun wieder seine Ruhe haben.

»Du auch. Vielen Dank! Auch für das Bild.« Leonie setzte ihren Weg fort. Doch hinter der nächsten Biegung ließ sie sich erst einmal auf einen Baumstumpf nieder und betrachtete lange den Hecht, der vom Papier so rätselhaft zu ihr aufsah.

Eigentlich hatte Leonie als Nächstes Geschirrtücher für ihre neue Küche weben wollen, passend zu den leuchtenden mediterranen Farben der Fliesen dort. Doch nun wusste sie, dass sie sich zuallererst mit diesen Farben beschäftigen musste, ihr Zusammenspiel erkunden. Sie könnte das Grundgewebe in einem feinen Goldgelb gestalten, mit einem glatten Garn, und darauf die Farben des Hechtes mit knubbeligerer, gröberer Wolle, so dass es dreidimensional wirkte, Schatten warf und tastbar wurde … und ob es ihr gelang oder auch nicht, es sollte ein Wandteppich werden für ihren Gewebegarten, wie sie den Wintergarten getauft hatte. Eine nachhaltige Erinnerung an eine Begegnung, einen Impuls, ihre Anfänge als Weberin, an ihre erste wirklich eigene Idee.

»Ist das dein Ernst?«, fragte Merle, als Leonie wenig später aus dem vielfältigen Angebot von Garnen verschiedene braune und gelbliche aus der hinteren Ecke hervorzog. »Schlammfarben? Ich weiß gar nicht, wie die in meinen Schrank kommen. Wahrscheinlich mal ein Sonderangebot.«

»Du wirst schon sehen. Wenn die zusammenkommen, erzählen sie von ganz anderen Dingen«, erklärte Leonie, die selbst verblüfft war über ihr plötzliches Selbstvertrauen. Dann trat sie zu einer anderen Vitrine. Hier waren die besonderen Garne ausgestellt, die Merle ab und zu selbst auf ihrem Spinnrad herstellte. »Und das hier brauche ich auch noch!« Es war ein unregelmäßig knubbeliges Garn, ebenfalls bräunlich, doch mit gelben, roten und grünlichen Einsprengseln. »Das ist genau das Richtige!«

»Mhm, das habe ich aus Resten hergestellt, war aber sehr aufwendig«, sagte Merle erstaunt. »Da kann ich dir leider kaum einen Freundschaftspreis machen.«

»Das sollst du ja gar nicht. Ist schon in Ordnung so. Oder willst du es gar nicht verkaufen?«

»Doch, natürlich, es sind ja gar keine Farben, die ich gebrauchen kann.« Merle wickelte die Rollen sorgfältig in weiches Papier ein. »Da bin ich ja mal gespannt, was daraus wird. Ich merke schon, du hast eine Vision.«

»Ja.« Leonie hielt ihr die Zeichnung vom Hecht vor die Nase.

»Aha.« Merle wirkte ein wenig verständnislos. Sie konnte den Fisch anscheinend nicht mit einem Stoff in Verbindung bringen. Anders als ihr Bruder, der das wohl sofort begriffen hatte.

»Das hat doch Max gemalt, oder?«, fragte Merle.

»Ja, netterweise.«

»Hat er etwa mit dir gesprochen?« Merle klang erstaunt.

»Ja, wieso nicht? Ich bin ihm im Moor begegnet.«

»Ach, er ist sonst eher menschenscheu. Brauchst du sonst noch etwas?«

»Ja, deine Hilfe mit der Bindungspatrone, wenn der Webstuhl da ist.« Leonie fand es immer noch kompliziert, das Muster festzulegen, die sogenannte Bindung, wie Kett- und Schussfäden miteinander verwoben und mit den Tritten des Webstuhles verbunden wurden. Man konnte das am Computer zeichnen und berechnen. Ganz allein traute sie sich das jedoch noch nicht zu.

»Na klar, das machen wir. Ich bin gespannt, was bei deiner Idee herauskommt.«

»Ich auch!« Leonie verließ jetzt doch ein wenig der Mut. Aber wie hatte Max gesagt? Hauptsache, man fängt überhaupt an.

Fehler machen würde sie ohnehin noch lange, also warum nicht mit der Idee beginnen, die in ihr kleine Funken der Aufregung und Freude schlug wie eine Wunderkerze?

Sie hatte nicht gewusst, dass Kreativsein so glücklich machen konnte, noch ehe man überhaupt etwas zustande gebracht hatte.

In dieser euphorischen Stimmung machte sie sich auf den Weg nach Hause. Unterwegs steigerte sich ihre Freude noch, als ihr bewusst wurde, dass ihr »Zuhause« jetzt Glyneck war. Dort, wo Robin war, an dem winzige Pfirsiche sich zu runden begannen, und die Sommerbirne, die bunten Fliesen und die philosophischen Schildkröten. Wo die Kapuzinerkresse bereits in alle Richtungen rankte und ihre ersten Blüten wie kleine Flammen leuchteten.

Und wo die viele Gartenarbeit wartete, an die Leonie sich schleunigst machen musste, wenn das mit dem Gemüse in diesem ersten Jahr auch nur ansatzweise noch etwas werden sollte. Egal, sie war ja allein und konnte sich alles einteilen. Es würde nicht einmal jemanden stören, wenn sie die halbe Nacht draußen im Licht eines Scheinwerfers schaufelte – oder aber morgens um vier mit den Vögeln aufstand, was ihr eher lag.

Als sie das Gartentor öffnete, sah sie jemanden auf den Stufen zum Wintergarten sitzen, einen großen Koffer neben sich.

»Eliot?«, fragte sie entgeistert.

Hatte sie zu viel Sonne abbekommen? Ihr Sohn war doch in Madrid und probte für das nächste große Konzert? Sie hatte seit Wochen nichts von ihm gehört außer kurzen Nachrichten, dass er ständig beim Üben war.

Er sah zu ihr auf. Anders als in ihren eigenen so dunklen Augen konnte man in seinen problemlos lesen, denn er hatte die klaren blauen von Tammo geerbt. Und Leonie war schließlich seine

Mutter. Sie kannte diesen Blick. Wenn er sich das Knie aufgeschlagen hatte, wenn er eine Klassenarbeit versemmelt hatte, später, wenn er ein Klavierstück nicht zu seiner absoluten Zufriedenheit beherrschte oder Liebeskummer hatte. Vor allem dann war sein Ausdruck so gequält. Wie jetzt. Aber da war noch mehr, diesmal. Panik? Hilflosigkeit?

Leonie spürte selbst, wie Angst sie direkt in den Magen traf. Eliot war keine sieben mehr. Er war achtundzwanzig. Ein Pflaster aufs Knie würde nicht genügen. Sie ging zu ihm hin und setzte sich neben ihn auf die Stufen.

Warum war er wohl zu ihr gekommen? In den letzten Jahren, bevor er nach Spanien gegangen war, war er doch Tammo viel näher gewesen. Der hatte immer Zeit für ihn gehabt. Eliot hatte in seinem Lokal für die Gäste gespielt und dabei geübt, sie hatten Männergespräche und die Freude an der Musik geteilt.

»Eliot. Was für eine schöne Überraschung!«

»Hallo, Mama.«

»Ist etwas mit Estella?«

Er schüttelte müde den Kopf. Dünn war er geworden. »Estella hat mich schon länger verlassen.«

»Das tut mir leid, Eliot.« Er hatte so glücklich geklungen, als er das Mädchen kennengelernt hatte. Die Beziehung hatte mehrere Jahre gehalten.

»Estella …«, sagte er langsam und schwerfällig, »Estella mag keine Krankenhäuser und keine arbeitslosen Männer mit Unzulänglichkeiten.« Er schob den langen Ärmel seiner Strickjacke hoch. Leonie sah eine lange, gezackte rote Narbe, die von der Handwurzel ein gutes Stück schräg den Unterarm hochlief. Entsetzt blickte sie darauf und versuchte zu begreifen. Diese Verletzung musste Wochen, nein, Monate zurückliegen.

Sie atmete tief durch und versuchte, den Schrecken und das Zittern aus ihrer Stimme herauszuhalten. »Erzählst du mir, was passiert ist? Oder möchtest du erst mal was trinken?«

Er setzte sich ein wenig anders, so dass sie sich in die Augen sehen konnten. »Ist es dir denn überhaupt recht, dass ich dich hier so überfalle? Hast du denn Platz? Ich … ich kann nicht zu Papa. Ich ertrage die Musik im Lokal einfach nicht.« Wieder dieser flehende, verzweifelte Blick. Sie hätte ihn so gern in den Arm genommen, doch sie wusste, er mochte das nicht.

»Natürlich kannst du hierbleiben.« Eigentlich war ihr Sohn ein Stadtmensch. Er brauchte den Trubel um sich. Aber das hatte er von ihr vielleicht auch gedacht. »Oben ist ein freies Zimmer. Es ist allerdings sehr klein.«

Er winkte ab. »Ich brauch ja nur einen Platz zum Schlafen. Keinen Platz für ein Klavier.« Die hoffnungslose Bitterkeit in seiner Stimme tat so weh.

Sie stand auf. »Komm. Ich mach uns erst mal einen Kaffee.«

Als sie sich wenig später auf der Terrasse gegenübersaßen, waren es die Knopfkekse, die ihm das erste Lächeln entlockten.

»Dein Ernst? Kann man die essen?«

»Probier halt. Das ist hier Tradition.« Früher hatten sie manchmal zusammen gebacken. Als er noch klein war. Als sie sich noch Zeit für solche Dinge genommen hatte. Das war so lange her.

Um ihm wenigstens jetzt Zeit zu geben, erzählte sie ihm von Svenja und Insa, den Keksen und den Schildkröten und wie sie das Haus gefunden hatte.

»Ich hätte nicht gedacht, dass du jemals deine Arbeit aufgibst.« Er tunkte einen Keks in den Kaffee.

»Ich musste. Es ging mir schlecht. Und dann war ich froh darüber. Ich habe den Schubs gebraucht.«

Er sah sie an. »Ich nicht, Mama. Mir ging es gut. Und ich wollte nie etwas anderes machen als Klavier spielen.«

Sie wartete. Aber es dauerte noch drei Kekse, bevor er es herausbrachte.

Er hatte mit Estella in einer kleinen Wohnung gewohnt, im Erdgeschoss eines größeren Mietshauses, wegen des Klaviers. Es gab einen Hinterhof, wo die Müll- und Sammelcontainer standen. Dorthin hatte er eine leere Saftflasche tragen wollen, doch wegen einer kleinen Baustelle im Hof hatte er einen anderen Weg gehen müssen als den gewohnten. Wie so oft hatte er an eine schwierige Stelle in der Partitur gedacht, war im Kopf die Tonfolge durchgegangen und hatte nicht darauf geachtet, wo er hintrat. So war er in ein Kaninchenloch getreten. Die Flasche fiel ihm aus der Hand und zersprang, bevor er selbst stürzte, und eine lange Scherbe schlitzte ihm den Unterarm auf. Er hatte die rote Flüssigkeit erst für einen Rest Saft aus der Flasche gehalten, ehe er den Schmerz spürte und das Blut laufen sah.

Er hatte noch den Notruf wählen können, bevor er in Ohnmacht fiel, und war erst in der Klinik wieder aufgewacht.

»Sie haben sich dort wirklich alle Mühe gegeben. Sie waren so nett. Der Chefarzt kannte mich, er war in meinem letzten Konzert. Er mag … mochte meine Musik. Sie haben alles gegeben, aber er hat mir voller Mitgefühl erklärt, dass so viele Sehnen und Nerven zerschnitten wurden, dass die Feinmotorik nie wieder so funktionieren wird wie vorher.« Er sagte es so tonlos, dass Leonie wusste, er war bereits über das Hadern hinaus und hatte sich den Tatsachen ergeben.

»Aber du hast doch immer geschrieben, dass du am Üben bist …« Es fiel ihr schwer, die Situation so schnell zu begreifen.

»Ich wollte euch nicht beunruhigen, ehe ich wusste, was Sache ist. Außerdem war das nicht gelogen. Ich hab ja geübt! Ich habe die ganzen Übungen gemacht, die mir der Therapeut gezeigt hat. Damit die Finger wieder beweglicher und kräftiger werden.« Er schob die Kaffeetasse hin und her, krümmte die Finger darum und streckte sie wieder. »Estella war am Anfang rührend, sie hat mir das Essen klein geschnitten und die Schuhe zugebunden. Als das einigermaßen wieder ging, war sie plötzlich fort. Sie meinte, es hätte schon lange nicht mehr gestimmt zwischen uns.« Er hob die Schultern. »Hatte ich gar nicht gemerkt.«

Jetzt musste Leonie ihren Sohn doch berühren. Sie legte die Hand auf seine. Zu ihrer freudigen Überraschung griff er danach und hielt sie einen Augenblick fest. »Ich habe an deine Marienkäfer gedacht«, sagte er leise. »Was du mir früher von ihnen erzählt hast. Dass sie bei Kälte und Dunkelheit einfach geduldig ausharren und warten, bis es wieder besser wird. Es hat mir geholfen. Vor allem als ich hörte, dass du jetzt endlich deinen Garten hast. Du hast ja auch durchgehalten. Aber die Käfer können irgendwann wieder die Flügel ausbreiten und fliegen. Und ich …« Er verstummte.

»Ist sich der Arzt sicher, dass du nicht mehr wirst spielen können? Ist es nicht viel zu früh, das zu sagen?«

»Er meint, ich habe eine gute Einstellung und schon überraschende Fortschritte gemacht in so kurzer Zeit. Vielleicht kann ich irgendwann wieder ein bisschen für den Privatgebrauch spielen, sagt er. Aber nicht auf professionellem Niveau.« Er lehnte sich zurück und sah sich um. Er wirkte so verloren! Aber dann versuchte er ein Lächeln. »Ich habe eine Versicherungssumme bekommen, jedenfalls einen Vorschuss, bis alles geklärt ist, und ich hatte auch etwas zurückgelegt. Ich kann eine Weile davon leben, bis ich was Neues finde.«

Doch Leonie hörte den ratlosen Unterton. Eliot hatte nie andere Interessen als die Musik gehabt.

»Jetzt bleibst du erst mal hier.« Sie versuchte, heiter zu klingen und sich ihren Schock nicht anmerken zu lassen. Wenn es um Zahlen ging, war es immer einfach gewesen, Probleme zu lösen. Aber das hier war etwas ganz anderes. Sie fühlte sich genauso hilflos wie ihr Sohn. »Hier ist es wie Urlaub. Die Umgebung, meine ich. Arbeit gibt es genug. Und wir könnten mal wieder backen. Es müssen ja nicht nur Knopfkekse sein.«

Er bewegte die Finger, öffnete und schloss die Faust, wie in Zeitlupe. »Viellicht kann ich dir im Garten helfen.« Er lächelte schwach. »Da musst du mir aber erst mal beibringen, Unkraut von Blumen zu unterscheiden. Ich habe keinen blassen Schimmer.«

»Unkraut haben wir hier nicht. Das sind Wildkräuter. Aber Hilfe kann ich auf jeden Fall gebrauchen. Und Uli würde sich bestimmt riesig freuen, wenn du endlich wieder einmal Schach mit ihm spielst.« Sie stand auf. »Komm, erst mal stelle ich dir die Philosophen vor, und dann bringen wir deinen Koffer nach oben.«

»Die Philosophen?«

Als sie später hineinging, blieb Eliot bei den Schildkröten sitzen, die es ihm anscheinend angetan hatten.

»Ihr habt es gut, ihr braucht gar keine Hände«, hörte sie ihn zu Thales sagen, der gemächlich seine Kräuter vor sich hin mampfte.

Leonie hoffte inständig, dass es Eliot irgendwann wieder gelingen würde, die Fäden seines Lebens zu einem neuen Muster zu weben. So wie es ihr selbst gelungen war.

Kaia

Insel Poel

2019

15

Ausblicke

In der Nacht schreckte Kaia auf, weil sie das Gefühl hatte, dass etwas Schweres auf ihr hockte und sie erstickte.

Angstvoll warf sie die Decke beiseite, bis ihr einfiel, dass sie vor dem Einschlafen noch die Sage vom »Moort« gelesen hatte. Das hätte sie nicht tun sollen.

Vorn an der Straße hatte sie abends eine kleine Bronzeskulptur gesehen, den dazugehörigen Text in dem schlechten Licht aber kaum lesen können. Neugierig geworden, weil sie das Bedrückende der Figur nicht losließ, hatte sie recherchiert.

Der Moort war hier in der Gegend für Albträume verantwortlich. Er kam, so hieß es, über die Ostsee gesegelt, in einem Backtrog und mit dem Rand eines Kornsiebs als Segel. Nachts machte er sich lang und dünn und schlüpfte durch das Schlüsselloch herein, dann drückte und piesackte er die schlafenden Menschen. Gelang es einem aber, das Schlüsselloch zu verkleben, solange er noch im Zimmer weilte, musste er sich in seiner wahren menschlichen Gestalt zeigen.

Kaia stand auf, ging in die Küche hinunter und holte sich ein Glas Wasser. Es war totenstill, im Haus ebenso wie draußen. Der Traum hatte ihre alte Angst geweckt. Die, dass sie gar nicht wusste, was für ein Mensch sie eigentlich war, ob sie die Anforderungen überhaupt erfüllte, sich mit gutem Gewissen am Telefon mit ihrem Namen melden zu dürfen. *Kaia Mensch.*

Seit Tobi nicht mehr da war und sie das Interesse an ihrer

Doktorarbeit verloren hatte, fühlte sie sich so. Wie wahrscheinlich der Moort, dem man durch das zugeklebte Schlüsselloch den Ausgang versperrt hatte. Nun musste er sich in seiner wahren Gestalt zeigen. Ich auch, dachte Kaia. Ich muss endlich meine wahre Gestalt finden! Die innere. Wer ich bin. Was ich wirklich will. Wo und mit was ich mich wohlfühle. Meinen Eltern ist es doch auch gelungen. Meinem Bruder sowieso. Der hatte nie Schwierigkeiten. Was ist nur los mit mir?

Sie lauschte in die Stille und fühlte sich plötzlich besser. Das Wasser hatte geholfen. Vielleicht war es ja richtig gewesen hierherzukommen. Vielleicht hatte Remy wieder einmal recht gehabt, wie so oft mit einem ihrer seltsamen Impulse. Kaia war zwar nicht in einem Backtrog übers Meer gesegelt, aber sie war hier, an der See, in dem Haus am Moor mit den freundlichen Drachen und den wehrhaften Schafböcken. Vielleicht war das ja genau der richtige Ort, um das verklebte Schlüsselloch eine Weile zuzulassen, sich zu verkriechen und darauf zu besinnen, wie es weitergehen sollte. Hier hatte sie zumindest ihre Ruhe. Das war gut.

Als sie morgens aufwachte, blinzelte sie verwirrt und schloss geblendet noch einmal die Augen. Nachdem sie sie wieder geöffnet hatte, stellte sie fest, dass es längst Tag war. Und nicht nur das. War das etwa Sonnenlicht? Sie sprang auf und zog den Vorhang beiseite.

Draußen lag eine verwandelte Welt. Der Himmel war strahlend blau, die Luft glasklar. An der Rosenhecke entlang der Grundstücksgrenze glitzerten Tropfen. Das junge Grün der Blätter leuchtete wie ein zartgrüner Vorhang.

Sie lief im Nachthemd auf die Terrasse und sah sich beglückt um. In den Erlen rief der Kuckuck, immer wieder. Möwen kreisten blendend weiß über ihr. Nur kühl war es noch.

Kaia zog sich schleunigst an, füllte Neles Becher mit Tee, schmierte sich ein Brötchen und setzte sich in eine der bereitliegenden Kuscheldecken gehüllt nach draußen.

Bei diesem Wetter würde sie die Bilder für Harro und für Remy problemlos machen können. Endlich konnte sie ihre Umgebung sehen! Sie war voller Tatendrang, so gut tat es, dass der Nebel sich gehoben hatte und es wieder Licht gab. Trotzdem war sie jetzt direkt dankbar dafür, diesen erlebt zu haben. Sie war so abgeschnitten von allem und so einsam gewesen, dass sie sich selbst wieder hatte spüren können, auch wenn es mit einiger Beklemmung gewesen war. Ein bisschen wie in einem Kokon, bei einer Verpuppung, aus der sie anders wieder herausgekommen war. Noch genauso ratlos, aber irgendwie befreit. Offener für Neues. Sie war gespannt, was sie bei diesem Licht entdecken würde.

Zuerst machte sie ein paar Aufnahmen von der Terrasse, dem Haus von allen Seiten und von innen, wo die Sonne so schön durch die Fenster hineinfiel, und schickte sie an Remy.

»Es scheint alles in einem erstaunlich guten Zustand zu sein. Und aufgeräumt. Der Garten kommt später dran«, schrieb sie. »Jetzt will ich erst mal das Wetter für die Umgebung ausnutzen.«

Kirchdorf und den Parkplatz am Hafen wiederzufinden war einfach. Es führte kaum ein Weg daran vorbei. Nur wirkte jetzt bei Sonne alles viel größer, und es waren mehr Menschen unterwegs. Kaia stieg aus und betrachtete beglückt die *Engelina*, die nun in all ihrer würdevoll-gemütlichen Großartigkeit auf einem Teppich aus silbernem Lichterfunkeln schaukelte. Dahinter lag die langgezogene Bucht, die »Kirchsee«. Darüber war die Sonne aufgegangen. Kaia nahm sich vor, einmal früh genug aufzustehen, um das zu sehen.

Ein guter Grund, noch ein paar Tage hierzubleiben.

Kaia machte noch mehr Bilder von der *Engelina*, dem Hafen und der Kirche dahinter, dann wanderte sie hinüber zu dem Festungswall. Die silberweißen Samen der Waldrebe, die hier an Bäumen und Zäunen wucherte, leuchteten wie Funken im Gegenlicht, die Ähren der Schilfhalme glühten förmlich. An diesem Morgen war hier ein Land von Gold und Silber, so magisch schön und unwirklich wie im Nebel am Vortag. Nur komplett gegensätzlich. Wie viele Gesichter hatte diese Insel wohl?

Jetzt entdeckte sie auch den zweiten Wall, den sie am Vortag nicht hatte sehen können. Hier war noch besser zu erkennen, wo die einstige Festung gelegen hatte. Der Wall verlief rund um eine Freifläche, die Schlosskoppel wohl, die von Gras und wenigen Bäumen bewachsen war. Kaia sah sofort vor ihrem inneren Auge, wie es hier einmal ausgesehen haben könnte. Sie hatte sich das Modell der Festung, an dem neben dem Heimatmuseum gebaut wurde und das im Internet zu sehen war, gut eingeprägt. Sie lief ein paar Schritte hinunter und sah sich um.

Das Schloss, ein Backsteinbau mit Bogenfenstern, hatte irgendwo hier gestanden, mit einem hohen runden Turm, ein noch größerer Bau als die massive Kirche. Es hatte einst einen Graben drumherum gegeben, der gerade noch erkennbar war, ebenso wie Reste eines Wasserbeckens. An der südlichen Grenze hatte ein Weg zum Liegeplatz der drei herzoglichen Schiffe geführt. Im Garten hatte es laut Aufzeichnungen neun riesige quadratische Blumenbeete gegeben. Kaia sah die mittelalterlich gekleideten Menschen vor sich, wie manche mit Lasten zu den Schiffen eilten und andere mit Gartengeräten zwischen den Beeten beschäftigt waren. Sie pflanzten Kohl und Bohnen …

Einer davon tauchte in ihrem Blickfeld auf, eine Astschere über der Schulter. Er stieg die Treppe herauf, so dass erst die Schere, dann seine Mütze, dann sein Gesicht über dem Wall erschien. Leider nicht in mittelalterlicher Kleidung, sondern einem erdverschmierten roten Sweatshirt, Jeans und einer ausgefransten grünen Jacke.

»Na, wieder auf Rittersuche?«, fragte er mit seinem spöttischen Grinsen.

Kaia stieg die paar Schritte nach oben auf den Wall, um wenigstens auf Augenhöhe zu sein. »Kommt drauf an, ob Sie sich ritterlich verhalten und mir verraten, wo das Tor war«, sagte sie. Sie wollte sich auf keinen Fall anmerken lassen, dass dieser Typ sie jedes Mal verunsicherte, wenn sie ihm begegnete.

Er hob die Brauen. »Oha, da kennt sich jemand aus.«

»Um zu wissen, dass es ein Tor gegeben haben muss, bedarf es keines Doktortitels«, sagte sie.

Er wies in eine Richtung. »Dort. Und da das Torfhaus, das Vorratshaus und die Stallungen.«

Amüsiert sah er zu, wie sie sich Notizen machte. Aber seine Stimme war jetzt freundlich. »Und an der Erhebung dort erkennen Sie noch, wo das Schloss stand. Die Fundamente liegen dicht darunter. Leider fehlen die Mittel, um es wieder aufzubauen, aber das Modell am Heimatmuseum haben Sie wahrscheinlich schon gesehen.«

»Danke. Und wen bekämpfen Sie, so als moderner Ritter?« Sie zeigte auf sein Werkzeug.

»Die Efeuranken, welche in Drachenmanier die Kirchenfester zu verschlingen drohen. Ich bin der Friedhofsgärtner. Der, der laut Reinhard Mey immer der Mörder ist.«

»Da habe ich ja richtig Glück gehabt, dass Sie mich gestern im Nebel verschont haben.« Kaia fing an, Freude an dem Gespräch zu haben.

Er lachte plötzlich, ein tiefes, rollendes Lachen, das gut zu einem Seemann auf der *Engelina* gepasst hätte, an Deck im Sturm. »Ja, nimm dich nächstes Mal besser in Acht. Ich bin übrigens Mikko Pfriemel.«

Sie versuchte, ernst zu bleiben. Doch sie hörte ihren Vater zum hundertachtzigsten Mal zu ihrem Bruder Felix sagen: »Musst du schon wieder stundenlang an deinen Instrumenten herumpfriemeln?«

Er hob die Schultern. »Ich weiß. Immerhin bin ich nicht Feinmechaniker geworden. Beim Gärtnern pfriemelt man eher weniger.«

»Kaia«, sagte sie. »Kaia Mensch.« Sie wartete das Erstaunen ab, die Überlegung, ob er sich verhört hatte oder ob sie ihn veräppeln wollte.

»Das ist ja noch besser«, fand er. »Eins zu null für dich. Bis dann. Ich muss jetzt kämpfen gehen.« Er schwang seine Schere wie ein Schwert. »Frohes Forschen noch.«

»Guten Kampf, und danke für die Infos«, rief sie ihm nach.

Unten auf der Freifläche konnte man wunderbare Mittelalterfeste abhalten, dachte Kaia, als sie weiter auf dem Wall entlangspazierte. Oder einen Weihnachtsmarkt.

Zu ihrer Freude stieß sie auf der anderen Seite auf eine Bank. Von hier aus eröffnete sich auf einmal ein weiter Blick die ganze

Kirchsee entlang, nicht auf den Hafen, sondern in die andere Richtung, zum Festland hin. Bis zu ihrem Ende konnte man sehen und dann noch über die Bucht bis nach Wismar. Unten erkannte sie, von blondem Schilf gesäumt, winzig die Häuser an der Poeler Küste, blühende Rapsfelder und grüne Wiesen.

Sie setzte sich. Und blieb wie festgenagelt sitzen, während die Sonne immer weiter nach Westen wanderte und mit ihr sich das Funkeln auf dem Wasser, die Farben und das Licht änderten. Ein seltsamer Frieden überkam sie. Seit ihrer Kindheit waren ihr immer wieder einmal solche Momente geschehen, selten, aber immer glücklich. An Orten, die sie besonders berührten oder die ihr vertraut erschienen. Immer passierte das völlig überraschend. Ein Baum an einem Seeufer, der Blick über den Gartenzaun eines Fremden, ein Stück Weg.

Immer waren es Orte, an denen sie nicht lange bleiben konnte. Doch jedes Mal war da das Gefühl, dass hier etwas richtig für sie war. Als hätte jemand ein Bild aus Kaias eigenen Gedanken sichtbar gemacht.

Doch diese Orte waren eben nur einige wenige kostbare Erinnerungen, mehr nicht.

Sie kannte den Grund, warum sie ihrer Mutter nicht so nahe war wie zum Beispiel Remy. Oder auch Felix, Kaias Bruder, der alles so leicht nahm und sich nicht nur mit Kaia, sondern auch mit beiden Eltern bestens verstand. Er hatte sich immer fröhlich angepasst.

Kaia liebte und bewunderte ihre Mutter, aber sie hatte ihr nie ganz verzeihen können, dass sie so oft umgezogen waren. Dabei war es ihr Vater gewesen, der immer nach sechs Monaten oder ein bis spätestens zwei Jahren einen neuen Auftrag in einem neuen Land annahm. Taru hatte jedes Mal scheinbar widerstandslos die Koffer und Kisten gepackt und den Umzug organisiert. Dass auch ihrer Mutter der Abschied von dem jeweiligen Zuhause, das nie eines werden konnte, immer schwerer gefallen war, hatte Kaia erst gemerkt, als sie beinahe erwachsen war. Ihr Vater aber konnte nicht anders. Von China über Mexiko bis Argentinien, dann Italien, er suchte überall neue Herausforderungen. Kaia und Felix gingen auf internationale Schulen und lernten, nicht aufzufallen. Freundschaften kamen, blieben flüchtig, gingen.

Erst als Kaia in Rostock studierte und auch Felix seine eigenen Wege ging, ließ Taru sich scheiden. Freundschaftlich, aber weil sie genau das alles nicht mehr konnte, sondern endlich an einem Ort bleiben und sich zu Hause fühlen wollte.

Warum erst jetzt?, hatte Kaia sie innerlich angeschrien.

»Wieso nimmst du das Mama übel?«, hatte Felix sie verständnislos gefragt. »Es war doch Papa, der immer weg wollte.«

»Ich weiß. Es ist nicht fair. Aber ich kann nicht anders, es ist einfach so.« Sie ärgerte sich über sich selbst.

»Du konntest Papa noch nie böse sein.« Felix zuckte mit den Schultern. »Ich fand es nicht schlimm, dass wir so viel rumgekommen sind. Es waren tolle Erfahrungen. Ich kann mich überall bewegen. Das ist doch gut. Viele beneiden mich um das, was ich alles schon gesehen habe.«

»Ich weiß.« Kaia beneidete ihn um ganz andere Dinge. Seine Lockerheit, seinen Optimismus, den problemlosen Umgang mit beiden Eltern, die Tatsache, dass er niemals nachtragend war. Und dass er genau wusste, was er wollte, nämlich verrückte Musikinstrumente bauen und mit Bands spielen.

Aber auch er hatte sein Geheimnis. Da war das Jahr gewesen,

in dem er verschwunden war, mit niemandem Kontakt haben wollte und nur ab und zu ein Bild schickte mit der Behauptung, es gehe ihm gut. Keiner wusste, wo er war. Er war einfach irgendwann wieder aufgetaucht, als ob nichts gewesen wäre.

Immer, wenn sie wieder aufbrechen mussten, hatte sich Kaia damals gefühlt wie eine Pflanze, deren zarte erste Wurzeln wieder aus der Erde gerissen wurden. Einen Garten hatten sie nie haben können, bis auf das eine Mal in Berlin. Da waren sie ein wenig länger geblieben. Kaia hatte begonnen zu hoffen. Es war ihre schönste Zeit gewesen.

Sie fragte sich, ob Ricarda Baran auch hier auf der Bank gesessen hatte. Vielleicht schon als Kind. Was empfand man wohl, wenn man ein ganzes Leben an einem Ort verbringen durfte? Wenn man junge Bäume groß und dick werden sah, wenn man über die Jahrzehnte Zeugin davon wurde, wie sich die Küsten veränderten, wie der Sand hier fort- und da wieder angespült wurde. Wie sich die Bauweise der Schiffe änderte und die der Häuser. Wie ein Krieg begann und endete, Besatzer kamen und gingen, Regierungen wechselten und das Meer trotzdem dasselbe Lied am Strand flüsterte wie immer schon und derselbe Nebel das Moor in Geheimnisse hüllte.

Fühlte man sich dann so wie eine der alten Weiden hier nahe der Festung, deren Wurzeln niemals verpflanzt worden waren?

Aber Ricardas Tochter ist gestorben, fiel Kaia ein. Und sie ist früh Witwe geworden. Ob sie noch einmal geliebt hat? Oder hat sie hier allein gesessen? Über die Kirchsee geblickt und an ihre verlorenen Liebsten gedacht? Hat sie sich fortgesehnt? Nein, das glaube ich nicht. Ich spüre es im Haus! Sie war dort ganz sie selbst und zufrieden. Darum hat sie es Remy vermacht. Es sollte ein guter Ort bleiben.

Sie hätte gern mehr über diese Frau erfahren, die ein so anderes Leben gehabt hatte als sie selbst.

Dabei fiel ihr ein, dass sie heute ja noch Nele besuchen wollte. Widerstrebend stand sie auf. Bestimmt würde sie noch einmal an diesen zauberhaften Aussichtspunkt kommen, bevor sie abreiste.

Kaia wollte unbedingt mehr von Neles schöner Keramik sehen. Aber vor allem wollte sie diese freundliche Frau über das angebliche Geheimnis auf Rapakiwi befragen. Und möglicherweise kannte sie auch den spöttischen Gärtner mit den dunklen Augen?

16

Sommerblau und Wurzeln

Erstaunlicherweise hatte sie in dem Schrank unter dem alten Fernseher einen relativ modernen Router gefunden, mitsamt dem dazugehörigen WLAN-Schlüssel. Entweder war Ricarda im hohen Alter noch im Netz tätig gewesen, oder aber eine Pflegekraft.

Kaia richtete sich oben auf dem kleinen Schreibtisch in ihrem Schlafzimmer einen Arbeitsplatz ein, schrieb rasch an Harro und schickte ihm Bilder von der Festung. Bei diesem Wetter waren sie recht beeindruckend geworden, aber noch schöner fand sie die im Nebel, die so mystisch und zeitlos wirkten. Sie hängte sie ebenfalls an. Dabei wusste sie, was er sagen würde.

»*Informationen*, Kaia! Solche Bilder liefern keine Informationen. Du schreibst eine wissenschaftliche Arbeit, keinen Roman.«

Sie fasste sich kurz, die Sonne lockte einfach zu sehr, auch wenn sie inzwischen einige Wolken sehen konnte, die der Seewind recht flott von Ost nach West segeln ließ.

Auf einem der Bilder entdeckte sie den Gärtner, der ihr im Moment des Abdrückens ins Bild gelaufen war. Sein Ausdruck war finster, wahrscheinlich von der Anstrengung des Aufstiegs und der Last des Gartengeräts. So ähnlich hatten vielleicht die Ritter aus ihrer schweren Rüstung geblickt. Trotzdem war da etwas in seinen Augen, das sie länger hinsehen ließ.

Erst wollte sie das Bild löschen, dann ließ sie es sein, warum, wusste sie auch nicht. Herr Pfriemel, dachte sie und lächelte unwillkürlich. Dieser Moment des gegenseitigen Amüsierens über Namen war sehr entspannt gewesen. Die meisten Menschen, die sie kannte, hießen Müller, Schneider oder Köhler und hatten in dieser Hinsicht wenig Verständnis für sie.

Sie schickte die Mail an Harro ab und auch eine an Remy, dann schnappte sie sich eine Jacke und folgte wieder dem Ruf der Sonne. Nach all den dunklen Nebeltagen war sie süchtig danach. Sie hatte das Gefühl, die feuchte Kühle wäre ihr bis in die Knochen gekrochen. Wie so eine Wetterlage für Ricarda in ihrem Alter gewesen sein musste?

Anderen ging es wohl ebenso, denn es herrschte Leben im Schwarzen Busch. Die Menschen aßen Eis, lasen Zeitung auf den Bänken und hielten Schwätzchen auf dem Bürgersteig oder auch auf der Straße. Der Minigolfplatz an der Strandpromenade war gut besucht, Kinder schaukelten, und doch wirkte alles besinnlich, nicht so überlaufen, wie Kaia es von anderen Orten kannte wie Kühlungsborn oder Warnemünde, wo es ihr aus diesem Grund nur im Herbst und Winter gefiel.

Die Tür der »Galerie Sommerblau« stand diesmal weit offen, zog die flanierenden Menschen an und entließ sie wieder mit einem Lächeln auf den Lippen, manche mit einer Papiertüte in der Hand. Kaia wartete ein Weilchen und beobachtete das Treiben, bis eine Pause eintrat, dann betrat sie selbst den kleinen Laden.

Auf schlichten Regalen aus unbehandelten, unregelmäßig geschnittenen Holzbrettern standen Teller, Tassen, Becher und Vasen, die einen ganz eigenen Ausdruck besaßen. Die meisten trugen zumindest im oberen Teil die matte, intensiv blaue Glasur, die wohl das charakteristische »Sommerblau« von Nele Sommers Marke war. Sie verlangte danach, berührt zu werden, und zog Kaias Hand wie von selbst an. Im unteren Teil wurde es durch Erdtöne oder Grün ergänzt.

Als Dekor gab es angedeutete Silhouetten fliegender Möwen, Schwalben oder Kraniche, sogar einen Kauz auf einer Kiefer entdeckte Kaia. Und dann die Bäume! Es waren genau diejenigen, die am Rande des Reetmoors, zwischen Moor und Meer, scheinbar mitten in einem lebenslustig-weisen Tanz am Abgrund erstarrt waren. Kaia hatte bei ihrem Anblick das Gefühl gehabt, sie würden sich wieder zu bewegen beginnen, sobald sie den Blick abwandte.

Die Bäume waren nicht auf die Gefäße aufgemalt. Sie wirkten eher wie eingebrannt und dadurch dreidimensional. Schwarz bis dunkelbraun waren sie und fassten sich rau an, als Kaia behutsam mit dem Finger darüberfuhr.

»Das ist ein Effekt, den ich mit einer Tinte erziele«, sagte Nele hinter ihr. »Gefällt es dir?«

»Es ist faszinierend. Ich weiß überhaupt nicht, wie man sich hier für etwas entscheiden soll«, beschwerte sich Kaia. »Ich möchte sofort die Weihnachtsgeschenke für alle Freunde und die Familie für die nächsten Jahre einkaufen.«

Nele freute sich sichtlich. »Nur zu. Du bekommst auch Rabatt.«

»Wahrscheinlich muss ich länger bleiben, nur um darüber nachzudenken.« Kaia spazierte an den Regalen entlang und entdeckte immer Neues. »Wie bist du auf deinen Stil gekommen?«

»Ach, es hat mit meinem Leben zu tun«, sagte Nele mit einer

unbestimmten Handbewegung. »Ich hätte auch nie gedacht, dass ich das mal so umsetzen kann. Zum Glück hatte ich eine wunderbare Lehrmeisterin. Carlotta Prevo. Vielleicht hast du von ihr gehört. Sie ist Künstlerin, macht Skulpturen aus Keramik und lebt in Ahrenshoop. Ich habe sie einfach gefragt, weil ich ihre Sachen so wunderbar fand. Carly hat mir gezeigt, wie man seinen eigenen Weg findet, das, was aus dem Innersten kommen will. Es ist nicht so einfach, weil man erst mal alles beiseitefegen muss, was einem so eingetrichtert wurde oder was im Laufe des Lebens an einem haften blieb. Da musst du buddeln wie ein Maulwurf, und irgendwann entdeckst du, was unten drunter und wirklich deins ist. Dann musst du noch den Mut finden, es auch wirklich zu tun.« Sie hatte beinahe mehr zu sich selbst gesprochen als zu Kaia, aber nun blickte sie auf und lächelte. »Funktioniert aber! Mit ein bisschen Geduld und Hartnäckigkeit.«

»Ich glaube, mir fehlt es an Hartnäckigkeit. Ich habe mich treiben lassen«, gestand Kaia.

»Weißt du denn, was du willst?«

»Ich fürchte, nein. Aber ich fange an herauszufinden, was ich nicht will.«

»Das ist ein guter Anfang«, fand Nele und bürstete liebevoll eine Staubflocke von einem Teller.

»Was ich im Augenblick möchte, ist, etwas über das angebliche Geheimnis auf Rapakiwi herausfinden«, sagte Kaia. Schließlich war sie Remy zuliebe hier und nicht zur Selbstfindung.

»Auch wenn es nur ein Seemannsgarn ist. Ich denke, Remy wird das Haus verkaufen. Es scheint in einem überraschend guten Zustand zu sein, und sie braucht die Mittel für den Geschichtengarten und ihre Zeitschrift und alles, was daran hängt.

Sie ist Journalistin. Aus einer guten Geschichte könnte sie eine noch bessere machen, und das würde beim Verkauf garantiert helfen.« Es war nicht nur wegen Remy, fiel Kaia auf. Ihr lag selbst daran, dass das Haus mit den vielen Augen einen zukünftigen Eigentümer fand, der seine Geschichte und seinen Charakter zu würdigen wusste.

»Oh.« Nele blickte bekümmert. »Da habe ich dir ja einen Floh ins Ohr gesetzt! Ich weiß wirklich nichts darüber, ich bin ja nicht von hier. Ich habe nur die Einheimischen darüber tratschen hören. Es hatte etwas mit einem Ungeheuer zu tun, das sich dort in den Nächten herumtreiben soll. Ein Drachen oder so ein Unfug. Ein Sagenwesen halt, wie der Moort.«

»Na, der war auch schon bei mir«, murmelte Kaia.

Nele blickte sie mitfühlend an. »Das kann in einer fremden Umgebung passieren. Und du allein in dem Haus, das ist ja kein Wunder, wenn du da Albträume bekommst. Aber einen Drachen hast du nicht herumschleichen sehen, oder?«

»Nein, da sind nur die Wasserspeier. Wahrscheinlich kommt daher die Legende.« Das war eine einfache Erklärung. Kaia war enttäuscht. »Sag mal, kennst du einen Herrn Pfriemel … Mikko, glaube ich. Ein Friedhofsgärtner.«

»Mikko? Der ist nicht nur Friedhofsgärtner. Er arbeitet auch im Schaugarten der Universität Wismar in Malchow an der Ostküste der Insel. Ich kenne ihn flüchtig. Mikko mag mein Geschirr. Ist ein Einheimischer, war aber wohl eine ganze Weile weg, keine Ahnung wo. Als er wiederkam, musste er sich ganz neu einrichten. Sagte, er brauche eigentlich von allem nur eins – Tasse, Teller, Schüssel. Aber das sollte dann auch etwas sein, was ihm so gefällt, dass er es jeden Tag in die Hand nehmen will.« Nele drehte eine Vase im Schaufenster, damit das Licht besser auf das Motiv fiel. Draußen stand ein Paar in angeregtem Gespräch und zeigte mal auf dieses, mal auf jenes Stück. »Er scheint ein Einzelgänger zu sein, jedenfalls kritisieren das die Einheimischen an ihm, wenn ich sie vor dem Supermarkt schwatzen höre. Anscheinend gehört sich das nicht.« Sie wandte sich zu Kaia um. »Da fällt mir ein, ihn könntest du nach dem Gerücht über den Drachen fragen. Der redet zwar nicht viel, aber weil er hier aufgewachsen ist, kennt er so einige der alten Erzählungen.«

»Okay, danke für den Tipp. Das kann ich ja mal versuchen.« Kaia sah sich noch einmal um. »Ich kann mich beim besten Willen noch nicht entscheiden, aber ehe ich abreise, kaufe ich auf jeden Fall noch bei dir ein.«

»Na, wunderbar. Ich freu mich drauf.« Nele sah aus dem Fenster, aber das Pärchen war weitergegangen. Sie setzte sich auf einen Hocker, nahm die Gitarre zur Hand, die danebenstand, und begann, geistesabwesend darauf zu spielen.

Kaia lauschte noch einen Moment. Es klang schön. »Wolltest du nicht gern mal Rapakiwi von innen sehen?«, fiel ihr dann ein. »Magst du morgen zum Frühstück kommen?«

Neles Gesicht hellte sich auf. »Sehr gern. Ich bringe Brötchen mit.«

Später machte sich Kaia Tee in dem blauen Becher und stellte fest, dass sie wusste, was Mikko gemeint hatte über Dinge, die man jeden Tag gern wieder in die Hand nahm. Es war ein Stück Zuhausesein.

Was sollte sie jetzt mit dem Spätnachmittag und Abend anfangen? Unschlüssig stand sie vor der niedrigen Mauer mit der wilden Rosenhecke, die zum größeren Teil des Gartens führte.

Er lag längst im Schatten und wirkte irgendwie abweisend und verlockend gleichzeitig. Kaia stand eine Weile dort vor dem niedrigen Tor und konnte sich nicht entscheiden einzutreten.

Im Grunde wusste sie, warum sie zögerte. Sie wollte sich nicht schon wieder an einem Ort wiederfinden, der sie ansprach, der gerade nach ihr zu rufen schien und den sie dann bald wieder verlassen musste, weil in Wirklichkeit eben nichts von Dauer war.

Du taugst nicht zu einer Akademikerin, die etwas erforscht, dachte sie grimmig. Wohin soll das führen, wenn du mit so etwas Banalem wie Kommen und Gehen schon Probleme hast? Kein Wunder, dass das nichts wird.

Nur, wie sollte sie das jemandem erklären? Es war doch ein lächerliches, kindisches Problem. Es war nicht einmal ein Problem. Es war einfach nur eine Macke.

»Reiß dich zusammen, Kaia«, murmelte sie und blickte zu den Drachen auf. Die aber lächelten aus ihrer luftigen Höhe mit Weitblick nur unverbindlich zu ihr hinab und hatten keinen Rat für sie.

Schließlich kehrte sie kurzerhand um und machte sich auf den Weg zum Strand. Nun, da endlich die Sonne zu sehen war, wollte sie auch einen Sonnenuntergang über dem Meer erleben. Vielleicht war es morgen schon wieder dicht bewölkt und dies ihre einzige Chance, ein sonniges Foto vom Strand zu machen –, das wäre auch wichtig für Remy, um Käufer für das Haus zu gewinnen.

Diesmal ging sie in die andere Richtung, nicht zum Reetmoor hin, sondern nach Osten. Der Wald rückte hier immer näher an das Meer, der Strand wurde schmaler und die Küste steiler. Kaia ließ die späten Badegäste auf Handtüchern bald hinter sich.

Hier gab es weniger Sand, dafür mehr Steine, und ein Wald lag auf einmal hoch über ihr. Er balancierte auf einer lehmigen Klippe, deren Rand bröckelte.

Hier nun entdeckte sie ein drittes Gesicht der Insel. Still und blau war es. Kein Wind ging, nicht die kleinste Welle rollte an den Strand. Das Wasser war ein glatter Spiegel des Himmels, und Kaia konnte nur erahnen, wo in der Ferne der Horizont Meer und Himmel trennte. Nicht einmal ein Schiff war zu sehen, nur einige Möwen, Enten und Kormorane. Auch die Buhnen, die vorhin noch wie strenge Finger ins Meer gezeigt hatten, gab es hier nicht mehr.

Nur noch die Steine. Große Findlinge, wie Kaia sie am Meer noch nie gesehen hatte, lagen nicht nur am Strand, sondern bis weit ins Wasser hinein verstreut. Dort wirkten sie in dem hellen Blau durch den fehlenden Horizont und ihre eigenen Spiegelungen verblüffenderweise ebenso leicht wie die Wasservögel. Als ob sie ihnen gleich auf der Oberfläche trieben, frei von Schwerkraft.

Kaia konnte sich gar nicht daran sattsehen. Sie begann zu begreifen, warum die Erbauer von Rapakiwi Steine so gemocht hatten. Sie versuchte, diese verzauberte Stimmung, die alle Gesetze auf den Kopf zu stellen schien, in einem Bild einzufangen, aber das war kaum möglich. Sie schickte es trotzdem direkt an Remy. Die musste unbedingt erfahren, wie es hier war. Was Ricarda ihr da vermacht hatte, war mehr als nur ein Haus. Es war ein Ort voller Magie und Überraschungen.

Schließlich riss sie ihren Blick vom Meer los und wandte sich um. Über ihr ragte die Klippe empor, schien sich beinahe über sie zu lehnen. Die dunkle Haut aus Erde obendrauf war nur ein dünner, dunkler Streifen, an den sich kreuz und quer die Bäume mit ihren Wurzeln wie mit Krallen klammerten, um nicht in den Abgrund zu stürzen.

Kaia starrte zu ihnen hinauf. Sie fühlte sich mit ihnen verwandt. Noch nie hatte sie ein so treffendes Sinnbild für ihr eigenes Leben gesehen. Diese Bäume hatten vertrauensvoll Wurzeln getrieben, und dann hatte man ihnen den Boden genommen. Er verschwand buchstäblich in der Tiefe, und die Wurzeln hingen haltlos in der Luft.

Und doch lag eine Menge Hoffnung und Stärke in diesem Anblick.

Man muss hartnäckig sein, hatte Nele gesagt. Diese Kiefern waren es auf jeden Fall! Es war Kaia ein Rätsel, wie sie dort überhaupt so groß werden konnten, mit kaum Nährstoffen zur Verfügung und der ganzen Kraft der Stürme ausgesetzt. Und nun, da die See unerbittlich am Land nagte und es ihnen unter den Füßen wegspülte, hielten sie sich bis zum letzten Augenblick und noch darüber hinaus fest am Leben und am aufrechten Stand. Selbst wenn sie schließlich kippten, fielen sie noch lange nicht, sondern trieben weiter in jedem Frühling aus, solange irgend möglich. Manche davon staken quer aus der Wand und andere waren nur halb gestürzt, weil sie sich in seltsamen dicken Kabeln verfangen hatten und davon gehalten wurden. Diese Kabel waren zum Teil zerrissen und lagen auf dem Strand herum, andere hingen aus der Lehmwand heraus, zwischen den Höhlen der Uferschwalben. Vielleicht ehemalige Geländer von einem Wanderweg, der abgerutscht war, mutmaßte Kaia.

Das Ganze wirkte wild, verwegen und gespenstisch. Und doch voll unbändiger Lebenskraft.

Die Uferschwalben hatten mit ihren Brutröhren Muster in die Wand gestickt, die zum Teil wie Gesichter wirkten. Weiter unten hatte das Meer große, unregelmäßige Höhlen ausgespült. Wenn Kaia es gewagt hätte, hätte sie hineinkriechen und in manchen sogar stehen können. Doch der Lehm wirkte weich, und überall sah man, dass es kleine Lawinen und Steinschläge gegeben hatte. Sie traute sich nur ein paarmal nahe genug heran, um hineinspähen zu können. Bei den kleineren Öffnungen hätte es sie nicht gewundert, wenn ein Kobold herausgeschaut hätte, so unwirklich und märchenhaft war die ganze Szenerie.

Immer wieder musste sie über endgültig abgestürzte Baumstämme steigen oder darunter hindurchkriechen, und manchmal setzte sie sich auf einen, um auszuruhen. Sie dufteten nach Harz, und die Rinde war warm unter ihrer Berührung, als würden sie noch leben.

»Können Sie mir sagen, woher diese Kabel stammen?«, fragte sie einen Angler auf dem Heimweg, der ihr entgegenkam. Er sah zufrieden und recht freundlich aus.

»Ach, die sind noch von der Grenzbrigade«, sagte er. »Die Eingeweide einer Diktatur. Übrig von der ganzen Überwachung und Sicherung. Beleuchtung, Kommunikation und so. Hier konnte doch niemand was machen, ohne dass die davon wussten.« Er lehnte sich vertraulich in ihre Richtung. »Aber als ich noch ein kleiner Bengel war, da war mal große Aufregung. Da hatte in der Nacht ein Boot es geschafft, sich nach Westen abzusetzen. Trotz allem! Mann, hab ich die bewundert. Ich wusste ja gar nicht recht, was das war, der Westen. Aber dass die mit ihrem Schiff was Verbotenes getan hatten, was sonst keiner geschafft hat, das hat sie zu Helden für mich gemacht. Passen Sie auf, dass Sie nicht über die Kabel stolpern. Sind manchmal böse Fußfallen.« Er tippte an seine Mütze und setzte den Weg fort.

Kaia fröstelte. Die Kabel erschienen ihr auf einmal unheimlich. Damals hatten sie also den Strom für die Suchscheinwerfer geliefert, die gnadenlos jeden aufspürten, der die Flucht versuchte. Wie Schlangen wanden sie sich jetzt aus der Steilwand heraus, lauerten auf dem Sand, nach dreißig Jahren noch Zeugen einer dunklen Vergangenheit, freigegeben von der Erde, ans Licht gebracht von der See.

Um nicht wieder von der Dunkelheit überrascht zu werden, gerade hier, kehrte Kaia lieber um und ging der Sonne entgegen, die gerade die Wolken und Fluttümpel mit einem warmen roten Glühen erfüllte. Nach der greifbaren Begegnung mit der Vergangenheit lächelte sie unwillkürlich bei dem Gedanken, dass ihr die steinernen Augen von Rapakiwi anfangs unheimlich gewesen waren.

Sie machte ein Bild vom Sonnenuntergang. Und noch eines, weil er immer schöner wurde.

Morgen würde sie Mikko befragen, falls sie ihn aufstöbern und zu einem Gespräch bewegen konnte, bei dem er sie ausnahmsweise ernst nahm.

Und vielleicht den Garten erforschen.

Leonie

Brandenburg

2019

17

Stacheln

Dem Himmel sei Dank, dass wir die Schildkröten haben, dachte Leonie, als sie aus dem Fenster sah.

Eliot war drei Tage lang praktisch nicht aus seinem Zimmer gekommen. So klein wie dieses war, konnte er dort wohl kaum etwas anderes tun als auf dem Bett liegen und an die Zimmerdecke starren. Selbst sein Handy lag unbenutzt unten im Flur, und den Laptop hatte er im Wohnzimmer eingesteckt und dann nicht mehr angefasst.

Nur um die Schildkröten zu füttern und neues Wasser in ihre Schüssel zu füllen, ging er hinaus. Auch wenn er über sonst nichts sprach, hatte er Leonie immerhin genau ausgefragt, was die kleinen Philosophen am liebsten fraßen. Löwenzahn, Breitwegerich, Spitzwegerich, Natternkopf, wilde Malve, Rucola und Brennnessel. Auch Luzerne, Vogelmiere und Schafgarbe. Auf die Blätter von Fetthenne und Stockrose waren sie besonders scharf, das war ein Tipp von Svenja gewesen, die das alles auf eine Liste geschrieben hatte.

Wenn sie ihn zum Essen rief, stocherte Eliot nur darin herum, und in weitere Gespräche ließ er sich nicht verwickeln.

»Lass ihn in Ruhe«, sagte Insa, die regelmäßig Kekse holte, vor allem aber auf ein Schwätzchen herüberkam. »Glyneck heilt alles, hat Svenja immer gesagt. Merkste doch selber.«

Ja, das merkte sie. Jeden Tag, den sie hier war, spürte sie es ein wenig mehr und war überrascht von allem, was sie in sich entdeckte. Ihr Staunen über die unbeschreibliche Natur um sich herum. Ihr Verlangen, dieses Unbeschreibliche dennoch zu beschreiben. Da sie mit Zahlen besser umgehen konnte als mit Worten und auch nicht zeichnen konnte wie Max, dann eben indirekt durch die Gewebe, die sie erschaffen wollte. Und ihre Angst um das für sie neue Paradies, weil alles so zerbrechlich war und der Mensch so oft aus Unachtsamkeit die falschen Dinge damit anstellte.

»Ja, aber nicht einmal Glyneck kann Eliots Hand heilen.«

Bekümmert füllte Leonie Kekse in Insas Dose. Immerhin schien ihr Sohn einige gegessen zu haben, denn es fehlten welche vom Blech.

»Nein, aber seine Seele. Gib ihm Zeit, Kleine. Hast du nicht erzählt, dass du Geduld gelernt hast? Von deinen Marienkäfern?«

Insa hatte schon am Tag von Leonies Einzug begonnen, sie »Kleine« zu nennen, als wäre sie eines der Nachbarskinder. Irgendwie tat es gut.

»Manchmal vergesse ich das. Ich will eben, dass es ihm besser geht.«

»Gib ihm Zeit«, wiederholte Insa, klopfte ihr auf die Schulter und entschwand mit der Keksdose. Dann steckte sie den Kopf noch einmal zum offenen Fenster herein. »Deine Kekse sind schon mindestens so gut wie die von Svenja. Weiter so!«

Ein wenig getröstet wandte sich Leonie ihrem Webstuhl zu. Sie wollte demnächst ein Rezept mit neuen Kräutern ausprobieren. Aber jetzt gerade wünschte sie sich erst einmal jemanden, der ihr dabei half, den Kettbaum zu drehen, damit sie wieder mehr Faden für ihr Gewebe hatte. Allmählich konnte man das Zusammenspiel der Farben schon erkennen, und sie war recht zufrieden damit. Je nachdem, wie das Licht gerade durch die Fenster fiel, wirkte es anders – genau wie bei dem Hecht, auf dessen Haut die Sonne unter der Wasseroberfläche so vielfältig gespielt hatte.

Ob sie Eliot darum bitten konnte? Oder war das zu viel für seine Hand? Andererseits wäre es sicher ein Erfolgsgefühl für ihn, wenn es gelang. Schließlich war weniger die Kraft als die Feinmotorik sein Problem, so hatte er jedenfalls gesagt. Leonie beschloss, sich weniger Gedanken zu machen. Wenn er etwas nicht konnte, sollte er es sagen. Die Situation war, wie sie war. Sie konnte nicht ewig um ihn herumschleichen, als wäre er zerbrechlich wie Glas.

»Eliot, könntest du mir bitte mal helfen?«, rief sie aus dem Fenster.

Ihr Sohn setzte Thales, mit dem er anscheinend in ein stummes Gespräch vertieft gewesen war, in das Gehege zurück und kam herein.

»Es wäre mir eine große Hilfe, wenn du mir den Kettbaum drehen könntest. Du musst hier den Hebel lösen, langsam drehen, wenn ich es sage, und dann den Hebel wieder feststellen«, erklärte sie ihm.

Er zögerte erst, doch dann gelang es ihm, und hinterher waren sie beide zufrieden. Leonie meinte sogar, den Anflug eines Lächelns bei ihm entdeckt zu haben.

Wenig später hörte sie draußen ein rhythmisches Geräusch und stellte fest, dass er dabei war, den umgestürzten Holzstapel neu aufzuschichten, dort, wo der Zaun zum Nachbargrundstück kaputt war. Er benutzte die gesunde Hand, nahm aber auch immer wieder die andere zu Hilfe.

Vielleicht hat Insa recht, dachte Leonie. Vielleicht ist Glyneck jetzt genau der richtige Ort für ihn.

Nachdem sie eine Weile am Webstuhl gesessen hatte, wurde sie unruhig. Etwas zog sie unwiderstehlich hinaus ins Moor. War es die Nachmittagssonne, die im lang gewordenen Gras spielte, der Wind, der in der Ferne im Schilf flüsterte, oder die Rufe der Kuckucke, die aus allen Richtungen kamen?

Hauptsächlich wollte sie die Nachtigall hören, deren Gesang so honigsüß, heiter-melodisch und wehmütig zugleich war.

Und sie hätte sich gern bei Max noch einmal für die Zeichnung bedankt und ihm erzählt, wie zufrieden sie mit der Entwicklung ihres Stoffes war. Vielleicht könnte sie ihm ein Foto zeigen und das Verständnis in seinen Augen sehen, die von demselben warmen, klaren Goldbraun waren wie der moorige Tümpel, wenn das Sonnenlicht darin umherwanderte.

Sie rief Eliot zu, dass sie einen Spaziergang machen würde. Er winkte zustimmend.

Max saß nicht auf demselben Platz hinter dem Steg. Warum sollte er auch? Leonie amüsierte sich über sich selbst, als sie bemerkte, dass sie etwas enttäuscht war. Irgendwann würde sie ihn schon treffen, auf jeden Fall bei Merle. Sie wusste ja gar nichts über ihn. Vielleicht wohnte er ganz woanders. Und wie kam das überhaupt, dass er immer wieder durch ihre Gedanken geisterte? Sie hatte keine Erklärung dafür.

Das Moor aber enttäuschte sie nicht. Nie. Es erfüllte sie unweigerlich mit Freude. All dies Leben, all diese Farben! Lange sah sie den Schwänen zu und war glücklich, als sie ein großes Nest entdeckte, auf dem das Weibchen hockte. Das Männchen paddelte wachsam in der Nähe herum. Einen Tümpel weiter beobachtete sie eine Weile die Frösche, die dort grunzend und knurrend ihren Frühlingsgefühlen nachgingen.

Sie wechselte die Richtung und erkundete einen Weg, der ihr völlig neu war. Ein paar Hundert Meter weiter führte hier ein anderer Steg mitten durch ein Stück moorigen Waldes. Leonies Blick blieb an einem filigranen Farn hängen, der zwischen bizarren Wurzeln gerade seine jungen Wedel entrollte. Die Sonne schob einen Lichtfinger durch die Bäume und traf genau auf den Farn, so dass dessen frisches Hellgrün vor dem dunklen Hintergrund wie von innen zu leuchten schien.

Leonie konnte nicht anders, sie legte sich bäuchlings auf den Weg, um das im Bild einzufangen. Mit diesen Grüntönen musste sie unbedingt auch etwas machen! Es war doch genau dieses Leuchten, das sie einst in dem verbotenen Garten so gelockt hatte. Wie sollte sie es nur anstellen, dass all die Ideen, die in ihr hochkochten und hinausdrängten, nicht verlorengingen? Geduld hin oder her, Weben ging nur langsam, mit Konzentration und Sorgfalt. Das dauerte eben. Doch wenn sie dann am Webstuhl saß, war es jedes Mal so, als ob sich mit den Fäden auch ihre Gedanken ordneten und alles klarer wurde.

»Faszinierend, nicht wahr?« Ein Schatten fiel neben sie auf das Holz und verschwand wieder, als Max sich neben sie hockte, die Hände entspannt auf die Knie gelegt, und ebenfalls den Farn betrachtete. »Es ist in jedem Frühling wieder ein Wunder, wie sie sich entrollen. Erst ist da nur ein beinahe unsichtbarer Knubbel, und dann plötzlich das. Und vorher wird der Knubbel bronzefarben, wenn das Licht richtig ist, siehst du, hier!« Er wies auf eine Erhebung einen Meter weiter, der tatsächlich wie polierte Bronze glänzte und den sie ohne ihn übersehen hätte.

Ein Garn mit dieser Farbe gab es vermutlich nicht. Aber wenn man die Grüntöne ergänzte mit dem Blau des Leberblümchens dort … oder doch dem Blau des Wassers da, wo sich der Himmel darin spiegelte?

Sie setzte sich auf und steckte ihr Handy ein. Max sagte nichts weiter. Er blickte nur versonnen im Dickicht umher und auf den Baum, der auf einer Lichtung in der Ferne blühte. Aber an dem Schweigen war nichts verlegen oder unangenehm. Ganz im Gegenteil. Eine Weile saßen sie einträchtig dort, bis eine Frau mit Hund vorbeischritt und den Steg erzittern ließ. Max stand auf. »Ich wollte nicht stören. Einen schönen Tag noch!«, wünschte er freundlich und verschwand raschen Schrittes in die andere Richtung.

Sie hätte ihm gern gesagt, dass er nicht gestört hatte, ganz im Gegenteil. Während er da neben ihr gewesen war, hatte sie noch viel mehr Dinge wahrgenommen als ohnehin schon. So als hätte er seine Kreide unsichtbar in der Hand gehabt und die Farben der Umgebung ein wenig deutlicher gezeichnet. Oder hatte es an dem Leuchten in seinen moorbraunen Augen gelegen, wenn er sich für etwas begeisterte?

Sie hatte etwas vergessen, fiel ihr ein, und sie sprang hastig auf.

»Max, warte!« Er blieb stehen. »Ich wollte dir auch etwas zeigen. Das Gewebe in den Farben des Hechts. Ich glaube, es gelingt! ! Deine Zeichnung hat mir sehr geholfen.«

Leonie nutzte den Schatten im Dickicht, um ihm das Bild auf ihrem Handy vor die Nase zu halten. Er warf nicht nur einen höflichen Blick darauf, wie sie bemerkte. Er sah ganz genau hin.

»Ja, so ähnlich hatte ich es mir auch vorgestellt«, sagte er. »Freut mich sehr, dass ich dazu beitragen konnte.«

Als Leonie ihren Weg fortsetzte, entdeckte sie noch mehr Farne in allen Stadien der Entwicklung. Auch solche, die noch keine Gestalt hatten bis auf die kleinen bronzefarbenen Erhebungen, die von der Zukunft erzählten.

Dann stand sie, völlig unerwartet inmitten all der Schönheit, vor einer Gedenkstätte. Sie begriff nur langsam, als sie die Plakette las und die Stücke rostiger Eisengitter betrachtete, die auf beiden Seiten scharfe, insgesamt etwa zehn Zentimeter lange Dornen trugen und unter einem Glas ausgestellt waren.

»Erschreckend, nicht wahr?«, sagte ein älterer Mann, der auf einer Bank saß und rauchte. Leonie fuhr zusammen. Sie hatte ihn im Schatten nicht bemerkt. »Die haben wir hier aus dem Moor gezogen, als man anfing, es wieder zu renaturieren. Mein Kumpel hat sich schlimm daran verletzt. Aber noch viel schlimmer war es für die, die aus der DDR zu flüchten versuchten und nicht wussten, dass diese Dinger unsichtbar in sumpfigen Gebieten entlang der Mauer ausgelegt waren. Oder aufrecht in Gräben steckten, in denen man in Richtung West-Berlin hätte schwimmen können. Die Grenzer nannten sie harmlos ›Spargelbeete‹. Oder ›Grenzverletzer-Matratze‹. Mehr Menschenverachtung geht kaum. Im Westen hießen sie Stalinrasen.« Er blies einen Rauchring. »Hier in den Eichwerder Moorwiesen haben wir allein zehn davon gefunden. Insgesamt gab es über sechzigtausend. Sie können sich vorstellen, wie das für einen war, der über die Mauer sprang und auf so einem Ding landete.«

Leonie fröstelte. Sie wollte sich das nicht vorstellen. Und tat es doch. »Selbst mit durchstichsicheren Stahlsohlen konnte man darauf nicht laufen, sondern stürzte mit Knien und Händen in die langen Stacheln«, fuhr er fort. »Es sind Menschen verblutet oder für immer behindert geblieben.« Er wies mit der

Zigarre auf den Glaskasten, unter dem sich die Dornen bedrohlich reckten. »Wenigstens kann man hier noch sehen, was einmal war. Die Leute vergessen so schnell.« Er drückte den Stummel in einem Metallkästchen aus. »Ich bin mir nie sicher, ob das gut oder schlecht ist. Schönen Tach noch.« Er stand auf und schlenderte hinauf zur Straße.

»Danke«, murmelte Leonie und stand noch eine Weile unentschlossen dort, ziemlich durcheinander. Sie hatte völlig vergessen, dass hier die tödliche Grenze zwischen Berlin und dem Brandenburg der DDR gewesen war. Gerade hier, mitten in dem paradiesischen Frieden des Moors, zwischen dem Blühen und Zwitschern und Froschquaken und dem frühlingshaften Vogelkonzert, wirkte diese schlichte, kleine Gedenkstätte eindringlicher, begreifbarer und zugleich unbegreiflicher als alles, was sie diesbezüglich zuvor in der Stadt gesehen hatte.

Auf einmal lag ein Schatten über dem Tag. Sie beschloss, für heute umzukehren, voller Sehnsucht nach dem Frieden von Glyneck, nach Robin und den gemächlichen Philosophen, der Kapuzinerkresse, den ersten Rosenknospen, die unter der Last grüner und gelber Läuse auf die Marienkäfer warteten.

Ein aufkommender Wind blies weiße Blütenblätter der Traubenkirsche auf den Weg wie einen Trost.

Wenn die Mauer nicht gefallen wäre, dachte Leonie. Dann wäre ich nicht hier. Ich hätte Glyneck nie sehen können. Ich hätte Merle nicht kennengelernt. Und Svenja und Insa. Ich wäre Max nie begegnet. Sie erinnerte sich an ihre Kindheit. Was für eine Sensation es gewesen war, wenn man einen der seltenen Ausflüge nach Lübars machte, dem einzigen Dorf West-Berlins. Wenn man da eine Kuh sehen, vielleicht sogar streicheln konnte. Und, noch exotischer, einen Hahn krähen hörte!

Sie dachte an ihre Bücher. Wie sie damals die Kinder darin beneidet hatte, die mit ihren Familien sonntags einfach aus der Stadt hinausfahren konnten, um auf einer Wiese ein Picknick zu machen. Für sie war es unvorstellbar. Da war die Mauer, und selbst wenn man einmal Geld und genug Urlaub hatte, um stundenlang langsam durch die Zone bis nach Westdeutschland zu fahren und sich für eine Woche irgendwo eine Pension zu suchen, war das nicht dasselbe und kam selten vor.

Und heute? An jenem ersten Tag auf der Suche nach Merle war sie über die ehemalige Grenze spaziert, ohne es überhaupt zu bemerken oder daran zu denken. Nun lief sie täglich hin und her, als wäre es selbstverständlich.

Aber das war es eben nicht! Ebenso wenig wie es selbstverständlich war, dass all das Schöne hier erhalten blieb, diese Gegend, in der sich Kuckucke, Nachtigallen und Hechte so wohlfühlten wie Farne und Schwertlilien.

Und sie hatte noch vor kurzem nicht einmal geahnt, dass es das hier gab. Wie viele Menschen wussten nichts davon! Man musste ihnen davon erzählen, es ihnen nahebringen, so wie die rostigen Eisengitter von der Vergangenheit erzählten.

Genau das wollte sie mit ihren Stoffen tun. Sie würde mit Farben und Strukturen nicht nur die Schönheit des Hechts sichtbar und spürbar machen. Auch das zarte Grün der Farne, das Licht im Schilf, die ganzen zauberhaften Moorwiesen. Neuerdings hatte sich bei ihr von irgendwoher der verwegene Gedanke eingeschlichen, ob sie nicht sogar versuchen könnte, Tücher zu verkaufen, wenn sie einige fertig hatte. Nur um zu sehen, ob sie den Leuten gefielen. Um ihre Vorstellung von Farben und schönen Geweben mit der Welt zu teilen.

Doch nun gingen ihre Phantasien noch weiter. Wenn das

möglich wäre, dann könnte sie doch vielleicht auch einen Text dazulegen, der genau erklärte, wie sie auf die Farben gekommen war, wofür sie standen? Vielleicht konnte sie diese Idee mit Max besprechen, wenn sie ihn wiedersah.

Als sie durch das Tor von Glyneck trat, kam ihr eines der Nachbarskinder entgegen, ein Mädchen mit blonden Zöpfen. Fiona? Leonie konnte sich all die Namen nicht merken, aber das Lächeln genügte ihr.

»Deine Kekse sind genauso gut wie Svenjas!«, rief das Mädchen mit vollem Mund und winkte ihr zu, als es mit einer Handvoll Knopfkekse in der Hand davonhüpfte.

Von dem Tisch, den sie in Robins Schatten gestellt hatte, schallte Gelächter herüber. Dort saßen Uli und die Unzertrennlichen und spielten Karten. Sie kamen regelmäßig, um das genau hier zu tun. Sie hatten Glyneck sofort ins Herz geschlossen. Zum Glück fuhr Eddie noch Auto.

»Endlich bist du angekommen, mein Fröschle«, hatte Uli gesagt und eine Träne verdrückt, als sie ihn das erste Mal herumgeführt hatte, und sie musste ihn lange und fest in den Arm nehmen, um nicht selbst vor Rührung loszuweinen.

Heute saß Eliot in der Runde der fröhlichen alten Herren. Er war also nicht zurück in sein Zimmer geflüchtet.

»Ich habe dem Mädchen Kekse gegeben, das war doch richtig?«, fragte er.

»Ja«, sagte Leonie. »Alles goldrichtig.«

Als sie weiterging, entdeckte sie, dass Eliot mit dem Aufschichten des Holzes am Zaun schon recht weit gekommen war. Doch es war nicht nur einfach ein säuberlicher Holzstapel.

Er hatte helles und dunkles Holz so sortiert und aufgeschichtet, dass die vordere Fläche des Stapels eindeutig das riesige Bild einer Eule zeigte.

Jetzt stiegen ihr doch die Tränen in die Augen.

Er war wieder kreativ! Irgendwo musste er ein Stück Lebensfreude zurückgewonnen haben.

Ja, Insa. Glyneck heilt, dachte sie.

18

Wenn es mit dem Teufel zugeht

Eliots Stimmung war so wechselhaft wie der Himmel über den Moorwiesen. An manchen Tagen verkroch er sich auch bei schönstem Wetter in seinem Zimmer. Dann wieder lief er im Regen hinaus und arbeitete an dem Holzstapel, der inzwischen eine veritable Mauer war und einen guten Wind- und Sichtschutz bot.

Leonie war es recht. Das würde dem Gemüsegarten helfen, wenn sie den einmal hergerichtet hatte. Neben dem Bild der Eule war nun auch ein Eichhörnchen aus hellen und dunklen Holzscheiten zu erkennen. Die im Winter für ein Kaminfeuer zu verwenden würde ihr schwerfallen.

»Mit mir redet er gar nicht«, sagte Tammo am Telefon, nachdem Leonie ihn Eliots wegen um Rat gefragt hatte. »Wenn er sich bei dir wohlfühlt, wird es ihm sicher guttun. Lass ihn einfach seinen Weg finden.«

Immerhin bekam ihr Sohn wieder eine gesunde Farbe, während sein dunkelblonder Pferdeschwanz von der Sonne immer heller wurde. Vielleicht würde sich die körperliche Erholung auch auf seinen inneren Zustand auswirken.

Einmal haderte Leonie an ihrem Webstuhl mit dem Einfädeln der Kettfäden in die vielen kleinen Ösen, die man Litzen nannte. Immer wieder unterliefen ihr Fehler. Draußen kam die Sonne heraus und machte deutlich, dass eigentlich viel dringender die

Fenster geputzt werden mussten. Da stand Eliot unvermittelt in der Webstube. »Gehen wir spazieren?«, fragte er. »Zeig mir doch mal was!«

All ihre vorherigen Angebote, mit ihr hinauszugehen, hatte er stets abgelehnt. Also ließ sie das mit den Fäden sein in der Hoffnung, später ihre Konzentration wiederzufinden, und ging mit.

Die Schwäne betrachtete ihr Sohn mit mäßigem Interesse. Die liebestollen Frösche strafte er mit Nichtachtung. Der Kuckuck, der an ihnen vorüberflog, zweimal rief und ihm einen verächtlichen Blick zuwarf, schien ihn etwas mehr zu beeindrucken.

»Ich wusste nicht, dass die so groß sind!«

»Das hat mich auch gewundert«, stimmte Leonie zu.

Es begann, sanft zu regnen. Eliot schien das nicht zu stören, er hob das Gesicht den feinen Tropfen entgegen. Tatsächlich fühlte es sich gut auf der Haut an, wenn man sich darauf einließ. Leonie bewunderte das verhaltene Glänzen an den Schilfhalmen und das Muster, das in den Tümpeln entstand. Sie zeigte Eliot, der ja erst nach dem Mauerfall geboren war, die stacheligen Eisenmatten an der Gedenkstätte. Er betrachtete sie nachdenklich, sah dann auf seine Hand.

»Wenn man sich da dran verletzt hat, sind bestimmt auch für immer Narben geblieben«, bemerkte er. »Warum macht jemand so was?«

Diese Frage konnte ihm Leonie auch nicht beantworten.

In diesem Augenblick brach die Sonne durch die Wolken. Licht fiel durch das dichte grüne Blätterdach auf einen Tümpel, dessen Rand von Gräsern und Farnen gesäumt war wie von Wimpern. Das Wasser leuchtete goldbraun auf, kleine Fliegen kreiselten über der Oberfläche und warfen winzige Schatten auf den Grund.

Und dann sahen sie es beide. Auf einer knorrigen, mit knallgrünem Moos bewachsenen Wurzel, die sich weit in das Wasser streckte, saßen Marienkäfer, ein ganzer Haufen. Ihr Rot war ein heiterer Fleck in der Landschaft. Immer wieder einmal flog einer auf. Wenn sich die Flügeldecken hoben und sie die zarten Flügel ausbreiteten, glänzten diese im Gegenlicht so bronzefarben wie neulich die Spitzen der Farne, die Max ihr gezeigt hatte.

Eliot kniete sich auf den Steg und beugte sich gespannt vor. »Wusstest du, dass so eine Versammlung von vielen Marienkäfern auf Englisch nicht Schwarm oder Gruppe heißt, sondern ›a loveliness of ladybirds‹, also ›eine Lieblichkeit von Marienkäfern?‹«, fragte er.

»Nein«. Sie war verblüfft. »Woher weißt du denn das?«

»Ich habe recherchiert. Als ich in der Klinik lag. Ich musste mich beschäftigen und wollte etwas über die Geduld lernen, von der du immer geredet hast. Bei den Käfern stand davon nichts, dafür eine Menge anderes Zeugs. Sie haben tatsächlich Zucker und Glyzerin als Frostschutzmittel in ihrem Körper, um den Winter zu überstehen.«

»Ja, aber ohne Geduld und Mut würde ihnen das auch nichts nützen. Hat jedenfalls Uli damals zu mir gesagt«, erinnerte sie sich.

»Es gibt in Mittleeuropa ungefähr siebzig Arten«, fuhr Eliot fort. »Nicht bloß unseren Siebenpunkt, den typischen Glückskäfer, an den man immer denkt. Der Harlekin-Marienkäfer aus Asien ist inzwischen häufiger als die einheimischen Arten. Den kennt auch fast jeder. Aber es gibt auch verrückte Typen wie zum Beispiel einen Nierenfleckigen Kugelmarienkäfer, einen Variablen Flach-Marienkäfer und den Vierzehntropfigen Marienkäfer. Der hat weiße Punkte! Sieht echt schräg aus. Oder einen Zweiundzwanzigpunkt-Marienkäfer, der ist zitronengelb mit schwarzen Punkten. Der Augenmarienkäfer hat helle Kreise um seine Punkte. Der Trockenrasen-Marienkäfer wird nur drei Millimeter lang. Und stell dir vor, weltweit gibt es sogar viertausendfünfhundert Arten!«

Ein verblüffend gutes Gedächtnis hatte er schon immer besessen. Aber er musste auch sehr viel Zeit gehabt haben, dort in der Klinik. Leonie staunte und fragte sich, warum sie selbst nie gründlicher über die Vorbilder ihrer Kindheit nachgelesen hatte.

Sie genoss es, hier mit Eliot zu sitzen und ihm zuzuhören. So nahe waren sie sich seit vielen Jahren nicht gewesen.

»Was hast du noch über sie gelesen?«, wollte sie wissen. Hoffentlich sprach er noch eine Weile weiter.

»Man nennt sie auch Sonnenkälbchen, Himmelsziege oder Sommervögelchen. Klingt schön, oder? Marienkäfer heißen sie, weil die Bauern im Mittelalter sie für ein Geschenk der Mutter Gottes hielten. Eben weil sie die ganzen Läuse fressen. Angeblich sollen sie auch Kinder beschützen und Kranke heilen und stehen für Liebe und Fruchtbarkeit. Das mit dem Heilen können sie bei mir gern versuchen.« Er hielt seine Hand in Richtung der Käfer. Einer flog dicht daran vorbei, landete jedoch wieder auf der Wurzel.

»Der asiatische Käfer wird es nicht schaffen, die einheimischen zu verdrängen, glauben die Wissenschaftler«, fuhr Eliot fort. »In naturnahen Gebieten wie Wäldern und sicher auch hier im Moor sind sie nicht gefährdet. Aber in den Städten und den landwirtschaftlichen Gebieten schon.« Er sah Leonie streng an. »Du musst in deinem Garten immer Laubhaufen haben und die Gräser stehen lassen, damit sie darin überwintern können. Und sie brauchen Spalten im Mauerwerk und so was.«

Leonie unterdrückte ein Lächeln. »Mach ich«, sagte sie. »Und Mauerspalten haben wir auf Glyneck genug, das kannst du mir glauben.«

»Hab ich gesehen«, sagte er. »An manchen Stellen sieht es aus, als würden die Mauern gleich zerkrümeln.«

Er klang so zufrieden über diesen bedenklichen Umstand, dass sie nun doch lachen musste. Er grinste auch und hob verlegen die Schultern. »Weißt du, ich fand das immer cool von dir. Andere Eltern haben diese Märchen vorgelesen, von Zwergen und Gespenstern und so. Aber du nicht. Du hast von den Marienkäfern erzählt. Die gab es wirklich. Die konnte man sehen. So wie die Gespensterschnecken im Teufelsbruch.«

Er erinnerte sich also noch an die gemeinsamen Ausflüge. Leonie freute sich.

»Du hast es gut, weißt du«, sagte er, jetzt wieder ganz ernst. »Du hast immer zwei Träume gehabt. Erst Geld verdienen für den Garten. Dann den Garten haben. Aber ich wollte immer nur Klavier spielen. Und jetzt? Was soll ich jetzt machen?«

Leonie wusste es auch nicht. »Du wirst es herausfinden«, sagte sie mit mehr Zuversicht, als sie empfand. »Wollen wir vielleicht mal wieder ins Teufelsbruch?«

»Vielleicht.« Er stand auf. »Lass uns nach Hause gehen. Mir ist kalt.« Jetzt klang er wieder so niedergeschlagen und schwieg auf dem ganzen Weg so nachdrücklich, dass Leonie den Tränen nahe war, als sie in den Moosbeerenweg bogen. Sie fühlte sich so hilflos.

Als sie die Tür aufschloss, stellte sie fest, dass jemand ein Blatt Papier darunter durchgeschoben hatte. Es war bis zu den Fransen ihres Läufers gerutscht. Überrascht hob sie es auf. Eliot verschwand nach oben, ohne sie eines weiteren Blickes zu würdigen.

Es war eine Kreidezeichnung junger Farne im Moor, die sich gerade entrollten. Alles war da, die feine Struktur, die lebensfrohe Energie der Blätter, das leuchtende Hellgrün, der bronzene Glanz, im Hintergrund die Lichtung mit dem blühenden Baum.

Vielleicht für das nächste Gewebe. Herzl. Gruß, stand da.

Sie konnte seine Verlegenheit geradezu spüren, die ihn dazu bewogen hatte, das Wort nicht einmal auszuschreiben und auch seinen Namen wegzulassen.

Max.

Sie hatte ihm gegenüber nicht erwähnt, dass sie bei den Farnen tatsächlich an ein Gewebe gedacht hatte.

Max, dessen braune Augen viel zu oft in ihren Gedanken auftauchten und der nun anscheinend auch noch wortlos ihre kreativen Pläne verstand.

Leonie spürte eine leise Panik in sich aufsteigen. So was konnte sie absolut nicht gebrauchen. Sie hatte sich so auf das Alleinsein gefreut! Und jetzt waren da Eliot, der mit seinem Kummer und seiner Ratlosigkeit in ihrem Dachzimmer sehr gegenwärtig war, und dieser Max, den sie kaum kannte und der doch irgendwie schon beinahe zu diesem neuen Leben gehörte wie der Himmel über dem Moor.

Das war so nicht geplant gewesen.

Doch die Zeichnung war so schön, dass sie diese unbedingt bald rahmen musste. Vorerst heftete sie das Blatt behutsam an die Wand in der Webstube, betrachtete das Bild beglückt und konnte es kaum erwarten, die neue Idee umzusetzen. Ob Merle das nötige Garn vorrätig hatte? Es musste genau das Richtige sein.

»Das gefällt mir. Endlich mal schöne, leuchtende Farben.« Merle fand den stimmigen Grünton schnell und auch die anderen, die sich Leonie vorgestellt hatte. »Aber wenn ich mal etwas nicht habe, kenne ich einen Laden, wo du per Katalog bestellen kannst. Die schicken dir auch Garnproben, damit es keine Irrtümer gibt.«

»Ja, aber das dauert mir zu lange! Ich habe so viele Ideen, die ich ausprobieren möchte, dass ich Angst habe, sie zu vergessen, ehe ich dazu komme«, beklagte sich Leonie. »Ich hab ja noch das Hechtprojekt auf meinem Webstuhl. Der ist besetzt.«

»Na, wenn du willst, kannst du das nächste Projekt schon hier auf einem meiner Stühle beginnen. Der steht gerade leer, und ich möchte dir ja sowieso noch ein paar Kniffe beibringen. Dann kannst du an zwei Sachen parallel arbeiten, das mache ich auch oft. Du kannst das Projekt ruhig eine Weile da drauflassen. Ich habe gerade nicht so viele Kunden, die einen Kurs machen«, schlug Merle vor. »Und ich webe gern in Gesellschaft. Man muss nicht die ganze Zeit dabei reden, aber es gemeinsam zu tun ist schön.«

»Wirklich? Oh, wunderbar, danke. Dann fühle ich mich auch sicherer. Kann ich gleich den Schärbaum benutzen und die Fäden abmessen?«

Merle lachte, erfreut über ihren Eifer, und die nächsten Stunden verschwand außer dem Weben alles aus Leonies Kopf – die Sorge um Eliot, die Verwirrung wegen Max und der Frage, wie sie sich am besten bei ihm bedanken konnte, sogar der verfallene Gemüsegarten, in dem so viel Arbeit wartete. Nun waren in ihr nur die Farben und wie sie die am besten kombinieren konnte, welches Muster dem Charakter der Farne am ehesten gerecht wurde und was sie damit in demjenigen auslösen wollte, der den Stoff sah, berührte und vielleicht trug.

Was für ein großer Unterschied war doch so ein nachhaltiger handgewebter Stoff zu jenem Zeug, das man billig kaufte, jener allgegenwärtigen Massenware, die unter zweifelhaften Umständen hergestellt wurde. Eine völlig andere Welt! Nachdenklichkeit, Sorgfalt, Respekt vor dem Material, der Umwelt und Leidenschaft für das Handwerk. Sie empfand es als durch und durch befriedigend. Leonie war unendlich dankbar für jenen Tag, der sie vor nicht allzu langer Zeit vor Birgits Schaufenster geführt hatte.

»Mama, können wir das machen?«, fragte Eliot eine halbe Woche später morgens beim Frühstück. Wenigstens hatte er sich mit an den Tisch gesetzt und war nicht mit einem notdürftig geschmierten Brot wieder unters Dach verschwunden. Draußen war es still und grau, vereinzelt nieselte es etwas.

»Was denn?«, fragte Leonie, die gerade überlegte, ob sie ihren Wandbehang in den Hechtfarben mit Fransen abschließen sollte und was genau es war, was ihr an dem Werk noch fehlte. Nein, Fransen waren es nicht.

»Du hast doch gesagt, wir könnten mal wieder ins Teufelsbruch fahren.«

Sie hatte nicht damit gerechnet, dass er das überhaupt registriert hatte. »Und das möchtest du jetzt? Heute?« Sie versuchte, ihre Gedanken dieser Wendung anzupassen. Eliot war Musiker.

Anscheinend wechselte er neuerdings mit derselben Leichtigkeit zwischen Stimmungen wie zwischen Oktaven.

»Warum nicht heute?«, sagte er lässig und änderte dann schon wieder den Tonfall. »Bitte, Mama, können wir? Allein hab ich keine Lust.« Er klang wie damals mit sechs und wirkte so kindlich, dass sie ihm nicht widerstehen konnte. Warum auch? Ihr eigener Plan war ja gewesen, spontaner zu werden. Das Teufelsbruch würde sie selbst gern wiedersehen, jetzt mit ihren Eindrücken von hier. Allein hätte sie sich die Zeit wohl nicht genommen.

»Wenn ich noch aufessen darf«, sagte sie und wedelte mit ihrem Brötchen. Der Aufstrich war von Insa. Selbst gemachtes Himbeer-Thymian-Gelee. Es schmeckte göttlich, vor allem zu frischen Brötchen. Aber auch zu Käse oder Wild.

Eliot strahlte und sprang auf. »Ich such schon mal das Mückenspray und meine festen Schuhe!«

Bald darauf waren sie auf dem Weg in den Spandauer Forst. »Weißt du, die Marienkäfer haben mich an die Gespensterschnecken erinnert. Ich möchte wissen, ob es dort noch welche gibt«, sagte Eliot. »In Wirklichkeit heißen sie Spitzhornschnecken. Ich habe nachgelesen.«

Leonie war unendlich froh, dass er etwas von seiner früheren Wissbegierde wiedergefunden hatte.

»Was hat dich damals an den Gespensterschnecken eigentlich so fasziniert?«, fragte sie im Auto.

»Ach, ich weiß auch nicht. Ich glaube, sie waren Ausdruck für dieses Gefühl, das man manchmal hat. Dass man da ist, aber gleichzeitig auch nicht. Sichtbar und trotzdem unwirklich. So wie früher, wenn man sich in der Klasse meldete, aber der Lehrer einen nie drannahm.« Er lachte kurz auf. »Oder wie ich jetzt. Musiker und doch nicht Musiker. Außerdem ist es doch ein schöner Gedanke, dass etwas so Feines, Zerbrechliches wie die Schneckenhäuser bleibt, auch wenn das Lebewesen längst nicht mehr existiert.«

Leonie steuerte durch den Verkehr. Da und doch nicht richtig da. Sie wusste genau, was er meinte. Genau so hatte sie sich in ihren letzten Berufsjahren gefühlt. Und jetzt? Jetzt fühlte sie sich durchdrungen von Farben und einer vibrierenden Lebendigkeit. So wie die Zeichnungen von Max.

»Na ja, und dann war da meine blühende Phantasie«, fuhr Eliot fort. »Das Teufelsbruch heißt doch so, weil da mal ein See war, der Teufelssee hieß, weil der Teufel darin ein Dorf versenkt haben soll. Ich habe mir vorgestellt, die Schnecken hätten dort in den Gärten der Menschen gelebt, und als die Blumenbeete versunken sind, sind ihre Seelen an die Oberfläche gekommen, um daran zu erinnern und dem Teufel ein schlechtes Gewissen zu machen. Darum habe ich sie gesammelt. Ich dachte, wenn ich nachts schlechte Träume habe, dann kann ich ihnen zuhören, und sie erzählen mir von den verlorenen Gärten.«

»Vielleicht habe ich dir zu oft von meiner eigenen Sehnsucht nach dem verbotenen Garten erzählt«, sagte Leonie schuldbewusst.

»Nein. Ich hab dir immer gerne zugehört und mir den Garten vorgestellt. Darum dachte ich ja, ich würde die Schnecken so gut verstehen, die nun keinen Garten mehr haben. Wenn ich Klavier gespielt habe, habe ich es auch für die auf meinem Regal getan, um sie zu trösten. Sie waren mein erstes Publikum. Das hat mich wirklich weitergebracht.« Er verstummte.

Anscheinend führten gerade alle Themen schmerzlich zur Musik. Hoffentlich half es Eliot wenigstens, darüber zu reden.

Der Weg durch den Wald wirkte vertraut. Die Kiefern und Buchen waren höher und dicker als damals, aber der Duft nach Erde, Holz und Nadelbäumen noch derselbe. Hier war es ganz anders als um Glyneck herum. Weniger Himmel, dafür so gewaltige Bäume, dass es sich fast wie in einer Kirche anfühlte. Weniger künstlich gepflegt als früher war es auch, man achtete jetzt auf Naturschutz und ließ umgestürzte Stämme verrotten, so dass der Eisvogel in den aufrechten Wurzelscheiben brüten konnte und auch andere Vögel und Insekten genug Nistmöglichkeiten fanden. Ein Schwarzspecht spähte neugierig hinter einer Birke hervor, um dann doch lieber rasch davonzufliegen. Ansonsten waren sie allein hier an diesem Vormittag, kein anderer Mensch weit und breit. Eine Amsel sang ihr Regenlied, junge Blaumeisen bettelten laut piepsend und flügelschlagend um Futter, und in der Ferne quakten Frösche.

Eliot sagte nichts, sah sich aber interessiert um, als sie immer tiefer in den Forst gelangten und der Boden ringsum immer nasser wurde. Kleine rote Libellen schwirrten über flachen Tümpeln. Wasservögel schien es hier nicht zu geben, dafür braune Schmetterlinge.

Dann wurde es etwas lichter und die Bäume niedriger. Schmalere Birken, dann auf einmal ein Erlendickicht. Es nieselte wieder leicht, Dunst trieb geheimnisvoll auf den kleinen Tümpeln, die sich hier zu einem größeren, flacheren vereinigten. Die Erlen darin trugen dicke Wurzelklumpen und Farne um ihre Stämme herum, die wirkten wie die Füße von Dinosauriern.

»Das ist doch genau die perfekte Wetterstimmung für einen

Moorspaziergang«, sagte Eliot vergnügt. »Schön gruselig, wenn auch nicht mehr so unheimlich wie früher. Und sieh mal, hier ist unser Holzsteg!«

Sicher war der in all den Jahren schon mehrfach erneuert worden, aber jetzt war er wackelig, nass und schmal. Er führte über die sumpfigste Stelle hinweg. Eliot stieß einen Freudenruf aus. »Eine Gespensterschnecke! Und da, noch eine! Hast du eine Tüte?«

Leonie hatte immer eine Tüte in der Tasche. Man konnte nie wissen, was man fand. Das Leben war voller Überraschungen, und wenn man noch so gut plante. Und viele davon waren nass oder staubig.

Eliot bückte sich immer wieder nach den zarten, schneeweißen leeren Gehäusen, die, der Witterung ausgesetzt, alle Farbe verloren hatten und auf der Wasseroberfläche trieben oder zwischen die Wurzeln geschwemmt worden waren. Sie hoben sich auffällig von dem dunklen Morast ab. Die Tüte füllte sich. Leonie wusste nicht, ob Eliot die Schnecken aus reiner Sentimentalität sammelte oder ob er ihnen später in seinem Zimmer von seinem Kummer erzählen wollte. Hauptsache, es machte ihm Freude.

»Vorsicht!«, warnte sie, als er sich mit einer Hand an einer schrägen Erle festhielt und weit über das Wasser hinauslehnte, um nach einem Gehäuse zu greifen, das mitten im Tümpel schwamm.

»Die eine brauch ich noch. Die ist besonders groß!«

Und dann sah sie seine verletzte Hand abrutschen, sah, wie er das Gleichgewicht verlor. Mit einem gewaltigen Platschen landete er mitten im Sumpf.

Leonie wusste mittlerweile, dass man nicht lebendig in einem

Moor versinken konnte, weil der Schlamm eine größere Dichte hatte als der menschliche Körper. Man blieb an der Oberfläche wie ein Korken im Wasser, alles andere war ebenso eine Legende wie der Teufel und das Dorf. Darum betrachtete sie ihren Sohn und seinen verdatterten Gesichtsausdruck mit einiger Gelassenheit. »Ein Handtuch habe ich aber nicht mit.«

»Dafür habe ich die Schnecke.« Eliot hielt sie triumphierend hoch und steckte sie dann in die Westentasche. Alles unterhalb seiner Brust war schlammig. Er setzte sich auf und fing an zu lachen. »Moorbäder sollen ja gesund sein, vielleicht hilft es der Hand.« Er griff nach einem Ast und begann, sich hochzuziehen, dann änderte sich sein Gesichtsausdruck. »Warte mal, hier steckt was Komisches im Schlamm!« Er grub mit beiden Händen und zog schließlich etwas aus dem Wasser.

Es war eine verkrustete, zerkratzte Dose, so eine, wie man sie zum Einfrieren von Gerichten benutzt. Als er sie notdürftig abspülte und ins Licht hielt, schimmerte der Kunststoff dunkelblau.

19

Schlamm und Hoffnung

Eliot warf den Fund seiner Mutter zu.

»Dass die Leute immer ihren Müll überallhin schmeißen müssen! Vielleicht können wir die Schnecken da reinfüllen, dann gehen sie nicht kaputt. Achtung, sie ist schwer. Da muss Schlamm drin sein.«

Die Warnung kam etwas spät. Fast hätte Leonie das Ding auf ihren Fuß fallen lassen. Sie stellte es beiseite, um Eliot die Hand zu reichen. Nass, schmutzig und grinsend stand er vor ihr, für einen Augenblick der Lausbub von früher.

»Irgendwie erfrischend, das Moor!«, witzelte er.

»Na, ein Glück, dass es nicht kalt ist. Lass uns gehen.«

»Gleich.« Eliot hockte sich hin, um den Deckel von der Dose zu pfriemeln. »Der sitzt aber fest!«

»Lass doch. Ich pass schon auf, dass deine Schnecken nicht zerbrechen.«

Aber er ließ sich nicht davon abbringen, klaubte sein Taschenmesser aus der schlammigen Hosentasche, um damit den Deckel aufzuhebeln, und schimpfte dabei über seine Hand, die zweimal abrutschte. Leonie hätte ihm das Messer gern abgenommen, hielt sich aber zurück. Schließlich hatte er Erfolg.

»Da ist ein Stein drin!«, stellte er irritiert fest. »Die haben da extra einen reingelegt, damit das olle Ding unterg…« Er brach ab und zog etwas unter dem Stein hervor. Es sah aus wie eine durchsichtige Tüte. »Da ist was drin. Krümel. Und ein Papier. Das muss ich mir zu Hause ansehen! Ich mache ja alles schmutzig. Glaubst du, das ist eine Art Flaschenpost? Wo soll die denn hinschwimmen? Welcher Idiot wirft seine Flaschenpost ins Moor?«

Einer, der nicht will, dass man sie findet, dachte Leonie.

»Ich weiß nicht. Komm jetzt, bevor du dich erkältest.«

Der Wind frischte auf, und sie machte sich nun doch Sorgen.

Zurück auf Glyneck kochte sie Tee und wärmte einen Apfelstrudel auf.

»Das riecht ja gut.« Eliot kam in die Küche, geduscht und im Jogginganzug. »Sieh mal, ich habe ihn geschrubbt! Ein interessanter Stein. Er könnte vulkanischen Ursprungs sein.«

Der Stein war so groß wie ein dickes Taschenbuch, oval und glatt wie ein Flusskiesel, die Oberfläche fast schwarz mit einem gleichmäßigen Muster, ein wenig porös, wie erstarrter Schaum. »Und dann *das*. Lies mal!«

Seine Augen glänzten. Er reichte Leonie ein vergilbtes Blatt Papier mit Schimmelflecken an den Rändern, das er in eine transparente Schutzhülle gesteckt hatte.

Leonie sah eine große, kindliche Handschrift.

Wir müsen schon wieder umziehn. Aus Berlin weg nach Spahnien. Ich dachte, wir könnten endlich mal ein Zuhause haben. Hier hatten wir zum ersten Mal ein Garten. Jetzt kann ich nicht sehen, ob die Sonenblumen blühen werden, die ich geflanzt hab. Ich hab noch Samen vom letzden Jahr. Und von den Ringelblumen auch. Ich will das hier ins Moor werfen, damit doch was für immer und ewich bleibt, so wie die Moorlaichen.

Kaia Mensch, zehn Jahre, Juni 2002

»Oh«, sagte Leonie. Wer auch immer dieses zehnjährige Mädchen gewesen war, ihre kindliche Trauer um einen Garten, den sie zwar anders als Leonie damals gehabt, aber wieder verloren hatte, berührte sie. Sie beide hatten etwas gemeinsam.

»Was meinst du, ob die vielleicht noch keimen würden?«, fragte Eliot und hielt eine kleinere Tüte hoch, in der Sonnenblumen- und Ringelblumensamen durcheinanderpurzelten. »Trocken geblieben sind sie. Diese Kaia war sehr gründlich mit dem Tesafilm. Und die olle Plastikdose erstaunlich dicht. Glaubst du, sie heißt wirklich *Mensch*? In Rechtschreibung war sie jedenfalls ungefähr genauso gut wie ich damals. Und sie muss genauso alt sein wie ich.«

Das hatte Leonie auch gerade ausgerechnet. »Ich weiß nicht, ob die noch keimen, aber ich glaube, man hat sogar in ägyptischen Gräbern Samen gefunden, die keimfähig waren.«

Eliot sagte nichts weiter und probierte nachdenklich den Strudel. Er aß sogar alles auf.

Leonie war froh darüber, dass er nun über anderes grübelte als nur über seine Probleme.

Eliot erwähnte seinen Fund an diesem Tag nicht mehr und auch am nächsten nicht. Leonie hingegen ließ der Brief nicht los. Ob diese Kaia wohl jemals wieder einen Garten bekommen hatte?

Sie googelte den Namen, fand aber lange nichts und wollte schon aufgeben. Endlich stieß sie doch noch auf die Website der Universität in Rostock. Da gab es eine digitale Studentenzeitung. In dieser wurde eine Semesterfeier erwähnt, die von zwei Studentinnen namens Kaia Mensch und ihrer Zimmergenossin Remona Kreyhenibbe organisiert worden war. Das lag allerdings einige Jahre zurück.

Versuchsweise gab Leonie den Namen der anderen Studentin ein. Hier wurde sie sofort mehrfach fündig. »Jackpot!«, murmelte sie. Diese Remona Kreyhenibbe zog eine Spur durchs Internet, die breiter war als eine Autobahn. Sie war Journalistin und betrieb mehrere Webseiten. Sicher hatte sie noch Kontakt zu ihrer ehemaligen Kommilitonin! Leonie schickte den Link und den Ausschnitt aus der Zeitung kommentarlos an Eliot. Es war seine Sache, ob er etwas damit anfing.

Sie hatte andere Dinge, um die sie sich kümmern wollte.

Der Wandteppich mit den Hechtfarben lag fertig vor ihr. Leonie hatte ihn vom Webstuhl genommen und gewaschen und war erfreut, dass das knubbelige Garn nun, da das Gewebe nicht mehr gespannt war, die Dreidimensionalität annahm, die sie sich erhofft hatte.

Voller Freude betrachtete sie ihr Werk, nachdem sie es aufgehängt hatte und ein Stück zurückgetreten war. Die Sonne fiel durch die Fenster herein, ab und zu flog ein Wolkenschatten darüber. Das wechselvolle Licht brachte genau das zutage, was sie sich vorgestellt hatte. Jemand anderes würde hier vielleicht ein Gewebe in warmen Farben sehen, braun und grün, mit gelben und rötlichen Sprenkeln, das die gemütliche Atmosphäre des Raums gut unterstrich.

Doch sie selbst würde darin immer den großen, würdevollen Fisch sehen, der unter der Oberfläche so souverän in seiner eigenen schimmernden Welt in aller Ruhe auf das wartete, was da kommen mochte. Das schöne, geheimnisvolle Wesen, mit dem sie an einem der ersten Tage in ihrem neuen Leben einen Blick auf Augenhöhe und in gegenseitigem Verständnis gewechselt hatte.

Sie musste es ja niemandem erklären. Sie musste überhaupt niemandem mehr etwas erklären, sie war frei und selbständig und konnte tun, was sie für gut und richtig hielt.

Es würde sie aber auch an Max erinnern. Max, der das ganz ohne Worte und Erklärung verstanden und die Zeichnung für sie angefertigt hatte. Das Blatt Papier, auf dem er den Zauber des Augenblicks und seine Farben einfach so festgehalten hatte, mit einer Mischung aus gekonntem, ernsthaftem Handwerk und einer heiteren inneren Leichtigkeit.

Wie auch bei dem Farn.

An jenem Tag mit dem Farn hatte sie sich seine Website angesehen. *Max Bachmann, Bilder* stand da nur. Nicht *Künstler, Maler, Graphiker* oder etwas in der Art.

Es gab Bilder von Ausstellungen, Kalendern, Porträts, Landschaften, Pflanzen und Tieren. Berichte von Ausflügen in die Umgebung und was ihn dort beeindruckt hatte, die Leonie mit großem Interesse las, zunehmend gefesselt. Man konnte auch Drucke bestellen, wovon sie erst einmal absah, weil sie sich beim besten Willen nicht so schnell unter all den bezaubernden Eindrücken entscheiden konnte und der Platz an ihren Wänden sehr begrenzt war. Doch sie betrachtete alles lange, fühlte sich hineingezogen in diese Bilder, als wären sie nichts Zweidimensionales, sondern ein offenes Tor in die betreffende Szene, durch das sie die Erde fühlen, den Duft riechen, die Stimmung spüren und die Vögel hören konnte.

Seitdem stöberte sie immer wieder auf seiner Website herum. Sie hätte ihm gern gesagt, wie sehr sein Blick auf die Landschaften und deren Wesen ihren eigenen beeinflusste, erneuerte und vertiefte. Und wie er zugleich gerade dem eine Gestalt gab, was sie zuvor selbst schon um Glyneck herum wahrgenommen und was sie darin an Wundern verzaubert und erstaunt hatte. So sehr, dass sie sich ein wenig ratlos, überwältigt und allein damit gefühlt hatte. Denn so viele andere gingen achtlos daran vorüber.

Das besondere Licht, das Max darauf legte, gab ihr das Gefühl, dass sie doch nicht allein damit war, dass es diesen Zauber wirklich gab, auch wenn er sich nicht jedem erschloss.

Die Bilder von Max machten ihr Mut. Mut, ihren neuen Weg weiterzugehen. Mut, sich auf diese Überraschungen in sich selbst einzulassen, auf die Empfindungen, die sie von sich nicht kannte, auf eine frische Neugier auf das Leben. Auf diese Liebe zur Natur, die wohl in ihr geschlummert hatte seit ihrer uralten Sehnsucht nach dem Garten und die sie jetzt, endlich befreit, wie eine Welle überrollte. Eine erfrischende und zugleich ein wenig beängstigende Welle vielleicht, aber eine, auf der sie schwimmen und unbedingt herausfinden wollte, wohin diese sie trug.

Doch während sie über all das nachdachte, fiel ihr ein, was ihr noch an dem Wandbehang fehlte, um ihn perfekt zu machen.

Auf der Suche danach wanderte sie ihren Lieblingsweg den Steg entlang, bis zu der Stelle mit dem Farn und weiter bis zu der mit den Marienkäfern. Einige waren auch jetzt wieder dort, aber der Tümpel lag im Schatten. Leonie musste genau hinsehen, um sie ausfindig zu machen. Doch das war es nicht, was sie finden wollte. Sie brauchte einen Schilfhalm vom letzten Jahr, einen dichten, mit dem richtigen Schwung in der Ähre, und er musste vom Wind abgebrochen worden sein. Sie wollte keinen pflücken. So spazierte sie noch weiter, als sie vorher je gekommen war. Der Tag war angenehm mild, am Himmel wechselten Wolken und Sonne, Bienen summten im Unterholz, und sie war Herrin über ihre Zeit und genoss es, weil das immer noch neu für sie war.

Sie gelangte auf eine weite, freie Fläche zwischen Gräben, wo eine Vielfalt blühender Kräuter sie verblüffte. Vor einer Schautafel, auf der einige der Gewächse erklärt wurden, blieb sie stehen und versuchte, sich die Bezeichnungen zu merken. Froschlöffel, Pfeilkraut, Schwertlilie, Glanzkraut, Sumpf-Herzblatt, Stendelwurz, Blutweiderich, Sumpfbaldrian, Schlangenknöterich …

»Die Menschen fangen an, Dinge richtig zu machen«, sagte unvermutet hinter ihr eine Stimme.

Max! Sie bekam allmählich den Eindruck, dass er hier ebenso zu Hause war und in die Landschaft gehörte wie die Frösche und der Kuckuck, die Schwäne und die Marienkäfer, die Seerosen und das Schilf. Er wies auf eine zweite Tafel, wenige Meter neben der, die von den Pflanzen erzählte.

»Kalkmoore wie dieses sind selten geworden«, erklärte er. »Früher gab es hier im Tegeler Fließtal unter anderem Enzian, Orchideen und Sonnentau. In den Kalkmooren war eine reiche Vielfalt von Pflanzen und Moosen heimisch. Heute sind die meisten verschwunden oder bedroht. Aber die Eichwerder Moorwiesen haben eine Chance bekommen, und es geht aufwärts. Sie werden zunehmend renaturiert. Hier gibt man sich große Mühe.«

»Was wird denn alles gemacht?«, wollte Leonie wissen. Max zuzuhören war wesentlich angenehmer, als im Netz nachzulesen. Wenn er sprach, klangen sachliche Informationen wie eine alte Erzählung.

»Na ja, es gibt zwei Entwicklungen, welche die Moorwiesen in Gefahr bringen. Wenn sie zwecks intensiver Bewirtschaftung entwässert werden, trocknen sie aus und gehen für immer verloren. Werden sie aber gar nicht bewirtschaftet, breiten sich Büsche und Bäume aus und verdrängen alles, was im Moor lebt. Hier ist leider beides geschehen.« Max lehnte sich an ein hölzernes Geländer neben dem Graben und sah sich zufrieden um. »Aber seit einigen Jahren wird vom Naturschutzfond Brandenburg mit Unterstützung des Naturparks Barnim wieder renaturiert. Es wurden Bäume entfernt und viele der Gräben mit Torf aus der nahen Umgebung zugeschüttet, damit dem Moor kein Wasser mehr genommen wird. Jetzt verwandelt es sich wieder in eine Landschaft aus offenen Feuchtwiesen, flachen Tümpeln und Gehölzrändern. Wollen wir uns setzen?« Er machte eine unbestimmte Bewegung in Richtung eines Baumstamms, der zwischen Moos und Binsen in der Sonne lag. Die Rinde war rau und warm, als Leonie sich niederließ. »Eine sanfte Nutzung ist geplant, zum Beispiel sollen Esel weiden, damit freie Flächen erhalten bleiben und sich seltene Moorpflanzen wieder ansiedeln können«, erläuterte er. »Die Chancen stehen gut. Manche Samen können im Torf Jahrzehnte durchhalten und keimen wieder, wenn ihnen die Bedingungen gefallen.«

Leonie dachte an Eliots Fund. Das musste sie ihm erzählen.

»Für die Wasservögel, die Frösche und die Eidechsen ist das natürlich dann auch gut«, fuhr er fort. »Und für die gefährdeten Schmetterlinge und anderen Insekten. Sie werden wiederkehren und diesen einzigartigen und bezaubernden Lebensraum nutzen!«

Leonie sah Max die Freude und die Hoffnung an – in seinen ausholenden Gesten, welche beinahe sichtbare Bilder in die Luft zeichneten, und in dem verhaltenen Lächeln in den Mundwinkeln, als geniere er sich etwas wegen seiner Begeisterung.

»Welche Schmetterlinge zum Beispiel?«, fragte sie. Sie wollte, dass er weitersprach und sie noch ein wenig zuhören konnte.

»Der Große Feuerfalter, der ist sehr gefährdet durch die Nutzungsintensivierung landwirtschaftlicher Flächen. Grundwasserabsenkung, Entwässerung, Grünlandumbruch, zu häufige Wiesenmahd, Mahd von Grabenrändern oder die Zerstörung von Ufervegetation durch Begradigung, das sind alles Maßnahmen, die ihn woanders verdrängen.« Er lächelte. »Es gibt auch Arten mit so schönen Namen wie Dunkler Wiesenknopf-Ameisenbläuling. Und dann ist da die Große Moosjungfer, eine Segellibellenart, auch eine stark bedrohte Art, die in intakten Mooren zu Hause ist. Entwässerung ist ihr größter Feind. Vor allem in Dürrezeiten wie diesen, das kommt ja noch hinzu. Aber entschuldige, ich wollte dich nicht mit Vorträgen langweilen!«

»Ich habe ja gefragt«, erwiderte sie. »Es interessiert mich sehr, seit ich hier wohne. Das ist jetzt meine Heimat. Die will ich verstehen. Außerdem höre ich dir gerne zu.«

Hatte sie das jetzt wirklich gesagt?

Er lächelte sie ein wenig verwundert an. »Das ist gut. Ich rede manchmal viel. Hast du denn noch mehr Fragen? Ich lebe ja schon länger hier. Gleich da oben hinter dem Waldstreifen, an der kleinen Querstraße, nahe am Kindelfließ. Dort würde es dir auch gefallen. Und dann gibt es in der Nähe noch das Briesetal. Ich kann es dir gern mal zeigen.«

»Das wäre schön. Weißt du etwas über das Teufelsbruch im Spandauer Forst? Da war ich mit meinem Sohn. Es ist auch ein Moor, aber ganz anders.«

Er nickte. »Das ist noch eine Gegend, mit der man sich zum Glück Mühe gibt. Dort ist es umgekehrt. Nicht ein Moor, das entwässert wurde, und Freiflächen, die zuwucherten, sondern ein im Wald gelegener See, der verlandet ist. Organische und anorganische Substanzen wurden eingeschwemmt, der See ist allmählich verflacht und Gräser, schließlich sogar Bäume sind hineingewachsen. Da muss man andere Maßnahmen ergreifen, um zu helfen. Sie haben erst versucht, Rohre zu verlegen und Wasser aus der Havel in das Moor zu pumpen. Dann hat man festgestellt, dass das viel zu nährstoffreich war, um die typischen Moorpflanzen zu fördern. Jetzt versucht man, den Wald zu ändern, damit es wieder mehr Grundwasser gibt. Weniger Kiefern, dafür mehr Birken und Erlen.« Er sah sie ernst an. »In den letzten Jahrhunderten haben wir in Deutschland ungefähr fünfundneunzig Prozent unserer Moore vernichtet! Das ist traurig, auch wegen des Artenschwunds, aber vor allem ist es gefährlich. Moore speichern doppelt so viel Kohlenstoff wie die Wälder, das ist wahnsinnig wichtig für das Klima. Wusstest du übrigens, dass man durch kleine regelmäßige Spenden Moorpatenschaften übernehmen kann? Zum Beispiel beim NABU oder der Greensurance-Stiftung. Ich habe das gemacht. Es gibt mir das Gefühl, wenigstens etwas dazu beitragen zu können, dass wir das hier noch lange sehen können. Die Hechte, den Kuckuck, die Libellen. Dieses ganze Paradies hier mit seinen Farben.« Er zuckte verlegen mit den Schulten. »Entschuldige! Aber du hast gefragt.«

»Ja, weil ich es wissen will. Alles! Das mit der Patenschaft werde ich auch machen«, beschloss Leonie spontan. Es würde ihr das Gefühl geben, mehr dazuzugehören. Hierherzugehören. Und etwas tun zu können. Damals vor dem verschlossenen

Gartentor hatte sie sich machtlos gefühlt. Heute war sie es nicht mehr.

Max stand auf. »Jetzt habe ich dich aber wirklich genug vollgequasselt. Und wenn wir hier noch länger sitzen, stören wir den Reiher zu lange.« Er zeigte in den Graben. Leonie hatte den großen Vogel gar nicht bemerkt, der gut getarnt im Dickicht stand und ins Wasser starrte. Jetzt äugte er misstrauisch zu ihnen hinüber.

Hastig stand sie auch auf. »Ich wollte ursprünglich nur einen Schilfhalm suchen«, sagte sie. »Nicht pflücken, nur finden.«

»Da weiß ich Rat.« Mit langen Schritten umrundete er ein Gebüsch. Hier hatte der Wind eine Schneise ins Schilf gedrückt. Die langen, goldbraunen trockenen Halme mit den dicken Ähren vom Vorjahr lagen abgebrochen zwischen den frischen grünen Trieben, die zum Himmel strebten. Jetzt war ihre Zeit gekommen.

Leonie fand rasch, was sie im Sinn gehabt hatte. »Danke dir! Die sind genau richtig.«

Sie fand es angenehm, dass er nicht fragte, was sie damit vorhatte.

»Ich muss woanders lang«, sagte er und zögerte dann. »Hättest du denn Lust, dass ich dir mal das Briesetal zeige? Vielleicht übermorgen?«

Auf dem ganzen Heimweg fragte sie sich, wie es kam, dass sie jetzt eine Verabredung mit Max hatte, und warum sich das so natürlich anfühlte.

Beinahe so, als ob sie einen Zwilling wiedergefunden hätte, von dessen Existenz sie nichts geahnt hatte.

Zu Hause flocht sie die Stiele des Schilfs vorsichtig durch ihren Wandbehang, so dass es aufrecht im Stoff steckte und oben ein wenig über den Rand hinausragte, als wäre es darin gewachsen.

Jetzt stimmte alles.

20

All diese Farben

Leonie saß mit Svenja beim Gemüsegarten und befragte sie, wie dieser einst ausgesehen hatte. So gut sie konnte, zeichnete sie deren Erinnerungen auf und notierte ihre Erfahrungen.

»Aber es gibt inzwischen unempfindlichere Sorten und auch interessante neue«, meinte Svenja. »Ich habe das in den Gartenkatalogen verfolgt. Im Seniorenheim liegen jede Menge davon herum, zum Glück. Da muss ich nicht den dummen Klatsch und Tratsch lesen. Du solltest nicht das Alte nachmachen, sondern Neues ausprobieren.«

»Für mich ist *alles* neu«, erklärte Leonie.

Sie war immer wieder beeindruckt von Svenjas Aufgeschlossenheit für Modernes und für Veränderungen. »Ach, das Leben funktioniert nur vorwärts. Alles andere ist Verschwendung«, hatte diese mit einer wegwerfenden Handbewegung erklärt, als sie ihr das gesagt hatte. »Die Erinnerungen sind ein schöner, sicherer Schatz, der mir sehr viel bedeutet, aber es sollten jeden Tag neue hinzukommen.«

»Welches neue Gemüse meinst du denn?«, erkundigte sich Leonie.

»Na, zum Beispiel bei den Gurken. Die kleinen Snackgurken bringen für dich sicherlich mehr als die großen Salatgurken, die ewig zum Wachsen brauchen. Und dann gibt es diese winzigen mexikanischen Gurken, die man naschen kann wie Beeren. Und Zitronengurken. Oder vielleicht auch mal Minimelonen, jetzt wo es immer wärmer wird. Und die gelben birnenförmigen Cocktailtomaten, die haben eine zartere Schale.«

»Klingt gut.« Leonie schrieb es auf. Sie sah zu Svenja herüber und kniff die Augen zusammen. »Was ist das da eigentlich auf deinem Rollator?«

»Na, mein Werkzeug. Schraubenzieher und Zange und so. Im Seniorenheim ist immerzu irgendwas locker, und an den ganzen Rollatoren auch. Das kriege ich gerade noch hin, wenn es nicht zu feinmotorisch wird. Ich hab das auf alle Fälle immer dabei. Das ist praktisch an diesen Fahrzeugen. Man kann so viel da reintun.«

Leonie fing an zu lachen. »Ich möchte unbedingt auch mal so werden wie du!«

Svenja klopfte ihr auf den Arm. »Nein, lass mal. Bleib du mal lieber weiter Leonie. Die gibt es nur einmal, und ich mag sie.«

»Danke.« Leonie schluckte und kritzelte angestrengt und verlegen auf ihrer Zeichnung herum. »Kennst du eigentlich Max Bachmann?«, fragte sie.

»Merles Bruder? Natürlich, warum fragst du?«

Natürlich. Es gab wohl niemandem im Umkreis, den Svenja nicht kannte.

»Der hat hier auch immer Kekse geholt, als er klein war«, sagte Svenja, als Leonie ihr die Antwort schuldig blieb. »Er hat sich aber nie bemerkbar gemacht. Stand einfach am Zaun hinter dem Goldregen, bis ihn jemand sah. Ein sehr empfindsamer Mensch. Hat es nicht leicht gehabt. Man muss vorsichtig mit ihm umgehen.« Erfreut betrachtete sie einen Aurorafalter, der auf ihrem Knie gelandet war. »Aber er hat sehr viel zu geben. Es gibt in der Gegend sicher keinen Winkel, den er nicht kennt.

Und wahrscheinlich keine Frage, die er dir dazu nicht beantworten kann.« Nun warf sie Leonie einen prüfenden Blick zu. »Du kannst ihm absolut vertrauen, wenn es das ist, was du wissen wolltest.«

»Ich weiß nicht, was ich wissen wollte«, gab Leonie zu.

»Du wirst es schon noch herausfinden. Hallo, Eliot!«

Svenja lehnte es ab, allzu oft zu Besuch zu kommen, obwohl Leonie sie gern öfter dagehabt hätte. »Glyneck gehört jetzt dir, und ich habe mein eigenes neues Leben«, sagte sie meist. Doch hin und wieder ließ sie sich überreden. Zu Eliot hatte sie schnell einen guten Draht gefunden. Sie betrachtete seine Gegenwart und Launen als selbstverständlich und gab ihm kleine Anweisungen, hier etwas anzubinden und dort etwas abzuschneiden.

Leonie bemerkte, dass es alles Dinge waren, die Eliots eingeschränkte Feinmotorik trainierten, ohne ihm zu viel abzuverlangen. Er war in Svenjas Gesellschaft ungewöhnlich entspannt. Jetzt gerade aber schien er ohnehin wie verwandelt. Er kam raschen Schrittes über den Rasen, beinahe mit seiner früheren Energie und einem verlegenen Lächeln. Er setzte sich zu ihnen, mangels Stuhl direkt ins Gras, schlang die Arme um die Knie und sah zu ihnen auf. »Ich habe sie gefunden!«

»Wen?«, fragte Leonie verwirrt.

»Na, diese Kaia Mensch aus dem Sumpf.«

»Ein Mädchen aus dem Sumpf?«, erkundigte sich Svenja erstaunt. Eliot erklärte es ihr, und Leonie beobachtete freudig überrascht seine lebhaften Gesten. Seine Augen leuchteten. Etwas an dem kindlichen Zettel hatte ihn also doch ein wenig aus seiner Lethargie geweckt! Nun ja, jene Kaia war heute genauso alt wie er und offenbar damals ähnlich unglücklich gewesen wie er jetzt, warum sollte er da nicht Anteil an ihrer Geschichte nehmen?

»Ja! Diese Remona Kreyhenibbe, die du entdeckt hattest, Mama, hat mir Kaias Telefonnummer und ihre momentane Adresse gegeben. Sie ist gerade an der Ostsee. Auf einer Insel. Poel heißt die. Von der hatte ich noch nie gehört.«

»Wie spannend. Und? Wirst du dieser Frau von deinem Fund erzählen?«, erkundigte sich Svenja interessiert.

Sein Blick verdunkelte sich. »Ich weiß nicht. Sie schreibt wohl gerade an ihrer Doktorarbeit. Sie ist bestimmt sehr klug und hat keine Zeit für ihr altes kindliches Zeug oder jemanden wie mich.«

»Also wirklich, Eliot, was für ein Unsinn. Du hast doch auch studiert!«, entfuhr es Leonie.

»Schon.« Er sah auf seine Hand. »Aber jetzt bin ich ja kein Musiker mehr.«

»Ach, hattest du dich auch am Kopf verletzt?«, fragte Svenja mit einem kaum merklichen Lächeln im Mundwinkel.

Er warf ihr einen finsteren Blick zu.

Svenja betrachtete Leonies Zeichnung. »Ich finde ja, wenn die Samen gegen alle Wahrscheinlichkeit nach so langer Zeit wieder ans Tageslicht gekommen sind, sollten sie auch die Chance bekommen zu wachsen«, bemerkte sie. »Wenn Eliot sie nicht zurückgeben will, dann könntet ihr dort am Zaun ein Beet für sie anlegen. Da passen die Sonnenblumen gut hin, und dazwischen die Ringelblumen, das würde schön aussehen. Bringt Farbe in den Garten. Und Optimismus. So eine Sonnenblume, die lässt sich von nichts einschüchtern. Die will zum Himmel wachsen.«

Eliot setzte sich auf. »Nein! Das sind Kaias Samen! Diese Remona hat geschrieben, Kaia kümmert sich gerade in ihrem

Auftrag nebenbei um einen Garten. Da könnte sie die Samen doch gebrauchen. Wenn sie wachsen, bringen sie ihr vielleicht Glück für ihre Arbeit? Ich werde sie ihr einfach schicken.«

»Poel ist eine ausgesprochen schöne Insel. Und da ist nicht so viel Gedränge wie anderswo an der See«, sagte Svenja ein wenig sehnsüchtig. »Ich war vor langer Zeit mit meinem Mann dort.«

»Ich geh mal einen Brief schreiben.« Eliot stand auf, klopfte sich das Gras von der Hose und verschwand im Haus.

Leonie fuhr Svenja zurück ins Seniorenheim. »Mach dir nicht so viele Sorgen«, sagte diese beim Aussteigen. »Nicht nur Sonnenblumen haben den Drang zu wachsen. Söhne auch. Ist halt bloß nicht immer gutes Wetter. Auch nicht im Leben.«

Zurück auf Glyneck machte sich Leonie daran, das erste der neuen Beete zu säubern und mit frischem Kompost, Hornspänen und Rinderdung anzureichern. Hauptsache, es kamen erst einmal Setzlinge und Samen hinein. Die Umrandung befestigen konnte sie dann immer noch. Sie legte alle ihre Kraft in das Graben, Verteilen und Mischen. Das lenkte sie wunderbar davon ab, dass die Aussicht auf den Ausflug mit Max morgen sie seltsam nervös machte. Auf eine gute Art, aber eben nervös. Sie amüsierte sich über sich selbst, schließlich wollten sie nur eine Wanderung machen. Ein Teenager war sie auch nicht mehr. Und dennoch war ihr flau im Magen. Was für ein Unsinn!

Sie war so in ihre Gedanken vertieft, dass sie zusammenzuckte, als Eliots Schatten auf sie fiel.

»Ich habe es mir anders überlegt«, sagte er.

Leonie richtete sich auf und rieb ihren schmerzenden Rücken. Nein, Teenager war sie wirklich nicht mehr. Sie spürte jeden

Knochen. »Wollen wir doch lieber hier ein Sonnenblumenbeet anlegen?«

»Nein.« Er schnappte sich die Schaufel und fing an, die Erde gleichmäßig zu verteilen. »Ich habe einen Rucksack gepackt. Morgen früh fahre ich nach Poel. Ich hole mir Papas altes Zelt, dann kann ich dort vielleicht irgendwo ein, zwei Tage bleiben. Ein bisschen Meeresluft und eine Abwechslung werden mir guttun. Ich muss nachdenken! Und was Svenja über diese Insel gesagt hat, klingt, als wäre sie genau richtig für mich.«

»Das ist eine ausgesprochen gute Idee!« Endlich wurde ihr Sohn wieder aktiv und nahm sein Leben in die Hand. Leonie schickte ein stilles *Danke* an Svenja. »Hast du dich bei Kaia angekündigt?«

»Nein. Ich werde sie überraschen. Mal sehen, wie sie reagiert. Das habe ich mir verdient! Schließlich bin ich extra für sie in den Sumpf gefallen.«

Leonie freute sich so über sein spitzbübisches Grinsen, dass sie gleich wieder aufhörte zu überlegen, wie es für diese Kaia wohl sein würde, wenn nicht nur der kindliche Kummer ihrer Vergangenheit, sondern auch noch ein Fremder auf ihrer Türschwelle auftauchte.

Es war das erste Mal seit seiner Rückkehr, dass Eliot so fröhlich aussah.

Nachts hatte es geregnet. Über dem Moor hing noch Dunst, als Leonie am nächsten Morgen aus dem Fenster heraus Eliot nachwinkte, der mit Schwung in sein Abenteuer startete. Leonie war froh, dass er es sich nicht wieder anders überlegt hatte.

»Grüß Tammo von mir, wenn du das Zelt holst!«, rief sie hinunter.

Doch irgendwie waren Tammo und die eigentlich nahe Stadt schon sehr weit weg von ihrem Leben, das sich zunehmend wirklicher anfühlte und nicht mehr nur wie ein Traum, den sie gar nicht verdient hatte.

Das Satellitenbild auf dem Handy zeigte ihr, dass sich die Schauer für den Tag verzogen hatten. Dennoch entschied sie sich für festes Schuhwerk und praktische Kleidung. Das war schließlich kein Date, eher ein lehrreicher Ausflug.

Trotzdem war sie unerklärlich nervös, als sie fünf Minuten zu früh das Gartentor hinter sich schloss und auf Max wartete. Eine Ackerwinde, die am Zaun hochkletterte und zarte weiße Trichter weit zum Himmel hin öffnete, lenkte sie ein wenig ab. Robin, an dem sich kleine Pfirsiche rundeten, wedelte in einem leisen Wind sanft mit den Zweigen, als wollte er sagen: »Hey, es ist alles gut!«

Robin behielt recht. Max war pünktlich, und wenig später, als Leonie aus seinem Auto stieg und sie zusammen die Wanderung durch das Briesetal begannen, hatte sie genau dieses Gefühl: Alles war gut, verblüffend leicht und schön.

Seit dem Tag, als er ihr so einfach und spontan seine Zeichnung des Hechts gereicht hatte, spürte sie, dass Max und sie etwas gemeinsam hatten, etwas, für das sie keine Worte wusste. Vielleicht besaß sie diese Worte nicht, weil sie so viele Jahre hauptsächlich mit Zahlen umgegangen war, vielleicht auch, weil sie so etwas noch niemals erlebt hatte.

Als sie vorgestern mit ihm auf dem Baumstamm gesessen und über Moore gesprochen hatte, war sie sich sehr bald sicher gewesen, dass er die Tiere, Pflanzen und die Landschaft, von der er erzählte, mit demselben ehrfürchtigen Staunen betrachtete wie sie selbst. Nur dass er es schon viel länger tat als sie, die das an sich gerade neu entdeckte, seit sie hergezogen war. Ihn erfüllte dieselbe tiefe Liebe dazu, die auch sie in sich spürte.

All dies war so neu und groß für Leonie, dass sie nicht wusste, ob sie allein damit fertiggeworden wäre. Manchmal, wenn sie morgens auf dem Steg stand und dem Kuckuck lauschte, den Schwalben zusah und beobachtete, wie ein Kranich vorüberflog, oder wenn sie im Garten von Glyneck eine neue Blüte entdeckte, dann war ihr, als könnte sie all dieses Glück und Staunen nicht aushalten. Als wäre es zu viel und zu groß und zu unfassbar und wollte alles in ihr sprengen. Sie wusste einfach nicht, wohin damit.

Doch sobald Max ihr dabei Gesellschaft leistete, änderte sich das. Hatte sie vorher überwältigt wie vor einem Puzzle gestanden, dessen tausend Teile in einem riesigen Durcheinander aus der Schachtel gekippt waren, so fielen diese Teile in seiner Gegenwart wie von selbst an ihren Platz, und ein weites Bild entstand, das einen wunderbaren Sinn ergab. Einen, der so voller Farben und Wunder war, dass sie sich beide nicht daran sattsehen konnten.

Mit jedem Schritt, den sie heute mit Max durch das Tal wanderte, festigte sich dieser Eindruck. Die Briese war ein romantischer Fluss, mal schmal, mal breit, mal schnell, mal langsam.

»Die Biber verändern die Landschaft«, sagte Max und zeigte ihr die beeindruckenden Dämme, welche die Briese an manchen Stellen stauten, so dass sie breit wie ein See wurde. Kleine Wasserfälle plätscherten dazwischen.

Der Wald hier gehörte ebenso zum Naturpark Barnim wie die Eichwerder Moorwiesen und wirkte wie ein Urwald. Bäume und

Baumskelette säumten die Wege und ragten aus dem Wasser. Unten an den Stämmen wuchsen Farne und Moose, so dass es aussah, als trügen sie grüne Pantoffeln. Hier sprang ein Moorfrosch, dort glänzten die Flügel einer frühen Libelle. Manchmal flog ein Bläuling durch moorige Schatten, ein flüchtiges elfenhaftes Schimmern.

Immer wieder blieb entweder Max stehen oder Leonie. Mit einem Blick oder einer Berührung am Arm wiesen sie sich gegenseitig auf all diese kleinen Begegnungen hin, als täten sie das schon seit Jahren wie selbstverständlich.

Dass es so etwas gibt!, dachte Leonie. Wie kann das sein? Sie konnte sich nicht erinnern, dass sie schon einmal so glücklich gewesen war. Vielleicht, als Eliot auf die Welt kam. Vielleicht, als sie das erste Mal am Webstuhl saß und die Fäden begannen, sich unter ihren Händen tatsächlich zu einem Gewebe zu verflechten. Vielleicht, als Svenja ihr Glyneck angeboten hatte.

Aber nein, dies hier war etwas anderes. Sie konnte es überhaupt nicht einordnen und beschloss, es einfach nur zu genießen, nicht darüber nachzudenken und nicht zu zweifeln. Hier war hier, und jetzt war jetzt, und das war noch nie so wunderbar gewesen.

Sie hätte schwören können, dass die Welt um sie herum noch niemals so viele Farben besessen hatte. Nicht einmal damals, als sie über das Tor hinweg voller Sehnsucht in den verbotenen Garten geblickt hatte.

»Da vorn ist die Hubertusbrücke«, sagte Max.

Sie überquerten den Fluss und gingen auf der anderen Seite zurück. In dieser Richtung wirkte wieder alles anders, aber mit demselben Zauber. Eine Zeitlang liefen sie über einen Bohlensteig, ähnlich dem bei Glyneck. Nur führte dieser durch eine noch dunklere, waldigere und verwunschenere Landschaft. Die moosbewachsenen Stämme, die im Wasser lagen, wirkten gelegentlich wie Krokodile. Enten balzten in Ufernähe.

Max zeigte ihr die Schellente, mit schneeweißem Gefieder an den Seiten und einem weißen Fleck am grün glänzenden Kopf. Leonie hatte noch nie von ihr gehört, aber das kecke Gesicht blieb ihr in Erinnerung. Drosseln sonnten sich, Buchfinken zwitscherten. Wo kein Moos wuchs, glänzte das Laub vom Vorjahr zwischen jungem Gras kupfern auf der feuchten Erde.

»Das ist der Buntspecht«, erklärte Max, als über ihnen immer wieder eine Art Kichern erklang, mit einem »Tschilp« am Ende wie ein Ausrufezeichen.

Oft schwiegen sie, es gab ja so viel zu sehen, und es war ein angenehmes Schweigen. Doch sie fanden auch jede Menge Gesprächsthemen, ohne danach suchen zu müssen. Leonie staunte über sich selbst. Nicht einmal mit Birgit oder Merle hatte sie so viel geredet, und mit ihren Kunden früher ohnehin nur das, was für die Arbeit nötig war. Mit Svenja hielt sie gern einen Plausch, aber das war längst nicht vergleichbar.

Sie waren beide überrascht, wie lange sie unterwegs gewesen waren, als sie das erste Mal auf die Uhr sahen. Die Zeit schien wie im Flug vergangen. Leonies Füße waren müde wie lange nicht mehr, und auch von all den Eindrücken war sie erschöpft, als sie schließlich wieder ins Auto stiegen. Doch es war eine glückliche Erschöpfung.

Max hielt oben an der Alten Schildower Straße. Unten an der

Böschung konnten sie das Dach von Glyneck durch die Bäume sehen.

»Vielen Dank für den wunderschönen Tag«, meinte Leonie ein wenig verlegen. »Es war so beeindruckend, dass ich das erst einmal verarbeiten muss.«

Zu ihm konnte sie so etwas sagen.

»Sind dir unterwegs Ideen für neue Stoffe in den Kopf gekommen?«, fragte er interessiert.

»Ja, so viele, dass ich sie nachher gleich aufschreiben muss!«

»Sag einfach Bescheid, wenn ich mit einer Zeichnung helfen kann.«

»Danke. Das mache ich.« Leonie griff nach dem Türgriff, doch unwillkürlich zögerte sie.

»Wir könnten das wiederholen«, sagte Max im selben Augenblick ein wenig hastig. »Ich würde dir sehr gern noch das Kindelfließ zeigen. Oder besser erst einen Wald, in dem jetzt gerade noch die Buschwindröschen blühen. Dann müssten wir das aber bald machen …«

»Das wäre schön«, sagte Leonie, die sich das gewünscht hatte. Jetzt fragte sie sich ein wenig erschrocken, ob ihre Freude wohl in ihrer Stimme zu hören war.

»Warten wir mal den Wetterbericht ab«, sagte er, »dann schicke ich dir eine Nachricht, in Ordnung? Wenn Du mir Deine Nummer geben möchtest, natürlich nur.«

Wenig später lehnte sich Leonie an den Stamm von Robin und zog ihre Schuhe von den schmerzenden Füßen. Die Abendsonne fiel durch die Blätter und malte helle Kreise auf das Gras. Vom Sumpf her ertönte ein Kichern. Der Buntspecht …

Leonie fühlte sich so lebendig wie noch nie.

Sie legte den Kopf in den Nacken. Ein kleiner Wind fuhr in die Krone und gab ein Stück Himmel frei.

»Was war das nur heute, Robin?«, fragte sie den Baum.

Kaia

Insel Poel

2019

21

Unfreiwillige Zeitreise

Am nächsten Tag nieselte es auf der Insel schon wieder, aber das machte nichts. Nele war trotzdem begeistert, als sie zum Frühstück kam.

»Wie gemütlich es hier ist!«, rief sie bewundernd und sah sich erstaunt um. »Gar nicht verstaubt, vollgestopft und altmodisch, wie ich dachte.«

Kaia hatte den großen Holztisch gedeckt und das Windlicht angezündet. Nele betrachtete die Sitzecke mit den beiden großen Ledersofas und dem Couchtisch, unter dessen Glasplatte Muscheln lagen, die Stehlampe und den kleinen Kaminofen. Sie ging ans Fenster und sah hinaus in das Erlenbruch und auf die Rosenhecke mit der Steinmauer. Vom Dach rieselte silbern der Regen ins Pampasgras.

»Das Haus hat was, findest du nicht auch?«, fragte Nele.

»Ja. Eine ganz eigene Atmosphäre zwischen Verlassenheit, Melancholie, Dornröschenschlaf und Geborgenheit. Magst du ein Ei?«

Kaia goss den Kaffee ein. Es war so ungewohnt, sich hier laut zu unterhalten. Sie war ja bis jetzt immer nur allein im Haus gewesen. Die Unterhaltung schien erst beinahe unpassend, doch dann begann sie, noch mehr von den Schatten aus den Ecken zu vertreiben.

»Gerne.« Nele griff nach einem Brötchen. »Richtig schön, mal zu zweit zu frühstücken.«

»Lebst du denn allein?«, fragte Kaia. Sie hatte das Gefühl, mit Nele konnte man über alles reden, obwohl sie sich gerade erst kennengelernt hatten. Sie strahlte so etwas Offenes, Sonniges aus.

»Momentan ja. Mein Aufenthalt hier auf der Insel ist so etwas wie ein Abenteuer und eine … na, sagen wir, Beziehungspause. Und du?«

Kaia schüttelte den Kopf. »Abenteuer vielleicht, Beziehungspause nein. Erst mal keine Beziehung. Ich muss mir über einiges klar werden. Und meine Doktorarbeit zu Ende schreiben.«

»So richtig begeistert klingst du nicht.« Nele musterte sie fragend.

»Es fällt mir in letzter Zeit schwer, mich darauf zu konzentrieren.« Kaia biss nachdenklich in ihr Brötchen. Nele hatte recht, zu zweit schmeckte es besser.

»Na, wenn man sich irgendwo konzentrieren kann, dann auf dieser Insel«, meinte Nele fröhlich. »Glaub mir, das habe ich sofort gemerkt, als ich die Galerie übernommen habe und hier zu arbeiten anfing.«

»Hoffentlich.«

Nach dem ausgiebigen Frühstück, bei dem sie sich so lange über gefühlt tausend Dinge unterhalten hatten, als ob sie sich schon aus Schulzeiten kennen würden, zeigte Kaia ihr noch die oberen Räume. Auch vom Wirtschaftsraum und der kleinen Küche war Nele angetan. »Hier könnte man gut leben«, stellte sie fest.

»Ja, wenn man ein Unternehmen hat wie du«, meinte Kaia. Wieder einmal fragte sie sich, wie das wohl war, wenn man für etwas so brannte wie Nele für ihr Handwerk. »Sogar eines, wo du so im Einklang mit der Umgebung arbeitest. Aber wenn man nicht mit dem Tourismus oder der Landwirtschaft zu tun hat, wird es hier auf Dauer mit Sicherheit schwierig mit dem Arbeiten.«

»Das stimmt schon, mehr als die eine Festung haben wir hier nicht für dich zum Erforschen.« Nele sah auf die Uhr. »Huch, wir haben uns verquatscht, tut mir leid, ich muss los.«

»Eigentlich wollte ich mit dir ja noch den Garten ansehen.« Kaia blickte bedauernd hinaus. »Aber es regnet immer doller, da wirst du sowieso keine Freude daran haben.«

»Ein andermal gern!« Nele spannte einen Schirm auf, unter dem sie fast völlig verschwand. »Danke für das schöne Frühstück und bis bald!«

Als sie fort war, war es im Haus noch stiller als sonst. Nur das Plätschern aus den Wasserspeiern drang in die Küche, als Kaia das Geschirr abwusch.

Sie sah nach dem Wetterbericht. Nachmittags sollte es nachlassen. Sie beschloss, dann nach Mikko zu suchen und bis dahin detaillierte Fotos von Rapakiwi und eine Inventur an Remy zu schicken.

Zu den Bildern etwas zu schreiben und aufzuführen, was alles im Haus war, begann, ihr Spaß zu machen. Es war ein bisschen wie eine Forschungsarbeit, nur überschaubarer. Die Aufzählung wurde am Ende jedoch nicht ganz so sachlich, wie sie sich das vorgestellt hatte. Schließlich hatten hier Menschen gelebt, es schien respektlos, einfach nur zu schreiben: *Eine Ledergarnitur in gutem Zustand, ein Kaminofen, eine einfach, aber gut ausgestattete gebrauchsfertige Küche …* Stattdessen stand da: *Eine sehr einladende Sitzecke, in der man entspannen und sich unterhalten kann, notfalls auch darauf schlafen. Kuscheldecken und Liegestühle für die Terrasse sind vorhanden, dort kann man gut in den Himmel träumen, wenn das Wetter es zulässt, und im Erlenbruch dahinter ruft der Kuckuck …* Kaia amüsierte sich ein wenig über sich selbst, aber Harro würde diese Aufstellung ja ausnahmsweise nicht zu Gesicht bekommen, und Remy – für Remy würde das genau das Richtige sein. Das waren doch die Aspekte, die sie eigentlich interessierten.

Kaia war so in ihr Tun vertieft, dass sie zusammenfuhr, als draußen ein Motor ertönte und dann verstummte. Sicher der Paketbote, sie wohnte ja nicht allein in der Straße, auch wenn es sich durch die Größe des Grundstücks manchmal so anfühlte. Sie hatte sich bereits wieder in der Beschreibung der Schlafzimmer verloren, als es plötzlich an der Tür klopfte. Fast hätte sie vor Schreck ihr Wasserglas umgestoßen. *Bitte Kaia, stell nicht immer Getränke neben den Computer!*, hörte sie Harro tadeln.

War der etwa hier aufgetaucht, um zu kontrollieren, wie weit sie war? Sie ärgerte sich über sich selbst. Als ob er dafür Zeit hatte. Und so wichtig war sie ihm bestimmt nicht. Wurde sie jetzt schon paranoid? Aber wer wollte dann etwas von ihr?

Kaia musste eine unwillige Miene gemacht haben, denn der schmale junge Mann vor der Tür wich einen Schritt zurück, als sie öffnete. Er war wahrscheinlich ungefähr in ihrem Alter, vielleicht ein oder zwei Jahre älter, hatte grünblaue Augen und dunkelblonde Haare, die im Nacken zusammengebunden waren. In der Hand trug er einen Stoffbeutel. Er starrte sie etwas verstört an und sagte nichts.

»Haben Sie sich verfahren?«, fragte Kaia schließlich.

Er trat zögernd wieder einen Schritt näher und räusperte sich. »Äh, nein. Sind Sie … bist du Kaia Mensch?«

»Wer will das wissen?« Hatte Harro einen Studenten geschickt? Nein, das würde er nicht machen.

Er seufzte. »Ich mache alles falsch! Entschuldige. Ich heiße Eliot Seiler. Wenn du Kaia bist, möchte ich dir etwas zurückbringen, was ich gefunden habe und was dir gehört.«

»Ich bin Kaia, aber ich habe nichts verloren. Außerdem, woher willst du wissen, dass es mir gehört?« Reichlich merkwürdig, dieser Typ. Andererseits sah er so verloren aus, dass er ihren Beschützerinstinkt weckte. Wie ein aus dem Nest gefallener Vogel. Der Regen hatte zwar etwas nachgelassen, aber der seltsame Besucher wurde zunehmend nasser.

»Weil es draufsteht«, sagte er müde. »Beziehungsweise drunter. Kann ich vielleicht reinkommen? Ich will nicht, dass es schon wieder feucht wird. Ich bin unbewaffnet. Ehrlich.«

Wider Willen musste sie grinsen. Sie hatte kaum jemanden getroffen, der weniger gefährlich aussah. Und neugierig war sie nun auch. Was hieß denn »schon wieder feucht«?

»Gut, aber bitte die Schuhe ausziehen.«

Erleichtert folgte er ihr in den Windfang und ließ bereitwillig seine Schuhe dort. Er hatte schmale, feingliedrige Hände, bemerkte sie, doch mit dem Schnürsenkel fummelte er ungeschickt herum.

»Von wo kommst du?«, erkundigte sie sich.

»Berlin. Im Augenblick jedenfalls. Das heißt, genau genommen Glienicke. Das liegt in Brandenburg. Kürzlich war ich noch in Spanien.« Er klang traurig und sehnsuchtsvoll, aber er winkte ab. »Frag lieber nicht! Ich versuche gerade, mich abzulenken.«

»Okay.« Sie dachte an ihre Arbeit, die sie seit Tagen nicht angerührt hatte. »Das kann ich verstehen. Dann hast du ja eine längere Fahrt hinter dir. Möchtest du was trinken?«

»Ein Wasser wäre super.«

»Setz dich.« Sie wies zum Tisch, wo sich ihr Laptop gerade ausschaltete. Die Sofaecke schien ihr unangemessen. Er setzte sich und versuchte, seine langen Beine unterzubringen, ohne einen der Stühle umzustoßen.

Kaia brachte ihm das Wasser und setzte sich ihm gegenüber. Fragen wollte sie jetzt nichts mehr. Nun war er dran. Er trank das halbe Glas aus, dann griff er in den Stoffbeutel, stellte etwas auf den Tisch und schob es zu ihr hin. »Erkennst du das?«

Es war eine Dose aus dunkelblauem Plastik. Sie sah irgendwie altmodisch aus.

Und vertraut.

Kaia starrte darauf und versuchte, eine Erinnerung aus den Tiefen ihres Gehirns zu fischen. Sie wusste, da war eine. Sie fühlte förmlich, wie diese sich langsam an die Oberfläche bewegte. Wie aus einem Sumpf … Sumpf! Kaia setzte sich aufrecht. Unvermittelt sah sie alles vor sich.

Es war so lange her. Sie war wütend gewesen und traurig und verzweifelt, alles auf einmal. Und voller Angst.

Wütend, weil ihre Eltern schon wieder alles einpacken und an einen anderen Ort, in ein anders Land ziehen würden. Sie wurde nicht gefragt, sondern musste mit, sie war hilflos, hatte keine Wahl. Traurig war sie, weil sie gehofft hatte, dass sie diesmal bleiben würde, endlich. Weil sie ihre Freunde wieder verlieren würde und ihre Lehrer und vor allem den Garten, den ersten, den sie jemals gehabt hatten.

Sie war glücklich gewesen in diesem Paradies. Sie hatten Äpfel geerntet und Kirschen, und im Jahr davor hatte sie Ringelblumen säen dürfen und Sonnenblumen, sie hatte die Pflanzen gegossen und gedüngt und zugesehen, wie sie wuchsen und alles mit übermütiger Farbe erfüllten. Die Sonnenblumen waren am Ende des Sommers doppelt so groß wie sie selbst, und die Bienen und Schmetterlinge hatten sich so gefreut, und Kaia mit ihnen.

Ein Abenteuerland war das für sie gewesen, jeden Tag wieder, und trotzdem eines, in dem sie sich zu Hause gefühlt hatte. Sie war verzweifelt, weil sie alles verlieren würde und es immer wieder so kommen würde, bis sie erwachsen war, und das war noch endlos lange hin. Und Angst hatte sie gehabt, weil sie nicht wusste, wie es dort sein würde, wo sie hinziehen würden. Die Schule, die Kinder. Und es war eine Wohnung ohne Garten.

Dabei war es noch Frühling, und die Sonnenblumen, die sie wieder voller Vorfreude gesät hatte, waren erst eine Handbreit hoch. Nun würde sie nie erfahren, ob sie wieder so groß werden würden. Sie würden blühen, aber ohne Kaia, für eine Fremde. Oder es würde sie jemand abmähen, und sie konnte nicht bleiben, um darauf aufzupassen.

Aber sie hatte noch Samen übrig. Und sie musste etwas machen mit all diesen Gefühlen, die unerträglich waren. Sie stahl die wasserdichte Dose aus dem Küchenschrank ihrer Mutter, rannte in ihr Zimmer und legte die Samen hinein. Dabei passte sie auf, dass ihre Tränen nicht hineinfielen, die Samen sollten ja trocken bleiben. Sie schrieb den Brief, sperrte ihn und die Samen, die in ihrem Garten gereift waren, zusammen mit ihrer Trauer und Wut in die Dose und machte den Deckel ganz fest zu.

Und als sie das letzte Mal einen der üblichen Sonntagsspaziergänge machten, blieb sie hinter den anderen zurück und warf die Dose ins Moor, wo sie einen kurzen Augenblick auf der Oberfläche trieb und dann versank, weil Kaia am Ende noch ihren Lieblingsstein dazugepackt hatte. Etwas von ihr sollte für immer hierbleiben, aber niemand sollte es wissen, damit niemand es wegnehmen konnte.

»Kaia? Kaia! Ist alles in Ordnung?«, drang eine Stimme an ihr Ohr. Mühsam löste sie ihren Blick von der Dose.

»Ich wollte dich nicht traurig machen! Ich wollte dir eine Freude bereiten. Es tut mir leid! Ich hätte nicht herkommen sollen. In letzter Zeit geht einfach alles schief.« Der Fremde, der Eliot hieß, sah sie erschrocken und zerknirscht an. Da erst merkte sie, dass sie weinte.

Sie hatte alles wieder gespürt. Die Holzbohlen unter ihren Füßen. Das Quaken der Frösche, das Platschen, als die Dose ins Wasser fiel. Die Sonne zwischen den Birken und die weißen Schnecken am Ufer. All die Gefühle, die man hat, wenn man zehn ist und nicht über sein Leben bestimmen kann.

Gott sei Dank war sie längst nicht mehr zehn. Vielleicht war es gut, dass sie gerade jetzt daran erinnert wurde. Warum bestimmte sie nicht über ihr Leben, wenn sie es jetzt doch konnte? Warum tat sie immer noch, was ein Tobi oder Harro oder ihre Eltern oder Remy oder sonst jemand von ihr erwartete?

Kaia wischte sich die Tränen ab. Eliot reichte ihr ein Taschentuch.

»Danke.« Sie schnäuzte sich heftig. »Doch! Ich glaube, es ist genau der richtige Moment dafür. Aber wo hast du die Dose bloß her?«

»Moorleichen findet man ja auch«, sagte er. »Manchmal.«

»Du hast den Zettel gelesen?«

»Sonst hätte ich doch nicht gewusst, wem die Dose gehört. Außerdem konnte ich ja nicht wissen, dass es was Persönliches ist. Es tut mir leid.«

»Hör auf, dich zu entschuldigen. Bitte.«

»Wir sind derselbe Jahrgang, weißt du«, sagte er. »Und ich war auch gerade unglücklich. Deswegen hat mich angesprochen, was du geschrieben hast. Es hat mich nicht losgelassen. Ich wollte dir das unbedingt zurückbringen und herausfinden, ob du jetzt einen Garten hast, in dem du bleiben darfst, und ob du dich vielleicht freust, wenn die Samen von damals noch keimen.« Er wirkte verlegen. »Ich dachte, es könnte vielleicht eine Art Versöhnung mit deiner Vergangenheit sein. Dass sich der Kreis schließen würde und so. Ich meine, wenn du die jetzt säst, kann sie dir niemand mehr wegnehmen oder dich woandershin verschleppen, oder?«

Kaia war erstaunt, aber auch berührt. »Du hast ja ganz schön viel darüber nachgedacht!«

Er sah auf seine rechte Hand, die er öffnete und schloss. »Ich … war Konzertpianist«, sagte er leise. Das »war« bereitete ihm hörbar Schwierigkeiten. »Dann habe ich mich verletzt. Und jetzt habe ich viel Zeit zum Nachdenken. Zu viel.«

»Oh.« Sie war betroffen. »Aber du wirst doch wieder spielen können?«

Er schüttelte langsam den Kopf. »Nicht professionell. Da ist zu viel kaputt.«

»Das tut mir sehr leid.« Was sagte man zu so etwas? Sie hatte damals wenigstens auf die Zeit hoffen können, wenn sie einmal erwachsen war. Und er? Worauf hoffte er?

»Und jetzt?«

Er hob den Blick. »Wenn ich das wüsste!«

Sie nickte. »So ähnlich geht es mir auch gerade.«

»Wieso? Ich dachte, du schreibst an deiner Doktorarbeit? Remona Kreyhenibbe hat mir das erzählt, als ich dich über sie gesucht habe«, fügte er hastig hinzu, als sie überrascht aufsah. »Ich dachte, du bist so klug. Deshalb habe ich mich kaum getraut herzukommen.«

Jetzt musste sie lachen. »Ja, ich schreibe daran, aber ich weiß nicht mehr, ob das so klug ist.« Sie schob die Dose hin und her. »Ich finde es schön, dass du mit diesem Fundstück hergekommen bist.« Sie hatte niemals damit gerechnet, dass das Relikt ihrer Kindheit jemals wiederauftauchen würde. Es zeigte, dass manchmal erstaunliche Dinge geschehen konnten.

Er schien erleichtert. »Ich habe sie gefunden, als ich im Teufelsbruch in den Sumpf gefallen bin.«

»Wirklich?« Sie stellte sich das vor und musste lächeln. »Warum bist du in den Sumpf gefallen?«

»Ich war auf der Suche nach eigenen Kindheitserinnerungen. Gespensterschnecken.«

»Ach, diese weißen?«, fragte sie interessiert.

»Du hast sie auch gesehen? Genau die. Willst du die Dose nicht aufmachen? Du starrst sie an wie das Kaninchen die Schlange.«

»Ich weiß ja, was drin ist.« Aber sie holte Luft und öffnete langsam den Deckel.

22

Anker und Keimlinge

Es war so seltsam, die eigene kindliche Schrift wiederzusehen. Kaia spürte ihre frühere Verzweiflung gleich noch einmal, als sie die Worte las. Gleichzeitig war da die Freude darüber, dass jetzt eine andere Zeit war. Ihre Hilflosigkeit von damals war Vergangenheit.

»Rechtschreibung war nicht meine Stärke«, stellte sie fest.

Eliot grinste. »Meine auch nicht. Darum hat mich dein Zettel gleich angesprochen.«

Kaia betrachtete die Samen. »Die sehen wirklich noch gut aus.«

»Wirst du sie einpflanzen?«

Kaia überlegte. »Ich habe keinen eigenen Garten. Und ich werde nicht lange hier sein. Aber ich könnte sie erst mal in Töpfe pflanzen und herausfinden, ob sie überhaupt noch keimen. Ich bin so gespannt! Und dann schreibe ich ihre Geschichte auf und pflanze sie auf Rügen in den Garten einer Freundin. Remy Kreyhenibbe. Die Frau, die du im Internet gefunden hast.«

Er nickte. »Ich habe das mit ihrem Geschichtengarten gelesen. Man kann dort Pflanzen hinbringen, die einem etwas bedeuten, und schreibt auf die Schilder daneben, warum. Feine Sache, finde ich.«

»Lass uns das Säen nachher gleich machen. Zusammen. Du hast sie gefunden und hergebracht, dann solltest du auch einen

Teil davon pflanzen. Vielleicht bringt es dir Glück? Das sind genug Samen. Du könntest ein paar Töpfe mitnehmen. Hast du einen Garten?«

»Meine Mutter. Sie hat sich damit gerade ihren Kindheitstraum erfüllt. Hat lange gedauert.« Seine Augen leuchteten auf. »Das wäre schön. Es würde ihr sicher gefallen. Ich habe sie ein bisschen vernachlässigt in den letzten Jahren. Hab mich kaum gemeldet, weil ich nur meine Musik im Kopf hatte. Und jetzt, als ich nicht weiterwusste, bin ich einfach ohne Vorwarnung bei ihr untergekrochen.«

»Sie hat sich bestimmt trotzdem gefreut. Ich habe meine Mutter auch nicht fair behandelt«, gab Kaia zu. Sie hatte das noch nie laut ausgesprochen, aber etwas war mit diesem Eliot, dass es einfach aus ihr herausplatzte. Die Dose aus ihrer Kindheit verband sie beide irgendwie. Sie wedelte mit dem Zettel.

»Ich habe ihr viel zu lange übel genommen, dass wir immer wieder umgezogen sind. Dabei wollte sie es nur meinem Vater recht machen. Sie hat ihn eben geliebt. Das Umziehen hat sie selber gehasst. Vielleicht ist die wiedergefundene Kiste ein Zeichen, dass ich ihr endlich mal sagen sollte, dass ich sie jetzt besser verstehe?«

»Das klingt gut«, fand Eliot. »Vielleicht könntest du ihr einen Topf mit einer Sonnenblume bringen, wenn du das tust? Und ich mache das mit meiner Mutter genauso. Falls sie überhaupt keimen.«

»Das tun wir.« Kaia nahm zuletzt den Stein aus der Dose, strich über die Oberfläche, beinahe zärtlich. »Weißt du was? Ich freue mich besonders, dass der hier wieder da ist! Ich glaube, das ist auch ein Zeichen.«

»Warum?«, fragte er interessiert. »Was ist das für ein Stein?«

»Den habe ich als Kind auf Teneriffa geklaut. Es ist Vulkangestein, vom Meer geschliffen. Er lag im Hotel auf dem Fensterbrett, und ich habe ihn bei der Abreise einfach in den Koffer gesteckt. Es ist das Einzige, was ich je geklaut habe, und ich habe mich wie eine Verbrecherin gefühlt, aber trotzdem gut. Der Stein wollte zu mir, fand ich. Er war so schwer und glatt und hatte dieses Muster. Er sollte eine Art Anker für mich sein. Ich dachte, am nächsten Ort, an dem wir wohnen, lege ich ihn hin, und er sorgt dafür, dass ich bleiben kann, so wie ein Schiff eben, das ankert und dadurch nicht mehr abgetrieben wird. Ich habe den Stein in Berlin in unseren Garten zwischen die Sonnenblumen gelegt. Das war so beruhigend. Wir blieben ein Jahr und länger, und ich war überzeugt, es funktioniert. Und dann mussten wir schließlich doch gehen! Da war ich enttäuscht und dachte, dann soll er eben die Samen und meine Gefühle für immer da unten im Dunkeln versteckt halten.«

Eliot berührte sie leicht am Arm. Es war überraschend tröstlich. »Vielleicht war es nur einfach nicht der richtige Ort für dich, um auf Dauer zu ankern.«

Kaia nickte langsam. »Das denke ich auch gerade. Deswegen freue ich mich, dass er wieder da ist. Wir bekommen eine zweite Chance, er und ich. Vielleicht genau zum richtigen Zeitpunkt.«

Vielleicht hatten die Augensteine von Rapakiwi und die schwimmenden Steine am Strand sie darum so seltsam berührt. Weil sie schon immer eine innere Verbindung zu Steinen gespürt hatte.

Der Regen hörte auf, die Sonne schlüpfte gerade unter den Wolken hervor, und draußen funkelten die Tropfen am Pampasgras in allen Regenbogenfarben.

Es war Zeit, dass sie ihre Angst vor dem Kommen und Gehen überwand. Sonst würde sie niemals irgendwo ankommen.

»Ich war noch gar nicht hinten im Garten«, sagte sie. »Das Wetter war oft durchwachsen, und ein bisschen gegruselt habe ich mich auch. Dabei soll ich Remy Auskunft darüber geben, in welchem Zustand er ist. Würdest du mitkommen und ihn mit mir erforschen?«

»Im Prinzip gern, aber ich muss mir eine Unterkunft suchen. Weißt du, ob es in der Nähe einen Zeltplatz gibt?«

Sie wandte sich um. »Du könntest doch im Garten zelten.«

»Wirklich?« Sein Gesicht hellte sich auf. »Das wäre super. Um ehrlich zu sein, ich bin zurzeit nicht gern allein. Ich habe Albträume. Von schlechter Musik. Ich greife in die Tasten, und es kommt nichts heraus oder ein schrecklicher Missklang. Ich weiß, es ist nur in meinem Kopf, und trotzdem tun mir die Ohren weh.«

»Das klingt schrecklich. Komm, dann suchen wir jetzt einen Platz für dein Zelt und machen Bilder für Remy. Weißt du was, hier ist es so still, ich glaube, hier kann man gar keine Albträume von Missklängen haben. Obwohl …« Hastig brach sie ab. Ihr war die Sage vom Moort eingefallen und ihr eigenes Unbehagen der ersten Nacht.

»Was?«

Er würde die eigenartige kleine Bronzeskulptur mit der Tafel am Strandübergang sowieso früher oder später sehen, also erzählte sie ihm die alte Geschichte.

»Na, ich denke, der Kerl ist nicht nur auf Poel zu Hause«, meinte Eliot. Er warf einen interessierten Blick hinauf zu den Wasserspeiern. »Das Haus ist eine spannende Mischung aus gemütlich und unheimlich.«

»Ich mag die Drachen. Ich finde sie freundlich. Aber ich weiß, was du meinst.«

Sie ging ihm voraus zu der niedrigen Steinmauer, die den hinteren, großen Teil des Gartens von dem vorderen mit der Terrasse und dem Vorgarten trennte. Es gab ein hölzernes, etwas verrottetes Tor, das von wuchernden Rosenranken halb bedeckt war. Eliot half ihr, die Ranken beiseitezuschieben und hinter die anderen zu klemmen. »Wahrscheinlich sollte ich die abschneiden. Oder besser anbinden?«, überlegte Kaia.

»Ich denke, schneiden wäre besser«, sagte Eliot. »Sonst sieht es komisch aus. Ich könnte das morgen machen, wenn du willst.«

»Ich frage Remy, ob ich ein wenig aufräumen soll, damit es für den Verkauf ordentlicher aussieht«, entschied Kaia. »Dann könnten wir das morgen zusammen machen, wenn du mir wirklich helfen willst Wie lange willst du überhaupt bleiben?«

Er zuckte mit den Schultern. »Keine Ahnung! Wie gesagt, ich bin froh über jede Ablenkung. Und Gartenarbeit trainiert immerhin meine Hand. Das habe ich schon im Garten meiner Mutter gemerkt. Und Svenja sagt es auch.«

»Deine Freundin?«

Ein Schatten flog über sein Gesicht. »Nee. Die ist Geschichte. Svenja ist eine weise alte Frau. Gartenarbeit ist noch besser als Ergotherapie, sagt sie.«

»Na, dann.« Kaia öffnete das Tor. Mit einiger Mühe schob es sich über das hohe Gras.

»Mähen wäre auch nicht schlecht«, sagte Eliot.

Dahinter wand sich etwas entlang, was wohl ein Grasweg wäre, wenn man ihn kurz hielt. Steine gab es auch hier – große Findlinge, manche aus Rapakiwi, andere grau oder dunkel. Sie lagen zwischen Sträuchern, Rosen und Stauden, die überall in Gruppen gepflanzt waren wie kleine Dickichte. Auch Bäume gab es, Birken und Weiden und zu Kaias großer Freude Silberpappeln. Sie sah zu den Blättern auf, die der Wind bewegte und die strahlend weiß vor dem nun blauen Himmel leuchteten.

»Silberpappeln machen mich immer glücklich«, sagte sie.

Eliot sah hinauf. »Ja, stimmt, man fühlt sich bei dem Anblick irgendwie leichter. Du, das Grundstück ist ja riesig!«

»Das hatte ich so auch nicht erwartet.« Kaia sah sich mit zunehmendem Erstaunen um. Rechts und links führten weitere Graspfade vom Hauptweg ab, und der, auf dem sie unterwegs waren, endete unversehens am Eingang einer niedrigen Hecke, der ebenfalls ein Schnitt gutgetan hätte.

»Dieser Teil ist ein klassischer Bauerngarten«, stellte Eliot fest. »Hab ich in einer von Mutters Gartenzeitschriften gesehen. Symmetrisch angelegt, mit einem runden Kräuterbeet in der Mitte und rundum eckige Beete mit Stauden und Blumen und Gemüse. So was, wo Ringelblumen zwischen dem Gemüse wachsen und die Schädlinge fernhalten und dabei schön aussehen. Eigentlich genau das Richtige für dich und deine Ringelblumensamen. Mischkultur heißt es, glaube ich. Svenja nutzte Kapuzinerkresse unter dem Pfirsichbaum, und ich glaube, sie hatte noch andere Tricks.«

»Du scheinst dich aber auch ganz schön für das Thema zu interessieren«, bemerkte Kaia.

Eliot sah erstaunt aus. »Ja, tatsächlich. Hab ich gar nicht gemerkt. Ich hab mir halt die Zeit damit vertrieben.«

»Und dich abgelenkt, ich weiß. Aber man kann sich nicht ewig nur ablenken!«

Es war anders herausgekommen, als sie es gemeint hatte. Eliot warf ihr einen erstaunten Blick zu.

»Sorry«, sagte Kaia hastig. »War nicht so gemeint. Ich bin wohl ein wenig neidisch auf dein Gartenwissen. Vielleicht auch auf deine Mutter. Wenn du von ihrem Garten sprichst, klingt es so schön.«

»Ein kleines Paradies«, sagte er leise. »Aber sie hat es verdient.«

»Komisch, dieser exakte geometrisch angelegte Bauerngarten, versteckt hinter all der natürlichen Wildnis«, fand Kaia. »Wenn man Kräuter und Gemüse erntet, will man das nicht lieber nahe an der Küche haben? Kurze Wege bei schlechtem Wetter und so? Besonders, wenn man alt ist wie diese Ricarda es war, die hier gewohnt hat.«

»Bestimmt hat sie den Garten einfach so gelassen, wie er immer schon war. Ich denke, er ist an dieser Stelle angelegt worden, weil es windgeschützt ist. Hier gibt es eine leichte Senke, und das Dickicht liegt schützend zwischen dem Seewind und dem Gemüse. Ist sicher förderlich. Und was die weiten Wege angeht: Wer einen solchen Garten hat, der geht doch gern hindurch, meinst du nicht?«

»Wahrscheinlich.« Kaia stellte sich Ricarda vor, wie sie sich mühsam mit einem Korb am Arm und einem Gehstock durch das hohe Gras kämpfte. Oder als junge Frau, die für ihren Liebsten kochen wollte. Sie rannte mit wehendem blauen Rock zwischen den Lupinen hindurch und lachte über den Wind, der an ihren Locken zog. Dann als Witwe, die langsam ging und Blumen pflückte, statt Gemüse zu ernten, weil sie die auf das Grab legen wollte. Und was war mit ihrer Tochter Tilda, die so jung gestorben war? Bestimmt war sie als Kind hier herumgehüpft, mit einem Seil oder Ball oder einer Puppe, oder mit einer Harke, die zu groß für sie war, weil sie unbedingt im Garten helfen wollte …

»Kaia? Alles in Ordnung?« Eliots Stimme schreckte sie aus den Bildern. Für einen Moment waren diese Menschen völlig wirklich für sie gewesen, sie hatte sie deutlich gesehen, hier zwischen diesen Beeten.

Sie wischte sich über die Augen. »Ja! Alles gut. Es ist nur … Ich habe Geschichte studiert, weil ich zu viel Phantasie habe. An manchen Orten sehe ich die Menschen, die dort gelebt haben, so lebendig vor mir, als ob sie tatsächlich da wären. Ich dachte, wenn ich das studiere, kann ich es besser einordnen und beherrschen. Aber je länger ich studiere, desto seltener passiert es. Alles ist so sachlich. Zahlen über Zahlen. Und jetzt vermisse ich diese Bilder.«

»Aber hier sind sie wieder da?«

»Sieht so aus.«

»Na, das ist doch gut.« Er pflückte eine Blüte und rollte sie zwischen den Fingern hin und her, bis sie ihm aus der Hand fiel. »Da bist du weiter als ich mit meiner Motorik.«

Ich muss rausfinden, was mit Tilda passiert ist, dachte Kaia. Warum, wusste sie auch nicht. Wahrscheinlich, weil sie durch die Dose gerade so in ihre eigene Kindheit und Jugend versetzt worden war.

Immerhin lebte sie noch. Tilda hatte das nicht gedurft. Ein Grund mehr, mit diesem Leben das Richtige anzufangen. Nur, was war das?

Immerhin war sie nicht allein. Eliot wusste ja noch weniger, wie es weitergehen sollte. Plötzlich wünschte sie sich, er würde eine Weile bleiben.

Auf einmal war es verlockend, auch ein wenig länger zu bleiben als geplant. Harro würde glauben, sie arbeite an ihrer Dissertation, und würde sie vorerst in Ruhe lassen. Vielleicht ging ihr der Rest der Arbeit ja hier tatsächlich leichter von der Hand. Nele hatte gesagt, hier könne man sich gut konzentrieren.

»An der Stelle könnte ich das Zelt aufstellen. Da wäre ich weit weg vom Haus und würde dich nicht stören.«

Eliot zeigte auf ein Stück Wiese hinter dem Bauerngarten. Margeriten und Klee blühten dort, aber die freie Fläche war groß genug. »Bestimmt gibt es hier irgendwo einen Wasserhahn.«

»Das schon. Nur keine Toilette. Weißt du was? Du kannst auch im Haus schlafen. Es gibt vier Schlafzimmer.« Plötzlich wollte sie nicht mehr, dass in dieser wundervollen Gartenwildnis ein Fremdkörper aufgebaut wurde. Außerdem würde sich der Moort vielleicht nicht mehr ins Haus wagen, wenn sie zu zweit waren. Sie musste grinsen, und Eliot sah sie verwirrt an. »Das wäre dir nicht unangenehm?«

»Nein. Der Moort macht mir mehr Angst als du.«

»Na, dann.« Er sah ein wenig erleichtert aus. Wahrscheinlich war er als Konzertpianist mehr Luxus gewöhnt gewesen als ein Zelt.

»Du kannst mir vielleicht nicht nur mit dem Garten helfen. Ich muss auch ein Rätsel lösen.«

»Wirklich? Noch mehr Ablenkung? Immer her damit! Worum geht es?«

Sie umwanderten den Bauerngarten. Kaia schoss Fotos, und Eliot bückte sich gelegentlich und zog eine Pflanze heraus, die eine andere zu ersticken drohte.

»Hier auf Rapakiwi soll angeblich ein Ungeheuer gespukt

haben«, erzählte sie ihm. »Es muss irgendeine Erklärung dafür geben. Vielleicht waren es nur die Wasserspeier, die Schatten geworfen haben. Aber vielleicht steckt auch mehr dahinter. Es würde mich interessieren.«

»Weil du alte Geschichten erforschst?«

»Ja, auf den Burgen hat es angeblich immer gespukt, aber in Häusern wie diesem eher selten. Außerdem wäre es eine gute Geschichte für Remys Leser.«

»Du magst sie, oder?«

»Ja. Sie ist ein besonderer Mensch. Sie bewegt so viel. Sie gibt nie auf, bevor ihr gelungen ist, was sie sich vorgenommen hat. Vor allem wenn es darum geht, anderen zu helfen. Und sie ist so wunderbar wissensdurstig und immer voller Energie. Manchmal ein bisschen zu viel. Ich glaube, ich wäre gern wie sie. Aber immer, wenn ich das denke, wünsche ich mir doch ein etwas ruhigeres Leben als ihres.«

»Ohne Ruhe kann man die Musik nicht hören«, sagte er leise, mehr zu sich als zu ihr.

»Welche meinst du?«, fragte sie vorsichtig.

»Die vom Leben. Vom Lebendigsein.« Er machte eine ausholende Bewegung. »Hier liegt sie in den Farben und im Wind. Hör mal.« Er hob einen Finger.

Kaia lauschte. Ja, der Wind. Er kam von der See, rauschte durch die Kiefern, dann durch die Silberpappeln, flüsterte im Gras. Im Klee summten Bienen. Möwen schrien, dazwischen rief der Kuckuck. Ein trockenes Blatt raschelte über einen der Findlinge. In der Ferne rauschte das Meer, und neben sich hörte sie Eliot atmen. Die Stille war gar nicht still! Es gab so viele sanfte Töne, die auf- und abschwollen oder sich zu einem Klangteppich zusammenfügten. Während Kaia lauschte und versuchte, das alles mit Eliots Musikerohren zu hören, schien ihr immer deutlicher, wie sich vor dem Hintergrund der farbigen Blumen Noten formten, die mit den Blüten im Wind mitschwangen.

Und je länger sie sich darauf konzentrierte, desto besser fühlte sie sich. So, als ob alles möglich wäre.

»Ich glaube, ich ahne, was du meinst«, sagte sie verwundert. »Guck mal, ein Marienkäfer!« Er war auf ihrem Arm gelandet.

»Man nennt sie auch Sommervögelchen«, sagte Eliot.

»Was du alles weißt.« Das klang schön, fand sie. *Sommervögelchen.* Auf einmal freute sie sich auf den Sommer, der vor ihr lag, Doktorarbeit hin oder her, egal, was er bringen würde.

Bevor sie ins Haus gingen, um Eliots Sachen hinaufzutragen, legte sie ihren Ankerstein auf den großen Findling, der den Namen von Rapakiwi trug. Für den Moment ankerte sie hier. Und die beiden Steine passten gut zusammen. Dieser hatte so lange im Dunkeln gelegen, nun sollte er die Sonne sehen dürfen.

Später hörte sie beim Einschlafen auf YouTube ein altes Konzert von Eliot. Es löste ähnliche Empfindungen in ihr aus wie die Klänge des Tages vorher im Garten.

In jener Nacht wagte sich der Moort nicht ins Haus.

23

Baustellen

Ich bin begeistert von den Bildern vom Haus, schrieb Remy in ihrer Antwortmail. *Ich hatte mir das Innere altmodisch, vollgestopft und heruntergekommen vorgestellt. Das kann man ja vielleicht sogar möbliert verkaufen, so wie es ist. Als Ferienhaus nimmt das bestimmt jemand.*

Was die Gartenbilder angeht, da herrscht ja wirklich Wildnis! Mir war auch nicht klar, dass das Grundstück so groß ist, da hätte ich wohl besser in die Unterlagen sehen müssen. Ich bin gerade einfach überlastet. Es wäre tatsächlich eine große Hilfe, wenn du ein wenig Wildwuchs beschneiden könntest, für einen besseren Eindruck. Danke für dein Angebot.

Den Artikel für die Zeitschrift, der sicher Interessenten ansprechen wird, habe ich schon vorbereitet. Aber wenn du noch etwas über diese Sage herausfinden und nach dem Schneiden bessere Gartenbilder machen könntest, wäre das sehr hilfreich. Ich warte mit der Veröffentlichung bis dahin ab.

Ach ja, und natürlich habe ich nichts dagegen, wenn noch ein Gast im Haus übernachtet, es ist doch gut, wenn du Unterstützung hast und nicht allein bist. Dann kommst du vielleicht auch zum Arbeiten, und ich muss kein so schlechtes Gewissen haben, dass ich dir das aufgeladen habe.

Liebe Grüße und danke dir, in Eile, Remy.

»Lass uns mal suchen, ob wir Gartenwerkzeug finden«, meinte Kaia am Morgen.

»Sicher. Ich habe ungewöhnlich gut geschlafen und bin voller Tatendrang! Die Seeluft muss mich total müde gemacht haben.« Eliot klang erstaunt. Appetit hatte er beim Frühstück auch. Da mussten sie wohl heute noch einkaufen gehen. Mit einem Gast hatte sie nicht gerechnet. »Es tut total gut, mal rauszukommen. Und meiner Mutter nicht auf die Nerven zu gehen. Stattdessen dir.« Er sah sie fragend an. »Du schmeißt mich aber sofort raus, wenn ich dich bei der Arbeit störe oder sonst irgendwie, ja?«

Sie musste lachen. »Versprochen. Aber ich bin tatsächlich gerade froh, nicht allein im Haus zu sein. Und dankbar für die Hilfe, wenn ich an den Garten denke.« Eliots Gegenwart erinnerte sie an die WG-Zeit mit Remy, die sehr unterhaltsam und tröstlich gewesen war. Dadurch, dass Eliot ihr Kindergeheimnis ausgegraben hatte, erschien er ihr schon wie ein alter Bekannter. Sie runzelte die Stirn. »Wahrscheinlich bin ich sogar froh, dass ich von der Arbeit abgehalten werde, von der Doktorarbeit meine ich.«

»Na, dann. Suchen wir das Werkzeug.«

Das gestaltete sich schwieriger als angenommen. Der Keller war klein und übersichtlich und so ordentlich wie der Rest des Hauses. Einige leere Kartons stapelten sich an einer Wand, ebenso ein paar alte Gartenstühle und Blumenkästen, ein Regal mit Konservendosen und Marmelade.

»Also, hier unten spukt jedenfalls nichts«, stellte Eliot fest. »Das Ungeheuer aus dem Gerücht würde sich hier niemals wohlfühlen.«

Kaia sah sich irritiert um. »Stimmt. Dann muss es wohl irgendwo einen Geräteschuppen geben. Hast du gestern einen gesehen?«

»Nein, aber wir werden ihn schon finden.« Seine Hand mochte ihn behindern, aber gut zu Fuß war er auf seinen langen Beinen zweifellos. Kaia konnte ihm kaum folgen, als er hinausstürmte, anscheinend froh über eine Aufgabe, die er sich zutraute.

Weit hinten auf dem Grundstück, inmitten eines kreisrunden Rings aus Birken, entdeckten sie schließlich ein festes Blockhaus.

»Wie schön!« Kaia war begeistert. »Das sieht eher aus wie ein Gartenhaus, in dem man bei Regen Kaffee trinken oder im Sommer übernachten kann. Aber dafür braucht man bestimmt einen Schlüssel, und ich habe keine Ahnung, wo der sein könnte!«

Vorn unter dem Dach gab es sogar eine kleine hölzerne Terrasse, und darauf stand in einem Haufen angewehter Blätter ein alter Schaukelstuhl.

Eliot legte die Hand auf die schmiedeeiserne Klinke in Form eines Frosches. »Nö. Ist offen. Kommst du?«

Kaia stand noch da und starrte auf den Schaukelstuhl. Dieser Ort gefiel ihr besonders. Er war so klein und übersichtlich. Hier würde sie am liebsten bleiben, einfach für immer. Hier sitzen, geschützt von dem hellen Ring aus Birken im frühlingsgrünen Kleid, den Blumen beim Wachsen zusehen und den Wolken beim Ziehen. Keine Entscheidungen mehr treffen müssen. Nicht fortgehen. Einfach nur bleiben und sein.

Drinnen stand zwar ein Tisch mit zwei Stühlen, doch der Rest war tatsächlich mit Gartenwerkzeug vollgestellt. »Damit fange ich an«, erklärte Eliot erfreut und zog einen Handmäher aus einer Ecke.

Kaia betrachtete das klapprige kleine Ding skeptisch. »Ohne Motor? Echt?«

»Es sind ja nur die Wege, die gemäht werden müssen. Das wird mir guttun. Besser als jedes Workout. Hab ich dringend nötig. Und Feinmotorik brauch ich dafür nicht.« Fröhlich zog er ab, und bald begann eifriges Klappern und Surren.

Männer und Rasenmäher, dachte Kaia amüsiert und sichtete die anderen Geräte, suchte ein Paar Arbeitshandschuhe, einen Korb und eine Astschere zusammen. Sie wollte mit der Rosenhecke beginnen. In einer Ecke gab es sogar ein Waschbecken. Aus dem Hahn kam erst rostiges, dann sauberes Wasser.

Das war bestimmt nicht immer der Geräteschuppen gewesen. Vielleicht hatte Ricarda im Schaukelstuhl gesessen und Bohnen geputzt oder genäht, während Tilda im Ring der Birken gespielt hatte. Oder sie hatte hier mit ihrem Mann romantische Stunden genossen.

Auf jeden Fall könnte man diese Sachen in den Keller räumen und das Häuschen schön herrichten. Sie machte Bilder für Remy. Das wäre sicher noch ein Pluspunkt beim Verkauf. Das Holz wirkte stabil, das Dach dicht.

Kaia kehrte noch rasch die Blätter von der winzigen Terrasse und setzte sich kurz in den Schaukelstuhl.

Doch, es würde sich auf jeden Fall lohnen! Das Foto von dem Schaukelstuhl vor dem Häuschen, umgeben von Mohnblumen und Margeriten, dahinter die Birken – das würde sie als Hintergrund der Anzeige benutzen, wenn sie Rapakiwi zum Vermieten oder Verkaufen anbieten wollte …

Aber das ist ja Remys Aufgabe, erinnerte sie sich, schnappte sich schuldbewusst den Korb und machte sich auf zur Rosenhecke. Der Hauptweg war beinahe schon gemäht. Gleich sah alles besser aus. Irgendwo hörte sie Eliot zwischen dem Klappern pfeifen, richtig gut sogar. Da merkte man den Musiker.

Kaia musste lächeln, und gleich wurde ihr leichter zumute. Mit Eifer machte sie sich daran, die langen, dornigen Ranken zu bändigen.

Eine halbe Stunde später warf sie die Schere hin.

»So wird das nichts! Nie!«

Verzagt betrachtete sie das kurze Stück, das sie bis jetzt bewältigt hatte. Ihre Arme waren zerkratzt, und die Hecke war noch ewig lang. Und die war nicht das Einzige, was geschnitten werden musste. »Wohin überhaupt mit dem ganzen Zeugs?«

»Hinten ist ein riesiger Kompostplatz«, sagte Eliot hinter ihr. »Aber wir brauchen unbedingt eine elektrische Heckenschere mit Akku. Glaubst du, man kann hier irgendwo eine ausleihen?«

»Auf Poel? Hier gibt's bestimmt keinen Baumarkt.« Doch da kam ihr eine Idee. »Natürlich! Mikko! Den muss ich sowieso noch zu etwas befragen, und das ist eine wunderbare Ausrede, ihn aufzusuchen. Er ist Gärtner. Der hat bestimmt so was. Er könnte uns sogar beraten, was wir hier tun sollen. Wir machen sicher alles falsch. Ich glaube, für den Rosenschnitt ist das eigentlich die verkehrte Jahreszeit.«

»Wer ist Mikko?«

Kaia erklärte es ihm, während sie die Handschuhe auszog und einige Dornen aus ihrem Jackenärmel zog.

»Hast du Lust, mit mir zum Schaugarten der Universität zu fahren? Wir könnten uns den ansehen, und mit etwas Glück ist Mikko dort.«

Wenn sie mit Eliot im Schlepptau dort auftauchte, konnte der spöttische Gärtner nicht denken, dass sie irgendetwas von ihm wollte außer einer Heckenschere.

Zum Beispiel, ihn besser kennenlernen. Sie wusste auch

nicht, was sie an ihm so interessant fand, dass er immer wieder in ihren Gedanken auftauchte.

Die Bitte um Rat und Werkzeug war möglicherweise eine gute Gelegenheit, ihn beiläufig nach dem Gerücht von einem Ungeheuer zu fragen, ohne dass er sie gleich auslachte.

Also fuhren sie nach Malchow an die Ostküste.

Das helle, moderne Universitätsgebäude mit angeschlossenen Gewächshäusern war beeindruckend groß, der Schaugarten davor auf den ersten Blick jedoch unscheinbar. Auf den zweiten war er größer als gedacht, liebevoll gestaltet und voller Überraschungen. Beet reihte sich an Beet, dazwischen verliefen gemähte Graswege ähnlich denen auf Rapakiwi. Die Pflanzen in den Beeten waren ordentlich beschildert, dennoch wirkte alles natürlich und nicht zu ordentlich oder künstlich.

Kaia fühlte sich sofort wohl. Dem Garten war eine besondere Atmosphäre eigen, obwohl er so systematisch angelegt war. Die Beete waren ein Durcheinander aus Farben, voller Lebensfreude, alles wuchs ineinander und übereinander, und doch konnte man die Bezeichnungen auf den schlichten Schildern gut zuordnen. Bekannte und unbekannte Düfte mischten sich. Am liebsten hätte sich Kaia auf den Rasen gelegt und alles auf sich wirken lassen. Doch Grüppchen von Besuchern gingen eifrig diskutierend zwischen den Reihen umher. Und sie hatte schließlich eine Aufgabe.

»Wenn ich das hier so sehe, haben wir noch einiges an Arbeit vor uns«, bemerkte Eliot. »Ich glaube, die Graswege bei uns müssten nach dem Mähen jetzt mal gedüngt werden. So grün und dicht wie hier sind sie jedenfalls nicht.«

Kaia hatte keine Zeit, sich darüber zu amüsieren, dass er »bei uns« gesagt hatte. Sie hatte Mikkos weißblonde Haare entdeckt, hinten zwischen üppig blühenden Rosenbüschen. Da stand er genau richtig für ihr Thema.

»Komm mit«, sagte sie zu Eliot und marschierte hin. Mikko sah sie und hob eine Augenbraue, bevor er sich wieder dem älteren Ehepaar zuwandte, mit dem er gerade im Gespräch war. Kaia wartete und versuchte inzwischen zu ergründen, nach welchen Kriterien er die Ranken der Rosen geschnitten hatte. So wie diese in dicken Trauben blühten, musste er es wohl richtig gemacht haben.

Schließlich war Mikko fertig. »Schon wieder auf Forschungsexpedition?«, fragte er. »Was suchst du diesmal? Oder verfolgst du mich?«

»Ich suche einen Rat und eine leistungsfähige Heckenschere mit Akku.«

Die Augenbraue hob sich wieder. Nur die eine. »Das ist mal was anderes als alte Ritter. Oder möchtest du dich damit gegen sie verteidigen?«

»Es war meine Idee«, mischte sich Eliot ein, der wohl Mikkos spöttischen Tonfall wahrgenommen hatte. »Auf Rapakiwi gibt es dermaßen viel Wildwuchs zu bewältigen, das geht nicht von Hand. Beim besten Willen nicht.«

Mikkos Ausdruck änderte sich. »Rapakiwi?« Er sah von Kaia zu Eliot und zurück. »Bist du etwa die Frau, die das Grundstück geerbt hat?«

Kaia schüttelt hastig den Kopf. »Nein, das ist Remona Kreyhenibbe, die auf Rügen den Geschichtengarten führt. Ich soll nur Informationen für sie einholen und das Grundstück etwas in Ordnung bringen. Kennst du den Garten?«

Zu ihrer Überraschung wurde der coole, überlegene Mikko

Pfriemel rot. Um es zu verbergen, wandte er sich ab und befestigte eine der Ranken am Gitter.

»Nein … Ich … als Junge bin ich da immer auf dem Schulweg vorbeigekommen«, sagte er etwas undeutlich.

Seine Verunsicherung macht Kaia Mut. »Wir brauchen eine fachkundige Beratung. Und die Heckenschere. Wäre es möglich, dass du dir den Garten einmal ansiehst?«, fragte sie. »Natürlich gegen Bezahlung. Du kannst eine ganz normale Rechnung schreiben, ich gebe sie dann an Remona weiter.«

Nun sah er irritiert aus. »Das wird nicht nötig sein.« Trotzdem zögerte er. Schließlich schien er sich einen Ruck zu geben. »In Ordnung. Ich komme morgen am späten Nachmittag vorbei und sehe mir die Bescherung an. Ein Akkugerät bringe ich mit. Das könnte ich euch für drei Tage ausleihen. Vorausgesetzt, ich bekomme es in demselben Zustand zurück.«

»Selbstverständlich«, sagte Kaia mit mehr Zuversicht, als sie fühlte. Sie hatte keine Ahnung, ob sie mit so einem Ding umgehen konnte und ob Eliot mit seiner Hand dazu in der Lage war. Auf jeden Fall wollte sie diesen launischen Gärtner doch lieber erst morgen nach dem Gerücht von Rapakiwi ausfragen. Wenn er dort war, würde er nicht ausweichen können, und für heute hatten sie ihm genug zugemutet.

»Vielen Dank. Dann lassen wir dich jetzt in Ruhe arbeiten und sehen uns nur noch den schönen Garten zu Ende an.«

»Viel Vergnügen.« Mikko verschwand raschen Schrittes hinter einem Fliederbusch.

»Komischer Kerl«, meinte Eliot. »Warum ist er denn rot geworden? Ist auf Rapakiwi etwas Unanständiges geschehen?«

»Nicht dass ich wüsste.« Aber sie fand das auch spannend. In Mikkos dunklen Augen hatte sie nichts erkennen können, aber etwas hatte ihn aus der Fassung gebracht. »Lass uns noch den Kräutergarten ansehen.«

»Was ist?« Kaia hatte auf dem Rückweg vor sich hingeträumt und es genossen, dass mal jemand anderes am Steuer saß. Als Eliot plötzlich auf die Bremse trat, schreckte sie auf.

Er deutete wortlos auf den Bagger, der vor ihnen rückwärts aus einer Einfahrt fuhr.

»Oh.« Kaia betrachtete die dazugehörige Baustelle. Hier wurde ein Gebäude abgerissen. Man konnte nicht mehr erkennen, was es gewesen war, auf jeden Fall hatte ein Garten die Ruine umgeben. Kaia sah bekümmert, wie die schweren Fahrzeuge das meiste plattgewalzt hatten. Auf der Schaufel des Baggers lagen ein Haufen Lehm, Steine und, schief und entwurzelt, ein grüner Busch mit gelbrot leuchtenden Blüten. Der Bagger steuerte auf einen Schuttberg zu.

Kaia löste ihren Gurt, stieg eilig aus und lief auf den Fahrer zu. Sie schwenkte die Arme. »Halt!«, rief sie. Der Fahrer warf ihr einen erstaunten Blick zu und stieg kopfschüttelnd auf die Bremse, als sie gefährlich nahe kam. Eliot hupte hinter ihr laut, um sie zu warnen.

»Was soll das, Mädchen?«, rief der Mann über das Motorengetöse.

Kaia setzte ihr bestes Lächeln auf. »Bitte, es ist so schade um diesen schönen Ginsterbusch! Darf ich ihn mir nehmen, ehe Sie die Ladung auskippen?«

»Meinetwegen, aber ein bisschen pronto! Und dann sehen Sie zu, dass Sie von der Baustelle verschwinden! Hier wird gearbeitet.« Immer noch kopfschüttelnd senkte der Mann die Schaufel. Kaia beugte sich hastig über die eisernen Zähne, griff sich den

Busch und sprang schnell zur Seite, als er den Motor wieder aufheulen ließ.

»Du siehst ja lustig aus«, bemerkte Eliot, der ausgestiegen war und den Kofferraum öffnete. Kaia blickte an sich herunter. Sie war von oben bis unten lehmverschmiert. »Oh. Mist, was machen wir, damit dein Auto nicht völlig verdreckt?«

Aber er suchte schon hinter dem Reserverad herum. »Hier. Eine Mülltüte. Die kannst du um die Wurzeln legen. Was willst du mit der Pflanze?«

»Wir hatten früher in dem Berliner Garten auch einen Ginster«, sagte Kaia etwas zerknirscht. »Ich fand ihn so schön. Seine Blüten sehen so … so glücklich aus.«

»Und jetzt? Willst du ihn auf Rapakiwi einpflanzen?« Eliot beeilte sich, den Baggerfahrer hinter sich zu lassen.

»Warum eigentlich nicht? Da fällt er doch gar nicht auf. Es wäre doch so schade um ihn gewesen, findest du nicht?«

»Klar, stimmt schon.«

Kaia versank in Schweigen. Sie konnte ihm schlecht erklären, dass sie sich plötzlich mit diesem entwurzelten Busch verbunden gefühlt hatte. Weil sie die Empfindung, entwurzelt zu werden, so gut kannte. Es war einfach nicht richtig, irgendwo herausgerissen zu werden!

Eliot warf ihr einen verständnisvollen Blick zu. »Guck nicht so traurig. Natürlich finden wir einen Platz. Das sieht bestimmt schön aus.«

Genau. Der Ginster, dessen Duft noch an ihrem Ärmel hing, sollte einen besonderen Platz bekommen, einen, wo er geschützt und geborgen stand.

Am besten im Ring der Birken.

24

Gartengeheimnisse

Auf dem Rückweg fuhren sie noch bis zum Supermarkt und kauften ein. Kaia war amüsiert über Eliots Vorliebe für Gummibärchen und nahm es zum Anlass, sich eine Packung Geleehimbeeren zu gönnen. Die hatte sie damals gemocht, zu jener Zeit, als sie die Dose im Teufelsmoor versenkt hatte. Seitdem hatte sie nie mehr daran gedacht. Jetzt war ein guter Zeitpunkt herauszufinden, ob sie ihr noch schmeckten. Vielleicht half es ja auch dabei herauszufinden, was sie wirklich wollte. Denn damals hatte sie noch keine Zweifel gehabt, wer sie war.

»Ach, da ist noch was«, fiel Eliot ein, als er den Motor startete. »Lass uns doch bitte kurz noch in Kaltenhof vorbeifahren. Das ist ganz in der Nähe von Rapakiwi. Da gibt es die ›Maritime Sammlung Kaltenhof‹, die möchte ich mir unbedingt ansehen! Ich habe mich schon angemeldet. Kommst du mit? Oder soll ich dich zu Hause absetzen?«

»Klar komm ich mit. Worum geht es da denn?«

»Das ist eine private Sammlung historischer Schiffslaternen. Ich finde das spannend. Für alles, was mit Schiffen und Häfen zu tun hat, habe ich eine Schwäche.«

Kaia war fasziniert, als sie die Sammlung zu Gesicht bekam und der Besitzer, Harald Krabbe, zu erzählen begann. In der umgebauten Garage und im Garten drumherum gab es ein poetisches Sammelsurium von Gegenständen aus über hundert Jahren Seefahrt zu bestaunen. Jedem Teil sah man an, dass es eine Geschichte besaß und in Gebrauch gewesen war. Genau so etwas liebte Kaia, und sie war am Ende viel interessierter als Eliot, der leicht abwesend guckte. Wahrscheinlich hatte ihm irgendeine dieser vielen sympathisch verbeulten Laternen in wunderschönen verblichenen Farben eine neue Komposition in den Kopf gesetzt.

Kaia dagegen versuchte, alles zu verstehen, was der Sammler ihnen über Clinometer, Bullaugen, Aalstecher und Netze, Namensschilder von Schiffen, Anker und Krabbenkisten erzählte. Dass es die Laternen immer paarweise gab, eine mit rotem Licht für Backbord, also links, und eine mit grünem Licht für Steuerbord, also rechts, gefiel ihr. Aber auch die zum Teil liebevoll mit Mustern versehenen Drehknöpfe der Petroleumlampen hatten es ihr angetan. Und wer hätte gedacht, dass dafür so viele verschiedene Brenner existierten und diese so unterschiedlich und dekorativ gestaltet waren? Es gab sogar rubinrote Glaszylinder für solche Petroleumlampen, die man vor der Erfindung der Elektrizität in Dunkelkammern verwendet hatte.

Am meisten aber berührte sie ein beleuchteter Kompass, den sich ein Seefahrer selbst angefertigt hatte, indem er den Kompass auf einer Seite einer etwas schiefen, gelb angestrichenen Kiste eingebaut hatte. Auf der anderen Seite gab es eine Kerze in einem Kerzenhalter. Den Kompass konnte man durch ein Fenster in der Vorderwand sehen, während das Licht der windgeschützten Kerze darauffiel. Oben gab es sogar einen kleinen Schornstein aus Kupferblech. Vorn auf die Kiste gemalt stand die Jahreszahl 1873.

Kaia sah sofort vor sich, wie die Seeleute in der Nacht auf den kleinen, verletzlichen Schein geblickt hatten, der ihnen in der einsamen, gefährlichen Weite die Richtung wies. Sie spürte, wie sich das Deck unter ihren Füßen bewegte und der Wind die Gischt über die Reling fliegen ließ. Aber da waren dieses winzige, tapfer flackernde Licht und die Nadel, die eine Orientierung gab, und beides gemeinsam bedeutete Hoffnung und Zuversicht, jedenfalls wenn es mit Wissen und Erfahrung zusammentraf.

So was brauche ich auch für mein Leben, dachte Kaia.

Die schlichte Logik, mit der dieses Instrument zusammengezimmert worden war, machte ihr Mut. Vielleicht war es ja im übertragenen Sinne ähnlich einfach, wenn man es nur richtig machte – und auf seine eigene Art anpackte, egal wie es hinterher aussah. Es musste nicht perfekt sein. Es musste nur funktionieren und etwas bewegen.

Den wollte sie sich merken, diesen einzigartigen alten Kompass in der bemerkenswerten Sammlung von Herrn Krabbe.

Nach einem genussvollen Abendsnack auf der Terrasse verzog sich Eliot mit seinem Laptop nach oben.

»Ich geh noch raus, den Ginster pflanzen«, rief Kaia ihm nach.

»Brauchst du Hilfe?«, fragte er.

»Nein, danke, das mach ich schon.«

»Im Blockhaus in der vorderen rechten Ecke steht ein Spaten mit einer Spitze, der geht am besten«, rief er von oben noch. Kaia schmunzelte. Diese ganze Gartensache lag ihm wohl tatsächlich mehr, als er ahnte. Vielleicht würde er darin seine Zukunft finden, wenn das mit den Konzerten nichts mehr wurde.

Aber wie schade um sein musikalisches Talent!

Nachdenklich ging sie durch das Tor in der Hecke. Sie freute sich auf morgen, wenn es hier ein wenig ordentlicher sein würde. Die Hecke war richtig schön, wenn sie nur etwas gepflegter aussähe, und der Garten mit seinen Geheimnissen lag dahinter wie im Märchen von Dornröschen.

Sie fand den spitzen Spaten und war erstaunt, dass der Boden gar nicht so hart war, wie sie gedacht hatte. Sie pflanzte den Ginster an die Ecke der kleinen Terrasse, füllte im Inneren des Hauses einen Eimer mit Wasser, um ihn anzugießen, und setzte sich dann auf die obere der beiden Treppenstufen. »So, jetzt kannst du wachsen, und keiner reißt dich raus«, sagte sie leise und hoffte, dass das die Wahrheit war. Wer wusste schon, was aus dem Grundstück werden würde. Doch sie vertraute auf Remys Instinkt. Die würde Rapakiwi nur an jemanden geben, der eine Beziehung zu Natur und Gärten hatte.

Kaia saß lange dort, bis eine sanfte Dämmerung ins Gras fiel und der Abendstern zwischen rosablauen Wölkchen zu zwinkern begann. Trotz der frischen Meeresluft spürte sie zum ersten Mal, dass der Frühsommer sich anschlich.

Einmal gab ihr Handy ein *Ping* von sich. Eine Nachricht von Harro. »Wann bekomme ich denn ein neues Kapitel? Verlier dein Ziel nicht aus den Augen, Kaia!«

Morgen, dachte sie und schaltete das Handy aus. Es war so friedlich hier. Dieser Ort war geradezu dafür gemacht, die Welt zu vergessen. Und die Zeit. Tag für Tag war verronnen. Nun war sie schon viel länger hier als geplant.

Doch sie fand ihre innere Ruhe nicht wieder, ließ den Fliederduft und die Fledermäuse allein im Garten und ging zurück ins Haus.

»Na gut, Harro«, murmelte sie. Sie machte sich einen Kräutertee in Neles blauem Becher, klappte ihren Laptop auf und begann zu schreiben.

… Die gesägten und dann mit Dechseln bearbeiteten Eichenhölzer setzten die Zimmerleute zu vier liegenden Wänden zusammen. Später wurden die Wände mit Hilfe eines Lastbaumes und zahlreichen Menschen und Pferden aufgerichtet und verbunden …

… Der Eingang der Burg im Obergeschoss war durch eine Leiter zugänglich, die bei Bedrohung hochgezogen wurde. Die Männer verteidigten die Burg, Frauen, Kinder und alte Menschen versteckten sich mit den Tieren im Wald …

Wie einfach, wenn man nur eine Leiter hochziehen musste, um sich zu verschanzen.

Es war ein Fehler gewesen, bis in die Nacht hinein zu arbeiten. Das war eine Einladung für den Moort, denn Kaia träumte prompt von einer Belagerung auf Rapakiwi. Die Drachen und Schafböcke auf dem Dach spien feurige Pfeile, die gegen die feindlichen Kanonenkugeln nichts ausrichten konnten. Sie trugen die Unterschrift von Harro, und ein Ritter im Kettenhemd, von dem sie nicht wusste, auf welcher Seite er stand, sah sie aus Mikkos dunklen Augen rätselhaft an.

Immerhin hatte sie es geschafft, das Kapitel abzusenden.

Am nächsten Tag erforschten Eliot und Kaia die Winkel im Garten, die sie noch nicht kannten. Kaia wollte sich nicht blamieren, wenn Mikko kam, und Eliot machte sich Notizen, was sie ihn alles fragen wollten.

»Aber zuerst pflanzen wir die Samen«, beschloss Kaia.

»Im Gartenhaus sind Töpfe. Und ich kann Erde aus der Kompostecke holen. Mit der Schubkarre«, bot sich Eliot an.

Bald darauf stand eine Reihe gefüllter Töpfe an der Wand des Blockhauses, wo sie Sonne und Windschutz hatten.

»Eigentlich sät man Samen nicht in frische Komposterde, aber die liegt wahrscheinlich schon länger herum«, meinte Eliot.

»Ich glaube, Samen von Sonnen- und Ringelblumen halten alles aus«, sagte Kaia. »Vor allem wenn sie schon über zehn Jahre im Sumpf gelegen haben. Sie kriegen eine faire Chance.«

Dann machten sie sich auf, das dicht von Büschen, kleinen Bäumen und verwilderten Stauden bewachsene Terrain links vom Bauerngarten zu erkunden. Rechts war die Wiese, auf der Eliot hatte zelten wollen. Der Teil auf der anderen Seite aber mutete fast an wie ein kleiner Wald. Blaubeeren wuchsen dort, wilde Brombeeren und Springkraut, dazwischen auf kleinen Lichtungen Lupinen, Ziergräser und Ackerrittersporn.

»Nanu, was ist das?«, fragte Eliot und zeigte auf etwas Buntes zwischen Farnen.

»Ein Puppenhaus!«, staunte Kaia. Die Farben waren ausgeblichen, das Dach hatte ein Loch, und Brennnesseln wucherten hoch über eine Seite hinweg, aber es war ein richtiges kleines Haus mit Giebeln, Fenstern und einer Tür, sogar einem Schornstein.

»Hier muss Tilda früher gespielt haben«, vermutete Kaia beklommen. Es war, als ob jeden Moment ein Kinderlachen ertönen würde – richtig unheimlich. Sie nahm sich zusammen. »Schreib auf: Wir müssen Mikko fragen, ob man diese wunderschönen Gräser schneiden muss. Oder doch besser warten bis zum Herbst.«

Der Boden war mal sandig, mal hatte jemand Erde aufgeschüttet. Einen Grasweg gab es hier nicht, dafür Trittplatten aus Holz, die zum Teil zerbrochen oder vermodert waren. Man musste aufpassen, dass man nicht stolperte. Daher hatte Kaia, die vorausging, nach unten geblickt und war verblüfft, als sie plötzlich stehen bleiben musste, weil sie sich vor einer steilen Treppe wiederfand. Eliot wäre fast in sie hineingelaufen.

»Was …«, begann er, dann sah er, worauf sie gestoßen waren. »Ein Pavillon!«, staunte er. »Und nicht gerade klein! Das sieht ja beinahe aus wie ein Tempel!«

Tatsächlich war es ein stattliches Gebäude. Etwa so groß wie eine Doppelgarage, jedoch rund, ragte es vor ihnen auf. Auf mit Blumenreliefs verzierten Säulen ruhte ein spitzes Dach, das am unteren Rand anmutig geschwungen war. An den Säulen wuchsen Rosen und Waldreben, über das Dach wucherten Blauregen und eine gelbe Trompetenblume. Eine Wetterfahne in Form einer Robbe zierte die Spitze. Staunend stiegen sie die Stufen hoch. Innen war der Boden in einem Mosaikmuster gestaltet, das ein Schiff darstellte, von Wellen umgeben, fast in römischem Stil. Ein runder, leicht rostiger schmiedeeiserner Tisch und vier schwere Stühle standen in der Mitte.

»Ich schreibe mal was gegen Rost auf unsere To-do-Liste«, sagte Eliot. »Das hier ist grandios, findest du nicht?«

Kaia sah sich um. Ja, grandios, aber irgendwie auch kühl und einschüchternd. Das Blockhaus gefiel ihr besser.

»Sagen wir, es ist repräsentativ. Vielleicht hat Ricardas Mann hier Geschäftsfreunde empfangen. Oder so.«

Doch dann sah sie eine Marmorplakette, ebenso rund wie der Pavillon, an einer der Säulen.

Zum Gedenken
an Tilda

stand da in fein geschwungenen Buchstaben.

Kaia fröstelte. Das unheimliche Gefühl von vorhin beim Spielhaus überfiel sie mit neuer Wucht. Sofort hatte sie ein Bild vor Augen. Anton, der diesen Pavillon für Ricarda bauen ließ, damit sie einen Platz zum Trauern und Gedenken hatten. Und dann war er selbst gestorben.

Sie untersuchte die anderen Säulen. Ja. Gegenüber gab es noch eine Plakette.

Anton
Für immer

Wie einsam musste Ricarda gewesen sein, wenn sie hier saß. Kaia schluckte.

»Nicht!«, sagte Eliot. »Nicht traurig sein, es ist eine alte Trauer und nicht deine.«

»Ich weiß. Trotzdem.«

»Schon gut. Mich lässt das auch nicht kalt. Komm, hier steht ein Besen. Lass uns die Blätter rausfegen. Dann ist es weniger melancholisch. Und es gibt ein gutes Bild für Remonas Artikel.«

»Du hast ja recht.« Kaia nahm ihm den Besen aus der Hand. Es tröstete sie, etwas zu tun. »Der Boden ist so schön!«

Eliot schnitt derweil ein paar der Ranken ab, die so tief vom Dach herabhingen, dass man darüber stolperte, wenn man nicht aufpasste. Dann machten sie von allen Seiten Bilder.

»Das zieht bestimmt Käufer an!«, fand Eliot.

Auf der Rückseite entdeckte Kaia etwas, was die Schwere aus ihrer Stimmung hob. »Sieh mal, Eliot!«, rief sie begeistert.

»Was denn?« Er sah über ihre Schulter. »Oh! Seerosen!«

Halbrund an den Pavillon geschmiegt, so dass man dort hätte sitzen und die Beine hineinhängen können, gab es ein Wasserbecken, in dem Seerosenblätter und die ersten Knospen die Oberfläche bedeckten. In der Tiefe flitzten Goldorfen und Elritzen umher, und kleine Libellen schwirrten darüber hinweg. Das versöhnte Kaia mit diesem Ort.

Später hatten sie gerade auf der Terrasse eine Pizza gegessen, als ein Geländewagen vorfuhr und Mikko ausstieg.

»Jetzt schon?«, wunderte sich Kaia mit einem kleinen Erschrecken. Doch dann hob sie die Schultern. So musste sie wenigstens nicht mehr überlegen, ob sie sich umziehen sollte. Und für Gartenarbeit waren dreckige Jeans ohnehin das einzig Richtige.

Mikko hob die Heckenschere aus dem Kofferraum, und Eliot kam ihm zu Hilfe.

Zu Kaias Freude war das Spöttische aus Mikkos Tonfall und Ausdruck gewichen, als er Eliot geduldig die Handhabung erläuterte. »Bitte sehr vorsichtig sein«, sagte er.

»Keine Sorge. Auf noch eine Verletzung bin ich nicht scharf«, versicherte Eliot.

Mikko schritt mit ihnen die Hecke ab und erklärte, wo er zu dieser Jahreszeit wie schneiden und wo er besser etwas anbinden würde. »Dabei kann ich später auch noch helfen«, meinte er.

»Ich fange gleich mit dem Schnitt an.« Eliot war voller Tatendrang und als das Gerät aufheulte, mussten Mikko und Kaia das Weite suchen, um sich noch verständigen zu können.

»Danke, dass du gekommen bist. Ich habe noch ein paar weitere Fragen, was den Rest des Grundstücks angeht«, sagte Kaia und wedelte mit ihrer Liste. »Würdest du mich beraten?«

Sie wunderte sich über sein Zögern und den nachdenklichen Ernst, mit dem er sich umsah. Und warum war er neulich so verlegen geworden?

»Kanntest du Ricarda?«, fragte sie, als er nicht gleich antwortete.

»Ich … nein, nur vom Sehen. Sie lebte sehr zurückgezogen. Sie war viel in ihrem Garten, früher jedenfalls.« Er betrachtete eine Staude und untersuchte die Knospen, doch sie hatte das Gefühl, dass er etwas ganz anderes vor sich sah. »Mein Schulweg führte früher hier vorbei«, sagte er. »Ricarda Baran trug meistens lange Röcke. Wenn sie hier auf den Graswegen entlangging und Blumensträuße schnitt, wirkte sie aus der Ferne wie ein Bild aus einer alten Geschichte oder einem Fotoalbum. Wir Jungs machten sicher einigen Lärm, aber sie sah nie zu uns herüber. Es war, als lebte sie in einer anderen Zeit und würde die Gegenwart gar nicht wahrnehmen.«

»Und ihre Tochter? Ach nein, die kannst du ja nicht gekannt haben.« Zu spät fiel ihr ein, dass Tilda Baran lange vor Mikkos Geburt gestorben war, selbst wenn er älter sein sollte, als er wirkte.

Er schüttelte den Kopf. »Warum willst du das alles wissen?« Doch dann grinste er plötzlich. »Sag nichts. Die Wissenschaft! Ich weiß. Ich bin ja selbst davon umgeben.«

Erleichtert lächelte sie zurück. »Du bist ja auch ein Wissenschaftler, sagt Nele. Erzählst du mir etwas über den Schaugarten der Universität?«

Sie schlenderten langsam Richtung Bauerngarten. »Der Buchsbaum müsste auch mal gründlich mit der Heckenschere in Form gebracht werden«, sagte er und zeigte auf ein arg verwahrlostes Rondell. Der unfrisierte Buchsbaum stak in alle Richtungen, und in der Mitte gediehen Brennnesseln. »Andererseits freuen sich die Schmetterlinge über die Brennnesseln«, fügte Mikko hinzu. Dann fiel ihm ihre Frage wieder ein. »Also, der Schaugarten ist besonders interessant, weil er von einem technischen Studiengang der Uni unterhalten wird. Das sind Studenten der Verfahrenstechnik, die sich auf biogene Rohstoffe spezialisieren. Dort lernen sie Faser- und Färberpflanzen kennen, Energiepflanzen, Ölpflanzen, Zuckerpflanzen, Stärkepflanzen. Und sie entwickeln wirksame Verfahren zur Verwertung. Die Natur wird zum Vorbild, um dringend nötige neue Wege beschreiten zu können. Aber es kommen auch Designer, um Inspirationen für die Gestaltung öffentlicher und privater Gärten zu erhalten. Neben den rohstofferzeugenden Gewächsen haben wir auch Heil- und Gewürzpflanzen, Gehölze, Sommerblumen und Stauden. Leute kommen von überallher, um Ideen und Rat zu finden.«

Kaia hörte den Stolz in seiner Stimme. Unter seinem distanziert-spöttischen Auftreten brannte auch er für seine Arbeit. Wie Nele. Wie Remy.

Sie war ein wenig neidisch.

Mikko blieb an einem Beet stehen, das ihr bereits aufgefallen war. Hier blühten gelbe Blumen, die sie für Raps gehalten hätte, wären ihre Blüten nicht so groß gewesen. Doch sie hatten mehr Blütenblätter als Raps und außerdem einen warmen Orangeton, andere ein wärmeres Gelb und wieder andere Spuren von Rot. Der Duft ähnelte auch dem von Raps, jedoch war er noch stärker, und es lag eine Vanillenote darin.

An einem Spalier in der Mitte wucherten Rankpflanzen, die sie für Wicken hielt, doch auch diese wirkten ungewöhnlich. Die Blüten waren groß und tiefrot, manche besaßen einen türkisfarbenen Stich mit grünem Unterton, und ihr Duft war so süß, dass er bei der richtigen Windrichtung bis zum Tor trieb. Außen um das Beet wuchs eine niedrige Hecke von Pflanzen, die Eliot als Bohnen identifiziert hatte, nur waren ihre Blätter panaschiert, und sie trugen dichte Blütenrispen in einem leuchtenden Blau, was zu Bohnen nicht recht passen wollte. »Da müssen wir Mikko fragen, was das wirklich ist«, hatte Eliot irritiert gesagt.

»Weißt du, was das für Pflanzen sind und was man machen muss, damit sie weiter so schön blühen?«, erkundigte sich Kaia. »Brauchen sie einen bestimmten Dünger oder so was? Ich finde, sie sind was Besonderes. Dieses Beet gibt dem Garten eine heitere Note, die er nötig hat.«

Mikko sah sie überrascht an. »Warum sagst du das? Findest du ihn irgendwie unheimlich?«

»Unheimlich? N… nein, eher traurig. Da ist so eine Art Denkmal für die Verstorbenen der Familie, das zeige ich dir noch, und ein vergessenes Puppenhaus.«

»Ach so.« Er sah aus, als wollte er noch etwas zu dem Thema sagen. Kaia schwieg erwartungsvoll, doch als nichts kam und er stirnrunzelnd mit einem Taschenmesser einen Trieb abschnitt, ergriff sie die Gelegenheit, bevor sie ganz vom Thema abkamen. »Dazu wollte ich dich sowieso etwas fragen. Nele hat gesagt, es gibt ein altes Gerücht, dass es hier auf Rapakiwi gespukt hat. Weißt du, wie das zustande kam?«

»Au.« Er war abgerutscht und hatte sich einen kleinen Schnitt am Finger zugefügt. Ärgerlich wickelte er ein Taschentuch darum. »Nele redet viel, wenn der Tag lang ist. Was weiß die denn schon? Sie sollte sich raushalten, sie ist doch gar nicht von hier.«

»Aber du bist von hier. Darum frage ich ja dich.«

»Mein Gott, was hat das für eine Bedeutung? Sagen und Seemannsgarn. Die Winter sind lang, da erzählen sich die Einheimischen das Blaue vom Himmel. Ich dachte, du bist Wissenschaftlerin. Was willst du mit diesen alten Geschichten?«

»Ich *erforsche* alte Geschichten. Burgen sind nicht nur Steine, Burgen sind Geschichte, und Geschichten vom Leben damals! Die Forschung nützt nichts, wenn sie für die Menschen nicht lebendig und erfahrbar wird.« Harro hätte seine Freude an ihr gehabt, so wie sie gerade ihr Fach verteidigte. »Aber in diesem Fall habe ich der Besitzerin des Grundstücks versprochen, so viel wie möglich darüber in Erfahrung zu bringen.«

»Faszinierend.« Inzwischen kniete er am Beet und machte Bilder von den Blättern und einzelnen Blüten. »Ich habe diese Züchtungen noch nie gesehen! Darf ich einige Proben mitnehmen?«

Kaia konnte auch hartnäckig sein, wenn ihr etwas wichtig war.

»Ja, aber nur, wenn du mir sagst, wie dieses Gerücht zustande kam. Warum weichst du aus? Warum bist du neulich so verlegen gewesen? Und warum versuchst du, den hinteren Teil des Gartens zu meiden?« Ihr war nicht entgangen, wie er unauffällig immer wieder die Richtung geändert hatte.

Mit einem Schnauben wickelte er das Taschentuch ab und sah nach, ob das Bluten aufgehört hatte. Zufrieden steckte er es ein.

»Du bist wie eine Amsel, die einen Wurm entdeckt hat!«

»Genau, und die hören auch nicht auf zu ziehen, bis sie ihn aus der Erde haben, egal wie anstrengend das ist.« Sie fixierte ihn mit einem strengen Blick, der ihr misslang, weil sie über seinen Vergleich und halb trotzigen, halb verschämten Ausdruck lachen musste.

Er hob die Hände. »Also gut. Dann bringe ich es eben hinter mich! Setzen wir uns.«

25

Ricarda

Sie setzten sich auf eine der Bänke im Bauerngarten. Mikko zupfte nebenbei Vogelmiere aus einem der Hochbeete. Wahrscheinlich fiel es ihm leichter zu sprechen, wenn seine Hände beschäftigt waren. Kaia kannte das von sich selbst.

»Das war früher so eine Mutprobe. Für alle Kinder, schon bei den Jahrgängen vor uns. Anderswo musste man vielleicht nachts über den Friedhof gehen. Bei uns war angesagt, im Dunkeln durch den Garten von Rapakiwi zu laufen. Wer sich nicht traute, war ein Feigling und gehörte nicht dazu.«

»Aber warum denn bloß? War Ricarda Baran so furchteinflößend?« Das passte überhaupt nicht zu Kaias Vorstellung von dieser Frau.

»Sie nicht. Ich glaube, es ist ihr nie jemand begegnet, nicht bei Nacht. Nein, es war die Geschichte von dem Ungeheuer.«

»Aha, die gibt es also wirklich.«

»Ja. Es ging aber nicht um die Wasserspeier. Natürlich waren uns Kindern die Drachenköpfe unheimlich, wenn sie sich da so als Silhouette im Mondlicht gegen den Himmel abhoben. Genau wie die Schafbockköpfe an den Giebeln und die Augen der Steine. Aber das war es nicht. Es hieß, dass in der Tiefe unter dem runden Pavillon ein Ungeheuer lauerte. Manchmal sollte es Feuer spucken, so dass der Garten drumherum rot erleuchtet wurde und die Silberpappeln zu glühen schienen. Nicht nur das, es zischte und kreischte auch, so hieß es, und manche der älteren Kinder schworen, es persönlich gesehen und gehört zu haben. Natürlich hielten wir das alle für eine gute Geistergeschichte, wie man sie eben ums Lagerfeuer oder auf Klassenfahrten im Schlafsaal erzählt. Jeder weiß, es ist nur eine Geschichte, und trotzdem gruselt man sich wohlig.«

Ja, daran konnte sich Kaia auch erinnern. »Und hier war es anders?«

»Davon wusste ich nichts. Aber dann war ich selbst dran. Die anderen standen draußen am Zaun, so wie ich zuvor auch schon. Sie waren alle schon durchgelaufen, hatten ihren Mut zusammennehmen müssen, aber nichts erlebt außer der Begegnung mit einem Nachtfalter, einer Fledermaus oder dem Ruf eines Käuzchens.« Er schwieg.

»Wie alt warst du da?«, fragte Kaia.

Er warf ihr einen zerknirschten Blick zu. »Knapp neun. Ich bitte, das zu berücksichtigen.«

»Was ist passiert?«

»Ich war der Einzige, der vor Angst zitternd und schreiend vom Grundstück direkt bis nach Hause geflüchtet ist. Das wurde mir noch auf der Abiturfeier erzählt.« Sie konnte an seinem Tonfall hören, dass es ihn immer noch schmerzte, nach all den Jahren. Sie verkniff sich ein Lächeln und unterdrückte auch den Impuls, ihm eine tröstende Hand auf den Arm zu legen.

»Was hast du damals gesehen?«

»Danke, dass du nicht fragst: ›Was glaubtest du, gesehen zu haben?‹« Er riss ein Büschel Schnittlauch mit dem Unkraut heraus, ohne es zu merken. Dann warf er das Grünzeug weg, lehnte sich zurück und sah ihr trotzig in die Augen. »Ich denke immer noch, dass es keine Einbildung war. Ich *habe* es gesehen! Und so ein Gerücht hat ja auch oft einen wahren Kern. Es kam schon lange vorher auf. Aber es ist keine alte Sage wie der Moort. Es muss ungefähr eine Weile nach dem Tod der Tochter von Barans entstanden sein.«

Kaia wartete geduldig.

»Ich stand in der Nacht damals neben dem Pavillon. Ich hatte mich extra nahe herangetraut, um mir und den anderen etwas zu beweisen. Alles war friedlich, etwas duftete herrlich – ich glaube, es war damals schon derselbe Duft, der jetzt von dem Beet mit den ungewöhnlichen Pflanzen ausgeht –, ein halber Mond schien, es war eine laue Nacht, und eigentlich gefiel es mir gut, da zu sein. Ich war damals schon gern allein unterwegs, die Natur war mir lieber als die Menschen. Und plötzlich war es da! Es kam von unter dem Pavillon, genau wie sie es erzählt hatten. Es leuchtete die Säulen an, und die Silberpappeln schienen zu glühen. Dann folgte ein Kreischen, fast metallen, und ein Geräusch wie ein lautes Zähneknirschen. Ich stand völlig erstarrt da, und dann bin ich gerannt. Ich glaube gar nicht, weil es so furchtbar war, sondern weil ich absolut nicht damit gerechnet hatte.«

»Ich wäre auch gerannt, in dem Alter«, sagte Kaia vorsichtig. »Hast du denn jemanden im Pavillon gesehen?«

»Nein. Es war hell genug, wenn da jemand gewesen wäre, hätte ich es sehen müssen. Es sei denn, in dem Gebüsch dahinter hat sich jemand versteckt – aber da war damals kaum was, es war ja alles noch gepflegt. Ich bin später, als ich älter war, noch ein paarmal wiedergekommen. Ich wollte der Sache auf den Grund gehen. Aber es geschah nichts. Alles war dunkel und friedlich.« Er hob die Schultern. »Einmal habe ich Frau Baran sogar in der Apotheke getroffen. Sie ging sonst kaum aus, ließ sich alles liefern. Ich habe mich getraut, sie anzusprechen. Aber sie hat mich ignoriert. Was ich damals gesehen habe, werde ich wohl nicht mehr herausfinden.«

»Wer weiß«, sagte Kaia. »Manchmal geschehen seltsame Dinge.« Um ihn zu trösten, erzählte sie ihm von ihrer kindlichen Wut und Trauer in der Dose und wie Eliot diese aus dem nassen Grab befreit und ihr so unerwartet zurückgebracht hatte.

Mikko lauschte mit Interesse. »Dann seid ihr gar nicht zusammen, Eliot und du?«

In der Ferne hörten sie die Heckenschere brummen. Manchmal verstummte der Motor, dann ging er eifrig wieder los.

»Nein. Wir kennen uns ja erst seit kurzem. Ich glaube, er braucht auch nur gerade etwas Ablenkung und einen Platz, um nach dem Schock mit der Verletzung zu sich zu kommen. Und ich bin froh über seine Hilfe.« Unwillkürlich blickte sie zum Pavillon. »Und jetzt, wo ich weiß, dass es hier tatsächlich etwas Ungeklärtes gibt, bin ich richtig dankbar, nicht allein zu sein. Vielleicht kann ich ihn überreden, nachts mit mir Wache zu halten und das Geheimnis um den Pavillon zu erforschen.« Sie sagte es nur halb im Scherz.

»Ich denke, was auch immer das war, wird nicht wieder geschehen«, sagte er ernsthaft. »Die Kinder erzählen sich zwar noch davon, aber schon seit Jahren vor Frau Barans Tod hat wohl niemand mehr etwas gesehen. Es ist also äußerst unwahrscheinlich, dass das Phänomen noch einmal auftaucht. Es muss eine ganz einfache Erklärung gegeben haben, doch die ist vermutlich mit der alten Frau gestorben. Wer weiß, was sie hier früher angestellt hat. Das Wahrscheinlichste ist, dass sie Eindringlinge vom Grundstück fernhalten wollte, so eigenbrötlerisch wie sie war. Sicher hat sie rote Scheinwerfer benutzt oder so was.«

»Möglich.« Kaia konnte sich das nur schwer vorstellen, aber was wusste sie schon über diese Frau. Wenn man Mann und Kind kurz hintereinander verlor, konnte man bestimmt merkwürdig werden. »Weißt du, woran die Tochter – Tilda – gestorben ist? Ich habe das Familiengrab gesehen …«

»Sie hatte einen Unfall mit dem Moped. Sie saß bei einem Freund mit drauf, und sie stießen unverschuldet mit einem Militärfahrzeug zusammen. Beide waren sofort tot. Das hat mir mal meine Mutter erzählt. Es wurde aber nicht darüber geredet, weil jeder Angst hatte, etwas Falsches über das Militär zu sagen. Es wurde totgeschwiegen. Meine Mutter sprach nur widerwillig darüber, auch mit mir.«

»Das muss es für die Familie umso schwerer gemacht haben zu trauern«, fand Kaia.

»Sicher. Trotzdem wird es kaum der Geist von Tilda gewesen sein, der die Silberpappeln angeleuchtet hat. Und auch nicht der ihres Vaters. Er starb ein Jahr später an einem Herzinfarkt, wozu die Trauer beigetragen haben mag. Übrigens hat Ricarda Baran in jungen Jahren in einem Pflanzenzuchtunternehmen gearbeitet, das in der Nähe des heutigen Schaugartens lag. Es gibt eine sehr ergiebige, besonders ölhaltige Rapszüchtung, die nach ihr benannt ist.«

»Wie schön. Dann ist etwas von ihr geblieben. Ist das die Sorte, die in dem schönen Beet wächst?«

Er schüttelte den Kopf. »Nein. Die hat viel größere Blüten und muss etwas anderes sein. Ich möchte es gerne untersuchen. Die Proben habe ich mir jetzt verdient, oder?«

Sie lächelte ihn an. »Allerdings. Danke für die Informationen.«

»Hilft dir das irgendwie weiter?«

»Hm, zumindest befriedigt es meine Neugier – wenigstens zum Teil.«

»Na dann«, sagte er und stand auf. Kaia war beinahe froh, dass sein ironischer Unterton zurück war. »Wobei brauchst du noch Rat, was den Garten angeht? Wir sollten bald nachsehen, wie weit Eliot ist. Nicht dass er vor lauter Spaß mit der Heckenschere den ganzen Garten niedermäht.«

»Oh.« Daran hatte sie noch gar nicht gedacht. Aber Mikko lachte über ihr erschrockenes Gesicht. »Keine Sorge. So lange hält der Akku gar nicht durch. Weißt du was, lass mich doch noch mal einen Blick auf den Pavillon werfen.«

»Ja, dann kannst du mir gleich sagen, ob ich den Blauregen beschneiden kann. Es ist arg düster im Inneren. So schön die Blüten sind, er hängt überall herunter.«

»Ja, nach der Blüte tut ihm ein Schnitt gut. Ich kann das für dich machen. Man braucht dafür eine Leiter.«

»Das wäre nett. Vielen Dank! Hier ist so viel zu tun, da können wir jede Hilfe gebrauchen.«

Vor den Stufen blieb Mikko stehen und sah sich gründlich um. »Nirgends Kabel oder Schweinwerfer. Nicht auf dem Boden, nicht am Dach. Oder etwas, was ein Lautsprecher gewesen sein könnte.«

»Ich kann auch nicht glauben, dass sie einen solchen Aufwand betrieben hätte, nur um kleine Jungs aus dem Garten zu verscheuchen«, meinte Kaia zweifelnd.

»Und wenn es gar nicht um uns Jungs ging? Vielleicht wollte sie die Stasi fernhalten. Vielleicht dachte sie, die spionieren sie aus – ob sie über den Tod ihrer Tochter redet oder dass die Soldaten in dem Fahrzeug betrunken waren.«

»Sagte man das?«

»Das wagte sich keiner. Aber einen Grund muss es ja gegeben haben, dass sie auf gerader, trockener Strecke und bei Tag in den Gegenverkehr geraten sind.«

»Na, aber solchen unheimlichen Phänomenen wäre die Stasi doch erst recht nachgegangen.«

»Stimmt«, gab er zu. »Wahrscheinlich. Wir Nachwendekinder können uns all so was ja gar nicht mehr vorstellen.«

»Das kann doch sowieso nicht sein!«, fiel ihr ein. »Als du neun warst, gab es doch gar keine Stasi mehr. Wen hätte sie da noch abschrecken sollen?«

»Stimmt. Also wohl doch nur die Lausebengel. Egal, hier ist jedenfalls nichts zu sehen.«

Nein, hier waren nur die Elritzen und Goldorfen. Das Immergrün rund um den Pavillon blühte blau, und die Rosen streuten gelbe und rote Blütenblätter auf die Stufen. Es war ein Bild des Friedens.

»Also lassen wir den Schrecken und die Blamage meiner Kindheit ruhen«, sagte Mikko. »Komm, sehen wir nach Eliot. Wir müssen das Schnittgut noch zum Kompost bringen. Ich denke, ich werde euch einen Häcksler ausleihen. Lass uns diesmal hintenherum gehen, den Teil habe ich noch nicht gesehen.«

»Wo meinst du?« Kaia sah sich um. Es war wirklich schwer, in diesem verwilderten und vielfältigen Garten mit den vielen Büschen und Bäumen einen Überblick zu bekommen.

»Da, der Pfad, der hinter den Sanddornbüschen und dem Bauerngarten verläuft.«

»Den hatte ich noch gar nicht bemerkt.« Sie folgte ihm und staunte ebenso wie er, als sie an ein weiteres, großes Beet kamen. Hier schoben Rittersporn, Lupinen, Mädchenauge, Disteln und andere Stauden gerade jede Menge Knospen. Dicht und kräftig sahen die Pflanzen aus – doch sie wuchsen nicht in Erde, sondern auf Sand!

»Beachtlich!«, sagte Mikko und sah sich anerkennend um. »Ricarda Baran muss in Sachen Gartenbau immer auf dem Laufenden geblieben sein und völlig offen für moderne Ansätze. Hinter die Vorzüge eines Sandbeetes für Stauden kommt man gerade erst.«

»Wie können die im Sand so gut wachsen?« Kaia bekam das mit ihrer Vorstellung von Blumenbeeten gar nicht zusammen. In die Insellandschaft passte es zwar gut, aber in Berlin würde es doch seltsam wirken – oder?

Er hockte sich hin und steckte prüfend einen Finger zwischen die Pflanzen. »Der Sand wirkt erstens wie eine Mulchschicht und schützt den Boden vor dem Austrocknen. Zweitens müssen die Pflanzen tief wurzeln, um Humus zu finden. Das macht sie widerstandsfähig gegen Trockenheit. So ein Beet muss man nach der Anwachsperiode praktisch nicht mehr gießen und kaum düngen. Man ist verblüfft, wie gut sich der Ansatz bewährt. Vor allem in Zeiten des Klimawandels ist das zukunftsweisend und kann manchem Hobbygärtner viel Arbeit und Wasser sparen. Interessant, dass sie es hier offenbar schon länger umgesetzt hat. Ich muss in der Uni im Archiv unbedingt über sie nachlesen.«

Kaia fühlte einen paradoxen Stolz auf die ehemalige Hausherrin von Rapakiwi. Und dass so jemand Zeit damit verbracht hatte, einen Spuk zu inszenieren, um kleine Jungen zu erschrecken, glaubte sie nun noch weniger.

Eliot hatte einen Riesenberg dorniger Ranken aufgetürmt, aber die Hecke wirkte nun ganz anders. Immer noch natürlich, denn er hatte sich Mühe gegeben, sie nicht zu exakt zu schneiden. Dafür aber passte sie nun wieder auf die schöne Feldsteinmauer, bekam mehr Licht, und alles wirkte einladender und freundlicher. Nicht mehr so einsam und verlassen.

»Man sieht, dass ein Künstler in dir steckt«, sagte Kaja anerkennend.

»Ja, sieht gut aus«, pflichtete ihr Mikko bei.

Sie war ihm dankbar. Eliots Selbstbewusstsein konnte zurzeit bestimmt keine weiteren Rückschläge gebrauchen. Sie freute sich darüber, wie zufrieden er aussah, wenn auch etwas erschöpft. »Ganz schön schwer, das Ding, nach einer Weile«, meinte er.

»Ich hole mal was zu trinken.« Kaia lief ins Haus, um ein Tablett mit Gläsern und Ginger Ale zu holen. Als sie wiederkam, waren die Männer damit beschäftigt, die Säge im Kofferraum zu verstauen.

»Ich bringe morgen einen Häcksler«, erklärte Mikko. »Lasst den Haufen einfach hier liegen. So bekommen wir den nicht weg. Der Häcksler macht das im Nu klein, und dann wird daraus schnell ein guter Kompost.«

»Vielen Dank! Das ist eine große Hilfe.« Kaia freute sich nicht nur darüber. Es sah aus, als würde Mikko unmerklich ein Teil des Rapakiwi-Teams werden. Er trank sein Glas aus und stieg ein.

»Bis morgen! Ich versuche, bis dahin noch etwas über Ricarda Baran herauszufinden.«

»Netter Kerl, nur ein bisschen merkwürdig manchmal«, sagte Eliot. »Mal ist er ganz umgänglich und im nächsten Augenblick ganz weit weg und distanziert.«

»Er wird seine Gründe haben. Wie wir alle«, sagte Kaia und

warf ihm einen Blick zu. »Was macht die Hand, nach der Belastung?«

Er bewegte die Finger und zog eine Grimasse. »Sie schmerzt. Aber nicht schlimm. Ich denke, das tut ihr gut. Kommt mir schon etwas beweglicher vor.«

»Prima«, sagte sie ermutigend. »Vielen Dank für deinen Einsatz. Ruh dich den Rest des Tages lieber aus.«

»Ich denke, ich werde ein bisschen am Strand entlanglaufen. Jetzt am Abend ist es leerer. Ich habe da nämlich eine Idee. Seltsam, wie gut der Kopf arbeiten kann, wenn die Hände beschäftigt sind!«

Stimmt, dachte Kaia, als er gegangen war. Dann grübelt man nicht so viel und kann klarer denken. Sie hatte noch keine Lust, ins Haus zu gehen, und beschloss nachzusehen, ob die Töpfe noch feucht genug waren.

Wenn die alten Samen tatsächlich keimen sollten, dann ist das der richtige Ort, dachte sie, als sie beim Blockhaus ankam, das in der letzten Abendsonne lag. Anders als der Pavillon war dies ein zutiefst friedvoller Platz.

Sie prüfte die Erde und fand, ein wenig Wasser würde nicht schaden. Während sie im kühlen Inneren des Hauses eine Gießkanne volllaufen ließ, schweifte ihr Blick, und sie entdeckte eine Holzkiste voller Werkzeuge, handliche Hacken, Scheren und Schaufeln. Sie wässerte die Töpfe, dann kramte sie in der Kiste nach einem Unkrautstecher, mit dem sie die Brennnesseln an der Terrasse eindämmen konnte. Ganz unten in der Kiste fiel ihr etwas Weißes auf. War das ein Stück Papier? Sie zog es hervor. Ein Briefumschlag, leicht angeschimmelt, ohne Aufschrift, kam zutage.

Kaia zögerte. Was, wenn es etwas Offizielles war? Ein verstecktes Testament etwa? Doch das hätte jemand bestimmt außen draufgeschrieben.

Wahrscheinlich nur ein Lieferschein.

Kaia nahm den Umschlag mit nach draußen, setzte sich in den Schaukelstuhl und öffnete das alte Papier vorsichtig.

Es war eine gut lesbare, wenngleich etwas altmodische Handschrift in verblasster blauer Tinte.

Wer auch immer diesen Brief findet, befasst sich mit meinem Garten. Und deswegen geht es ihn oder sie etwas an.

Ich bereue es nicht, dass ich damals entlassen wurde, nicht einen Tag! Sie mussten es tun, schließlich habe ich die Samen gestohlen. Damals wusste ich noch nicht, dass ich bald Anton kennenlernen und mit ihm glücklich werden würde. Ich wusste nicht, wie es weitergehen würde. Und trotzdem hatte ich nie Zweifel, dass es richtig war. Für mich. Ich hatte so viel Freude daran, dass diese spontanen Mutationen, vor allem vom Raps, aber auch von den Erbsen und Bohnen so wunderbare Blüten hervorbrachten. Ich gab ihnen eine Ecke auf dem Zuchtgelände und entwickelte sie weiter. Ich sah, wie die Schmetterlinge und Hummeln davon angezogen wurden und alle möglichen Insekten, die ich gar nicht kannte. Sie kehrten immer wieder in diese Ecke zurück und veranstalteten einen wahren Freudentanz um die Blüten. Mir ging es ähnlich. Ihre Farben und ihr Duft erfüllten mich mit tiefer Freude. Immer, wenn ich erschöpft oder verärgert war, gaben mir einige Augenblicke in ihrer Gesellschaft neue Kraft, wie ein stärkender Trank für Herz und Geist.

Doch die damaligen Vorgesetzten, die ich nicht beim Namen nennen will, sahen das anders. Ich mache ihnen das nicht zum Vorwurf. Damals ging es um Ertrag. Heute würde man das möglicherweise anders sehen. Vielleicht, lieber Finder dieses Geständnisses, sehen Sie in diesen neuen

Zeiten, in denen wir uns um die Insekten sorgen müssen und auch um die Seelen der Menschen, die es immer so eilig haben, eine Möglichkeit, diese Pflanzen zu verbreiten. Die Zeit verändert sich in Wellen, wie das Meer. Vielleicht trägt sie demnächst, was mir so am Herzen lag.

Diese Pflanzen sollten aussortiert werden, vernichtet, um die anderen, viel ertragreicheren Linien nicht zu verfälschen. An schönen Blüten war die Firma nicht interessiert.

Ich habe die Samen nicht vernichtet, sondern heimlich im Garten von Rapakiwi weitergezogen. Meine Eltern lebten damals noch und haben sich daran erfreut. Doch ein Kollege hat mich verraten, und so wurde ich entlassen.

Wie gesagt, ich habe es bis heute nicht bereut. Später, in schweren Zeiten der Trauer, haben mir diese Blüten jeden Tag Trost gespendet und Rapakiwi davor bewahrt, ein freudloser Ort zu werden.

Im Beet gedeihen sie noch, lieber Finder, Sie werden sie gewiss entdecken, wenn es nicht gerade Winter ist. Doch zur Sicherheit stehen Dosen mit beschrifteten Samen in der Küche, in einem versteckten Fach hinter den Gewürzen.

Es ist nun Schicksal, was mit ihnen geschieht. Ich bin dankbar für meine lange Zeit mit ihnen hier an diesem gesegneten Ort.

Ricarda Baran
Im Sommer 2017

Leonie

Glienicke/ Oberhavel

2019

26

Manchmal kommt es anders

Mit neuer Energie machte sich Leonie an das Weben. Merle brachte ihr immer mehr bei. Manchmal schwirrte ihr der Kopf. Es gab so viele Fachausdrücke! Aber sie gefielen ihr auch.

Einige klangen einfach schön, so wie die für die verschiedenen Gewebebindungen: *Wellenköper, Atlas, Fischgrät, Schwedenstern, Diamantköper …* »Für weiche Schals kannst du alle Bindungen nehmen, die nicht zu lange Flottierungen haben, sonst bleibt man leicht damit hängen. Du darfst aber die Fäden nicht zu dicht aneinandersetzen, sonst bekommst du einen brettharten Stoff«, erklärte Merle. »Das Material sollte auch nicht zu widerspenstig sein, sonst kratzt es. Wenn du Leinwandbindung und Panamastreifen abwechselst, lockern die das Gewebe ein bisschen. Andererseits, bei Gerstenkornbindung bilden sich kleine Erhebungen und machen die Textur interessant, dann musst du aber sehr weiches Garn nehmen und ganz locker anschlagen.« Sie warf Leonie einen mitfühlenden Blick zu. »Keine Sorge. Das wird schon! Du hast wirklich ein Geschick dafür, für die kurze Zeit bist du schon unheimlich weit.«

Leonie freute sich über diese Anerkennung, denn so komplex das Handwerk auch war, sie hatte selbst den Eindruck, dass das Weben und sie auf ganz natürliche Weise zusammengehörten. So wie Max und seine Zeichenstifte.

Sie musste neuerdings in beinahe jedem Zusammenhang an Max denken, und diese Gedanken gaben ihr Kraft und erfüllten sie mit Wärme und Zuversicht. War das, weil sie sich so ähnlich waren in ihrer Art, sich über die Schönheit der Umgebung zu freuen? Oder weil der Schöpfungsprozess sie beide so glücklich machte, seien es ihre Stoffe oder seine Zeichnungen? Oder einfach, weil sie sich nicht mehr allein fühlte? Das war doch absurd, sie kannten sich ja erst so kurz, und trotzdem war es, als wäre das schon immer so gewesen.

Sie wusste nicht, wie das sein konnte. Wahrscheinlich spielte alles zusammen eine Rolle. Leonie beschloss, sich einfach daran zu freuen und nicht weiter darüber nachzudenken. Das Leben würde ihr schon zeigen, was es neuerdings mit ihr vorhatte.

»Auf jeden Fall hatte Svenja recht«, sagte sie zu Thales, als sie den Schildkröten frische Kräuter brachte. »Glyneck und seine Umgebung sind voller Überraschungen.« Dabei hatte sie überhaupt nicht überrascht werden, sondern einfach nur ihren Frieden finden wollen.

Thales untersuchte das Löwenzahnblatt vor seiner Nase und kroch missmutig weiter.

»Vermisst du Eliot?«, fragte sie ihn. »Na, wir beide scheinen ihm ja nicht zu fehlen. Aber das freut mich. Der scheint richtig aufzublühen auf dieser Insel! Ich bin dem Mädchen dankbar, bei dem er da untergekommen ist.«

Eliots Nachrichten klangen deutlich fröhlicher, als seine Stimmung hier gewesen war. Manchmal fragte er sie sogar um Rat, was Gartenangelegenheiten anging. Er hatte ein Bild von Kaia geschickt. Sie sah sympathisch aus. Leonie beschloss spontan, Eliot den fertigen Farnschal für Kaia zu schicken. Sie wollte der jungen Frau, die ihren Sohn so aufheiterte, eine Freude machen.

Dann würde sie auch hören, wie ihre Schals bei den Leuten ankamen. Sie hatte beschlossen, sich erst einmal darauf zu konzentrieren. Tücher und Schals ließen sich sicher am besten verkaufen, dauerten nicht so lange, und sie hatte so viele Motive im Kopf.

Außerdem hatte sie eine neue Idee, die sie unbedingt mit Max besprechen wollte.

Leonie hatte aber auch ein Problem, das sie besser mit Tammo lösen würde. Wenn sie ihre Produkte verkaufen und ihre Idee umsetzen wollte, benötigte sie unbedingt eine überzeugende Homepage. So etwas schüttelte Tammo aus dem Ärmel.

Also fuhr sie in die Stadt. Das Lokal hatte etwas angenehm Vertrautes, dachte sie, als sie sich an den Tresen setzte. Doch schon nach kurzer Zeit fragte sie sich, wie sie je hatte in der Stadt wohnen können. Ihre Nase war nun die saubere Luft von Wiesen, Wald und Moor gewöhnt, umso deutlicher roch sie die Mischung aus Benzin, den Gasen aus den Gullys, Kohle und Straßenstaub. Alles war voller Lärm und Menschen, und den Himmel konnte man vor lauter Häusern nicht sehen.

Die Atmosphäre im »Mousse & Music« war dennoch angenehm wie immer, und die Himbeer-Waldmeister-Mousse, die Tammo vor sie stellte, war so delikat wie alle, die er komponierte. Tammo war auch ein kreativer Mensch, dachte Leonie. Warum hatte sie jetzt erst bemerkt, dass kreative Leute sie froh machten und nicht Zahlen und Geschäftsmodelle? Aber ohne die hätte sie sich Glyneck nicht leisten können. Alles zu seiner Zeit.

»Eliot scheint es ja richtig gut zu gehen«, sagte Tammo. »Ich höre nur Fröhliches von ihm. Da bin ich sehr erleichtert. Glaubst du, er hat sich verliebt?«

»Ich weiß es nicht. Kann sein, aber ich weiß nicht, ob in Kaia oder in die Insel oder einfach wieder neu ins Leben. Tammo, würdest du mir wirklich die Homepage erstellen? Hast du denn so viel Zeit?«

»Na klar, das mach ich gerne. Erklär mir nur, was du brauchst.«

Sie erläuterte es ihm, während die Mousse auf ihrem Teller trotzdem ziemlich schnell verschwand und er aufmerksam zuhörte.

»Glaubst du, das ist machbar? Ich müsste nur noch Max fragen, ob er mir erlauben würde, eine seiner Zeichnungen als Hintergrund zu nehmen.«

»Dann brauche ich seinen vollen Namen für das Copyright«, sagte Tammo.

»Max Bachmann.«

Sie war froh, dass Tammo sie nicht weiter ausfragte. Sie hätte keine Ahnung gehabt, was sie antworten sollte. Wie hätte sie erklären sollen, wie wichtig ihr dieser Mann in so kurzer Zeit geworden war? Sie verstand es doch selbst nicht, dass er sich wie ein roter Faden durch ihre Gedanken zog und ihre Tage zusammenhielt. Sie würden nie wieder auseinanderfallen, wie sie es vor ihrer Kur getan hatten.

An dem Tag, als sie mit Max in den Anemonenwald fuhr, fühlte sie sich morgens beim Aufstehen wie ein Kind an Weihnachten. Sie beschloss, das einfach zu genießen.

»Ich habe mich sehr auf den Tag gefreut«, sagte Max, als sie zu ihm ins Auto stieg.

So einfach war das.

Auf der Fahrt erklärte sie ihm ihre Idee. »Du hast doch gesagt, man kann bei verschiedenen Organisationen Patenschaften für Moore übernehmen. Was hältst du davon, wenn ich meine Tücher in den Farben und mit Motiven der Landschaft verkaufe und dabei zu den Patenschaften aufrufe? Ich könnte auf meiner Homepage kurz erklären, warum die Erhaltung und Renaturierung der Moore so wichtig für die Artenvielfalt und das Klima sind. Ein Teil der Einnahmen könnte auch dorthinfließen. Wenn du eine deiner Zeichnungen als Hintergrund zur Verfügung stellen würdest und ich zu deiner Homepage verlinke, könnten die Besucher der Seiten sehen, wie voller Wunder diese Landschaft ist. Und meine Schals sind vielleicht auch eine Verbindung dazu – eine, die man sogar anfassen kann. Ich möchte nicht nur die Farben in den Stoffen verwenden. Ich möchte aus Resten auch Applikationen mit einbeziehen, Motive wie der Hecht, Kraniche, Frösche, Vögel. So was.«

Max achtete auf die Straße, aber er hörte ihr aufmerksam zu. »Das klingt nach einer runden Idee. Natürlich kannst du eine oder mehrere Zeichnungen verwenden. Es wäre mir eine Ehre.«

»Das gäbe der Seite einen unverwechselbaren Charakter. Selbst wer kein Tuch kauft, findet vielleicht ein Bild auf deiner Seite und bestellt das. Oder die Leute gehen einfach mal im Moor spazieren. Oder spenden etwas. Im besten Fall kaufen sie einen Schal, eine Moorpatenschaft und ein Bild von dir.« Sie lachte. »Ich weiß, dass das dauert, bis ich überhaupt die ersten Besucher haben werde. Aber Marketing kann ich gut. Und bei all dem Material, was wir haben … Fotos habe ich auch schon gemacht, auch in der Webstube, das gibt gute atmosphärische Eindrücke. Und die Garne – ihre Farben in Kombination mit der Landschaft, auch mit dem Garten von Glyneck. Das wird einladend wirken, denke ich.«

»Da bin ich sicher. Mir gefällt der Gedanke sehr gut. Und

bestimmt kannst du die entsprechenden Organisationen, die die Moorpatenschaften betreuen, auch davon überzeugen, zu dir zu verlinken, wenn alles angelaufen ist.«

»Oh ja. Daran hatte ich noch gar nicht gedacht. Das wäre sehr hilfreich.« Was für eine Wohltat, dass er so mitdachte und voller Begeisterung auf ihre Überlegungen einging. So war es früher mit Tammo nicht gewesen. Jeder hatte sein Ding gemacht, vielleicht weil diese Dinge so verschieden gewesen waren.

Dann ließen sie das Auto stehen und wanderten tief in den Frühlingswald. Das junge Grün der Blätter glühte förmlich in den Bäumen, denn es war noch früh, und die Sonne stand noch nicht hoch. Licht und Schatten tanzten auf dem Waldboden, goldene Flecken huschten über das Laub vom Vorjahr und über den Teppich aus weißen Buschwindröschen.

»Die Japaner nennen das *Komorebi*«, sagte Max. »Dieses tanzende Licht, das durch Bäume fällt und einen so berührt.«

Spechte trommelten in den Bäumen, Meisen und Amseln zwitscherten und flöteten im Gebüsch. Zwischen den hellen Buschwindröschen blitzte ab und an ein blaues Leberblümchen wie ein Augenaufschlag. Der Boden war weich vom Regen, der Baumstamm, auf den sie sich irgendwann setzten, aber schon trocken von der Sonne. Sie tranken Tee aus der Thermoskanne, aßen Kekse, blieben lange und redeten über alles, was ihnen in den Sinn kam, und das war jede Menge. Eines führte zum anderen wie die Fäden in Leonies Geweben, fügte sich zusammen und wurde ein farbiges, wunderbares Ganzes.

Später, auf der Heimfahrt, hielten sie an einem Bach. Dort verweilten sie auf einer Brücke, unter ihnen floss und plätscherte es, Enten balzten, und Frösche jagten einander. Schwertlilien schoben grüne Blätter aus dem Wasser. Max und Leonie genossen schweigend.

Nach einer Weile trafen sich ihre Blicke, und sie sah das Leuchten in seinen Augen, die pure, tiefe Freude an der Schönheit um sie herum, an dem Licht in den jungen Blättern und dem Duft nach Veilchen und Frühling. Sie teilten das Glück über den Neubeginn, das Lied der Lerchen über ihnen im weiten Himmel, das Spiel des Windes in den Gräsern und an den Taumelkäfern und den Mustern in der klaren Tiefe des Wassers. Leonie fühlte das Echo von all dem in ihrem eigenen Blick und spürte, dass er es sah und dass sie einander in all dem nahe waren, näher vielleicht als durch eine Berührung, gleich welcher Art.

Die nächsten Tage stürzte sich Leonie in die Gartenarbeit. Alles wuchs jetzt so schnell, dass sie kaum hinterherkam. Sie musste häufig etwas nachlesen oder Svenja fragen. War das mit den gezackten Blättern jetzt Unkraut oder doch das Silberblatt, das sie gesät hatte? Und wenn es Wildwuchs war, war es wirklich Unkraut, das die anderen Pflanzen erdrücken konnte, oder vielleicht ein Kraut, das einfach nur hierhingehörte? Und eventuell sogar essbar war, wenn nicht im Salat, dann für die Schildkröten?

Sie gewöhnte sich an, nachmittags zu weben, die Vormittage aber im Garten zu arbeiten. Dann, wenn der Morgen frisch und kühl und neu war und sie so mit Glück erfüllte, dass sie gar nicht wusste, wohin damit. Manchmal hatte sie das Gefühl, die Freude über all das, was um sie herum blühte, summte, kroch und zwitscherte, sei so groß, dass sie nicht mehr damit zurande kam.

Bis ihr einfiel, dass es dafür vielleicht eine Lösung gab. Ehe sie der Mut verließ, schrieb sie Max eine Nachricht. Ob er nicht in den Garten kommen wolle. Es gebe auch Knopfkekse.

Und Max kam. Er sah sich glücklich um, berührte hier eine Blüte, strich dort über ein Blatt, richtete einen geknickten Stängel auf und roch an den Schwertlilien. Wenn sie die Freude mit ihm teilen konnte, wurde sie fassbar und dennoch doppelt so schön.

»Ich fand als Kind schon, dass dieser Garten ein glücklicher Ort ist«, sagte Max und sah zu Robins Krone auf. »Aber jetzt ist es besonders schön, hier zu sein.«

Er half ihr wie selbstverständlich bei den Gemüsebeeten, besichtigte ihren Webraum, bewunderte die alten Fliesen von Glyneck und begriff sofort, warum auch diese Leonie zu Webmustern inspirierten.

Sie arbeiteten gemeinsam am Holzstapel, und später saßen sie zusammen auf der Bank, die Füße barfuß im Gras, und redeten, schwiegen oder lachten über dieselben Dinge. Leonie fiel auf, wie wenig sie in den letzten Jahren gelacht hatte. Viel zu wenig! Sie hatte es beinahe verlernt. Selbst den alten Herren war das aufgefallen.

»Unser Mädchen ist viel zu ernst«, hatte sie Gerd zu Uli sagen gehört und dessen bekümmerte Antwort: »Ich weiß. Aber das muss sie selbst herausfinden. Sie braucht Freunde.«

Nun, jetzt hatte sie es herausgefunden. Und Freunde hatte sie auch. Mit Merle und Svenja lachte sie ebenfalls viel, und auch das tat gut. Doch mit Max war es noch anders. Es erfrischte sie völlig und machte sie innerlich ganz leicht.

»Max scheut sich vor Beziehungen. Er hat schlechte Erfahrungen gemacht«, hatte Merle vor einiger Zeit gesagt. »Er kann sehr gut allein sein. Ich denke, er ist absolut zufrieden, so wie es jetzt ist. Er hat seine Ruhe und kann tun, was er möchte, niemand mäkelt an ihm herum oder schreibt ihm etwas vor.«

»Ich will auch keine Beziehung mehr«, hatte Leonie mit Überzeugung geantwortet. »Ich genieße es so sehr, mir den Tag selbst einteilen zu können, auf Glyneck mit dem Garten und dem Weben glücklich zu sein, Zeit zu haben und auf nichts und niemanden Rücksicht nehmen zu müssen. Ich kann auch sehr gut allein sein. Ich finde es wunderbar.«

Aber da hatte sie noch nicht damit gerechnet, dass die Freude bei all dem zu groß werden würde, um allein damit fertigzuwerden. Und schon gar nicht hatte sie damit gerechnet, dass es jemanden geben könnte wie Max. Jemanden, der dermaßen seelenverwandt mit ihr war, der sie mit und ohne Worte verstand, mit dem man schweigen und ernst und albern sein konnte.

Jemand, der ihr auf einmal fehlte, wenn er nicht bei ihr war. Einer, mit dem alles passte, als sollte das genau so sein, an diesem Punkt in ihrem Leben.

Sie hatten beide so viel erlebt, dass sie nichts voneinander erwarteten. Beide kamen sie mittlerweile mit sich selbst zurecht und brauchten nicht zwingend jemand anderen. Und sie mussten nichts mehr ändern, jedenfalls wenig an sich und nichts am anderen.

All das machte sie frei – frei genug, um einander nahe zu sein. Nahe, indem sie einfach nur in einer geliebten Landschaft standen, den Margeriten im Wind zusahen und voneinander wussten. Wussten, dass sie etwas gemeinsam hatten, das tiefer war als Worte und frei von Zeit, etwas, das wie das Wasser unter dem Boden floss, eine urtümliche, schlichte, machtvolle Lebendigkeit, in deren Strom sie sich begegnet waren. Sie wussten beide längst um die Kostbarkeit solcher Augenblicke, die mit dem Strom vorübertrieben, unaufhaltsam. Und dass das Staunen und Sehen und Erleben und das Glück darüber die einzige Möglichkeit war, etwas davon festzuhalten, in einer sicheren Schatzkammer in ihrem Innersten.

Das Zusammensein mit Max veränderte sie.

»Unser Mädchen strahlt so«, sagte Franz bei einer der Skatrunden im Garten, bei der die alten Herren unter Robin im Schatten saßen und Unmengen von Berliner Weiße mit Himbeersirup und Knopfkeksen verputzten. Ihre Stimmen trieben zum Küchenfenster herein.

»Ja, ja«, sagte Gerd. »So was kommt von so was.«

»Meinst du wirklich, dass es das ist?«, fragte Franz entgeistert.

»Mir ist wurscht, warum es ihr gut geht, Hauptsache, sie ist glücklich«, sagte Uli zufrieden und verzichtete zu Leonies Erleichterung darauf, sie später auszufragen. Denn sie hätte ihnen immer noch nicht erklären können, was das war.

Wenn sie abends einschlief und morgens aufwachte, Max' Nachrichten las oder nur an ihn dachte, musste sie über sich selbst lachen wegen ihrer kindlichen Ungeduld, ihn wiederzusehen.

Doch später dann, wenn sie mit ihm unter der blühenden Traubenkirsche am kleinen See stand und der Nachtigall lauschte oder wenn er sie mitten im weiten Land auf einen Berg führte, der über und über mit strahlend gelben Schlüsselblumen bedeckt war wie aus einem Bilderbuch, in denen die Hummeln vom Nektar trunken summten, während dahinter die Wolken zarte Federmuster in den Himmel zeichneten –, dann machte sie sich keine Gedanken mehr darüber. Dann war sie sicher, dass alles richtig und einfach nur gut war. Und dass es so etwas tatsächlich auch geben konnte.

Sie hatte es nie gewusst, und nun war es ihr begegnet, einfach so. Sie hörte auf, sich zu fragen, ob sie das verdient hatte und warum gerade sie. Sie nahm es einfach in sich auf, voller Dankbarkeit und Staunen, und dabei wurde es größer und weiter, und sie lehnte sich an Max und spürte seine Wärme, spürte, dass es ihm genauso ging und er bei ihr war, hier in diesem Augenblick.

Keiner von ihnen wusste, wie lange es dauern würde. Sie waren nicht mehr jung. Aber das spielte keine Rolle. Denn jetzt und hier war es so unfassbar und wunderbar groß.

27

Auf Sendung

Der Sommer kam mit Macht und brachte eine große Trockenheit mit sich.

Leonie fand heraus, an welchen Stellen sie am besten den Sprenger aufstellen konnte und welche Lücken sie von Hand gießen musste. Es tat ihr weh, wenn sie irgendwo eine Pflanze übersehen hatte, die dann die Blätter hängen ließ.

»Ich bin doch mit jeder Einzelnen inzwischen befreundet!«, sagte sie ungeniert zu Svenja und Insa und fragte sich belustigt, was wohl ihre ehemaligen Kunden von so einer Bemerkung gehalten hätten. Doch das spielte zum Glück keine Rolle.

»Ich wusste gleich, warum ich Glyneck gerade an dich weitergeben wollte«, meinte Svenja nur, und Insa lächelte in sich hinein und nickte dazu, während Robin einen kleinen grünen Pfirsich fallen ließ, als wollte er einen Punkt dahinter setzen.

Sie arbeitete mittlerweile an drei verschiedenen Geweben gleichzeitig. Merle fand ihren Ansatz mit den Motiven und den Farben aus der Natur spannend, auch wenn sie Leonies tiefe Liebe zum Garten und der Landschaft längst nicht in dem Maße teilte wie Max. Sie unterstützte sie mit Rat und Tat und Tricks und Kniffen, und Leonie wurde immer hoffnungsfroher, dass aus ihrem Projekt etwas werden konnte.

Die Website war richtig schön geworden. Leonie platzte insgeheim vor Stolz darüber und zeigte sie den alten Herren. Die schauten etwas ratlos darauf, denn bis auf Gerd konnte mit dem Internet keiner von ihnen so richtig etwas anfangen.

Dennoch lobten sie alles voller Begeisterung, und Leonie beschloss, sie nicht mit weiteren Erklärungsversuchen zu quälen.

Sie bot auf der neuen Seite die ersten Tücher an, und gleichzeitig überkamen sie Zweifel. Wenn sie selbst die Farben mit den zarten Applikationen sah, dann hörte sie den Wind im Schilf flüstern, sah die Fische im goldbraunen Wasser flitzen und die Kraniche elegant über die Wiesen segeln. Doch was würde jemand denken, der das Moor und die Moorwiesen nie gesehen hatte? Der sich vielleicht unter einem Sumpf nur eine matschige Pfütze vorstellte? Würden sie wenigstens ein hübsches Tuch sehen oder die Website nur verständnislos wegklicken?

Nachdem sie ihre ersten Werke online gestellt hatte, wartete sie gespannt, doch nichts passierte. Sie hatte nichts anderes erwartet und gleichzeitig wider besseres Wissen gehofft. Die Welt hatte weder auf ihren neuen Internetauftritt noch auf ihre Tücher gewartet. Dass die alten Herren, die das Internet mit einem Schaufenster an der Ecke gleichsetzten, ständig fragten, ob schon jemand Interesse gezeigt hatte, machte es nicht besser.

»Denk an die Marienkäfer!«, sagte Uli, als Leonie immer noch den Kopf schüttelte. »Geduld haben und warten, bis es warm wird. In dem Fall bis die Leute anfangen, sich zu interessieren.«

Er hatte recht, fand sie und beschloss, in die untere Ecke ihrer Tücher grundsätzlich einen kleinen Marienkäfer zu sticken. Das sollte ihr Logo werden, und irgendwann würde es ihr Glück bringen. Das war schließlich die traditionelle Aufgabe der Käfer.

Tammo schmunzelte und arbeitete das neue Logo sofort in den Header der Website ein. »Schreib auch die Geschichte dazu auf«, forderte er. »Von dir als Mädchen und von den Rosen und

Läusen und der Hoffnung auf die rettenden Käfer. So was kommt gut an. Dann wissen die Menschen, was du damit sagen willst.«

Also tat sie das. Nur änderte sich nichts.

Dann tauchten Uli und seine Freunde am Tor von Glyneck auf, bewaffnet mit Holz, Glas, Hammer und erschreckend großen Nägeln. »Du brauchst einen Schaukasten«, erklärte Gerd wichtig. »Das haut voll rein! Die Menschen, die hier spazieren gehen, werden alle stehen bleiben und so ein Tuch wollen. Du musst all deine Informationen, auch zu dem Spendenprojekt, und einen Ausdruck deiner Wit – Website reinhängen und dein schönstes Tuch natürlich. Wirst sehen, dann rennen sie dir die Bude ein.«

Uli sagte nichts, aber er baute den Kasten zusammen.

»Gerd, dein Optimismus in allen Ehren«, sagt Leonie, »aber der Moosbeerenweg ist eine Sackgasse. Eine klitzekleine Seitenstraße. Nicht einmal die Spaziergänger, die das Moor sowieso schon lieben, kommen hier vorbei.«

»Man muss aber alle Register ziehen«, meinte Franz dunkel. »Aufgeben gibt's nicht.«

Nein, an Aufgeben hatte Leonie auch nicht gedacht. Dafür war ihr ihre Idee zu wichtig, das Weben zu lieb, und finanziell war sie ja zum Glück nicht unbedingt darauf angewiesen, obwohl Glyneck sie mehr kostete, als sie geahnt hatte. Instandsetzungen von Haus und Garten, die Webstühle, Garn, Grundsteuer, all das summierte sich doch ganz ordentlich.

Außerdem konnte sie gar nicht unglücklich sein. Sie traf sich regelmäßig mit Max, der sie mit Freude in nahe Gegenden mitnahm, die sie noch nicht kannte und sich im Traum nicht hatte vorstellen können. Auf einen Berg voller blühender weißer

Büsche und mit einem Ausblick über blaue Seen und Schwärme von zauberhaft schönen Silberreihern. Zu einem verwunschenen Schloss mit einem Park voller geheimnisvoller Ruinen und zartgrüner Trauerweiden, die in langen Röcken im Wind zu tanzen schienen. In ein Seengebiet voller Ausblicke, angesichts derer sich ihre Seele glücklich weitete und ins Land flog wie in Eichendorffs bekanntem Frühlingsgedicht. Es ging gar nicht anders, und mit Max zusammen sowieso nicht. Da blieb kein Platz für trübe Gedanken.

Er machte ihr Mut. »Ich habe dich mit meiner Seite verlinkt«, sagte er. »Allerdings liegt es mir nicht so, mich zu verkaufen. Jede Menge Leute finden meine Zeichnungen richtig toll und schreiben mir das auch, nur bedeutet das noch lange nicht, dass sie eine erwerben. Man muss Geduld haben.«

»Ja, ich weiß. Wie die Marienkäfer.«

Leonie seufzte und fragte sich, ob ihre im Laufe des Lebens so gut trainierte Geduld wohl irgendwann doch einmal aufgebraucht sein würde. Und ob sie mit fortschreitendem Alter wohl zu- oder abnahm? Die Marienkäfer wurden nicht alt genug, um ihr darüber Auskunft zu geben.

Und was das mit Max war, wusste sie auch noch nicht. Oder was es werden würde. Auch das brauchte wohl Geduld. Geduld mit sich selbst, Geduld mit ihm und Geduld mit ihnen beiden. Sie war doch alt genug, um zu wissen, dass man manchmal einfach abwarten und den Dingen ihren Lauf lassen musste.

Nur leicht war das trotzdem nicht.

Mit ihren Geweben zumindest wurde sie immer zufriedener.

»Komm doch mal mit auf den Markt«, schlug ihr Merle vor. »Es gibt zu Pfingsten einen kleinen Kunsthandwerksmarkt um den Dorfteich in Glienicke herum. Ich habe da einen Stand, du könntest versuchsweise ein paar Tücher ausstellen, und wir sehen mal, wie sie ankommen.«

»Meinst du? Wirklich?« Es war eine Sache, vom Verkauf der eigenen Werke zu träumen, aber eine ganz andere, sich dem wirklich persönlich zu stellen. »Das ist doch viel zu früh. Ich bin noch nicht gut genug.«

»Denkst du? Nun, das wirst du ja dann herausfinden. Was hast du denn zu verlieren?«

Der Markt war eine aufregende Erfahrung für Leonie. Vorher hatte sie Bauchgrummeln. Doch mehrere Leute blieben zu ihrer Überraschung stehen, stellten Fragen und fanden die Tücher schön. Sie verkaufte tatsächlich alle drei und brachte sogar eine Moorpatenschaft auf den Weg.

Davon ermutigt, stellte sie ein Gewinnspiel auf ihrer Website ein. Unter allen, die bis zu einem Stichtag eine Moorpatenschaft übernahmen, würde sie eines ihrer schönsten Tücher verlosen. Die Ausschreibung hängte sie auch in den Schaukasten.

Zwei Tage später tauchte ein Mann am Tor auf und fragte Leonie, die gerade im Garten arbeitete, ob sie ihm ein Tuch für seine Frau verkaufen würde, denn die hätte so eines neulich an ihrer Freundin gesehen, die es auf dem Markt gekauft hatte, und wäre ganz begeistert davon.

Vielleicht funktioniert die vielgerühmte Mundpropaganda ja doch am besten, dachte sie. Leonie fasste Zuversicht, aber bei diesen zaghaften Erfolgen blieb es. Nichts weiter geschah, da nützten auch alle Anstrengungen auf Internetplattformen nichts, wo sie vom Moor erzählte, wie voller Wunder es war und wie wichtig, und Bilder dazu postete.

»Die Weihnachtsmärkte bringen was, wirst sehen«, tröstete Merle sie.

Doch das war noch sehr lange hin, und Leonie war inzwischen etwas entmutigt. An einem trüben Morgen, an dem sich keine Sonne zeigen wollte und eine graue Schwüle über Glyneck lag, erschien ihr auf einmal die Farbe der Giebelwand unerträglich. Der Rest des Hauses trug sein eigenwilliges, aber anheimelndes dunkles Rosa mit Würde. Doch die Giebelwand war über die Jahre hier und da unregelmäßig mit hellgrauem Putz ausgebessert worden, und das nicht gerade ordentlich. Undefinierbare dunkle Flecken zeigten sich dazwischen. Dabei war doch diese Seite des Hauses sein Gesicht, das sich dem Besucher zeigte! Glyneck verdiente ein freundliches Antlitz, das seinem Charakter entsprach und nicht Besucher und mögliche Kunden gleichermaßen abschreckte.

Leonie stöberte im Keller kurzerhand nach Farbresten und fand auch einige Pinsel. Bei manchen sträubten sich schon die Borsten, aber darauf konnte sie keine Rücksicht nehmen. Da sie an sich noch kein Talent zum Malen entdeckt hatte, hätten sich die Haare der Pinsel sicher früher oder später vor Schrecken sowieso aufgestellt, vermutete sie. So würde es vielleicht einen interessanten Effekt ergeben, wenn sie damit arbeitete. Nicht schön, aber möglicherweise originell.

Sie war so voller aufgestautem Frust und nervöser Energie, dass sie, ohne zu zögern, trotzig den ersten breiten Strich ansetzte, unten mitten auf der Wand.

Und dann entwickelte es sich wie von selbst, wie zu einer stummen, dramatischen Musik, einer Ouvertüre mit Pauken und Trompeten. Aus dem Strich erwuchs ein Baumstamm und aus dem Stamm starke, ausholende Äste. Die abstehenden Pinselhaare sorgten für eine holzähnliche Maserung. Der Baum wuchs kraftvoll zum Giebel hin und breitete seine knallgrüne Krone an der ganzen oberen Hälfte der Wand aus.

Dahinter war heiterer blauer Himmel zu sehen, und dazwischen erahnte man warmes, gelbes Sonnenlicht, das auch den Stamm umspielte. Dessen Rinde leuchtete in allen Regenbogenfarben, die sich in sein raues Muster schmiegten, und runde, bunte Früchte hingen reif in den Ästen. Die Wurzeln umgab eine Wiese, auf der Gräser blühten. Man konnte förmlich sehen, wie der Wind hindurchfuhr.

Leonie stand auf der Leiter und malte und malte, verteilte großzügig und mit stiller Überzeugung alle Farben, die zur Verfügung standen, als wäre sie der Sommer persönlich. Sie wusste nicht, woher dieser Impuls gekommen war, und auch nicht, woher sie auf einmal die Fähigkeit in sich gefunden hatte. Es kam von irgendwoher aus ihrem Innersten, und sie vergaß die Zeit und sich selbst völlig, bis auch der letzte Tropfen Farbe verbraucht war und die gesamte Giebelwand ein verändertes Gesicht zeigte.

»Donnerwetter«, sagte Insas Stimme von unten. »Das ist doch mal 'ne Ansage! Finde ich großartig.«

Leonie sah nach unten. Dort standen Insa und Max und staunten.

»Da steckt so eine Art Urkraft drin«, stellte Max fest. »Ich fühle mich beim bloßen Anblick lebendiger! Ich wusste gar nicht, dass du das kannst.«

»Ich auch nicht«, sagte Leonie verblüfft, schüttelte den Krampf aus ihrem Arm und stieg etwas mühsam von der Leiter. Max würde so etwas nicht sagen, wenn er es nicht auch genau so meinte. Sie selbst sah nur noch ein Durcheinander von Farben. Erst als sie das Haus von der Straße aus betrachtete, erfasste sie das Gesamtbild und erschrak.

»Keine Ahnung, was mich da überkommen hat!«

Aber je länger sie den Baum ansah, desto besser gefiel er ihr. Trotz seiner Wucht und Dynamik wirkte er heiter und freundlich. Ja, tatsächlich lebensfroh.

Leonie hatte etwas Bedenken, was Svenja zu dieser Wandlung ihres ehemaligen Zuhauses sagen würde. Doch als sie sie wieder einmal abholte, lachte diese auf.

»Wunderbar, liebe Leonie! Endlich bekommt das alte Heim einen neuen, frischen Charakter. Respekt. Das war nötig. Jetzt sieht man ihm endlich sein echtes Wesen an.«

Einige Tage später blieb eine Frau stehen und beugte den Kopf über das Gartentor.

»Hallo?«

Leonie kam um die Ecke, Kräuter für die Schildkröten in der Hand und einen Teller Knopfkekse, die sie Insa hinüberbringen wollte. »Ja? Kann ich Ihnen helfen?«

»Haben Sie schon. Ich wollte nur sagen, seit Sie dieses Haus angemalt haben, steigt meine Laune, immer wenn ich morgens auf dem Weg zur Arbeit daran vorbeigehe. Dafür wollte ich mich mal bedanken.«

Leonie spürte, wie sie rot wurde. »Oh! Das freut mich.« Vor Verlegenheit hielt sie der Frau den Teller unter die Nase.

»Wie originell. Danke!« Die Frau kaute und betrachtete das Tuch im Schaukasten. »Ich werde mich mal auf Ihrer Seite umsehen. Vielleicht macht so ein schönes Tuch mir ja noch mehr gute Laune.«

Es gingen zwar nicht mehr Menschen vorüber als zuvor, aber jene, die es taten, hatten von nun an angesichts des bunten Hauses ein Lächeln übrig. Für Leonie, für Glyneck, und manchmal nahmen sie eine Visitenkarte aus dem wasserdichten Kästchen, das Uli inzwischen auch noch angebracht hatte.

Leonie war es schon beinahe wieder egal, dass sie so wenig verkaufte. Max und der Sommer machten sie allzu glücklich. Es gab so viel zu entdecken, in der Nähe und auch manchmal etwas weiter weg. Im Garten gab es zudem genug zu tun.

Ihre Werke entwickelten sich währenddessen immer besser, und die Ideen gingen ihr nicht aus. Die Johannisbeeren und die Erdbeeren wurden reif. Und die Tage waren so lang, dass die Kinder der Gegend bis in den späten Abend hinein draußen spielten und sich mehr Kekse holten als sonst.

Eliot schien gar nicht mehr wiederkommen zu wollen. Nur zuversichtliche Nachrichten landeten auf Leonies Handy.

Ich kann Kaia hier helfen, und es ist so schön auf der Insel. Ich glaube, das Schwimmen und die Gartenarbeit tun meiner Hand gut. Und außerdem habe ich eine Idee und probiere gerade etwas aus.«

Und die unbekannte Kaia schickte sogar eine Postkarte und ein Päckchen. »*Ich bin ganz gerührt über das wunderschöne Tuch. Und angenehm zu tragen ist es auch noch. Ich freue mich sehr! Das Beigelegte ist ein kleiner Dank aus der Töpferei meiner Freundin, Galerie Sommerblau, siehe ihre Visitenkarte. Übrigens, ich glaube, Eliot geht es besser.«*

Aus dem Päckchen kam eine wunderschöne Vase zutage, leicht unregelmäßig und mit einer matten, leuchtend blauen Glasur, auf der mit einer interessanten schwarzen Masse bizarre Bäume aufgebracht waren. Leonie gab ihr einen Ehrenplatz auf dem Tisch im Wintergarten, steckte eine blaue Schwertlilie hinein und schickte ein Bild davon an Eliot mit einem herzlichen Dank an Kaia.

»Diese Galerie Sommerblau würde ich mir gern mal ansehen«, sagte sie zu Max, ohne es allzu ernst zu meinen.

»Warum nicht? Wir könnten doch ein paar Tage nach Poel fahren und deinen Sohn besuchen. Ich würde gern am Meer Motive finden«, sagte er.

»Ich weiß gar nicht, wann ich das letzte Mal am Meer gewesen bin«, fiel Leonie auf.

Doch dann vergaß sie diese Idee wieder. Sie kam gar nicht mehr dazu, darüber nachzudenken. Denn noch am selben Tag klingelte jemand am Gartentor.

Es war einer jener scheinbar endlosen Sommernachmittage, an welchen die Welt von einem warmen goldenen Dunst verzaubert scheint, es nach Lindenblüten und Honig duftet und die Erdbeeren genau richtig schmecken, an denen das Gras kühl unter nackten Füßen ist, junge Meisen in den Büschen Flugversuche machen und Schmetterlinge wie trunken paarweise über den Margeriten taumeln.

»Entschuldigen Sie bitte die Störung. Anne Lingen. Ich drehe Beiträge für einen Fernsehsender.« Die Frau, die etwa in Leonies Alter war, reichte ihr eine Karte über das Tor. »Eine Bekannte hat mir von diesem Haus erzählt. Ich mache nämlich eine Serie über ungewöhnliche oder liebenswerte Häuser.«

Leonie betrachtete die Karte. Sie kannte den Sender. Sie sah sich beinahe jeden Abend das betreffende Magazin an. Wenn es nicht gerade zu schön draußen war, aber dann manchmal sogar später noch aus der Mediathek. Sie brachten interessante Beiträge aus der Region. Und den Namen Anne Lingen hatte sie schon oft im Abspann gelesen.

»Guten Tag«, sagte sie verlegen. »Ich weiß. Ich sehe Ihre Sendung regelmäßig.«

»Wie schön!« Die Frau strahlte. »Dann wissen Sie ja, dass wir seriös sind. Ihr Haus gefällt mir auf Anhieb. Wären Sie eventuell bereit, dass wir einen Beitrag darüber machen?«

Leonie fühlte sich überrumpelt. Und erschrocken. Und ein wenig geschmeichelt, um Glynecks willen. »Müsste ich da etwa vor die Kamera? Das möchte ich nicht.«

Anne Lingen sah sie bittend an. »Wir können das auf ein Minimum beschränken, wenn Sie möchten. Aber Sie müssten mir einiges über das Haus erzählen. Und mich und mein Kamerateam reinlassen. Wir machen natürlich in Ruhe einen Termin. Wenn es Ihnen passt. Es ist nur, die Wetterlage ist gerade günstig in den nächsten Tagen.«

»Na, wenn überhaupt, dann besser bald. Sonst werde ich nur immer nervöser«, platzte Leonie heraus.

Frau Lingen deutete auf den Schaukasten. »Es wäre doch auch gute Werbung für Sie. Das ist zwar nicht unsere Absicht, aber ein schöner Nebeneffekt. Ihre Weberei würde ich zu gerne sehen!«

»Dann kommen Sie doch erst einmal herein und entscheiden Sie, ob es hier wirklich genug Interessantes für einen Fernsehbeitrag gibt«, sagte Leonie, plötzlich entschlossen.

Schließlich bekam man so eine Chance nicht alle Tage. Und Max würde ihr beistehen. Das wusste sie, ohne dass sie ihn fragen musste. Der Gedanke daran, wie selbstverständlich und natürlich sich das schon anfühlte, gab ihr Kraft.

Am Ende war es viel leichter als gedacht. Max war an ihrer Seite, die Kameraleute fröhlich und sympathisch und Anne einfühlsam und voll ehrlichen Interesses. Leonie sah bestimmte Winkel von Haus und Garten durch Annes Fragen neu und anders. Die Knopfkekse schmeckten den Fernsehleuten auch und wurden prompt in den Beitrag integriert, mitsamt den hungrigen Nachbarskindern, die mitten im Dreh auftauchten. Die Schildkröten und Robin, an dessen Zweigen sich die Pfirsiche zu runden begannen, natürlich auch.

Als Leonie später den fertig geschnittenen Film sehen durfte, staunte sie, wie verwunschen und zauberhaft Glyneck mitsamt ihrer Webstube erschien und wie professionell ihr Tun und das Drumherum wirkten. Die Tücher kamen bestens zur Geltung und vor allem auch ihr Anliegen, dem Moor und seinen Wesen zu mehr Schutz und Beachtung zu verhelfen. Anne war von diesem für sie ungeahnten Aspekt sehr angetan gewesen. »Das ist hochaktuell«, sagte Anne befriedigt.

»Gratuliere«, sagte Merle, die einige Tage später anrief, kaum dass der Abspann der Sendung gelaufen war.

»Mein Fröschle im Fernsehen!«, verkündete Uli voller Stolz.

»Gut geschnitten«, befand Max voller Anerkennung. »Gute Dramaturgie, und die Ästhetik stimmt auch.«

»Echt cool, Mama«, schrieb Eliot.

Und dann fing es an. Ihre Website hatte in den ersten Tagen nach der Sendung plötzlich zigmal so viele Aufrufe wie in den ganzen Wochen zuvor. Dann flachte es wieder etwas ab, aber nicht ganz. Auf ihren Kanälen vervielfachte sich die Zahl der Abonnenten. Schließlich begannen die Bestellungen. Erst tröpfelte es, dann wurde ein langsamer Strom daraus. Vor allem als auch noch ein Umweltmagazin anfragte, ob es einen Artikel über Leonie und ihr Engagement drucken dürfte.

»Wie soll ich das nur schaffen?«, fragte sie, schwankend zwischen Freude, Erstaunen und Überwältigung.

»Mach einfach einen Schritt und ein Tuch nach dem anderen«, sagte Max und nahm sie kurzerhand in den Arm.

Ja, dachte Leonie, hielt sich fest und atmete seinen schon vertrauten, tröstlichen Geruch ein. Mit Max schaffe ich alles, und es ist ein wundervolles Abenteuer.

Sie hatte schon geliebt, sich verliebt, sich geirrt, war gescheitert, manches war gelungen in all diesen Dingen. Doch noch nie waren für sie wegen der Gegenwart eines anderen Menschen die Wiesen viel grüner gewesen, der Himmel viel weiter und die Bäume ein so großes Wunder. Noch nie hatte sie sich selbst so klar gespürt und das Leben so tief berührt, nur weil da jemand war, der das mit ihr auf seine besondere Weise teilte.

Dennoch blieben sie beide vorsichtig miteinander, sehr vorsichtig. Manchmal war es, als wagten sie kaum zu atmen, nur um keinen Fehler zu machen, so kostbar war ihnen das, was sich unerwartet sacht und so fein und zerbrechlich wie silberne Spinnenfäden zwischen ihnen wob.

Sie hatten so viele Jahrzehnte gebraucht, um einander zu begegnen, nun nahmen sie sich die Zeit, es auch richtig zu machen.

Kaia

Insel Poel

2019

28

Lebenskräfte

Kaia fotografierte Ricardas Brief ab, bevor er womöglich zerbröselte. Dann lief sie gespannt in die Küche.

Die Rückwand im Gewürzregal ließ sich tatsächlich herausnehmen. Dahinter standen säuberlich aufgereiht Dosen, etikettiert in einer leicht zittrigen Handschrift. *Samen vom Tilda-Raps, Samen von der Anton-Bohne, Samen von der Poel-Erbse.* Alle datiert von 2016 und 2017.

»Wenn schon, dann Ricarda-Erbse«, murmelte Kaia. Diese Samen sind zwar nicht so alt wie meine Sonnenblumensamen, dachte sie. Aber wie seltsam! Meine, die mir mal so viel bedeutet haben, sind wieder aufgetaucht, kaum dass ich hier war. Auf Umwegen zwar, aber trotzdem. Und jetzt bin ich diejenige, die Ricardas Samen findet, an denen ihr so viel lag! Das muss ich Remy erzählen. Das ist genau die richtige Geschichte für sie. Die passt in ihre Zeitung. Und zu dem Geschichtengarten natürlich …

»Kaia? Wo bist du?« Eliot kam auf die Terrasse gestürmt, wo sie sich zum Nachdenken in den Liegestuhl gelegt hatte. »Ich habe eine Idee!« Er setzte sich auf den anderen und fuchtelte mit seinem Handy. »Hör mal!«

Kaia hörte nur ein Rauschen, bis sie begriff, dass es das Meer war. »Meeresrauschen. Sehr schön, mag ich auch.«

Er schüttelte ungeduldig den Kopf. »Nicht nur! Das rauscht

ganz unterschiedlich! An den Steinen. Am Sand. Bei Wind. Wenn ein Schiff vorbeikommt. In der Brandung klirren die Muscheln und die Kiesel. Manchmal ist es nur der Wind. Der hört sich auch ganz verschieden an. Im Moor, im Schilf. In den unterschiedlichen Bäumen. Warst du schon in diesem unglaublichen Reetmoor?«

»Ja, war ich«, sagte sie belustigt.

»Das ist noch viel schöner als unser Teufelsbruch in Spandau. Dort gibt es noch Froschquaken und das Insektengesumm. Libellenflügel knattern manchmal. Und die ganzen Vogelstimmen! Die sind einfach irre. Der Drosselrohrsänger und der Zaunkönig und die Möwen und die ganzen Wasservögel ...«

»Ja ...?« Kaia hatte es schön gefunden, aber nicht weiter darauf geachtet. Sie war mit Sehen beschäftigt gewesen. Vielleicht vernachlässigte man manchmal allzu leicht das Hören, dachte sie und nahm sich vor, das nächste Mal besser hinzuhören. So wie Eliot mit leuchtenden Augen davon sprach, klang es spannend.

»Ich habe alles aufgenommen, aber das Handy kann das nicht gut wiedergeben. Und ich werde mir ein besseres Mikrophon holen«, erklärte Eliot. »Ich habe auf meinem Rechner so ein Musikprogramm, aber auch da werde ich mir ein besseres besorgen. Ich werde all diese wunderbaren Geräusche mit ein paar Takten Musik oder auch nur Tönen unterlegen, ich kann die Geräusche beliebig ordnen und gruppieren und unterschiedlich betonen, und dann werden ganz eigene kurze Kompositionen daraus, die ich ins Netz stellen kann! Die Maus bedienen kann ich schließlich noch, und wie Svenja richtig bemerkte, mein Hirn war nicht verletzt!« Er klang völlig aufgeregt. Wie Nele, als sie neulich von der Entdeckung einer Variante ihrer speziellen Glasur erzählt hatte. Diese Kreativen, dachte Kaia nachsichtig und ein wenig neidisch. Sie brauchen einfach nur einen Impuls, und schon sind sie vollkommen glücklich.

»Das wird gut! Das wird richtig gut!«, bescheinigte sich Eliot selbst und verschwand nach oben, ohne auf eine Reaktion von Kaia zu warten.

Sie musste lachen. Aber sie war ehrlich gespannt auf das, was er produzieren würde. Sicher würde es nicht lange dauern, bis sie etwas zu hören bekam.

Oben streckte er noch einmal den Kopf aus dem Fenster. »Das werden *Eliots Eiland-Kompositionen*. Ich kann doch noch eine Weile bleiben, Kaia?«, fragte er. »Ich helfe auch weiter mit dem Garten. Ach, übrigens, ich habe im Wald auf der Steilküste Sommervögelchen entdeckt. Die bringen uns Glück. Uns beiden!«

Marienkäfer hatte sie im Garten noch gar nicht gesehen, fiel Kaia auf. Wahrscheinlich, weil an den Pflanzen erstaunlicherweise kaum Läuse waren. Jedenfalls nicht an denen in Ricardas besonderem Beet. Vielleicht waren die Pflanzen dort nicht nur besonders schön, sondern auch besonders widerstandsfähig. Das konnte gut sein, da sie ursprünglich gezüchtet worden waren, um den Ertrag zu steigern.

Doch nach allem, was Eliot von den Käfern und seiner Mutter erzählt hatte, machte es ihr Mut, dass sie ihm auf der Insel begegnet waren.

Am nächsten Tag waren Eliot und Kaia bereits im Garten zugange, als Mikko kam. Sie hatten versucht, die Stauden anzubinden, damit der Seewind sie nicht noch mehr knickte, und Kaia war froh, dass Mikko mit vernünftigen Bambusstangen und Bindeschnur anrückte.

»Man kann auch von den abgeschnittenen Zweigen der Büsche einfach welche als Stütze in die Erde stecken, seht ihr, so«, erklärte er. »Das sieht natürlicher aus, und wenn sie so verzweigt sind, halten sie auch viele Stängel. Man muss nur vorher die Blätter abstreifen, natürlich. Noch besser, man hebt im Herbst welche auf, wo keine mehr dran sind.«

»Gute Idee. Gefällt mir«, staunte Kaia. Das sah viel besser aus als die geraden Stangen.

Mikko gab Eliot noch einige Anweisungen, dann zog er sie beiseite. »Kaia, ich habe im Archiv einen Eintrag über Ricarda gefunden. Sie war eine hochgeschätzte Mitarbeiterin. Aber dann wurde sie fristlos entlassen. Sie soll gestohlen haben, und Meinungsverschiedenheiten gab es auch. Sie hatte wohl ein Problem damit, Hierarchien und Autoritäten anzuerkennen. Und das als Frau, undenkbar damals, jedenfalls in der Chefetage. Man war offenbar sehr enttäuscht von ihr. Leider stehen da keine Einzelheiten.«

»Die kann ich dir inzwischen liefern.« Kaia überlegte, was sich verändert hatte, seit er ihr von seinen Ängsten erzählt hatte. Dann kam sie darauf. Er hatte den spöttischen Tonfall anscheinend ganz fallenlassen. Er musste sich nicht mehr damit vor ihr schützen.

Sie fand das schön.

»Warte, ich hole etwas.« Sie lief ins Haus und holte die Kopie von Ricardas Brief, die sie für ihn ausgedruckt hatte. Erstaunt fing er an zu lesen, dann setzte er sich. »Das erklärt es«, sagte er vor sich hin.

»Was?« Kaia setzte sich daneben.

»Die Proben der Pflanzen. Sie sind verwandt mit denen, die wir aus jenem Zuchtbetrieb in den Schaugarten übernommen haben, und besonders interessant für Insekten. Den Betrieb selbst gibt es nicht mehr, aber wir haben das Archiv übernommen. Sie sind ähnlich und gleichzeitig ganz anders. Würdest du mir Samen überlassen, damit wir sie an der Uni weiterzüchten können? Wo das doch sogar Ricardas Wunsch war … Sie muss wirklich ihrer Zeit voraus gewesen sein und gewusst haben, dass die Insekten bedroht sein und wir genau solche Pflanzen brauchen werden. Schön genug müssen sie sein, damit Menschen sie im Garten haben wollen. Und widerstandsfähig genug, damit sie überall anzupflanzen sind, auch von Laien und unter schwierigen örtlichen Bedingungen.«

»Ich denke, das ist genau das Richtige«, stimmte Kaia zu. »Ihr habt dort alle Möglichkeiten und einen Kundenkreis. Aber das Haus mitsamt dem Inventar gehört Remona Kreyhenibbe, ich muss das erst mit ihr besprechen. Ich denke aber, es wird ganz in ihrem Sinne sein.«

»Selbstverständlich.« Er sah sie beinahe streng an. »Aber mach ihr klar, wie wichtig es ist, diese Sorten zu erhalten. Hast du nach den Samen gesehen?«

»Ja, sie stehen trocken und wohlbehalten im Gewürzregal versteckt.«

»Okay.« Er sah nicht überzeugt aus.

»Ich schreibe gleich an Remy. Nein, ich rufe sie lieber an«, beruhigte sie ihn amüsiert »Und wenn ich heute im Meer ertrinke oder im Sumpf versinke, dann weißt du ja jetzt, wo die Samen sind.«

»Im Sumpf kann man nicht versinken«, sagte er mürrisch. »Das ist ein Märchen. Geht nicht, wegen des Auftriebs.«

Dann sah er, dass sie lächelte.

»Das weißt du natürlich schon. Entschuldige«, sagte er und

lächelte plötzlich auch, was ihn völlig verwandelte. »Ich bin ein bisschen aufgeregt.«

»Wie Eliot«, sage sie.

»Warum?«

»Er hat auch eine Idee.«

Jetzt lachte er. »Das klingt, als wäre eine Idee eine lästige Mücke, die ansteckende Krankheiten überträgt.«

»Ach was. Ich wünschte nur, ich würde mich anstecken und hätte auch welche.«

»Pass auf«, sagte er. »Ich mache hier mit Eliot weiter, und du widmest dich mal deiner Arbeit. Dann fühlst du dich gleich besser. Wenn man sich konzentriert, kann man an einem Tag eine Menge schaffen.«

Sie war so gerührt, dass sie seinem Vorschlag folgte. Nach kurzem Zögern nahm sie ihren Laptop mit ins Blockhaus. Dort auf der kleinen Terrasse bei dem geretteten Ginsterbusch und den Töpfen mit den Samen fühlte sie sich wohl. Und tatsächlich kamen ihr Einfälle. Sie fand Zusammenhänge, die sie vorher nicht gesehen hatte, und fing an zu schreiben. Sie dachte an Eliots Begeisterung und an Mikkos so ganz andere und doch ähnliche, und auf einmal schien sie sich tatsächlich angesteckt zu haben, denn es floss nur so aus ihr heraus.

Irgendwann erschien Eliot mit einem Tablett. »Sandwiches und Limonade. Lass dich nicht stören!«

»Oh, vielen Dank, Eliot!«

»War Mikkos Vorschlag«, gab er zu.

Es wurde schon langsam Abend, als Leonie aufhörte zu tippen und die Bücher zuschlug. Sie sah nach den Töpfen, die sicher genauso durstig waren wie sie selbst schon wieder.

Und da sah sie es. Kleine grüne Keimlinge hoben den Kopf aus der Erde.

Die alten Sonnenblumensamen hatten noch jede Menge Leben in sich. Sie wollten zum Licht.

Voller Freude goss sie sie vorsichtig und ging dann, die Männer zu suchen, um ihnen davon zu erzählen.

»Super, Glückwunsch, ist ja irre«, sagte Eliot ganz aus dem Häuschen. »Das ging ja schnell. Dann hab ich sie nicht umsonst aus ihrem schlammigen Grab gerettet.«

»Mich wundert das nicht«, sagte Mikko gelassen. »Sonnenblumen keimen wahnsinnig schnell. Ich war mir ziemlich sicher, dass sie es tun würden. Es gibt Mikroorganismen, die nach vierundzwanzigtausend Jahren aus dem Permafrost aufgetaut sind und nach dem Auftauen einfach weitergelebt haben. Wir wollten gerade schwimmen gehen, kommst du mit?«

Kaia amüsierte sich über die so unterschiedlichen Reaktionen der beiden.

»Schwimmen wär jetzt toll. Ich bin ganz durchgeschwitzt.«

»Na, frag uns mal. Du hast ja nur rumgesessen«, sagte Eliot mit einem Grinsen, und sie warf einen Stift nach ihm.

»Dann los«, sagte Mikko mit einem Blick auf die Uhr, »ich muss bald zurückfahren, ich habe abends noch eine Veranstaltung in der Uni.«

Am Strand wurde es zum Glück gerade leerer. Tagesgäste und diejenigen, die nur braun werden wollten, waren schon fort. Wie gut das kühle Wasser tat! Und die Bewegung. Kaia war restlos zufrieden mit sich und ertappte sich bei dem Gedanken, wie schön es wäre, wenn man das immer haben könnte. Nach getaner Arbeit einfach an den Strand gehen und alle Müdigkeit dem Meer anvertrauen. Oder morgens, gleich nach dem Aufstehen.

»Wie lange arbeitest du schon hier auf Poel für die Uni, Mikko?«, fragte sie, als sie sich im flachen Wasser verschnauften.

»Ach, etwa ein Jahr«, sagte er mit einer unbestimmten Handbewegung.

»Und wo warst du vorher?«

»Ich muss unbedingt los«, verkündete er und stieg aus dem Wasser. »Einen schönen Abend euch! Morgen kann ich nicht, aber übermorgen bringe ich den Dünger, wie ich es mit Eliot besprochen habe.«

»Danke!«, rief Kaia ihm nach.

Seine Lebensgeschichte ging sie ja auch nichts an. Hoffentlich zog er sich wegen ihrer Neugier nicht wieder zurück.

Aber er winkte immerhin freundlich über seine Schulter.

Später saßen sie noch draußen. Eliot fummelte am Laptop herum und murmelte Unverständliches. Kaia las eine Studie über Burgwälle und fröstelte plötzlich, als es dämmerte und ein Seewind aufkam.

Sie ging ins Haus und holte sich das Tuch, das Eliots Mutter ihr geschenkt hatte. Es war so leicht und weich und trotzdem warm. Das zarte Farnmuster und die Struktur gefielen ihr außerordentlich gut. Sie strich bewundernd mit den Handflächen darüber, bevor sie es umlegte. So etwas müsste man machen! Etwas, das man anfassen konnte und benutzen und über das sich jemand freute. Nicht seitenweise Worte produzieren, die nachher doch niemand las. Nur weil Harro und ihre Eltern davon ausgingen, dass sie unbedingt einen »Doktor« vor ihrem

Namen haben wollte –, und ihr bisher der Mumm gefehlt hatte zu widersprechen. Hauptsächlich, weil sie keine bessere Idee gehabt hatte.

In ihrer Arbeit fügte sie Satz an Satz, Fakt an Fakt, These an These. Aber wäre es nicht schöner, Faden mit Faden zu verbinden, und am Ende käme ein Stoff heraus, an dem niemand zweifeln würde, der nicht in irgendeinem Archiv verschwand und nur von ein paar versprengten Fachleuten jemals wieder angesehen wurde, wenn überhaupt? Der Stoff wärmte und tröstete und erfreute das Auge, so wie es Neles Kreationen taten und Eliots Musik und eben die Werke jener Leonie.

»Sie muss ein glücklicher Mensch sein, deine Mutter«, hatte sie zu Eliot gesagt. »Man sieht es an dem Stoff. Und es klingt aus dem heraus, was du von ihrem Garten erzählst.«

»Ach, das war nicht immer so, damit hat sie erst vor kurzem angefangen«, hatte er gesagt.

Spät, aber immerhin, fand Kaia. Das machte ihr gleichzeitig Angst und Mut. Angst, weil es so lange dauern konnte, bis man glücklich wurde. Und Mut, weil es anscheinend noch nicht zu spät war für sie.

Eliot verschwand noch einmal an den Strand. Er murmelte etwas von »den Mond aufnehmen.«

Kaia fragte sich, ob der Mond für sein außerordentliches Gehör etwa auch Töne von sich gab. Sie vermutete aber, dass er ein Video zu seinem Musikclip drehen wollte. Das würde bestimmt schön werden. Die Steilküste mit den stürzenden Bäumen und den Höhlen, die sie so faszinierend fand, würde im Mondlicht eine sensationelle Kulisse abgeben.

Sie sah auf die Uhr. Vor lauter Nachdenken hatte sie den Zeitpunkt verpasst, Remy anzurufen. Die stand mit der Sonne auf und ging mit den Vögeln schlafen. Dabei hatte sie es Mikko doch versprochen. Sie hatte so eine Ahnung, dass Geduld auch nicht seine Stärke war.

Vielleicht gab es für ausreichend Geduld einfach zu wenig Marienkäfer auf der Insel.

Am nächsten Morgen war Remy erst einmal nicht erreichbar. Kaia verschob es auf später und nahm sich vor, für ein schönes Foto den Boden des Pavillons zu schrubben.

Doch dann geschah etwas, das Remy vorerst völlig aus ihrem Kopf vertrieb.

29

Entdeckung

Der Bodendecker, der rund um den Pavillon wucherte, war bis über die Stufen ins Innere gekrochen und bedeckte zum Teil den schönen Fliesenboden. Ehe Kaia diesen schrubben konnte, musste sie die Ranken wenigstens bis zur Oberkante der Treppe zurückschneiden. Die Stufen konnten noch warten.

Immergrün mit blauen Blüten und Rosen mit rosa Knospen wuchsen wild durcheinander, ein liebenswürdiges Gemisch. Obwohl so reichlich davon da war, tat es Kaia leid, und sie steckte die schönsten Zweige in einen Eimer mit Wasser, um sie später in eine Vase zu stellen. Dann machte sie sich mit einem großen Schwamm, einer Bürste und viel Seifenwasser daran, das Mosaik des Schiffes und der Wellen von Schmutz, Moos und Flechten zu befreien. Die rostigen Möbel hatten Mikko und Eliot ein Stück weit fort auf die Wiese getragen, um sie dort zu schleifen und zu streichen.

Die Krusten lösten sich nur langsam, aber es tat gut, sich körperlich mal wieder richtig auszupowern, und Kaia war begeistert von den schönen Fliesen, die ihren Glanz zurückbekamen. Eine der dargestellten Wellen brandete höher als die anderen, und Kaia schrubbte mit besonders kräftigem Schwung. »Autsch!« Erschrocken betrachtete sie ihren Finger, von dem ein wenig Blut tropfte. Der Schwamm war an etwas hängen geblieben und zerrissen.

Kaia spülte die Hand ab, wickelte ein Taschentuch um den

Finger und untersuchte, was die Ursache gewesen war. Oben auf dem Wellenkamm fehlte eine Fliese. Durch das Moos war die Delle, die sich dadurch ergab, nicht sichtbar gewesen. An der Kante der anderen Fliesen musste sie sich geschnitten haben. Doch als sie den Rest des Mooses aus der Vertiefung pulte, fand sie noch mehr.

»Was ist das denn?«, murmelte sie gespannt, als sie einen rostigen Ring entdeckte, der sich mit viel Mühe hochklappen ließ. »Krass!«

Es passierte nichts, auch nicht, als sie mit aller Kraft daran zog. Doch als sie den Bereich gesäubert hatte, stellte sie fest, dass in einem großen Viereck rundherum eine Fuge verlief, die anders aussah als der Rest des Bodens. Eine Fuge, die nicht mit Fugenmasse verfugt war. Kaia konnte die Spitze einer kleinen Schaufel hineinstecken. Doch mehr als ein paar aufgescheuchte Ameisen bewegten sich nicht.

Sie schob den Stiel einer Hacke durch den Ring und versuchte es mit Hebelkraft, doch der Stiel brach ab. »Mist!« Sie setzte sich auf die Stufen und dachte nach. »Was ist dein Geheimnis, Ricarda? »Wenn das eine Luke war, die in eine Art Kellerraum führte, wovon sie ausging, dann musste es doch irgendwo Lüftungen gegeben haben?

Kaia sprang auf, ließ die Fliesen sein und machte sich stattdessen an das ringsumher wuchernde Gestrüpp. Sie zerkratzte sich die Arme an den Dornen der Rosen und stolperte manches Mal über die Ranken des Immergrüns, schimpfte vor sich hin, aber ließ nicht locker, bevor sie nicht die Stufen und einen Streifen rund um den Pavillon freigelegt hatte. Eliot würde wieder etwas zum Häckseln haben, was ihm große Freude gemacht hatte, nachdem Mikko das Gerät gebracht hatte. Der Haufen an

Grünzeug, den sie aufgeschichtet hatte, war enorm. Zutage gekommen war nackte Erde – aber nicht nur!

»Dachte ich es mir doch«, sagte Kaia zufrieden. Sie sagte es laut, denn sie konnte den Eindruck nicht abschütteln, dass Ricarda ihr gespannt über die Schulter sah. Es war kein unbehagliches Gefühl, eher wohlwollend, schließlich hatte sie ja auch gewollt, dass jemand die Samen fand. War es hier ebenso? »Dann hättest du ja mal einen Hinweis geben können«, fand Kaia.

In allen vier Himmelsrichtungen gab es einen Lüftungsschacht, der oben mit einem schmiedeeisernen Gitter abgedeckt war. Das Dunkel darin ließ nichts erkennen, doch als Kaia mit ihrem Handy hineinleuchtete, glaubte sie, unten schmutzige Fenster zu erahnen.

Dass Mikko heute keine Zeit hatte, war ein Jammer. Ausgerechnet jetzt! Sie konnte nicht widerstehen und schrieb ihm eine Nachricht. »Mikko, ich glaube, ich habe dein Monster gefunden. Jedenfalls seine Höhle.«

Bei dieser Aussage beließ sie es. Für Näheres musste er sich schon nach Rapakiwi bemühen, wenn er mit seiner Arbeit an der Uni fertig war. Sie hätte auch Eliot um Hilfe bitten können, doch der war im Haus so in seine Musik vertieft, dass er sie nur wortlos und nachdrücklich hinausgewinkt hatte, als sie ihm Frühstück anbieten wollte. Außerdem, das hier ging vor allem Mikko etwas an. Es würde ihm guttun, dem Schrecken seiner Kindheit auf die Spur zu kommen und den Drachen, welche natürliche Erklärung es auch immer dafür gab, gewissermaßen zu erlegen. Warum ihr das so wichtig war, darüber dachte sie lieber nicht genauer nach.

Sie mochte Mikkos Gesellschaft, so viel gestand sie sich ein, doch da er außer Freundlichkeit nicht das geringste Interesse an ihr gezeigt hatte, wollte sie sich mit dieser Tatsache gar nicht weiter befassen. Sie hatte genug mit ihrem Leben zu tun, und außerdem war da ja Eliot. Das Zusammenleben mit ihm war fröhlich und entspannt. Sie war mit der Situation gerade sehr zufrieden.

Kaia war durstig und erschöpft, doch nun hatte sie der Ehrgeiz gepackt. Falls Mikko nachher auftauchte, wollte sie ihre Entdeckung auch würdig vorführen. Daher schleppte sie einen Eimer frisches Wasser heran und schrubbte den Rest des Bodens, diesmal etwas vorsichtiger und mit Gartenhandschuhen.

Später duschte sie, zog sich ein leichtes Kleid an, ruhte ihre müden Arme aus und genoss die Sommerwärme auf der Terrasse.

Eliot erschien zwischendurch und hielt ihr einen Kopfhörer hin. »Wie findest du das?«

Sie lauschte interessiert. Da waren leise Pianotöne, dann mischte sich Rauschen hinein, ein Wellenrhythmus, später ein Plätschern an Buhnen, der Ruf einer Möwe, Rascheln im Schilf, dazwischen ein Glockenklang, dann Wind in Bäumen und immer wieder zarte Musikfolgen dazwischen.

»Wunderschön.« Sie reichte ihm die Hörer zurück. »Das geht alles mit dem Computer?«

Er strahlte. »Kann man toll mixen, oder? Ich habe alte Aufnahmen von mir benutzt. Ich hatte damals ein paar Tonfolgen im Kopf, ich wusste nur noch nicht, was ich damit machen will. Das hat mir erst die Insel hier erzählt, mit ihrer ganz eigenen Stimme. Hey, Kaia, ich bin dir so dankbar, dass du mich hierhergelockt hast!«

»Hab ich nicht. Du bist schließlich selbst ins Teufelsbruch gefallen.«

»Ja, aber deine Dose war trotzdem schuld, dass ich hier bin. Übrigens, an der Hintertür steht eine Tüte. Ich habe beim Spazierengehen einen Busch neben einer Mülltonne gefunden. Der sah so traurig aus, da hab ich ihn mitgenommen. Hier ist doch genug Platz! Ich wollte ihn bloß nicht einpflanzen, ohne dich zu fragen, wo.« Fröhlich pfeifend verschwand er nach oben. Anscheinend war die Sache damit für ihn erledigt.

Dann war der Ginster wenigstens hier nicht mehr das einzige verlassene Waisenkind. Auch gut, dachte Kaia. Und Eliots Mutter würde sich sicher freuen, dass er seinen Lebensmut wiedergefunden hatte. Erstaunlich, was die Insel mit ihm gemacht hatte.

Und mit mir auch, stellte sie erstaunt fest. Etwas hatte sich verändert. Sie konnte sich wieder spüren. Mehr als je zuvor. Sie wusste nicht, wo das hinführen würde, aber es war neu und gut – ein richtiges Abenteuer. Tobi hätte das nicht verstanden. Ein Abenteuer auf einer kleinen Insel in der Ostsee? Für ihn wäre das niemals eines gewesen. Doch für Kaia schon, ein inneres und ein äußeres.

Sie hätte Eliot gern von ihrer Entdeckung erzählt, aber er war eindeutig gerade nicht ansprechbar außer auf sein Projekt. Wie ihr Vater, wenn er ein neues Gebäude entwarf, oder ihre Mutter, wenn sie einen Artikel schrieb. Oder ihr Bruder. Wenn Felix ein Instrument baute, hätte ihn kein Erdbeben davon abhalten können.

Kaia lächelte nachsichtig. So war das eben mit den Menschen um sie herum.

Sie inspizierte gerade den angeschleppten Busch, auf den die letzte Abendsonne schien, als Mikko auftauchte. »Kaia, kann ich dich so spät noch stören? Ich weiß, ich habe gesagt, ich kann heute nicht, aber deine Nachricht … oh je, was für eine zerzauste Weigelie!«

»Eine Weigelie ist das?« Angesichts der welken rosa Blüten war sie ratlos gewesen. »Eliot hat sie gefunden. Wo sollen wir sie am besten einpflanzen?«

»Wer hat die denn mitten in der Blüte dermaßen rausgerupft?« Die Empörung in seiner Stimme war nicht zu überhören. »Sie braucht Sonne, aber nicht zu trockenen Boden. Vielleicht am Ende der Rosenhecke. Je schneller sie eingepflanzt wird, desto besser. Holst du den Spaten? Dann mach ich das rasch.«

Er packte das traurige Wesen am Schopf und trug es zu der Stelle, und Kaia beeilte sich, den Spaten zu holen, insgeheim erfreut, dass er gekommen war, genau wie sie es gehofft hatte.

Während Mikko voller Energie ein Loch grub, wies er sie an, noch einen Eimer Kompost zu holen. Es gefiel ihr, dass er erst das Wichtige erledigte, um dem traurigen Busch zu helfen, ehe er seine Neugier befriedigte. Erst als sie den Busch zu seiner Zufriedenheit eingepflanzt und gewässert hatten, klopfte er sich die Erde von den Händen und fragte: »Was hast du vorhin gemeint? Du hast die Höhle des Drachen gefunden?«

»Komm mit, ich zeige es dir. Aber wir brauchen eine Eisenstange oder so was. Etwas, das nicht brechen kann.«

»Du machst es ja spannend.« Sie stöberten im Blockhaus, bis sie tatsächlich eine Stange aus Metall fanden, die stabil genug wirkte.

Dann zeigte sie ihm die Klappe im Boden – oder das, was sie für eine hielt. »Und hier sind die Lichtschächte. Was meinst du, wenn es hier unten einen Raum gibt und jemand macht dort ein Licht an und Geräusche, dann könnte das doch hier die Silberpappeln angeleuchtet haben? Und die Geräusche hätten ein unheimliches Echo erzeugt.«

»Das könnte sein. Sehr hell war das ja damals nicht, nur ein rötlicher Schein. Aber warum rötlich?« Sein Gesicht hellte sich auf. »Hat sich da unten womöglich jemand eine Dunkelkammer eingerichtet? Aber warum dann die Geräusche?«

»Vielleicht bekommen wir es heraus, wenn wir nachsehen«, meinte Kaia ungeduldig.

»Ja. Ja, natürlich.« Er schrak aus seinen Gedanken auf und griff nach der Stange. »Ich bin richtig froh, dass du das entdeckt hast! Da kann ich der Sache endlich auf den Grund gehen.«

»Hat dich das so sehr gewurmt?«

»Meine damalige Blamage, nein, längst nicht mehr. Aber ich mag es nicht, wenn es für etwas keine Erklärung gibt.«

Sie lächelte. »Diese Wissenschaftler.«

Er warf ihr einen Blick zu, den sie nicht deuten konnte. »Du gehörst doch auch dazu.«

»Da bin ich mir nicht mehr so sicher.« Eigentlich fand sie es mittlerweile interessanter, wenn Dinge passierten, für die es keine gründliche Erklärung gab. Zum Beispiel, warum Eliot ausgerechnet da in den Sumpf gefallen war, wo sie vor so vielen Jahren in kindlicher Wut ihre Kiste versenkt hatte. Damals war sie ungefähr so alt gewesen wie Mikko, als er sich vor dem Ungeheuer gefürchtet hatte.

All solche Geschichten und wie sie zusammenhingen und die Wirkung von Menschen aufeinander fand sie mittlerweile viel spannender als die sachliche Forschung, wie sie jemand wie Harro betrieb. Oder war das schon immer so gewesen, und es hatte ihr nur niemand zugehört, nicht einmal sie selbst?

Langsam begann sie, ihre Mutter Taru zu verstehen, die einst einen gutbezahlten und sicheren Job als Wissenschaftsjournalistin aufgegeben hatte, um statt von streng objektiven Fakten lieber für eine eigene Zeitung schreiben zu können, in der sie Wissen in Geschichten verpackte.

Dazu kam, dass Kaia neuerdings lieber draußen im Garten von Rapakiwi arbeitete statt am Schreibtisch. Vielleicht lag das nur an Mikkos Gegenwart dort. Oder? Immerhin gab ihr das die Energie, zwischendurch ihre Arbeit möglichst schnell zu Ende zu schreiben. Das ging ihr auf einmal besser von der Hand.

Harro war erfreut über das, was sie ihm schickte, und hatte aufgehört, sie zu drängen. Er fing stattdessen an, von einem Seminar zu sprechen, das sie leiten solle, wenn sie fertig war.

Sie zog den eisernen Ring hoch, so dass Mikko die Stange hindurchstecken konnte. Mit der Hebelkraft hob sich die Platte erstaunlich leicht an. Kaia schob rasch zwei dicke Äste darunter. »Sie ist aus Holz, und darauf kleben die Fliesen«, stellte Mikko fest. Zusammen griffen sie jetzt den Rand und klappten die Luke nach hinten.

Darunter kamen schmale Treppenstufen zum Vorschein, die in die Tiefe führten. Die Sonne war inzwischen untergegangen. Mücken begannen zu sirren, der Himmel glühte orange.

Mikko sah auf. »Fast die Farbe von damals«, meinte er mit einem schiefen Grinsen.

»Wenn wir da jetzt runtergehen, sollten wir richtige Taschenlampen haben«, sagte Kaia zögernd. »Die Handys schaffen das nicht. Oder meinst du, da unten ist noch Strom?«

»Wenn da welcher war, wird er immer noch da sein, im Haus ist er ja nicht abgeschaltet. Aber ich laufe rasch zum Auto, ich habe da eine Arbeitslaterne beim Werkzeug. Es ist ganz gut, wenn solange die abgestandene Luft da rauszieht.«

Sie wartete auf ihn und bildete sich ein, von unten ein leises Klappern zu hören, oder waren es Schritte? Sie fröstelte, obwohl der Sommerabend mild war, und wünschte, sie hätte eine Jacke über ihr Kleid gezogen. Erste Fledermäuse drehten Kreise über dem Dach.

Mikko warf einen zweifelnden Blick auf sie, als er mit der Lampe in der Hand zurückkam. »Fall in den Sachen bloß nicht die Treppe runter!«

Wie war sie auf die Idee gekommen, er würde mal bemerken, dass sie eine Frau war?

»Nö«, erwiderte sie und stieg in das Loch.

»He, ich gehe besser zuerst!«, rief er.

»Warum? Ich habe es gefunden.« Sie ließ sich nicht beirren und kletterte Stufe um Stufe hinunter. Sie waren steil. »Es muss lange her sein, dass Ricarda es noch hier heruntergeschafft hat. Falls das überhaupt Ricardas Geheimnis war.«

»Der Spuk hat ja Jahre vor ihrem Tod aufgehört«, sagte Mikko. »Das würde schon passen.«

»Den Spinnweben nach zu urteilen auch.« Kaia wischte sich eine aus dem Gesicht. »Ich bin unten!«

Durch die schmutzigen Fenster fiel trübes Restlicht, in dem sie nichts erkennen konnte, und sie war froh, als Mikko mit seiner Laterne ankam. »Wir hätten das bei Tag machen sollen.«

»Ich glaube nicht, dass man da viel mehr sieht.« Er ließ den

Lichtstrahl über die Wände wandern, bis er einen Schalter fand. »Aha.«

Für einen kurzen Moment flammte eine Lampe auf und erhellte einen niedrigen Raum, bevor es einen Knall gab und alles bis auf den Schein der Laterne wieder im Dunkeln lag. Kaia fuhr zusammen und stieß einen kleinen Schreckenslaut aus. Für einen Augenblick spürte sie Mikkos Arm um ihre Schultern. »Keine Sorge. Die alte Glühbirne hat sich wohl mehr erschreckt als wir. Warte mal! Bleib stehen, ehe du stolperst. Hier scheint eine Menge Kram gelagert zu sein.« Er lief mit der Laterne herum und spähte in Schubladen. »Ah, hier. Ersatzbirnen. Dachte ich mir. Halt mal die Lampe.« Er hatte einen Stuhl gefunden, stieg darauf und wechselte die Birne. »Jetzt versuch es noch mal mit dem Schalter. Wollen wir hoffen, dass oben im Haus nicht die Sicherung rausgeflogen ist.«

Diesmal hielt das Licht. Es war keine sehr helle Birne, aber es genügte. Rot war sie allerdings nicht, es war ganz normales Warmweiß. Staunend sah sich Kaia um.

In einer Ecke stand ein bläulicher, großer Schrank mit Knöpfen und Zeigern daran und einem seltsamen Hebel an der Tür, als wäre es ein Spieleautomat. Daneben eine lange Arbeitsplatte aus rohem Holz an einer Wand und um eine Ecke herum. Darauf lagen graue Platten, und an der Wand darüber hingen Regale voller unzähliger durchsichtiger Röhrchen mit Farben darin und bunten Brocken, die im Licht glitzerten. Eigenartige metallene Konstrukte wie Platten mit Beinen und Zähnen standen in allen Größen herum. Es gab Zangen und Feilen, merkwürdige große Scheren, Pinzetten und lange Schieber wie solche, mit denen Bäcker Brote aus einem Ofen holen.

»Das ist tatsächlich ein Ofen!« Mikko trat an den bläulichen

Schrank. »Ich glaube, solche Geräte nennt man auch Muffelöfen. Im Labor an der Uni gibt es einen ähnlichen, nur kleiner. Das hier ist ein Temperaturregler und ein Thermometer. Die gehen bis tausendzweihundert Grad! Brot wurde hier jedenfalls nicht gebacken.«

»Aber was dann?« Kaia fand es nicht mehr unheimlich hier unten. Sie war fasziniert von all den Farben und einem undefinierbaren Geruch, der in der Luft lag.

»Ich habe keine Ahnung.« Mikko sah nachdenklich aus. »Kaia, überleg mal. Wenn man dieses Ding auf tausend Gad aufheizt, warum auch immer. Und draußen ist es dunkel. Dann öffnet man die Ofentür. Was glaubst du, wie das aussieht?«

Sie sah ihn verständnislos an.

»Es glüht natürlich!«, sagte er ungeduldig. »Im Inneren glüht es, und das wirft ein eigenartiges rötliches Licht. Das dringt durch die Lichtschächte nach außen und reflektiert in den Silberpappeln. *Das* habe ich gesehen! Vielleicht ist es eine Art Schmiede. Viele haben hier an der Küste Bernsteinschmuck hergestellt. Oder irgendwelche Ersatzteile?«

Er nahm eine der Feilen in die Hand. Dann eine Säge und eine große, gefährlich wirkende Schere.

»Wenn man damit Metall bearbeitet, dann gibt es solche Geräusche! Die, die ich für Kreischen und Zähneknirschen hielt. Was auch immer hier getrieben wurde – jetzt haben wir die Erklärung für den vermeintlichen Spuk!«

Er sah so erleichtert aus, dass sie ihn am liebsten tröstend in den Arm genommen hätte. Wie konnte ein Mann, der so spöttisch und vernünftig und überlegen daherkam, manchmal so verletzlich wirken?

Sie wandte sich ab und untersuchte die Röhrchen mit dem

bunten Pulver. »Nach Schmiede sieht das aber nicht aus – oder?«

Der Arbeitsplatz war sehr aufgeräumt . Als sie ihn das letzte Mal verlassen hatte, musste Ricarda das wohl gewusst haben.

Mikko berührte eine der grauen Platten, die auf der Fläche lagen. »Asbest«, sagte er. »Nicht gut.«

Dann sah Kaia den Zettel. Er hing an der Wand, in derselben Handschrift wie der Brief über die Samen, nur größer.

Fragen Sie Gerhild, stand da, und darunter eine Adresse.

30

Ein Glanz im Inneren

Mikko sah über ihre Schulter. »Hinterwangern? Das ist hier auf Poel. Möchtest du, dass wir das zusammen machen? Diese Gerhild fragen, falls sie noch lebt?«

Kaia machte ein Foto von dem Schild. Sie wollte es nicht von der Wand nehmen. Es berührte sie seltsam. Es war irgendwie so viel klarer und einfacher als ein langer Brief, obwohl es nichts verriet. Für einen Augenblick klang es wie die Lösung für all ihre Probleme. Eine Frage stellen, eine Antwort bekommen. *Fragen Sie Gerhild. Sie wird Ihnen sagen, was Sie mit Ihrem Doktortitel anfangen sollen. Warum Sie sich immer zu komplizierten Männern hingezogen fühlen. Warum Sie Schwierigkeiten mit Ihrer Mutter haben. Warum Sie unzufrieden mit sich sind und immer das Gefühl haben, etwas zu versäumen. Warum da diese Sehnsucht in Ihnen ist. Fragen Sie doch einfach Gerhild.*

»Warum grinst du?«, erkundigte sich Mikko interessiert.

»Ach, nichts. Ich habe manchmal komische Gedanken.«

»Wer hat die nicht? Also, wollen wir diese Gerhild Brunske besuchen? Heute ist es natürlich zu spät. Vielleicht morgen Nachmittag?«

»Müssen wir da nicht vorher anrufen?«

»Ich kümmere mich darum«, versprach er. »Wenn sie eine alte Poelerin ist, ist es besser, wenn ich das mache. Da vertraut sie einem Pfriemel eher als einer Mensch.« Jetzt grinste er. »Die Pfriemels sind eine Poeler Familie.«

»Ja«, seufzte Kaia mit gespieltem Ernst. »Manchmal ist Mensch sein einfach nicht genug.«

Es tat so gut, mit ihm herumzualbern. Vor allem hier. Dieser versteckte, vergessene Raum in der Tiefe unter dem Pavillon konnte ein wenig Heiterkeit gebrauchen. »Lass uns wieder hochgehen.«

»Du zuerst, ich mach dann das Licht aus«, sagte er.

Doch als sie den Fuß auf die untere Stufe setzte, fiel ihr Blick auf etwas, das in einer dunklen Ecke an der Wand lehnte. Es schimmerte und glitzerte und lockte, und sie musste unbedingt nachsehen, was es war. »Entschuldige!« Sie schob sich an Mikko vorbei, nahm ihm seine Laterne aus der Hand und leuchtete in den Winkel hinein.

Es war ein Stück einer der Kupferplatten in einer Art Panoramaformat mit gerundeten Ecken. Die Kanten glänzten im Licht, doch auf das Metall aufgebracht war eine dünne Schicht aus durchsichtigen Farben. Grün und Blau, gerade so transparent, dass man darunter das Schimmern des Kupfers ahnen konnte, verschmolzen zu einer Landschaft. Zu einem Garten, in dem Blumen wuchsen und Gräser, in leuchtenden Farben, mit gebogenen Stielen, so dass der Betrachter den Wind zu spüren glaubte, der hindurchfuhr, und durch das Spiel des Lichts auf der Oberfläche und in den Tiefen der Farben schienen Sonnenflecken darüberzuhuschen.

»Ohh!«, sagte Kaia leise und berührte das Bild vorsichtig mit einem Finger. Es war kühl und glatt und fühlte sich an wie Glas. Die Blumen und das Gras waren leicht erhöht wie bei einem Relief, in sanften Wölbungen. Sie wirkten daraufgeschmolzen.

»Ich glaube, das ist Emaille. Wie bei manchen alten Töpfen

oder Straßenschildern. Das wird gerade wieder neu entdeckt. Man nennt es auch Glasfluss. Wir haben kürzlich an der Uni darüber gesprochen. Aber ich habe es noch nie so kunstvoll gesehen«, sagte Mikko hinter ihr. »Dann ist in diesem Ofen also Emaille gebrannt worden! Und die Geräusche kamen sicherlich vom Schneiden der Kupferbleche und vom Feilen der Kanten. Aber warum hier unten?«

Doch Kaia hörte kaum zu. Ein merkwürdiges Empfinden durchfuhr sie, und sie sah seltsam deutliche Szenen vor sich. Ein rotes, erbarmungsloses, reinigendes Glühen im offenen Ofen, eine Hitzewelle, die ihr ins Gesicht fuhr. Dieses bunte Bild, das aus dieser winzigen Hölle geboren wurde, Farben, die auf eine bestimmte Weise zu einer Komposition geschmiedet wurden, ohne dass eine Hand sie berührte, allein durch die Hitze, die alles verwandelte, die Pulver zu einem Ganzen verschmelzen ließ.

Das Bild war nur ein rotes, verwischtes Glühen, wenn man es zum Abkühlen auf den Asbest stellte, kurz danach dann waren alle Farben gleich, ein unbestimmtes Braun nur, und erst mit dem weiteren langsamen Abkühlen, bei dem Ascheflocken mit einem geheimnisvollen Knistern von den Rändern gesprengt wurden, erschienen wie durch einen Zauber die endgültigen, neuen Farben. Völlig verändert nach dem Brand hatten sie nichts mehr gemeinsam mit jenen, die in den säuberlich sortierten, beschrifteten Röhrchen getrennt gewesen waren. Sie waren verschmolzen zu einem magischen Ganzen, in einem gewaltigen Vorgang des Vergehens und Neuwerdens. Aus nüchterner Sachlichkeit war Kunst geworden, etwas beinahe Lebendiges, etwas, das Gedanken und Empfindungen ohne Worte abbilden und vermitteln und weitergeben konnte wie ein Geschenk.

»Kaia? Alles in Ordnung?« Mikko betrachtete sie besorgt.

Sie schrak auf wie aus einem Traum und schüttelte sich etwas. Sie hatte keine Ahnung, woher sie all das wusste, woher diese tiefe Vertrautheit, diese Bilder, diese Szenen in ihr gekommen waren. Vielleicht blieb ja in einer Werkstatt, in der jemand wie wahrscheinlich Ricarda jahrelang tätig gewesen war, etwas von deren Wesen lebendig.

»Ja, alles in Ordnung. Es ist nur so – schön.« Der Glanz dieses Bildes fand ganz tief in ihr selbst einen Widerschein. Selbst wenn sie es gewollt und ihn gut genug gekannt hätte, sie hätte Mikko nicht erklären können, dass sich etwas in ihr in diesem Augenblick verändert hatte. Etwas Wesentliches. Was blieb, war eine Aufregung, die in ihr wie eine kleine, aber ruhige Flamme brannte, heruntergeregelt für den späteren Gebrauch. Wenn sie wusste, was sie damit anfangen konnte.

»Willst du das mitnehmen?«, fragte Mikko.

Sie zögerte, doch dann konnte sie nicht anders. Der Gedanke, das Bild noch länger hier unten zu lassen, allein im Dunkeln, wo es doch aus Feuer geboren worden war und nach Licht verlangte, war unerträglich. Sie wollte es in der Sonne betrachten. Und sie musste das alles ja auch Remy zeigen.

Vorsichtig nahm sie das Bild hoch. Es war schwerer als gedacht, denn die Kupferplatte war auf eine Fliese montiert.

Das Wichtigste war nun erst einmal, Gerhild zu finden.

»Warum, sagtest du, entdeckt man Emaille gerade wieder neu?«, fragte Kaia auf dem Weg ins Haus. Draußen war es jetzt ganz dunkel. Am Himmel blinkten Sterne. Kaia hatte noch nie so viele Sterne gesehen wie hier auf Poel.

»Emaillierte Oberflächen auf Trägermetall haben viele gute

Eigenschaften«, erklärte Mikko und verfiel unwillkürlich in seinen sachlichen, etwas wichtigen Dozententon. »Emaille rostet nicht, ist extrem temperaturbeständig, außerdem kratz-, abrieb- und säurefest, was es nicht nur in der Küche oder bei Campinggeschirr, sondern auch im technischen Bereich nützlich macht. Es ist schmutzabweisend und hygienisch, da es sich nicht statisch auflädt und auch chemische Rückstände leicht entfernt werden können. Solche Oberflächen sind sogar lichtecht, sie behalten ihre Originalfarben auch bei starker Sonne oder UV-Strahlung. Dazu ist Emaille umweltfreundlich und nachhaltig, denn es ist langlebig, enthält keine bedenklichen Rohstoffe und ist im Altmetall recycelbar.«

»Also in Wirklichkeit ganz modern«, fand Kaia. »Irgendwie hatte ich bei dem Wort immer an Omas Nachttopf gedacht. Die, welche in den Museen unter den Betten stehen.«

Mikko lachte. »Ja, war eben damals auch schon praktisch.«

»Lichtecht«, sinnierte Kaia. »Das ist doch großartig. Denk mal, so ein Kunstwerk wie dieses hier. Es könnte jahrelang in der Sonne liegen und würde noch immer so aussehen, als hätte Ricarda es gerade erst gemacht. Was für ein wunderbarer Werkstoff für Kunst!«

»Wenn es überhaupt Ricarda war.«

»Doch.« Kaia war überzeugt. »Sie hat eine Szene aus ihrem Garten dargestellt. Es ist das Beet mit ihren Züchtungen. Siehst du das nicht?«

Verblüfft sah er das Bild genauer an. »Da könntest du recht haben.«

Am Tor verabschiedete sich Mikko merkwürdig plötzlich. Halb hatte sie gehofft, er würde noch ein Glas Wein mit ihr trinken, auf der Terrasse unter den Sternen, die Nacht war so schön.

»Ich sage dir morgen Bescheid, ob ich Frau Brunske erreicht habe«, versprach er, und schon heulte der Motor auf.

Dann eben nicht. Im Haus war es still, doch plötzlich hörte sie Töne von oben. Klaviertöne und ein Klappern wie von Steinen.

»Eliot? Magst du draußen einen Wein trinken? Du kannst nicht den ganzen Tag in der Bude hocken!«

Jetzt wohnten sie hier schon ein paar Wochen zusammen und wurden immer vertrauter, da konnte sie so was schon mal sagen.

Er erschien prompt auf der Treppe. »Hab ich ja gar nicht, ich war vorhin am Strand, Geräusche fangen. Sandrieseln macht wirklich feine Musik! Du, das erste Musikvideo, das ich ins Netz gestellt habe, hat schon irre viele Klicks bekommen, und die Leute wollen mehr. *Eliots Eilandmusik* hat schon Abonnenten. Das können wir feiern. Wein ist eine gute Idee. Wo hast du den her?«

»Mir war so danach. Hab ich gestern in einem Laden mitgenommen.«

Sie freute sich sehr für ihn. Mit Eliot war es angenehm unkompliziert. Sie fanden immer etwas zum Reden.

»Ich finde es so ermutigend, dass die Sonnenblumen gekeimt haben. Man kann ihnen beim Wachsen zusehen. Und die Ringelblumen kommen auch, glaube ich«, sagte er, als er einschenkte. »Dann kannst du deiner Mutter bald einen Topf bringen. Wie lange wirst du noch hierbleiben?«

»Ich weiß nicht. Ich muss mit Remy sprechen. Ich versuche nachher noch mal, sie zu erreichen. Ich möchte eigentlich meine Arbeit hier zu Ende schreiben, das läuft gerade gut. Viel fehlt nicht mehr.«

»Super, dann kann ich ja auch noch bleiben, oder?«, sagte er zufrieden.

Sie erzählte ihm, wo sie die Weigelie eingepflanzt hatten. Und endlich auch von ihrer Entdeckung unter dem Pavillon.

»Das ist ja irre«, fand er. »Eine versteckte Werkstatt. Na, wenn das keine Geschichte für die Zeitschrift deiner Freundin ist!«

Ja, allerdings. Es gab so viel mit Remy zu besprechen. Eine von Ricardas Blumen musste unbedingt in den Geschichtengarten. Und auch ein paar von Kaias Sonnenblumen, die konnten sich dann dort jedes Jahr selbst aussäen.

»Das passt gut«, sagte Remy, als sie schließlich zurückrief. Da war Kaia schon fast eingeschlafen. »Ich möchte nun doch gern nach Poel kommen und mir das alles selbst ansehen. Du hast so viel entdeckt, da muss ich mir ganz neue Gedanken machen. Bloß gut, dass du das für mich übernommen hast! Ich bin dir so dankbar. Mir wäre wahrscheinlich sonst etwas Wichtiges entgangen. Ich hatte Ricarda Baran unterschätzt. Sie hat genau gewusst, warum sie ausgerechnet mir das Anwesen vermacht hat, glaube ich.«

»Ja, sie dachte, du bist die Richtige, um ihre Züchtungen an den Mann – äh, an die Insekten zu bringen, wo sie gebraucht werden.«

»So sieht es aus. Aber ich kann erst nächste Woche kommen. Kannst du solange die Stellung halten? Wenn du sowieso deine Arbeit zu Ende bringen möchtest, kommt dir das vielleicht sogar entgegen?«

»Ja, wunderbar.« Kaia war überrascht, wie erleichtert sie darüber war. Sie wollte hier noch nicht fort.

Denn bei all der Arbeit am Schreibtisch und im Garten hatte sie sich endlich einmal Zeit nur für sich genommen und abendliche Spaziergänge gemacht, so wie anfangs ins Reetmoor. Dabei hatte sie einen schönen Ort nach dem anderen entdeckt.

Nicht nur die Bank auf der Festung, mit Blick über den Hafen und die Kirchsee. Dorthin zog es sie immer wieder. Dann war da noch Gollwitz, mit Blick auf die Vogelschutzinsel Langenwerder. Auch der andere Hafen am Leuchtturm Timmendorf war ein Ort zum Träumen. Sie hatte gar nicht gewusst, dass es zwei Strände mit der Bezeichnung Timmendorf gab, den bekannten Timmendorfer Strand auf dem Festland in der Nähe von Scharbeutz und den Strand Timmendorf auf Poel, von dem sie noch nie gehört hatte. Sie mochte den Leuchtturm, der schlicht und würdevoll war und wie aus einem alten Buch zu stammen schien. Und den zauberhaften Weg dorthin, an der Steilküste unten, vom sogenannten Faulen See aus, und dann oben durch den Wald zurück. Von dort schienen die Fischerboote und die Steine winzig und das Meer unendlich blau und weit.

Die Akustik war hier seltsam. Man konnte oben im Wald deutlich jedes Wort verstehen, das die Fischer unten im Boot sprachen, obwohl sie so fern waren. Was diese kleine Insel zu bieten hatte, war unglaublich. Mit jedem Schritt, den Kaia darauf tat, schlich sich dieser Krümel Land in ihr Herz, und sie wusste noch nicht, was sie mit dieser Erkenntnis anfangen sollte.

Die Abgeschiedenheit entsprach einfach ihrem eigenen Wesen, diese bescheidene, vielfältige Großartigkeit der Landschaft. Die Fluttümpel mit ihren Spiegelungen, die Steine, die aussahen, als ob sie schwammen, die bizarren Bäume, die sich an die Küste klammerten, und die Höhlen darunter …

Sie war völlig unbeabsichtigt wieder einmal dabei, selbst Wurzeln zu schlagen und sich in einen Ort zu verlieben, und sie wusste nicht, ob sie es noch einmal ertragen würde, herausgerissen zu werden wie die welken Büsche, die gerade noch rechtzeitig einen neuen Platz gefunden hatten. Nur: Diesmal musste und konnte sie selbst entscheiden! Das machte es nicht einfacher, stellte sie zu ihrer Verblüffung fest. Eher im Gegenteil. Diesmal würde sie ihren Eltern nicht die Schuld geben können.

»Ja«, sagte Nele, als sie sich wieder einmal im Hafen auf ein Eis trafen. »Ich habe die Insel anfangs auch so entdeckt und immer wieder gestaunt. Wenn du von Brandenhusen aus an der Küste Richtung Kirchsee wanderst, kommst du auf einen schmalen Haken, eine Nehrung mit Sand, Kieseln und Wildblumen, das ist ein Lieblingsplatz von mir. Auch weil man viel Seeglas findet. Übrigens ist der Ort auch was für dich, nämlich geschichtsträchtig. Da gibt es den Rugbarg, ein Hügelgrab aus der Bronzezeit. Und in der Nähe den Köppenberg.«

»Der Name weist auf eine alte Richtstätte hin«, sagte Kaia.

Nele nickte. »Richtig. Dort wurde im Winter 1699 die letzte Hexe auf Poel verbrannt.«

Dorthin hatte sie es noch nicht geschafft, doch all das schoss Kaia jetzt durch den Kopf. Wenn sie wenigstens noch eine Woche blieb, konnte sie diesen und alle anderen Lieblingsplätze noch einmal aufsuchen. Sie wollte sie in ihrer Erinnerung fest bewahren, so wie damals die Samen im Moor.

Und das würde es ihr noch schwerer machen zu gehen. Aber sie konnte ja jederzeit wiederkommen, vielleicht sogar hier Ferien machen.

Das Wetter am nächsten Tag war verhangen und kühl. Kaia nutzte es für ein weiteres Kapitel ihrer Arbeit, doch der Gedanke an die Werkstatt unter dem Pavillon ließ sie nicht los. Das vielfältige Schimmern der Farben geisterte pausenlos durch ihre Gedanken. Sie stellte das Bild auf den Schreibtisch, wo das Licht aus dem Fenster darauf fiel, und beobachtete, wie sich die Stimmung mit dem Tagesverlauf und den Wolken wandelte. Wie draußen im echten Garten, nur mit Poesie überstrichen.

Als sie den Abschnitt endlich fertig geschrieben hatte, begann sie, über Emailliertechniken zu recherchieren, und vergaß die Zeit völlig, bis Mikko anrief.

»Diese Frau Gerhild Brunske hat anscheinend kein Telefon«, berichtete er. »Aber die Adresse stimmt wohl noch. Wollen wir einfach hinfahren? Ich hole dich ab.«

Sie fand es nett von ihm, dass er mitkommen wollte. Schließlich hatten sie sein altes Trauma ja so gut wie aufgeklärt. »Ja, sehr gern, dann schneide ich inzwischen im Garten einen Blumenstrauß für sie. Danke!«

Sie war so gespannt, was diese Gerhild zu erzählen hatte. Doch dann vergaß sie alles über der Freude, einen Blumenstrauß zusammenzustellen. Der Garten von Rapakiwi wurde dieser Tage zu einem Blütenmeer. Allein die Vielfalt an Rosen! Rote waren wohl kaum angebracht, also entschied sie sich für gelbe, duftende. Kombiniert mit verschiedenen Gräsern und blauen und weißen Glockenblumen wurde der Strauß in ihrer Hand immer größer. Zarte dunkelrosa Spornblumen dazu, ein paar Margeriten … Kaia fand immer mehr Freude daran, eine raffinierte Zusammenstellung zu kreieren. Hier, diese violetten, filigranen Prachtspiere noch, und die Purpurglöckchen.

»Umwerfend!«, sagte Mikko hinter ihr. Sie hatte ihn nicht

kommen gehört und zuckte zusammen. »Entschuldige! Am Tor warst du nicht, und im Haus hat keiner geöffnet, also habe ich dich gesucht«, erklärte er.

»*Ich* muss mich entschuldigen. Ich habe die Zeit völlig vergessen«, sagte sie zerknirscht. »Dieser Garten ist so …«

»Ich weiß. So geht es mir in jedem schönen, naturnahen Garten. Man verliert sich glücklich in der Vielfalt. Das ist ein wunderschöner Strauß! Er bildet den zarten natürlichen Charakter der Pflanzen in dem Garten hier zu dieser Jahreszeit genau ab. Mit allem Charme. Wenn der bei unserer Zielperson nicht wirkt, dann sollte es mich wundern.«

Zielperson. Das klang mal wieder äußerst nüchtern. Dennoch hatte sie bisher nie so viel ehrliche Anerkennung in seiner Stimme gehört und wusste nicht, ob sie sich mehr darüber freute – oder über ihren gelungenen Strauß, in den sie selbst ganz verliebt war. Morgen würde sie Nele auch so einen bringen. Neben der Kasse in der Galerie Sommerblau würde der sich bestimmt gut machen. Und so konnte sie sich endlich mal ein wenig bei Nele revanchieren.

Sie zog das Band aus der Tasche, das sie in der Küche gefunden hatte, und bat Mikko, den Strauß zu halten, während sie eine Schleife darumband.

»Na los«, sagte er schließlich. »Lass uns herausfinden, was die Dame zu erzählen hat. Jetzt will ich alles wissen.«

31

Ricardas Mission

Es war ein kleines Haus mit einem schmalen Vorgarten, in dem ein bizarrer Brunnen sprudelte. Algen wuchsen darin und hingen wie Bärte aus der oberen Schale. Alles sah ein wenig unordentlich aus, aber auf eine sympathische Art. Auf ihr Klingeln antwortete niemand. »Schade«, sagte Kaia enttäuscht. Doch Mikko zeigte auf ein ausgeblichenes Schild, das schief an einem Fenstergriff baumelte.

Bin vielleicht im Garten!

»Sehen wir nach.«

»Einfach so?«

»Das ist doch eine Aufforderung. Komm schon!« Er stieß das Tor auf, das leise protestierte.

Sie folgten einem schmalen Weg um das Haus herum und waren verblüfft, dort eine weitläufige Wiese vorzufinden, das Gras kniehoch und von Mohn und Margeriten durchsetzt, gesäumt von einer wilden, blühenden Hecke. Überall standen Blumenschalen, Brunnen und Skulpturen aus einer Art Beton, in allen Größen, manche knallbunt bemalt, andere mit Glasscherben verziert, mit Muscheln, Rindenstücken, Eicheln oder auch nur mit den Abdrücken von Blättern, Blüten und Farnen. Der Großteil der Kunstwerke schien aus Kugeln und asymmetrischen Formen zu bestehen, die auf in den Boden gerammte

Stangen gesteckt waren wie Totempfähle, einzeln oder mehrere. Manche auch auf Drahtgestelle mit Armen wie Leuchter. Kaia sah sich staunend um. Die ganze Atmosphäre hatte etwas Frohes, Starkes, Verrücktes und Unabhängiges an sich und hier und da auch etwas Melancholisches. Von dem Haus sah man praktisch nichts, es war unter dichten Vorhängen wilden Weins verborgen, als hätte es vor dem gesamten Dasein die Gardinen zugezogen.

»Guten Tag, immer hereinspaziert!«, dröhnte eine Altstimme. »Was kann ich für euch tun?«

Unter den Weinranken tauchte eine Frau auf und kam auf sie zu, mit einem breiten Lächeln und einem durchdringenden Blick. Sie war beeindruckend. Sehr stattlich, in einem roten Kleid mit einigen Farbklecksen, das ihr bis zu den großen Füßen reichte, überragte sie selbst Mikko um etliche Zentimeter.

Kaia hatte so viele Fragen, aber sie fand die Worte nicht gleich. Diese vielfältigen Eindrücke musste sie erst einmal verarbeiten.

»Guten Tag, Frau Brunske«, sagte Mikko. »Ich bin Mikko Pfriemel, und das ist Kaia Mensch. Ich glaube, Sie kennen meine Mutter flüchtig. Monika, geborene Isinger, sie war zwei Klassen unter Ihnen in der Schule, und später hatte sie ein kleines Blumengeschäft in Kirchdorf.«

Sie musterte ihn kritisch. »Stimmt, ich erinnere mich. Die Kleine, die immer abseits stand und am Flieder roch. Aus dem Laden hat sie was Gutes gemacht. Aber lasst das mit dem Siezen, ich bin die Gerhild! Menschen verschwenden so viel Zeit mit nutzlosen Floskeln. Ihr wollt doch was von mir, sonst wärt ihr nicht hier.« Ihr Blick landete auf Kaia. »Du heißt wirklich Mensch? Gefällt mir.«

»Ja. Und der hier ist für Sie.« Kaia reichte ihr den Blumenstrauß.

»Vielen Dank, der ist wirklich beeindruckend! Mut zur Farbe, gefällt mir.« Gerhild stellte die Blumen in einen Eimer. »Also, was ist? Wollt ihr noch ein bisschen mehr Farbe und Übermut für euren Garten kaufen?« Mit einer weit ausholenden Geste umfing sie die bunte, bizarre Gesellschaft ihrer Skulpturen.

»Unbedingt«, sagte Kaia, auch wenn sie das bis eben noch nicht gewusst hatte. Sie spürte einen unüberwindlichen Drang, so ein Ding mitten auf die Wiese von Rapakiwi zu stecken. Oder auch in den Vorgarten. Sie hatte angefangen, das Haus zu mögen, aber der dort herrschende Ernst konnte gut ein wenig Auflockerung gebrauchen. Doch es war klar, dass es bei dieser Frau nötig war, direkt und ehrlich zu sein. »Aber ich bin hier, weil ich etwas über Ricarda Baran erfahren möchte. Vielleicht wissen Sie, dass sie ihr Haus und Anwesen an eine gewisse Remona Kreyhenibbe vererbt hat. Ich bin hier, um das Haus für Remona zu besichtigen und den Garten in Ordnung zu bringen. Dabei habe ich den Raum unter dem Pavillon gefunden.«

Gerhild kniff die Augen zusammen. »Aha. Verstehe.«

»Da hing ein Zettel. *Fragt Gerhild* stand da, mit Ihrer Adresse. Deshalb bin ich gekommen.«

Gerhild stand reglos wie eine Eiche und sagte nichts. Ihr Ausdruck spiegelte wechselnde Gefühle.

»Ich habe ein Bild gefunden«, schob Kaia nach. »Eine Gartenszene aus Emaille. Sie berührt mich sehr, ebenso wie das Material.« Gerhild war Künstlerin, das musste sie doch verstehen! »Es lässt mir keine Ruhe, ich möchte herausfinden, wie sie das gemacht hat. Was sie zu diesen Arbeiten angetrieben und was sie sonst noch gemacht hat. Warum der Raum so versteckt war. Bitte!«

Gerhild trat einen Schritt auf sie zu, griff nach Kaias Händen, betrachtete diese und drehte sie mit den Handflächen nach oben. Ihre Berührung war bestimmt, aber nicht unangenehm. Kaia stand still und wartete. Dann sah Gerhild auf, und ihr durchdringender Blick begegnete Kaias. »Möchtest du die Oberfläche des Bildes immer wieder berühren?«, fragte sie. »Hast du das Bild gestern mit in deine Träume genommen? Mit welchem Gedanken bist du aufgewacht?«

Kaia konnte ihren Blick nicht von diesen Augen lösen, die sie fragend, gütig, weise und auch ein wenig traurig und trotzig ansahen. So, als könne sie durch Kaia hindurchsehen. Als würde für diese Frau Kaias Innerstes durchscheinen wie das Kupfer durch die transparente Emailleschicht. Es war, als ob dieser Blick Worte und Empfindungen aus ihr herausholte, von denen sie nur geahnt hatte, dass sie dort waren, ohne sie benennen zu können.

»Ich möchte das auch«, sagte sie leise, aber mit steigender Gewissheit. »Ich möchte herausfinden, wie das geht, und ich möchte all diese seltsamen Pulverfarben und Glasstücke benutzen und kombinieren und das Licht darin wecken. Ich möchte sehen, was die Hitze im Ofen damit macht, wie sie sich zusammenfügen und verwandeln und ein Ganzes daraus wird. Ich möchte das mit meinen Händen machen, ich möchte überhaupt etwas mit meinen Händen tun, etwas, wozu man keine Worte braucht, nur Farben. Ich will nicht Ricarda kopieren, aber ich will herausfinden, was passiert, wenn ich etwas damit mache.«

Gerhild hielt sie einen Moment länger fest, dann lächelte sie und ließ Kaias Hände los.

»Das wirst du! Ich denke, das wirst du. Kommt, setzt euch.«

Sie folgten ihr zu einem schattigen Sitzplatz unter einer Birke. Kaia befürchtete, dass der verwitterte Holzstuhl unter Gerhilds Gewicht zusammenbrechen würde, aber nichts dergleichen geschah.

»Als Ricarda ihre Werkstatt schloss, weil ihre Beine und Hände nicht mehr gut genug funktionierten – sie litt unter Rheuma –, sagte sie zu mir: ›Das ist noch nicht das Ende der Geschichte, Gerhild. Es kommen bessere Zeiten. Für die Insekten, für meine Blumensamen und auch wieder für die *Farbtiefe.*‹ So nannte sie ihre Werkstatt. Sie pflegte zu sagen, sie züchte da unten Farben wie andere Menschen Champignons.«

»Warum hat sie es versteckt?«, wollte Kaia wissen.

»Das ist eine etwas längere Geschichte. Ich hole uns erst einmal Limonade.« Gerhild erhob sich mit überraschender Eleganz und verschwand im Haus.

»Wirklich interessant«, murmelte Mikko und sah von einer Skulptur zur anderen. »Vor allem diese Frau.«

Gerhild kehrte mit einem Tablett zurück, auf dem ein Krug und drei schwere Gläser standen.

»Ich mach das«, erbot sich Mikko und schenkte ein.

Gerhild lehnte sich zurück. »Ihr wisst, dass Ricardas Tochter Tilda mit achtzehn einen Unfall hatte?«

Kaia nickt. »Ja. Ich war auf dem Friedhof. Und Mikko meinte, sie sei mit dem Motorrad verunglückt, trug aber keine Schuld.«

»Ja.« Gerhild starrte in ihr Glas. »Sie war die Beifahrerin. Mein Sohn Oskar fuhr das Moped. Er war neunzehn. Sie waren beide sofort tot. Ein Militärfahrzeug hatte unvorsichtig überholt und krachte direkt in sie hinein.«

»Oh, das tut mir so leid!« Kaia war erschrocken. Sie hatte keinen alten Schmerz bei dieser Frau aufwühlen wollen. Aber wie hätte sie das ahnen können? Auch Mikko sah überrascht aus.

»Danke. Mein Trost war, dass Oskar keinerlei Schuld trug. Die Soldaten waren betrunken. Ich weiß das aus einer sicheren Quelle. Doch es ist niemand zur Verantwortung gezogen worden. Natürlich nicht.« Sie seufzte. »Aber die Geschichte, die für euch von Belang ist, beginnt noch früher.« Sie stellte das Glas ab. »Mein Mann und ich arbeiteten auf dem Festland in einer Fabrik, die Fliesen herstellte und damit handelte. Das lief mit der Zeit nicht mehr so. Es fehlte an allem. Es mussten Rohstoffe und Technik und manchmal sogar fertige Fliesen aus dem Westen geholt werden. Möglichst unauffällig. Sie teilten meinen Mann dafür ein. Ich durfte manchmal mit, auch weil es dann nicht so auffiel. Wir waren ja nur ein Ehepaar auf Reisen. Damals fing ich mit meiner Kunst an. Ich musste einfach etwas Eigenes mit meinen Händen erschaffen, und im Westen gab es alle diese Farben. Beton hatten wir hier genug. Aber die Farben, die Mosaiksteine und allerhand Zubehör, Abfälle von bunten Fliesen, ich durfte drüben all das mitnehmen, und hier hat vorsichtshalber niemand nachgefragt. Zumal ein Interesse an meinen Skulpturen aufkam. Vor mancher Fabrik oder Behörde stand auf einmal eine davon. Oder auf Plätzen in den Kleinstädten. Ich denke, sie wollten etwas über das allgegenwärtige triste Grau hinwegtäuschen. Aber dann wurden sie plötzlich ungemütlich. Irgendjemand der Oberen meinte, ich könne diese Privilegien nur weiter wahrnehmen, wenn ich IM werde. Inoffizielle Mitarbeiterin der Stasi.«

Gerhild konnte gut erzählen. Ihre tiefe, volle Stimme mischte sich mit dem Wind in der Birke und dem Rauschen des Meeres in der Ferne und trug Mikko und Kaia in eine andere Zeit.

»Das hieß, man sollte die innerstaatlichen ›Feinde‹ bespitzeln. Kommentare melden, die man auf dem Markt hörte oder in der Nachbarschaft. Wenn sich jemand kritisch äußerte oder Witze über die Partei riss, seine Kinder nicht ganz staatstreu erzog, das falsche Programm hörte, zu viel Westmusik oder gar über einen Ausreiseantrag nachdachte. Ihr könnt euch das nicht mehr vorstellen, aber so war es damals in der DDR.«

Gerhild fuhr sich über die Stirn.

»Ich war völlig überrumpelt. Aber mein Mann hat mich gebeten zuzusagen. Er hätte sonst Unannehmlichkeiten bekommen. Ich dachte, gut, ich kann ja der Form halber mitmachen. Melde ich eben nur Belanglosigkeiten, am besten erfundene, mit denen sie nichts anfangen können. Das habe ich auch versucht. Hier gab es ja sowieso praktisch nichts zu melden. Klar, Witze. Die habe ich aber nicht weitergegeben. Ich bin nicht stolz drauf, dass ich zugesagt habe. Aber so war es.«

Versonnen sah Gerhild in die Weite, wo eine Krähe auf einer Skulptur landete und einen Klecks hinterließ.

»Dann kam mein Mann eines Tages aus dem Westen nicht mehr zurück. Damit hatte ich niemals gerechnet! Aber da war mein Sohn. Um Oskars willen musste ich weitermachen. Sie setzten mich unter Druck, behaupteten, ich hätte von den Plänen meines Mannes wissen müssen, und wenn ich nichts Brauchbares liefere, dürfte Oskar nicht studieren. Das wollte er aber unbedingt. Physik. Er war versessen darauf. Sein Vater hatte ihn im Stich gelassen. Ich dachte, ich muss das wiedergutmachen. Ich habe einen aus dem Hafen verpfiffen, der war ein Ekel, schlug seine Frau. Ich habe erzählt, dass er Fluchtpläne schmiedet, da haben sie ihn festgesetzt. Seine Frau war froh, aber ich fühlte mich schlecht. Ja, und dann verunglückte Oskar mit dem verdammten Moped seines Vaters. Dass er eine Freundin hatte, habe ich nicht gewusst. Ich bin auf die Beerdigung gegangen, und da habe ich Ricarda kennengelernt. Vom Sehen kannten wir uns natürlich, aber das war etwas anderes. Wir hielten uns aneinander fest und weinten. Von da an trafen wir uns öfter. Sie besuchte mich und betrachtete meine Skulpturen. Sie waren nur noch grau. Farben aus dem Westen bekam ich schon lange nicht mehr, und nach Oskars Tod war mir ohnehin nicht mehr nach Farben. In mir war auch alles grau.«

Gerhild schwieg. Sie wirkte auf einmal kleiner als vorhin, und jetzt merkte man ihr das Alter an. Mikko schenkte ihr Limonade nach.

»Danke, Junge.« Gerhild nahm einen tiefen Schluck. »Nach und nach wurde klar, dass es keine Ermittlungen geben würde. Dass die Besatzung des Miltärfahrzeugs unsere Kinder auf dem Gewissen hatte, wurde totgeschwiegen. Und da wuchs in mir eine Wut. Ich fing an, der Stasi erfundene Geschichten zu liefern. Eine Wahrheit würde diese Bande nie wieder von mir bekommen. Aber ich tischte ihnen Sachen auf, die ich angeblich von Zulieferern aus dem Westen gehört hatte, in der Firma. Ich war sehr erfinderisch. So durfte ich mehr und mehr Kontakt zu diesen Kunden haben. Gleichzeitig wurde ich von Parteibonzen, die hier in der Nähe wohnten, immer häufiger unter der Hand gefragt, ob ich nicht stillschweigend an schöne Fliesen käme, aus dem Westen, für ihre Datschen und Villen, denn in der DDR waren Fliesen Mangelware. Und an Ersatzfliesen, wenn etwas kaputtgegangen war. Selbst innerhalb der Firma fehlten einige Muster.

Also begann ich ein lukratives kleines Schmuggelgeschäft. Ich verlangte Devisen. Ihr glaubt nicht, was die gezahlt haben, damit ihre Herrensitze schick wurden! Das Geld sammelten Ricarda und ich für Eltern von verunglückten Kindern. Sie hörte sich um, wer Unterstützung brauchte. Wir wollten etwas tun, um uns weniger hilflos zu fühlen. An Farben aus dem Westen kam ich auf diese Weise auch wieder heran, aber vor allem an Material für Ricarda. Sie wurde fast verrückt vor Trauer um ihre Tochter und dann auch noch um ihren Mann. Ihr Garten tröstete sie, aber das reichte nicht aus. Eines Tages sah sie bei mir einen Katalog des Westversandhandels für Künstlerbedarf. Da fing sie Feuer, was das Emaillieren anging. Es war ja so, dass oft Ersatzkacheln nicht zu beschaffen waren. Da hatte dann so ein Bonze eine edle Küche, wunderbar gefliest, oder eine Bar, und dann war irgendwo eine hässliche Lücke, weil eine Fliese fehlte oder zerbrochen war. Ricarda meinte, sie könne doch mit Emaille Ersatz schaffen, indem sie farblich passend kleine Kunstwerke für die Lücken schuf. Emaille hatte eine ebenso glatte, glänzende und schmutzfeste Oberfläche wie die Fliesen drumherum. Ich glaubte erst nicht daran, aber Ricarda war so stur wie der Schafbock, dessen Namen sie seit ihrer Eheschließung mit ihrem Anton trug. Dafür hatte sie ja auch reichlich Gegenwind bekommen. Einen Flüchtling heiraten! Da gab es einiges Misstrauen. Aber ich schweife ab.«

Gerhild schüttelte den Kopf über sich selbst.

»Also, ich besorgte das Material, und ein befreundeter Klempner baute den kleinen Vorratsraum unter dem Pavillon aus. Ursprünglich war der mal als Wein- oder Kartoffelkeller gedacht. Es durfte ja niemand wissen von unserem Privathandel. Natürlich konnte es passieren, dass uns jemand verpfiff. Aber das ist nie geschehen. Entweder weil sie so verrückt nach Ricardas Kunst waren oder weil sie Mitleid und ein schlechtes

Gewissen hatten wegen des Unfalls.« Sie zuckte mit den Schultern. »Ich denke, es war, weil Ricardas Einzelstücke ihnen etwas Individuelles gaben. Das war keine Massenware. Sie besaßen einen Zauber. So, als würden sie eine bessere, buntere, leichtere Welt versprechen, eine mit Glanz und vor allem Hoffnung. ›Wenn ich daran arbeite, hier unten in meinem Reich, dann geht es mir gut, Gerhild‹, sagte Ricarda. ›Dann vergesse ich alles. Und trotzdem ist es, als ob sich dann alles, was war, zusammenfügt und einen Sinn ergibt.‹ Ihre Pflanzen gaben ihr die Kraft weiterzumachen, aber ihre Kunst machte sie wieder glücklich. ›Die Pflanzen aus meinen gestohlenen Samen sind Flüchtlinge, wie es einst mein Anton war‹, sagte sie. ›Auf Rapakiwi soll immer ein Zuhause sein für die Wesen, die es brauchen, egal welche.‹ Der Garten und ihre geretteten Pflanzen inspirierten sie, ebenso wie Antons Liebe, auch wenn er nicht mehr da war.«

Gerhild verfiel in Schweigen.

Bienen summten im Klee. Die Krähe zeterte wegen irgendetwas. Der Wind schwieg nun auch.

»Und wie ging es weiter?«, wagte Kaia schließlich zu fragen.

»Oh, wir haben eine Menge Geld sammeln können. Nicht nur für Eltern, deren Kinder verunglückten. Auch für solche, denen die Kinder weggenommen wurden, und Frauen wie mich, deren Männer in den Westen flohen. Ricarda hatte kaum noch Zeit für den Garten, so beschäftigt war sie. Eine Zeitlang wohnte ein alter Gärtner bei ihr, der viel umherzog. Mervin hieß er, und er half ihr. Dafür war sie sehr dankbar.« Gerhild lächelte. »Ich glaube sogar, sie war ein klein wenig verliebt in ihn. Sie fand ihn so klug. Er erzählte uns von einem wunderschönen grünen Nachtfalter mit lang ausgezogenen Flügeln, ähnlich jener Lunamotte, die es in Nordamerika gibt, nur noch größer und zauberhafter. Dieser Falter, so sagte er, würde nur dann in Gärten erscheinen, wenn die Menschen darin einen Moment erlebten, in dem sie absolut zufrieden und im Einklang mit sich seien. ›Aber‹, sagte er, als er sich verabschiedete, ›vielleicht habe ich diese Geschichte auch nur erfunden, damit den Menschen bewusst wird, wie glücklich sie bereits sind. Wenn sie nämlich anfangen, sich zu fragen, woran es liegen könnte, dass der Falter nicht bei ihnen auftaucht, dann merken sie, dass sie doch schon alles haben, was sie brauchen, und dass sie ihn gar nicht sehen müssen, um das zu wissen.‹« Gerhild räusperte sich. »Na ja, ich gebe zu, ich fand ihn auch sehr attraktiv. Doch er zog weiter.« Sie schnäuzte sich in ein riesiges Stofftaschentuch, das sie aus dem Ärmel zog.

Remys Mervin, von dem der Schrank war und der den Anstoß zum Geschichtengarten gab, dachte Kaia. Das muss ich ihr erzählen!

Gerhild stopfte das Tuch wieder in ihren Ärmel und fuhr fort.

»Dann schließlich kam die Wende. Das war gut, denn ich war den geheimen Fliesenschmuggel leid, das ganze Feilschen und den Betrug. Es war so ermüdend. Die Fabrik wurde sowieso geschlossen, man konnte nun alles kaufen, und wir kamen ins Rentenalter. Ich befasste mich fortan nur noch mit meiner Kunst. Ricarda auch. Sie verschenkte das meiste an Freunde und Bekannte. Und dann schloss sie ihre *Farbtiefe* für immer, als ihr Rheuma zu arg wurde. Wir hatten den Kontakt in der letzten Zeit allmählich verloren. Wir igelten uns ein, wie es alte Frauen manchmal tun, denen die Welt zu viel wird. Sie hatte ihren Garten, ich meine Spielereien hier. Nur einmal hat sie mich noch besucht. ›Ich weiß jetzt, wer Rapakiwi bekommt‹, sagte sie, und ich merkte, dass sie glücklich und erleichtert war. ›Das ist eine gute Sache. Das wird genau richtig.‹«

»Ich habe nirgends Fotos von Tilda und Anton gefunden. Oder von dir«, sagte Kaia vorsichtig.

»Ja, Ricarda hielt viel vom Aufräumen. Außer ihren Pflanzen wollte sie nichts Persönliches hinterlassen. Das hat sie erwähnt. Wir sprachen dann noch eine Weile von den alten Zeiten und unseren Kindern. Ich habe sie danach nicht mehr wiedergesehen.« Abrupt stand Gerhild auf. »So, genug geredet! Wisst ihr nun, was ihr wissen müsst? Du wolltest doch eine meiner Skulpturen haben, nicht wahr?«

Zusammen spazierten sie umher, bis Kaia eine gefunden hatte, die ihr zusagte.

Mikko sah sich unterdessen um und musterte kritisch die verblühten Blumen und verwilderten Sträucher. »Ich könnte hier bei Gelegenheit etwas helfen kommen«, sagte er.

»Sollen wir dich wieder einmal besuchen?«, fragte auch Kaia, als sie sich verabschiedete. Mikko lud die Skulptur ins Auto.

Doch Gerhild schüttelte den Kopf. »Vielen Dank, das ist nett. Aber ich ziehe es vor, die alten Geschichten ab jetzt wieder ruhen zu lassen und meinen Frieden zu haben. Doch es ist gut, dass ihr Rapakiwi bekommen habt. Ich denke, Ricarda hatte recht. Das war nicht das Ende der Geschichte. Ach, und höre auf deine Hände, Mädchen, wenn du glücklich werden willst.«

»Eine liebenswerte alte Fregatte«, brummte Mikko auf dem Rückweg. Kaia verschluckte sich, musste aber zugeben, dass der Spruch irgendwie passte. Sie war froh, nun Ricardas Geheimnis zu kennen.

Und sie wusste jetzt, dass sie mit Neles Hilfe zumindest einmal Ricardas Ofen anwerfen und mit Emaille arbeiten würde. Sie konnte nicht anders. Zu dieser Erkenntnis hatte ihr Gerhild verholfen.

32

Nächtliche Erkenntnisse

»Ich freue mich so, dass Remy morgen kommt«, sagte Kaia.

Sie saß mit Eliot auf den Stufen zum Blockhaus, weil man von dort aus so schön in die Sterne blicken konnte. Vorhin in der Dämmerung hatten sie noch die Töpfe gegossen und gestaunt, dass die Ringelblumen schon so weit waren und die Sonnenblumen mit jedem Tag größer und kräftiger wurden.

»Unsere Samen sind tatsächlich noch sehr lebendig, nach all der Zeit«, hatte Eliot gesagt. »Schon ein kleines Wunder, oder? Das macht einem Mut.«

»*Unsere* Samen?«, hatte sie ihn geneckt.

»Na, ohne mich wären sie für immer im Sumpf geblieben. Ich finde, das war Teamwork«, hatte er gemeint. Jetzt aber sagte er nichts.

Kaia nahm einen Schluck von dem trockenen Weißwein und sah ihn an. »Ist was?«

»Nein.« Er starrte in sein Glas.

Sie stieß ihn von der Seite an. »Na, sag schon.«

»Ach, nichts. Ich fand es nur einfach schön, so wie es war. Du und ich und dieses Haus. Der Garten. Diese Ruhe. Einfach leben und unser Ding machen. Es war wie Urlaub, eine Auszeit.«

»Na, wir haben aber auch einiges geschafft. Meine Arbeit ist fast fertig. Du hast einen neuen Weg gefunden, Musik zu machen. Und der Garten sieht schon viel besser aus. Untätig waren wir nicht. Aber du hast recht, es war eine gute Zeit.«

Sie hatte kaum darüber nachgedacht, aber jetzt, wo er es sagte, wurde ihr bewusst, wie entspannt alles mit Eliot war. So war es noch nicht einmal mit ihrem Bruder Felix jemals gewesen. Trotz seines Kummers hatte Eliot mit angepackt, nicht aufgegeben, sie konnte sich immer gut mit ihm unterhalten, er hatte Ideen und hörte zu, und er hatte kein Problem damit, über seine Gefühle zu sprechen, ganz anders als Mikko. Humor hatte er auch. Und sogar Mitgefühl für ausgesetzte Pflanzen.

»Wenn deine Freundin kommt, wird alles anders«, sagte er. »Sie wird eine Entscheidung treffen, wann sie Rapakiwi verkauft. Vielleicht bleibt sie eine Weile hier, und dann störe ich nur.«

»Ach was. Sie weiß, wie sehr du geholfen hast, und ist dankbar – auch weil ich nicht allein war. Und länger als zwei Tage kann sie gar nicht bleiben. Dafür hat sie keine Zeit.«

»Viel beschäftigt, was?«

»Ja, sie hat immer hundert Dinge zu tun. So ist sie. Sie braucht das. Ich bin anders. Ich brauche mehr Ruhe.«

Er nickte. »Ich auch. Sonst kann man die Tiefe der Dinge nicht hören.«

Erstaunt sah sie ihn an. »So hätte ich es wohl nicht ausgedrückt. Aber ich weiß, was du meinst. Bei allem, was sie tut, ist Remy aber niemals oberflächlich, ganz im Gegenteil!«

»Das wollte ich auch nicht unterstellen.« Er lehnte sich zurück. »Sieh mal, da oben ist das Sternbild Drache. Es schlängelt sich über den Himmel wie wir durch unser Leben. Mal in diese Richtung, mal in jene.«

Kaia folgte seinem Blick. »Ja. Ich bin gespannt, welche Richtung bei mir als Nächste kommt.« Auf einmal hatte seine Wehmut sie angesteckt. Er hatte recht. Es hätte ruhig alles noch eine Weile so bleiben können.

»Weißt du, was mir gar nicht fehlt?«, sagte er. »Das Herumreisen von Konzert zu Konzert. Erst habe ich nicht verstanden, warum du deinen Eltern das dauernde Umziehen so übel genommen hast. Ich dachte, ist doch toll, so viel kennenzulernen. Aber jetzt verstehe ich dich besser. Manchmal gibt es an einem Ort so viel Schönes, und dafür möchte man immer Zeit haben.« Er stellte das leere Glas beiseite, stand auf und reichte ihr die Hand. »Komm, lass uns noch an den Strand gehen! Der Abend ist so schön. Und vielleicht gibt es nicht mehr viele davon. Für uns, hier, meine ich.«

Sie ließ sich hochziehen. Der Wein hatte sie nicht müde gemacht, im Gegenteil, sie war hellwach, spürte den leisen Wind auf der Haut, roch den Duft nach Linden und Ginster, das nahe Moor und das Meer.

Der zunehmende Mond, der über den Dünen auftauchte, legte ein diffuses Leuchten über das Meer und den Sand, als sie an den beiden hölzernen Fischen am Strandaufgang vorbeiliefen. Alles schien gleichzeitig unwirklich und seltsam klar.

Eliot schwieg jetzt. Heute nahm er auch keine Geräusche auf, das Handy mit dem speziellen Mikrophon, das er sich bestellt hatte, blieb in seiner Tasche. Sie nahmen die Schuhe in die Hand und liefen barfuß am Flutsaum entlang, bis sie dahin kamen, wo die Steine begannen, dann zogen sie sie wieder an. Hier wurde die Steilküste höher. Bei diesem Licht wirkten die halb gekippten Bäume, die sich mit den Wurzeln an die Abbruchkante krallten, noch bizarrer und die tiefen Höhlen in der Wand noch geheimnisvoller.

»Früher hätte ich mir eingebildet, dass da kleine Drachen darin wohnen«, sagte sie.

»Das können wir uns jetzt auch noch vorstellen«, meinte er.

Sein Lächeln im Mondlicht war strahlend, mit einem halb ernsten, halb kindlichen Charme. »Lauter kleine Glücksdrachen. Wo, wenn nicht hier?«

»Stimmt.« Aber ihre Aufmerksamkeit war schon wieder in die andere Richtung gewandert, zum Meer hin. Sie blieb stehen. »Hast du irgendwo anders schon mal gesehen, dass Steine so wirken, als ob sie schwimmen?«

»Nein«, sagte er und stellte sich neben sie. »An dieses Bild werde ich mich immer erinnern, wenn ich später an diese besondere kleine Insel denke.«

Das Meer war jetzt silbern. Die glatten Steine, die wie hingeworfen darin verteilt waren, wirkten wie kleine schwarze Inseln – und doch ganz leicht inmitten all des Lichts auf der Oberfläche. Wenn man länger hinsah, schien es, als würden sie sich mit den Wellen bewegen.

Sie standen lange dort. In diesem durch seine stille Schönheit aus der Zeit gehobenen Moment gab es nur diesen Ort und sie beide, die andächtig seinen Zauber betrachteten.

»Kaia«, sagte Eliot schließlich leise, »danke für diese Zeit hier.« Er drehte sich zu ihr und sah sie fragend an.

Sie nahmen sich Zeit. Füreinander, für den Augenblick, für die Antwort auf die stumme Frage, die sie sich beide selbst seit einigen Tagen gestellt hatten. Dann lehnte sie eine Weile die Stirn an seine Schulter, bevor sie zu ihm aufsah und wehmütig lächelte. »Nein, oder? So ist es nicht.«

Er legte die Arme um sie und hielt sie fest. »Dann aber Freunde sein? Ganz besondere – ja?«

»Unbedingt!«

Sie hatten beide noch keine Lust umzukehren. Nun, da das zwischen ihnen geklärt war, fühlten sie sich erstaunlich unbeschwert und wanderten noch lange weiter, bis sie irgendwann einen Weg nach oben fanden und durch den nächtlich verzauberten Wald zurückkehrten.

»Du magst Mikko, oder?«, fragte Eliot irgendwann.

»Vielleicht. Kann sein. Meistens irritiert er mich. Aber er hat sowieso kein Interesse.«

»Das Leben ist verrückt«, sagte er nur.

In dieser Nacht blieb der Moort fern. Kaia schlief entspannt und lange, und kaum war sie mit dem Frühstück fertig, sah sie Remy vorfahren und mit ihrem typischen Schwung aus dem Auto steigen.

Ihre Wehmut von gestern war verflogen. Wie gut es tat, ihre alte Freundin zu sehen! Wenn Remy auftauchte, hatte man unweigerlich das Gefühl, dass die Dinge sowohl in Gang als auch in Ordnung kommen würden und alles Mögliche Aufregende passieren konnte.

»Kaia!« Remy umarmte sie herzlich. »Ich danke dir so sehr für all deine Arbeit hier! Und die Geschichten, die du mir geschickt hast. Die von deinen alten Samenkörnern und die von Ricarda Baran und ihren geretteten Pflanzen. Die passen beide so wunderbar in meine Zeitung und den Geschichtengarten. Vielleicht kann ich dich überreden mitzukommen, wenn ich zurückfahre, um deine Sonnenblumen und Ricardas Raps persönlich dort einzupflanzen? Ansonsten kann ich es natürlich für dich tun.«

»Mal sehen. Vielleicht.« Im Augenblick interessierte Kaia mehr, was Remy zu Rapakiwi sagen würde.

»Du hast ja geschrieben, wie groß das Anwesen ist, aber ich bin trotzdem überrascht«, sagte diese und sah sich aufmerksam um. Sie betrachtete die Augen-Steine, die Drachen-Wasserspeier und die Schafbock-Giebelbretter. Dann die Feldsteinmauer mit den Rosen darauf.

»Möchtest du erst das Haus sehen oder erst den Garten?«, fragte Kaia.

»Erst das Haus«, beschloss Remy. »Dann kann ich meine Tasche abladen.«

»Ich könnte ein zweites Frühstück machen«, erklang eine Stimme aus der Küche. »Hallo, ich bin Eliot.« Er steckte den Kopf aus der Tür und strahlte Remy an.

»Ah, der fleißige Helfer. Vielen Dank, dass du Kaia so unterstützt hast!« Remy schüttelte ihm herzlich die Hand. »Ich habe mir einige Aufzeichnungen deiner Konzerte angehört. Wundervoll.«

Typisch Remy. Für so was hatte sie auch noch Zeit. Irgendwie.

»Ich habe zu danken. Der Aufenthalt hier hat mich sehr inspiriert. Ich bringe was raus auf die Terrasse.«

Eliot verschwand wieder, und Kaia zeigte Remy die oberen Zimmer. Remy blickte aus den Fenstern, klopfte gegen die Wände und brummelte vor sich hin.

Das zweite Frühstück ließ sie sich schmecken und trank drei Tassen Kaffee. Es versprach, ein warmer Sommertag zu werden, aber noch wehte ein kühler Wind. Kaia hatte sich zu dünn angezogen. Kurzerhand holte sie sich von der Garderobe das Tuch mit dem feinen Farnmuster.

Remy ließ sich erzählen, von Kaias Arbeit und Eliots neuer Musik, von Nele Sommer, von der Festung und vom Hafen.

»Das kannst du mir nachher zeigen«, bat sie. »Wenn wir den

Garten gesehen haben. Ich war noch nie auf dieser Insel, dabei kenne ich alle anderen deutschen Ostseeinseln. Die Gelegenheit muss ich nutzen. Ein wunderschönes Tuch übrigens, was du da hast.«

»So was webt Eliots Mutter von Hand. Sie hat es mir geschenkt. Sie wirbt damit für Moorpatenschaften. Hier gibt es auch ein Moor, das wird dir gefallen. Noch Kaffee?«

Remy winkte ab. »Nein, danke, sonst schaffen wir das alles nicht.«

Im Garten sah sie noch genauer hin als im Haus. Am Blockhaus zeigte ihr Kaia die Töpfe mit den Sonnenblumen, doch Remys Aufmerksamkeit war abgelenkt.

»Die hier sind neu eingepflanzt«, sagte sie und wies auf den Ginster und weiter hinten die Weigelie. »Wie kommt das?«

Kaia erklärte es ihr. »Du hast doch nichts dagegen? Wir dachten, hier ist genug Platz.«

»Nein, natürlich nicht.« Remy sah nachdenklich aus. Sie inspizierte das Blockhaus von innen, dann das Sandbeet und den Bauerngarten, und schließlich zeigte ihr Kaia den Pavillon mitsamt Ricardas versteckter Werkstatt.

»Beeindruckend!«, staunte Remy. »Und da wir gerade bei Kunst sind, ich würde gern Nele Sommers Galerie sehen. Meine Tante Carly hat auch eine Töpferei, sie kennen sich, und ich soll Nele von ihr grüßen.«

Also war ihr erstes Ziel die Galerie Sommerblau, wo Remy drei Blumentöpfe erstand und Nele sich riesig über die Grüße freute. »Ich habe Carly sehr viel zu verdanken«, sagte sie.

Anschließend fuhren sie zum Hafen, wo sie Fischbrötchen aßen. Remy und Kaia saßen nebeneinander am Wasser, betrachteten die *Engelina* und baumelten mit den Beinen. Es war wie früher in ihrer Studienzeit am Hafen von Rostock.

»Herrlich hier«, sagte Remy. »Ich fühle mich gleich wieder so jung wie damals. Diese Insel hat eine besonders entspannte Atmosphäre, oder? So, als wäre man von allem ganz weit weg. Nichts zählt außer dem Hier und Jetzt.«

»Ja, und dabei steckt sie voller Geschichte. Es gibt zahlreiche Funde aus der Steinzeit. Dann das Hügelgrab, die Festung …«

»Und dann, so viel später, Ricardas geklaute Samen. Erstaunlich, dass sie damals schon daran gedacht hat, dass der Schutz von Insekten einmal mindestens so wichtig werden wird wie reicher Ertrag. Und dass beides sowieso zusammenhängt.« Remy schnippte den letzten Krümel ihres Fischbrötchens einer Ente zu. Dann stand sie auf. »So, jetzt zeig mir mal diese Bank auf der Festung, von der du so geschwärmt hast!«

Bald standen sie genau dort. Remy war zu beglückt von der Aussicht, um sich hinzusetzen. Aufgeregt lief sie hin und her. »Was für ein Ort!«, rief sie.

Der Blick auf die ganze unter ihnen glitzernde Kirchsee verzauberte auch Kaia noch immer wie beim ersten Mal. Es sah bei jedem Wetter anders aus und immer überwältigend. Die uralte Kirche und die Festung auf der einen, die teils modernen Schiffe im Hafen auf der anderen Seite, dazwischen die bezaubernde Landschaft aus Wasser, Himmel und Feldern – diese einzigartige Kulisse hatte etwas zugleich Anheimelndes und Grandioses.

»Jede Insel ist so anders«, sagte Remy mehr zu sich selbst als zu Kaia.

Dann fuhren sie nach Brandenhusen. Nele hatte ihnen den Spaziergang dort noch einmal wärmstens ans Herz gelegt. Sie parkten und folgten einem Trampelpfad, der einen Blick auf die Wismarer Bucht freigab. In der Ferne sahen sie den Wismarer Hafen mit den dampfenden Schornsteinen und den riesigen Kränen.

Der Sandstreifen war hier nur schmal. Hintereinander liefen sie am Rande reifender Felder entlang. Einsame windzerzauste Bäume gaben der Szene einen ganz eigenen Charakter. Sie kamen an einer Erhebung vorbei, kurz darauf sahen sie eine zweite.

»Der Rugbarg!«, sagte Kaia erfreut. »Das ist das Hügelgrab aus der Bronzezeit, und das andere muss der Köppenberg sein.« Es war immer noch da, dieses Gefühl in ihr. Der Grund, warum sie Geschichte studiert hatte. Wann immer sie auf solche Zeugnisse der menschlichen Vergangenheit stieß, erschütterte es sie zutiefst zu spüren, was ihrer eigenen Existenz alles vorausgegangen war. Was für ein zufälliges Ereignis am Ende einer ewig langen Kette sie war, die so lange vor dem Beginn der Menschheit ihren Anfang gefunden hatte. Ihr war dann zumute, als würde für den Bruchteil eines Augenblicks ein Blitzlicht in großer Klarheit all die Seelen jener Ahnen zeigen, die in den Jahrtausenden vor ihr gelebt hatten.

Sie liebte ihr Thema noch immer, keine Frage. Sie hatte darüber lernen wollen. Doch wollte sie es auch lehren, so wie Harro sich das vorstellte?

Zwei Schwäne begleiteten sie eine Weile, schwammen an der Küste entlang und beäugten neugierig die Menschenwesen. Außer Remy und Kaia war niemand an dieser abgelegenen Stelle unterwegs.

Unvermutet standen sie vor einem Wassergraben, der ihnen den Weg abschnitt. »Schade, hier kommen wir nicht weiter«, sagte Kaia enttäuscht. Jetzt hatte sie doch unbedingt die Spitze des Brandenhusener Hakens, der so weit in die Kirchsee ragte, erreichen wollen. »Oder sollen wir durchwaten?« Doch das Wasser war dunkel und sah irgendwie trügerisch aus.

Remy beugte sich über das lange Gras, das ins Wasser hing. »Da ist ein Trittstein!«

So konnten sie doch hinüber. Bald wurde das Land immer schmaler, und dann waren sie auf der dünnen Spitze, die etwas ganz Eigenes besaß. Sie bestand aus grobkörnigem Sand und bunten Kieseln, zwischen denen Stücke von Seeglas lagen, ein Weg aus Sand mitten im Wasser. In der Mitte wuchsen Kamille, Schachtelhalm und Hirtentäschelkraut. An einzelnen Grashalmen wehten Vogelfedern wie Flaggen im Wind. Manche der Steine gaben einen interessanten Klang von sich, wenn man mit dem Fuß dagegenstieß. Und noch ein Ton war zu hören, tief, melodisch und ein wenig unheimlich.

Kaia suchte nach der Ursache und entdeckte eine halb vergrabene Flasche aus tiefblauem Glas, über deren Öffnung der Wind fuhr und diesen Ton erzeugte. Fasziniert von der Farbe hob sie die altmodische Flasche auf und spülte den Sand heraus. Die würde sich gut auf dem Fensterbrett von Rapakiwi machen, dort, wo morgens das Licht hindurchfiel. Darin Blumen aus Ricardas Beet …

Als sie ihren Fund behutsam im Rucksack verstaut hatte, sah sie sich nach Remy um. Die stand inzwischen ganz auf der dünnen Spitze der Landzunge. Kaia ging zu ihr hinüber, doch Remy stand ganz still und sah mit einem völlig abwesenden Ausdruck über die Kirchsee hinweg zum Fährort, hinter dem der Teil der Bucht lag, den man Breitling nannte.

»Remy?«, fragte Kaia, als ihre Freundin sie gar nicht zu bemerken schien. »Ist alles in Ordnung?«

Remy holte tief Luft, als hätte sie vorher eine Weile den Atem angehalten, und wandte sich ihr zu. »Ja. Ja, sehr in Ordnung. Ich habe nur gerade an meine Vorfahren gedacht. Ich habe dir ja mal berichtet, dass sie auf dem Darß gelebt haben. Dass meine Zigmal-Urgroßmutter Frenja eine Frau war, die Geschichten überlieferte, wie man es damals tat, als mündliche Erzählung. Und dass ihr Mann, ein gewisser Claas, eine ganz besondere Beziehung zum Meer hatte und meinte, dieses hätte eine Antwort auf alle Fragen, selbst die, von denen man noch nicht weiß, dass man sie hat.«

Es war wie früher. Als ob Remy ihre Gedanken lesen konnte. Kaia war es immer noch unheimlich und angenehm zugleich. Vorhin gerade hatte sie selbst über ihre Ahnen nachgedacht, und nun kam Remy mit so einer Bemerkung!

»Mit meiner Zeitschrift und dem Geschichtengarten wollte ich Frenjas Tradition fortsetzen und die Geschichten der Menschen hier erzählen, nur eben schriftlich«, fuhr Remy fort. »Und manchmal habe ich das Gefühl, Claas und Frenja so nahe zu sein, dass ich sie beinahe sehen oder hören kann. Vor allem in solchen Augenblicken und an besonderen Orten wie diesem, an denen mir das Meer eine Antwort gibt.«

»Auf welche Frage denn diesmal?«

Remy bückte sich nach einem schneeweißen Stein mit einem Loch. Ein Hühnergott von der schönsten Sorte. Sie hob ihn ans Auge und blickte Kaia durch die Öffnung an.

»Auf die Frage, was ich mit Rapakiwi machen werde«, sagte sie. Ihr Auge wirkte groß und weise hinter dem Stein.

»Und?« Kaia wartete gespannt.

»Ich muss das heute Abend erst mal konkret entwerfen und aufschreiben. Ich erzähle es dir morgen beim Frühstück.«

Damit musste sich Kaia zufriedengeben. Aus Erfahrung wusste sie, dass Remy sich durch niemanden und nichts zu etwas drängen ließ.

Zwei Kormorane strichen dicht neben ihnen über das Wasser, getragen von einem aufkommenden Wind.

Auf dem Rückweg standen sie wieder vor dem Wassergraben, doch als sie nach dem Trittstein suchten, war er nicht mehr zu finden. Dafür war der Graben nun dreimal so breit wie vorher. Und tief.

»Der Wind!« Remy lachte. »Er hat das Wasser in die Bucht gedrückt.« Damit hatten sie nicht gerechnet. Nun mussten sie einen weiten Umweg über die Felder machen, bis sie einen Übergang fanden. Die Schwäne blickten spöttisch. Dafür bekamen sie Rehe zu Gesicht und Mohnblumen. Als sie wieder beim Auto ankamen, waren sie erschöpft, aber beglückt von dem Erlebnis.

»So«, sagte Remy, »jetzt ruhen wir uns auf dieser göttlichen Terrasse aus, und abends kannst du mir den Sonnenuntergang am Strand zeigen.«

»Heute Abend wolltest du doch deine Idee entwerfen?«

Schon zu Studienzeiten hatte Kaia manchmal gefragt, ob Remy überhaupt jemals schlief.

»Nö«, hatte ihre Freundin dann mit einem verschmitzten Lächeln gesagt. »Dafür hat mein Gehirn viel zu viel zu tun.«

Daran schien sich auch nichts geändert zu haben. »Ach«, sagte Remy mit einer wegwerfenden Handbewegung, »die Nacht ist lang genug.«

33

Offene Fragen

Kaia zeigte Remy den Weg durch das Reetmoor. Die sinkende Sonne und der Wind taten ihr den Gefallen und ließen das Schilf glänzen und wispern, während die bizarren Bäume lange, gespenstische Schatten warfen. Statt sich rätselhaft in Nebelschleier zu hüllen wie bei Kaias Ankunft, zeigte sich die Insel an Remys erstem Tag von ihrer besten Seite.

Mit Remy unterwegs zu sein war immer etwas Besonderes für Kaia. Sie sah Dinge, die sonst niemand bemerkte. Einen winzigen, beinahe goldenen Pilz auf einer Wurzel. Einen gut getarnten Vogel im Röhricht. Einen Stein mit dem fossilen Abdruck einer Koralle. Und bei alledem verlor sie nie die Gesamtheit und die Atmosphäre der Landschaft aus den Augen.

»Unheimlich und harmonisch zugleich. Wie macht Poel das?«

»Finde ich auch«, stimmte Kaia zu. »Keine Ahnung, woher das kommt. Sie ist einfach da, diese Grundstimmung. So, als wäre der Insel völlig egal, was die Menschen über die Zeiten auf ihr gemacht haben. Sie ist einfach sie selbst geblieben.«

»Wenn das so ist, kann man sich ein Beispiel an ihr nehmen«, fand Remy.

Dann stiegen sie zum Strand hinunter, an den regenbogenfarbigen Pfützen vorbei, die aus dem Moor zum Wasser hinuntersickerten. Auf dem Rückweg gingen sie barfuß durch die langen, warmen Fluttümpel, in denen sich der mittlerweile flammend rote Sommerhimmel spiegelte, Richtung Steilküste. Remy spähte interessiert in die Höhlen und betrachtete die wie in jahrelanger Zeitlupe vom Kliff stürzenden Bäume mit Ehrfurcht.

»Kaia, ich danke dir so sehr, dass du mich hergelockt hast! Ich hätte wissen müssen, dass mehr als nur ein guter Gedanke dahintersteckt, wenn mir eine Frau ein Grundstück vermacht. Ich hatte aus den Augen verloren, dass man sich für die wichtigen Dinge Zeit nehmen muss – vor allem auch, um herauszufinden, welche eigentlich die wichtigen sind. Ich denke, Ricarda hat dir auf irgendeine Weise einen freundlichen Stups gegeben, damit du mir auf die Sprünge hilfst.«

»Und ich mir selbst«, murmelte Kaia.

Remy warf ihr einen Blick zu, sagte aber nichts weiter.

Dann erzählte Kaia ihr noch, dass der Gärtner Mervin auch auf Poel gewesen war.

»Der gute alte Mervin, dem ich so viel zu verdanken habe«, sagte Remy gerührt. »Er muss die Inseln alle geliebt haben. Langsam stellt sich heraus, dass er auf jeder von ihr gewesen ist. Er ist sich treu geblieben. Und überall hat er etwas für die Insekten und die Menschen getan und gute Spuren hinterlassen. Ich bin sehr froh, dass ich meine Zeitschrift nach ihm benannt habe.«

Die Sonne versank kurz vor dem Horizont hinter einer blaugrauen Wolkenbank, deren Ränder feurig aufglühten. In der Dämmerung wanderten die Freundinnen durch den Wald zurück nach Rapakiwi. Mit der Taschenlampe ihres Handys las Remy unterwegs noch die Sage vom Moort und berührte die kleine Bronzeskulptur. »Wer kennt ihn nicht, den Moort? Der kommt auch anderswo manchmal vorbei. Man darf nur nicht vergessen, dass am nächsten Tag immer die Sonne aufgeht, ob mit oder ohne Wolken.«

»So was Ähnliches sagt Eliot von den Sommervögelchen. Hat seine Mutter ihm beigebracht.«

»Sommervögelchen?«

»Ein anderes Wort für Marienkäfer. Wenn es kalt wird und dunkle Zeiten kommen, versammeln sie sich in Gruppen, suchen einen geschützten Winkel und warten auf bessere Zeiten. Sogar nach Frost tauen sie einfach wieder auf und sorgen dafür, dass die Rosen blühen können, indem sie die Läuse fressen. Eliot sagt, sie lehren Ausdauer und Geduld und Mut. Deswegen hat Leonie einen Marienkäfer als Logo auf den Tüchern, die sie webt.« Sie zeigte Remy die Ecke ihres Schals. »Die Marienkäfer haben bewirkt, dass Leonie schließlich den Garten gefunden hat, von dem sie immer geträumt hat.«

»Eine interessante Geschichte«, sagte Remy.

Später plauderten sie noch bei Wein über alte Zeiten, bis Kaia anfing zu gähnen.

»Geh schlafen«, sagte Remy mit einem Lächeln und stupste sie von der Seite an.

Am Morgen kam Kaia nur schwer aus dem Bett, nach all der Bewegung, den Erinnerungen und dem vielen Reden am Vortag. Doch die Nacht war offenbar sogar für Remy zu kurz gewesen. Beim Frühstück wirkte sie abwesend und aß wenig.

»Und? Du wolltest mir doch sagen, was du dir überlegt hast«, fragte Kaia.

Remy schob den Teller weg und stand auf. »Tut mir leid. Ich muss erst ein paar Dinge klären. Du hörst von mir. Ich muss los!«

»Aber … wolltest du nicht wenigstens die Pflanzen für den Geschichtengarten mitnehmen?«

»Jetzt nicht«, sagte Remy nur, umarmte Kaia, und wenige Minuten später saß sie im Auto. »Sag Eliot bitte tschüs von mir.« Sie winkte in der Kurve noch aus dem Fenster, dann war sie fort.

Verdattert sah Kaia ihr nach, dann zuckte sie mit den Schultern. So war Remy eben.

Sie hatte gesagt, sie würde sich melden. Man wusste nur nicht, wann.

Auch gut, dann konnte sie die letzten Seiten ihrer Arbeit schreiben. Oder ihrer Mutter die Sonnenblumen bringen. Doch aus irgendeinem Grund war sie noch nicht so weit.

Auf dem Weg ins Haus berührte sie ihren Glücksstein aus Teneriffa, der noch auf dem großen Findling an der Einfahrt lag. Ihr wiedergefundener Anker, der einst versagt hatte und nun eine neue Chance bekam. Wo würde er wohl als Nächstes liegen?

Sie dachte an Eliot und seine Worte über das Sternbild Drache und wie man sich auch im Leben mal in diese, mal in jene Richtung wandte. Sie würde Eliot vermissen, wenn sich ihre Wege trennten, wenn auch nur als Freund. Er war in der kurzen Zeit auch schon so etwas wie ein Anker für sie geworden.

So wie vielleicht der Gärtner Mervin einst ein Trost für Ricarda gewesen war.

Statt hineinzugehen, holte sich Kaia Putzsachen aus dem Blockhaus. Damit lief sie zum Pavillon, öffnete mit Anstrengung die Klappe und stieg hinunter in Ricardas »Farbtiefe«.

Als sie den Schalter drückte, flammte das Licht auf, als hätte es nur auf sie gewartet. Es schob die Schatten und die Jahre aus den Winkeln und ließ die Kupferplatten, Farbpulver und bunten Glaskrümel in den Röhrchen glitzern.

Kaia saugte Staub und Spinnweben, erst von der Decke und den Regalen, dann vom Werkzeug und den Arbeitsflächen, ehe sie alles gründlich wischte und die Fenster zu den Lichtschächten hin von ihrem trüben Schleier befreite. Selten hatte ihr Putzen so viel Freude gemacht. Dabei begleitete sie der deutliche Eindruck, Ricarda stünde neben ihr und sähe beifällig zu.

Während Kaia jedes Teil hochnahm und abwischte, rekapitulierte sie, was sie im Internet herausgefunden hatte. Es gab diverse Videos, die zeigten, wie man einen Emaillerohling, also ein Stück Kupferblech, in ein kleines Kunstwerk verwandelte. Dort waren es meistens Untersetzer, Broschen oder Anhänger, Knöpfe, Oberteile von Weinkorken oder Türschilder. Kaia hatte den ganzen Vorgang mehrfach angesehen und war nun voller Stolz, als sie beinahe alles identifizieren konnte, was sie beim Abstauben entdeckte.

Da waren diese merkwürdigen eisernen Gestelle in unterschiedlichen Größen, mit Zacken, die wie Haifischzähne anmuteten. Das waren die Ständer, auf denen man die Stücke in den heißen Ofen schob und worauf sie abkühlten, wenn man sie nach dem Brennen wieder herausgeholt hatte.

Mit der Flüssigkeit aus dem Fläschchen, das die Aufschrift »Haftmittel« trug, pinselte man hochstehende Ränder ein, damit das Farbpulver später nicht herunterrutschte.

Mit den verschiedenen Sieben streute man das Farbpulver auf den Rohling. Der musste aber vorher erst einmal gründlich geschrubbt werden, damit er völlig frei von Fett war, sonst gab es später hässliche Fehler im Emaille Danach durfte man ihn auf der Oberfläche nicht mehr mit den Fingern berühren.

Mit dem Gummistück, das wie ein großer Radiergummi aussah, polierte man nach dem Brennen die Ränder, damit der Ruß abging und das Metall wieder glänzte. Mit dem Lack und dem winzigen Pinsel sorgte man dafür, dass es nicht wieder anlief.

All das klang machbar und logisch, fand Kaia.

Der gefährlich aussehende lange metallene Haken diente dazu, verrutschte Stücke im Ofen wieder geradezurücken. Oder aber, viel aufregender, man konnte ihn ebenfalls zum Glühen bringen und dann damit im Ofen während des Brandes auf dem Werkstück vorsichtig Muster in das schmelzende Emaille ziehen, sogar Farben ineinanderrühren, in Fäden und Spiralen oder Wellen. Oder pflanzenähnliche Strukturen entstehen lassen, wie es Ricarda wohl meisterhaft beherrscht hatte.

Die Farbpulver in den beschrifteten Röhrchen hatten so verlockende Namen wie *Rauchtopas*, *Silberfondant*, *Kastanie* und *Pfauengrün*. Kaia war voller Ungeduld, sie zu benutzen.

Man konnte das Ineinanderlaufen der Farben beim Schmelzen ausnutzen oder es aber auch verhindern, indem man aus Kupferdraht Formen bog, zum Beispiel Blüten, Wege oder Gartentore, und der Ausbreitung auf diese Art klare Grenzen setzen.

Oder man konnte die Farbpulver schon vor dem Brand an den Übergängen mischen, so dass sie wie Wolken an einem Abendhimmel sanft ineinander übergingen. Es gab endlose Möglichkeiten!

Die wahre Kunst bestand wohl darin, richtig einzuschätzen, dass die Farben nach dem Schmelzen völlig anders aussahen. Aus Hellblau wurde zum Beispiel Dunkelblau. Was man in den

Ofen schob, kam durch das Brennen gänzlich verwandelt wieder heraus. Man musste vorher die richtige Vision haben und gleichzeitig Hand in Hand mit dem Zufall arbeiten. Denn auch von der Brenntemperatur und der Brennzeit hing einiges ab. Nahm man etwas zu früh heraus, konnten unschöne, raue Hügel auf der Oberfläche entstehen, wo das Pulver nicht richtig geschmolzen war. Wartete man zu lange, verbrannte es an den Rändern und dünnen Stellen und bekam schwarze Flecken. Man konnte beides aber auch ausnutzen, um schöne Effekte zu erzielen, so wie Nele es bei ihrer Keramik tat.

Insgesamt war es genau wie mit dem Leben, dachte Kaia. Wartet man zu lange mit etwas, ist es nicht gut, macht man etwas zu früh, auch nicht. Man kann sich jederzeit die Finger verbrennen. Aber wenn man Überraschungen zulässt und alle Farben ausprobiert, kann etwas Wundervolles dabei herauskommen.

Sie wollte es machen wie Ricarda und aus ihrer eigenen Tiefe ein Leben aus Feuer und Farben entstehen lassen, mit einem Garten voller Blüten drumherum.

Sie steckte das Kabel des Ofens in die Steckdose und schaltete ihn ein. Mit angehaltenem Atem wartete sie darauf, dass die Sicherung herausflog, aber nichts geschah. Doch am Bedienfeld und dem Thermometer und dem Temperaturregler fingen diverse Lampen an zu leuchten und zu blinken. Auf den Farbpulverröhrchen standen Temperaturangaben von bis zu fast tausend Grad. Das war ganz schön viel, dachte Kaia verzagt, und ihr Mut von eben begann wieder zu schwinden.

Ich brauche Hilfe, dachte sie. Zuallererst fiel ihr Mikko ein, was sie ärgerte. Bei allem fiel ihr neuerdings zuerst Mikko ein! Dabei gab es doch Eliot. Aber der war mit seinem Mikrophon unterwegs, und außerdem kannte er sich mit so was überhaupt nicht aus. Doch dann wurde ihr klar, wer viel naheliegender war. Nele natürlich! Nele besaß auch einen Brennofen. Der war zwar anders, aber sie war Fachfrau.

»Ich komme in der Mittagspause!«, versprach Nele sofort. »Ich mache den Laden eine Stunde länger zu, und dann brennen wir zusammen dein erstes Stück!«

Kaias Mut kehrte zurück. Sie suchte sich ein Stück Kupferplatte, schrubbte es sorgfältig und berührte es ab dann nur noch mit Handschuhen. Sie streute mit einem Sieb vorsichtig Streifen aus verschiedenen Farbpulvern gleichmäßig darauf, setzte ein paar Glasfäden und Glassplitter so, dass es später vielleicht ungefähr ergeben konnte, was sie sich vorstellte, und legte das Ganze behutsam auf einem passenden Ständer ab.

»Wünsch mir Glück, Ricarda!«, sagte sie leise.

Nun musste sie nur noch warten, bis sie ihren ersten Versuch mit Nele in den Ofen schieben und den tausend Grad anvertrauen konnte.

Dann holte sie ihren Laptop aus dem Haus und setzte sich damit in den Bauerngarten, wo es mittlerweile vor Blüten überquoll.

Ringelblumen und Rittersporn, Glockenblumen und Lupinen, Rosen und Fingerhut wucherten durcheinander wie in einem Rausch, Schmetterlingspärchen tanzten darüber, Bienen und Hummeln summten um die Wette. Es war ein guter Ort, einer, an dem die formale Anordnung der Beete um einen Mittelpunkt herum ein angenehmes Gleichgewicht zu der überschäumenden Fülle der Blüten bildete. Hier war die Welt in Ordnung.

Kaia feilte ein wenig an ihren Texten herum, doch sie war viel zu gespannt, um sich konzentrieren zu können.

Egal, was nachher dabei herauskam, wenn sie ihr Probestück aus dem Ofen zog: Die freudige Aufregung, das Kribbeln in ihrem Bauch, als sie vorhin die Farben ausgesucht und kombiniert, die Glasfäden vorsichtig mit der Pinzette angeordnet und sich vorgestellt hatte, wie sie später im Glühen des Ofens ein Muster hineinzeichnen würde –, das allein hatte ihr gezeigt, wie glücklich es sie machte, etwas mit ihren Händen und ihrer Phantasie herzustellen.

Sie ahnte jetzt, wie Nele es fertigbrachte, so in sich zu ruhen und im Reinen mit sich selbst zu sein. Das, obwohl sie angedeutet hatte, auf die Lösung eines Problems zu warten, zu der sie aber nichts beitragen konnte als einfach nur, lange Geduld zu haben.

»Es hat mich hierhergeführt«, hatte sie nur gesagt. »Das ist schon mal gut, und alles andere liegt nicht in meiner Hand.«

»Was Nele schafft, kann ich auch!«, erklärte Kaja einer Amsel, die gerade einen Wurm unter einer Distel hervorzog. »So eine kleine Werkstatt könnte ich mir überall einrichten.«

Sie musste es laut aussprechen, um es sich selbst zu glauben.

Die Amsel flog triumphierend mit ihrer Beute davon.

Kaia gab die Arbeit für heute auf und sah stattdessen in die E-Mail-Inbox. Dort entdeckte sie eine Nachricht von Remy.

Liebe Kaia,

ich habe einen größeren Plan, von dem ich dir noch erzählen werde. Vorerst habe ich eine Bitte an dich. Ich habe mich entschlossen, Rapakiwi nicht zu verkaufen. Nun suche ich jemanden, der dort wohnen und sich um Verschiedenes kümmern würde, nicht nur um Haus und Garten. Einzelheiten nenne ich dir noch, aber würdest du schon einmal damit beginnen, eine Annonce zu entwerfen? Überlege dir einfach, wie du jemandem den Ort und das Haus schmackhaft machen würdest. Zum Beispiel so, wie du es bei mir getan hast. Ich danke dir!

In Eile, Remy

Wie schön! Remy würde Rapakiwi nicht aus der Hand geben. Sie würde immer ein Auge darauf haben. Das war gut. Kaia war erleichtert. Wer wusste schon, was ein Fremder damit angestellt hätte. Abgerissen und Ferienwohnungen gebaut, wahrscheinlich.

Nun, das mit der Annonce war bestimmt nicht schwierig. Sie öffnete ein Dokument und begann zu schreiben. Vom Garten und vom Haus mit seinen Eigenheiten, vom nahen Strand, dem Moor und den schwimmenden Steinen, von der Steilküste.

Doch dann löschte Kaia ihre Zeilen wieder und klappte den Laptop zu.

Schon bevor sie angefangen hatte zu schreiben, hatte sie gewusst, was sie Remy antworten würde.

Leonie

Glienicke/ Oberhavel

2019

34

Das Leben und ein Brief

»Der erste Pfirsich, der von Robin herunterfällt, wählt den Gewinner!«

Leonie hatte auf ihrer Website die erste Zeitspanne festgelegt, um unter jenen, die eine Moorpatenschaft übernommen hatten, ein Tuch auszulosen. Die war nun vorüber. Lange hatte sie überlegt, wie sie es anstellen sollte, fair und neutral jemanden auszuwählen. Dann war Svenja auf den Gedanken gekommen, dies den Pfirsichbaum tun zu lassen. »Neutraler geht es nicht, und werbewirksam ist es auch. Du kannst es filmen und auf deinem Blog zeigen«, meinte sie. »An windigen Tagen fallen um diese Zeit all die kleinen grünen Pfirsiche herunter, die zu viel sind und die Robin nicht ausreifen lassen kann. Du breitest die Zettel mit den Namen auf dem Gras darunter aus, und der, auf den als Erstes ein Pfirsich fällt, gewinnt.«

Nun saß Leonie mit Max, Svenja und Insa dort beim Kaffee, und sie warteten gemeinsam auf Robins Wahl. Zwischen den Ästen der Weide sang lauthals die Mönchsgrasmücke. In der Luft lag eine Mischung aus süßen Aromen. Linden, Liguster, Rosen, Jelängerjelieber und Jasmin. Der pure Sommerduft, dachte Leonie, die gerade rundherum so zufrieden, erfüllt und glücklich war wie noch nie zuvor in ihrem Leben. Glücklich über genau dieses Alter, in dem sie sich befand, über all das, was sie erreicht hatte, und alles, was zukünftig noch kommen würde. Und diese Zukunft versprach so viel mehr, als sie sich hatte träumen lassen.

Das Beste daran war, dass Max ähnlich fühlte. »Mir geht es wie deinen Marienkäfern am Ende eines langen Winters«, hatte er am Vormittag zu ihr gesagt. »Ich erwache aus einer Art langer Winterstarre, und auf einmal wird alles warm und grün und ist voller Möglichkeiten.«

Max und Leonie waren unmerklich zu einer Einheit geworden, ohne einander einzuengen. Ihr Zusammensein entwickelte sich Schritt für Schritt und mit einer guten Energie wie eine Pflanze. Blatt für Blatt, Wurzel für Wurzel wurde es zu einem starken und schönen Ganzen. Ein gemeinsames Lachen hier, eine Berührung dort, Blicke, die sich trafen, eine Umarmung, eine Sehnsucht, wenn sie getrennt waren, eine Nachricht am Morgen.

Sie fühlten sich wie Teenager, ausgelassen und neugierig und hungrig auf die Zukunft und doch dankbar für die Erfahrung und Klugheit, die sie seither gewonnen hatten. Sie empfanden das Miteinander als so richtig und stimmig, dass sie kaum darüber zu sprechen wagten, um nur ja nichts zu zerreden. Es erschien ihnen täglich noch immer wie ein Wunder, dass sie sich begegnet waren und was sie seither alles erlebt hatten. Vom ersten Frühlingsgrün an über die Buschwindröschenblüte, die Nachtigallenzeit und rote Mohnwiesen bis hin zu reifen Getreidefeldern hatten sie alles gemeinsam erwandert und ergründet und sich daran zusammen beglückt.

Sie hatten es nicht eilig, ließen einander Zeit und Freiraum, genossen alles mit einer Tiefe, die ihnen beiden neu war, und kosteten das Lebendigsein so tief aus wie noch nie.

Sie lebten völlig in der Gegenwart und beschlossen, dass das Wort *Lebensfreudegefährten* für die Art ihrer Beziehung genau das Richtige war.

»Ja, ja«, sagte Svenja einmal, als sie gesehen hatte, wie Leonie Max am Tor verabschiedete. »So ist das mit der Liebe!«

»Wir sind nur besondere Freunde, Svenja«, sagte Leonie, die das gehört hatte, und nahm sich noch einen Keks, um ihre Verlegenheit zu überspielen. Insa kicherte und tauschte einen Blick mit Svenja.

»Lebensfreudegefährten«, sagte Leonie leise.

»Ja, Liebes, und das ist schön so.« Svenja klopfte ihr ermutigend auf den Arm.

»Völlig wurscht, wie es heißt«, brummelte Insa. »Es ist was Großes. Geschenke soll man annehmen. Besonders die guten Überraschungen.«

Und genau das hatte Leonie auch beschlossen.

Im Grunde schon in jenem Moment, als Max ihr das Bild vom Hecht überreicht hatte.

Sie fühlte sich wie neugeboren durch seine Gegenwart, entdeckte die Welt frisch und wach wie ein Kind und doch mit dem Wissen um Endlichkeit und dass jeder Moment ein Glücksfall und ein Juwel war, das in allen Farben schimmerte, wenn das Licht hindurchfiel. Irgendwie war immer Licht, wenn sie gemeinsam unterwegs waren, selbst wenn sie im Regen unter einer Eiche lagen. Und es war, als ob die Zärtlichkeit, die sie Max gegenüber empfand, alles andere mit einschloss, den Wind, das flüsternde Schilf, die jungen Schwäne, die blühenden Wegränder.

Einmal saßen sie auf einer Picknickdecke nahe der Osterquelle, mit einem weiten Blick über die Moorwiesen, um sie herum Schmetterlinge, Lerchengesang und Bienengesumm, mit Schäfchenwolken über ihnen. Schöner kann das Leben nicht sein, dachte Leonie und wünschte sich nur, es gäbe Worte für das, was sie fühlte. Doch immerhin gab es Farben und Garn, und sie konnte versuchen, es in ihre Stoffe zu weben.

Nachdem Max aufgrund von Leonies Erzählungen neugierig geworden war, hatten sie sich beide eingehender mit den Marienkäfern beschäftigt und danach gesucht. In den Moorwiesen fanden sie einmal sogar einen Siebenpunktigen Flach-Marienkäfer, der gefährdet war und nur in Moorgebieten lebte. Sie lernten, dass auch ein Licht-Marienkäfer existierte, der nachts von Licht angezogen wurde.

Auch wenn es im Allgemeinen noch viele Marienkäfer gab, Leonies kleine Freunde waren in Städten und landwirtschaftlichen Gebieten bedroht. Der Grund war aber nicht nur, dass ihr Lebensraum immer mehr verbaut wurde. Sie reagierten auch viel empfindlicher auf Gifte, als es beispielsweise Blattläuse taten, die sich viel schneller wieder vermehren konnten. Das lag daran, dass die Käfer eine große Anzahl von vergifteten Beutetieren verputzten und dadurch einer viel höheren Dosis ausgesetzt waren.

Einige Marienkäferarten, vor allem jene, die auf spezielle Lebensräume angewiesen waren, waren besonders stark gefährdet. Vor allem Arten, die Moore und Heiden besiedeln, waren mitsamt ihrer Heimat bedroht.

Hier im Garten von Glyneck allerdings hatten sie sich scharenweise eingestellt und die Läuse in kurzer Zeit von den Rosen vertilgt. Jetzt waren sie in den Zweigen von Robin unterwegs, in den Apfelbäumen, im Gemüsebeet, sogar auf den sonnenwarmen Panzern der Schildkröten leuchtete es manchmal rot. Rot wie Lebensfreude und Liebe.

Plopp!, machte es, und Leonie schrak aus ihren Gedanken auf.

»Das war noch kein Treffer«, sagte Svenja und deutete auf eine kleine, grüne Kugel, die zwischen zwei Zettel gefallen war. Max hatte jeden Zettel mit einem Kiesel beschwert, damit der Wind nichts durcheinanderbrachte. »Hallo, Amelie!« Sie winkte einem der Nachbarskinder zu, die über den Zaun gegriffen und den Deckel der hinter einem Busch versteckten Knopfkeksdose gehoben hatte.

Das Kind winkte mit vollem Mund strahlend zurück.

»Ich bin so froh, dass meine Kekse gut ankommen«, meinte Leonie.

»Na, du hast ja noch mehr Varianten erfunden, als ich sie angeboten habe. Ich freue mich, dass die Tradition fortgesetzt w… Da!« Svenja setzte sich auf. »Jetzt hat es geklappt! Mach ein Bild!«

Mit einem kleinen Knall war ein Pfirsich genau auf der Ecke eines Zettels gelandet.

Max winkte ab. »Braucht sie nicht, ich hatte ja die kleine Kamera aufgestellt. Ich schneide die entsprechende Sequenz gleich heraus und schicke sie dir«, sagte er zu Leonie.

»Fein, dann kann ich heute Abend die Gewinnerin verkünden. Aber lass es laufen, ich habe noch einen zweiten und dritten Preis. Ein Kissen mit Fischapplikationen und ein Geschirrtuch.«

»Wird es eine zweite Verlosung geben?«, erkundigte sich Insa.

»Unbedingt!«, verkündete Leonie. »Der Zuspruch wird immer besser. Max hat neue Zeichnungen gemacht und ich Fotos. Wir werden Berichte von unseren Wanderungen und Entdeckungen dazu einstellen und dann einen neuen Aufruf starten, weitere Moorpatenschaften zu übernehmen und eigene Gärten etwas natürlicher zu gestalten. Und dafür gibt es dann noch mehr Preise zu verlosen. Ich arbeite gerade an einem Wandteppich, der vom Muster von Glynecks Fliesen angeregt ist, mit einem applizierten Moormotiv in der Mitte. Und an einer Weste für den Herbst mit bunten Laubblättern und Schilf.«

»Das wird gut«, sagte Max und legte einen Arm um Leonie, die zu ihm auflächelte.

»Ja. Das wird gut.«

Später gingen sie im nahen Kindelwald spazieren, einem ihrer Lieblingsgebiete. Am Kindelfließ standen immer Graureiher, überraschend zutraulich, eine Drossel wärmte sich in der Abendsonne, und eine Mandarinente putzte sich am Ufer. Der Wind ließ das lange Gras wellenförmig schwingen. Wie herrlich es war, voller Pläne zu sein, dachte Leonie, auch wenn dadurch die Zeit so schnell verging, dass sie manchmal gar nicht wusste, was sie zuerst tun wollte.

Auf dem Rückweg trennten sich ihre Wege. Max hatte noch einen Termin, und Leonie schlenderte nach Hause. Sie genoss den Heimweg immer noch wie etwas Neues, unendlich froh darüber, dass er sie nicht mehr in eine Betonwüste führte, sondern durch das bezaubernde Moor geradewegs in ihr kleines Paradies.

Am Tor nahm sie die Post aus dem windschiefen Briefkasten in Form eines Fisches, den sie irgendwann würde erneuern müssen. Sie wollte jemanden finden, der einen ähnlichen bauen konnte, sie fand ihn so liebenswürdig und passend.

Außer Rechnungen und Werbung steckte ein Brief darin,

mit einem Absender aus Poel. Doch es war nicht Eliots Handschrift. *Remona Kreyhenibbe*, las sie. War das nicht die Frau aus dem Internet, die mit der Zeitschrift und dem Geschichtengarten? Diejenige, welche Kaia Mensch nach Poel gelockt hatte? Was wollte sie wohl?

Indirekt war Leonie ihr dankbar. Eliot wäre sonst auch nicht auf der Insel gelandet, und die schien ihm richtig gutzutun. Aber das war doch kein Grund, dass diese Frau Leonie kontaktierte?

Sie brachte den Schildkröten die Kräuter, die sie unterwegs gesammelt hatte, und setzte sich daneben auf die Bank, um den Brief zu lesen.

Liebe Leonie,

Ich duze dich einfach mal, denn ich glaube, wir haben einiges gemeinsam, und ich hoffe sehr, wir werden uns bald kennenlernen. Ich möchte dir einen Vorschlag machen.

Ich habe das Tuch gesehen, das du entworfen und gewebt und dann Kaia geschenkt hast. Dein Sohn und sie haben mir von dir und deinem Garten und auch deinem ehemaligen Beruf erzählt, und von deiner Initiative für die Moore. Daraufhin habe ich deine Website besucht. Ich finde deine Ideen und Ansätze hervorragend und sehr kreativ.

Du passt zu uns! Damit meine ich das Team von der Zeitschrift »Mervins Garten.« *Dazu gehört auch Kaias Mutter Taru, wie du vielleicht gehört hast. Aber nicht nur das. Ich kenne mittlerweile mehrere Frauen auf den verschiedenen Inseln und auch auf dem Festland, die alle etwas aufgebaut haben und sich für naturnahe Gärten und Naturschutz einsetzen. Ich habe diesbezüglich einen Plan, und auch eine Bitte. Ich denke, wir könnten gegenseitig voneinander profitieren. Wenn du Interesse hast und es möglich machen kannst, würde ich dich herzlich bitten, nach Poel zu kommen, damit ich ihn dir persönlich und vor Ort erläutern kann. Du kannst auf Rapakiwi bei Kaia und Eliot wohnen, es gibt dort noch zwei Zimmer. Gern kannst du noch jemanden mitbringen. Lass mich einfach wissen, ob und wann es dir passt, aber es wäre wunderbar, wenn es möglichst bald ginge.*

Völlig unabhängig davon würde ich im nächsten Heft gern einen Artikel über dich bringen. Ach, und wenn es geht, bring doch ein paar Garnproben und einige deiner Tücher oder andere Werke mit.

Ich bin sehr gespannt und freue mich auf deine Nachricht.

Remona Kreyhenibbe

Leonie fragte sich, was diese unbekannte Remona ihr sagen wollte. Ihr erstes Gefühl war Panik. Sie wollte nicht, dass etwas oder jemand ihren neuen Frieden störte! Ihre Ruhe in ihrem gerade eroberten Paradies, ihre aufregende Entdeckungsreise, was das Handwerk Weben anging, und ihre kostbare Zeit mit Max. Alles war gerade so perfekt. Niemand sollte kommen und ihr hineinpfuschen!

Doch dann beruhigte sie sich. Sie konnte schließlich ablehnen.

Andererseits machte sie dieser Brief neugierig. Und sie würde sich vergewissern können, ob es Eliot wirklich so gut ging, wie es den Anschein hatte. Obendrein hatte sie mit Max ja schon einmal darüber nachgedacht, nach Poel zu fahren. Es wäre ihre erste gemeinsame Reise.

Warum eigentlich nicht? Insa konnte ein Auge auf den Garten haben, die Knopfkekse auffüllen und die Post hereinholen. Uli ging es gut, er war versorgt und nicht einsam. Leonie war durchaus ein paar Tage entbehrlich.

Nach einigem Zögern ging sie zu Insa hinüber, den Brief noch in der Hand.

»Aber natürlich kümmere ich mich«, versicherte Insa und warf Leonie einen scharfen Blick zu. »Was ist? Niemand kann dich zwingen, etwas zu tun, was du nicht möchtest, Kindchen.«

Kindchen. Leonie musste lachen. Sie half Insa noch, ein paar widerspenstige Rosenranken anzubinden, und fühlte sich dabei zunehmend besser. Und ein wenig freudig aufgeregt.

Das Meer sehen …

Zurück auf Glyneck rief sie Eliot an.

»Interessant«, sagte er nur. »Nein, wir wissen auch nichts. Kaia ist auch schon ganz ungeduldig, weil Remy – übrigens eine beeindruckende und sehr sympathische Frau – einfach ohne die versprochene Erklärung wieder abgereist ist und etwas von Plänen und Organisieren gemurmelt hat, und dass sie sich melden wird.«

»Aber Eliot, wäre es euch denn recht, wenn ich – oder wir – euch dort einfach überfallen?«

Eliot lachte. »Da ist nichts zwischen Kaia und mir, Mama. Nur eine schöne Freundschaft.«

»Schade.«

»Nein, es ist gut und richtig so. Ich habe zum ersten Mal so was wie eine Schwester. Und ihr könnt bestimmt gerne kommen. Warte, ich frag Kaia kurz.«

Sie hörte im Hintergrund Stimmen, dann kam jemand anderes ans Telefon. »Frau Seiler? Ich bin Kaia. Wir freuen uns, wenn Sie kommen! Ich beziehe gleich mal die Betten frisch.«

»Vielen Dank. Ich bin Leonie.«

Sie wechselten noch ein paar Worte. Als Leonie auflegte,

sagte ihr ihr Instinkt, dass sie wirklich willkommen sein würden.

Nun musste sie nur noch mit Max reden.

35

Insel Poel

»Wenn du das möchtest, dann komme ich sehr gerne mit«, sagte Max. »Es würde mir guttun. Ich könnte ein paar neue Anregungen gebrauchen, was meine Bildmotive angeht. Einfach mal etwas ganz anderes, sonst werde ich zu einseitig. Außerdem«, fügte er hinzu, »bin ich sehr gerne mit dir zusammen. Ich würde jede Minute genießen!«

»Das geht mir genauso«, sagte Leonie einfach.

Max' und Leonies Leben hatten sich unmerklich und selbstverständlich ineinander verflochten wie die Längs- und Querfäden eines Gewebes. Wie bei einem Gewebe vermischten sich dadurch die Farben und wurden zu etwas ganz Neuem. Und doch erschien ihr alles ungemein kostbar und zerbrechlich. Gerade sind in meinem Leben alle Fäden am rechten Platz, dachte sie, und wenn ich jetzt einen einzigen Faden falsch mit einem Tritt verbinde oder er reißt, kann sich alles wieder auflösen.

Auf Facebook hatte sie am Morgen einen Spruch gelesen: *Umgib dich mit Menschen, die dich hungrig auf das Leben machen, dein Herz berühren und deine Seele nähren.*

Genau das hatte sie in letzter Zeit unbewusst getan, angefangen mit Birgit, der Weberin am Kurort, dann Svenja und Insa und Merle. Und nun war da Max, auf den das zutraf wie auf keinen anderen Menschen davor in ihrem Leben.

Dass es wahr sein konnte und kein Traum, dass sie beide sich über den Weg gelaufen waren, dass die Fäden ihrer Leben sich in dem unendlich weiten und komplexen Gewebe der Welt berührten, das fiel Leonie manchmal noch immer schwer zu glauben. Eine gemeinsame Reise würde diese Zweisamkeit wirklicher machen, dem Ganzen ein Stück Realität geben –, und sie konnten damit noch mehr gemeinsame Erinnerungen schaffen, die ihnen nichts und niemand mehr nehmen konnte.

»Ich wünsche euch alles Glück, das ihr zusammen machen könnt«, hatte Merle zu ihr gesagt. *Machen.* Nicht »erleben« oder »was euch geschenkt wird.« Genau. Sie konnten es selbst machen.

Irgendwann einmal würde sie einen Wandteppich weben, in dem all das zum Ausdruck kam, die Vielfalt und Verflochtenheit des Lebens mit all seinen Farben und die Leuchtkraft darin, die durch Liebe, Offenheit, Zuversicht und gemeinsame Lebensfreude entstehen konnte. Doch sie würde noch viel lernen und Erfahrungen sammeln müssen, bis sie ihr Handwerk dafür gut genug beherrschte.

Vor ihrem inneren Auge jedoch sah sie das bereits klar vor sich, spürte den Stoff beinahe zwischen den Fingern.

An dem Morgen, als sie losfuhren, waren alle Zweifel verflogen. Leonie war nur noch von freudiger Aufregung erfüllt. Max ging es ähnlich. Sie sah es an dem Leuchten in seinen Augen, dem leisen Lächeln um seine Mundwinkel, die Art, wie er den Rucksack mit seinen Zeichenwerkzeugen auf die Rückbank legte und dann das Auto durch den Verkehr steuerte, der mal angenehm locker, mal dichter war. An den Rändern der Autobahn sahen sie die Blüten der Wegwarte unglaublich blau aus tausend Augen an.

Sie fanden immer ein Gesprächsthema, konnten aber auch

wunderbar zusammen schweigen. Immer wieder machten sie sich gleichzeitig auf etwas aufmerksam, das sie in der Landschaft entdeckten, sei es ein besonderer Baum oder eine Bachstelze, ein Brunnen oder ein altes Haus, manchmal auch nur der sanfte Schwung eines grünen Hügels vor dem weiten Horizont.

Es dauerte keine drei Stunden bis Poel. Als sie über die Brücke fuhren, stieg Leonies Vorfreude noch. Kurz vor ihrer Ankunft schrieb sie Eliot eine Nachricht.

So kam es, dass er und Kaia, die sie schon von seinen Fotos kannte, bei ihrer Ankunft einträchtig am Eingang auf einem großen Findling mit Augenmuster saßen, auf dem in großen Buchstaben der Name RAPAKIWI eingemeißelt war.

Sie hätte ihren Sohn beinahe nicht wiedererkannt. Braun gebrannt, gelöst und mit einem breiten Lächeln wirkte er völlig verwandelt. Nur weil sie ihn so gut kannte, nahm sie den Schatten von Traurigkeit in seinen Augen noch wahr. Doch der wurde von allem anderen mehr als wettgemacht.

Eliot umarmte Leonie, und nach kurzem Zögern auch Max, dann stellte er ihnen Kaia vor. Die servierte ihnen bald auf der Terrasse selbst gemachten Johannisbeerkuchen.

»Ich wollte mal ausprobieren, wie es so ist, in dieser Küche zu backen. Und im Garten waren so viele Beeren reif«, erklärte sie vergnügt.

»Kaia hat nämlich beschlossen hierzubleiben«, erklärte Eliot mit vollem Mund. »Sie sollte für Remy jemanden suchen, der sich auf Dauer um das Haus und den Garten kümmert. Und sie hat noch mehr damit vor, aber sie wollte uns nicht verraten, was.«

»Wer? Kaia oder Remy?«, fragte Leonie verwirrt. Sie war noch damit beschäftigt, die neuen Eindrücke zu verarbeiten.

Die Meeresluft. Das Haus, das so anders war als Glyneck. Größer, ernster. Und irgendwie unglaublich solide, als könne nichts es erschüttern, nicht einmal Einsamkeit oder Trauer.

»Remy«, sagte Kaia. »Sie hat irgendeinen Plan, der wohl noch nicht ganz ausgereift ist. Ich lasse mich überraschen.« Sie kleckste einen Löffel Sahne auf ihren Kuchen. »Remy hatte mich gebeten, eine Annonce zu verfassen, um das Haus einem Verwalter schmackhaft zu machen. Aber ich bin mir ziemlich sicher, sie hat von vornherein gewollt, dass ich selbst darauf komme, dass das Haus für mich genau das Richtige ist und ich es längst keinem anderen mehr überlassen würde. Hat auch geklappt.«

»Wolltest du nicht deine Doktorarbeit schreiben?«, erkundigte sich Leonie.

»Ja, die ist auch praktisch fertig. Aber eigentlich wollte ich das nie wirklich. Ich bin da so reingerutscht«, erklärte Kaia. »Ich wollte meine Eltern nicht enttäuschen und Harro, meinen Doktorvater, auch nicht. Er hat mich immer so ermutigt und unterstützt. Na ja, und manchmal auch ein wenig überfahren. Außerdem war mir nicht klar, was ich sonst machen sollte.« Sie zuckte mit den Schultern. »Ich werde ihm sagen, dass ich nicht lehren und weiterforschen werde, wie er es erwartet. Ich will jetzt endlich das tun, was ich wirklich möchte. Meine neue Freundin Nele hat mir erzählt, dass Remys Tante Carlotta Prevo, die Frau, von der Nele das Töpfern gelernt hat, es früher einmal ganz ähnlich gemacht hat. Und es ist gut gegangen. Das macht mir Mut.« Ein Lächeln breitete sich auf ihrem Gesicht aus. »Ich möchte an einem Ort sein, den ich liebe, und da bleiben und Wurzeln schlagen wie die Bäume an der Steilküste. Wir zeigen sie euch nachher. Ich will nicht mehr in der Vergangenheit herumwühlen, sondern mich mit der Zukunft beschäftigen. Und ich möchte auch mit meinen Händen arbeiten, nicht nur mit dem Kopf.«

»Na, das sind doch mal klare Ziele«, sagte Max anerkennend. »Ich kann das sehr gut nachvollziehen.«

Kaia strahlte ihn beifällig an. »Ich habe nicht geahnt, wie glücklich es mich macht, kreativ zu sein. Bis ich Ricardas Werkstatt gefunden und Nele kennengelernt habe, die auch so ist und mit der ich mich wunderbar darüber unterhalten kann.«

Max und Leonie lächelten sich unwillkürlich an. Ja, das kannten sie nun auch. Sie genossen es, über ihre Einfälle zu sprechen, Farben zu diskutieren oder Ideen zu entwerfen, egal, ob es um seine Zeichnungen ging oder ihre Webstücke. Immer kamen eine gegenseitige Anregung oder Bereicherung dabei heraus. Manchmal war es wie ein Rausch.

»Ich glaube, es sollte einfach so sein«, sagte Kaia. »Es kann doch nicht nur Zufall gewesen sein, dass Eliot meine Kiste aus dem Moor gefischt und mich daran erinnert hat, was mir einmal wichtig war. Und Remy, die kennt mich eben. Außerdem kann sie auf ihre Art sehr überzeugend sein. Sie weiß meistens, wo jemand am besten aufgehoben ist. Zwar drängt sie nie jemanden zu etwas. Aber sie hat so eine Art, Puzzlestücke richtig zusammenzusetzen. Hier ein Stupser und dort ein Gespräch, und schon passt es.«

Als sie kein Stück Kuchen mehr essen konnten, schlug Kaia einen Spaziergang am Strand vor. »Es wird zwar noch relativ voll sein, aber zur Steilküste hin wird es angenehmer. Und gegen Abend leert es sich sowieso. Dann sind die Tagestouristen fort, die hauptsächlich in der Sonne liegen wollen.«

Leonie war es egal, sie wollte jetzt einfach nur ans Meer. Der Tag war durchwachsen, ein auflandiger Wind war erfrischend und roch nach Weite, Freiheit und Abenteuer. Schattierungen von Blau und Grün wechselten sich im Wasser ab, das kühl an den Füßen war. Bald sahen sie die ersten Steine in den Wellen liegen, von denen Kaia schon berichtet hatte. »Die wirken, als ob sie schwimmen!«, hatte sie behauptet. Leonie hatte sich darunter nichts vorstellen können, doch es stimmte tatsächlich. Sie sah die nachdenkliche Freude in Max' Gesicht und ahnte, was er spätestens morgen zeichnen würde.

»Wie geht es dir, Eliot?«, fragte sie ihren Sohn, als sie nebeneinander am Flutsaum entlangwanderten. Kaia schien sich mit Max gut zu verstehen und erklärte ihm mit lebhaften Gesten die Gegend. Leonie war dankbar für die Gelegenheit, Eliot allein zu sprechen.

»Gut, Mama. Wirklich.«

Sie warf ihm einen prüfenden Blick zu. Sie hatte befürchtet, dass er zu der Traurigkeit über die Verletzung auch schon wieder an Liebeskummer litt. Doch Eliot blieb stehen und sah sie an.

»Bestimmt, Mama. Kaia und ich sind gute Freunde, und das ist völlig in Ordnung so. Das ist genau das, was wir beide gerade gebraucht haben. Und stell dir vor, meine Hand ist durch die ganze Gartenarbeit so viel beweglicher geworden, dass ich in einem Lokal in Kirchdorf manchmal ein wenig Klavier üben kann. Ich mache es nur, wenn kaum jemand zuhört. Aber es tut mir gut. Das mit den Konzerten, das wird nie wieder was, das spüre ich. Und natürlich bin ich manchmal noch sehr traurig darüber. Aber es wird reichen, um die Tonfolgen aufzunehmen, die ich für meine neue Musik brauche. Das soll ja nur Hintergrundbegleitung sein und die Naturgeräusche verbinden, die im Vordergrund stehen.« Sie hörte die Freude in seiner Stimme, die Aufregung, die ihn stets erfasste, wenn er neue Einfälle hatte. »Meine ersten Experimente kommen richtig gut an! Das trifft einen Nerv in einer Zeit, in der die Leute Entspannung suchen und der Natur wieder näherkommen. Und schöne Videos dazu zu drehen gefällt mir auch. Da kann man total kreativ werden.«

»Also ist das eine Perspektive für dich? Wie lange kannst du denn hierbleiben?«

Sie schlenderten langsam weiter. »Langfristig will ich auch die Klangwelten anderer Landschaften erforschen und aufnehmen. Aber momentan bleibe ich noch. Kaia braucht meine Hilfe im Garten. Besonders zum Herbst hin wird es viel zu tun geben, und sie muss ja auch einiges renovieren und einrichten. Das kann meiner Hand nur guttun, und ich wohne dafür mietfrei. Was Besseres kann mir doch gar nicht passieren! Rücklagen habe ich noch, ich hab ja kaum etwas ausgegeben. Mal sehen, was das für ein Plan ist, den Remy hat. Da gibt es bestimmt auch noch Arbeit für mich.« Er lächelte. »Außerdem muss ich auf Kaia aufpassen. Sie braucht jemanden, der ihr zuhört. Sie hat da noch ein paar Baustellen. Mit ihrer Mutter – und außerdem hat sie sich, glaube ich, ein bisschen unglücklich in Mikko verguckt.«

»Den Gärtner?«

»Er lehrt auch hier an der Uni. Er ist nicht nur Gärtner. Er ist nett, aber ziemlich zurückhaltend. Außerdem hat er nur seine Arbeit im Kopf. Ich hatte nicht den Eindruck, dass er sich im Geringsten für sie interessiert. Oder überhaupt für Frauen.«

Er klang so glücklich und zufrieden, dass sie beruhigt war. Kaia war wohl doch ein Glücksfall für ihn gewesen, schon allein, weil ihn der Fund im Moor hier auf diese Insel geführt hatte.

Max war weiter vorn stehen geblieben und wartete auf sie. Wie selbstverständlich nahm er Leonies Hand, als sie ihn einholte. Prompt vergaß sie all ihre Sorgen.

»Sieh doch mal, da oben, all die Erdfarben an der Steilküste!«, rief er voller Begeisterung. »Und die Wurzeln. Und die Höhlen, all diese Formen!«

Kaia freute sich sichtlich über seinen Enthusiasmus. »Könnt ihr noch?«, fragte sie. »Ich würde euch gern noch kurz das Moor zeigen. Nur ein Stück. Um diese Zeit ist es so schön da.«

»Für ein Moor sind wir immer zu haben«, sagte Leonie. Die Insel gefiel ihr von Minute zu Minute besser. Und das Beste daran war, dass Max bei ihr war und sie dieses Erlebnis teilen durften.

»Das hätte ich hier nicht erwartet«, sagte er erstaunt, als sie unter dem Tor zum Reetmoor hindurchtraten und sich zwischen dem Schilf und den bizarren Bäumen wiederfanden. »Ein Moor wie bei uns, und doch so völlig anders, mit dem Meer daneben.«

Sie stöberten hier und da und konnten sich kaum losreißen, doch Kaia drängte zurück nach Rapakiwi, als die Dämmerung fiel.

»Ich hab mich hier im Dunkeln schon mal fast verlaufen«, sagte sie. »Außerdem müsst ihr doch müde sein.«

»Müde vielleicht, aber nicht so alt, wie du denkst«, sagte Max und lachte leise, während er Leonies Hand drückte.

Viel später, nach reichlich Spaghetti zum Abendessen, klopfte es an Leonies Zimmertür.

»Wie müde bist du?«, erkundigte sich Max.

Sie legte ihre Notizen zu einem Farbmuster weg, zu dem das Reetmoor sie inspiriert hatte. Seinen unternehmungslustig-verschmitzten Ausdruck kannte sie mittlerweile. »Was schlägst du vor?«

»Ich würde gern den Leuchtturm Timmendorf sehen. Hier ist es so herrlich dunkel, und draußen sind unendlich viele Sterne, das können wir doch sonst nie erleben. Lass uns zum Hafen fahren! Aber vergiss deine Jacke nicht, der Wind ist jetzt kühl.«

Bald darauf spazierten sie die Mole entlang. Dann saßen sie dort unter den Sternen auf einem Stein und betrachteten die in der Strömung bunt schimmernden Spiegelungen der Lampen und der Boote im Wasser. Und den rhythmischen Lichtkegel des Leuchtturms, der seit fast hundertfünfzig Jahren die Schiffe sicher in den Hafen von Wismar leitete.

»Eigentlich brauchen wir keine zwei Zimmer, was meinst du?«, fragte Max.

»Nein, die brauchen wir nicht.«

Mehr Worte waren jetzt überflüssig. Leonie lehnte sich an ihn und spürte seine schon so vertraute Wärme in ihrem Rücken. Eine Möwe rief verschlafen, ein Fisch sprang unsichtbar im Dunkel unter dem Steg, das Wasser gluckerte leise an den Schiffsplanken, und es roch nach Meer und Tau, Fischbrötchen und Tang, nach Seewind und nach Glück.

36

Leonie und Kaia

»Für dich!« Kaia war hinausgegangen, als ihr Handy klingelte, und hatte im Flur eine Weile gesprochen. Nun reichte sie das Telefon über den Frühstückstisch.

Überrascht übernahm Leonie den Hörer.

»Leonie? Leonie Seiler?«, fragte eine sympathische Stimme. »Hier ist Remona Kreyhenibbe. Remy. Ich wollte ja heute nach Poel kommen und einiges mit dir besprechen. Und mit Kaia. Nun muss ich das aber dummerweise ein paar Tage verschieben. Es tut mir furchtbar leid! Ich kann dich nur herzlich bitten, einfach ein bisschen kostenlosen Urlaub auf der Insel zu machen. Ich komme, sobald ich kann. Aber wir wollen hier auf Rügen unbedingt ein angrenzendes Feld übernehmen, das endlich zum Verkauf steht. Es ist ungeheuer wichtig für den Geschichtengarten. Ursprünglich wäre das kein Problem gewesen. Ich hatte mit den Einnahmen aus dem Verkauf von Rapakiwi gerechnet. Nun muss ich umdenken und sehen, was wir machen können. Wirst du bleiben? Bitte?«

Halbe Sachen machte diese Remona wohl nicht. Leonies aufkeimender Unmut verflog und wandelte sich in eine Mischung aus Belustigung und Bewunderung. »In Ordnung, ich denke, das wird sich machen lassen, ich muss nur Max fragen.«

»Ich freue mich sehr darauf, euch kennenzulernen. Bitte bleibt! Oh, ich muss Schluss machen. Bis dann.« Schon hatte Remy das Gespräch beendet.

Leonie gab Kaia das Handy zurück. »Ist Remy immer so?«

Kaia seufzte, dann lächelte sie. »Ja. Schon in Studienzeiten. Sie bringt mich auf die Palme. Und ich wüsste trotzdem nicht, was ich ohne sie täte. Sie gehört zu den Menschen, die das Leben besser machen, wo auch immer sie auftauchen. Was nicht heißt, dass sie sich nie irrt oder keine Fehler macht.«

»Na, zum Glück.« Leonie erzählte Max von dem Gespräch mit Remy. Zu ihrer Erleichterung strahlte er.

»Ich würde riesig gern noch hierbleiben. Ich kann es kaum erwarten, mit Stiften und Block loszuziehen, an die Steilküste und später ins Moor. Wäre das in Ordnung für dich, Leonie?«

Sie wusste, dass er am liebsten allein war, wenn er zeichnete. »Natürlich, da musst du doch nicht fragen.« Aber sie war gerührt, dass er es tat. »Ich würde mir von Kaia und Eliot inzwischen gern den Garten zeigen lassen.«

»Sorry, Mama.« Eliot stand auf. »Ich muss unbedingt in das Lokal mit dem Klavier, etwas aufnehmen. Für den Garten ist sowieso Kaia die Expertin.«

»Kein Problem. Ich freue mich, dass du so voller Tatendrang bist.« An der Tür winkte er ihr unauffällig zu, so, dass Kaia ihn nicht sehen konnte. Neugierig folgte sie ihm in den Flur.

»Mama, ich lass euch auch mit Absicht allein. Versuch doch bitte mal, ob du mit Kaia über ihre Mutter reden kannst. So unter Frauen und mit einer Außenstehenden geht das vielleicht besser. Taru Favonius ist ungefähr in deinem Alter. Ich habe nicht herausbekommen, was Kaia für ein Problem mit ihr hat, aber ich glaube, es plagen sie irgendwelche Schuldgefühle. Sie wollte sich mit ihrer Mutter aussprechen, schon seit einer Ewigkeit, aber sie findet immer neue Ausreden, nicht hinfahren zu müssen. Erst wollte sie warten, bis die Samen aus dem

Moor keimen und sie ihr davon Pflanzen mitbringen kann. Aber nun bekommen die Sonnenblumen schon die ersten Knospen.«

»Taru Favonius? Von der habe ich doch schon Artikel gelesen. Sie schreibt über Naturphänomene. Sehr unterhaltsam und informativ.«

»Ja, sie ist Journalistin. Sie gibt mit Remy zusammen diese Zeitschrift heraus, *Mervins Garten.*«

»In Ordnung, Eliot, ich seh mal, was sich ergibt.«

»Danke, Mama.« Er küsste sie stürmisch auf den Scheitel und verschwand.

»Muss ich mich hinten anstellen?« Max tauchte hinter ihr auf, bewaffnet mit seinem Rucksack.

»Natürlich nicht.« Leonie musste lachen und nahm ihn dann in die Arme. Nach einer Weile riss er sich los. »Sonst ist das Licht weg«, meinte er bedauernd.

Sie vermisste ihn jetzt schon und lachte über sich selbst. Es war einfach zu schön, einmal ganze Tage mit ihm zu teilen, und das an einem ganz neuen Ort.

Hochzufrieden mit dem Leben gesellte sie sich zu Kaia in die Küche, um mit ihr das Frühstück abzuräumen.

Sie redeten über das Wetter, über Eliot, dann über das Haus, das Kaia ihr im Detail zeigte, als sie fertig waren.

»Am Anfang habe ich mich nicht wohlgefühlt. Es war so eine ernste, etwas unheimliche Atmosphäre, und Neles und Mikkos Geistergeschichten haben nicht geholfen, obwohl ich mir sicher war, dass es eine natürliche Erklärung dafür gab«, meinte Kaia ein wenig verlegen. »Aber je mehr ich im Garten gearbeitet habe, desto freundlicher fühlte es sich auch im Haus an. Es war wohl nur, weil es so lange leer gestanden hat. Jetzt sind wir richtig gute Freunde, und ich bin so froh, dass ich hierbleiben kann.«

»Egal, was Remy damit vorhat?« Kaia musste ihrer Freundin sehr vertrauen. Oder sehr gern hier sein.

»Remy tut nichts, was mir nicht gefallen wird. Komm, lass uns hinausgehen. Ich muss sowieso die Töpfe gießen. Und da du auch so ein kreativer Mensch bist, wird dich vielleicht Ricardas Emaillewerkstatt interessieren. Sieh mal.« Sie drückte Leonie ein Bild in die Hand, das auf einem kleinen Tisch an eine Lampe gelehnt stand. »Halt es ins Licht!«

»Ist das das Bild, das du in Ricardas Werkstatt gefunden hast? Ihr letztes Bild? Eliot hat mir davon erzählt.« Leonie trat damit an die Tür. Das weiche, gedämpfte Tageslicht fiel darauf und ließ die transparenten Farben lebendig werden. Im Hintergrund schimmerte das Kupfer der Unterlage hindurch. Leonie war, als könnte sie den Wind in den angedeuteten Blumen hören, ihren Duft riechen, die pure Lebenskraft darin spüren.

»Wunderschön. Was für ein faszinierendes und vielfältiges Material!« Die Oberfläche fühlte sich so kühl und glatt an, und dennoch war da so eine beinahe dreidimensionale Tiefe, und das Ganze leuchtete wie von innen heraus.

»Das finde ich auch! Es hat mich nicht mehr losgelassen. Deswegen konnte ich nicht widerstehen, es auch zu versuchen. Nele hat mir geholfen, das ist die Freundin mit der Töpferei. Das hier ist mein erster Versuch.« Kaia reichte Leonie ein kleineres Stück, das auf einem Regal lag.

»Gefällt mir auch. Wirst du weitermachen?«

»Ach, es war nur ein Experiment. Eigentlich sollte ich ja etwas mit meiner Ausbildung anfangen. Meine Eltern haben mich schließlich beim Studium unterstützt, und ich habe so viel Zeit investiert.« Kaia klang auf einmal unglücklich. Eliot hatte recht, hier war ein ungelöster Konflikt. Doch Leonie ließ das Thema erst einmal ruhen. Sie konnte später darauf zurückkommen.

»Zeigst du mir die Werkstatt? Ich habe mir selbst gerade erst eine eingerichtet, wie du ja weißt. Ein Webzimmer. Dein Tuch war eins meiner allerersten Stücke.«

»Ich liebe es.« Kaia führte Leonie in den Garten, an der Feldsteinmauer mit den Rosen vorbei. An dem Beet mit Ricardas Blumen blieb Leonie stehen.

»Was für Farben! Und der Duft. Meinst du, ich könnte Samen für meinen Garten bekommen?«

Kaia freute sich. »Natürlich, das ist ja ganz in Ricardas Sinn! Ich packe dir nachher gleich welche ein. Ist ja eine schöne Geschichte. Erst kommen besondere Samen aus Berlin hierher, jetzt kann ich andere zurückgeben.«

»Na ja, nicht nach Berlin, aber beinahe. An die Stadt mag ich gar nicht mehr denken. Vielleicht kommst du uns mal auf Glyneck besuchen?«

»Gern. So, und das hier ist der Bauerngarten.«

»Oh, ein richtiger klassischer Bauerngarten!«, staunte Leonie. »So ähnlich soll ein Teil meines Gartens auch einmal werden. Ich bin noch dabei, die alten Gemüsebeete wieder aufzubauen. Svenja, die alte Vorbesitzerin, hat mir schon einiges darüber beigebracht, welche Pflanzen in so einen Garten gehören, auch um das Gemüse zu schützen, damit man naturnah gärtnern kann und trotzdem der Plagen Herr wird. Kapuzinerkresse zum Beispiel vertreibt Blattläuse und Weiße Fliegen an Obstgehölzen und unterdrückt Wurzelunkräuter wie Giersch. Im Gemüsegarten ist sie gut neben Knollenfenchel und Sellerie, aber dann sollte man die nicht rankenden Sorten verwenden.«

»Super, und was noch?«, wollte Kaia wissen.

»Kornblumen, Lavendel, Pechnelke, Schafgarbe, Ringelblumen, Zinnien und Vergissmeinnicht, unter anderem. Die Kornblume zum Beispiel lockt Gallwespen und andere natürliche Feinde von Kohlweißling und Kohleule an. Es ist ein spannendes Thema, und ich finde, es lohnt sich, sich damit näher zu befassen. Mir fehlt noch ein wenig die Zeit, aber im Winter will ich mich dem widmen.«

»Ich glaube, das mache ich auch. Sieh mal, hier ist das Sandbeet. Ich bin echt erstaunt, wie gut die Stauden darin gedeihen, und man muss es tatsächlich nicht gießen!«

»Das muss ich mir merken.« Leonie wusste nicht, ob sie sich Sand im saftig grünen Garten von Glyneck vorstellen konnte, aber wenn die Sommer weiter so trocken und heiß blieben, dann wäre es eine Überlegung wert.

Den Pavillon hätte sie auch ohne sein darunterliegendes Geheimnis beeindruckend gefunden. Nach Glyneck hätte er gar nicht gepasst, aber hier harmonierte er mit seiner Umgebung. Sie dachte an die unbekannte Ricarda und wie diese Frau aus ihrer Trauer in der glühenden Hitze des Ofens so viel Schönheit geschmiedet hatte, zu einem guten Zweck.

Das verborgene Reich unten war auch für Leonie voller Magie. Kaia zeigte ihr all die Röhrchen mit den Pulvern und erklärte, wie sehr sich die Farben durch den Schmelzvorgang im Brand veränderten. Leonie betrachtete die Glasfäden und Kupferplättchen, das Millefioriglas und die bunten Splitter und Krümel, mit welchen man die Bilder gestalten konnte, und dabei kamen ihr bereits wieder neue Webmuster und Farbkombinationen in den Kopf. »Die Liebe zu Farben haben wir offenbar gemeinsam«, bemerkte sie.

»Ich habe das von mir gar nicht gewusst«, bekannte Kaia. »Ich meine, ja, den Garten früher, mit all den bunten Blumen, den habe ich geliebt, deswegen war ich ja so traurig, dass ich die Kiste in den Sumpf gefeuert habe. Aber wie sehr mich Farbspiele faszinieren, das wurde mir erst bewusst, als ich Ricardas Bild fand und die Werkstatt hier und die Art erkannte, wie sie ihr Lieblingsbeet abgebildet hat. Ich werde wohl nie vergessen, wie mein erster Versuch aussah, als ich das Stück aus dem Ofen gezogen habe und zusehen konnte, wie die neuen Farben beim Abkühlen ganz langsam hervorkamen.« Kaia stellte die Dose weg, die sie in der Hand gehalten hatte, und drehte sich zu Leonie um. »Ich bin total froh darüber, dass wir so miteinander reden können. Weißt du, mit meiner Mutter kann ich das nämlich nicht. Konnte ich nie.«

»Aber das, was ich von deiner Mutter gehört und gelesen habe, machte mir den Eindruck, als sei sie eine sehr offene, zugängliche und interessierte Frau«, sagte Leonie vorsichtig.

»Ja. Sie ist großartig! Gerade deswegen will ich sie ja nicht enttäuschen!«, sagte Kaia mit merklicher Verzweiflung.

»Ich glaube nicht, dass du dir darum Sorgen machen musst«, meinte Leonie. »Egal, was Eliot tut, ich glaube, um mich zu enttäuschen, müsste er schon Dinge anstellen, die mir im Augenblick nicht mal einfallen. Mütter wollen meist nur, dass es ihren Kindern gut geht und sie glücklich sind. Komm, lass uns wieder nach oben gehen. Hier ist es ziemlich kühl, findest du nicht?«

37

Lichtblicke und Mondschein

Schweigend gingen sie den Weg zurück und setzten sich auf eine der hölzernen Hochbeetumrandungen im Bauerngarten zwischen Lupinen, Mohn und Rittersporn. Hier konnte man gar keine angstvollen Gedanken haben. »Möchtest du mir erzählen, was das Problem zwischen dir und deiner Mutter ist?«, hakte Leonie nach.

Kaia pflückte einen blühenden Grashalm und drehte ihn zwischen den Fingern.

»Ach, ich weiß auch nicht! Ich glaube, es ist alles meine Schuld. Mein Bruder Felix kommt wunderbar mit ihr klar. Aber ich habe ihr, seit ich klein war, übel genommen, dass sie meinem Vater immer widerspruchslos gefolgt ist. Kaum hat er irgendwo in der Welt einen Auftrag angenommen, hat sie angefangen, den Haushalt zusammenzupacken. Dabei wusste ich damals schon, dass sie es ebenso gehasst hat wie ich.«

»Du hättest dir gewünscht, dass sie sich deswegen von deinem Vater trennt?«

Kaia senkte den Blick. »Nein. Das auch nicht. Ich stellte mir einfach vor, dass sie eines Tages zu ihm sagt, ›Nein, diesmal bleiben wir hier! Ich mach das nicht mehr mit.‹«

»Aber das hat sie nicht getan?«

»Nein. Und meinen Bruder hat es auch nicht gestört. Der fand das toll. Felix hat sich nur für Musik und Instrumente interessiert, und überall hat er neue entdeckt. Der fand immer leicht

Anschluss. Die Sprache konnte er nicht, aber Musik ist überall Musik. So haben meine Eltern wahrscheinlich gar nicht gemerkt, wie schwer mir das alles fiel.«

»Hast du es ihnen nie gesagt?«

»Ich hab es mal versucht. Aber wohl nicht ernsthaft genug.« Kaia steckte den Grashalm zurück in die Erde, als ob er dort jetzt noch wachsen könnte. »Weißt du, ich glaube, was ich meiner Mutter wirklich übel genommen habe, ist, dass sie in dem Moment, als Felix und ich aus dem Haus waren, genau das getan hat. Sie hat sich von meinem Vater getrennt und das Haus gekauft, in dem wir zuletzt gewohnt haben. Und da ist sie geblieben, bis jetzt. Es ist ihr Zuhause geworden. Warum? Warum erst dann?«

»Hast du sie mal gefragt?«

Kaia schüttelte den Kopf. »Wenn wir uns begegnen, ist es, als ob da eine ganz große Entfernung zwischen uns ist. Aber mit Remy hat sie sich sofort blendend verstanden. Ein Herz und eine Seele, die beiden.«

»Weißt du, ich könnte mir vorstellen, dass deine Mutter so lange gewartet hat, weil sie euch eine Trennung nicht zumuten wollte. Dass sie euch einfach nur eine intakte Familie bewahren wollte. Als ihr dann erwachsen wart und ausgezogen seid, dachte sie, sie könnte den Schritt endlich wagen, ohne euch zu verletzen.«

»Meinst du?« Kaia schwieg eine Weile. »Das kann natürlich sein.«

Kaia schwieg, dann wanderte ihr Blick zu den Sonnenblumen in den Töpfen. »Weißt du was?«, sagte sie plötzlich. »Ich werde morgen zu meiner Mutter fahren und ihr endlich diese Blume bringen wie geplant. Und mich mit ihr aussprechen. Es sind nur etwas über zwei Stunden Fahrt.«

Leonie lächelte. »Ich halte das für eine ausgezeichnete Idee. Deine Mutter wird sich sehr freuen.«

»Gut, dann schreibe ich nur kurz Remy, damit sie Bescheid weiß. Sie ist ja jetzt sozusagen mein Boss.«

»Wo wohnt deine Mutter eigentlich?«, fragte Leonie.

»Mitten in Mecklenburg-Vorpommern, am Tollensesee. Zwischen Groß Nemerow und Klein Nemerow.«

Kaia suchte den Topf mit der größten und schönsten Sonnenblumenpflanze heraus, die schon einige kleine Knospen angesetzt hatte, dann tippte sie eine Nachricht an Remy.

»Danke, Leonie«, sagte sie, während sie auf Antwort wartete. »Du hast mir sehr geholfen! Es hat gutgetan, darüber zu reden. Jetzt sehe ich klarer.«

»Sehr gern. So geht es mir manchmal beim Weben. Ich glaube, alle kreativen Tätigkeiten klären die Gedanken auch sehr gut. Übrigens hast du mir genauso geholfen. Beziehungsweise Eliot. Ich bin so froh, dass er wieder Lebensmut hat. Das hat er dir zu verdanken.«

»Ach was, er ist ja von selbst hergekommen.« Das Handy gab ein Ping von sich. »Oh!«

»Was denn, ist Remy nicht einverstanden, dass du einen Tag fort bist?«

»Doch, doch. Sie ist sogar begeistert. Sie möchte nämlich, dass du mich begleitest.«

»Was? Warum denn das? Das ist doch eine private Sache zwischen deiner Mutter und dir.«

»Ja, aber sie möchte, dass du dir den Mondscheingarten ansiehst. Sie sagt, es wäre wichtig für ihren Plan.«

»Du lieber Himmel! Ich wünschte, sie würde endlich einfach mit diesem Plan herausrücken. Ich weiß sowieso nicht, was das alles mit mir zu tun haben soll«, stöhnte Leonie. »Und was für ein Mondscheingarten überhaupt? Außerdem will ich Max hier nicht alleinlassen.« Schon gar nicht jetzt. Wo alles gerade so schön war.

»Der kommt natürlich mit. Stell dir bloß vor, was für Bilder er dort zeichnen könnte. Das wäre mal eine ganz neue Herausforderung für ihn.«

»Im Dunkeln zeichnen?« Leonie stellte sich das widerstrebend vor.

»Ein Mondscheingarten ist ein Garten mit hellen Blüten, die sich nachts öffnen oder nachts duften, weil sie von nachtaktiven Insekten bestäubt werden«, erklärte Kaia. »Sie reflektieren das Mondlicht, und es ist einfach märchenhaft, im Sommer dort im Mondschein zu sitzen, die Blüten leuchten zu sehen und ihren Duft zu riechen. Es gibt sogar Glühwürmchen dort. Ursprünglich hat meine Mutter den Garten für eine kranke Nachbarin angelegt, aber er ist auch wichtig für die Insekten. Es wird euch dort gefallen. Mein Bruder Felix schwärmt immer davon. Ich war viel zu selten dort. Das muss sich ändern.«

Jetzt wurde Leonie doch neugierig. Es wäre bestimmt schön, diesen Mondscheingarten zu sehen. Mit Max …

»Wenn wir ausgerechnet jetzt, da die Tage so lang sind, dort abends im Dunkeln sitzen wollen, müssen wir aber nachts zurückfahren«, gab sie zu bedenken. »Wir wollen bestimmt nicht zu dritt bei deiner Mutter übernachten, das macht viel zu viel Umstände.«

»Na und? Wir können uns doch beim Fahren abwechseln. Das ist ein Klacks, und nachts sind die Straßen frei.«

»Dann frag sie wenigstens vorher.«

Kaia sprang auf, plötzlich gelöst. »Ach was. Wir überraschen sie! Das Wetter ist genau richtig, und es ist beinahe Vollmond. Du musst nur noch Max überzeugen.«

Max, das wusste Leonie, würde bei der Erwähnung eines Mondscheingartens nicht widerstehen können.

Sie irrte sich nicht.

Der nächste Tag war klar und warm. Auf der Fahrt plauderte Kaia ungewöhnlich viel. Es war, als ob sich ein Knoten in ihr gelöst hätte. Oder vielleicht war sie nervös wegen des Treffens mit ihrer Mutter. Wahrscheinlich beides, mutmaßte Leonie. Sie erzählte davon, wie es früher gewesen war, wo sie überall herumgekommen waren und was sie jedes Mal hatte zurücklassen müssen.

Ich konnte mich wenigstens immer auf die beiden Rosen an der Tür und auf die Marienkäfer verlassen, dachte Leonie. Und auf meine Schutzegel, die Skatbrüder. Bessere hätte ich nicht haben können. Ich durfte nicht in den Garten, aber ich wusste zumindest immer, wo ich zu Hause bin.

Max saß am Steuer, Kaia hinten, wo sie aufpassen konnte, dass die Sonnenblume nicht abknickte. Leonie sah im Rückspiegel, wie Kaias Blick von Max zu Leonie wanderte und zurück und wie sie dann plötzlich lächelte. »Ihr seid einfach wunderbar zusammen«, kam ihre Stimme von der Rückbank. »Ihr strahlt so viel Glück aus! Das macht richtig Mut.«

Leonie tauschte einen dankbaren Blick mit Max. »Uns macht das auch Mut«, sagte er.

»Das Leben wird immer schöner, je älter ich werde«, ergänzte Leonie. »Vielleicht denkst du ja später mal an mich, wenn es dir auch so geht.«

»Ich glaube, das fängt bei mir gerade auch schon langsam an«, meinte Kaia und lehnte sich zurück.

Jenen Mikko, von dem Eliot erzählt hatte, hatte sie bisher mit keinem Wort erwähnt.

Leonie suchte eine Bildserie auf ihrem Handy und reichte es Kaia nach hinten. »Sieh mal, das sind einige der alten Fliesen auf Glyneck, die mich so begeistern. Sie machen das ganze Haus gemütlich und geben ihm eine ganz persönliche Note. Ich finde Ricardas einstige Geschäftsidee, ihre Emaillekunstwerke in geflieste Flächen zu integrieren, hervorragend. Ich könnte mir vorstellen, dass das heute auch noch sehr gut funktionieren würde.«

Kaia sagte nichts, betrachtete die Bilder aber aufmerksam.

In Max' Mundwinkel entdeckte Leonie ein Schmunzeln. Sie zuckte leicht mit den Schultern. Ja, sie gab es zu, sie versuchte, Kaia zu beeinflussen. Weil sie selbst nun wusste, wie beglückend es war, etwas zu erschaffen.

»Kaia! Wie schön.«

Taru war eine große, schlanke Frau mit einem schwarzsilbernen, etwas widerspenstigen Haarschopf und einer zugleich lebenssprühenden und gelassenen Ausstrahlung. Man spürte, dass sie in sich selbst ruhte und ihren Platz und ihren Weg gefunden hatte. Der unerwartete Besuch ihrer Tochter mit zwei Fremden im Schlepptau schien sie in keiner Weise aus der Ruhe zu bringen. Doch Leonie sah die überraschte und verletzliche Freude in ihren Augen, als sie Kaia erblickte.

Taru schüttelte ihnen mit Wärme die Hand. »Herzlich willkommen! Remy hat mir schon von Ihnen erzählt. Ich werde rasch ein kleines Mittagessen zusammenstellen, und dann können Sie sich gern umsehen und vielleicht einen Spaziergang am See machen. Oder mein Ruderboot benutzen, es liegt unten am Steg.«

Das Grundstück lag an einem Hang. Leonie sah sich bewundernd um. Es gab großzügige Rasenflächen, Wildblumenwiesen und terrassenförmige Beete, in denen sich alle nur denkbaren Blumenfarben unter wahren Wolken von Schmetterlingen drängten. »Der Mondscheingarten liegt dort an der Seite«, sagte Taru mit einer vagen Geste. »Den können wir heute Abend genießen.«

Sie aßen draußen auf dem Rasen mit Blick auf den weit unten liegenden See, der durch alte Bäume schimmerte. Sie sprachen über das Gärtnern und über die Zeitschrift, über Lebenswege und Naturschutz. Es war eine zwanglose, angeregte Unterhaltung. Kaia sagte anfangs nicht viel, wirkte aber zunehmend entspannter.

Später wanderten Leonie und Max Hand in Hand zum See hinunter. Es war Zeit, dass Kaia und ihre Mutter ungestört reden konnten.

»Wollen wir?«, fragte Max unternehmungslustig, als sie auf dem Steg standen, der geradewegs in das glasklare Wasser zeigte, das in der Sonne funkelte. Tarus Ruderboot schaukelte sanft an der Seite.

Leonie nickte entschieden. »Wir wollen!« Das gehörte zu den Dingen, die sie noch nicht zusammen gemacht hatten.

Sie wechselten sich mit dem Rudern ab. Das Wasser war tief, doch so klar, dass sie auf dem Grund den Schatten ihres Bootes zwischen Muschelschalen dahingleiten sahen.

Es war wie zusammen fliegen.

Leonie fielen noch tausend Dinge mehr ein, die sie gern mit

Max machen würde. Doch wenn sie nur einfach weitere Tage wie diesen mit ihm erlebte, dann reichte auch das aus, um glücklicher zu sein, als sie es sich je hätte vorstellen können.

Sie ließen sich reichlich Zeit. Als sie zurückkehrten, genügte Leonie zu ihrer Erleichterung ein Blick, um zu wissen, dass die Aussprache zwischen Mutter und Tochter gelungen war. Gelöst saßen die beiden mit leuchtenden Augen dicht beieinander, redeten angeregt und lachten zusammen.

Als Max und Leonie sich näherten, stand Kaia auf. »Ich mach Abendbrot, Mama«, sagte sie. Und Leonie raunte sie im Vorübergehen ein leises *Danke!* zu, das von Herzen kam.

Was für ein schöner Tag, dachte Leonie. Einer, der solche Erinnerungen macht, die bleiben.

Abends saßen sie auf der Terrasse mitten im Mondscheingarten. Diese war von einem Rand aus hellen Kieseln umgeben, die das Licht des beinahe vollen Mondes ebenso reflektierten wie die weißen Blüten der Mondwinde und die silbergrünen Blätter zierlicher Farne, Sternbalsam und Ziertabak. Der Duft von Nachtkerzen, Sommernachtslevkojen und Mondviolen trieb im Abendwind über die Beete. Taru erklärte Kaia die Namen der Pflanzen und wie man sie pflegte.

Max legte den Arm um Leonie. »Sieh mal«, sagte er leise und nickte zu einer großblättrigen Lilie hinüber, auf der ein Funken leuchtete. Ein Stück weiter entfernt entdeckte sie noch einen. »Glühwürmchen!«

Kaia

Insel Poel

2019

38

Zukunftsfarben

»Ich bin dir so dankbar, Leonie«, sagte Kaia. »Du glaubst nicht, wie viel besser es mir geht, seit ich mich mit meiner Mutter ausgesprochen habe. Du hast mir den entscheidenden Anstoß gegeben, sonst hätte das wohl noch ewig gedauert! Sie wollte sich nicht aufdrängen und hatte keine Ahnung, was eigentlich mit mir los ist. Du hattest recht! Sie wollte uns bloß eine heile Familie bieten. Eigentlich total naheliegend. Und sie hat meinen Vater eben geliebt, genug, um ihm jedes Mal wieder zu folgen. Sie hat dabei irgendwann sich selbst aus den Augen verloren. Genau deshalb möchte sie auch, dass ich den Weg einschlage, der mich glücklich macht. Und dass meine Eltern beide so selbstverständlich von einer akademischen Laufbahn ausgegangen sind, das habe ich wohl überbewertet.«

»Na, wunderbar! Das freut mich sehr. Aber das hättest du auch ohne mich hinbekommen«, sagte Leonie. Sie saßen am Blockhaus und tranken einen Kaffee, während sie auf Max warteten. Der wollte im Haus noch Mails von einem Verlag beantworten, bevor er Leonie zu einem Spaziergang abholte. Leonie und Kaia hatten die Zeit genutzt, um die Samen für Glyneck einzusammeln.

»Vielleicht, aber zu dir hatte ich einfach gleich einen Draht. Ich glaube, wir sind einander in manchem ähnlicher, als meine Mutter und ich es sind. Du bist nicht so kompliziert. Es ist wie bei Remy und meiner Mutter. Die sind nicht verwandt und haben sich trotzdem oder gerade deswegen sofort gut verstanden«, erklärte Kaia.

»Na, dann vielen Dank. Ja, was das Kreative angeht, haben wir sicher etwas gemeinsam. Sag mal, wann kommt Remy denn nun? Ich kann ja nicht ewig hierbleiben, so gut es uns auch gefällt.«

»Morgen. Das hat sie versprochen. Bitte bleib noch! Ich würde so gern mit dir besprechen, was Remy vorschlagen wird. Deine unabhängige Meinung dazu wäre mir viel wert.«

»Sicher. Ich bin ja auch neugierig, was sie von mir will. Der Mondscheingarten war übrigens ein echtes Erlebnis. Max ist hin und weg, und ich werde aus dieser Anregung mit Sicherheit auch noch etwas machen. Da kommt er ja!« Leonie stand auf und ging Max entgegen.

Kaia stellte die Tasse beiseite und stieg hinunter in die Werkstatt. Die Falltür ließ sich nun leichter bewegen, dafür hatte Mikko gesorgt.

Gestern Abend nach dem Gespräch mit ihrer Mutter und der Heimfahrt war sie viel zu aufgedreht und froh gewesen, um zu schlafen. Leonie war gefahren, und schon im Auto hatte Kaia sich ihren Gedankenspielen hingegeben, zum ersten Mal ohne schlechtes Gewissen. Später im Bett hatte sie auf ihrem Laptop weiter über Muffelöfen und Emailletechniken nachgelesen, während der Morgen draußen langsam den Himmel über dem Meer erhellte.

Vormittags war sie dann gleich nach Wismar gefahren und hatte sich Materialien besorgt. Zu ihrem Erstaunen hatte sie festgestellt, dass es noch viel mehr gab, als sie in Ricardas Werkstatt vorgefunden hatte. Sie freute sich auf alles, was sie damit machen würde. Auf diesen Schauer der Aufregung, etwas gestalten zu können. Die Spannung, ob sie richtig einschätzen konnte, wie die Farben nach dem Brennen aussehen würden und wie das Zusammenspiel wirkte. Die Vorfreude auf die überraschenden Nuancen, die das Material selbst ins Spiel brachte. Wie sie die Zeit bei alldem völlig vergessen konnte, sich frei fühlte und leicht, weil sie dermaßen auf den Schaffensprozess konzentriert war, auf das Mysterium hinter dem Material, auf die unendlichen Möglichkeiten.

Den Ofen hatte sie liebevoll »Alter Drache« getauft. Jetzt gab sie ihm einen kleinen Klaps.

»Wir werden schöne Dinge machen, du und ich zusammen«, sagte sie. In der dichten Stille hier unten tat es gut, etwas zu hören, und wenn es ihre eigene Stimme war.

Nun betrachtete sie ihre Neuerwerbungen von heute früh, die sie vorhin sogleich auf der Arbeitsfläche aufgebaut hatte. Emaillemalfarben, Sandelholzöl, Rotmarderhaarpinsel.

Das Pulver der Malfarben rührte man mit dem Öl an, und dann malte man auf der glatten Oberfläche eines bereits gebrannten Emaillewerkstücks. Anfangs war Kaias Ehrgeiz gewesen, einmal irgendwann so gut zu werden wie ihre Vorgängerin in diesem Raum, doch inzwischen wusste sie, dass sie unbedingt ihren eigenen Stil finden wollte. So wie Nele es getan hatte. Nele hatte von der Künstlerin Carly Prevo gelernt und dann mit diesem Wissen eine ganz eigene Richtung entwickelt.

In Kaias Gedanken waren so unendlich viele Eindrücke, die sie umsetzen wollte. Vor allem war es Poel, das sie faszinierte. Die schwimmenden Steine waren ein ideales Motiv für die Emailletechnik. Überhaupt, all das Licht und die Schatten, das Drama und die Bewegung! Die unheimlichen Höhlen in der Steilküste, die stürzenden Bäume, die Reflexionen in den Fluttümpeln … Das alles war wunderbar geeignet für eine Darstellung in diesem glänzenden Material, das lebendig mit dem Licht spielte.

»Kaia? Bist du da unten?« Neles Stimme durchdrang ihre Selbstvergessenheit.

»Ja, komm runter!«

»Ich wollte nicht stören.« Nele spähte über Kaias Schulter. »Hey, das sieht richtig gut aus.«

»Na, mal sehen, wie es wird, wenn es gebrannt ist.« Kaia stellte ihr Werk vorsichtig zum Trocknen beiseite und wusch den Pinsel aus. »Und du? Wie geht es dir? Hast du Mittagspause?«

»Ja. Und ich muss warten, bis der neue Brand abkühlt.« Nele setzte sich auf eine der Arbeitsplatten und baumelte mit den Beinen.

Ich muss einen zweiten Stuhl anschaffen, dachte Kaia.

»Ich wollte nur mal hören, ob du jetzt schon weißt, was Remy hier mit dir und Rapakiwi anstellen möchte? Und wie es dir geht und was du so machst?« Nele klang ein wenig verloren und bedrückt. Das passte gar nicht zu ihr. Kaia legte den Pinsel weg. »Nein, Remy kommt erst morgen. Aber mir geht es blendend! Ich habe mich dank Leonie mit meiner Mutter ausgesprochen und weiß jetzt, dass ich unabhängig von Remys Plänen nebenbei hier mit dem Emaille arbeiten möchte. Weil es mich glücklich macht.«

Neles Miene hellte sich auf. »Wie schön! Das würde Ricarda bestimmt riesig freuen. Wer weiß, vielleicht sollte es genauso sein. Du, wenn das so ist, dann sind meine Spinnereien vielleicht gar nicht so dumm.«

»Welche Spinnereien?«, fragte Kaia interessiert.

Nele nahm ein Fläschchen glitzerndes Farbpulver aus dem Regal und hielt es nachdenklich gegen das Licht. »Ich weiß ja nicht, ob ich immer hierbleiben werde, weißt du. Ich warte ja nur auf ... bis ... ach, egal.« Erneut flog ein Schatten über ihr Gesicht, aber er verschwand ebenso rasch wieder, wie er gekommen war. Kaia wartete geduldig. Dass Nele ihr etwas verschwieg, hatte sie schon lange bemerkt, aber sie kannte ihre neue Freundin auch schon gut genug, um zu wissen, dass man ihr nichts entlocken konnte, was sie nicht preisgeben wollte. Nele bemerkte ihren Blick. »Tut nichts zur Sache! Aber: Angenommen, du machst hier viele schöne Dinge. Dann könnten wir uns doch zusammentun? Ich hab meinen Betrieb mit der ganzen zähen Bürokratie, die dazugehört, schon zum Laufen gebracht. Das war gut, weil es mich abgelenkt und beschäftigt hat. Aber du willst das vielleicht nicht oder hast genug für Remy zu tun. Da könnte ich doch deine Sachen in der Galerie Sommerblau mitverkaufen! Wir machen eine Marke aus deinen Erzeugnissen. Wir könnten den Namen des Ladens erweitern. Zum Beispiel ...« Sie runzelte die Stirn, stellte die Farbe zurück und betrachtete eine andere. »Du heißt doch Mensch. Nele Sommer und Kaia Mensch. *Sommerblau & Menschfarben*, zum Beispiel.«

»*Menschfarben.*« Kaia sprach es versuchsweise aus. »Gar nicht schlecht!«

Sie dachte an Leonie, die mit den Farben und Strukturen ihrer Stoffe versuchte, die Schönheit und Lebendigkeit abzubilden, die sie im Moor und anderen Landschaften erlebte. Genau das würde sie auch lernen – abzubilden, wie sie persönlich das Licht und die Besonderheiten dieser Insel erlebte. Und im Garten natürlich. Wenn sie in Neles Galerie ihre Sachen dann sogar verkaufen könnte, würden andere vielleicht auch ganz neu das

Licht in den Landschaften entdecken … so wie durch Max' Zeichnungen.

Sie hatte die Kommentare auf seiner Website gelesen. Es machte die Menschen glücklich, durch seine Augen sehen zu können, was er sah. Danach gingen sie ein wenig anders durch die Welt, mit leichterem Schritt und wacherem Blick.

Das wollte sie auch erreichen. Wenigstens hin und wieder.

»Ach, Nele«, sagte sie. »Du und deine Ideen, du steckst mich an, und dann geht meine Phantasie mit mir durch!«

»Dafür sind Freunde da.« Nele grinste sie an, dann wurde sie ernst. »Weißt du, und ich dachte, wenn das funktioniert und ich dann irgendwann Poel verlasse und neue Wege gehe, könntest du den Laden vielleicht ganz übernehmen. Oder dir jemand Neues suchen.«

»Aber …«, begann Kaia.

Nele hob die Hand. »Keine Sorge! Ich bin schon noch eine ganze Weile hier. Ich habe nur lernen müssen, auch schon mal weiterzudenken.«

»Klingt im Grunde aufregend«, gab Kaia zu. Sie kam sich direkt verwegen vor. Mikko würde wahrscheinlich den Kopf schütteln und gönnerhaft gucken. Doch Eliot würde sie unterstützen. Und Leonie würde ihr Mut machen.

»Wer weiß«, sagte sie. Die Zukunft war schließlich offen. Ricarda hatte bestimmt einst auch nicht geahnt, was sie alles auf die Beine stellen würde.

»Das wollte ich hören!« Nele rutschte von der Arbeitsplatte herunter und sah auf die Uhr. »Ich muss wieder. Erzähl mir bald, was Remy vorhat. Und viel Spaß noch.« Ihre Schritte verklangen auf der engen Treppe.

Kaia räumte auf, trocknete den Pinsel und wischte sorgfältig die verschüttete Farbe auf. Nun, da sie sich selbst den Weg frei gemacht und gegen die Uni entschieden hatte, stürmte von allen Seiten Neues auf sie ein. Alles schien möglich.

Jetzt war sie gespannt, was Remy ihr vorschlagen wollte.

39

Ricardas Garten

»Lass uns nach hinten gehen«, sagte Remy, als sie am nächsten Tag aus dem Auto stieg.

»Willst du nicht erst mal hereinkommen?«

»Danke, nein, ich habe nicht so viel Zeit. Ich habe gerade viel vor. Können wir zum Blockhaus? Ich möchte es mir noch mal ansehen. Ist Eliot da? Ich fände es gut, wenn er mitkommt.«

»Ich glaube, er ist oben. Ich schreib ihm.«

Sie spazierten durch den Garten. Remy sah sich mit einem zufriedenen Ausdruck um. »Hier hat sich ja einiges getan! Jetzt sieht alles immer noch natürlich und trotzdem umsorgt und geliebt aus. Erstaunlich, was ihr in der kurzen Zeit geschafft habt.«

»Mikko hat geholfen. Und Eliot war wirklich sehr engagiert.«

Remy hatte recht, stellte Kaia fest. Es war ihr selbst gar nicht so aufgefallen, aber die ganze Atmosphäre hatte sich tatsächlich sehr verändert. Statt von Verlorenheit und beinahe bedrohlichem Ernst war sie von Licht und Farben und Lebenskraft durchdrungen. Selbst die Augen in den Steinen schienen fröhlicher zu blicken.

Auch im Blockhaus sah sich Remy um, klopfte gegen Wand und Boden, inspizierte das Dach und drehte die Wasserleitung auf.

»Bestens«, sagte sie.

»Seid ihr hier?« Eliot sah zur Tür herein. »Ach, hallo, Remy.«
»Hallo Eliot, schön, dass du Zeit hast. Kommt, setzen wir uns auf die Stufen.«

»Also, ihr zwei!«, begann Remy. »Vor allem geht es um dich, Kaia, aber ich würde mich sehr freuen, wenn du eine Weile bleiben und anfangs helfen könntest, Eliot. Du sagtest ja, das wäre in deinem Sinne. Es ist ja längst auch zu deinem Projekt geworden«, sagte sie mit jenem Ausdruck, den Kaia immer als ihr »ernstes Lächeln« bezeichnet hatte und dem kaum einer widerstehen konnte. »Wenn es läuft, wie ich es mir vorstelle, dann wirst du auch ein kleines Gehalt bekommen können. Wir haben in den letzten Tagen hin- und hergerechnet und verhandelt und kalkuliert. Der Kauf des Nebengrundstücks auf Rügen ist abgeschlossen. Und wenn alle meine Pläne aufgehen, dann werden wir Rapakiwi behalten können. Aber Ricarda wollte, dass etwas Sinnvolles damit geschieht. Deshalb möchte ich aus »Ricardas Garten« eine Zuflucht machen. Ihr Mann ist einst Flüchtling gewesen, und später war Rapakiwi eine Rettungsinsel für ihre Züchtungen. Darum passt das gut, denke ich. Ihr habt instinktiv bereits zwei Pflanzen gerettet und ihnen hier ein neues Leben geschenkt.« Remy deutete Richtung Ginsterbusch, der auch schon Samenkapseln ausbildete. »Nun ist es so, dass ich im Geschichtengarten oft Anfragen von Leuten bekomme, die einen Platz für Sträucher oder Stauden suchen. Sie müssen ihren Garten aufgeben, weil er eingeebnet wird, und da gibt es vielleicht diese eine zauberhafte Pfingstrose, um die es zu schade wäre. Oder in der Stadt wird gebaut, aber auf der Baustelle steht ein Flieder, der schon hundert Jahre alt ist und von dem wenigstens ein Ableger gerettet werden soll, weil es die Sorte gar nicht mehr im Handel gibt. Oder ein Grab wird aufgegeben, aber das Leberblümchen darauf hat jedes Jahr geblüht, und man kann es einfach nicht dem Bagger überlassen.« Remy schnippte eine Mücke von ihrem Knie. »Ich kann aber im Geschichtengarten nicht auch noch alle heimatlosen Pflanzen unterbringen! Dort geht es um persönliche Geschichten von Menschen und Pflanzen, nicht um Pflanzen und ihre Orte. Alle kann man ohnehin nicht retten. Dennoch tun mir diese Absagen sehr oft leid. Und nun kommt ihr ins Spiel. Und Ricardas Garten.« Sie sah einem Zitronenfalter nach. »Für solche heimatlosen Pflanzen scheint hier der perfekte Ort. Ich würde dir diese Art Anfragen künftig weiterleiten, Kaia. Einfach wird das für dich nicht, denn auch du kannst nicht alle unterbringen. Manche gedeihen nicht in diesem Klima. Einige würden den Transport nicht überstehen. Andere wachsen ohnehin an jeder Ecke. Du müsstest viele Entscheidungen treffen. Und es werden Menschen kommen, die die Pflanzen sehen wollen und sich vergewissern, wie es ihnen geht. Die dann doch einen Ableger möchten, weil sie umgezogen sind. Und so weiter. Traust du dir das alles zu – mit Eliots Starthilfe? Und du, Eliot? Überlegt es euch in Ruhe.« Etwas verlegen fügte sie hinzu: »Aber eine baldige Antwort wäre mir schon sehr wichtig. Ach so, und fast hätte ich es vergessen! Parallel dazu können im Haus ein oder zwei Gästezimmer eingerichtet werden für Menschen, die sich von Schicksalsschlägen erholen müssen, im Grunde so, wie ihr beide es hier getan habt. Und auch das Blockhaus kann dafür genutzt werden. Während ihres Aufenthalts könnten die Gäste die Pflanzen aufpäppeln, sehen, dass auch krumme oder verstoßene Bäume wachsen, und dabei selbst zur Ruhe kommen und heilen.«

»Was für eine schöne Idee«, sagte Kaia leise.

»Ja«, stimmte Eliot zu. »Das stimmt, mir hat es sehr geholfen, hier sein zu können.«

»Dafür würden natürlich auch noch Renovierungs- und Einrichtungsarbeiten auf euch zukommen«, gab Remy zu bedenken. »Und noch etwas, Kaia. Eliots Mutter Leonie hat mir klargemacht, was für eine zauberhafte, wertvolle und gefährdete Landschaft die Moore sind. Sie sind so wichtig wie noch nie für die Arterhaltung und als CO_2-Speicher. Hier haben wir eines direkt vor der Tür! Ich möchte, dass das den Gästen gezeigt wird, dass sie diese Schönheit auch erleben und davon erzählen. Du könntest das in die Website einbauen, die du für ›Ricardas Garten‹ aufbauen wirst, Kaia. Einen Hintergrund mit Bildern und interessantem Wissen zum Thema Moor, von den Vögeln, den bizarren Bäumen, dem Schilf und den Regenbogenpfützen. Und Eliot, du könntest einige von deinen wunderbar passenden Melodien, die ja sogar hier entstanden sind, als Hintergrundmusik zur Verfügung stellen, oder? Das wäre gleichzeitig Werbung für dich.«

»Natürlich, sehr gern, eine prima Idee!«, fand Eliot.

Kaia hingegen kam so schnell nicht hinterher. »Ich soll eine Website machen?«

»Ja, selbstverständlich, das gehört heute doch dazu. Wenn du dabei Hilfe brauchst, bekommst du sie natürlich. Ich kann dir Heiko aus meinem Team schicken.«

»Nein, nein, ich schaff das schon. Ich hatte nur noch nicht darüber nachgedacht.« In Kaias Kopf blitzten bereits erste Bilder auf. Zarte Gräser im Hintergrund. Vielleicht als Titelbanner sogar Ricardas Emaillebild von ihrem Beet …

»Der klassische Bauerngarten sollte auf der Website auch erwähnt werden und Hintergrundwissen dazu«, fiel Remy ein.

»Es gibt immer mehr Leser meiner Zeitschrift, die danach fragen, weil sie selbst einen anlegen wollen. Für die Insekten und die eigene gesunde und leckere Ernährung. Insofern ist es wichtig, dass er hier in Ricardas Garten aufrechterhalten und gepflegt wird.«

»Und ihre Samen?«, fragte Kaia. »Das dürfen wir nicht vernachlässigen!«

»Oh ja, natürlich wollen wir ihren Wunsch erfüllen, dass die Samen ihrer Züchtungen verteilt werden. Wir können sie sammeln und zum Versand anbieten. Das wäre noch mehr Arbeit für dich, Kaia, das Sammeln, Trocknen, Eintüten. Wir fangen mit kleinen Mengen an, die wir vielleicht gegen Spenden abgeben. Ich werde sie auch im Geschichtengarten anbieten. Und dort pflanzen, natürlich mit der dazugehörigen Geschichte. Ach, und von deinen Sonnenblumen nehme ich heute auch welche mit, ja? Die Geschichte dazu hast du mir ja schon geschickt. Wir haben sie bereits auf ein Schild montiert.«

»Das ist schön.« Kaia freute sich. Nun fühlte sie sich noch mehr angekommen.

Sie wusste genau, was sie wollte. Ihre alte Zeit der ständigen Zweifel hatte sie hinter sich gelassen, versenkt im Dunkel der Vergangenheit. Vielleicht diesmal in einem anderen Moor, hier auf der Insel. Oder im stetigen, tröstlichen Rauschen der Wellen an der Steilküste.

»Remy, ich brauche keine Bedenkzeit! Ich kann, möchte und mache das. Alles. Ich werde dich nur oft um Rat fragen müssen. Oder vielleicht auch jemand anderen. Aber ich möchte es!«

»Bin dabei«, sagte Eliot mit Überzeugung.

Remy sprang auf. Sie strahlte. »Perfekt! Und du bist nicht allein, Kaia. Du hast auch ein Team, wie ich. Eliot. Mikko. Auch

Leonie, denke ich. Und deine Nele. Außerdem, ich bin ja auch noch da. Und Taru natürlich!«

»Stimmt!« Kaia war jetzt voller Vorfreude und Zuversicht.

»Entschuldigt, aber ich muss los. Und vorher will ich noch mit Leonie sprechen. Ihr werdet ganz bald von mir hören, es gibt nämlich noch mehr Neuigkeiten. Tschüs, ihr Lieben!« Remy umarmte sie beide und entschwand.

»Dann werde ich mich mal an die Website machen«, sagte Kaia voller Tatendrang.

»Und ich suche die passende Musik heraus!« Eliot pflückte eine Margerite und steckte sie ihr hinter das Ohr.

Zusammen gingen sie ins Haus.

Kaia warf dem Tor einen glücklichen Blick zu. Ihr zurückgekehrter Glücksstein aus der Kiste im Moor, der ihr ganz persönlicher Anker war, konnte nun genau dort bleiben, wo er war: oben auf dem Findling am Eingang zu Rapakiwi.

Als sie am nächsten Tag unter dem Pavillon in der »Farbtiefe« ihr bemaltes Probestück aus dem Ofen holte und gespannt zusah, wie es abkühlte und die neuen Farben sich offenbarten, polterte es schon wieder über ihr, zusammen mit einem seltsam metallenen Klang.

»Kaia? Bist du da unten?«

Diesmal war es nicht Neles, sondern Mikkos Stimme, und zu ihrem Ärger tat ihr Herz einen kleinen Hüpfer. Ich sollte mir ein Schild anschaffen, das ich oben aufstellen kann, wenn ich hier bin, dachte sie. Damit nicht alle dieselbe Frage stellen müssen.

»Ich bin gerade fertig. Ich komme hoch!«, rief sie, plötzlich wieder begierig auf Himmel und Tageslicht.

»Gut.« Oben wieder dieses Poltern, das sich entfernte, dann

Stille. Kaia wusch sich die Hände, strich sich die Haare aus dem Gesicht, kletterte nach oben und schloss die Falltür hinter sich.

Mikko saß auf den Stufen des Pavillons neben einem Karton. Sie setzte sich auf die andere Seite. Er sah sie an, lächelte plötzlich und fuhr mit einem Finger sanft über ihre Stirn. Für die Regelmäßigkeit ihres Pulses war die unvermutete Berührung nicht gerade hilfreich. Er zeigte ihr seinen Finger. »Da war ein bisschen Farbe. Drachengrün. Steht dir. Lief es gut?«

»Oh. Danke. Ja.« Sie versuchte, sich zusammenzunehmen. Mit Eliot war es immer so entspannt. Warum machte sie dieser verflixte Gärtner so nervös?

Kaia versuchte, das Schweigen auszuhalten, das sich nun zwischen ihnen dehnte. Schließlich hatte sie gerade beschlossen, eben nicht mehr so harmoniesüchtig zu sein und Spannungen auch gelegentlich zu ertragen.

Endlich räusperte er sich. »Ich habe gehört, dass du vorerst hierbleiben wirst«, sagte er. »Ich dachte, da wäre eine kleine Aufmerksamkeit angebracht. Als Willkommensgruß gewissermaßen.«

Warum mochte sie sogar das an ihm –, dass er manchmal so gestelzt klang?

»Wie nett von dir«, sagte sie vorsichtig, als eine weitere Pause folgte. Warum konnte er nicht einfach sagen, ob er es gut fand, dass sie blieb? Oder sich sogar auf irgendeine Art darüber freuen?

»Eliot erwähnte kürzlich, wie sehr dir Harald Krabbes Sammlung gefiel. Den Kompass konnte ich dir nicht kaufen«, fuhr er fort. Dabei blickte er in den Karton, nicht zu ihr. »Ich denke auch nicht, dass du einen benötigst. Du findest vielleicht nicht immer, was du suchst, selbst wenn du schon darauf stehst …« Er lächelte sie ein wenig herausfordernd an. Oh ja, sie erinnerte sich genau an jene erste Begegnung, als sie ihn nach dem Festungswall gefragt hatte. »… aber ich stelle doch fest, du findest immer einen Weg, der dir gefällt. Dennoch dachte ich, du könntest zur Unterstützung vielleicht Positionslichter gebrauchen. Sie bieten auch eine sehr gemütliche Beleuchtung an langen dunklen Winterabenden.« Er hob ein Paar kupferne Schiffslaternen mit einer schönen Patina heraus und stellte sie vor Kaia auf die Stufen. Eine mit einem roten, eine mit einem grünen Licht. Zwei, die zusammengehörten.

Kaia starrte sprachlos darauf. Sie waren wunderschön. Aber vor allem, dass ausgerechnet der distanzierte Mikko ihr so ein Geschenk machte, brachte sie völlig aus der Fassung.

Er hatte vermutlich nicht die geringste Ahnung, wie tief sie das berührte. Aus allen möglichen Gründen. Weil sie ihn gegen ihren Willen und alle Vernunft so mochte. Weil ihr selten jemand ein so einfühlsames Geschenk gemacht hatte. Weil sie sich dadurch angenommen fühlte, so wie sie war, mit all ihren Zweifeln, Unsicherheiten und neuen Entscheidungen und kleinen Wagnissen.

»Nur damit du weißt, dass du hier Freunde hast. Und dass immer irgendwo Licht ist.« Als sie nichts sagte, fühlte er sich genötigt weiterzuerklären.

»Ach verflixt, Kaia, ich bin überhaupt nicht gut in so was! Ich wollte einfach nur nett sein. Es tut mir leid, wenn ich dir damit zu nahegetreten bin.«

Kaia berührte die glatte, gebogene Fläche, die etwas Wärme von der Sonne angenommen hatte, sah das Grün und Rot der

Gläser aufleuchten, wo das Licht darauf fiel. Jetzt räusperte sie sich.

»Mikko Pfriemel«, sagte sie, »wenn du kurz aufhören könntest zu reden, wäre es mir vielleicht auch möglich zu antworten.«

Himmel, nun redete sie schon wie er.

Er wurde still und sah sie mit einem komisch verzweifelten Ausdruck an. So unsicher hatte sie ihn noch nie erlebt. Aller Spott und alle Überlegenheit waren von ihm gewichen. Selbst die Distanziertheit. Sie gab das mit den Worten einfach auf, lehnte sich ein wenig zu ihm und küsste ihn auf die Wange.

»Es ist ein wunderschönes, passendes und aufmerksames Geschenk, und ich freue mich riesig darüber«, sagte sie. »Sie bekommen einen Ehrenplatz im Haus, dann werde ich wissen, dass ich dort zumindest für die nächste Zeit zu Hause bin.« Sie umfasste die Laternen unwillkürlich fester. »Das habe ich mir so gewünscht«, sagte sie leise. »Schon immer. Zu Hause zu sein.«

Er schwieg. »Das freut mich sehr. Aber Kaia«, er breitete die Arme aus, »ich kann das nicht!«

»Was kannst du nicht? Ich habe doch gar nichts verlangt.«

Er sprang auf und fing an hin- und herzutigern. Sie befürchtete, er würde gleich über den Griff der Falltür stolpern, und nahm sich vor, demnächst einen Blumentopf daraufzustellen.

»Bei uns zu Hause hatten Gefühle nicht vorzukommen«, erklärte Mikko schließlich. »Deswegen hat mich als Kind meine Angst bei dem Erlebnis hier im Garten so durcheinandergebracht. Später habe ich so was dann erfolgreich vermieden. Mir geht es allein wunderbar. Ich fühle mich wohl. Ich will nichts anderes! Beziehungen sind kompliziert und unplanbar. Dafür bin ich nicht gemacht.«

»Ja – und? Wenn es dir wunderbar geht, dann ist doch alles in

Ordnung. Da hat doch niemand etwas dagegen.« Kaia konnte ihre eigenen Gefühle gerade ziemlich gut einordnen, trotzdem wirbelten sie unbeherrscht in ihr herum. Äußerlich gelang es ihr zu ihrer eigenen Überraschung, vollkommen ruhig zu bleiben. Aber je ruhiger sie war, desto offensichtlicher geriet Mikko durcheinander.

»Doch. Ich.« Mikko blieb stehen. »Aber Einfühlung und so … das fehlt mir einfach, verstehst du?«

»Und trotzdem hast du mühelos das perfekte Geschenk für mich ausgewählt, das mich aus verschiedenen Gründen sehr berührt.«

»Habe ich?« Er wirkte so verwirrt. Sie hätte ihn gern umarmt, beruhigt, getröstet.

Nie hätte sie bei ihrer ersten Begegnung gedacht, dass all das hinter seiner scheinbaren distanzierten Arroganz steckte. Und doch war es vielleicht genau dies, was sie von Anfang an angezogen hatte.

»Mensch, Pfriemel!«, sagte sie und lachte ihn an. Hier half nur Humor, sonst würde er sich selbst immer nervöser machen. »Setz dich doch mal wieder.«

Er atmete tief durch, lächelte entschuldigend und ließ sich neben ihr nieder.

»Ich freue mich sehr, vor allem darüber, dass du gesagt hast, ich habe Freunde hier. Das ist gut zu wissen.«

»Schön.« Unvermutet fasste er nach ihrer Hand. »Ich weiß gar nicht mehr, was ich will, Kaia.«

Das machte nichts. Denn sie wusste, was sie wollte. Keine Kompromisse mehr. Sie konnte auf ihn warten, wie Ricardas Werkstatt auf sie gewartet hatte. Und wenn sie dafür die Geduld der Marienkäfer brauchen würde.

In der Zwischenzeit würde sie sich nicht langweilen, bei all den spannenden Aufgaben, die vor ihr lagen.

»Dann wirst du es herausfinden müssen«, sagte sie ruhig.

Leonie

Insel Poel

2019

40

Neue Ufer

»Leonie?« Remys Stimme kam aus dem Flur.

»Hier!«, rief sie aus der Küche zurück. Max hängte das Geschirrtuch auf. Sie hatten spät gefrühstückt und gerade aufgeräumt.

»Könnten wir uns bitte hinsetzen?« Remy wartete keine Antwort ab. Sie nahm sich ein Glas Wasser und ging voraus auf die Terrasse. Eine Möwe, die sich unter dem Pampasgras ausgeruht hatte, flog schimpfend davon.

Wie viel Energie diese Frau ausstrahlt, dachte Leonie, als sie sich setzte. Man hat den Eindruck, sie kann alles möglich machen, was sie sich vornimmt. Aber das habe ich inzwischen auch geschafft, fiel ihr ein, als sie an Glyneck dachte. An den Garten, der ganz ihr gehörte und der sie glücklich machte. An die Stoffe, die sie bereits gewebt, und die Spenden für die Moore, die sie angestoßen hatte.

Und jetzt war da noch Max, der als ein Geschenk und eine völlige Überraschung und ein ständiges Glück in ihr Leben geraten war. Eine Tatsache, die sie jeden Tag wieder als Wunder betrachtete. Seitdem funkelte alles um sie herum in einem neuen Licht. Sie fühlte sich so jung, doch mit der Zufriedenheit, Unabhängigkeit und der Erfahrung ihres Alters. Max saß dicht neben ihr, wie um ihr beizustehen, falls nötig, und wartete neugierig ab, was Remy wohl sagen wollte.

»Ich habe da eine große Bitte an euch beide«, verkündete diese ohne Umschweife. »Aber erst würde ich gern deine Garnproben und Werkstücke sehen, die du mitgebracht hast, Leonie. Ich bin so gespannt darauf! Ich habe zwar schon viel auf deiner Website gesehen, aber anfassen ist doch noch etwas anderes. Und deine Zeichnungen habe ich auf deiner Seite auch bewundert, Max«, sagte sie, während Leonie auf dem Tisch ausbreitete, was sie mitgebracht hatte. Mehrere Tücher in den Farben des Moores – blondes Schilf und goldbraunes Wasser, grünes Moos und das Regenbogenschimmern von Libellenflügeln. Variationen von den Farben des Hechts und von Schmetterlingen über den Moorwiesen. Eine Weste mit einer Fischapplikation, ein Kissen mit einem Kranichmotiv.

Remy strich zärtlich über die Stoffe, hielt sie gegen das Licht, untersuchte die Webmuster und die Garne.

»Zauberhaft! Genau wie ich es mir vorgestellt habe, nachdem ich Kaias Tuch gesehen hatte. Man möchte diese Sachen unbedingt haben. Ich möchte auch eines kaufen.«

»Das schenke ich dir gerne, schon weil du uns hierhergelockt hast. Such dir eins aus!« Leonie freute sich über diese Anerkennung. Remy hatte schließlich viel mit Künstlern zu tun, sie kam aus einer kreativen Familie. So etwas würde sie nicht ohne Grund sagen, nicht aus bloßer Höflichkeit.

»Wirklich?« Remy strahlte. »Dann unbedingt dieses! Aus einem bestimmten Grund – und auch, weil es mir besonders gefällt.« Es war eines, in dem Leonie die Farben des grünleuchtenden Erlenbruchs am frühen Morgen verwoben hatte und schräg hindurchlaufend die warmen Brauntöne eines gefallenen Baumstamms. Darauf eine Ansammlung roter Einsprengsel im Stoff, die eindeutig wirkten wie eine Gruppe Marienkäfer, die sich dort versammelt hatten. Remy legte es sich um die Schultern, obwohl es ein warmer Tag war. »Es fühlt sich so herrlich weich an! So was kann man nirgends sonst kaufen.«

»Was war denn nun deine Bitte?«, fragte Leonie etwas verlegen über so viel Lob.

»Ja. Also, ihr seid doch mit dem Auto hier. Ich möchte, dass ihr beide euch einen Tag Zeit nehmt, auf die Insel Fehmarn fahrt und eine Frau namens Sila besucht. Sie hat dort einen Garten nahe am Strand übernommen, ›Valentinas Garten‹ heißt er. Ich kenne und mag Sila, ich denke, sie wird euch auch gefallen. Der Garten war vorher schon ein besonderer Ort, aber sie hat ihn besonders bienenfreundlich gestaltet und bepflanzt.«

Fehmarn? Leonie wollte doch so gern nach Hause. Nachsehen, ob die Pfirsiche schon größer geworden waren. Und die Johannisbeeren reif. Auch wollte sie an den Webstuhl, mit all den neuen Ideen im Kopf, von hier und aus dem Mondscheingarten.

»Aber warum, Remy?«

»Ich möchte, dass ihr den Ort kennenlernt, euch in die Atmosphäre einfühlt, euch beide die Farben einprägt. Genaueres erkläre ich euch hinterher. Ihr sollt das alles unbelastet sehen.«

»Da wir einmal hier sind, ist es doch eine schöne Gelegenheit, weitere inspirierende Orte zu entdecken«, sagte Max und lächelte Leonie an. »Ich genieße es so sehr, mit dir auf neuen Wegen zu sein.«

»Vielleicht könnt ihr es möglich machen«, sagte Remy. »Aber das ist erst der Anfang. Danach wäre es schön, wenn ihr zu mir nach Rügen kommt und den Geschichtengarten besichtigt. Von da ist es mit der Fähre nur ein kurzer Weg nach Hiddensee, dort würde ich euch bitten, Juna zu treffen, die dort ›Timmos Garten‹ neu angelegt hat. Der wird euch gefallen, dort gibt es unter anderem einen Lesegarten, der einem alten Klosterhof nachempfunden ist. Da herrscht eine ganz andere, eigene Atmosphäre, und die Farben der Landschaft auf Hiddensee sind einmalig. Bei Juna könnt ihr übernachten.«

Leonie fing an zu lachen. »Und was noch?«

Remy schmunzelte. »Usedom. Auf Usedom lebt Maja in ›Cecilias Garten‹, auch ein besonderer Ort mit einer eigenen Geschichte. Das Grundstück befindet sich beinahe an der schmalsten Stelle der Insel, Lüttenort, und dort werdet ihr wieder andere Farben und Motive finden. Dort könnt ihr ebenfalls übernachten, Maja hat auch ein Gästezimmer, ich habe sie schon vorbereitet. Wenn ihr die Gärten dann alle besichtigt habt, sehen wir uns in Ahrenshoop, in dem Haus, wo die Büros meiner Zeitschrift sind. Da stehen auch Gästezimmer zur Verfügung. Maja wird euch begleiten, denn dort wird es ein Treffen geben, wo ich meinen Plan besprechen möchte – nicht nur mit euch, sondern mit allen Beteiligten.«

Leonie sah Max ratlos an. »Ich kann doch Insa nicht so lange mit Glyneck allein lassen! Das Wetter war so trocken, man muss andauernd gießen. Und hättest du überhaupt Zeit?« Manchmal war Max zu einer Vernissage oder etwas Ähnlichem eingeladen, und so etwas war wichtig für ihn, um Kontakte zu knüpfen. Gelegentlich hatte er auch Aufträge, wenn es zum Beispiel um die Illustration eines Buches ging.

»Doch. Bei mir passt es gerade«, sagte er ruhig. »Aber wenn es dir zu viel ist, verstehe ich das.«

»Ich auch«, sagte Remy. »Aber mir würde wirklich sehr viel daran liegen! Die Gärten werden euch gefallen, da bin ich sicher.

Leonie, vergiss nicht, dass es auch deiner Aktion für die Moore sehr zugutekommen wird.«

Remy wusste, wie man Menschen überzeugt.

»Ich rufe Insa an und frage, wie es ihr geht«, beschloss Leonie. »Sie ist zum Glück immer ehrlich. Wenn sie überlastet ist, fahren wir sofort nach Hause.«

Doch Insa nahm ihr die Entscheidung nicht ab.

»Hier läuft es prächtig«, versicherte sie. »Dein Vater kommt fast täglich und hilft im Garten. Seine Freunde bringt er auch manchmal mit. Wir haben es sehr lustig hier. Ein unterhaltsamer Mann, der Uli. Und so zuvorkommend! Lasst euch ruhig Zeit, du hast dir einen Urlaub verdient, und für Max ist es großartig. Der kommt viel zu selten aus Brandenburg raus.«

»Ich liebe Brandenburg«, protestierte Max, der mithörte. »Da habe ich noch lange nicht alles entdeckt!«

»Reisen erweitert den Horizont, Junge«, erklärte Insa unbeeindruckt. »Der Uli und ich, wir machen das schon.«

Als Leonie auflegte, fing sie an zu lachen. »Uli und Insa. Wer hätte das gedacht?« Sie hob die Schultern. »Sieht wohl aus, als ob wir eine Inseltour machen.«

Und so brachen sie frühmorgens unter einem orangegoldenen Morgenhimmel auf nach Fehmarn und fanden sich am späten Vormittag in einem Garten wieder, in dem die Welt gleichzeitig sehr fern und zutiefst in Ordnung schien. Nach der gründlichen Besichtigung saßen Leonie und Max in einer Hollywoodschaukel voller dicker, bunter Kissen und tranken selbst gemachten Johannisbeersaft.

Auf einer Bank in der Nähe waren zwei sehr alte Menschen beschäftigt, die sich als Indra und Oswin vorgestellt hatten.

Oswin nähte an einem der Kissen, und Indra bog aus Draht ein bizarres Gestell, das einer Gurke als Rankhilfe dienen sollte. Oben auf dem Flachdach eines Wintergartens wucherte wild ein Kürbis. Vom Strand her trieben Möwenrufe und Kinderlachen herauf. Die Latten des hölzernen Zaunes um das Grundstück waren mit feiner Brandmalerei verziert. Max war fasziniert davon und hatte die Bilder genau untersucht.

»Das habe ich nach und nach gemacht, wenn ich mal Zeit hatte oder meine Gedanken sortieren musste. Das geht so gut dabei«, erklärte Sila, die sympathische Frau mit den schwarz und weiß marmorierten Haaren, die ihnen zuvor alle Einzelheiten des Gartens gezeigt hatte.

»Ich weiß genau, was du meinst«, sagte Leonie, die an die Fäden dachte, die sie bald wieder auf ihrem Webstuhl verflechten würde. Sila lächelte sie an, und sie spürte das unsichtbare Band, das kreative Menschen so leicht verbindet. Sie war froh, Sila kennengelernt zu haben, die mit so viel Zuneigung von ihren Pflanzen und den Bienen sprach und ihnen sogar die Seepferdchen in ihrem Aquarium gezeigt hatte. »Ich halte Besucher normalerweise von ihnen fern, sie sind so schreckhaft. Aber bei euch sehe ich, dass ihr behutsam auftretet und leise sprecht«, hatte sie gesagt. »Sie sind hier die guten Geister.«

Leonie machte sich Notizen in ihr Heft, denn Remy hatte recht gehabt. Hier gab es wieder ganz andere Farben. Diese am Strand von Fehmarn waren gedämpft, verhalten. Kühler, zahmer, sanfter als auf Poel und gerade dadurch spannend. Den Farben des Gartens hingegen war eine Art übermütige Wärme eigen.

Leonie konnte es nicht beschreiben und bat Max, seine Kreiden hervorzuholen und ihr einige Farbmuster zu zeichnen. Das tat er mit einer Freude, die sie glücklich machte.

Sila erzählte von einer jungen Freundin namens Lexi, die einen alten Hof im Oderbruch führte und mit der sie sich über Gartendinge austauschte. »Der Hof ist wie eine Arche für gefährdete Insekten und andere Tiere inmitten der Landwirtschaft«, sagte sie. »Lexi ist Lehrerin und bietet dort naturpädagogische Kindercamps an. Eine wunderbare Sache. Das würde euch auch gefallen.«

»Da können wir von zu Hause aus ja gern mal hin, so weit ist das nicht«, sagte Max zu Leonie. »Das klingt wie etwas, das wir sehen müssen. Genau unser Ding. Und jede Menge Motive.«

»Unbedingt«, stimmte sie zu. Sie konnte sehen, dass er bereits voller Vorfreude war und Bilder im Kopf hatte. Das gehörte zu all den Seiten an ihm, die sie liebte.

Ja, sie liebte ihn! Keiner von beiden hatte es bisher gewagt, das so klar auszusprechen. Es war, als befürchteten sie, damit etwas zu zerstören, was unendlich kostbar und ebenso zerbrechlich war. Doch Leonie war sich längst sicher. Sie hätte gar nichts dagegen tun können, selbst wenn sie es noch gewollt hätte. Aber sie wollte nicht. Sie wünschte sich nichts mehr, als dass es so bleiben würde.

Doch erst einmal waren sie bald durch den weichen blauen Sommerabend zurück auf dem Weg nach Poel, nur um am nächsten Tag weiter nach Rügen zu fahren.

Auf Rügen war es wieder völlig anders. Sie fuhren uralte Alleen entlang, die sie wie mit offenen Armen empfingen und grandiose Schattenbilder auf die Straße zeichneten.

»Weißt du, es ist doch ein Glück, dass Remy uns dermaßen herumscheucht«, sagte Max. »All diese Landschaften sehen zu dürfen! Und das auch noch zusammen«, ergänzte er mit einem

Seitenblick auf Leonie, die gerade seine Hände, die sie so mochte, auf dem Lenkrad betrachtet und dasselbe gedacht hatte. »Manchmal ist es wirklich gut, einen Anstoß von außen zu bekommen. Sosehr ich Brandenburg liebe, es ist so eine Bereicherung, das alles kennenzulernen. Und es schärft den Blick für all die Wunder, die wir noch entdecken und auf unsere Art abbilden werden.«

Sie machten Halt, um in einem gemütlichen Restaurant auf der Seebrücke von Sellin über den Wellen Mittag zu essen, an der Küste ein paar von der Brandung rundgeschliffene Steine für den Garten von Glyneck zu sammeln und sich auf dem Hochuferweg in dem majestätischen Buchenwald die Beine zu vertreten.

Dann fuhren sie auf die andere Seite der Insel, an den Bodden, in dem sich der Himmel und die Wolken spiegelten, als sei er mit flüssigem Licht gefüllt.

»Wieder völlig neue Farben«, sagte Max staunend.

Leonie sagte nichts, sondern hielt ihm wortlos ihr Heft hin, damit er seine Kreiden herausholte. Wenn es die Möglichkeit gab, in einen Stoff eine Hommage auf diesen Anblick zu weben, würde sie diese finden.

Remy empfing sie freudig im Geschichtengarten und fragte, ob sie Fehmarn inspirierend gefunden hätten. Leonie zeigte ihr das Heft.

»Wunderbar!« Remy nickte zufrieden. »Nun kommt, ich führe euch durch den Geschichtengarten!«

»Warte«, sagte Leonie. »Ich habe im Auto einen Topf mit einem kleinen Pfirsichbaum. Er ist ein Ableger von Robin, dem alten Baum auf Glyneck. Wegen ihm bin ich damals am Zaun stehen geblieben. Hin und wieder keimt ein Kern im Garten. Diesen hier würde ich sehr gern im Geschichtengarten einpflanzen, wenn es möglich ist. Den Text dazu schicke ich dir noch in einer Mail. Darf man denn hier überhaupt Bäume pflanzen?«

»Sehr gerne. Das neue Grundstück ist zwar noch nicht bereit, aber wir haben uns im letzten Jahr schon einmal vergrößert und begonnen, auch Bäume in einen Geschichtenwald zu pflanzen. Es gibt so viele Menschen, die etwas sehr Persönliches zu Bäumen zu erzählen haben! Lasst uns dorthin gehen und eine Stelle suchen, die dir zusagt. Auf dem Weg müssen wir ohnehin durch den Garten, den ich euch zeigen möchte.«

Vorbei an einer alten Sonnenuhr wanderten sie auf kurz gemähten, mäandernden Graswegen zwischen einer unfassbaren Vielfalt an Beeten entlang. Diese fügten sich auf geheimnisvolle Weise zu einem harmonischen Ganzen, obwohl es keine erkennbare Ordnung gab. Eine Fülle verschiedenster Pflanzen quoll daraus hervor.

Schmetterlinge und Libellen flogen umher, Käfer saßen auf den Blüten. Ein Duft wie aus unzähligen unsichtbaren Fäden gewoben lag weich über allem. Hier und da blieben Max oder Leonie stehen, um eine der Geschichten auf den vielen Schildern zu lesen. Alles waren Erzählungen von Personen, denen jenes Gewächs, das sie hier gepflanzt hatten, aus einem bestimmten Grund etwas bedeutete.

Es war wie ein Buch, ein lebendiges Buch über Menschen und Pflanzen und ihre Verbundenheit.

Max und Leonie liefen auf halben Wege Hand in Hand weiter, andächtig in der Gegenwart von etwas, das sich groß und zuversichtlich und wunderschön anfühlte.

Für den kleinen Pfirsichbaum fanden sie einen Platz mit Blick auf den Bodden, zwischen anderen Obstbäumen. Max machte ein Bild davon. »Dazu bekommst du eine Zeichnung von mir«, sagte er. »Zur Erinnerung. Eines Tages kommen wir nachsehen, wie weit er gewachsen ist.«

»Wir sehen uns in ein paar Tagen in Ahrenshoop«, sagte Remy beim Abschied. »Wenn ich noch nicht da bin, wird euch meine Tante auf Rav empfangen – so heißt das Haus. Das bedeutet Bernstein. Ich habe es von meiner Urgroßmutter Myra geerbt und betreibe nun außer ihrem kleinen Bernsteinmuseum dort die Büros und Gästezimmer. Eins davon ist für euch. Aber das Haus wird voll sein an diesem Wochenende, also nicht erschrecken. Ihr werdet erfahren, warum. Nun erst einmal viel Freude auf Hiddensee und Usedom!«

Als sie mit der Fähre übersetzten, war es bereits Abend und Leonie und Max müde von all den Eindrücken. Sie konnten kaum noch die Augen offenhalten. Juna, die Frau, die sie mit dem Pferdewagen am Hafen abholte, weil auf der ganzen Insel keine Autos erlaubt waren, sah es ihnen sofort an.

»Herzlich willkommen! Ich zeige euch alles morgen«, sagte sie. »Sobald wir da sind, könnt ihr auf euer Zimmer. Dort steht ein Imbiss. Ruht euch aus. Unsere Stille ist heilsam.«

Das Zimmer unter dem Dach war winzig, aber ausgesprochen gemütlich. Leonie wusste am nächsten Morgen kaum noch, wie sie ins Bett gekommen war, so tief und traumlos hatte sie geschlafen. Max ging es ähnlich. Er beugte sich bereits aus dem Fenster, als sie aufwachte. »Das musst du sehen!«

Sie stellte sich neben ihn und legte das Kinn auf seine warme Schulter. Draußen lagen unglaublich grüne Wiesen voller Schafe, dahinter der Bodden, über dem flammend die Sonne aufging, und noch weiter in der blauen Ferne die Landzunge, die Juna als »Bessin« bezeichnet hatte. Darüber kreisten Seevögel.

»Ich freue mich so auf den Tag!«, sagte Max.

41

Visionen

In dem von Juna nach einem alten Vorbild angelegten Garten hätten Leonie und Max stundenlang einfach nur sitzen können. Allein der Laubengang, der einen Hof mit Grünfläche und einem Brunnen in der Mitte umringte, war eine Oase der Ruhe.

Ganz verschieden gestaltete Bänke standen dort überall, es gab einen riesigen überdachten Bücherschrank, und alles war mit Rankpflanzen bewachsen – mit Rosen, Winterjasmin, Jelängerjelieber, Waldrebe, Wein, Klettertrompete, Blauregen, Kapuzinerkresse und noch mehr Pflanzen, die Leonie nicht benennen konnte. Es war ein magischer Ort, einer, an dem die Welt weit weg schien, die Zeit stillstand und niemand Ansprüche an einen stellte. Hier durfte man einfach so sein, wie man war, und auch gar nichts tun, solange man wollte.

Doch Juna zeigte ihnen auch Hiddensee. So blau hatte Leonie das Meer in Deutschland noch nirgends gesehen, noch nie das Licht über einer Insel von einer verwunschenen Anhöhe wie dem Dornbusch so flirren sehen, noch nie war sie auf einen so weißen Leuchtturm gestiegen, der wirkte wie aus einem Traum, der ein klein wenig zu perfekt war.

Auf der Fähre zurück nach Rügen fragte sie Max: »Entstammte diese Insel meiner Phantasie oder war sie wirklich?«

»Darüber denke ich auch gerade nach. Diese Schattierungen gibt es in meiner Kreidekiste so nicht, die muss ich mischen.

Unvergesslich!« Er wirkte fast ein wenig benommen vom Rausch der Farben.

Als sie wieder an ihrem Auto waren, mussten sie einige Hinterlassenschaften der Möwen von der Windschutzscheibe kratzen, bevor sie sich auf den Weg nach Usedom machten.

Während der Fahrt redeten sie nicht viel. Jeder hing seinen Gedanken, Eindrücken und Ideen nach, und Leonie war einmal mehr dankbar, dass es sich mit Max auch so gut schweigen ließ. Die Ruhe auf Hiddensee war eine Offenbarung gewesen und durfte ruhig noch ein wenig nachwirken. Wenn Remys Haus in Ahrenshoop wirklich so voller Gäste wäre, würde dort noch genug geredet werden.

Es war gut, dass die Farben auf Usedom wieder verhaltener waren. Allerdings nur in der Landschaft. In Majas Garten glichen sie einem Flammenmeer, denn dort blühten unzählige Sorten Taglilien in allen Nuancen von hellgelb über flammend orange bis tiefrot, ähnlich den Sonnen- und Ringelblumen bei Kaia, nur noch intensiver. Sie brannten förmlich vor Lebensfreude.

Leonie mochte Maja, eine sanfte, heitere Frau in ihrem eignen Alter. Sie fühlte sich gleich geborgen hier in einem der kleinen, pfirsichfarbenen Zwillingshäuser zwischen zwei Deichen. Hinter einem rauschte in der Ferne das Meer, hinter dem anderen lag das Achterwasser, das Usedom vom Festland trennte. Ein kleiner Hafen war von hier aus sichtbar, und in den Wiesen rundum zirpten jede Menge Grashüpfer.

»Sie singen vom Sommer, von der Liebe und von den schönen Dingen des Lebens«, sagte Maja, als sie nach einem Rundgang bis Zempin im Garten saßen und dem Sonnenuntergang über der Bucht zusahen. Kleine Schiffe schaukelten sacht im Wind.

»Ich habe viel von ihnen gelernt und fühle mich ihnen verbunden, so wie du den Marienkäfern. Remy hat mir davon erzählt.«

»Ja«, sagte Leonie, »sie waren mein Vorbild.«

»Hat es sich gelohnt?«, fragte Maja lächelnd.

»Oh ja. Das hat es.«

In dem anderen der Zwillingshäuser wohnte eine alte Dame, die von Maja betreut wurde. Sie wirkte so glücklich und zufrieden, dass Leonie sich dies prompt auch für sich selbst und für Max wünschte, falls sie das Glück hatten, auch einmal ein solches Alter zu erreichen.

Maja erzählte von ihrem alten Hof und dem Garten an der Elbe, den sie einer jungen Frau namens Nelly übergeben hatte. Diese hatte ein Seniorenheim daraus gemacht, in dem die alten Menschen gärtnern konnten und glücklich waren. »Die beste Entscheidung meines Lebens«, sagte Maja. »Ich wollte das ursprünglich selbst tun, aber ich war überfordert damit. Manchmal muss man loslassen können. Hier bin ich genau am richtigen Ort.«

Leonie dachte an ihren alten Beruf. »Ja, manchmal muss man loslassen. Und bekommt dann so viel geschenkt«, sagte sie.

Max legte den Arm um sie. Maja zündete Windlichter an, und sie saßen noch lange, bis die vielen Sterne, die man hier so gut sehen konnte, zu funkeln begannen und die Fledermäuse über den Wiesen jagten.

Am nächsten Tag folgten sie Majas Auto nach Ahrenshoop. Sie hielten vor einem dunkelblau gestrichenen Haus. Eine Frau mit kastanienroten Locken, durch die sich ein paar weiße Strähnen zogen, öffnete ihnen mit einem warmherzigen Lächeln. »Willkommen auf Rav! Ich bin Carly. Remys Tante, wenn auch um ein paar Ecken herum. So genau nehmen wir das nicht. Wir sind hier alle wie eine große Familie. Kommt herein! Remy wird auch bald hier sein. Da hinten ist Juna, die kennt ihr ja schon, und Sila auch, die ist im Garten. Geht ruhig hinaus, auf der Terrasse gibt es Erfrischungen.«

Vielleicht lag es an der Atmosphäre, an Carlys ruhiger Herzlichkeit, an den vielfältigen Erlebnissen der letzten Tage oder an der fruchtigen Limonade in den schönen alten Gläsern. Als Leonie den Garten betrat, überkam sie eine Art Feierlaune. Sie mochte große Feiern normalerweise nicht. Doch jetzt gerade war ihr froh und feierlich zugleich zumute. Vielleicht einfach, weil Max bei ihr war und alles ebenso genoss wie sie. Und auch wegen der vielen netten Menschen, die sie kennengelernt hatte und die ihr ungewöhnlich seelenverwandt waren, alle auf ihre ganz individuelle Weise.

Staunend sahen sie sich um. In diesem Garten dominierten riesige, bunte Blüten. Dahlien vor allem, jede Menge Dahlien und Gladiolen. »Remys Urgroßmutter Myra war eine große, lebenslustige Frau, und sie liebte knallige Farben und große Blüten«, erklärte Carly. »Remy bemüht sich, das beizubehalten. Wenn euch Gärten interessieren, solltet ihr auch noch den von Remys Mutter Ylvi ansehen. Es ist ein Dünengarten mit einheimischen Gewächsen, wunderschön und interessant. Ylvi ist die einzige professionelle Gärtnerin unter uns.«

Leonie nahm einen tiefen Schluck. »Das klingt wunderbar. Aber wenn das so weitergeht, kommen wir niemals nach Hause!« Sie hatte bei all den Besichtigungen viele neue Ideen für den

Garten von Glyneck gesammelt. Sie brannte darauf, sie umzusetzen.

»Ach, das ist nur ein paar Häuser weiter.« Carly wedelte unbekümmert mit der Hand. »Ah, da kommt Remy.«

»Leonie, Max, würdet ihr mal mitkommen? Ich möchte euch gerne allein sprechen, ehe die anderen kommen und wir die Besprechung abhalten, zu der ich alle eingeladen habe.«

Remy winkte sie ins Haus und in ein Zimmer, in dem es in vielen Vitrinen golden leuchtete.

»Das Bernsteinmuseum«, erklärte Remy. »Ich dachte, das Ambiente gefällt euch Kreativen. Ihr könnt euch später in Ruhe umsehen. Aber jetzt setzt euch erst mal.«

Am Fenster stand ein runder Tisch mit vier Stühlen. In der Ferne hinter dem Deich ahnte man das Meer.

»Nun habt ihr alle Gärten gesehen«, begann Remy. »Leonie, kannst du dir vorstellen, zu jedem der Inselgärten einen Stoff für Tücher zu entwerfen und zu weben? Sie können variieren, aber ich wünsche mir für jeden Garten eine individuelle Linie in den für ihn charakteristischen Farben. Du hast dir ja so umfangreiche Notizen gemacht mit der Hilfe von Max, das fand ich sehr beeindruckend. Traust du dir das zu? Und würdest du es umsetzen wollen? Es würde deinem Einsatz für die Moore zu einer weiten Verbreitung verhelfen und auch einen kleinen Gewinn einbringen. Und Max, dich möchte ich das Gleiche fragen. Könntest du Postkarten von jedem Garten zeichnen? Irgendeine einprägsame Szene jeweils oder eine Serie. Und vielleicht für das nächste Jahr einen Kalender. Ganz in deinem eigenen, wunderbaren Stil, der so hervorragend zum Thema passt. Es würde deine Bekanntheit steigern und dir sicherlich weitere

Aufträge einbringen, außerdem wirst du am Gewinn beteiligt.« Sie blickte von Max zu Leonie.

Leonie und Max sahen einander an.

»Das ist noch nicht alles«, fügte Remy hinzu. »Ich weiß, das ist viel verlangt. Aber, Leonie, würdest du mir auch mit deinem Können in Sachen Finanzberatung beistehen? Oder hast du dich davon völlig losgesagt?«

»Ich … nein … also, wenn es dir hilft?« Damit hatte sie überhaupt nicht gerechnet. Doch inzwischen, nachdem so viel Zeit vergangen war, fehlten ihr die Zahlen manchmal schon ein wenig. Und die Herausforderung.

»Ihr müsst euch nicht gleich festlegen«, sagte Remy. »Kommt mit und hört euch an, was ich noch zu sagen habe. Und dann entscheidet ihr.« Sie stand auf. »Es wäre wirklich eine großartige Sache, wenn ich euch für mein Team gewinnen könnte! Wir treffen uns alle in zehn Minuten im Garten.«

»Ich meinerseits hätte große Lust dazu«, sagte Max schließlich in die Stille, die folgte. »Ich wollte schon immer eine Postkartenserie zeichnen. Aber ich hatte keine Ahnung, wie ich die verkaufen soll. Wenn Remy einen Plan hat …«

»Spannend wäre es«, murmelte Leonie. »Ich habe sowieso schon all diese Entwürfe, die in meinem Kopf herumspuken und wahrscheinlich keine Ruhe geben.«

Max erhob sich ebenfalls und streckte ihr seine Hand hin. »Komm. Lass uns hören, was sie vorhat.« An der Tür hielt er sie einen Moment fest. »Was auch immer wir entscheiden, wir können uns dabei gegenseitig helfen. Das wird ein wunderbares Abenteuer. Ein weiteres, das wir zusammen erleben dürfen!«

Sie sah das Leuchten in seinen Augen.

»Ja. Ich glaube, das möchte ich auf keinen Fall versäumen«,

sagte sie und lehnte sich an ihn. »Lass uns herausfinden, wohin es führt!«

Draußen hatte Carly zwischen den Dahlienbeeten mehrere Stühle in einem Kreis auf dem Rasen aufgebaut. Zu Juna, Sila und Maja hatten sich noch Taru, Kaia und Eliot gesellt und winkten fröhlich herüber. Außerdem noch einige jüngere Leute.

»Leonie und Max, das sind Nelly, Linnea und Lexi. Sie alle haben mit den Gärten zu tun. Und meine Cousine Tiryn. Und Ylvi. Ich freue mich sehr, dass ihr alle da seid«, begann Remy. »Ich habe euch an gerade diesem Ort zusammengerufen, weil meine Urgroßmutter Myra eine so tüchtige Frau war, mit einer tiefen Liebe zu Landschaften, Blumen und Gärten. Sie ließ sich von nichts und niemandem unterkriegen! Sie war immer mein leuchtendes Vorbild und hat mir Mut gemacht, als ich die Idee hatte, meine mittlerweile erfolgreiche Zeitschrift zu gründen. Ich konnte nicht im Geringsten ahnen, wohin das alles führen würde, auch nicht, als ich einen alten Schrank mit einer Geschichte fand, der mich dank seines Schöpfers und seiner großen Liebe inspirierte.« Sie lächelte zu einem Mann hinüber, der am Rande der Stuhlreihe saß.

»Das ist Noah, ihr Lebensgefährte«, flüsterte Carly Leonie zu.

»Durch die Mithilfe vieler engagierter Menschen, die die Natur und die Insekten ebenso sehr lieben, wie Myra es tat und wie ich es tue, und durch die Leser der Zeitschrift entstand der Geschichtengarten«, fuhr Remy fort. »Und nicht nur das. Als Folge davon machte Juna einen Garten auf Hiddensee möglich, Sila übernahm einen auf Fehmarn und Maja ließ einen auf Usedom wiederauferstehen. Zu guter Letzt kümmert sich nun Kaia um einen auf Poel, nahe an einem Moor. Alles geschützte Orte nicht nur für Geschichten, sondern vor allem für Glühwürmchen, Schmetterlinge, Libellen, Bienen, Grashüpfer, Marienkäfer und alles andere, was da kreucht und fleucht und blüht. Sie bringen vielen Menschen die Natur in diesen entscheidenden Zeiten näher und wecken Interesse daran und die Liebe dazu. Ich empfinde das als einen Auftrag. Ich möchte mehr erreichen.«

Sie sah sich im Kreis um. »Dass ich nun auch noch einen Garten auf der letzten der Ostseeinseln geerbt habe, weil unsere Sache einer weiteren alten Frau am Herzen lag, war eine Überraschung. Ricardas Garten macht die Inselgärten komplett, und darum habe ich mich aus diesem schönen und erstaunlichen Anlass entschlossen, nun einen Schritt weiterzugehen. Ich möchte eine Kooperation der Inselgärten gründen! Über die rechtliche Form müssen wir noch entscheiden. Wahrscheinlich wird es auf eine GbR, eine Gesellschaft bürgerlichen Rechts, hinauslaufen. Mein Mitarbeiter Heiko ist mit einem Anwalt befreundet, der mich beraten wird, und ich hoffe sehr auf Leonies Unterstützung.« Sie lächelte zu Leonie hinüber. »Leonie könnte die Finanzberatung für uns übernehmen. Damit es ihr nicht zu viel wird und sie noch Zeit für ihre kreativen Tätigkeiten hat, werde ich einen Assistenten ihrer Wahl einstellen.«

Max nickte anerkennend. Leonie dachte darüber nach und hätte Remys nächste Worte fast versäumt.

»Ich möchte erreichen, dass unsere Gärten auf Rügen, Hiddensee, Fehmarn, Usedom und Poel regelmäßig zusammenarbeiten. Wir können Inseltouren durch alle Gärten anbieten, wie sie Leonie und Max gerade unternommen haben. Auch darum wollte ich, dass sie es ausprobieren. Des Weiteren gemeinschaftliche Praktika und Bildungsfilme, Kulturveranstaltungen, Seminare für Gartenbau und Naturschutz. Fast alle Häuser haben Gästezimmer, wir können also auch Übernachtungen anbieten.« Sie nahm einen Schluck Wasser. »Am Rande möchte ich allmählich auch andere Gärten mit einbeziehen, angefangen mit meinem und Ylvis hier auf dem Darß, dann mit Lexis Kindercamps auf dem Hof im Oderbruch und Nellys Seniorengarten an der Elbe. Junas alter Garten im Spreewald nicht zu vergessen und Tarus Mondscheingarten. Und eines Tages vielleicht auch deiner in den Moorwiesen, Leonie. Wir könnten ein Netzwerk aufbauen! So fände jeder Leser oder Gartenliebhaber, der Rat oder Anregungen sucht, in seiner Nähe einen Anlaufpunkt. Um all das zu erreichen, brauchen wir jedoch Einnahmen. Durch Spenden allein können wir das nicht finanzieren. Es war Leonies Tuch, das ich an Kaia gesehen habe, welches mich auf eine Idee brachte. Kunst und Natur gehören zusammen, weil beides die Menschen berührt, weil Schönheit der Schlüssel dazu ist, dass wir lernen, unsere Welt besser zu behüten und mit mehr Respekt und Fürsorge zu behandeln. Denn wir lieben die Dinge, deren Schönheit wir wahrnehmen. Diese Schönheit findet sich auch in einem schlammigen Moor, das Heimat für so viele Arten ist. Oder in einer Brennnesselwiese, die eine so wichtige Futterpflanze für Schmetterlinge ist. Nicht jeder nimmt das alles sofort wahr, doch mit Hilfe von Kunst können wir es sichtbar machen. Wir haben so viel kreatives Potential unter uns. Da sind Carlys Töpferei und Tiryns Kleider. Nun kommen – so hoffe ich – Eliots Musik dazu, Kaias Emaillehandwerk, Max' Zeichnungen und Leonies Webkunst. Obendrein haben wir Ricardas Züchtungen, die wir in Samentüten verkaufen und so auch verbreiten können, und die Ableger aus unseren Gärten.

Ich stelle mir vor, dass jeder Garten einen kleinen Hofladen aufbaut, in dem all diese schönen Sachen verkauft werden. Vom Gewinn deiner Tücher, Leonie, soll ein Prozentsatz an die Moore gehen und natürlich weiterhin damit für Moorpatenschaften geworben werden.« Erwartungsvoll sah Remy sich um. »Leonie hat mir von den Marienkäfern erzählt. Eine Gruppe von Marienkäfern nennt man auf Englisch a *loveliness of ladybirds*, also ›eine Lieblichkeit von Marienkäfern‹. In solchen Gruppen schließen sie sich zusammen, um den Winter zu überstehen. Ich finde, daran können wir uns ein Beispiel nehmen. In Gruppen schafft man etwas. Wir alle zusammen. Ich hoffe, dass Max uns ein einprägsames Logo für die Inselgärten entwerfen wird. Vielleicht mit einem Marienkäfer darin, denn Glücksbringer sind sie ja ohnehin schon. Und einzeln haben sie immer wieder den Mut, auf einen wackeligen Halm zu klettern und dann loszufliegen, wenn es scheinbar nicht mehr weitergeht. Vor uns liegt ein weiter Weg, wenn alles kommt, wie ich es vor mir sehe. Aber wir sind auf diesem bis jetzt auch schon weit gekommen. Es ist ein bisschen wie das Weben, das Leonie mir beschrieben hat. Wenn man einen Plan hat, gute Verbindungen schafft und Faden für Faden richtig zusammenbringt, dann wird am Ende ein leuchtendes Ganzes daraus. Eines, das hält und Freude schenkt.« Etwas außer Atem sah Remy sich um. »Die lange Rede tut mir leid. Aber es musste sein. Was meint ihr? Seid ihr dabei? Oder bin ich völlig verrückt?«

Noah kam herüber und stellte sich neben sie. »Du bist völlig verrückt«, sagte er und küsste sie. »Schon immer. Aber darum lieben wir dich.«

Und dann fing der Applaus an. Carly begann damit, und alle fielen ein. Einer nach dem anderen stand auf.

Leonie sah Remys große Vision deutlich vor sich, so warm und klar wie das goldbraune Wasser, in dem der Hecht an jenem ersten Tag mit Max im Moor so ruhig gestanden und ihr in die Augen geblickt hatte.

Für einen Moment wünschte sie sich, in der frohen Einsamkeit zurück auf Glyneck zu sein, im Gemüsegarten zu werkeln und nur nach Lust und Laune einige Tücher zu entwerfen, in der stillen Gesellschaft von Robin und den Schildkröten. Das hatte sie vor kurzem noch gewollt. Und genau das würde sie auch tun und bald dort die goldroten Pfirsiche ernten, die sich rundeten und dufteten und nach allem schmecken würden, was in diesem Sommer gut war. Doch das schloss alles andere nicht aus.

Denn nun, gestärkt durch das glückliche Zusammensein mit Max, wollte sie das Ganze. Sie wollte ihre Fähigkeiten einsetzen für das, was sie liebte. Sie wusste nicht, ob sie das allein geschafft hätte. Aber es musste ja nichts mehr perfekt sein, wie sie es früher von sich verlangt hatte, sondern nur so gut, wie es eben ging. Und allein war sie nun auch nicht mehr.

Seit sie Max kannte, war da dieser tiefe, frohe, neue Lebenshunger in ihr. Neue Träume, neue Möglichkeiten, offene Horizonte hinter jeder Wegbiegung.

Sie wollte alles ausprobieren.

Außerdem lag hier gerade der Duft von Meer und Zimt in der Luft, der in den letzten Tagen rätselhaft ihre Träume durchzogen hatte. Der Duft nach Zimt kam von der Eistorte auf dem Buffet. Aber es musste etwas zu bedeuten haben. Das war mit den Düften in ihren Träumen bisher immer so gewesen. Auch, als sie Glyneck gefunden hatte.

Fragend sah sie Max an. Er lächelte und nickte ihr zu.

»Wir sind dabei!«, sagte Leonie laut und klar.

Epilog

Über dem Horizont von Ahrenshoop färbten sich lang gestreckte Wolkenbänke so orange wie die Dahlien im Garten, wie die Ringelblumen auf Poel und die Taglilien auf Usedom, wie der Goldmohn auf Rügen, die Rosen auf Hiddensee und der Kürbis auf Fehmarn.

Der Moort würde in dieser Nacht gewiss nicht auf einer der Inseln auftauchen.

Ich spazierte still zwischen den Beeten umher und hoffte, dass ich zwischen den vielen Menschen, die miteinander redeten und lachten, niemandem auffallen würde. Ein wenig wollte ich ihre Gesellschaft noch genießen und mich vergewissern, dass es allen gut ging.

Das Meer rauschte leise an den Strand, und auf dem Bodden kehrten die letzten Zeesboote heim. Dahinter flammten hier und da erste Lichter auf. Auch der Leuchtturm am Darßer Ort blinkte schon.

Trocken war es gewesen diesen Sommer, viel zu trocken, und im letzten auch. Das machte mir Sorgen. Es gab viel braunes Gras, und die Bäume litten. Doch immer mehr Menschen begannen, sich Gedanken um die Natur zu machen, liebevoller mit ihr umzugehen und nach kreativen Lösungen zu suchen. Ich war zuversichtlich, und alle, die hier versammelt waren, auch. Ich hörte es an ihren Stimmen, sah es an ihren Gesten, auch wenn sie nun in der Dämmerung nur noch Silhouetten vor dem tiefblauen Himmel waren. Sie waren voller Pläne und Energie, voller Hoffnung und Zuversicht, und sie hatten einander und würden sich unterstützen. Und da war auch die uralte und immer wieder neue Kraft, die in der Erde schlummerte, und all die Lebewesen, die immer wieder danach strebten, sich anzupassen und zu überwinden, was an Schwierigkeiten auftauchte.

Im Leben liegen ein Zauber und eine Stärke, die so schnell nicht aufgeben. Das lässt uns alle immer wieder aufstehen, austreiben, fliegen, krabbeln, schwimmen – oder welche Gestalt auch immer uns dieses erstaunliche Dasein zugewiesen hat. Wir alle teilen einen Ort im All und eine Geschichte, und wir alle werden noch viele Geschichten schreiben, die uns aneinanderbinden, uns erheben, uns staunen lassen und weinen und lachen und trauern und tanzen und Großes erschaffen und groß lieben.

Ich war beruhigt. Hier war alles in Ordnung, und was nicht in Ordnung war, würden sie selbst lösen.

Im Gehen bemerkte ich auf einer Bank Leonie und Kaia miteinander im Gespräch. Es war zu dunkel, um sie zu sehen, aber ich erkannte sie an ihren Stimmen.

»Guck mal, da – nein, nun ist er wohl schon fort!«, sagte Leonie. »Ich glaube, da war eben ein Nachtfalter, groß und in einem zartschimmernden Grün, so zart, dass ich mir nicht sicher bin, ihn gesehen zu haben. Mit lang ausgezogenen Flügeln. Der, den man angeblich nur in einem Moment sehen soll, wenn alles genau richtig und man vollständig glücklich und zufrieden ist.«

»Ich habe ihn nicht gesehen«, sagte Kaia. »Das kann auch nicht sein. Gerhild hat doch erzählt, dieser Mervin hat den Falter nur erfunden. Damit den Menschen beim Darübernachdenken klar wird, dass sie schon alles haben, was sie sich wünschen, und sie gar nicht darauf warten müssen, ihn zu sehen.«

»Dann spielt es ja gar keine Rolle, ob es ihn gibt«, antwortete Leonie. »Mir fehlt jedenfalls gerade nichts zu meinem Glück. Und wie ist es bei dir?«

»Was noch fehlt, kommt noch«, sagte Kaia. »Mit ein bisschen Geduld.«

Danksagung

Dieses Mal, am Ende der Inselgärtenreihe, möchte ich zuallererst unseren Ostseeinseln danken, die mich mit ihren vielfältigen, beeindruckenden und veränderlichen Landschaften zu diesen Büchern inspiriert und mich durch all die Erlebnisse dort so sehr beschenkt haben.

Ebenso Lübars und den Eichwerder Moorwiesen, die mich hier seit Jahren vor meiner Haustür beglücken, wo ich den Kranichen und dem Kuckuck und dem Pirol zuhören und den Blick über die Felder schweifen lassen darf. Das macht alles wieder leicht, wenn etwas zu schwer wiegt.

Als Nächstes bedanke ich mich bei dem Fotografen und Lichtzauberer Frank Liebke (*www.liebke-foto.de*, Facebook: »Märkisches Licht«), der mir nicht nur durch seine inspirierenden Fotografien – ob als Kalender, Wandbilder oder im Internet – ganz neu gezeigt hat, was die Schönheit der Landschaften und die Art und Weise unseres Blicks darauf für uns bedeuten. Und wie uns das verändern und öffnen kann für dieses erstaunliche und wunder-volle Leben.

Ganz wichtig ist auch der Dank an Ella Volland, *https://www.ellas-gewebe.de*. Sie hatte die Idee, dass meine nächste Heldin eine Handweberin sein könnte, und hat mir nicht nur wunderschöne Stoffproben geschickt, sondern mit viel Geduld sehr viele spannende Dinge über das hochkomplexe Handweben erzählt, auch ihre persönlichen Gedanken dazu. Ohne sie würde es diesen Band so nicht geben.

Ein Dank geht auch an Herrn Krabbe auf Poel, *www.maritime-sammlung-kaltenhof.de*. Er hat mir nicht nur seine faszinierende Sammlung maritimer Dinge gezeigt und ihre Geschichten erzählt, sondern auch wieder vor Augen geführt, was man bewegen kann, wenn man sich zutiefst und mit Ausdauer und Beharrlichkeit für etwas begeistert. Man kann sich bei ihm für eine Führung anmelden, ich kann sie nur empfehlen.

Danke an Petra Jorra, die auch zu den kreativen Menschen gehört. Der farben- und lebensfrohe Baum, den sie eines Tages kurzerhand auf ihr märchenhaftes Haus zeichnete, zaubert mir an jedem grauen Tag, an dem ich dort vorbeigehe, gute Laune und Inspiration in die Seele.

Ein großes Dankeschön ebenfalls an Britta Wulf, die mit mir zur Recherche auf Poel war, durch den Nebel gestapft ist und durch die Dämmerung im Moor und mit der ich jederzeit bereichernde Gespräche über das Schreiben und das Leben führen kann.

Des Weiteren geht natürlich ein ganz großer Dank wie immer an all jene, die über alle Bände hinweg mit Rat und Tat und viel Arbeit auch in schwierigen Coronazeiten dafür gesorgt haben, dass diese Bücher zustande gekommen sind.

Da sind meine wunderbaren Testleserinnen Heike Dewald vom Blog *https://irveliest.wordpress.com* und Christina Hinz, die beide mit großem Engagement und ehrlicher Kritik mir nicht nur helfen, Schwächen im Manuskript aufzuspüren, sondern mir immer wieder auf ihre jeweils ganz eigene und wunderbare Weise Mut machen, wenn es nötig ist.

Da ist Dr. Ronald Henss, der jede Menge Fehler aufspürt, kaum dass ich sie gemacht habe.

Da sind meine geduldige Lektorin Susanne Kiesow, Katinka Bock, Verena Wälscher und das gesamte engagierte Team vom Fischer Verlag. Ich danke für die beständige Unterstützung und freudvolle Zusammenarbeit und freue mich auf weitere Projekte mit euch!

Ein besonderes und das wichtigste Dankeschön geht selbstverständlich auch diesmal an alle Leserinnen, die meinen Geschichten von ihrer Zeit schenken. Besonders freue ich mich über all die lieben Zuschriften. Das gibt mir die Kraft, weitere Geschichten zu wagen. Ihr findet mich jederzeit auf Facebook und Instagram sowie auf meinen Blogs.

Ich hoffe, dass bei allen irgendwann ein Marienkäfer vorbeikommt, der die Läuse im Leben vertilgt und Glück bringt.

Patricia Koelle
im Frühjahr 2022

Seien Sie gespannt auf mein nächstes Buch:
Im Herbst 2022 startet meine Sehnsuchtswald-Reihe.
Hier finden Sie eine exklusive Leseprobe des ersten Bandes.

Erfahren Sie mehr über mich
auf Facebook und Instagram und auf
www.patriciakoelle.com
www.koellegarten.life

Nele

Dresden / Rügen

2018

1

Nele schimpfte über den Stau, der sich einfach nicht auflösen wollte.

»So komme ich nie in diesen merkwürdigen Geschichtengarten!«

Der Schweiß lief ihr den Rücken herunter. In ihrem alten Auto war die Klimaanlage kaputt, mitten im August. Hundstage und Hochsaison. Wie hatte es nur dazu kommen können, dass sie ausgerechnet jetzt auf dem Weg nach Rügen war? Und das mit einem Baum auf der Rückbank.

Vor ihr stand seit mindestens einer Viertelstunde ein Lastwagen und bewegte sich keinen Zentimeter. Wenn doch, dann nur, weil ihn die überlaute Countrymusic erschütterte, die aus dem Fahrerfenster dröhnte, aus dem ein haariger Arm hing und im Takt gegen das Blech schlug. Nele lehnte sich resigniert zurück und versuchte, sich an den Tag zu erinnern, der sie in diese Lage gebracht hatte. Sie versetzte sich nur allzu gern auf die Bühne des kleinen Theaters, das sie so liebte.

»Das geht so nicht, Nele! Du hast Mars und Venus verwechselt.« Teddy hatte sehr streng geblickt. »Du bist in letzter Zeit überhaupt nicht bei der Sache. Da wird jetzt mal etwas geändert!«

Zerknirscht zeigte Nele den beiden Kindern ihre richtigen Plätze im Tanz der Planeten. Diese Aufführung musste einwandfrei werden. Bald war Premiere, und das kleine Theater war das Herzensprojekt ihrer alten Lehrerin Teddy. Und außerdem eine große Chance für Nele. Teddy hatte es verdient, dass sie ihr Bestes gab, anstatt über andere Dinge nachzudenken.

Ein anderes Kind kam angerannt. »Nele, kann ich doch lieber eine Wolke sein als ein Stern?«

»Nanu? Bist du sicher, Mia?«

»Jaaa. Bitte, Nele! Die Kostüme sind so schön.«

Sie hatte fast damit gerechnet. Tüll gab es noch genug im Fundus. »Na, zum Glück geht das gerade noch. Aber du musst Teddy erst fragen.«

»Mach ich!« Glücklich hüpfte Mia davon.

»*Einfach Theater*«, stand über dem schlichten Eingang nahe der altehrwürdigen Albertbrücke, deren steinerne Bögen sich über die Elbe schwangen und schon viel gesehen hatten. Denn hier gab es keine anspruchsvollen, aufwendigen Inszenierungen, die schwer zu verstehen waren. Hier gab es Theater für alle, schlichte Geschichten mit klaren Inhalten, die von menschlichen Schwächen und Liebenswürdigkeiten und den kleinen Wundern der Welt erzählten. Etliche davon waren für Kinder gedacht, aber so, dass es ihren Eltern ebenso gut gefiel.

Teddy und ihr Team hatten sich mit Schweiß und Tränen einen guten Ruf aufgebaut. Da durfte man auf gar keinen Fall mal eben das Universum auf den Kopf stellen, indem man die Planeten verwechselte.

Teddy hieß eigentlich Thusnelda. Nele hatte nie gedacht, dass es Frauen gab, die wirklich so hießen, bis sie Teddy kennenlernte, die das auch nie richtig hatte glauben wollen und von klein an auf ihrem Spitznamen bestand. Selbst als sie Professorin an der Hochschule für Bildende Künste in Dresden wurde. Er passte zu ihr. Sie war breit und gemütlich, trug kurze silberne Haare, die an den Seiten wie Ohren hochstanden, wenn sie sich hindurchfuhr, und besaß eine tiefe Stimme, die man aus jeder Menge heraushörte. Dementsprechend verschaffte sie sich mühelos Respekt bei ihren Studenten, die ein gemischtes, kreatives und eigenwilliges Völkchen waren, mit wild wuchernden Ideen und Plänen in den Köpfen. Sie konnten eine wohlwollend leitende Hand gebrauchen. Nele war eine von ihnen gewesen. Sie war in Dortmund aufgewachsen, aber wenn sie Teddys Ausführungen lauschte oder auf der Albertbrücke stand und die Silhouette der Stadt betrachtete, bereute sie nicht einen Tag, hier Bühnen- und Kostümbild studiert zu haben.

Nun hatte sie ihr Diplom schon ein paar Jahre in der Tasche, aber es war schwer gewesen, Aufträge zu bekommen. Als Teddy in den Ruhestand ging und endlich ihren Traum vom eigenen Theater verwirklichen wollte, hatte sie Nele angerufen, die ihr schon öfter bei praktischen Projekten assistiert und mit der sie unter ihren Studentinnen am besten harmoniert hatte. Nele kam gut mit Teddys gelegentlich barscher Art klar.

»Macht nichts«, hatte sie unbekümmert geantwortet, als Teddy sich einmal bei ihr für einen Anranzer entschuldigt hatte. »Ich bin das gewöhnt. Meine Großmutter, Vio, ist genauso. Und sie ist genau richtig so.«

»Vio?«, wunderte sich Teddy.

»Violaine«, erklärte Nele. Sie hatte den vollen Namen immer wunderschön gefunden, aber Vio wollte ihn nicht hören. »Viel zu umständlich. Der gehört in eine andere Zeit«, hatte sie kategorisch abgewinkt. Teddys Gesicht hellte sich auf. »Ah. Noch so ein merkwürdiger Name! Da scheinen wir ja einiges gemeinsam zu haben, deine Oma und ich. Lad sie doch unbedingt mal zu einer Generalprobe ein!«

So kam es, wie es kommen musste. Teddy und Vio, so unterschiedlich sie bis auf die gelegentliche Ruppigkeit im Wesen waren, verstanden sich glänzend, obwohl Vio um einiges älter war als Teddy. Nele war sich nie sicher, wie begeistert sie davon war. Wenn sie den beiden zuhörte, wie sie über Neles Leben diskutierten, fühlte sie sich manchmal wieder wie ein Kind. Doch zurzeit, da Vio hinfälliger wurde und Nele sich Sorgen machte, war es gut, dass sie mit Teddy über diese Bedenken sprechen konnte.

»Was ist los, Nele? Wo bist du nur mit deinen Gedanken?«, fragte diese, nachdem Nele die Kinder nach der Probe aus ihren Verkleidungen befreit hatte. Nun saß sie hinter den Kulissen und vollzog einige Änderungen am Anzug des kleinen Mars. Dabei konnte man gut nachdenken. Die Bäume im Hintergrund musste sie auch noch ändern. Sie fand, ein Bühnenbild stimmte fast immer erst, wenn einige Baumsilhouetten lebendige Akzente setzten. Das gab dem Raum Tiefe, Höhe und Lebendigkeit.

»Vio hat mich vor ein paar Wochen gebeten, ihr bald einen Wunsch zu erfüllen.« Nele bekam schon wieder einen Kloß im Hals und musste aufpassen, sich nicht in den Finger zu stechen. Die Oberfläche des Mars, die wie rote Steine wirken sollte, war so widerspenstig.

»Und wo ist da das Problem?«, erkundigte sich Teddy geduldig. »Vio hat selten viele Wünsche, soviel ich weiß.«

»Eben! Genau das macht mir Angst. Was, wenn es ihr letzter ist? Wenn sie bloß bleibt, bis das erledigt ist?« Nele ärgerte sich über die Tränen, die sie selbst in ihrer Stimme hörte. Ihre Chefin hielt absolut nichts von Hysterie.

Doch Teddy berührte tröstend ihre Schulter. »So ein Unsinn. Vio hat noch eine Menge Energie in sich, glaub mir!«

»Aber das Laufen fällt ihr immer schwerer. Manchmal kann sie kaum das Gleichgewicht halten.«

Teddy schnaubte. »Daran stirbt man nicht. Umso klarer ist sie im Kopf. Ich hatte gerade neulich erst mit ihr eine Diskussion über Quantenphysik. Ernsthaft! Was will sie denn von dir?«

»Ich soll für sie Bäume versetzen.«

»Bitte was?«

»Na ja, ein Bäumchen«, gab Nele zu. »Ich soll für sie einen jungen Baum, den sie im Balkonkasten gezogen hat, nach Rügen bringen. Also, den Baum hat das Eichhörnchen wohl dort gesät. Aber seither hegt und pflegt sie ihn. Ich habe mich gewundert über diesen Baum zwischen Goldmohn und Minipetunien, aber Vio hat nichts dazu gesagt. Und nun behauptet sie, das sei Schicksal. Ich soll ihm in einem Garten auf Rügen einen Platz suchen, wo Menschen Pflanzen mit einer persönlichen Geschichte hinbringen können. Die Geschichte wird dann daneben auf ein Schild geschrieben, damit alle Besucher sie lesen können und sie nicht vergessen wird. Ein Garten der Lebensgeschichten sozusagen.«

»Na, das klingt doch sehr schön. Fast wie ein sehr langsames Theater«, fand Teddy. »Und viel besser als ein Friedhof. Jetzt bin ich aber neugierig. Was ist denn Vios Geschichte?«

»Keine Ahnung«, sagte Nele verstimmt. »Sie sagt, darum muss ich mich nicht kümmern. Die hat sie den Leuten dort schon geschickt, damit die das Schild drucken können. Ich soll bloß noch den Baum hinbringen.«

»Und nun drängt sie dich dazu?«

»Eben nicht! Sie hat mich nur einmal darum gebeten, dass ich es tue, wenn ich mal Zeit habe. Seitdem hat sie kein Wort mehr gesagt.«

»Und umso mehr lastet es auf deiner Seele und lenkt dich ab«, stellte Teddy fest.

»Scheint so. Dieser komische Baum steht da auf ihrem Balkon und sieht mich jedes Mal mahnend an, wenn ich sie besuche.«

»Na, da gibt es nur eins.« Teddy nahm ihr die Nadel aus der Hand. »Du machst das jetzt! Jedenfalls so schnell wie möglich. Vom Warten wird es nicht besser.«

»Aber ….«

»Nix da. Kein *aber*.« Teddys Meinung stand so fest und aufrecht wie der Turm der wiederaufgebauten Frauenkirche. »*Aber* ist die Pest! Es hält einen von allem ab, was man längst hätte tun sollen. Zum Kuckuck mit dem. Geh packen! Um die kleinen Wolken und Planeten können wir uns eine Weile auch ohne dich kümmern. Du hast Katrin gut angelernt, die schafft das schon.«

Genau das wollte Nele nicht. Es war doch auch ihr Projekt! Sie hatte schon so viel Leidenschaft hineingesteckt, nächtelang an Details der Kulisse gebaut und die Kostüme ausgearbeitet. Sie liebte es, Dinge mit ihren Händen zu gestalten. Bühnenbilder und Gewänder aus wenig Material und doch voller Phantasie und Märchenhaftigkeit, die den Aufführungen ihren Zauber verliehen und die Zuschauer in andere Welten mitnahmen.

Doch sie kannte Teddy, die leider auch noch recht hatte, und wagte kein weiteres *Aber*.

Jetzt stand sie in diesem bescheuerten Stau und sehnte sich zurück in ihre bescheidene Werkstatt, wo sie schneiden, nähen, formen, nageln und zeichnen konnte. Wenn sie Pappe bog und Umrisse ausschnitt, Drahtgestelle anfertigte oder Modelliermasse anstrich, gab ihr dies das Gefühl, alles im Griff zu haben. Das Leben. Die Welt. Sich selbst. Es half ihr, ihr altes Gespenst der Melancholie zu verscheuchen, das gar nicht zu ihr passte und sich dennoch manchmal anschlich. Von hinten und völlig unerwartet, immer in jenen Momenten, in denen sie glücklich war. Dann legte sich etwas über sie wie eine unsichtbare Wolke, ein kühler grauer Nebel, der sie lähmte. Mit Arbeit konnte sie das immer abschütteln, aber nie auf Dauer. Niemand wusste davon. Nele schämte sich dafür. Es ging ihr doch gut!

Doch dieses ungreifbare Gefühl hatte sie schon als Kind manchmal überkommen. Die Abstände waren größer geworden, und sie hatte gehofft, es würde ganz verschwinden.

In letzter Zeit allerdings war es zurück, und Nele konnte sich das nicht erklären. Es erfüllte sie mit einer zunehmenden Unruhe, und auch das war ein Grund, warum sie nicht mehr so konzentriert gewesen war. Die Bitte ihrer Großmutter hatte es nur noch schlimmer gemacht. Alles schien außer Kontrolle zu geraten, ohne dass eigentlich etwas passiert war. Vielleicht konnte sie diesen Prozess ja aufhalten, indem sie diesen Baum pflanzte und Vio damit glücklich machte?

»Na endlich!« Der Lastwagen rollte an. Die Kolonne geriet in Bewegung, und sie kam Rügen immerhin ein paar Meter näher. Doch der Verkehr blieb zäh wie Kaugummi. Als sie einen Rastplatz entdeckte, fuhr sie kurzentschlossen auf den Parkplatz, stieg aus und atmete tief durch. Neben ihr an einem alten blauen

Käfer, dessen Türen alle weit offenstanden, lehnte eine ältere Frau. Sie aß einen Schokoriegel und hob ihn zum Gruß wie ein Weinglas, als ihr Blick Neles traf. »Schlimm heute auf der Straße. Da braucht man Seelenfutter.«

»Gute Idee. Das mach ich auch«, beschloss Nele und holte sich in dem kleinen Shop sogar zwei Riegel mit Erdnüssen und eine eiskalte Cola. Gleich ging es ihr besser.

»Und? Gut?«, fragte die Frau mit dem Käfer, die inzwischen genüsslich ein Eis am Stiel verspeiste.

»Sehr gut.« Nele lächelte ihr zu. Manchmal war es hilfreich, an die einfachen Dinge erinnert zu werden. »Auch wenn meine Mutter entsetzt wäre.«

»Ihre Mutter mag keine Schokolade?« Die Frau klang ehrlich erschrocken, als wäre das unvorstellbar. Nele musste lachen.

»Doch, schon. Aber meine Eltern sind beide Köche in einem Restaurant. Gesunde und gehobene Küche. Für sie fällt ein Schokoriegel nicht unter essbare Dinge.«

»Also, mir schmeckt es.« Die Frau warf den Stiel in einen Papierkorb und leckte sich die Finger ab. »Was einen wieder aufbaut, kann nicht verkehrt sein. Also dann, gute Weiterfahrt!«

»Danke, gleichfalls.« Nele sah dem Käfer nach, der in einer Wolke, die seinem hustenden Auspuff entströmte, holpernd zurück auf die Autobahn entschwand. Auf dem Rücksitz saß ein Pudel.

Sie holte sich noch ein Wasser, von dem sie dem Bäumchen im Topf etwas abgab. Es sah in der Hitze so deprimiert aus, wie sie sich vorhin noch gefühlt hatte.

Und dann kaufte sie sich auch ein Eis. Die Kälte mit dem Vanillearoma kitzelte angenehm in ihrem Magen und weckte eine plötzliche, neue kleine Freude darüber, dass sie gezwungen worden war, aus ihrem Alltag auszubrechen. Sie stand hier mitten im Nichts auf einem Rastplatz, an einem Ort, an dem sie noch nie gewesen war, der völlig aus dem Zusammenhang gerissen und irgendwie sinnlos war. Das war erstaunlich befreiend. Andere Leute waren mit ihrem Hund unterwegs. Sie eben mit einem Baum. Das hatte was.

Vielleicht konnte sie in diesem Garten auf Rügen ja die eine oder andere Idee für ihre Kulissen abstauben. Oder, wenn es dort so viele Geschichten gab, sogar für ein eigenes Stück? Sie hatte Teddy nie verraten, dass sie davon träumte, eines Tages eines zu schreiben, das dann im Theater aufgeführt wurde. Dann könnte sie die Kulisse bauen und die Kostüme für die Geschichte schneidern, die aus ihrem eigenen Kopf gekommen war. Dann würde alles perfekt zusammenpassen.

Vielleicht war es das, was sie so unruhig machte? War es Zeit, mit diesem Vorhaben zu beginnen? Traute sie sich das denn zu? Zwar war sie inzwischen schon zweiunddreißig. Aber fehlte ihr dafür nicht trotzdem noch Erfahrung?

»Was du nicht versuchst, wirst du auch nicht schaffen«, sagte Vio immer in solchen Fällen. Neles Großmutter hatte niemals vor irgendeiner Aufgabe verzagt. Vielleicht lag es daran, dass sie nie verheiratet gewesen war. »Ich bin zu gern unabhängig«, hatte Vio auf alle diesbezüglichen Fragen geantwortet. »Das fordert mich, und ich roste nicht ein. Hat schon immer gut funktioniert.«

Vio war mit dieser Einstellung ihrer Zeit voraus gewesen. Den Namen von Neles Großvater hatte sie nie jemandem verraten. Man ging davon aus, dass es ein Besatzungssoldat gewesen war, ein Engländer vielleicht oder ein Amerikaner, der wieder in seine Heimat entschwunden war und Vio entweder sitzengelassen oder gar nichts von seiner Vaterschaft gewusst hatte. Das war oft genug vorgekommen in jenen Jahren.

Nele wünschte, sie hätte mehr von Vios Mut und Entschlossenheit geerbt. Sie atmete tief durch und startete den Motor. Sie würde damit anfangen herauszufinden, ob jener Garten auf der Ostseeinsel nicht nur Platz für einen Baum, sondern auch Inspiration für sie selbst zu bieten hatte.

Und gegen innere Unruhe sollte eine Reise ja bekanntlich helfen.

2

Vio hatte ihr auf der Insel ein Zimmer besorgt. Natürlich. Das war so typisch! Wenn Neles Großmutter etwas wollte, sorgte sie dafür, dass alles aus dem Weg geschafft wurde, was ein Hinderungsgrund sein könnte.

Dass es zur Hauptsaison auf Rügen so gut wie keine freien Unterkünfte gab, war nichts, was sie akzeptierte. Sobald Nele erwähnt hatte, dass sie jetzt zu der Fahrt bereit war, hatte Vio sich zum Telefonieren zurückgezogen und ihr eine Viertelstunde später einen Zettel hingelegt. »In dieser Pension gibt es ein Zimmer für drei Nächte. Ich habe einfach die Besitzerin des Gartens gefragt. Sie kennt sich ja aus und hat das für dich klargemacht.«

»Wieso drei Nächte?« Insgeheim hatte Nele gehofft, die Aktion mangels Unterkunft doch noch auf den Herbst schieben zu können. Aber wenn sie das jetzt machen musste, würde eine Nacht ja wohl genügen. Dann war sie wenigstens rechtzeitig zurück, um der Kulisse den letzten Schliff zu geben.

»Weil ich will, dass du mir ausführlich von dort erzählst!«, sagte Vio bestimmt. »Und weil du in Ruhe den richtigen Platz für meine Kiefer finden sollst.«

Da erst begriff Nele, wie wichtig ihrer Großmutter dieser Baum war, warum auch immer. »Warum kommst du nicht mit?«

Vio schüttelte den Kopf. »Das ist mir viel zu anstrengend, weißt du doch. Das Gerüttel auf der Straße, das lange Sitzen. Du machst das schon!«

»Und warum möchtest du das Bäumchen nicht noch eine Weile behalten, wenn es dir so viel bedeutet?«

»Weil ich zu meinem neunzigsten Geburtstag in ein Heim gehen werde.« Nele öffnete den Mund zum Widerspruch, doch Vio hob die Hand. »Darüber haben wir oft genug gestritten. Ich habe mich bereits angemeldet. Mir gefällt es da. Eine Freundin wohnt dort schon. Und sie haben einen Park. Nur einen Balkon habe ich dort nicht, darum gibt es keinen Platz für den Baum. Ich möchte das erledigt wissen! Dann geht es mir gut und dem Baum auch. Wirst du das für mich tun, ja oder nein?«

Nele ergab sich. »Natürlich mache ich das.«

»Und hör bitte auf, das *Bäumchen*« zu sagen«, fügte Vio leise an. »Es ist eine Kiefer. Ein Baum ist eine Persönlichkeit. Einzigartig.«

Da hatte Nele noch darüber geschmunzelt. Doch nun, da sie nach der ermüdenden Fahrt endlich auf die Brücke nach Rügen zusteuerte, ertappte sie sich bei der Sorge, ob der junge Baum auch darunter litt. Nele war ein Stadtkind. Sie wusste so wenig über Bäume, obwohl ihr Dinge einzufallen begannen, die Vio ihr früher erzählt hatte, als sie noch klein gewesen war.

»Ich hoffe, es geht dir gut«, sagte sie unwillkürlich laut zu dem zarten, schwankenden Wesen auf dem Beifahrersitz, wo sie es festgeschnallt hatte, damit es bei einer Bremsung nicht herunterfiel. »Danke für den Duft.« Kiefernnadeln. Der Geruch erinnerte sie an die heißen Bäder, die Vio ihr damals im Winter gemacht hatte, wenn sie durchgefroren vom Schlittenfahren im Stadtpark heimkam. Das passte jetzt nicht zum Wetter und war doch seltsam erfrischend. Es nahm der Schwüle die Stickigkeit, wie eine frische Brise.

Vielleicht verband so etwas ja – eine gemeinsame Reise.

Vio hatte Bäume immer als Wesen betrachtet, mit denen sie auf Augenhöhe umging. Als Kind hatte Nele gedacht, ihre Großmutter erzähle Märchen über die Bäume, so wie sie auch von Hexen und Zwergen und sprechenden Ziegen erzählt wurden. Vio zeigte ihr auch, wie man auf Bäume klettert und dabei darauf achtet, dass keine Zweige abbrechen. Nele nahm an, das sei wegen der Sicherheit, damit sie nicht herunterfiel. Viel später erst wurde ihr klar, dass Vio es nicht ertrug, wenn ein Baum verletzt wurde.

In der Pubertät dann belächelte sie ihre Großmutter, wenn die mal wieder ihre Hand an die zerklüftete Rinde eines dicken Nussbaums legte und sagte: »Wenn du Kummer hast, Kind, oder dir der Mut zu etwas fehlt, dann berühre einen Baum. Du wirst sehen, es wird ganz still in dir, und dann spürst du, wie er dir von seiner Kraft abgibt. Komm her und probiere es einmal.«

Vielleicht lag es ja daran, dass man in der Pubertät häufig glaubt, mehr zu wissen als die Alten. Oder weil sie insgeheim überzeugt war, dass es nichts gab, was die tiefe Traurigkeit in ihr ganz vertreiben konnte. Jedenfalls fühlte sie außer der Sonnenwärme des Baumstamms unter ihrer Handfläche nichts. Der leicht modrige Geruch war ihr unangenehm.

»Schon gut, Nele Sommer«, hatte Vio enttäuscht gesagt. »Eines Tages wirst du es spüren und an mich denken.«

»Ich denke ganz oft an dich!«, sagte Nele empört. Sie liebte ihre Großmutter, auch wenn die leicht merkwürdig war.

»Schon gut. Nimm es ihr nicht übel«, sagte Vio zu dem Baum. »Man muss Geduld haben mit den Menschen. Vor allem mit den jungen.« Ein leiser Wind war durch die Äste gefahren und hatte ein Rascheln in den Blättern geweckt. Vio lächelte. »Er sagt, im Verhältnis zu ihm bin ich auch noch jung.«

Das hatte Nele dann wirklich übertrieben gefunden und das Thema gewechselt.

Jetzt, da sie daran dachte, schämte sie sich. Sie hätte Vio besser zuhören sollen, sich mehr darauf einlassen. Sie hatte ihrer Großmutter so viel zu verdanken. Vielleicht war Vio ohne Partner ja doch einsamer gewesen, als sie zugegeben hatte.

Doch hatte Nele Vios Einfluss immerhin zu verdanken, dass sie später unwillkürlich so viele und ausdrucksvolle Baumsilhouetten in ihren Kulissen verwendete und sich damit einen Namen machte. Außerdem konnte sie ihr damals fehlendes Verständnis jetzt endlich ein wenig wettmachen, indem sie Vios Bitte erfüllte und die kleine Kiefer einpflanzte.

»Na, dann wollen wir also mal!«, sagte sie zu dem Baum, auf einmal wesentlich besser gelaunt, als sie über die Brücke fuhr. Der Verkehr war noch immer dicht, so dass sie Zeit hatte, das blaugraue Meer rechts und links zu bewundern, das einen interessanten Geruch durch das offene Fenster schickte und in den der Kiefer mischte.

Nele war fast nie am Meer gewesen. Ihre Eltern interessierten sich für Architektur und vor allem für Restaurants und Großstadthotels in aller Welt, und so hatten sie in den Ferien meist Städtereisen gemacht. Nele hatte es gemocht, nachts aus den Fenstern in hohen Stockwerken auf die vielen Lichter zu blicken. Am liebsten, wenn es regnete und diese Lichter sich in den Pfützen auf den Straßen spiegelten und die Tropfen auf den Fensterscheiben in allen Farben funkeln ließen.

Aber das Meer glitzerte jetzt auch, als die Sonne einen Weg zwischen den Wolken hindurchfand. Blendend silbern, nicht bunt. Nele fand es wohltuend und wünschte sich plötzlich, dass da neben ihr auf dem Beifahrersitz jemand wäre, mit dem sie sich gemeinsam darüber freuen könnte. Jemand, der kein Baum in einem Topf war.

»Aber ich bin ja selbst schuld«, sagte sie zu den Kiefernnadeln, die im Fahrtwind mitfühlend zu vibrieren schienen. Sie war es gewesen, die erst die Beziehung zu ihrem sanften Kommilitonen Kevin und dann zu dem charmanten Regisseur Marcel beendet hatte. Keiner von beiden hatte ihre inneren Gespenster vertreiben können. Keiner von beiden war ihr innerlich so nahegekommen, dass sie sich nicht mehr allein fühlte, egal wie sehr sie es sich gewünscht und sich darum bemüht hatte. Ob sie Vio einfach zu ähnlich war? Ob es ihrer Großmutter in Neles Alter bereits genauso gegangen war? Waren sie beide einfach nicht bindungsfähig?

Es gab so viele Fragen, die sie Vio stellen wollte. Das wurde ihr erst jetzt richtig klar, ausgerechnet jetzt, da sie sich gerade von ihr entfernte. Sie musste es bald tun, gleich nach ihrer Rückkehr, ehe es zu spät war.

Unwillkürlich gab Nele Gas. Der Verkehr hatte sich hinter der Brücke entspannt.

»Mist!«, entfuhr es ihr, als sie den Blitzer zu spät sah.

Sie fuhr durch grüne Alleen, deren Reihen alter Bäume zu beiden Seiten ein kühles grünes Dach über die Straßen spannten. Das hätte Vio gefallen. Nele hielt an der Seite, um ein Bild davon zu machen, und schickte es ihr. Die Häkchen an der Nachricht wurden postwendend blau, und ein erhobener Daumen kam zurück. Nele lächelte zärtlich. Mit der modernen Technik hielt ihre Großmutter noch problemlos mit. Obwohl sie mit Bäumen sprach.

»Dann kann ich das ja eigentlich unbesorgt auch tun«, sagte sie zu ihrem Beifahrer. »Aber es wird Zeit, dass ich dich loswerde, sonst wird das noch zur Gewohnheit.«

Es war noch ein ganzes Stück bis zum Örtchen Sagard nahe dem Jasmunder Bodden. Die Wärme machte Nele müde. Sie sehnte sich nach dem Herbst, dessen leiser Melancholie sie sich immer schon verwandt gefühlt hatte. Sie mochte es, wenn die Blätter so bunt wurden wie damals die Tropfen an den Fenstern, wenn die Luft frisch und kühl um ihre Stirn wehte und von der folgenden Zeit der Ruhe erzählte, ehe dann alles still war und die Bäume zu Silhouetten wurden wie in ihren Kulissen.

Die Pension Silberpappel stellte sich als gemütlicher alter Hof heraus, der behutsam umgebaut worden war. Am Tresen war niemand, doch als Nele zaghaft auf die rostige Glocke drückte und ihr ein bescheidenes »Ping« entlockte, kam eine ebenso gemütlich wirkende ältere Frau aus einem hinteren Raum geeilt und lächelte sie an.

»Ah, guten Tag, Sie müssen Nele Sommer sein. Remy hat sie schon angekündigt.«

»Remy?«, fragte Nele verwirrt.

»Remona Kreyhenibbe, die Besitzerin und Betreiberin des Geschichtengartens. Mit der haben Sie doch morgen einen Termin? Sie rief mich an, ob ich nicht ein Zimmer für Sie habe. Eigentlich war es noch nicht fertig. Wir haben neue Möbel eingeräumt, wissen Sie. Remy zuliebe haben wir es gestern Abend noch fertiggemacht.« Sie breitete die Arme aus. »Man kann ihr nichts abschlagen. Es kann sein, dass im Zimmer noch nicht alles perfekt ist. Sagen Sie einfach Bescheid.«

Doch als Nele ihren Rucksack abstellte und sich umsah, fand

sie es wunderbar. Vor dem Fenster plätscherte ein kleiner steinerner Brunnen im Schutze einer Wildrosenhecke voller erstaunlich dicker, rotleuchtender Hagebutten. Den glattgezogenen Bettbezug zierten zartblaue Muscheln und eine ebensolche Bordüre dezent die Wand. Die neuen Möbel waren aus Kiefernholz, das noch nicht nachgedunkelt war. Ein runder Tisch, zwei Stühle, ein schlichter Schrank mit gemütlich runden Füßen und ein Regalbrett mit zwei Leuchttürmen aus Messing als Buchstützen rechts und links.

Bis auf eine dicke Kerze aus naturbelassenem Bienenwachs und einen dunklen Stein, der einem Seehund ähnelte, war das Regal leer. Auf dem Tisch stand ein Strauß aus Gräsern, Hagebutten und Strandflieder, und an der Wand hing die lichtvolle Fotografie einer Dünenlandschaft.

Das Zimmer war so hell und freundlich schlicht, dass Nele spürte, wie sich der Strudel ihrer Gedanken in sanfte Falten legte und wie durch Zauberhand zur Ruhe kam.

Das hier war doch mal etwas ganz anderes als Vios vollgestopftes Gästezimmer, in dem sich die Sedimente eines langen Lebens befanden, oder die zusammengestückelte Einrichtung der WG in Dresden, wo Nele mit Katrin wohnte und mit Claudia, der Tontechnikerin aus Teddys Team.

Nele stellte den Topf mit dem Baum vor das Fenster, wo er Licht hatte. Vorsichtshalber auf eine Plastiktüte, damit der freundlich bunte Flickenteppich auf dem Parkett keinen Wasserfleck bekam.

Eine schmale Tür führte in ein winziges Bad, in dem die mattblauen Kacheln ein Muster aus weißen Möwen trugen und förmlich dazu einluden, unter eine erfrischende Dusche zu steigen. Kurzerhand gab Nele diesem Impuls nach, streifte ihre verschwitzen Sachen ab und stand lange unter dem lauwarmen Regen. Danach schlüpfte sie in ein leichtes Baumwollkleid, band ihre weißblonden Haare zu einem Pferdeschwanz und fühlte sich wie neugeboren und ungewöhnlich entspannt. Jetzt war sie dankbar für die drei Tage und dass der Termin im Geschichtengarten erst morgen war.

Sie öffnete das Fenster weit und stellte erleichtert fest, dass es ein Fliegengitter gab. Nichts war schlimmer als Mücken, die einem nachts um die Ohren summten.

Als sie ihren Notizblock in die Schublade des nagelneuen Nachttischchens legen wollte, fiel der Knauf ab. Vergeblich versuchte sie, ihn wieder zu befestigen. Anscheinend fehlte die Schraube, er hatte nur lose in einem zu kurzen Loch festgesteckt. Das fiel dann wohl unter »noch nicht perfekt«. Merkwürdig schuldbewusst beschloss Nele, die nette Wirtin einfach nach einer Schraube zu fragen. Notwerkzeug wie unter anderem eine Feile und einen Handbohrer hatte sie immer in ihrem Rucksack dabei. Man konnte nie wissen, was es irgendwo zu tun oder zu gestalten gab. Solche Werkeleien beruhigten sie.

Als sie auf den Tresen zusteuerte, an dem die Wirtin gerade etwas notierte, kam ihr ein Mann in Shorts zuvor.

»Marion, hast du vielleicht einen Knopf übrig?«, fragte er und fuchtelte mit einem Hemd. »Nadel und Faden habe ich, aber der Knopf bleibt verschwunden.«

Die Wirtin lächelte ihm beruhigend zu und legte den Stift weg. »Natürlich, für meine Gäste doch immer.« Sie verschwand im Nebenraum und kehrte kurze Zeit später mit einer Schachtel zurück. »Bedien dich.«

Nele begann, sich zu Hause zu fühlen. Die Atmosphäre war freundlich und gemütlich.

Dann wandte sich die Wirtin an Nele. »Und, ist das Zimmer angenehm?«

»Ja, sehr, aber ich habe schon etwas kaputtgemacht«, sagte Nele. »Das heißt, es war gar nicht ganz. Da fehlt die Schraube.« Sie hielt den Knauf hoch. »Hätten Sie eine? Dann bringe ich das in Ordnung.«

»Ach, sag doch Marion, das machen hier alle. Klar habe ich Schrauben, aber das kann mein Hein doch nachher machen!«

»Ich bin Nele. Ich mach das gern, und Werkzeug habe ich auch.«

Marion strahlte. »Wie wunderbar! Ich sehe nach.«

Marion kehrte zurück und drückte ihr eine Zigarrenschachtel in die Hand, in der eine Menge unsortierter Schrauben eine glänzende Gemeinschaft bildeten. Der Duft aus der Schachtel nach Holz und Tabak war angenehm.

»Möchtest du nachher ein kleines Abendbrot?«, erkundigte sich Marion. »Ich biete das für Gäste an, wenn sie mir vorher nur Bescheid sagen. Heute gibt es Salat mit Schafskäse. Oder ein Bauernfrühstück, wenn du ordentlich Appetit hast.«

Bei der bloßen Vorstellung begann Nele wieder zu schwitzen.

»Salat klingt super!«

»Dann um neunzehn Uhr«, verkündete Marion.

»Vielen Dank!«

Die Schraube war schnell gefunden und der Knauf befestigt. In Zukunft würde er unerschütterlich seinen Dienst tun. Befriedigt von ihrem Werk zog es Nele an die Luft.

Draußen begann es jetzt, angenehm zu werden. Die schräge

Sonne fiel auf goldgrüne Wiesen, auf ein Maisfeld und kurze Zeit später auf blaues Wasser. Streifen von Silber glitzerten in der Ferne, davor wie winzige Scherenschnitte die Umrisse von Stehpaddlern und Booten. Der Bodden, folgerte Nele. Ein schmaler Pfad brachte sie näher an den Schilfgürtel und daran entlang, bis sich eine Stelle am Ufer öffnete.

Das Wasser spiegelte den Himmel und die Wolken in einer Klarheit, wie Nele es noch nie gesehen hatte. Einzelne Weiden standen am Ufer zwischen dem Schilf und zarten Gräsern in Dunkelrot, Violett, Goldgelb, Braun-, Grün- und Bronzetönen. Sie setzte sich auf einen gefallenen Baumstamm. Als sie Vio anrufen und ihr sagen wollte, dass sie gut angekommen war, gab es kein Netz.

Vor ihr tauchte ein Kormoran in das seltsam flüssige Licht. Ein erschrockener Fisch sprang ein paar Meter vor ihm in die Höhe und verschwand mit einem Platschen, das übermäßig laut erschien. Überhaupt, diese Stille! Nele war das so gar nicht gewöhnt. Nicht von zu Hause, nicht von Dresden und erst recht nicht nach dem Verkehr auf der Autobahn. Es schien unwirklich.

Existierte sie überhaupt noch, oder konnte man sich auflösen in dieser beinahe menschenleeren Weite, diesem Licht und der Geräuschlosigkeit?